RESEARCH ON SINOFOREIGN LITERARY & ARTS THEORIES(2014—2015)

中国中外文艺理论研究
2014—2015

名誉主编 ■ 钱中文
主　　编 ■ 高建平　　执行主编 ■ 丁国旗

主办
中国中外文艺理论学会

"面向时代的文学理论与批评"国际研讨会专辑

中国社会科学出版社

图书在版编目(CIP)数据

中国中外文艺理论研究.2014～2015/高建平,丁国旗主编.—北京:中国社会科学出版社,2015.10
 ISBN 978-7-5161-6949-0

Ⅰ.①中… Ⅱ.①高…②丁… Ⅲ.①文艺理论—文集 Ⅳ.①I0-53

中国版本图书馆 CIP 数据核字(2015)第 237459 号

出 版 人	赵剑英
责任编辑	郭晓鸿
特约编辑	席建海
责任校对	李 楠
责任印制	戴 宽

出 版	中国社会科学出版社
社 址	北京鼓楼西大街甲 158 号
邮 编	100720
网 址	http://www.csspw.cn
发 行 部	010-84083685
门 市 部	010-84029450
经 销	新华书店及其他书店
印刷装订	北京君升印刷有限公司
版 次	2015 年 10 月第 1 版
印 次	2015 年 10 月第 1 次印刷
开 本	787×1092 1/16
印 张	33
插 页	2
字 数	708 千字
定 价	119.00 元

凡购买中国社会科学出版社图书,如有质量问题请与本社营销中心联系调换
电话:010-84083683
版权所有 侵权必究

编委会

(以姓名字母排序)

曹顺庆　陈　炎　党圣元　丁国旗　高建平
高　楠　胡亚敏　蒋述卓　金元浦　李春青
李西建　刘方喜　钱中文　陶东风　童庆炳
王　宁　王先霈　王岳川　徐　岱　许　明
姚文放　周启超　周　宪　朱立元　曾繁仁

目 录

"面向时代的文学理论与批评"国际学术研讨会贺词 …………… 钱中文(1)

文学基础理论研究

钱中文先生关于文学本体问题的理论反思 ………………………… 祁志祥(3)
论艺术品的五层次及其来由和关系 ………………………………… 胡家祥(14)
意识形态批评与文学批评
　　——重读列宁论托尔斯泰 ………………………………………… 陈然兴(23)
作为文学理论的《在延安文艺座谈会上的讲话》 ………………… 刘　卓(33)
"政治维度"何以重建？
　　——"重返80年代"的一个视域 ……………………………… 赵　牧(39)
符号—结构推演性方法是否是一种可能
　　——就文学研究方法与孙绍振教授商榷 ……………………… 苏　敏(47)
文化诗学的变与通
　　——20世纪90年代以来当代文学理论转型问题再考察 ……… 肖明华(59)
审美无利害命题的引入与文艺学的范式转型问题
　　——兼论文艺学的中国形态的建构 ………………………… 郝二涛(68)

中国古代文论研究

言语行为理论视野中的中国古代文论 …………………………… 马大康(83)
论宋代山水象喻文学批评 ………………………………………… 潘殊闲(91)
论古代文论的当代价值与意义 …………………………………… 郭世轩(101)
天文数理遭遇物理几何
　　——关于清宫廷画透视与笔法的反思 ……………………… 李瑞卿(109)
立言为何：试论戏曲品评主体之动力 …………………………… 梁晓萍(123)
论石涛"变化"说的艺术创新观及其理论意义 ………………… 张　逸(134)
梁启超、王国维、蔡元培接受康德思想比较研究 ……………… 郭　勇(143)

西方文论与中外文论比较研究

先锋艺术的"雅努斯面孔" ………………………………… 周计武(153)
英伽登现象学文本诗学学理逻辑及学术意义 …………… 董希文(166)
叙事作品中副文本存在的诗学意义 ………………………… 余 杰(174)
艺术自治与人文规约
　　——康德与席勒的启蒙艺术观解析 ………………… 王熙恩(187)
时间意识与文学自觉
　　——魏晋南北朝诗人的"悲情"与日本歌人的"物哀" …… 何光顺(196)
厨川白村"新浪漫主义"倡导与创造社 ……………………… 刘 静(214)
20世纪外国文论话语引进状况的调查分析 ……………… 古 风(219)
双重传统下汉语文论话语体系创新的复杂性与契机 …… 牛月明(236)
韦勒克比较文学的"文学性"与梁宗岱诗论 ……………… 张仁香(244)

西方马克思主义文论研究

论西马现实主义文艺理论及其批判精神 ………………… 朱印海(255)
创造新人类
　　——论葛兰西的文化革命理论 ……………………… 和 磊(269)
论文化艺术的社会批判性
　　——马尔库塞和阿多诺的文化艺术观研究 ………… 郭 东(277)
"启蒙的悖论":萨德与康德伦理学 ………………………… 韩振江(288)
艺术的减法与真理的进程
　　——论巴迪欧的艺术思想 …………………………… 周 丹(300)

文化与新媒介生态批评研究

马修·阿诺德与英国现代文化批评学科的先声 …………… 陶水平(315)
中国环境美学之"天人"交相构成论及其学理依据 ……… 李天道 李尔康(330)
电子传媒时代的世界文学 ………………………………… 杜明业(339)
世界城市?
　　——北京全球化空间的生产与城市身份建立 ……… 郑以然(349)
城市与自然之歌
　　——博尔赫斯诗歌中的精神生态思想 ……………… 常如瑜(359)
生态批评视阈下的女性视角和地域意识
　　——以李娟的纪实散文为例 ………………………… 王 萌(367)

文学批评研究与作品分析

钱钟书文学批评的自主意识和创新精神 …………………………………… 何明星（379）
袁可嘉的诗论与中国诗潮 ……………………………………… 廖四平　张　倩（386）
论文学批评评价功能的价值论意义 ………………………………… 张利群（400）
文学批评生态的问题及其矫正 ………………………………………… 龚举善（412）
虚构与非虚构
　　——当代叙事模式的分野与重建 …………………………… 张延文（423）
"看"的"快感"：对劳拉·穆尔维"视觉"说的一种解读 ……… 王进进（429）
从"融合两性"到"其他性别"
　　——论"双性同体"诗学在伍尔夫女性主义叙事形态中的影响 ……… 陈　静（434）
何以致敬？
　　——《1Q84》与《1984》内在关联性分析 ………………… 毕素珍（443）
政治视域下的文学诉求及其反思
　　——《讲话》与周立波的文学创作 ………………… 杨向荣　张　磊（449）
从诗化的小说到诗化的哲学
　　——论路也新近的创作 ……………………………………… 王洪岳（456）
当代文学批评困境举隅
　　——以《柳如是别传》为例 ………………………………… 冯　尚（468）

文学与当代艺术研究

艺术中的文字与图像 ………………… ［美］柯蒂斯·卡特　著　刘　卓　译（479）
从文学、文学理论到视觉文化、当代艺术及美学 ………………………………
　　……………………… ［斯洛文尼亚］阿列西·艾尔雅维奇　著　李小贝　译（489）
本雅明：经验、文学和现代性 ………… ［美］蒂鲁斯·米勒　著　庄　新　译（496）

中国中外文艺理论学会第十一届年会综述 ……………………………… 王银辉（503）
附录一　中国中外文艺理论学会历届会议 ………………………………… （513）
附录二　《中国中外文艺理论研究》来稿须知及稿件体例 ………………… （515）

"面向时代的文学理论与批评"
国际学术研讨会贺词

中国中外文艺理论学会名誉会长　钱中文

各位代表、老师与领导：

我谨以个人的名义，向中国中外文艺理论学会、中国社会科学院文学所、河南大学文学院与国际美学协会联合举办中国中外文艺理论学会第十一届年会暨"面向时代的文学理论与批评"学术研讨会的召开，表示衷心的祝贺，向到会的代表、老师、朋友和领导表示真挚的慰问！

会议提出了总议题与若干分议题，这些问题其实都是 21 世纪以来文论界不断讨论、研究与争论的问题，涉及文学理论、批评的方方面面，极富现实意义。

在最近一个时期里，文学理论研究取得了不少成绩。一批年长的学者不断有新著问世，扩大着他们自身研究的领域，深入地完善着他们的文学思想观念、流派思想。特别值得注意的是，一批青壮年学者，他们视野开阔，知识新颖，推出了许多新著，而且有的学者，专注于学术，10 年磨剑，而今一下就出版了七八部论著，显示了极大的理论创造力。在外国文论研究方面，自然也有外国流行什么就紧跟而上的介绍，也有做跨文化研究的著作，而且有的著作极具首创精神，这使我们深感欣慰。

在文学理论研究中，有几个常常遇到的问题，提出来就教于大家。它们或是公开争论的，或是以隐蔽形式支撑着各种理论的阐发的，比如现代性与后现代性的问题，建构与解构的相互关系问题。这些问题对于文学理论研究来说，具有立足点的意义，你不想理会它们，但又摆脱不开它们。十多年来后现代主义思想很是风行，以致有的人认为，现代性已经死亡，要以后现代性来替代现代性了，于是文学理论卷入了一次又一次的讨论。但是人文科学中的现代性与自然科学中的现代性是同又不同的，同的方面都要担当当前的理论建设，不同之处在于自然科学的进展是不断替代的过程，真理具有绝对性的意义，而人文科学的理论建设是积累型的，是历史性的，不是中断了可以重起炉灶的，他人的话语就是你的文本，真理的相对性成分较大。所以要拿后现代性来代替现代性是十分困难的。同时，文论界有些学者对于现代性还存在着相当偏颇的看法，以为现代性是个凝固不变的东西，走完了自己的道路。其实，现代性本身是个绵长的发展过程，在其历史发展中，在不同阶段，人们使其不断走向极端，以致往往走向了它的反面而产生巨大的危害。实际上，现代性作为一种现代文化精神，自身应是一个矛盾体，具有反思自己、自我批判的功能，这是讲究传统继承的现代性，是超越传统、创造新文化传统的现代性，是一种被赋予具体的历史指向性的现代性，是在全球化与本土化冲突与融合的语境中，具有独立自主精神与进取精神的现代性。20世纪70年代末80年代初发生的一场文化批判，正是现代性的深刻反思、自我批判以及重建现代性的表现。它的精粹之处在于理论正确与否必须以实践为检验，现实必须改革，思想必须发展进步。这时期和其后一段时间在理论界、文论界获得的许多共识，正是现代性的反思与自我批判的表现，它赋予了社会变革、文论更新以正能量，它的决定性与定向性作用是不容低估的。这样，我们不能说我们获得的成果，是后来才在我国流行开来的后现代主义思想推动的结果。自然，后现代文化所显示的后现代性的积极方面，它的思维强烈的怀疑、否定性，以不确定性打破固有的不变的思想方式，对我们后来的文化建设是产生了积极影响的，是值得参考的。在这种情况下，我仍然要说，现代性是个未竟的事业，还会继续、发展下去。

20世纪90年代与21世纪初，全球化思潮风行起来。当后现代主义思潮开始流行时，我们就这种泛文化批评思潮本身存在的问题与它在外国文化生活中所产生的广泛影响，以及外国学者对它的反思与批判，有意识地做过介绍，并对这一思潮的正面影响及其消极作用做了评价。在后来几年里，文论界一些人进一步投入了泛文化批评的热潮，这在全球化的今天是难以避免的现象。一方面泛文化批评思潮活跃了我们的文化思想，扩大了学术的视野与领域，同时表现了人们追求新思想、新知识的热情，促进了理论与现实的接近，并且取得了一定的实绩。但另一方面，由于这股文化思潮的流播而引起的几次大讨论，也显示了这一思潮本身思想的混乱。比如在所谓反文学理论的本质主义的讨论中，就把关于文学本质的探讨与本质主义捆绑在一起，不分青红皂白地加以批判、否定，不顾别人确认文学是一种多层次、多本质的审美文化现象，十分霸道地给别人的文学观念戴上本质主义的帽子。不承认事物具有本质特性，自己说不清楚，又不容许别人探讨，扬言本质应该被抛弃，办法是装作鸵鸟，把它"悬置"起来，以为就可把问题解决了。这种倾向几乎成了一种西方时髦的追逐，三十多年来，没有比这种理论思维更为轻佻的了！

又如在美学与文艺学的建设中，既有解构也有建构，但实际上研究者对它们的理解是大相径庭的。建构与解构总是相伴而行的，要建构必然会有解构，解构那些已经失去了与新的实践不相吻合的东西，这是理论建设的常态。一些学者在尊重传统的基础上，根据新的语境与问题的出现，在著作里提出了新观点、新思想，理论厚实，为理论建设提供了新经验，这类著作现在相当不少。而解构主义盛行时，我们先是看到在文学理论、批评中的内爆式的解构，贬低、否定以往的理论成果，后来声言他们的解构主义也有建构。但是这是一种后现代主义的建构，主要是缺乏理论主旨追求、少有理论的自身发现、理论深度与理论价值判断的建构。这是一种失去了问题追问的建构，是平面化、碎片化、拼贴化的理论叙事的建构，是各种知识汇集、堆积的建构。用这种思想来指导三十多年来的当代中国文艺学研究，不过是些外国文论思想、方法的移植与推崇，寻找着它们在中国的回声，是年鉴性的报道的汇集，以及对主编自己一个又一个"首创"的表彰；一些不合口味的文论家则被使用平面化、拼贴化、碎片化的办法，煮糊他们的思想，把他们"悬置""不确定性"起来。这样的后现代主义式的理论建构，自然贬低了文学理论的品格。

我在一篇"访谈"的文字中曾经谈到作为文论研究工作者，需要真诚，真诚才能产生理论的诚信。提出一个思想、一个观念，从学术上进行论证，你自己相信不相信它？我们能否今天把一个外国人的观点一下就捧到天上，视为经典，明天又宣扬另一个外国人的观点，又把它奉为圭臬？不断转换，拿来炫耀？重复着更高一层的80年代初的幼稚？一个人的观点，能否可以像五颜六色的时髦衣着，随着气候不时变换？甚至随时写些观点相反的文章，装进两个口袋，需要时拿出一个口袋里的、符合评委口味的文章参与评奖？这种连自己都不相信的，但可以拿到不少高额奖赏的文章有什么价值与意义？当然，评委们与创新工程照样是会给的。文论中的问题很多，立足点不知是否也可作为一个问题？

我因健康关系，不能亲自与会，失却了与朋友们不少交流的机会，深以为憾。上面的发言，可能不尽妥当，敬请大家批评指正。

谢谢代表，谢谢河南大学及河南大学文学院领导，并预祝会议成功！

2014年8月10日

文学基础理论研究

钱中文先生关于文学本体问题的理论反思

祁志祥[①]

(上海政法学院研究院 上海 201701)

摘 要：本文以《文学理论：求索与反思》一书为个案，系统梳理、评述了钱中文先生21世纪以来关于文学本体一系列重要问题的反思与论辩。这些问题包括：文学有没有自己的"本质"？文学的"本质"问题是不是可以探讨？"反本质主义"是否意味着取消"本质"研究？如果文学的"本质"研究不可取消，那么文学的"本质"是什么？如何评价本质解构之后文学的边界和文学理论的扩容？如何从文学在人类精神生活中的地位看待"文学终结""文学理论死了"之类的耸听危言？作为中国文论界的领军人物，钱中文先生晚年调动一生的学术积累回应了这些问题，值得我们认真研究和参考。

关键词：文学本质；审美意识；新理性精神；文学边界；理论扩容；文学终结

钱中文先生是当代中国文论界的领军人物。2013年，系统反映21世纪初以来钱先生研究成果和思想动态的新著《文学理论：求索与反思》作为中国社科院学部委员会专题文集之一编订出版，引起学界关注。在我看来，该书特别值得注意的是关于文学本体问题的理论反思。所谓文学的"本体"问题，是指文学的本质及与之相关的文学的特征、边界、地位等问题。新时期之初，人们不满原先陈旧的定义和观念曾展开过新的探讨，后来发现要圆满地做出解答并非易事，甚至这些问题本身就是没有答案的伪问题，于是转而放弃文学本体的思考，专注于具体文学现象的研究，但又引发一系列的新问题。文学到底有没有自己的"本质"？文学的"本质"问题是不是可以探讨？"反本质主义"是否意味着取消"本质"研究？如果文学的"本质"研究不可取消，那么文学的"本质"是什么？文学作为"审美意识形态"的内涵和地位究竟如何把握和评价？"新理性精神"的倡导与"审美意识形态"的文学本质观是什么关系？如何评价本质解构之后文学的边界和文学理论的扩容？如何从文学在人类精神生活中的地位看

[①] 祁志祥，文学博士，上海政法学院研究院教授，博士生导师，教育部重点研究基地北京师范大学文艺学研究中心兼职研究员。

待"文学终结""文学理论死了"之类的断语？钱中文先生调动一生的学术积累回应了这些问题，值得我们认真研究和参考。

一 文学理论反本质研究的失误及其消极后果

文学有没有自己的"本质"？文学的"本质"问题是不是可以探讨？随着西方存在论、现象学世界观和解构主义方法论的盛行以及文化批评思潮的兴起，在当前我国文艺美学界的一个占主导地位的观点是文学没有自己的"本质"，文学理论不应对文学的"本质"问题做形而上的思考，探索它也是徒劳无益的，只需对不断扩容的文学现象作文化描述和知识陈述即可。钱先生认为，这种观点的产生诚然有一定的合理性。"它的反本质主义、反独断论、去中心化、不确定性""扩大了我们的知识，使我们获得了思想上的某种扩容"，这是它的"合理成分"，也是"理论的活力所在"[①]。然而，"中国学者接过来后，他们自己的独断性、盲目性也很明显"，带来的负面后果也极为深重。

首先是把"本质"当作"本质主义""终极真理"加以批判，张冠李戴，批错了对象，犹如堂·吉诃德与风车作战。"本质主义"是一种"自我定义为永恒真理的教条主义思维方式，它把预设的东西都当成亘古不变的真理"，而必然"导致思想僵化"。主张"本质"研究的学者对它的危害也感同身受，在批判姿态上与"反本质主义"论者其实无异。但反对"本质主义"，未必等于取消对事物本质的研究，因为本质研究不仅可以"揭示现象后面隐蔽着的最具特性、确定现象性质的因素"，而且"是人的高级认识能力的表现"。经历了极"左"、僵化的"本质主义"危害的教训，人们不再用一种绝对、封闭的眼光，而用一种相对、开放的眼光看待"本质"，从事文学本质的研究，有何不可？何罪之有？我们不应将本质研究与本质主义"等量齐观"，混为一谈。"其实很多事物本质的东西，我们现在不是研究得太多，而是难以研究！既然文学研究可以去探讨文学的各种现象，那么为什么就不能探讨文学自身的本质特征呢？"[②]

其次，"反本质"论者指责"本质"研究不能提供"终极真理"，实际上反本质主义者的文化研究、现象描述也没能提供关于文学的文化现象的"终极真理"，只是浮于现象的表面，如果以子之矛攻子之盾，按照同样的逻辑，其研究途径岂不大成问题？正如钱先生所诘问："你说本质特征说不清楚，那么其他诸如象征、修辞、隐喻、形式、体裁、流派、思潮都已经被你说清楚了吗？"其实，"对于文学本质与各种文学现象的研究都不可能得出终极真理，事物的真理性只能不断地接近与认识"，只有本着这种相对的思维方式，才能从事文学的本质的或现象的研究，否则就失去了合理性。

---

① 《文艺理论提供知识，也创造思想》，原载《文艺报》2012年9月26日，钱中文：《文学理论：求索与反思》，中国社会科学出版社2013年版，第34页。

② 均见《文艺理论提供知识，也创造思想》，钱中文：《文学理论：求索与反思》，中国社会科学出版社2013年版，第34—35页。

最后是"反本质"研究的消极因素值得学界警惕。既然"本质"不可思辨和言说，于是文学就失去了"质"的规定性，各种非文学的现象都被拉扯到文学中来；文学理论教材在谈到"文学"概念时充其量只能做历史上各种定义的陈列，而不敢做出自己的归纳与评判；课堂教学也只是传授各种学说的知识，而且"对于知识不予系统的梳理与综合，不予概括与定性"；在研究对象上致力于"看得见、摸得到的文学现象研究"，并美其名曰"实证主义研究""文化研究"等，结果造成了文学理论研究的平面化、表层化、拼贴化、碎片化、无序化、非逻辑化，一句话，也就是去思想化。因此，钱中文先生提出告诫："文学理论不仅需要提供知识，也应该提供思想的。"[①] 这实在是有现实警示意义的。文学理论属于艺术哲学。从现象中归纳本质的思辨是哲学的基本品格。放弃本质思考，放弃归纳思辨，文学理论存在的合法性也就真有危机了。

钱中文先生对解构主义简单主张取消文学本质研究的偏颇及其消极后果的忧虑，道出了当前我国文论研究中客观存在的严峻问题，代表了许多研究者的心声。反本质文学理论的起因和初衷是要消除传统的本质主义文论的危害，但它本身造成的危害比它批判的对象或许还要大！首先是它的思维方法过于绝对化、偏执化。童庆炳先生指出："我们反本质主义，并不意味着事物没有本质。""反本质主义不能走向极端"，否则必然"导致不可知论和虚无主义"。"用偏执的反本质主义是不可能编写什么教材"，完成当代文论建设的。"我们赞成的是作为思维方式的反本质主义"，也就是"亦此亦彼"，不把自己对"本质"的概括绝对化。[②] 张玉能等人认为：解构主义文论"割裂了实践中事物及其意义的确定性和不确定性的辩证关系，从而走向了绝对不确定性的泥淖而不能自拔"，无助于"文本意义论"的建设。[③] 就连倡导文学的文化研究的陶东风也声明：他反对"本质主义"，但是并不否定"本质"研究，"本质主义只是文学本质论的一种，是一种僵化的、非历史的、形而上的理解文学本质的理论和方法"；他倡导的"反本质主义"是"建构主义的反本质主义"。[④] 其次是它破坏有余，建设不足。赖大仁指出："从当代文论界的整体情况来看，似乎人们更容易产生质疑与'解构'的冲动，而难以燃起探究与'建构'的热情。""我们的当代文论自身究竟应当如何建构？在什么样的理论基础上建构？围绕哪些基本问题进行建构？以及站在什么样的理论立场和用什么样的价值观念进行建构？这一系列的问题似乎都不甚明确，更难以达成理论界的'共识'。"[⑤] 文学本质解构之后，造成了本体论研究的空缺，带来了一系列新的问题。李西建指出："从理论的创造、生成及深化的角度看，解构文论在中国学界所得到的实质性拓展并不令人乐观"，"无法完成'破'中有'立'的理论革新任务，因而

---

① 均见钱中文《文艺理论提供知识，也创造思想》，钱中文：《文学理论：求索与反思》，中国社会科学出版社2013年版，第31页。
② 童庆炳：《反本质主义与当代文学理论建设》，《文艺争鸣》2009年第7期。
③ 张玉能、张弓：《解构主义文论与中国当代文论建设》，《江西社会科学》2008年第9期。
④ 陶东风：《文学理论：建构主义还是本质主义？》，《文艺争鸣》2009年第7期。
⑤ 赖大仁：《当代文论研究：反思、调整与深化》，《文艺理论研究》2013年第3期。

也无力引导中国文论走向未来。""解构之后重审文艺学的本体论问题，是一个关乎中国文论建设的基础性工作，也是该学科研究的元命题。"①"反本质"文论只是解构，没有建构；只是拆解，没有连接，而按照科学哲学家托马斯·库恩的说法，一个领域的范式被废除了，而在同时不曾以一个新的范式取而代之，那就意味着领域本身的废弃。②再次是它知识有余，思想不足。反本质主义文论受相对主义、多元主义和大众文化的影响，"不相信有什么确定性、实质性的东西可以把握，也不相信有什么真理性或普世性的价值存在，于是就会轻易放弃对问题应有的思考，往往会停留在表面，以对某些现象的描述、阐释代替对问题的'思考'，导致'思'的弱化与消解"；"往往把对问题的理论性追问与探究都当作'本质主义'加以怀疑和否定，甚至干脆把关于文学的'问题'本身也当作'本质主义'的根源加以抛弃，于是当代文学理论的'问题'模糊了、遮蔽了、消失了"，"对理论问题的追问与探究变成了所谓'知识生产'"。于是，我们可以看到，"一些新编的文学理论教科书并不注重自身的理论建构，而是在某些章节标题框架之下，罗列介绍各种中外文论知识，差不多就是一种文论知识的杂烩'大拼盘'"；"一些理论新著也并不注重理论系统性和逻辑性，也不追求多少研究的学理深度，往往也只是在一些看似理论化的标题之下，介绍各种理论知识，引述各家各派的论述，成为一种平面化理论知识的集束式堆集"，"导致理论的进一步萎缩和蜕化"，"于是作为一种理论学说应有的'理论品格'丧失了"，其思想价值也被消解了，人们"普遍感觉到了理论的'疲软'，现象描述阐释有余而对问题的思考不足，缺乏思想的力量和力度"。③有鉴于此，有学者"惊呼"：当今的反本质倾向"已把文学理论研究推向了绝境"④。

二 如何准确把握"审美意识形态"本质观的内涵、地位及其与"新理性精神"文学观的逻辑联系？

那么，文学的本质是什么呢？针对以往的文艺理论教科书中的"意识形态本性"说，1982年，钱先生提出："文艺是一种具有审美特征的意识形态。"⑤ 1984年，他重申：文学是"一种审美的意识形态"⑥。1986年，在《最具体的和最主观的是最丰富的》一文中，他具体分析："文学是一种审美意识形态，其重要的特性就在于它的审美性和意识形态性。"⑦ 1987年，他以《文学是审美意识形态》为题发表文章⑧，再次

---

① 李西建：《解构之后：重审当代文艺学的本体论问题》，《陕西师范大学学报》2009年第1期。
② 转引自安·亚菲塔《西方现代艺术：失去范式的文化误区》，《学术月刊》2009年第9期。
③ 均见赖大仁《当代文论研究：反思、调整与深化》，《文艺理论研究》2013年第3期。
④ 转引自钱中文《文艺理论提供知识，也创造思想》，钱中文：《文学理论：求索与反思》，中国社会科学出版社2013年版，第35页。
⑤ 钱中文：《论人性共同形态描写及其评价问题》，《文学评论》1982年第6期。
⑥ 钱中文：《文艺理论的发展和方法更新的迫切性》，《文学评论》1984年第6期。
⑦ 钱中文：《最具体的和最主观的是最丰富的》，《文艺理论研究》1986年第4期。
⑧ 钱中文：《文学是审美意识形态》，《文艺研究》1987年第6期。

正面切入并进一步完善对这一文学本质观的阐述。

如何看待和评价自己提出并力图不断完善的文学是"审美意识形态"本质观的地位呢?值得注意的是钱先生并没有把它绝对化、封闭化。他清醒地意识到:"要提出一个十全十美、面面俱到、人人都能接受的文学本质观,那是十分困难的,现象比观念远为丰富得多。""我们可以在生活实践中逐步地积累对于真理的认识,不断地接近真理,但是我们很难穷尽真理,一劳永逸地结束对真理的探讨。因此就这点来说,任何文学本质观念的界定,都带有时代的特征甚至局限。"①"审美意识形态"的本质观也是如此。它不是没有局限,"只是目前还未能找到一个比它更有概括力的术语来重新界定"文学本质②。然而,有一个虽然有局限而涵盖面比较广的本质观总比没有要好,否则人们便无法确定文学的标准和文学研究的边界、范围,文学理论建设便无从着手。

文学审美意识形态说是在复杂的历史语境中提出的,是钱先生与其他学者长期探索的结果,也是新时期取得广泛共识的一种新的文学本质观。新时期,童庆炳先生主编的《文学理论教程》、吴中杰先生编写的《文艺学引论》等都采用了这种说法。然而从2005年起,文学是"审美意识形态"说遭到了董学文等人的诘难甚至批判③。他们指责"审美意识形态"说是"审美"加"意识形态"的"硬拼凑"。一方面,他们根据"马克思本人从来就没有直接或间接地说过文学是某种'意识形态'",断定将文学定义为一种"意识形态"不能成立,"审美意识形态"说更是如此,进而提出"意识形式"说,认为文学应当是一种"社会意识形式",或"审美意识形式",退到了一般的唯物主义观点;另一方面又指责"审美意识形态"说的重点是"审美",是"没有'意识形态'的审美意识形态",是"去政治化"的"纯审美主义"④。批评的矛头主要对准钱中文与童庆炳。

面对这些诘难,钱中文有没有放弃或改变他先前提出的"审美意识形态"说呢?没有,而是在论辩中进一步捍卫并坚守着这种文学本质观。这种论辩完成于2006年7月至9月,论辩文章相继发表于《文艺研究》《河北学刊》和《文学评论》,后合刊于《中外文化与文论》2007年第14期,也就是收入本文集的《文学意识形态与不是意识形态论引起的论争》。在论辩中,钱中文先生力图阐明以下一些内容。第一,衡量一个

---

① 钱中文:《文学意识形态与不是意识形态论引起的论争》,钱中文:《文学理论:求索与反思》,中国社会科学出版社2013年版,第40—41页。
② 同上书,第40页。
③ 这些诘难与批判集中见于2005—2006年,主要论文有:董学文:《文学本质界说考论:以"审美"与"意识形态"为中心》,《北京大学学报》2005年第5期;董学文:《"审美意识形态"能成立吗?》,《文学评论》2005年第5期;董学文:《关于文学本质与意识形态的关系——兼评"审美意识形态"说》,《苏州大学学报》2006年第1期;董学文、马建辉:《文学"审美意识形态论"嫌疑》,《文艺理论与批评》2006年第1期;董学文:《"审美意识形态"文学本质论浅析》,《湖南师范大学学报》2006年第3期。
④ 转引自钱中文《文学意识形态与不是意识形态论引起的论争》,钱中文:《文学理论:求索与反思》,中国社会科学出版社2013年版,第36—37页。

观点正确与否,认为"凡马克思说过的就可以成立,马克思没有说过的就不能成立"①,这种思想方法是极"左"思潮盛行时期教条主义方法的遗存,以此立论,不足为训。第二,文学的共性或基本属性是"意识形态"这种提法并不是从钱中文本人开始的,仅仅抓住钱中文的"审美意识形态"说加以批判有失客观科学。第三,有感于"我们过去将文学仅仅视为意识形态,总是在强调社会结构中的文学与其他意识形态的共同特性,把文学观念化、抽象化了"②,有感于过去"在讨论文学艺术的本质特征时,苏联和中国等国家的政治家、理论家,由于政治斗争的需要,常常强调文学是社会意识形态,以意识形态的普遍的共性特征和文学在阶级斗争中的地位,来突出、规范文学艺术的本质,而论及文学的审美特性的方面不被重视",甚至"以意识形态的共性""来替代文学的本质特性"③,所以钱中文提出"审美意识形态"说的重点,在于批判长久统治的庸俗社会学,恢复文学的审美特性,强调文学艺术"如果不具审美特性,那么它的其他特性、功能也是无从谈起的"④。为了避免人们将"审美意识形态"误解为"审美"与"意识"的简单叠加,不是天上掉下来的一个现成的东西,钱先生提出了人类"审美意识"(国内一些学者早于他提出)与"审美反映"的概念。他从人类意识发生学的角度指出,"审美意识"是人们在长期劳动生活的实践中历史地形成的,随着生存方式的变化而发展,具有崇高的超越旨向,是人的本质的确证。所谓"审美反映",是"审美主体的创造过程","是对于对象的改造与创新"⑤,不仅灌注了作者主体的"感受""体验"和"感情思想",而且包含着作家"对语言的审美结构"⑥,审美意识通过审美反映而获得生动的言语的结构体现,而后随着社会结构形态的变化与进步,阶级社会的逐渐形成,人们的审美意识的创造,历史地逐渐演化为审美意识形态。文学是"审美意识形态"在长期的历史发展中生成的,这不仅意味着文学是"审美的意识形态",还意味着文学是"审美意识的形态",钱先生的论述具有深刻的历史感。第四,强调文学的审美特性并不意味着取消文学的意识形态共性,"讨论文学本质特性,如果忽视其意识形态的社会功利特性的要求,又会在理论上走向唯美主义的偏颇"⑦,这并非"审美意识形态"说的本义。"我们讲的'文学性',比形式主义的'文学性'的涵盖面要宽阔得多。"⑧ 正是对文学在审美形式中所应当承载的意识形态、理性精神的肯定,钱中文走向了对现实文学创作中非理性主义的批判。

---

① 钱中文:《文学意识形态与不是意识形态论引起的论争》,钱中文:《文学理论:求索与反思》,中国社会科学出版社2013年版,第41页。
② 同上书,第38页。
③ 同上书,第87页。
④ 同上书,第89页。
⑤ 同上。
⑥ 同上书,第88页。
⑦ 同上书,第87页。
⑧ 钱中文:《文学理论中的几个问题:文学的终结与消亡、理论的边界与扩容——2004年5月26日在首都师大文学院演讲》,钱中文:《文学理论:求索与反思》,中国社会科学出版社2013年版,第14—15、10页。

钱中文先生用"新理性精神"批判新时期文艺创作中的非理性倾向,发端于1995年发表的一篇长文《文学艺术价值、精神的重建:新理性精神》[①]:"当今一些文艺作品的写作,已使人严重地失去了羞耻感,失去了良知与同情,已丢失了血性与公正。""更有一些人大肆制作污秽的东西。"未承想,由于商品社会趋利经济这只无形之手的作用,文艺创作中道德沦丧、寡廉鲜耻的倾向愈演愈烈。2004年,钱先生发表《躯体的表现、描写与消费主义》一文[②],对此加以更具体、深入的揭露和痛斥:"当今不少涉及性描写的小说,不过是一种满足低俗趣味的时尚,一种散发着霉烂气味的而被欣赏的时尚,一种掺和着令人作呕的毒品气味但被奉为当今青年时尚的时尚,一种有如弗洛伊德说的力比多的过量释放、随时随地发泄性欲狂的兴奋叙事的时尚,一种在公共场所、厕所随时交接射精、阴液流淌,由于性快感而发出刺耳尖叫的欣赏的时尚!也许我们从这类作品中,可以了解到当今社会的伦理不断被撕裂,道德败落到何等程度,但是它们本身则是恶俗不堪的东西。"[③] 导致这种倾向的根源是什么呢?是市场经济中以趋利为追求的"消费主义":"当今一种消费主义正在文化市场流行开来……满足广大人群的正常的消费,自然是极端必要的,但是我要不无遗憾地说,消费一旦变为主义,它的消极一面也就不可避免,而且有如出鞘的剑,残害生灵的美。某些所谓图像艺术的恶俗形象展览,以所谓当今中国青年生活时尚为标榜的嫖妓卖淫的招贴广告的示范,和文学中的人体下部描写,渐渐变成了人们获得肉体快感的消费方式的追求;身体的肉欲的需求与由此而引起的快感,要求在文学写作中获得进一步满足,于是人体本身也早就变成了一种商品消费了,早就在文学里经历了一个自上而下的运动,由原来的形而上的期盼,变为形而下的身体性感的需求,由思想的向往,而变成肉欲的追求,由主要描写的头部,滑向人体下身的描写,而下身描写,主要是对男女生殖器官的描写与爱抚,性交的欣赏,进而是性滥交的快感的弥散。灵魂出窍,肉欲无限膨胀,显示了物质不断地丰富而精神不断地走向萎靡、匮乏的时代征兆。于是在媒体上就有了'美女写作'的说法,接着是'下身写作'的说法,为了使这些说法显得文雅一些,具有文化意味一些,于是就炒作成了'身体写作'。"[④] 钱中文先生对文学创作中非理性弊病的批判,体现了一个富有社会责任感的现代人文知识分子的宝贵良知,是"审美意识形态"说中"意识形态"本性概念的现实运用,可视为其文学本质观在操作实践中的逻辑延伸。

历史总是在否定之否定中前行的。新中国成立后直至"文革"时期,我们一直偏尊理性、扼杀感性,偏尊思想、扼杀情欲,导致人类维持生命生存和繁衍的两大生物功能食欲与性欲的基本满足都成了问题。经过邓小平倡导的思想解放运动,社会逐渐

---

① 钱中文:《文学艺术价值、精神的重建:新理性精神》,《文学评论》1995年第4期,收入钱中文《新理性精神文学论》,华中师范大学出版社2000年版。
② 钱中文:《躯体的表现、描写与消费主义》,《社会科学报》2004年6月10日;钱中文:《文学理论:求索与反思》,中国社会科学出版社2013年版,第104页。
③ 同上。
④ 同上书,第106页。

达成共识：理性与感性、思想与情欲并不一定是对立的，合理的道德乃是为人的情欲满足服务的，是人们实现生命欲求的规范。这种共识在理论上的反映就是李泽厚为代表的"感性与理性""个性与社会性"相"统一"的人性学说和人道主张。① 然而，随着市场经济地位的确立与消费主义的扩张，商业利润这只无形的手日益成为操纵人们生活的主宰，改革开放之初感性与理性的平衡被打破，社会的天平不断向感性、欲望方面倾斜，拜金主义和拜物主义盛行，卖淫之风死灰复燃，道德崩溃，廉耻丧失，文学创作中出现了庸俗不堪的"身体写作""胸口写作"甚至"下半身写作"，人异化为"两脚动物""衣冠禽兽"。钱中文先生依据文学的审美意识形态本性高举"新理性精神"大旗对创作现实中淫滥的非理性倾向的抨击，乃是对当下中国欲望过度膨胀、人格过分堕落痼疾的疗救，反映了许多有责任感的有识之士心灵深处的呼唤。它从一个侧面表明：钱中文的"审美意识形态"本质观，与其说是对文学现象的一种客观概括，毋宁说是对文学创作的一种主观期望，它包含着作者的价值理想。就是说，钱中文先生不是没有注意到当今文学创作中文学成为"无意识状态""欲望手枪"的实际状况，但他仍然坚持文学应当是包含崇高精神和超越理想的"审美意识形态"。易言之，钱先生所谓"文学是审美意识形态论"，其实包含"文学应是审美意识形态"的意思。

三　如何看待文学的扩容和文学理论的边界？如何看待"文学终结"和"文学理论消亡"？

遗憾的是，钱先生的这个包含良苦用心和现象概括力的文学本质观并没有得到应有的认真对待。有人匆忙地批判它，有人用"文化"解构它。当文学本质、标准被否定之后，各种各样的文化现象就被严重失序地拉进"文学"中来。21世纪以来，随着陶东风等人对费瑟斯通的"日常生活审美化"命题的输入②，文学的扩容和文学理论的边界问题日益突出。一些人认为，"如今艺术的美、文学性已经不在艺术和文学本身了，而是表现在别的地方，认为日常生活审美化了，他们认为审美活动在别墅里，'诗意'在售房广告中。美在哪里呢？在汽车博览会、时装展览、商场购物、主题公园、度假胜地、美容院、城市广场、城市规划、女人线条、减肥"③。这是"文学"向"文

---

①　参见祁志祥《中国现当代人学史》，学林出版社2006年版，第186—193页。

②　周宪在《哲学研究》2001年第10期上发表《日常生活的"美学化"——文化"视觉转向"的一种解读》，最早把西方社会学—美学界讨论的这一社会现象介绍到中国来。与后来的一般译法不同的是，他将aestheticization译为"美学化"。陶东风在《浙江社会科学》2002年第1期发表《日常生活的审美化与文化研究的兴起——兼论文艺学的学科反思》，"日常生活的审美化"这一命题正式在中国学界登场，但文艺学出身的陶东风在文章中说明的重点是由此引起了文艺边界的扩张，传统文艺学科的研究对象、范围应当转向文化研究。2003年，他主持了关于"日常生活审美化"的一个讨论（《文艺争鸣》2003年第6期），2004年发表《日常生活的审美化与文艺社会学的重建》（《文艺研究》2004年第1期），2005年发表《日常生活的审美化与文艺学的学科反思》（《现代传播》2005年第1期），都表现了这样的用心。

③　钱中文：《文学理论中的几个问题：文学的终结与消亡、理论的边界与扩容——2004年5月26日在首都师大文学院演讲》，钱中文：《文学理论：求索与反思》，中国社会科学出版社2013年版，第14页。

化"的扩容。文学的扩容必然带来文学理论边界的扩展和研究范围的"扩容"。这种观点主张：要"超越文艺学的边界","扩充文艺学的内容","所谓扩容就是把这些东西都扩到文学理论中来",以"文化研究"来代替"文学研究",于是"文学理论研究生做的论文要做健身房、汽车文化了"[①]。对此,2004年5月26日,钱中文先生在首都师大的演讲中回应说：将上述文化现象"都统称为文学","实在太牵强了";"把这些东西的讲解当作文学理论来讲,文学理论本身就被掏空了,它原有的那些价值都被转换了";"设立审美文化课程,把上述文化现象的讲述都作为文学课程的补充",固然扩大了社会现象的文化内容,但"仍然不是文学理论"[②]。文学理论如果无序地扩容,就必然会遭遇"合法性危机"[③]。

与此相关的另一个文学本体论问题是"文学终结"及"文学理论消亡"。艺术的终结问题最早由黑格尔提出。后来,往往文艺思潮发生变化的时候,就有人以不同方式重复这个话题。20世纪80年代前后,美国美学学会主席和哲学学会主席丹托指出："当任何东西都可以成为艺术品"[④]的时候,当"美的艺术"被现代主义艺术终结的时候（比如1917年杜尚的《泉》、1964年沃霍尔的《布里洛盒子》）,"艺术"也就"终结"了,就把"艺术是什么"的思考任务交给了"哲学"[⑤]。伴随着"科技、声光技术、图像艺术的广泛普及"及其对文学市场的"占领","阅读文学著作的人数减少了","文学终结"的呼声出现了[⑥]。当代法国学者德里达提出："在特定的电信技术王国中,整个的所谓文学的时代（即使不是全部）将不复存在。"2000年秋,在北京召开的"文学理论的未来：中国与世界"国际学术研讨会上,美国学者米勒围绕德里达的这段话作了一个长篇发言,宣告了文学将要面临的"悲惨"命运。这个发言后来以《全球化时代文学研究还会继续存在吗?》为题,发表在2001年第1期《文学评论》上。2003年9月,米勒再访北京,并带来新作《论文学》重申："文学的终结就在眼前。文学的时代几近尾声。该是时候了。这就是说,该是不同媒介的不同纪元了。"2004年6月,米勒再次来京参加"多元对话语境中的文学理论建构国际研讨会暨中国中外文艺理论学会第三届代表大会",声称"文学正被逐步替代"。

21世纪以来,随着"文学"向流行"文化"的扩容,往日的"文学"其实已经不复存在,所以"文学终结"问题被再次提出来。论者认为,"文学终结了,或是现在无人再光顾文学了",只是"文学之所以成为文学的'文学性'还存在、还活着。活在什

---

① 钱中文：《文学理论中的几个问题：文学的终结与消亡、理论的边界与扩容——2004年5月26日在首都师大文学院演讲》,钱中文：《文学理论：求索与反思》,中国社会科学出版社2013年版,第14页。
② 同上书,第15页。
③ 同上书,第10页。
④ [美]丹托：《艺术的终结之后》,王春辰译,江苏人民出版社2007年版,第17页。
⑤ [美]丹托：《艺术的终结》,欧阳英译,江苏人民出版社2001年版,第15页。
⑥ 钱中文：《文学理论中的几个问题：文学的终结与消亡、理论的边界与扩容》,钱中文：《文学理论：求索与反思》,中国社会科学出版社2013年版,第6页。

么地方呢？活在其他社会科学（引者按：如采用叙事手法等）、人文科学、广告、社会生活中间"①。既然昔日的"文学"终结了，原来所谓的"文学理论"也就消亡了，而被"文化研究"所取代。在20世纪最后几十年的时期内，美国的一些大学出现了一个贬抑文学教学的过程，"文学的威信、文学经典的权威被渐渐消解，文学变成了一钱不值的东西"，"文学本身已经从英文系课程设置中消失，拿些支离破碎、充满行话、俚语的东西在课堂上大讲特讲，唯独不研究文学自身"，电影、电视、音乐映画以及广告、动画、春宫图和行为艺术成了今日英文系的课程设置内容，"同时为了激起学生的新奇感，教师不得不把那些非经典的、冷僻的、品位不高的作品拿到课堂上'表态'"②。面对西方文学理论学科的这种风潮，热衷于攀附西方的当代中国一些学者最近"把它介绍了来，并写了文章附和"，"认为当前'文学理论死了'，要以'文化研究'来代替文艺学"③。

那么，文学到底有没有"终结"，文学理论会不会"死"呢？钱中文先生的回答是否定的。首先，"图像艺术的发展，吸引了相当一部分的原先那些属于文学的读者，使文学的读者圈缩小了，但是我们也看到，由于信息技术的发展，例如电脑这样一些工具的发展，书籍的印数不是少了，而是大量增加了"。文学在电子媒介的新形式中继续存在④。其次，从实际情况看，"人们还在创造大量文学作品、阅读各种文学作品、颁发各类文学奖项"，"目前来说我们还看不到文学就此终结"⑤。再次，文学作为审美意识形态，属于人的"精神需要"，"在任何时候都是必需的"⑥，"如果缺少了文学对精神的滋养，人的精神和心灵必将变得非常荒芜"⑦。中国当下的一些文学作品之所以缺少读者，不是因为读者不需要文学，而是因为这些作品精神委顿、品格不高，"尽是一些躯体写作、美女写作之类"，缺乏"民族的文化精神的理念"⑧，无法满足人们的精神需求。放眼未来，作为语言艺术的文学也绝不会消亡。人类语言的存在，正是语言艺术存在的保证。既然文学不会终结，研究文学的文学理论又怎么可能"死亡"呢？倒是远离文学、在文化中游荡的文学理论，它的存在寿命是成问题的。

钱中文先生给出的这些思考，并不只是他的一家之言。在西方，20世纪90年代末，针对美国一些大学解构文学、取消文学，热衷流行文化批评的做法，曾是盛极一

---

① 钱中文：《文学理论中的几个问题：文学的终结与消亡、理论的边界与扩容》，钱中文：《文学理论：求索与反思》，中国社会科学出版社2013年版，第5页。

② 同上书，第6页。

③ 钱中文：《文学理论中的几个问题：文学的终结与消亡、理论的边界与扩容——2004年5月26日在首都师大文学院演讲》，钱中文：《文学理论：求索与反思》，中国社会科学出版社2013年版，第14页。

④ 钱中文：《文学理论中的几个问题：文学的终结与消亡、理论的边界与扩容》，钱中文：《文学理论：求索与反思》，中国社会科学出版社2013年版，第7页。

⑤ 同上。

⑥ 同上书，第9页。

⑦ 同上书，第8页。

⑧ 同上。

时的文化批评的始作俑者美国现代语文学会主席赛义德曾痛心地指出:这种做法把一个国家文学的"价值"和"精神"的都解构掉了,以致造成了今日美国大学人文学科的滑坡与堕落,这是极为令人担忧的;那个提出文学时代将要终结的米勒,还曾在2004年中国中外文艺理论学会第三届代表大会上自相矛盾地说过:"文学在本质上自成一格,具有其自身的终极目的。""文学是任何时间、地点之任何人类文化的标志。"因此文学并不会真正消亡。在中国,有学者目睹文学理论研究内容的泛化,主张应由追逐"文化研究"回归到立足"文学研究":"如果文学理论抛开文学研究于不顾,转而追逐大众文化研究,从而成为一种没有确定研究对象和边界的'泛理论',那么就必然带来其存在的理由和合法性的危机,导致文学理论的自我迷失乃至自我消解。"[1] 如此等等,与钱先生的观点相映成趣,可为互补。

钱中文先生在21世纪关于文学本体一系列问题的反思与论辩,紧贴实际,融通中外,有破有立,语重心长,显示出现代人文学者的社会担当和文学理论大家的深厚学养,是一份值得文艺理论研究者认真咀嚼回味、消化吸收的思想财富。

---

[1] 赖大仁:《当代文论研究:反思、调整与深化》,《文艺理论研究》2013年第3期。

论艺术品的五层次及其来由和关系

胡家祥[①]

(中南民族大学文学与新闻传播学院 湖北 武汉 430074)

摘　要：英加登从接受者角度将文学作品划分为五个层次，富有启发性；但它局限于文学领域，且有无视作品的风格层等缺陷。在前人既有认识的基础上，我们可以将所有门类的艺术品由外而内区分为风格层、媒介层、物象层、认识评价层和哲学意味层。艺术家在创作过程中面临着结构题材与结构媒介的双重任务，前者产生作品的形式，后者则形成作品的内容，二者交会于物象层；操作媒介所呈现的气势与韵致即风格，物象层蕴含认识和评价乃至哲学意味。风格、媒介和物象可以合并为感性外观层，它与认识评价层、哲学意味层的表里之分刚好反映人类心灵的三层面；就艺术文本的五层次而言，以物象层为中轴，展现出一种美妙的两极对应：操作媒介与进行认识评价均需要较多知性能力的参与，风格与哲学意味的形成一样体现志性心灵能力的运行；这种内在秩序反映了能指与所指双向的心灵化。

关键词：艺术品；五层次；内容与形式；心灵三层面；能与所两极对应

对于艺术作品，中西方的传统是普遍采用内容与形式或质与文的划分。现代学界力图克服其"简单"与逻辑含混之弊，尝试采用层次划分法，应该说迄今为止尚处于草创阶段。作为一种较为科学的划分，我们需要进一步解决几个问题：考虑所有的艺术门类，作品究竟应该分为几层？这几层是如何形成的，与内容—形式的划分法能否兼容？诸层次之间有怎样的逻辑关联，反映何种内在秩序？

一　艺术品宜分为五个层次

剖析艺术品的纵截面，它具有哪几个层次？中西方古代哲人均有解析文本层次的方法可资借鉴。例如庄子称："世之所贵道者，书也。书不过语，语有贵也。语之所贵

[①]　胡家祥（1953— ），湖北省黄石市人，现为中南民族大学文学与新闻传播学院教授。

者，意也，意有所随。意之所随者，不可以言传也。"(《庄子·天道》)"语"是外在的语言符号，"意"是可以言说的思想观念，"不可以言传"者则是更深层次的蕴藏，需要主体切身领悟。柏拉图区分了画家的床、木工的床与床的理式，意识到艺术品就直接性而言是一种符号形式，它是现实事物的摹本；现实事物之所以出现，在于它是理式的摹本；从这一角度考察，艺术品可谓是"摹本的摹本"①。哲人们将艺术或非艺术的文本划分为三层次，在历史上甚为普遍，不过他们一般偏重于作品内容的分析，对于作品外观则较少予以研味。

在现代西方，最为流行的是波兰美学家英加登的层次划分法。他将"美文学作品"由外而内划分为："(a)语词声音和语音构成以及一个更高级现象的层次；(b)意群层次：句子意义和全部句群意义的层次；(c)图式化外观的层次，作品描绘的各种对象通过这些外观呈现出来；(d)在句子投射的意向事态中描绘的客体层次。"② 在这段论述中，(c)层和(d)层关系密切，较为容易混淆。后者之所以区别于前者，在于它呈现为观念形态，并且，经过阅读的"具体化"过程，突出体现了主体纯粹的"意向性"，往往人言人殊，所以又可称为"观点"层次，前者就叙事文学而言大致可以表述为"小说家的世界"③。按照英加登的看法，在优秀的艺术作品中还有一个形而上的层次，即作品所表现出的崇高、悲剧性、神圣性等，它使人沉思默想而可能进入一个升华了的人生境界。

韦勒克等高度评价这种层次分析法，认为英加登"总的区分是稳妥的、有用的"，不过他们又指出，所谓"观点"层次"未必需要说明"，因为它可以暗含在小说家的世界诸如人物和背景之中，而所谓"形而上性质"的层次"在某些文学作品中可以阙如"④。我们认同韦勒克等的意见，"观点"层次和"形而上性质"层次一般暗含在小说家的"世界"或"被表现的事物"的描绘之中。然而，从理论上看，二者仍有分离开来同其他层次一并列举的必要，它们相当于黑格尔所谓的"意蕴"，其重要性不容忽视。况且，理论上的分析并不等同于实际的切割，"被表现的事物"层其实也是包含于符号层次中的。再者，如果将韦勒克等所主张的层次分析法推广到其他艺术领域，例如雕塑或绘画，就很容易让人们误以为只存在两个层次，因为它们不具有文学作品的"声音"和"意群"，人们所直接看到的似乎只是作品的物质媒介和它所展现的形象世界。韦勒克之所以持有如此看法，与英美新批评派具有科学主义倾向而偏重于把握作品形式密切相关。

尽管英加登的划分较为细密，富有启发性，但仍存在几点明显的缺陷。其一，由于仅着眼于文学作品，他区分"声音"和"意群"两个层次对于艺术的其他门类显然

---

① [古希腊]柏拉图：《文艺对话集》，朱光潜译，人民文学出版社1963年版，第70—71页。
② [波兰]英加登：《对文学的艺术作品的认识》，陈燕谷等译，中国文联出版公司1988年版，第10页。
③ [美]韦勒克、沃伦：《文学理论》，刘象愚等译，生活·读书·新知三联书店1984年版，第159页。
④ 同上。

缺少普世性；更何况他所谓的"声音"层其实只注目于拼音文字，对于由象形字或形声字构成的文学文本，人们就不能不考虑字形的意味，如读李白的"天门中断楚江开"（《望天门山》）或王安石的"两山排闼送青来"（《书湖阴先生壁》）之类诗句，其意境是与字形所传达的"意义单元"密不可分的。其二，英加登尽管是胡塞尔现象学的传人，但对于作品形而上层次的理解，似有撇开接受主体的意向性建构之嫌；如果充分考虑到欣赏者参与建构作品的权利，那么正如清人谭献所说："作者之用心未必然，而读者又何必不然？"（《复堂录词序》）如据传为骆宾王幼年所写的《咏鹅》仅"鹅鹅鹅，曲项向天歌。白毛浮绿水，红掌拨清波"18字，鲜明生动地勾画出儿童眼中一个活泼玲珑的世界，我们怎能排除其中的形而上意味？其三，英加登也不免受到现代科学主义倾向的影响，竟然无视优秀作品必备的风格层；西方人文学者不会不知道，歌德曾指出，风格是"艺术所能企及的最高境界，艺术可以向人类最崇高的努力相抗衡的境界"[①]。在中国，充分考虑作品的风格层几乎是艺术界潜在的共识，清代画家与画论家戴醇士指出："笔墨在境象之外，气韵又在笔墨之外。"（《题画偶录》）所谓"气韵"即是风格。据潘天寿先生介绍，黄宾虹的艺术人生可以概括为三阶段：先求法则，次求意境，后求气韵。[②] 我们可以这样解释，求法则是在媒介层的运用方法上用功，求意境是在描绘生活境象时着力，求气韵则是在形成独特的艺术风格上呕心沥血。

在前人既有认识的基础上，我们可以将所有优秀的艺术作品由外而内分为五个层次，即风格（或气韵）层、媒介层、物象层、认识评价层、哲学意味层。

汉语的"风格"一词起源于人物品藻，原指一个富有修养的人物在言行举止中所呈现的风范格局，本是与"气韵"可以互换的概念。无论就现实人物还是艺术作品而言，风格或气韵都是流溢于审美对象周身的一种神采。按照格式塔心理学的理论，主体把握对象的过程往往是整体先于局部。的确，当人们走进艺术展厅，首先感受到的是作品或豪放、或婉约、或典雅之类"神态"特征，正像远处走来一位人士，在面部轮廓模糊的情况下我们可以判断他是将军或是学者一样。

作品风格是艺术家操作媒介描绘人物形象或生活景象所表现出的气势和韵致。就中国传统的绘画艺术而论，风格的特定形态同画家运笔和用墨的特定方式密不可分。一般来说，偏重于运笔者多以气势见长，偏重于用墨者则多以韵致取胜，因此中国传统绘画以中唐为界，前期注重于用笔，总体上以气胜，后期偏好于墨染，总体上以韵胜。

内行看门道，外行看热闹。艺术家们的欣赏较多玩味于作品特定的媒介组织形式如何将物象层勾勒得栩栩如生，普通欣赏者则直接流连于作品所呈现出的形象世界。站在达·芬奇的杰作《蒙娜丽莎》面前，端详画中人那神秘的微笑，可能忘记时间的流逝，注目那富有质感、仿佛散发着温馨的双手，不禁会发出由衷的赞叹。作品的物

---

① [法]歌德等：《文学风格论》，王元化译，上海译文出版社1982年版，第3页。
② 潘天寿：《黄宾虹先生简介》，《潘天寿美术文集》，人民美术出版社1983年版，第205页。

象层仿佛是"第二自然"。

既然作为第二自然看待，人们就有理由将现实生活中判别真假和善恶的尺度常常不自觉地运用于艺术欣赏过程中，这便进入认识评价层。现代人从张择端的《清明上河图》看到宋代汴京的繁华景象，觉得较之历史书的记述更为真切和具体；汉代人读《诗经》，往往从普通的爱情故事中品出"发乎情，止乎礼义"的道德意味；一部《红楼梦》，更是让人们在这一层的把握上众说纷纭。

人们的认识与评价总是局限于相对的、有限的领域，但对艺术美的欣赏还能满足人们向往绝对之物或无限之境的心灵旨趣。罗丹受但丁《神曲》的启发，创作了群雕《地狱之门》（未完成），主像"思想者"坐落在门柱的上端，俯瞰人世间众多男女老少在苦难中挣扎，也许正在思考如何才能普度他们前往彼岸世界（天堂）。它刻画的是但丁，还是罗丹自己或其他人物？难以确断，重要的是激活了欣赏者心中本有的救世的原型，此即荣格所谓的"集体无意识"的呈现。

二 艺术品五个层次的来由

作品的五层次不能只是理解为欣赏者在欣赏过程中的一种意向性建构，同时还当视为艺术家在创作过程中自然而然形成的心灵化的结晶。

艺术文化的创造者被称为艺术家。他与其他社会成员一样，既是现实社会生活的观察者，又是评价者，于是日积月累而占有作品得以构成的题材；但又不同于其他社会成员，他必须擅长驾驭艺术符号，再现或表现人类生活的生动性和丰富性，也就是需要熟练操作形成作品的媒介。题材是构成作品内容的基础，媒介是形成作品形式的材料。在这种意义上说，内容与形式的二分法同作品层次的五分法必须能够兼容。我们需要建立理论的平台，通过辩证的否定走出内容与形式的习惯划分法而不是简单地摒弃它，即无须绕过而实现超越。

应该承认，内容与形式二分法是一种较为简约的划分方法，仍有实用的便利；只是深究起来，就会发现其中存在边界模糊甚至含义交叉的弊端。它其实既是横断面的平行划分——当将内容理解为质料而将形式理解为结构的场合；又是纵截面的层次划分——在仅以形式为作品的外观而与内容相对的时候，且此时的"内容"还包含着"内形式"，所谓外观不过是"外形式"而已。这种犬牙交错的关系导致人们在传达交流时常常容易混淆概念。艺术文化之所以区别于其他领域，在于它不仅需要考虑质料与结构，还需要考虑外观与内容，二分法中其实蕴含着两个考察维度。由于它反映出艺术文化的特性，所以即使关系错综复杂，仍应该成为我们倡导的层次划分法的基础。

从创作角度考察，艺术品的形成过程可以剖析为三种对立元素，即题材、媒介和结构。所谓"题材"是指选择进入作品的尚待作深度艺术加工的生活材料，包括各种生活片断的图景与创作者的特定认识和评价诸因素。所谓"媒介"是指用以再现或表现某种生活且可以担当文化产品生产元素的符号，它的构成通常借助某种物质或"物质性"的因素，诸如人体、大理石、青铜、线条、色彩、声音和语言[1]等。由于生活题材和物质媒介是两种性质迥异的质料，所以二者只有经过创作主体采用一定方式和手段进行组织、整合以后，才能成为有机的统一体，而进行组织、整合的方式主要取决于创作主体心灵中的"结构"。

可以说，"结构"（此处兼有名词与动词的属性）是艺术家构思过程中的核心和具有枢纽性质的因素。它是怎样形成和发挥作用的呢？前人讲艺术创作需要"师古""师物"和"师心"[2]，或者说需要"读万卷书，行万里路，胸中脱去尘浊"（董其昌：《画禅室随笔》卷二），首先就集中表现于艺术家心中的具体结构样式的孕育上。借鉴英国哲学家波普尔提出的观念，它来自"三个世界"。例如舞蹈家要创作一段《孔雀舞》，她必须先深入观察孔雀的生活习性与活动姿态，这是缘于生活题材的制约因素，或者说需要对被表现的现实事物（世界1）进行模仿；舞蹈是以人体为物质媒介的符号创造，必须充分考虑人体本身的条件和千百年来人们在舞步、手势、身姿等方面业已形成的舞蹈语言，也就是在媒介运用方面必须考虑既有艺术传统（世界3）的继承和发扬，当然在此基础上允许个人实践的探索和创新；不过，就其直接性和根本性的方面而言，如何实现结构题材和结构媒介的有机统一是源于艺术家特定的心灵旨趣，植根于创作主体特定的生命律动（世界2），塑造的孔雀形象或婀娜、或雄健，可能因人而异，它是形成独特风格和实现艺术创新的主要原因。

我们知道，在艺术创作过程中，题材、媒介都是对象性的存在物，创作主体的任务就在于按照一定的审美理想去处理它：如果说在艺术构思阶段主要是结构题材，那么在符号传达阶段则主要是结构媒介。结构题材便形成作品的"内容"（以意象和意象世界的形态），结构媒介而形成作品的"外观"（以符号和符号体系的形态）。艺术品的内容由题材与内形式结合而成，艺术品的外观也就是外形式，它其实是将媒介加以结构的产物。事实上，在艺术创作过程中，特别是一首诗歌或一段旋律，结构题材与结构媒介经常是同步进行的，内容的建构伴随着外观的呈现，外观的建构过程实现内容的传达，二者交会而形成物象层，滋生出一个活泼玲珑的世界。从这种角度看，艺术作品的形成过程可以图解如下（见下图）。

更细致一些审视，由外观和内容构成的艺术品（作为一个圆成体）可以剖析为五个层次。

艺术家在操作媒介描绘物象的过程中，基于其心灵旨趣和生命律动往往有着与他人不同或不尽相同的运作态势；这种运作态势虽然以某些特殊的符号操作能力为基础，但又超越于个别技巧的运用，它特别是艺术家比较稳定的心理动力特征（气质）的直接外化和鲜明体现。当它成功地将媒介与所要描写的题材融为一体，成为美的精神产

---

[1] 人们常将语言看作是思想的"物质外壳"。
[2] 《宣和画谱》卷十一（北宋著名画家范宽语）。

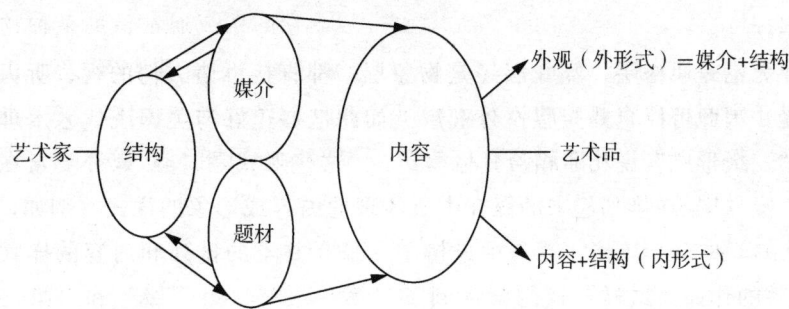

品的时候,自然而然地自身也凝冻在作品之中了,于是形成作品独特的气势与韵致,这种犹如云蒸霞蔚的审美风貌便是作品的风格层。

通过媒介的操作,艺术家直接呈现给欣赏者的往往是一种栩栩如生的生活图景,即物象层。不过看似与现实生活相仿佛的物象其实是经过心灵化的产物,不能不具有艺术家所赋予的情感色彩,即郑板桥所谓的"一枝一叶总关情"(《潍县署中画竹呈年伯包大中丞括》),因而艺术形象可称为"意象"。情与景的交融必然蕴含着特定的认识和评价,包括真与假、善与恶、美与丑的分辨和褒贬。一般来说,创作中的艺术家由于恢复了自由人的身份,往往较之日常生活中的他本人更多体现出人类的特性,因而自然而然地倾向于肯定和赞扬真善美,否定和鞭挞假恶丑,这就构成作品的认识评价层。作品的这一层可以较为容易地用概念形式表达出来,如主题思想之类。

与认识评价层形成对照的是物象层所蕴含的哲学意味,它往往超越语言表达的界限,创作者感到只可意会,难以言传。正如陶渊明的诗句所述:"此中有真意,欲辨已忘言。"(《饮酒》其五)它或是来自创作者的"神秘体验"(威廉·詹姆斯的称谓)或"高峰体验"(马斯洛的称谓),如杜甫在《寄高适、岑参三十韵》中明白道出"意惬关飞动,篇终接混茫"的感受;或是创作者根本没有意识到,但由于他描绘出具体生动的物象或传达出真挚深切的心灵体验,不自觉地进入形而上的领域,因为形象大于思维,形象不仅蕴含着特殊的本质,而且可能具有本体意味,前述骆宾王的《咏鹅》或可归于此类。无论是哪种情况,它都是优秀艺术品必不可少的因素。叶燮所言甚是:"诗之至处,妙在含蓄无垠,思致微妙。其寄托在可言不可言之间,其指归在可解不可解之会,言在此而意在彼,泯端倪而离形象,绝议论而穷思维,引人于冥漠恍惚之境,所以为至也。"(《原诗》内篇)审美趋向于自由境地,必然具有无限的一维,优秀的艺术品正是创作者审美感受和审美意识恰到好处的物化。

三　五个层次间的内在秩序

基于上述,无论是就艺术接受过程还是就艺术创造过程而言,艺术品都宜剖析为五个层次。因此,我们可以借用韦勒克的话说,这种划分应该是"稳妥的、有用的"。不过我们不能停留于此,还当进一步探讨五者之间的内在秩序,或许能发现更深层次的逻辑根据。

其实，无论是风格层、媒介层还是物象层，都直接诉诸人们的视、听，诉诸人们的感官感受，因此可以合并为感性外观层。如此把握正好与美国现代艺术理论家奥尔德里奇的"三级形式"说相通相洽。他写道："这些形式是（a）媒介要素在审美空间中的排列，或（b）在排列起来的媒介中所体现的内容或形象的样式（例如，一个受惊而蜷缩的人），和（c）风格，在这种风格中，媒介要素的排列和内容的样式配合起来'形成'完整的作品。这样，我们就谈到了'第一级''第二级'和'第三级'的形式。"[①] 三级形式如此排列是否妥当，可以商榷，奥尔德里奇显然是站在形式的"形成"意义上立论的；如果从鉴赏者对作品形式的把握角度考察，人们接触艺术品时所最先感受到的当是风格层，"第三级"应当居于另两级之前。我国古代艺术家欣赏画作区分气韵、笔墨和境象三层次，体味更为真切。

如果将三级形式合并，我们便得到艺术文本的三层次：感性外观层、认识评价层、哲学意味层。由此易于发现，它们刚好与人类心灵存在的感性、知性、志性三层面相对应。艺术创作是主体全身心的投注，艺术文本的层次系统的揭示本来就该与人类心灵的层次系统相吻合。中外思想史上关于艺术的本质特征所出现的分歧意见，实与美学家们注目于艺术文本的哪一层次不无关系：其一是精神本源说，认为艺术是道或绝对理念的显现，如我国的宗炳和西方的黑格尔等，他们的侧重点是艺术品的哲学意味层；其二是模仿现实说，认为艺术是对现实生活的再现，并且特别强调所谓真实性和倾向性，如别林斯基、杜勃罗留波夫等，这一派主要着眼于艺术品的认识评价层；其三是"美在形式"说，认为艺术的价值只在形式本身，与任何知性认识和道德评价等无关，现代西方一些形式主义流派的艺术观属于此类，他们的视点集中在艺术文本的感性外观层。

更有兴味的是，艺术文本的五层次以物象层为中轴，展现出一种美妙的两极对应：操作媒介与进行认识评价均需要较多的知性能力参与，风格与哲学意味的形成一样体现志性心灵能力的运行（如下图所示）。一些年前，笔者虽然发现了这种秩序，但一直苦于不能给予合理的解释，知其然却不知其所以然。[②] 值得欣慰的是，现在我们已有可能揭示其中的原委。

让我们再次回到前述艺术品的形成过程图。从中可以看出，在艺术家结构媒介与结构题材并行的过程中，形成了作品的物象层或英加登所谓的"图式化外观"，它其实是艺术品最基本的存在样态。韦勒克等甚至认为作品的层次分析可以到此为止，虽然有失片面但不无道理——如果不考虑创作者和欣赏者（新批评派甚至认为若考虑二者会分别导致"意图谬误"和"感受谬误"）的心理因素，且以一种纯科学的态度对待艺术文本，连风格层也可以排除；的确，若借助科学仪器检测，艺术品的客观的实体性

---

① [美]奥尔德里奇：《艺术哲学》，程孟辉译，中国社会科学出版社1986年版，第75页。
② 胡家祥：《文艺的心理阐释》，武汉大学出版社2006年版，第163页。

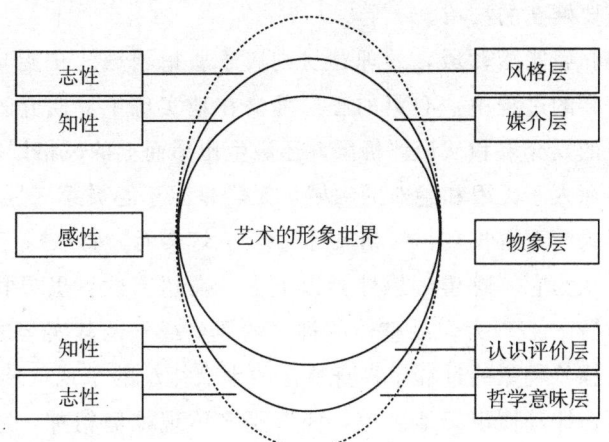

存在只有媒介与物象两层。一般而言，媒介层的构织是为描绘出物象层服务的（只有俄国形式主义等极少数派别视媒介层为核心），因而物象层的描绘成为艺术创作成败的核心问题。人们几乎普遍地认同，以形象反映和表现生活是艺术文化的根本特性。

物象层相对于风格、媒介而言是内容（所指），相对于认识评价层和哲学意味层则是外观（能指）。它是感性具体的，感性形象较之抽象符号的文化运载力远为强大，如《五灯会元》记述佛祖在灵山会上拈花微笑，将无可估量的认识或评价因素和哲学意味都内含其中了。正因为如此，艺术文化以感性具体的形态能塑造千姿百态的圆整人格，描绘各种各样的生存环境，展现活泼玲珑的精神家园。其丰富多彩几乎可以同现实世界相媲美。

在艺术品中，媒介层仿佛"蜕变"为物象层之后，自身以隐而不显为佳。特别是舞蹈与雕塑，媒介层与物象层几乎浑为一体，难以分辨。文学较为特殊，物象与媒介仿佛存在一条鸿沟，由抽象的语言文字到具体生动的生活画面须经历一个转化过程，以致英加登用声音和意群两个层次来表示其衔接。尽管如此，文学家仍与其他艺术家一样，通常以媒介为筏，最终的目标是舍筏而登岸，欣赏者更是得鱼而忘筌。文学及以文学文本为基础而形成的戏剧、电影等作品还有一个特殊之处是有时可能直接裸露认识和评价成分，这是因为语言文字最适宜于直接表达思想观念，如托尔斯泰的名著《复活》就常有大段的议论。音乐、绘画与雕塑等则不然，认识与评价层完全隐含于物象层之中。

认识事物的真假或评价事物的善恶均是人的知性能力的发挥，显而易见；运用媒介栩栩如生地勾画出作品的形象世界，同样需要知性能力的参与。它一方面表现于对不同媒介的特性的认知，另一方面表现于掌握组织和调配媒介的技能，前者近乎自然科学，后者近乎工程科学，所以优秀的艺术家几乎都经历过较长时间的"求法则"阶段。我们知道，文艺复兴时期造型艺术的辉煌建基于透视学、解剖学和色彩学的进步，而达·芬奇和米开朗基罗等不仅是画家，而且是科学家或工程师。不能设想，一个作家完全不懂语法和修辞，一个音乐家完全不理会乐理与曲式等。艺术创造不仅需要天赋的才能，而且需要娴熟的技巧。

艺术家操作媒介属能指领域，处理题材则属于所指领域。在能与所相互融合最后形成艺术的形象世界的过程中，心灵的三层面潜在地实现了双向介入。以物象层为中心，不仅有形而下的媒介层和认识评价层，还滋生出形而上的风格层和哲学意味层。

艺术品的所指深入于无限和绝对的领域，无疑是源于心灵第三层面即志性的呈现。禅师们称这种境界为"万古长空，一朝风月"（《五灯会元》卷二）；康德依据人类的心灵能力进行解释，认为它"眺望到感性界以上去，在超感性界里寻找我们一切先验机能的结合归一之点"①。表现为作品整体的神采的风格或气韵其实与之相通，因为它是艺术家在操作媒介描绘物象的过程中自身特定的生命律动的呈现（传神）。依据中国哲学的观点，这种生命律动体现天地之道：狂者更多体现乾健精神，通常以气胜，易于形成壮美风格；狷者所体现的多为坤顺精神，通常以韵胜，易于形成弱美风格；中行者则为乾坤和合，气韵协调，易于形成优美风格。作品风格既是最外显的（就其呈现而言），又是最内在的（就其根源而言）。一些西方学者对此已有觉察，却不能揭示其原因，如德国文论家 L. 施皮策尔曾解释为"一个心灵的传记"，西班牙艺术理论家 D. 阿隆索进而探求形成风格的某种不可言传的因素——神秘的天启。② 我国古代先哲通过揭示符号学意义上的笔墨、人类学意义上的刚柔和宇宙学意义上的乾坤之间的内在关联，顺理成章地解释了风格层的由来。③

罗丹曾指出："凡是……天才的艺术家，是会激起同样的宗教情绪的——因为他把他在不朽的真理前亲自感受到的东西传给我们。"所以，"神秘好像空气一样，卓越的艺术品好像浴在其中"④。应该说，这种神秘的氛围不只是艺术作品所蕴含的哲学意味层，还当包括作品的风格层，因为二者都体现了天地之道，均超越语言所能确切描述的范围。张怀瓘就曾称赞顾恺之"襟灵莫测"，"虽寄迹翰墨，其神气飘然在烟霄之上，不可以图画间求"（《画断》）。音乐艺术一般很难让人呈现具体、明确的物象层和认识评价层，但由媒介构成的旋律却很容易让人品味出其独特的风格和体认到其形而上的意味——贴近一些是生命的律动，与之相连的是宇宙的节律，故人们普遍承认，"大乐与天地同和"（《礼记·乐记》）。

总之，将艺术品划分为五层次，合乎艺术欣赏和艺术创作的实际，其两极对应的秩序正好反映出能指与所指双向的心灵化，有着深广的逻辑基础。

---

① ［德］康德：《判断力批判》上卷，宗白华译，商务印书馆1964年版，第187—188页。
② 转引自［德］凯塞尔《语言的艺术作品》，陈铨译，上海译文出版社1984年版，第357页。
③ 请参阅胡家祥《气韵：艺术神态及其嬗变——中国传统的艺术风格学研究》，中国书籍出版社2013年版。
④ ［法］奥古斯特·罗丹《罗丹艺术论》，沈琪译，人民美术出版社1978年版，第92页。

意识形态批评与文学批评
——重读列宁论托尔斯泰

陈然兴[①]

(西北大学文学院　陕西　西安　710069)

摘　要：我们以往对列宁论托尔斯泰文章的研究存在着研究思路与对象性质之间的错位。列宁对托尔斯泰的评论是在意识形态批评的层面上而不是文学批评的层面上进行的，其研究对象不是托尔斯泰的作品，而是托尔斯泰主义的意识形态。"列夫·托尔斯泰是俄国革命的镜子"的命题不能理解为"托尔斯泰的作品是俄国革命的镜子"，而应该正确地理解为"托尔斯泰主义是反映俄国革命的历史条件的镜子"。马克思主义的意识形态批评是在意识形态领域进行的政治实践，它不仅不会把文学政治化，相反，它可能通过揭露和批判各种意识形态性的批评而在更高的层面上保障文学自身的价值。

关键词：列宁论托尔斯泰；意识形态批评；文学批评

　　列宁论托尔斯泰的系列文章是马克思主义经典文献中极为特殊且难能可贵的一部分。法国马克思主义批评家马歇雷曾赞道："这是一个史无前例且罕见的事件，一个政治领袖和科学理论家全面地探讨一个特殊的文学问题。"[②] 对于马歇雷和国内大多数研究者来说，这组文章毫无疑问应该被看作是马克思主义文学批评的经典，我们以往的研究也主要是在这个方向上进行的。但是，这组文章的根本的政治性又使它与一般的文学批评难以调和。过去我们从肯定的方面讲，这是马克思主义文学批评的科学性和战斗性的辩证统一，而随着时代的变化，人们越来越不满意这种本质上极其含混的提法。有不少的学者开始站在不同的立场上反思这组文章在方法论上的问题及其结论的合理性。比如，一些学者认为，在这组文章中，列宁从纯粹政治性的角度批判了托尔斯泰的作品，而丝毫没有顾及托尔斯泰作品的"文学性"价值以及其中包含的"人道

[①] 陈然兴（1983—　），男，汉族，河南南阳人，西北大学文学院讲师、博士，研究方向为叙事学、马克思主义批评。

[②] Pierre Macherey, *A Theory of Literary Production*, London: Routledge & Kegan Paul Ltd., 1978, pp. 105—106.

主义"情怀,他们不约而同地呼吁"让文学回归道义"①。这种声音迫使我们重新来审视这组文章,重新认识它的对象、性质、结论和方法。

一 列宁论托尔斯泰文章的性质

批评文章的对象和性质是由它的提问方式所决定的,而不是由它所提出的个别论断决定的。衡量批评文章的对象和性质,就是要就它所提出的问题进行考察,它的理论主张不仅仅表现在对这个问题的回答上,更主要地表现在使这个问题得以成立的隐含前提之中。重读列宁论托尔斯泰的文章,我们首先要弄清楚的就是,列宁在文章中提出了怎样的问题,他又是在怎样的理论前提下提出问题的?

毫无疑问,列宁对自己的提问方式是有自觉意识的。在《列夫·托尔斯泰是俄国革命的镜子》一开篇,列宁就对自己文章的标题,即文章的结论进行了先行的说明,"把这位伟大艺术家的名字同他显然不理解、显然避开的革命联系在一起,初看起来,会觉得奇怪和勉强。分明不能正确反映现象的东西,怎么能叫作镜子呢?"②这里,列宁通过提出一个矛盾来强调自己的提问方式的特殊性。这个矛盾的一方面是托尔斯泰对俄国革命的"显然不理解"和"显然回避"。矛盾的另一方面是作为一个伟大的艺术家,托尔斯泰"在他的作品中至少会反映出革命的某些本质的方面"③。从托尔斯泰对俄国革命的主观认识来讲,他是"分明不能正确反映现象"的;从托尔斯泰作品的客观意义来讲,它又"至少会反映出革命的某些本质方面"。这个矛盾中暗含着一个理论前提,即作品的意义不等于作家的思想,而两者之间的差异就是列宁所要阐释的对象。

文学作品的意义与作家思想之间的差异,在当代批评理论中是一个共识。但是,对这种差异的解释却是多种多样的。比如,从精神分析学说的理论视角来看,这种差异最终来源于作家的意识与无意识之间的矛盾;而从结构主义语言学的理论视角来看,这种差异最终来源于"能指"与"所指"之间的矛盾,即语言自身衍生意义的能力与言语表达之间的矛盾;从阐释学和接受美学的理论视角看,这种差异则是由作品的历史生存本身所决定的,即作品总是在具体的社会历史条件中被不断地重写从而产生其具体的"效果"。列宁的阐释与所有这些理论都不同。他是从历史唯物主义的理论视角出发,即通过分析文学作品和作家思想产生其中的具体历史条件来揭示它们之间差异产生的必然性的。在列宁这里,作品的意义与作家的思想并没有被彻底割裂,它们的差异也不是绝对的,从"人们的社会存在决定人们的意识"④这个意义上讲,社会历史

---

① 参见木易《论列宁对托尔斯泰的评论》(《云南师范大学学报》1999年第3期)及黄力之《让文学回归道义:反思列宁对托尔斯泰的批评》(《学习与探索》2009年第2期)。
② 《列宁全集》第17卷,人民出版社1988年版,第181页。
③ 同上。
④ 《马克思恩格斯选集》第2卷,人民出版社1995年版,第32页。

生活最终决定着它们各自的特点,包括它们的差异本身。因此,在列宁的文章中,托尔斯泰的作品与托尔斯泰的观点、学说往往被一起提及。比如,他说,"列夫·托尔斯泰所处的时代,他的天才艺术作品和他的学说中非常突出地反映出来的时代,是1861年以后到1905年以前这个时代……这个时期的过渡性质,产生了托尔斯泰作品和'托尔斯泰主义'的一切特点"①。当然,即使在这种情况下,列宁也没有把文学作品与作家思想混为一谈。然而,他的论述的重心是在作家思想上而不是在作品上。从论托尔斯泰系列文章的具体表述看,列宁重点是把作家思想与产生这种思想的历史条件联系起来,通过揭示作家思想本身的性质、内在矛盾来阐述托尔斯泰作品之于俄国革命的意义。这种理论重心的选择本身具有科学的、辩证的性质。

在提出托尔斯泰作品的意义与托尔斯泰的思想之间的矛盾之后,列宁马上对这个矛盾进行了分析。他连续用四个"一方面……另一方面……"的表述将托尔斯泰作品与其思想中的矛盾展开。于是,一个矛盾整体被清晰地分解为四对矛盾:(1)天才的艺术家——信仰基督的地主;(2)对社会弊病的真诚抗议——消极颓废的"托尔斯泰主义者";(3)批判资本主义剥削、暴露了资产阶级与工人群众的深刻矛盾——鼓吹不以暴力抵抗邪恶;(4)最清醒的现实主义——鼓吹宗教。在这四对矛盾中,主要矛盾是(2)和(3),它们可以归结为是托尔斯泰思想中固有的矛盾;次要矛盾则是(1)和(4),它们涉及托尔斯泰作品的艺术品格与作家的宗教信仰之间的矛盾。列宁的文章选择了这个矛盾整体中的主要矛盾,即托尔斯泰思想本身的矛盾进行了充分的阐述。而在这个主要矛盾中,列宁还抓住了矛盾的主要方面,即托尔斯泰主义的消极、反动的一面进行了猛烈的批判,这是因为,在当时的意识形态斗争中,官方评论和自由派不约而同地鼓吹托尔斯泰主义的消极的一面,使它成为了一种阻碍俄国革命的思想。毛泽东在《矛盾论》中讲:"事物的性质,主要地是由取得支配地位的矛盾的主要方面所规定的。"② 列宁对托尔斯泰的批评就是用辩证法认识事物的光辉典范。

在辩证地分析了问题的前提之下,列宁从历史唯物主义的理论视角出发提出了自己的问题:"'托尔斯泰主义'的显著矛盾是由什么造成的,这些矛盾表现了我国革命的哪些缺陷和弱点?"③ 这个问题所问及的是作为一种意识形态的托尔斯泰主义与它所产生其中的社会运动之间的关系。列宁文章所要揭示的是意识形态与现实的相互关系而不是艺术与现实的相互关系。这两个问题不能混淆。尤其是在艺术与意识形态的关系问题在列宁那里仅仅是提及,却未得到解决的情况下,它们更不能混为一谈。因此,不能像B.诺维科夫那样断言:"举世公认,这是用马克思主义解决艺术同现实的相互关系问题典范。"④

---

① 《列宁全集》第20卷,人民出版社1989年版,第100页。
② 《毛泽东选集》第1卷,人民出版社1991年版,第322页。
③ 《列宁全集》第17卷,人民出版社1988年版,第182页。
④ B.诺维科夫:《列宁的方法论与对作家的分析》,见《列宁文艺思想论集》,中国社会科学出版社1986年版,第502页。

托尔斯泰主义与俄国革命的关系，这个对象本身决定了列宁的批评不是文学批评而是意识形态批评的基本性质。列宁文章的价值不仅仅在于他对问题的解答，而首先在于他对问题的提出。要知道，在当时的历史环境中，托尔斯泰作品的意义与托尔斯泰的思想之间的矛盾在官方评论和自由派知识分子的评论中是不存在的。在后者的批评中，托尔斯泰作品的内容与其意义是和谐统一的，它们统一于伟大的、可以作为"人类的良心"的"托尔斯泰主义"。列宁的文章就是直接针对它们而做的，通过揭露"托尔斯泰主义"的内在矛盾以及这种矛盾产生的社会根源，列宁的文章有力地抨击和揭露了那些妄图借助托尔斯泰的世界声誉传播反动思想的意识形态活动家们。

总之，从列宁所提问题的性质、他的提问方式，包括提出这个问题的条件和目的等方面来看，列宁论托尔斯泰的文章都不是在文学批评的层面上进行的，而是在意识形态批评的层面上进行的。

二 镜子的本体

"列夫·托尔斯泰是俄国革命的镜子"不仅是列宁论托尔斯泰文章中第一篇文章的标题，也可看作这一组文章的总标题。它概括地表达了列宁的核心观点。然而，这个标题的隐喻性也给后来的阐释者带来了极大的混乱。长期以来，人们围绕"镜子"的比喻做了很多文章，很多人把它看作马克思主义的"反映论"的理论依据。于是，出现了一个广为流传而在列宁的文章中从未出现过的命题："托尔斯泰的作品是俄国革命的镜子"。例如，傅腾霄在文章中说，列宁"第一次用马克思主义的观点，科学地、意味深长却又力排众议地称托尔斯泰的作品是'俄国革命的镜子'"[①]。陆贵山、周忠厚在其主编的《马克思主义文艺论著选讲》中也说，"革命导师列宁是从辩证唯物论的反映论的观点来分析、评价托尔斯泰的文艺作品的。他称赞这位'天才的艺术家'创作了一幅'无与伦比的俄国生活的图画'，作为'俄国革命的镜子'，照现出'革命的某些本质的方面'"[②]。从马克思主义的反映论的角度来讲，"托尔斯泰的作品是俄国革命的镜子"命题不能算是错误，但是它极易让人产生误解。

首先，它会让人误认为，文学对社会现实的反映是简单直接的，从而使马克思主义的反映论沦于机械反映论的错误中去。而事实是，列宁在第一篇文章的第一段就提出了一对矛盾——托尔斯泰对俄国革命的"不理解""显然避开"与托尔斯泰作为伟大的艺术家，"他的作品至少会反映出革命的某些本质方面"之间的矛盾——从而揭示了文学反映现实的复杂性。其次，这个命题还会让人误以为，马克思主义批评的标准是文学是否正确地反映了现实。事实是，列宁对托尔斯泰艺术成就的高度赞扬是独立的，

[①] 傅腾霄：《〈安娜·卡列尼娜〉与"俄国革命的镜子"——学习列宁论托尔斯泰札记》，《外国文学研究》1981年第3期。

[②] 陆贵山、周忠厚主编：《马克思主义文艺论著选讲》（第5版），中国人民大学出版社2011年版，第439页。

从来没有把托尔斯泰的艺术成就与他的作品"反映出俄国革命的某些本质方面"这两个问题混淆在一起。在《列夫·托尔斯泰是俄国革命的镜子》中,我们的确能找到这样一句话:"如果我们看到的是一位真正伟大的艺术家,那么他在自己的作品中至少会反映出俄国革命的某些本质方面。"① 然而,这只是一个论断,就为什么说伟大的艺术作品必然具有反映社会生活本质的功能这个问题,列宁没有进行阐述。我们只能说,列宁在这里提出了一个值得我们讨论的问题,而不是得到了一个结论。最后,"托尔斯泰的作品是俄国革命的镜子"这个命题还会让人误认为,列宁的批评就是简单地拿作品内容与现实生活做比对的结果。事实是,这种比对在列宁的文章中很少出现。在《列夫·尼·托尔斯泰和他的时代》中,列宁对《安娜·卡列尼娜》中列文的一段话进行了评述:"'现在在我们这里,一切都颠倒过来,而且刚刚开始形成'——很难想象还有比这更能恰当地说明 1861—1905 年这个时期特征的了。"② 列宁在这里似乎是在拿托尔斯泰作品的内容与现实做比对,但是列宁论述的重点在于从这段话中读出托尔斯泰对这种具体的历史现实的回避。所以列宁接着就说,"但是这样明确地、具体地、历史地提出问题,对于托尔斯泰来说,却是一件完全陌生的事情。他总是抽象地发议论……"③ 文章接下来是一大篇对托尔斯泰学说的内容和性质的论述。这就是说,列宁没有停留在作品内容与现实生活之间的比对上,而是转向了对作者思想的阐释和批判上。总之,把列宁的"列夫·托尔斯泰是俄国革命的镜子"这个结论不加批判地转述为"托尔斯泰的作品是俄国革命的镜子"将会扭曲列宁文章的性质并严重损害列宁文章所包含的理论启发性。

毫无疑问,在标题中"镜子"一词指示了"列夫·托尔斯泰"与"俄国革命"之间的一种反映关系。然而,"列夫·托尔斯泰"这个词作为"镜子"的本体在这里到底指的是什么?我想,与标题中的"镜子"相对应的是文章中出现的"镜子"以及反复出现的"反映"和"表现"的概念。我们不妨把其中最为重要的段落集中起来看一看:

(1) 托尔斯泰富于独创性,因为他的全部观点,总的说来,恰恰表现了我国革命是农民资产阶级革命的特点,从这个角度来看,托尔斯泰观点中的矛盾,的确是一面反映农民在我国革命中的历史活动所处的矛盾条件的镜子。④

(2) 托尔斯泰的思想是我国农民起义的弱点和缺陷的一面镜子,是宗法式农村的软弱和"善于经营的农夫"迟钝胆小的反映。⑤

---

① 《列宁全集》第 17 卷,人民出版社 1988 年版,第 181 页。
② 《列宁全集》第 20 卷,人民出版社 1989 年版,第 100 页。
③ 同上书,第 101 页。
④ 《列宁全集》第 17 卷,人民出版社 1988 年版,第 185 页。
⑤ 同上书,第 186 页。

(3) 托尔斯泰的观点和学说中的矛盾并不是偶然的,而是19世纪最后30多年俄国实际生活所处的矛盾条件的表现。①

(4) 托尔斯泰的观点中的矛盾,仅仅不是他个人思想上的矛盾,而是一些极其复杂的矛盾条件、社会影响和历史传统的反映,这些东西决定了改革后和革命前这一时期俄国社会各个阶级和各个阶层的心理。②

(5) 艺术家托尔斯泰的作品,思想家托尔斯泰的观点反映的正是旧俄国的一切旧"基础"的这种迅速、激烈而急剧地被摧毁。③

(6) 托尔斯泰的学说反映了直到最底层都在掀起汹涌波涛的伟大的人民海洋,既反映了它的一切弱点,也反映了它的一切长处。④

(7) 托尔斯泰的批判所以这样感情强烈,这样热情奔放,这样有说服力,这样清新、真诚、具有力求"追根究底"找出群众苦难的真正原因的大无畏精神,是因为他的批判真正反映了千百万农民的观点的转变……⑤

(8) 列夫·托尔斯泰所处的时代,他的天才艺术作品和他的学说中非常突出地反映出来的时代,是1861年以后到1905年以前这个时代。⑥

"镜子"一词在文章中仅出现两例,如(1)和(2)所示,作为反映的主语,起到反映俄国革命现实功能的是"托尔斯泰的观点""托尔斯泰观点中的矛盾""托尔斯泰的思想"。而在其他段落中,只有在(5)和(8)中,列宁把"艺术家托尔斯泰的作品,思想家托尔斯泰的观点"共同作为"反映"的主语。而其余所有与"反映""表现"概念相连的都是"托尔斯泰的思想""托尔斯泰的观点""托尔斯泰的学说""托尔斯泰的批判"等。可以看到,列宁从来没有把"托尔斯泰的作品"单独地与"镜子""反映""表现"等概念相联系,因此,"镜子"这一比喻所要揭示的"反映"和"表现"关系是托尔斯泰的观点和学说即"托尔斯泰主义"和俄国的社会现实之间的关系,而不是托尔斯泰的文学作品本身与这个现实的关系。

一般认为,"托尔斯泰的观点和学说"就是从"托尔斯泰的作品"中体现出来的,因此它们大致可以看作是一回事。但是,我认为,一方面,托尔斯泰的观点和学说不仅体现在托尔斯泰的文学作品中,也体现在他的政论、日记、书信和其他文章中,而且在后者中的体现无疑是更加直接的。另一方面,托尔斯泰的观点、学说与托尔斯泰的关系跟托尔斯泰的作品与托尔斯泰的关系是不同的。托尔斯泰的作品当然属于托尔斯泰,是他作为艺术家的天才创造的产物;而托尔斯泰的观点和学说,也就是"托尔

---

① 《列宁全集》第17卷,人民出版社1988年版,第185页。
② 《列宁全集》第20卷,人民出版社1989年版,第23页。
③ 同上书,第40页。
④ 同上书,第71页。
⑤ 同上书,第41页。
⑥ 同上书,第100页。

斯泰主义"则不是托尔斯泰所创造的。列宁指出:"托尔斯泰学说不是什么个人的东西,不是什么反复无常和标新立异的东西,而是由千百万人在相当长的时期内实际所处的一种生活条件产生的思想体系。"① 这"千百万人"就是俄国农民,"托尔斯泰如此忠实地反映了农民的情绪,甚至把他们的天真,他们对政治的疏远,他们的神秘主义,他们逃避现实世界的愿望,他们的'对邪恶不抵抗',以及他们对资本主义和'金钱势力'的无力诅咒,都带到自己的学说中去了。千百万农民的抗议和他们的绝望,就这样在托尔斯泰学说中融为一体"②。因此,托尔斯泰的观点和学说既不是他的个人创造的产物,也不属于他个人,托尔斯泰主义是1861—1905年千百万农民对自身生活处境的情绪反应和思想认识的总和。

因此,与"列夫·托尔斯泰是俄国革命的镜子"这个命题相对应的是列宁的这样一句话:"托尔斯泰观点中的矛盾,的确是一面反映农民在我国革命中的历史活动所处的矛盾条件的镜子。"③ 也即是说,托尔斯泰的观点、学说,即托尔斯泰主义是反映俄国革命性质、动力和弱点的镜子。当然,这里不存在机械反映的意思。通过揭示一种意识形态由以产生的社会条件,通过揭示它的内容和性质来认识社会现实,是需要通过一系列复杂的理论阐释来完成的,列宁的批评就为这种理论阐释提供了范例。

三 意识形态批评与文学批评

程正民说:"列宁的文章虽然带有强烈的政论色彩,并且侧重于思想分析,但绝不像有些人所说的,好像列宁评论托尔斯泰只有思想分析,没有艺术分析,只能算是一种政论文章。这种看法显然不够全面,也脱离了评论文章的实际。"④ 他指出,列宁对托尔斯泰作品的艺术成就是有分析。他说:"从艺术上看,列宁认为托尔斯泰创作最大的特色是'撕下一切假面具'的'最清醒的现实主义'。"⑤ 托尔斯泰作品的伟大、天才以及他在世界文学史上的地位都是由这种创作特色所造成的。程正民的说法是极其牵强的。首先,一般被作为文学批评术语的"现实主义"一词,在列宁那里主要的不是指托尔斯泰的艺术手法,而是指托尔斯泰的世界观。该词在列宁论托尔斯泰的文章中仅出现过一次。在《列夫·托尔斯泰是俄国革命的镜子》中,列宁列举了托尔斯泰作品、观点、学说中的四组矛盾,最后讲道:"一方面是最清醒的现实主义,撕下了一切假面具;另一方面,鼓吹世界上最醒醒的东西之一,即宗教,力求让有道德信念的神父代替有官职的神父,这就是说,培养一种最精巧的因而是特别恶劣的僧侣主义。"⑥

---

① 《列宁全集》第20卷,人民出版社1989年版,第103页。
② 同上书,第41页。
③ 《列宁全集》第17卷,人民出版社1988年版,第185页。
④ 程正民:《列宁文艺思想与当代》,北京师范大学出版社1997年版,第167页。
⑤ 同上书,第171页。
⑥ 《列宁全集》第17卷,人民出版社1988年版,第182页。

这里,"现实主义"主要的是指一种观照现实生活的方式,它与僧侣主义的逃避现实的观照方式矛盾地共存于托尔斯泰的观点和学说之中。其次,把"现实主义"看作是托尔斯泰的"特色""独创性""天才"之所在是不恰当的。作为艺术创作手法和艺术风格的"现实主义"不是托尔斯泰的首创,他的作品的艺术力量也不是单纯由这种手法和风格所决定的,而是对多种艺术技巧的熟练运用而产生的综合效果。把"现实主义"作为文学作品的艺术效果的唯一来源是一种教条主义的偏见,这在列宁论托尔斯泰的文章中是不存在的。

因此,真正"全面"的看法不是把列宁文章涉及的各种方面随意地延伸,而是要客观地分析这些不同方面,并在把握了这些不同方面之间关系的基础上提出真正的问题。客观地讲,尽管在论托尔斯泰的文章中,列宁高度地评价了托尔斯泰的艺术成就,就托尔斯泰的艺术才华及其作品的艺术价值给予了高度的赞扬。但是,所有这些评价都是以命题式的论断形式来表述的,列宁对其评价标准和作品中的具体表现没有任何的论证,这都是一些"没有问题的答案"。傅腾霄虽然认为,列宁论托尔斯泰的文章是文学批评,但是他得出的结论令人失望。他说:"列宁的论断,只是给我们研究托尔斯泰,打开了一条光明之路,并不能代替我们对托尔斯泰所应当进行的包括艺术分析在内的种种研究。"[①] 他没有认识到,之所以出现这种情况完全是由列宁批评本身的性质和任务所决定的。列宁对托尔斯泰的评论的确不是在一般文学批评的层面上进行的,而是在意识形态批评的层面上进行的。

应该说,马克思主义的意识形态批评与文学批评在其对象、任务和性质上都是绝不相同的。意识形态批评的对象是作为社会意识形式的思想体系,它渗透在各种社会话语之中,并且直接地、具体地影响着人们的社会活动。列宁的对象——托尔斯泰主义仅仅是较为集中地体现在托尔斯泰的作品和学说之中,但是它绝不限于托尔斯泰的作品和学说,它本质上不是托尔斯泰的个人创造。因此,当列宁说"托尔斯泰的观点、学说"的时候,必须始终记住,列宁谈论的是由农民阶级的时代意识构成的,并在广大群众中广泛流传的一种社会意识形态。列宁策略性地使用了"托尔斯泰"这个名字,仅仅是为了针锋相对地与资产阶级自由派和官方评论进行论战,从而为无产阶级革命扫清思想障碍。

托尔斯泰主义在群众中的影响是巨大的,它所造成的政治后果促使列宁必须对其进行批判性的分析。列宁说:"托尔斯泰反映了强烈的仇恨、已经成熟的对美好生活的向往和摆脱过去的愿望,同时也反映了耽于幻想、缺乏政治素养、革命意志不坚定这种不成熟性。历史条件和经济条件既说明发生群众革命斗争的必然性,也说明他们缺乏斗争的准备,像托尔斯泰那样对邪恶不抵抗;而这种不抵抗是第一次革命运动失败的极重要的原因。"[②] 马歇雷认为:"列宁是在试图说明'农民'革命失败的积极意义的

[①] 傅腾霄:《〈安娜·卡列尼娜〉与"俄国革命的镜子"——学习列宁论托尔斯泰札记》,《外国文学研究》1981年第3期。

[②] 《列宁全集》第17卷,人民出版社1988年版,第187页。

时候遇上托尔斯泰的。"① 这话不准确。应该说，列宁是在寻找第一次革命运动失败的原因的时候遇上托尔斯泰的，也是在与资产阶级自由派进行思想论争的过程中集中论述托尔斯泰的，其目的是通过对托尔斯泰主义的科学分析揭示其空想性和反动性，批判资产阶级妄图利用托尔斯泰主义阻碍革命的阴谋，从而使工农群众认清自己的处境并坚定地走上无产阶级革命的道路。

文学批评是对围绕作品而形成的文学活动进行的理论研究。文学批评可能包含对作品、作家、读者的思想研究，但是这种研究永远无法离开作品本身。文学作品作为艺术作品的本性决定了一切文学批评都必须建立在特定的美学理论的基础之上，而且其研究对象最终要落脚在作品中的符号和符号形式上。文学批评的任务多种多样，在不同的话语环境中，文学批评可能作为文学活动中的一部分起到引导创作和阅读的作用，也可能作为理论活动的一部分起到建构有相对独立性的人文知识的作用。当然，它也可能作为政治活动的一部分参与到意识形态论争之中。但是文学批评的对象决定了它主要是作为文学活动和理论活动而存在的，文学批评的政治功能必须依赖这两种活动而间接地得到实现。因此，文学批评是以基于作品事实而形成的现象为对象，通过艺术的或学理的分析和评价以获取经验或知识的理论活动。

可见，意识形态批评与文学批评在本质上是完全不同的。混淆两者会造成严重的错误。如果我们把列宁对托尔斯泰的批评看作是文学批评中的一种，并把它冠以马克思主义文学批评的名目，那么马克思主义文学批评就成了一种把文学政治化的批评。这种批评完全无视文学自身的价值，而把文学缩减为政治宣传和斗争的手段。这可能是对列宁论托尔斯泰最大的误解，这种误解不仅会损害列宁文章的理论价值，还会使马克思主义的文学批评声名狼藉。这种混淆的一种弱化的形式在马歇雷的论述中有所体现。他认为列宁的文章是在特殊情况下为文学批评附加了一种政治功能。他说，"在特殊的、具体的情境中，列宁在作为一般理论活动形式的文学批评中发掘出一种新的功能。写作论托尔斯泰小说的文章并不是一种消遣或闲谈。它不仅是一个简单的对伟大人物表示敬意的问题，而是要在文学生产的时效范围之内为其指派一个真正的任务。美学与政治理论紧密联系，列宁对托尔斯泰的思考指向一种实践目标"②。这种理解的含混之处在于，如果列宁的政治批评是从外部附加或指派给文学批评的，那么它就必然损害文学批评本身。反过来，如果文学批评在这里仅仅是列宁政治批评的策略性的幌子，那么它又完全没有必要。

不过，意识形态批评与文学批评的区别并不意味着它们之间就不存在联系。首先，文学批评可能通过文学经验和知识的生产间接地介入意识形态论争之中，它往往在特定条件下不自觉地发挥着超出其理论范围的意识形态作用。因此，文学批评往往也是不自觉的意识形态性的批评。这时，它就可能成为马克思主义的意识形态批评的对象。

---

① Pierre Macherey, *A Theory of Literary Production*, London: Routledge & Kegan Paul Ltd., pp. 106—107.
② Ibid., p. 107.

用詹姆逊的术语来讲,意识形态批评具有"元评论"的能力,即对意识形态性的批评进行批评的能力①。于是,意识形态批评通过这种"元评论"不仅不会使文学政治化,而且通过批判一切自觉地或不自觉地对文学的意识形态性利用而在更高的意义上保障了文学自身的价值。这一点在列宁论托尔斯泰的文章中是可以得到证明的。

列宁论托尔斯泰的文章中始终贯彻着对官方评论和自由派评论的虚伪性的抨击。无论是官方评论还是自由派的评论表面上大谈特谈托尔斯泰的伟大,而实际上是要借助于托尔斯泰的声誉而传播其反动思想。他们对托尔斯泰的解读是意识形态性的,他们宣扬托尔斯泰作品中"属于过去的东西",而压抑其中包含的"属于未来的东西",其目的是利用影响广泛的托尔斯泰主义阻碍俄国革命的进程。因此,列宁说:"甚至在俄国也只有极少数人知道艺术家托尔斯泰。为了使他的伟大作品真正成为所有人的财富,就必须进行斗争,为反对那种使千百万人受折磨、服苦役、陷于愚昧和贫穷境地的社会制度而进行斗争,必须进行社会主义革命。"② 这就是说,如果产生托尔斯泰主义的社会问题不得到真正的解决,托尔斯泰就不可避免的是一个宣传反动意识形态的思想家和说教者,他的作品不可避免地要作为资产阶级意识形态的同谋而背负阻碍革命的历史罪过。只有通过革命把资产阶级的意识形态产生的物质条件彻底摧毁,托尔斯泰的艺术作品才能从这种意识形态利用中被解救出来,作为艺术家的托尔斯泰和他的艺术作品才真正发挥其审美的意义而成为"所有人的财富",成为"群众在推翻地主和资本家的压迫并为自己建立人的生活条件后将永远珍视和阅读的艺术作品"③。为了使托尔斯泰的作品"真正成为所有人的财富,就必须进行斗争",列宁的批评作为马克思主义的意识形态批评就是在意识形态领域进行的这样一种政治斗争,它不仅不会把文学政治化,而且还在更高的、更长远的层面上保卫着文学自身的价值。

结论

综上所述,我认为,列宁论托尔斯泰的文章不是典范的文学批评,这些文章尽管包含着对托尔斯泰作品的艺术上的评价,但这种评价并不是列宁论述的中心,列宁批评的对象不是"托尔斯泰的作品"而是"托尔斯泰主义"。因此,不能把列宁的结论"列夫·托尔斯泰是俄国革命的镜子"简单地理解为"托尔斯泰的作品是反映俄国革命的镜子",而应该正确地理解为"托尔斯泰主义是反映俄国革命的历史条件的镜子"。列宁论托尔斯泰的文章是马克思主义经典文献中极具理论启发性的部分,因为它构建了一种意识形态批评的范式,对此范式的认识和总结对于继承列宁遗产、建构当代马克思主义意识形态批评理论具有重要意义。

---

① 詹姆逊:《詹姆逊文集》第2卷,王逢振主编,中国人民大学出版社2004年版,第4—18页。
② 《列宁全集》第20卷,人民出版社1989年版,第19页。
③ 同上书,第19—20页。

作为文学理论的《在延安文艺座谈会上的讲话》

刘 卓[①]

(中国社会科学院文学研究所 北京 100732)

摘 要：作为文学理论的《在延安文艺座谈会上的讲话》是杜博妮在1980年出版的《在延安文艺座谈会上的讲话》(英译本)的研究性序言。强调从"文学理论"的角度来解读《讲话》是这篇序言的一个基本切入点。这样做是为了与20世纪五六十年代以来的对于《讲话》的政治性解读区别开来。作为"文学理论"的《讲话》，是将《讲话》置于接受美学、文学社会学的理解视野之下，从"读者"接受的角度来理解《讲话》中对于"工农兵"的重视，以及"工农兵"之进入文学生产的视野所引发的变革。

关键词："文学理论"；读者；阶级性；文学平等

1980年杜博妮(Bonnie McDougall)出版了毛泽东《在延安文艺座谈会上的讲话》(简称《讲话》，下同)英译本[②]。这并不是《讲话》的第一个英译本，它的特点在于译本前所附的研究性序言《作为文学理论的延安〈讲话〉》。之所以强调"作为文学理论"，是针对20世纪五六十年代以来海外中国学领域中对于《讲话》以及延安时期的文学、文艺活动从政治角度所进行的解读[③]。当时的研究主流倾向于认为延安时期的文学受制于当时的政党政治的实用性要求，亦即宣传功能大于文学性。与此相关，《讲话》更多地被认为解读为政党的文艺政策，而非尊重文学创作规律的理论性论述。

[①] 刘卓，纽约大学文学博士，中国社会科学院文学研究所助理研究员。

[②] Bonnie S. McDougall, Mao Zedong's "Talks at the Yan'an Conference of Literature and Art": A Translation of the 1943 Text with Commentary, Ann Arbor, Center for Chinese Studies, The University of Michigan, 1980.

[③] "序言"中所指的是20世纪60年代所出现的几部著作，包括夏志清的《中国现代小说史》(*History of Modern Chinese*, 1961)，收录了Cyril Birch, Howard Boorman, Douwe Fokkema等文章的《中国的文学教条与苏联的影响》(*Literary Doctrine in China and Soviet Influence*, 1965)，以及Merle Goldman的《共产主义中国的文学异见》(*Literary Dissent in Communist China*, 1967)等。

海外的中国学研究主流中对于延安时期的文学、文学理论的否定，与对于1949年之后"共产主义"中国的政治体制的解读，分享着共同的意识形态前提。需要指出的是，杜博尼并不是因为出于不同的政治立场，而论证《讲话》具有文学理论的质素。她同时也反对另外两位从政治角度来肯定《讲话》的意义的研究者，即王瑶的《新文学史稿》(1954) 和普实克的《Die Literatur des Befreiten China》(1955)。她认为王瑶的分析过于应和《讲话》的作者本人的思路，说明性更多于分析性。这一评价也隐含着对于王瑶、普实克的阐释过于受到政治影响的批评。

那么，可以看出杜博尼坚持以《讲话》作为"文学理论"[①]，是将《讲话》做非政治化的处理。以一个不准确的比附，她是暂时剥离《讲话》作为政党的文艺政策的强制性及其历史语境，仅仅从文本的内在逻辑来解读。问题在于脱离其历史语境，《讲话》中关于围绕"文学"所产生的各项阐发，如"为什么人"的问题等，也只能退至一个抽象的层面，即"读者"问题。我们能够看到，虽然作者有意在行文中保持了缓慢的、贴着文本的解读的方式，但是仍然与《讲话》自身的问题意识和展开逻辑隔着一定的距离。因而，在一定程度上，她不得不借助同一时代的西方文学理论话语，只能以这些话语为中介看到所要看到的"文学理论"质素，而非形成了真正的对话。

借助杜博尼的这个解读，其目的并不是仅仅停留在审美/政治的对立式区分，也并不在于比较《讲话》与杜博尼所引入的诸多参照系，如接受美学、新批评、Raymond Williams 的异同。严格地讲，《讲话》与20世纪60年代之后学院内部所产生的各类理论话语处于不同的层面。这并不仅仅是因为前者其作为政党政策而更具强制力，而是指《讲话》中所未曾明言的"文学"从一开始就具有与文学理论的话语中所排斥的起源。《讲话》中对于"文学"问题的反思，是针对具体的历史语境，从而突破了原有的文学表达方式和组织方式。这是一个将动态的实践、创新经验纳入自身思考范围的文学理论。它不仅不是被动的阐释，而且从对于文学的创新中反思自身的起源，进而重构"新文学"以来相关问题的表述。正是与实践的紧密关系，《讲话》中的文学理论表述，与杜博尼所援引的文学理论诸话语有着根本性质的不同。下面尝试从杜博尼的研究中所捕捉到的"读者"问题谈起。

1942年延安文艺座谈会召开之后，文艺生产中产生的一个变化是侧重于适应边区群众的欣赏水平和理解方式的作品，即创作出群众喜闻乐见的艺术作品。杜博尼从这一变化中，看到"观众"/"读者"的重要性，并且认为"只有毛泽东才将读者的问题带入了中国讨论的前沿，他对于读者需要的分析，读者对于作者的影响，仍然是《讲话》中最为重要，也最有创见的部分之一"[②]。杜博尼所推崇的"创见"，应是指"读者"，亦即边区那些原本被忽略的、不曾被纳入文学视野的、处于文盲半文盲状态的读者。在翻译中，同时在这篇研究性序言中，杜博尼最常使用的词汇是"audience/the

---

[①] 杜博尼文章的另外一个重要部分是讨论《讲话》与中国古典的诗学传统。
[②] 杜博尼，第15页。

masses"。从最表层的传达来说，audience 所指称的作品与接受者之间的关系而言，也不是不能接受。问题在于，这个接受群体并不是一个内部均质的、稳定的现代意义上的阅读群体，更准确地说，它是新生成的革命力量。在《讲话》中，这一提法的具体表述是，"我们的文艺，应该为着上面说的四种人"，这四种人是指"工人、农民、兵士和城市小资产阶级……这四种人，就是中华民族的最大部分，就是最广大的人民大众"。换言之，被"audience/the masses"这个翻译词汇所滤掉的是这一新生成的革命主体对于文学生产的能动性参与。

"读者"的因素也是20世纪60年代兴起接受理论所关注的问题。杜博尼提到了接受理论，但并没有直接引证从阐释学的脉络而来的姚斯的接受理论，只是强调姚斯的接受理论是基于反驳文学研究中的实证主义和形式主义/结构主义/新批评等的内部研究，将阐释的侧重点转移到"读者"。杜博尼更多的是借助于"文学社会学"（sociology of literature）中对于读者的分析。杜博尼认为，文学社会学的研究方式，受到了马克思主义的影响，但是读者问题并不是马克思、恩格斯时代所关注的问题，在列宁的时代注意到无产阶级需要发展自己的新文学，只有在毛泽东这里，"读者"成为思考的主要问题。但是杜博尼没有试图深究的是，为什么"读者"会在20世纪40年代中共领导者的文章中成为最主要的问题。这一问题的指向是20世纪中国革命在农村所引发的长时间的社会动员。

她所引入的另一个参照系是20世纪50年代之后兴起的文学社会学对于"阅读观众"（reading public）的研究。杜博尼认为对"阅读观众"的社会学分析，其动因起自对"自19世纪分散的阅读群体开始形成不同的分组，心理学和物理学的最新理论越来越关注'冲击'和'反映'问题，以及民主的左翼群体开始寻求更多的读者加入严肃文学"，但同时杜博尼也借伊格尔顿的批评指出其文学社会学的分析并不能够真正地具有批判性，"但就其本身而言，既不专门是马克思主义，也不专门是批评性的。确实，在很大程度上，这只是一种经过适当驯服的，丧失了马克思主义批评的精神，以符合西方的口味"[1]。伊格尔顿做出如此批评，主要原因在于文学社会学之所为，"主要是谈特定社会中的文学生产、分配和交换的手段——书籍怎样出版，作者和读者的社会成分、文化水平，决定'趣味'的社会因素"[2]。这与伊格尔顿所秉持的马克思主义批评很不同，马克思主义的批评并非不做社会的、历史的分析，而是说其创造性"在于对历史本身的革命性的理解"[3]。

---

① [英]伊格尔顿：《马克思主义与文学批评》中译本，"它形成马克思主义批评整体的一个方面。但就其本身而言，既不专门是马克思主义，也不专门是批评。确实，在很大程度上，这只是一种经过适当冲淡，掐头去尾的马克思主义批评，颇符合西方的口味"。(but taken by itself it is neither particularly Marxist nor particularly critical. It is, indeed, for the most part a suitably tamed, degutted version of Marxist criticism, appropriate for western consumption.) 上述引文根据英文作适当修改。文宝译，人民文学出版社1980年版，第5页。

② 同上书，第6页。

③ 同上书，第7页。

虽然"文学社会学"从其方法论上缺少真正意义上的马克思主义精神，但是它所提出的问题仍然是存在的——读者是否能够有效地被纳入马克思主义的批评范畴之中。在伊格尔顿的《马克思主义与文学批评》中所列出的四个主题："文学与历史""内容与形式""作家与倾向""作为生产者的作家"，读者并没有独立成为分析的关节点，也并没有作为与作家、写作密切相关的问题而被纳入讨论。杜博尼在这里所暗示的实际上是，延安文艺实践的经验和理论思考中，有着诸多不能为经典意义上的西方马克思主义文艺批评所充分理解的部分。具体到"读者"问题而言，从接受理论和文学社会学中的参照视野中所引出的，是将革命理论中的"无产阶级"问题转化落实为文学理论中的"读者"问题。之所以能够进行这样的转化，它是基于一定的经验性基础。从革命动员的角度来说，群众是潜在的革命力量。革命动员所着眼的是使得革命理念能够有效地传达到"读者"一方，并且起到宣传号召、改造思想的作用。因而，塑造革命主体的问题，在一定程度上，转而成为文学、文化生产领域如何理解、如何吸引更多"读者"的问题。

杜博尼在解读中，尝试做出这样一种区分《讲话》的前后在处理"读者"问题上有所不同：在《讲话》的"序言"部分，读者仍然是处于被动的状态，鼓励作家去主动接近读者，去适应根据地的读者，发现他们与重庆、上海等相对熟悉的读者群体，以调整写作的方式。但是到了《结论》部分，读者/作家的关系发生了变化，作家失去了原有的优先性，而读者获得了更为重要的位置，两者之间的关系被修改为"服务于"。单纯从修辞上来说，"服务于"不能说真正改变了读者/作者的关系。在文学作为商品，由市场为中介所连接起来的阅读关系之中，读者的喜好、趣味仍可以被排在首位，不过它之所以被优先考虑是经过了市场的转化，换言之，它能够带来更多的利润，商业文学作家所服务的与其说是读者，不如说是资本。在这个语境下，"服务"仅仅是为了遮盖交换关系而产生的文学化修辞。

怎么来理解《讲话》的"序言""结论"部分中"服务于"所标示的作者/读者关系的转变？更为常见的分析是因为阶级关系的引入，使得读者/作者的关系发生根本性转化。在引入了阶级分析的视野之后，边区的读者从其阶级成分上来看是农民、工人，是革命的依靠力量；而作家是小资产阶级，是革命的同路人，具有摇摆的特性。"服务于"所连接的两端，实际上被纳入一个政治的格局中，依其对革命的远近，重构其内在的次序。与此相关，作者同样从革命文学的中心位置被移出，成为需要被教育的、被学习的对象。这也是对于常见的对延安文艺座谈会的理解，对于知识分子的规训；对于延安文艺生产实践的误读，即以"工农兵"取代知识分子作者成为创作的主体。之所以说是"误读"，是因为延安文艺生产实践的主体构成并不是一个简单的替代关系，其内在的变化与其说是依赖于构建知识分子/工农兵的二元对立，不如说将二者同时纳入其中。也就是说，文化领域的"读者"/作者的关系并不能简单等同于阶级对立。

对于"读者"的重新解释,难点在于摆脱了作为读者的被动、沉默的位置,从而参与进创作生产的流程。这与接受理论中作为阐释的虚拟立场的"读者"并不同。在接受理论中强调"读者"的影响,是在以"文本"(text)为中心而开始的阐释中起到作用(此处需要再细读接受理论中关于"读者"的问题)。而仅从"读者"来阐释文本的多重意义,虽然有效地打破了"本文"作为作品完成态的封闭性,但是却并不能阐释"读者"如何参与并改变着文本的生产、创作过程。杜博尼认为,《讲话》中毛泽东所分析的"读者"的能动性,主要是指读者还是通过参与创作而完成,亦即,读者所有的"文学期待、传统、信仰"都会影响到作者,进而表达在最后的作品中。

关键性的问题在于如何理解"服务于"一词所揭示的读者/作者关系。杜博尼认为《讲话》中毛泽东对于这一变化了的关系,作了两个引申:第一,作家必须创作为群众喜闻乐见的作品,第二,作家须向群众学习民间的形式。这仍然是对于作者的要求,是来自政党对于出身小资产阶级的规训,然而杜博尼从中读出了另外一层隐含的意思,"大众拥有平等的、至少是活跃的参与创造文学、艺术作品的能力"。这里并不是从作为革命的潜在力量来理解"读者",或者理解边区的农民,而是在肯定他们同样具有创造文学的能力,即便他们的创造有可能是自发的、形式是原始的,但是他们不再是被动的[①]。在肯定其文学创造力的角度来说,读者与作者的关系并非构建了新的等级,而是平等关系。从平等的关系角度重新看《讲话》中对作家所提出的要求,因而杜博尼认为,是"正当的要求",而非仅仅来自政党的强力,以及阶级立场的对立。

在读者所具有的主动性问题,杜博尼的"读者"问题与布思《小说修辞学》中所强调的"作者不为个人写作"有着一定的共通处。但将两者相比较,《讲话》中的"读者"具有不同的含义,杜博尼所用的表述是,"未分化的大众"具有了"最高"的权力,来"构成读者",并且"对作者具有排他性的权力"(exercise exclusive rights over authors)。在这个阐释之中,"读者"具有审判的能力,它不仅是参与者,而且可以掌控创作过程。这种掌控不仅取代了作家对于文本的唯一决定能力,而且超越了自然意义上的读者。如果做一个简单的区分,在自然意义上的读者,亦即边区的民众,而另外一个则是抽象的读者,同样具有决定文本的意义。问题恰恰在于这样的抽象,无论是放置在被忽视的位置,还是放置在制高点,如果仅仅从概念上来看,无论是从阶级话语、政治权力上的结构,还是在文学创造上的平等,都可以作为作者/读者,边区的群众/知识分子作家的关系的静态结构。这样的解读之所以不充分,是在于不能理解《讲话》所带有的实践性质。具体而言,是指它在特定的历史条件下所面对的具体问题。《讲话》的目的,并不仅仅在于文学平等的观念的提出,或者规训知识分子,而是一个更为具体的、历史化的目标——创造新文化。

延安时期所要构建的新文化,其"新"并不仅仅在于"理念",比如无产阶级的革

---

① 杜博尼,第17页。

命理念等。之所以强调其平等，并不是罗尔斯意义上的"无知之幕"，它之所以做这样的设定，是打破原有的文化生态中的压迫性结构，因而平等所首先带来的是，多重的、不同的力量进入文学创作中。从这样的视角来看，"为工农兵服务"，转变了"知识分子"与"工农兵"之间的对立，或者差别，而是将两者共同纳入文学创作之中。这是一个文学创作主体不断扩大的过程。从文学主体扩大的角度来说，"为工农兵服务"，从文学与政治的强力，知识分子/工农兵中的二元对立关系中摆脱出来。正是这一点揭示了新文学之所以"新"，在于发展出一个不断发生转变的结构。平等是其起点，而非最终极的目标，它使得"工农兵"能够重新被发现成为文学的创造力量，而原本被认为是文学创作主体的知识分子也需要在新的自我改造中才能重新成为同样的创造力量。它所带来的是文学生态的真正变化，亦即新的文化在这个融合的过程中才能产生。

"政治维度"何以重建?
——"重返80年代"的一个视域

赵 牧[①]

(许昌学院文传院 河南 许昌 461000)

摘 要:重新审视20世纪80年代文学及其建构起来的"审美自律"等观念,是当前文学理论界的一个热点话题。以"去政治化"的方式实现一种文学的精英化政治诉求,这是80年代文学观念的一个逻辑前提,但90年代以后在新媒介文化及消费主义的双重挤压下,这种强调"审美自律"的文学观念却导出了文学边缘处境,而在这种"非政治化"的时尚下,如何"重建文学的政治维度",则成了一个不得不正视的问题。

关键词:"审美自律";"重返80年代";"去政治化"的政治;"重建政治维度"

一

"重返80年代"曾经是张旭东一篇文章的题目,现在却成了文学理论与批评界重新审视20世纪80年代文学观念的课题。有许多学术研究杂志,如《南方文坛》《文艺争鸣》《当代文坛》《当代作家评论》等,都开辟了有关的专栏介入这个话题的讨论。这里需要解释的是,所谓"重返"只是一种修辞性的说法,其遵循的是一种"回到历史现场"的"情景再现主义"逻辑,重在以历史的"后见之明",展示那些曾经广为流行甚至被奉为圭臬的概念和范畴之所以成其所是的背景、条件和关系。所以,与文学史方面的回顾大多沉溺于80年代昙花一现的"文学的黄金时代"的思路不同,文学理论与批评界对80年代的文学审美自律等观念弥漫了一种检讨与自责的情绪。或者至少

[①] 赵牧(1975—),许昌学院文传院副教授,河南大学文学院博士后,主要从事中国现当代文学批评和文化研究。本文为河南省高校青年骨干教师支持计划"'新时期'文学转型与革命重述关系研究"(项目编号:2013GGJS—171)的阶段性成果,并受到中国博士后基金第五批特别资助(项目编号:2012T50633)和校级项目"新时期"以来小说中的"改革意识"的支持。

像南帆那样,作为一个曾经参与其盛的过来人,他在《理论的焦虑》和《深刻的转折》等一系列文章中,一方面全面拆解了 80 年代所建构起来的基本文学概念与范畴,另一方面又对那个时代所散射出来的"激情、自我、冲动以及叛逆的能量"[①]眷恋不已。

我们知道,20 世纪 80 年代的文学理论界与其他政治思想文化领域一样,存在着一种所谓"拨乱反正"的冲动。社会主义前三十年——与这种表述相对应的,是更加通行的"文革"与"十七年"说法——被视为一种"原罪",与之相关的文学"为政治服务、为工农兵服务"的工具论教条,就变成了必须打碎的压迫自由与美的创造的"枷锁",而与西方启蒙主义和现代性追求似乎有着天然联系的"人道主义"与"人性论",则成了文学现代化道路上必须竖立起来的标尺。与一批右派作家的集体"归来"一样,钱谷融先生发表于 20 世纪 50 年代的《文学是人学》的短文也被重新发掘了出来。但如何才能落实"人的文学"的观念呢?从创作上来讲,是对西方所谓"现代派"的模仿与借鉴,从文学理论上来讲,是对"审美自律"以及其后"纯文学"之类的概念的强调,从文学批评上来讲,是对"我批评的便是我""批评乃灵魂在杰作中探险"等原则的张扬。刘再复的"主体论"获得广泛认可,似乎"个性"负责一切,"自我"成为文学批评之中至关重要的范畴。这一切恰如南帆所说,"振臂一呼的激情,叛逆的思想,种种惊世骇俗之论,富有才情的个人是真正的主角"[②]。如此一来,与政治领域的清除"极左"路线和思想领域的"告别革命"构成共谋的是,80 年代文学在"回到自身"的诉求中,在"振臂一呼应者云集"的群众激情中,完成了对革命现实主义与革命浪漫主义的反驳,走向了"先锋"与"试验"的形式化探险之途,而文学理论与批评,似乎也在为之摇旗呐喊时,褪下了"庸俗社会学"的可耻外衣。

以"大众化"的方式向精英化的小众路线的转变,这本身就说明了 20 世纪 80 年代文学所呈现出来的根本不是其"自身"的面相,或者更极端地说,所谓"自身"的说法,不过源自一种幻觉,一种借口,一种策略化的选择。这中间,反抗政治的自我期许似乎终于没能逃脱为政治所利用的宿命。报应在 20 世纪 90 年代不期而至,而且,在市场经济与消费主义的裹挟下势不可当,21 世纪以网络为代表的电信新媒体更是推波助澜,文学及其理论话语在如今政治经济文化结构中的地位早已岌岌可危,其从业者——那些曾经以社会精英自许的一群——也变得面目可疑起来。种种失去轰动效应之后的惶惑与落寞的表情,在随后的"人文精神"大讨论中就更加暴露无遗了。

所有这一切构成了"重返 80 年代"的背景,而相关的知识准备,则主要是 20 世纪 80 年代后期开始渐次入境的西方后现代、后殖民等具有强烈解构色彩的理论。这其中福柯的权力与话语理论及种种反本质主义的新的教义发挥了举足轻重的作用。种种理论武器率先攻向 80 年代文学理论界所期许的文学的"审美自律"论,尤其不能饶恕

[①] 南帆:《深刻的转折》,《当代作家评论》2008 年第 1 期。
[②] 同上。

的是，竟然将其上升到"本质"的高度，甚至唯"自律"为尚，视一切的"他律"皆为桎梏。事实上，这里虽然为"他律"加了"一切"的修辞，但具体的指向，却是"意识形态"对文学的干预。"反意识形态的意识形态"，这种悖论式的表述对已经浸淫了各种后学话语的我国文学理论批评界已经毫不陌生。搞清楚"审美自律"论所反抗的意识形态对象也即明白了其意识形态性质，而既然意识形态是有时代性的，那么，以"审美"作为文学放之四海而皆准的"本质"就显然被视为荒谬绝伦的了。这一潜在逻辑构成了"重返80年代"的前提。如此一来，我们曾经坚信不疑的文学的定义发生了动摇，"何谓文学"再次成为问题，"文学性"这一形式主义的概念这时候也变得歧义丛生了。结果在"重返80年代"的口号下，文学理论与批评界首先从"元理论"的角度展开了对20世纪80年代建构起来的一系列文学观念的反思。

二

所谓"元理论"，也就是有关理论的理论，文学理论的"元理论"问题就是文学理论对于自身的审度与思考[①]。的确，20世纪80年代不但意味着"个性张扬"，而且蕴含了强大的"概念生产"能力。然而，它所生产的众多的概念、术语、命题及其匆忙引入的纷然杂陈的各个批评学派，在还没有得到充分阐释的时候，便遭遇到20世纪90年代以来社会政治经济文化结构的重大变迁所带来的质疑，而如今在"重返80年代"的口号下，在"反本质主义"拆解一切神圣的利器面前，它们就更加显得惶惶然无可凭依了。例如，90年代起便沸沸扬扬的"审美意识形态"论争如今似乎还没有尘埃落定，积极参与辩论的双方都试图为文学寻找一个"本质"，或者更确切地说，为这种"本质"寻找一个"科学"的表述：究竟文学是一种审美意识形态呢，还是一种具有意识形态意味的审美意识？然而如果仔细辨别一下，我们可以清楚地看到，在这场论战中，投入最深的就几位80年代"审美自律"的原教旨主义者和各自的弟子而已，更多数的中青年学者实际是持有一种冷眼旁观的态度。因为在手持福柯权力话语利刃的他们看来，文学根本没有一个普遍适用的本质，包括"审美意识形态"论在内的各种文学"本质"表述，都是特定语境中各种政治与反政治的权力介入与调和的结果，也即不同的时代有关于文学本质的不同认识，而这些认识都是权力参与建构的结果。[②] 这中间南帆的回应颇具代表性。在《理论的焦虑》一文中，他详细考察了20世纪以来我国文学理论界对"何谓文学"这一"本质主义"提问的四次争辩：首先，"五四"新文学运动终结了古典主义文学传统，文学被奉为"为人生的艺术"，"雕虫小技"开始被赋予历史重任；20世纪40年代之后，毛泽东以"革命"的名义要求文学，"大众"和

---

① 张大为：《当下文学理论的两个向度》，《社会科学研究》2008年第3期。
② 葛红兵、赵牧：《延续过渡与总结提升——2007年文学理论批评热点问题评述》，《当代文坛》2008年第2期。

"工农兵"成为文学必须围绕的关键词;80年代初期,人们力图将文学从政治的劫持之中解救出来,文学不是口号与传声筒,不是阶级斗争的工具——文学就是文学本身,于是,"纯文学""文学自律""为艺术而艺术""不及物的文学",这些观念逐一登陆。最新一轮的争论发生于21世纪之初,声势浩大的"文化研究"成了这一轮争论的知识背景,这时候,"文学的边界在哪里、文学与日常生活的关系均是众说纷纭的焦点问题"。许多人转而认为,审美并非某种神秘的禀赋,而是来自历史与文化的长期训练。如果文学对历史置之不理,那么,报应不可避免——历史亦将对文学置之不理。经过如此繁复的争辩,"某种公认的文学定义并未如期出现,文学性的密码仍然闪烁不定"。换言之,人们无法将文学从诸多话语类型之中单独提炼出来,确认某种不可重复的性质。而由于历史氛围的改变,有些文学特征可能淡隐,另一些特征逐渐增强,进而演变为新型的正统。总之,历史瓦解了一切所谓的恒久性,文学似乎不断地甩下各种人为的规定而变幻无穷。这无疑给我们一个启示:与其始终如一地搜索文学的固定特征,维护文学的固定特征,不如考察历史如何要求文学、期待文学以及限制文学,亦即考察每一个历史时期的文学生产机制。[①]

南帆这种识别文学的另一种视域,不把文学看作某种形而上学的规定,而视其为一个文化网络内部积极平衡的产物,某种程度上来讲,这种对"审美意识形态论争"的回应有一种釜底抽薪的功效。从南帆对不同历史时期"文学生产机制"的考察中,我们清楚地看到,这场论争的实质不过是20世纪80年代调和了"意识形态"与"审美意识"的文学本质论表述的一次回响,而且夹杂在文学理论界回顾与总结"新时期文论三十年"的背景之中,充斥着为某种理论表述争夺历史定位的话语斗争。鉴于此,有论者指出这场论争其实对于文学理论知识增长并无多大意义,意义却在于"新一辈的学人对此又无兴趣或并不认同"[②] 上,因为从中我们可以看出文学理论批评界的反本质主义倾向已经占据主流地位。如果再为了标榜自我的知识新锐位置而宣称"我国当代文论在知识形态建构方面长久地奉行本质主义的思维方式与知识生产模式",并先验地设定文学的"普遍规律"与"固定本质"[③],就未免有些"为赋新词强说愁"的味道了。

然而吊诡的是,我国文学理论批评界这种对西方"反本质主义"倾向的接受却蕴含了另外一种"本质主义",那就是对福柯的权力话语的膜拜,不能将其作为一种"元理论"。"每一个历史时期的文学生产机制"都离不开权力的渗透与介入,而权力则成了不受质疑的逻辑前提。南帆所谓的"关系主义",即把文学"置于多重文化关系网络之中",在"特定历史时期呈现的关系"中探讨"文学研究的历史维度"[④],这其中,对

---

① 南帆:《理论的焦虑》,《文艺争鸣》2008年第5期。
② 章辉:《文学理论知识创新的焦虑与新媒介文化的冲击——2007年度文艺学热点问题述评》,《社会科学》2008年第2期。
③ 李西建:《文化转向与文艺学知识形态的构建》,《文学评论》2007年第5期。
④ 南帆:《文学研究:本质主义,抑或关系主义》,《文艺研究》2007年第2期。

权力的思考就占了最大的比重。所以,他在考察最近的一次"何谓文学"的论辩时,虽然也把"关系主义"和"历史维度"作为理论前提,但无形之中还是对"文化研究"寄予了厚望,因为在他看来,作为对20世纪80年代的"审美自律"反拨政治过度介入文学的一种反驳,"文化研究"表现出了"修复文学与意识形态的关系"[①]的努力。

所以,在特定的中国语境中,"重返80年代"的"元理论"维度,一方面把文学放置在各种关系中而拆解了寻找文学"本质"的努力;另一方面又在各种关系中给权力赋予了绝对性的比重以至于出现了权力的"本质化"倾向,这时候,转向"文化研究"维度就成了必然的结果。所谓"文化研究",就是把政治、权力、种族、性别、身份、媒介等诸多问题引进来,以文化的视野取代原先以审美考察为中心的文学研究方式。这当然是当代社会历史转型与当代文化机制变动,以及文学的存在方式、表达方式及与其他文化形式的关系都发生深刻改变的结果,而这种把文学放置在各种政治文化关系中的研究方式也应和了90年代以来身处边缘的人文知识分子重新表达社会政治关注的要求。以此观之,反思80年代提升文学的审美价值而打压其政治关注的原因及其后果就成为"重返80年代"的一个主要内容,而这样的反思,则必然地引出"重建文学理论的政治维度"要求。所以说,"重返80年代"与"重建政治维度"二者是有着显而易见的互为因果的关系。

三

无论这几年底层话题的讨论及底层文学的实践,还是文学理论批评界对后灾难诗学的积极倡导,都无可辩驳地证明了20世纪80年代那种极端强调文学"审美自律"的观念已经退去了耀眼的光环,而对社会政治与底层苦难的关注又逐渐被重新唤起。但是,面对这种介入现实的姿态,文学理论批评界却极少有人肯正面提出"政治维度"这个概念并予以阐释。陶东风认为这与80年代文学理论批评界对政治的否定与排斥有关:"新时期以来,'政治'这个词一直名声不佳。至少在文艺学界是这样。文艺学界一个普遍流行的看法是:当代中国文学理论知识生产的政治化是其最大的历史性灾难,它直接导致了文学理论自主性的丧失,使之成为政治的奴隶。"所以,陶东风指出,自80年代以来,"非政治化"或"去政治化"被当作文学理论的出路,并在很大程度上已经成为一个"共识",以至于"任何试图重新引入文学理论的政治维度"的言论,都可能被视为是一种"倒退"——倒退到"文艺为政治服务"的"文革"时代。如此一来,把文学和文学理论的"自主性"等同于其非政治性,进而等同于文学理论的现代性,已经成为一种习惯。然而,这种"共识"和"习惯","在学理上却是未经认真审理的",这是因为其对"政治"这个术语、对文学理论和政治关系的理解是以特殊时期的

---

① 南帆:《理论的焦虑》,《文艺争鸣》2008年第5期。

特殊经验为基础的,并把特定时期和特定语境——中国所谓的极"左"时期——中的"政治"理解为普遍意义上的"政治",进而把特定时期、特定语境中的文艺和政治的关系普遍化为文艺和政治的常态关系,并在此基础上,把文学的"自主性"与文学的"政治性"对立起来,使得"政治"成了文学理论界避之唯恐不及的词语[①]。

这里陶东风的分析无疑是准确的,但把某一特殊性上升到普遍性的做法,其实不仅仅是一种"习惯",而且还应该是一种"策略"。没有人会单纯到以为政治只有一种政治,也不应该有人以为所谓极"左"时期的政治可以一言以蔽之的"单数",即使仅就这个"单数"的政治而言,也不是完全没有可供辨析与讨论的空间。更主要的,政治也并不意味着对国家权力或者主流意识形态的认同,而在认同政治与反抗政治之间无数的政治亚形态,决定了政治这个词语具有多种可能性。所以,把极"左"时期的政治看作一个单一的整体,把文学的"政治性"看作对特定政策的图解,把文学理论的"政治性"等同于为主流意识形态服务,这从根本上来讲,也是一种"政治",一种告别汪晖所谓的"短20世纪"的"政治",或者,一种"去政治化"的"政治"[②]。80年代以来,这种以"遗忘"社会主义前三十年为主要特征的"去政治化"的"政治",已成了主流意识形态的内容之一。在这种意义上,20世纪80年代文学理论强调"审美自律"而试图把"政治"排除出去的"知识生产",难道不同样是被"主流意识形态"控制的吗?不过,陶东风似乎无意在这种"去政治"的"政治"之悖论中深究下去,而从他以往的研究来看,他倒也未必相信文学真有所谓的"自主性",或者,他只是在"文学理论知识生产场域相对的学术独立性"这一层面上使用"自主性"的概念。他之所以描述这种将文学理论的"政治性"等同于"非自主性"遭遇否定和排斥的现象,一方面固然是为了恢复"政治"这个词语的尊严,另一方面更是为了加强文学"对公共政治的关注和批判性反思"。事实上,陶东风正是在这种"公共政治"的意义上,提出"重建文学理论的政治维度"之吁请的[③]。

那么何谓"公共政治"呢?对陶东风而言,"公共政治"的内涵主要有两个来源,一是阿伦特理想化的"平等个体"在"公共空间"中"通过言语而进行的"协调一致的"行动政治",权力的非暴力与公共事务的平等参与应该是其最为本质的特征,而自主与高超的语言能力则是其最为起码的要求[④];二是哈维尔基于其自身的政治参与实践,"从对整个现代性,特别是现代科学主义和理性主义的反思出发"而提出的"存在的政治",提倡向"道德和人性"的回归,既反对"现代科学理性主义"将政治变成"权力游戏",又怀疑"政治制度的转换"能解决现代社会的问题,从而强调"要根据全球人类存在状况来思考政治、思考我们的未来,而不是像传统政治那样局限于民族

---

① 陶东风:《重建文学理论的政治维度》,《文艺争鸣》2008年第1期。
② 汪晖:《去政治化的政治、霸权的多重构成与六十年代的消逝》,《开放时代》2007年第2期。
③ 陶东风:《重建文学理论的政治维度》,《文艺争鸣》2008年第1期。
④ 同上。

国家内部的政治制度",这样一来,"大众的政治参与热情和良好的公民道德素质是这种政治的必要条件",所以"隐蔽的、间接的、长期的和难以测量的,经常仅存于看不见的社会良心、社会意识和下意识的领域,因而几乎不可能去估算其价值将在何种程度上,对推动社会发展有何贡献"①,就成为这种政治的主要表现形式。陶东风肯定了阿伦特与哈维尔共同反对自马基雅维里以来把政治的本质看作"权力的技术"的理论前提,并分别从中抽取了"公共参与"与"生活在真实中"的内核而建构起了自己对"公共政治"的理解。这样,他所倡导的"重建文学理论的政治维度"就在抛弃文学向主流意识形态臣服的"狭义的政治性",发挥"讲真话的勇气","坚持公共关怀","积极回应现实生活中的重大问题"和"参与社会文化讨论"等层面上确立起来②。

四

陶东风所谓的"重建文学理论的政治维度",一方面指向曾经有过文学理论与政治维度紧密联系的时期,而另一方面则指向曾经有过对这种紧密联系告别与反拨的时期。前一个时期是社会主义前三十年,尤其是所谓的极"左"政治时期,文学理论被高度政治化了,文学理论普遍被认为成了政治的传声筒,从而极大地影响了其作为学科的独立性和知识生产的自主性。后一时期就是20世纪80年代,如前所述,"为文艺正名"③成了这时期最响亮的口号,"自律"与"自主"则成了最热切的呼告。陶东风说他"无意于挑战这个学界共识",但却明确表示其所谓"重建"并非向前一个时期的简单"回归",因为从阿伦特的政治理念观之,取消了政治生活的公共性品格,而从哈维尔的政治理念观之,它是"一种典型的非个人化、非道德化的话语,是对生活的政治的极大遮蔽",也即通常所谓的这个时期的文学理论的"政治化"其实是"非政治化"。对于20世纪80年代文学自主性的诉求,陶东风同样以阿伦特与哈维尔的政治理念出发,通过对其"生活文化语境"的分析而得出其体现的"去政治化"的"政治性"④。

这个结论已是文学理论界的常识,但耐人寻味的是,一方面,陶东风认为20世纪80年代的"去政治化"思潮不仅使"政治"背负"名声不佳"的厄运,而且直接催生了当前文学理论"非政治化"的趋势。这具体地表现在两个方面:一是实用化,用文学理论的知识来为社会的物质消费和文化消费服务,为"我消费故我在"的"身体美学""生活美学"辩护,文化产业和文化媒介人在全国各个高校和研究机构的迅速崛起就是一个明证;二是装饰化、博物馆化和象牙塔化,那些既不敢用文学理论的知识批

---

① 崔卫平编译:《哈维尔文集》,第136、137页,转自陶东风《重建文学理论的政治维度》,《文艺争鸣》2008年第1期。
② 陶东风:《重建文学理论的政治维度》,《文艺争鸣》2008年第1期。
③ 上海文学评论员:《为文艺正名——驳"文艺是阶级斗争工具"说》,《上海文学》1979年第4期,转引自《中国新文艺大系(1976—1982)理论一集》(上),第476—482页。
④ 陶东风:《重建文学理论的政治维度》,《文艺争鸣》2008年第1期。

判性地切入重大公共事务从而获得自己的政治品格,又不愿意俗学媚世的学者常常选择这条所谓"专业化"的道路。这两者虽然存在很大差异,但都属于文学理论知识生产非政治化[①]。也就是说,20世纪80年代已成为这种种危机征兆的根源所在,陶东风对此持有一种反思与批判的立场。但另一方面,80年代的"去政治化"所显示出来的"政治性"却是肯定的,认为其在某种程度上,体现的正是自己所倡导的"文学理论的政治维度"的基本要求,尽管两者所面对的现实问题大相径庭,而具体的政治文化语境却迥然有别的。

实际上,这种"重返80年代"时的矛盾态度与南帆是不谋而合的。例如在谈及20世纪90年代中期的"人文精神"大讨论时,南帆说:"如果'人文精神'的辩论是90年代的一个醒目的文化事件,那么,80年代文化的顽强烙印至少是这个事件的特殊意义。"这个"顽强烙印"是什么呢?就是"一批知识分子的激烈姿态和争先恐后的发言"所表明的80年代"至今犹存的思想活力"[②]。南帆不是不知道,之所以会有90年代的"人文精神"大讨论,在某种程度上,恰恰就是80年代"审美自律""自主性""回到自身"等精英化诉求的结果。这些80年代的精英化诉求,以一种"去政治化"的方式参与到时代政治中去,种下了文学及其理论被"非政治化"的祸根。然而,如今在"重返80年代"的反思视角下,却以一种暧昧不明的态度区别对待了:种种"去政治化"的口号、概念、术语的合法性,都以"元理论"的方法拆解了,但其中所折射出来的"政治性",却被视作可资珍惜的精神遗产而企图顽强地保存下来,"重建文学理论的政治维度"便从中汲取了有益的养分。西谚云:"泼掉了洗澡水,孩子却必须留下。"这无疑是有解释力的,不过比较而言,杜赞奇所谓的"复线历史观"似乎更具学理性。杜赞奇说:"过去不仅直线式地向前传递,其意义也会散失在时空之中。而复线的概念强调历史叙述结构和语言在传递过去的同时,也根据当前的需要来利用散失的历史,以揭示现在是如何决定过去的。"与此同时,通过考察利用过程本身,复线的历史使我们能够恢复利用性的话语之外的历史性[③]。事实上,我们之所以"重返80年代",挖掘"80年代"散失掉的"意义",就是为了在"超越或反省历史目的论"的同时"拯救""文学理论的政治维度"。然而所拯救的也只是"重建政治维度"的立场而已,至于如何在"去政治"的"政治"所造成的"非政治化"时代氛围中,将之转变为文学理论与批评的现实,也即如何落实"重新政治化"的任务,这实在又是一个悬而未决的问题。

[①] 陶东风:《重建文学理论的政治维度》,《文艺争鸣》2008年第1期。
[②] 南帆:《深刻的转折》,《当代作家评论》2008年第1期。
[③] [美]杜赞奇:《从民族国家拯救历史:民族主义话语与中国现代史研究》,王宪明译,社会科学文献出版社2003年版,第3页。

符号—结构推演性方法是否是一种可能
——就文学研究方法与孙绍振教授商榷

苏 敏[①]

(重庆师范大学文学院 重庆市 400047)

摘 要：针对20世纪文论对文本解读的低效、无效，孙绍振撰文呼吁文学研究回到文学文本，并认为文论危机就方法论而言主要在于学术规范的普遍性与文学特殊性之间的矛盾，以及演绎法牺牲特殊性概括普遍性的问题。本文赞同孙文回归文学文本的呼吁，但认为没有必要否定学术规范普遍性及演绎法本身。孙文的否定，说明学界存在对学术规范普遍性及演绎法认识的盲点。为此本文简单追溯文学研究的归纳法与演绎法，并在此基础上提出符号—结构推演性方法。

关键词：归纳—演绎法；西方诗学；狄尔泰；符号—结构推演性方法；符号—结构诗学

面对20世纪西方文论对文学本身的否定，以及对文学文本解读的低效、无效，2000年李欧梵在《世纪末的反思》一书中提出西方文论危机——"理论破而城堡在"[②]。2012年，孙绍振在《中国社会科学》撰文进一步指出，西方文论对文学文本解读的低效、无效，导致文学解读与教学大混乱的危机。西方文论危机原因在方法论上主要在于学术规范的普遍性与文学特殊性之间的永恒矛盾以及文学研究演绎方法牺牲特殊性，并倡导文学研究的经验归纳方法以及关注文学文本特殊性。[③]

20世纪西方文论从概念到概念，导致文学理论研究与文学现象分离，大体开始于雅各布森语言学诗学。在此意义上，笔者认同孙文注重文本经验归纳的观点。但是，笔者不敢苟同孙文对于文学研究学术规范普遍性以及演绎法本身的批评。孙文对学术

[①] 苏敏(1957—)，湖北，重庆师范大学文学院副教授，文艺学博士。该文为教育部2011年人文社科项目"符号学与文学手法—文学性(11XJA751005)"的阶段性成果。

[②] 李欧梵：《世纪末的反思》，浙江人民出版社2000年版。

[③] 孙绍振：《文论危机与文学文本的有效解读》，《中国社会科学》2012年第5期。本文关于孙文的有关讨论，均出自该文，恕不一一出注。

规范普遍性以及演绎法本身的否定,说明当下大陆学界对归纳法与演绎法关系的认识存在盲点。文学研究中归纳法与演绎法并用,西方从亚里士多德《诗学》开始,中国有刘勰《文心雕龙》。不过,接着孙文关于文学研究方法的话题,本文断言符号—结构推演性方法也当是走出文论危机的路径之一。

相对于雅各布森语言学诗学,符号—结构诗学的根本特征,一是回到培根实验归纳法,强调面对文学文本本身观察归纳有限普遍性,反对恪守理论教条;二是引进皮亚杰演绎性结构方法论阐释符号层级问题,避免文学理论研究陷入历史细节。培根经验归纳法与皮亚杰演绎性结构方法论相结合的这种方法,溯源当是狄尔泰所主张的经验观察与文化整体关系逻辑演绎框架相结合的现代精神科学认识论立场。

一 西方诗学中的归纳法与演绎法

由于西方文论直到目前大体上都处于文学理论前沿,因此,20世纪西方文论的危机,其实也是整个人类文论的危机。面对当下文论对文学本身的否定,以及对文学文本解读的低效或无效,孙绍振倡导文学文本经验研究以及归纳法,确实是当下文艺学理论走出困境的重要路径之一。生命之树常青,理论总是灰色的。不过不得不指出的是,孙绍振倡导注重文本经验的原则及归纳法,完全没有必要否定演绎法以及学术研究的普遍性。孙绍振肯定归纳法的同时否定演绎法,说明当下大陆学界在文学研究方法讨论中忽略了从古希腊传统诗学到20世纪俄国科学诗学所体现的归纳法与演绎法不可分的事实。

(一)亚里士多德《诗学》

在西方文论中,有所成就的理论大都既注重对文学文本的观察归纳,同时归纳法与演绎法并用。亚里士多德《诗学》的悲剧论、史诗论等,无不来自对古希腊史诗、戏剧的观察与归纳。《诗学》关于诗是对人的行动的模仿,悲剧第一重要的因素是情节,其次是性格等断言,都是通过观察、归纳古希腊文学现象并通过概念界定逻辑推演而得出结论。[①]

众所周知,亚里士多德《诗学》的概念界定、逻辑体系,开始于苏格拉底、柏拉图。但是,归纳法与演绎法,作为科学方法论的理论总结,当是17世纪英国弗朗西斯·培根的《新工具》(新逻辑)(Novum Organum,1620),它第一次明确提出实验归纳方法,是近代科学方法论的重要著作。亚·沃尔夫认为,培根《新工具》的宗旨是要"给人类的理智开辟一条与以往完全不同的道路","以便人的心灵能够在事物的本性上行使它所固有的权威"[②]。

作为"新的理智世界"的哥伦布,培根认为,若期待用在旧事物上加添和移接一

---

① [古希腊]亚里士多德:《诗学》,陈中梅译,商务印书馆1996年版。
② [英]亚·沃尔夫:《十六、十七世纪科学、技术和哲学史》,周昌忠等译,商务印书馆1991年版。

些新事物的做法来在科学中取得什么巨大的进步，这是无聊的空想。我们若是不愿意老兜圈子而仅有极微小可鄙的进步，我们就必须从基础上重新开始。……我们的传授方法只有一条，简单明了地说就是：我们必须把人们引导到特殊的东西本身，引导到特殊的东西的系列和秩序；而人们在自己一方面呢，则必须强制自己暂把他们的概念撇在一边，而开始使自己与事实熟习起来。

培根所说的"强制自己暂把他们的概念撇在一边"，在当时的历史语境中很大程度指的是抛开传统的先验假设，而培根传授唯一的方法"把人们引导到特殊的东西本身"时，特别强调不带偏见的观察。

培根认为，一切科学知识都必须从不带偏见的观察开始。人的心灵"像一面魔镜"，给出虚假反映的失真的镜子。"魔镜"的失真，是由于某种成见或假象（即幻影和幻象）缠住人的心灵。培根将"魔镜"的成见或假象概括为四类："第一类叫作族类的假象，第二类叫作洞穴的假象，第三类叫作市场的假象，第四类叫作剧场的假象。"族类假象，亦叫种族假象，即整个种族共有的成见；洞穴假象，即个人偏爱的成见；市场假象，即概念、词语之争；第四，剧场假象，即思想体系的偏见。

孙绍振关于关注文本本身的观点，与培根不带偏见的观察相近相通，但是，孙绍振似乎不知道培根在强调不带偏见观察的同时，还倡导仔细观察与正确推理相结合，经验主义和理性主义相结合的方法。培根关于三种动物的著名举例，形象说明近代观察实验科学归纳与演绎并用的方法：单纯的经验主义者好像蚂蚁，只会采集和使用材料；先验的理性主义者好像蜘蛛，只凭自身的材料织网；上述这两种方法都把经验和理性分开来了，是不可取的方法。真正的科学方法应该把二者结合起来；像蜜蜂那样从物质世界采集材料，又以自身的理性逻辑将其消化。培根说："试验家像蚂蚁，它们只知道采集和利用；推理家犹如蜘蛛，用它们自己的物质编织蜘蛛网。但蜜蜂走中间路线，它从花园和田野里的花朵采集原料，但用它自己的力量来变革和处理这原料。"①

在归纳法与演绎法并用意义上，亚里士多德《诗学》与培根的实验归纳方法存在相近之处，但是，亚里士多德模仿说是基于本体论哲学关于形式与质料关系的先验假设——普遍性寓于特殊性，这种先验假设，涉及培根所说的第二种、第四种成见与假象——种族成见、思想体系偏见。强制自己暂时撇开这些先验假设，是培根实验归纳法与古希腊传统研究的根本差异，正是在此意义上，学界认为培根在人类理智上开辟了一条新的道路。

（二）俄国诗学

20世纪初俄国亚·尼·维谢洛夫斯基可谓将培根实验归纳方法用于诗学研究的开路人。在《历史诗学》（1870—1906）中，维谢洛夫斯基依据大量文学史料研究人

---

① ［英］培根：《新工具》，许宝骙译，商务印书馆1984年版。

类共同的"稳定的诗歌格式":在文学体裁研究中,他提出了抒情诗、史诗、戏剧三大类型;在情节诗学研究中,他提出了情节—母题的区分;在诗歌语言研究中,他提出了诗歌修饰语、诗歌语言风格、诗歌心理对比法等。① 刘宁指出,维谢洛夫斯基倡导在社会文化历史背景制约下以实证为基础的研究文学过程的历史比较方法,重事实、重归纳、注重各种事实系列的连续性与重复性之间的因果关系分析与类型学分析。②

俄国形式主义一大批学者,诸如Б. В. 什克洛夫斯基、Б. В. 托马舍夫斯基、В. М. 日尔蒙斯基等,在科学方法意义上,其研究大都属于维谢洛夫斯基开创的历史诗学,都注重从诗歌、小说文本出发不带偏见地观察归纳有限的普遍性,其中,日尔蒙斯基还明确提出建立在科学结构基础上的理论诗学。在《诗学的任务》(1921)中,日尔蒙斯基将文学手法的描述以及分类研究,视为研究者从偶然研究走向理论诗学研究的路径。他说:"作为系统研究诗歌的手法,手法的比较描述和分类的'理论诗学'(Теоретическая поэтика),使诗体研究者得以从偶然探索的圈子里步入自觉的、方法论上以科学结构为基础的广阔途径。"③

罗曼·雅各布森语言学诗学的失败,不是因为在方法上偏重演绎法而忽视经验归纳,不是普遍性观念与经验之间存在必然矛盾,而是雅各布森语言学诗学开始背离维谢洛夫斯基以来的科学实证传统,以主观臆断比附索绪尔语言符号学概念,导致俄国科学诗学从有限真理走向更具普遍性真理探讨的进程被中断。雅各布森强调从语言学角度研究诗学,并用语言学"隐喻"和"转喻"两大修辞手法比附语言学中的顺序性与毗连性关系(即横组合构成关系与纵聚合联想关系——笔者按),再用文学思潮两大类型浪漫主义和现实主义,以及文学体裁两大类型诗歌和散文比附这两种修辞手法。④当下文论解释文学文本低效或无效,从方法论上看,原因之一当溯源到雅各布森语言学诗学这种主观臆断。

在此意义上,孙绍振所倡导的文学文本解读方向,在人类科学诗学探索过程中,似乎是回到俄国历史诗学、形式主义所开创的科学诗学实证传统。也在此意义上,孙绍振关于定义不是研究的起点,而是研究的过程和结果。成功的研究只是假设临时定义、开放定义等观点存在合理性。孙绍振对于文论片面执着观念演变梳理失误——从概念到概念——的批评也存在合理性。

---

① [俄]亚·尼·维谢洛夫斯基:《历史诗学》,刘宁译,百花文艺出版社2003年版。
② 关于维谢洛夫斯基历史诗学的特点,刘宁有详细研究。参见刘宁《历史诗学·译者前言》,[俄]亚·尼·维谢洛夫斯基:《历史诗学》,刘宁译,百花文艺出版社2003年版。
③ [俄]日尔蒙斯基:《诗学的任务》,载[爱沙尼亚]扎娜·明茨、伊·切尔诺夫编《俄国形式主义文论选》,王薇生编译,郑州大学出版社2004年版。
④ [美]罗曼·雅各布森:《隐喻和换喻的两极》,张祖建译,载伍蠡甫、胡经之主编《西方文艺理论名著选编》(下卷),北京大学出版社1987年版。关于雅各布森语言学诗学的具体评述,以及本文后面关于其他俄苏诗学的相关具体评价,均详见苏敏《文本文学审美风格》,中国社会科学出版社2013年简体字版;台湾秀威公司2013年繁体字版。

二 狄尔泰现代精神科学认识论

孙绍振还认为,西方文论危机很大程度在于文学理论学术规范本身。文论从概念到概念的演绎,文学理论越是发达,文学文本解读越是无效,在方法论上是因为观念的超验倾向与文学经验性发生矛盾;逻辑上偏重演绎,忽视经验归纳。从历史根源看,这种演绎法的局限,在于西方文论长期以来流行康德式的超验哲学、美学思辨,在殊相中求共相,致使文论概括抽象以牺牲特殊性为代价,普遍性原理中不包含文学文本的特殊性,与解读文学文本旨在普遍共同中求不同,两者之间发生冲突。孙绍振断言:追求普遍性牺牲特殊性,是文学理论抽象化的必要代价。文本个案独一无二,文学理论是对无数唯一性的概括,在此意义上,二者互不相容。文学文本个案的唯一性,与文学理论抽象概括的独特性,构成永恒矛盾。这种矛盾甚至是一切理论都可能存在的矛盾。文学文本的特殊性、唯一性,只有通过具体分析,才能将概括过程中牺牲的内容还原出来。

(一) 诗学学术规范性

孙绍振从批判康德美学到对学术规范性本身、理论普遍性本身以及演绎法本身的否定,首先存在一种理论上的纠缠——文学理论与文学批评的纠缠。确实存在经验个体的唯一性,那确实是任何理论概括都必须牺牲的唯一性。不过需要明确的是,任何理论都不是个体唯一性的抽象概括,而是从个体特殊性中抽象出相对普遍性。在此意义上,文学文本的唯一性,不是文学理论研究的对象而是文学批评的对象。文学文本的唯一性,不是否定文学理论的理由,也否定不了文学理论的普遍性。

更为重要的是,在方法论意义上我们必须明白,我们不可以在反对雅各布森语言学诗学离开文本经验观察时反过来由此推论理论普遍性必须牺牲特殊性,这样的推理无疑在普遍性与主观臆断之间画等号,并以此否定文学理论研究本身。以牺牲特殊性为代价所追求的普遍性"理论",不属于科学的普遍性概括,只是背离事实的主观臆断,是伪理论,也必然是无效的理论。从孙绍振这样的推论出发,其他姑且不论,就是孙绍振自己关于文本解读三个层次——表层意象、中层意脉以及文学规范形式——也应该被否定。20世纪文论解释文学现象的低效或无效,如前所述原因之一正是主观臆断!孙绍振倡导回到文学文本正是反对主观臆断!不得不指出的是,孙绍振绝对反对学术规范以及理论普遍性的有效性,势必将理论普遍性混同于主观臆断!在此意义上,我们说孙绍振完全没有必要否定学术普遍性以及演绎法,因为一旦否定理论普遍性以及演绎法,孙绍振关于回到文学文本反对文学研究主观臆断的主张在方法论意义上就失去了合理性。

文学文本的特殊性,不仅不是否定诗学学术规范的理由,而且,在事实上具有学术规范的诗学理论正是从文学文本特殊性中概括抽象出普遍性,并可以对文学文本特殊性做出有效解释。亚里士多德《诗学》之所以开西方文论先河，重要原因之一在于《诗学》的悲剧论、史诗论等有限普遍性概括不是以牺牲文学文本特殊性为代价的理论抽象，它们是从希腊史诗、戏剧特殊中抽象概括出的理论，并能够有效解释《伊里亚特》《奥德赛》《俄狄浦斯王》《安提戈涅》等。雅各布森以前的俄国历史诗学、形式主义在20世纪文论建构中之所以能够开风气之先，在方法论上说，在于他们的研究大多注重从文学文本出发概括有限普遍性，没有以牺牲文本特殊性为代价提出概念，因此他们提出的母题、情节—本事、陌生化等概念至今仍然有生命力。概念的普遍性与经验特殊性之间并不存在绝对矛盾。20世纪俄国诗学理论建构虽然没有取得学界认可的理论成果，但在开创文学本体研究新方向与新领域意义上功不可没已是学界共识。笔者要补充的是，20世纪俄国诗学在开创科学诗学方法论意义上也功不可没。

在方法论意义上，笔者把俄国历史诗学、形式主义概括为20世纪初俄国科学诗学。俄国科学诗学与古希腊亚里士多德诗学不同，它已经摆脱形而上学传统，属于狄尔泰现代精神科学认识论范畴，体现了科学研究方法在文学经验领域的落地生根。

（二）狄尔泰现代精神科学认识论立场

19世纪后期使用自然科学方法机械阐释社会历史科学失败之际，西方学界在方法论上后退——或限于描述，或主观解释，或回到某种传统形而上学。1883年狄尔泰以独立批判精神发表《精神科学引论》并断言：所有科学都是从经验出发的，但是，所有经验都必须回过头来与它们从其中产生出来的人类本性的意识总体性整体联系起来，并寻找其中部分与整体之间的关系。经验事实的有效性必须出自这样的人类本性总体性整体。狄尔泰把这种立场称为现代精神科学的"认识论"立场。[①] 狄尔泰这种现代精神科学认识论立场，将历史、社会科学的支撑点从传统形而上学的先验假定概念或实证主义的历史细节考察，转移到历史探讨与系统探讨相结合的方法。其中，没有偏见之经验观察，是对培根实验归纳法的继承，而将培根实验归纳与人类整个精神生活整体建构相结合，用人类整个精神生活整体建构取代传统形而上学的先验假设，则是狄尔泰的独特贡献。

在提出现代精神科学认识论立场时，狄尔泰明确宣称，不能在经验事实背后进行探索，如果在经验事实背后探索，犹如在没有眼睛的情况下观看，或者把认识的关注点引向人的双眼背后。在现代科学发展的历史条件下，任何一种在形而上学方面为精神科学奠定基础的做法，都属于过去。而从形而上学先验假定出发的洛克、休谟、康德所建构的认识论，因为没有这种从经验出发，血管里没有流淌真实的血液，只有理性的稀释物。只有通过内在经验给定的各种意识事实，我们才能切实把握实在。精神科学的核心任务就是对这些事实进行分析。关于康德美学的批评，孙绍振与狄尔泰存在相近相通之处，不过，孙绍振似乎不知道狄尔泰现代精神科学"认识论"立场。狄

---

① [德]狄尔泰：《精神科学引论·引言》，[德]威廉·狄尔泰：《精神科学引论》，童奇志、王海鸥译，中国城市出版社2002年版。

尔泰在批评康德美学的同时，不但没有满足于经验观察，不但没有否定演绎法，而且还提出历史细节观察与普遍性系统探讨相结合的方法，提出文化系统之间部分与整体关系重构，在宏大的精神生活整体基础上建构演绎法的新问题。

相对于培根一方面倡导不带偏见观察，一方面倡导正确推理，狄尔泰方法论的进步体现在他一方面宣告传统形而上学对于精神科学研究的过时，另一方面，他自觉意识到历史细节经验归纳缺乏普遍性探讨以及系统论述的能力。狄尔泰说，他经常发现他自己与洛克、休谟、康德认识论学派的一致，并指出历史学派以同情方式观察历史细节的考察缺乏历史普遍性探讨。在狄尔泰看来，历史学派由于缺乏认识论基础，因此，一直没有获得某种说明方法，没有能力对历史事实加以系统论述，徒劳无益地反对那些既苍白又肤浅，然而却是从分析角度经过提炼的结果。狄尔泰的历史理性批判，就是为历史学派具体研究提供某种哲学基础。由此出发，狄尔泰在倡导从经验出发的同时，不停止于经验个体，强调文化系统之间部分与整体关系的重构。

就这样，在讨论具体人文科学中的真正分析取代形而上学的一般概念时，狄尔泰倡导把单独建立起来的事实融入一个有意义的整体之中的独立体系，并依据这样的经验解释现实，取代形而上学的目的论构想。人本身，成为精神生命的单位分析，是其第一任务。研究互相交织的文化系统与社会外在组织的关系，是其第二任务。这种取代传统形而上学的精神科学，以现代历史意识分析作为主体的个人，同时分析精神生活实体化的宗教、艺术等历史过程。其间，从个体可以穿行于团体、宗教或者艺术系统，或者时代横断面，构成一个整体。概念不再来自先验假设及推论，而是来自活生生的经验，来自个体意志自由为前提的对人类意志、人类心灵整体与部分关系的洞察。领悟艺术、宗教等既存在于心灵之中，又存在于社会之中的精神生活实体化历史过程。

狄尔泰一方面强调现代精神科学是不带任何偏见的、有实证材料作为可靠基础的科学；另一方面，又强调精神文化系统科学是一个互动的整体体系。个体活动有生有灭，宗教、艺术、法律等文化体系整体却是永恒存在。任何一个个体活动，都是作为各种文化系统交叉点而存在，并表明文化系统的这种多样性。因此，具体精神科学需要人们既认识到它们的真理与现实世界之间的关系，又要认识到这些真理与那些真理之间的关系，才使科学的概念具有总体性的明晰性，又具完全的确定性。这是精神科学认识论最基础的任务。狄尔泰明确指出，完成这些任务，即历史理性批判——对于人类认识自己，认识人类社会和历史能力的批判。[1]

马克瑞尔关于狄尔泰的这种精神科学认识论的评价是：狄尔泰强调哲学从直接给定的经验事实出发，也就是意识的事实出发，瞄准生活事实本身，但是，这种经验事实是引入意识建构真实世界的预设，是修正意识建构世界预设的根据，而且，它自身

---

[1] ［德］韦尔海姆·狄尔泰：《人文科学导论》，赵稀方译，华夏出版社2004年版。

也是在意识建构真实世界预设中完善的。狄尔泰经验哲学这种对经验的强调，一方面避免经验主义的因果解释；另一方面，避免把这种意识事实来源于先验原则的思辨哲学。①

三 符号—结构推演性方法

狄尔泰虽然在理论上提出用人类心灵关系整体、精神生活实体化历史过程取代传统诗学的形而上学逻辑框架，但究竟怎样在精神科学具体领域中将经验材料与人类精神生活整体系统论述相结合，狄尔泰本人并没有解决。如前所述，20世纪初俄国科学诗学虽然在基本方法上大体属于狄尔泰现代精神科学认识论范畴，但不得不指出的是，20世纪俄苏诗学只是抛弃了传统形而上学目的论，使科学研究方法在诗学领域落地生根，并没有完成科学诗学方法论建构，仍然不具备狄尔泰所说的那种系统论述能力，并没有成功地把单独建立起来的文学事实融入一个有意义的整体之中并建立独立的诗学体系。在此意义上，俄苏科学诗学只能算是准科学诗学。这也是俄苏科学诗学没有取得令人满意结果的重要原因。

（一）符号—结构推演性方法

一直到20世纪60年代，符号—结构方法论才为狄尔泰的历史理性批判提供了演绎性逻辑建构方法。由于符号—结构演绎性方法论，不是一人一时一个学科完成的一种方法论革命，它有一个跨学科的历史发展过程。在此不得不简单介绍其发展过程。

众所周知，符号学方法出自语言学。索绪尔语言符号学提出："我们建议保留用符号这个词表示整体，用所指和能指分别代替概念和音响形象。后两个术语的好处是既能表明它们彼此间的对立，又能表明它们和它们所从属的整体间的对立。"②

叶姆斯列夫将能指与所指关系用模式ERC表示：所有符号系统包括一个表达方面E，和一个内容方面C，而意义则相当于这两个方面之间的关系R。在讨论语言与非语言时，叶姆斯列夫把自然语言称为外延denotative意义系统，即任何平面都不是符号系统的符号系统，而把非语言的符号系统概括为内涵connotative意义系统。他说，内涵单位本身也提供一个对象，该对象由符号系统来处理。将内涵单位视为内容，将外延符号系统视为内容的表达，将这一内容与表达视为符号系统，即一个内涵的符号系统。叶姆斯列夫还提出了元语言或者元符号metasemiotic系统，即内容平面本身是一个符号系统的符号系统，比如，语言学。③

20世纪中期，在索绪尔、叶姆斯列夫基础上的罗兰·巴特符号学，与皮亚杰结构

---

① ［美］马克瑞尔：《人文科学导论·概述》，［德］韦尔海姆·狄尔泰：《人文科学导论》，赵稀方译，华夏出版社2004年版。
② ［瑞士］费尔迪南·索绪尔：《普通语言学教程》，高名凯译，商务印书馆1980年版。
③ ［丹麦］叶姆斯列夫：《叶姆斯列夫语符学文集》，程琪龙译，湖南教育出版社2006年版。

主义共同完成了演绎性结构方法论，笔者将这种演绎性结构方法论的基本方法称为"符号—结构推演性方法"。

1964 年，在叶姆斯列夫基础上，罗兰·巴特《符号学原理》提出符号第二性系统，并根据第一性系统插入第二性系统不同方式，提出第二性系统两种不同情况：附加意义 connotative 与元语言 métalangage。① 罗兰·巴特指出，附加意义系统（ERC）RC，即第二性系统表达层面 E，是由第一性系统 ERC 构成的复合系统。附加意义的能指，即附加意义载体，是由实指意义系统的符号（能指与所指的结合即 ERC）构成的。附加意义的所指，即意识的片段。附加意义，即 ERC 与附加意义所指相互作用的结构过程。② 罗兰·巴特符号第二性系统开始涉及符号层级问题。

四年以后，即 1968 年，皮亚杰《结构主义》在跨学科研究基础上提出的结构连续构造过程及转换性与自我调节性，与罗兰·巴特符号学的第二性复合系统相通，两者都涉及符号层级问题，但皮亚杰结构主义最终完成结构演绎性方法论建构。在结构连续构造的转换性与自我调节研究中，皮亚杰提出结构连续构造的封闭性、守恒性，这两个概念非常重要，为符号—结构演绎性逻辑框架提供了理论资源。

在皮亚杰看来，结构转换构造的封闭性，即一个结构所固有的各种转换不会越出结构边界之外，只会产生于总是属于这个结构并保存该结构的成分中。在这个意义上，结构把自身封闭了起来。而结构转换构造的守恒性，即新成分在无限地构成而结构边界仍然具有稳定的性质。结构封闭性丝毫不意味着所研究的这个结构不能以子结构的名义加入一个更广泛的结构里去，只是这个结构总边界的变化，并未取消原先的边界，并没有归并现象，仅有联盟现象。子结构的规律并没有发生变化，而仍然保持着。所以，所发生的变化，是一种丰富现象。皮亚杰的结构封闭性与守恒性，为罗兰·巴特提出的符号结构层级关系提供了演绎性推演的学理依据。在强调方法论结构主义时，皮亚杰明确指出，整体性结构主义只限于把可以观察到的联系或互相作用的体系看作是自身满足的；而方法论结构主义的本质乃是要到一个深层结构里去找出对这个经验型体系的演绎性解释，它不属于观察得到的事实范围，而"应该用推演的方式重建"。③

（二）符号—结构诗学

20 世纪 20 年代俄国诗学不仅具有不带偏见的经验观察，具有科学诗学的自觉意

---

① connotative 与 métalangage，李幼蒸翻译为含蓄意指系统与元符号系统，见［法］罗兰·巴尔特《符号学原理》，李幼蒸译，生活·读书·新知三联书店 1988 年版，第 169 页。黄天源翻译为附加意义系统与元语言系统，见［法］罗兰·巴特《符号学原理》，黄天源译，广西民族出版社 1992 年版，第 81—82 页。马宁译为含义系统与元语言系统，见［法］罗兰·巴尔特《符号学原理》，马宁译，载《符号学文学论文集》，赵毅衡编选，百花文艺出版社 2004 年版。笔者以为，在词义上看，Connotative 译为含蓄意指、含义、内涵等都没错。相对于叶姆斯列夫的外延意义系统与内涵意义系统，译为内涵意义系统也可。但是，从罗兰·巴特上下文语境看，似乎这里的 Connotative 是相对于第一系统意指作用而言，即相对于第一系统而言的附加意义，因此笔者在此从黄天源的翻译。

② ［法］罗兰·巴特：《符号学原理》，黄天源译，广西民族出版社 1992 年版。

③ ［瑞士］让·皮亚杰：《结构主义》，倪连生、王琳译，商务印书馆 1987 年版。

识，已经具有明显的符号—结构整体意识，他们缺乏的就是这种直到 60 年代才形成的演绎性符号—结构方法论。日尔蒙斯基的风格概念就是一个整体概念，他说：在艺术作品活生生的统一中，一切文学手法相互作用从属于共同的艺术任务。我们把诗歌作品手法的这种统一叫作"风格"。在研究艺术作品的风格时，它那活的、具体的统一被我们融解在诗歌手法的封闭系统中。在艺术作品中，我们看到的不是许多独立的、具有自我价值的手法的简单共存，而是一种手法要求与另一种与之相应的手法。所有的手法都制约于作品艺术任务的统一性，并在这个任务中取得自己的地位和根据。对风格的这种理解，不仅意味着各种手法在时间或空间的实际共存，而且意味着它们之间的内在相互制约性和有机的联系。只有当诗学引进了风格的概念时，这门科学的基本概念系统（素材、手法、风格）才算完整。诗歌手法不像自然历史的事实，它不是某种独立自在的、富于自我价值的东西。所谓自在的手法——为了手法的手法——不是艺术的手法，而是魔术。手法是为着艺术的目的，并从属于自己的任务的事实，在这个任务里，也就是在艺术作品的风格统一中，手法获得了自己的审美根据。用形式观点看，同样一种手法常获得不同的艺术含义，这依赖于它的功能，即依赖于整个艺术作品的统一，依赖于所有其余手法的共同倾向性。① 日尔蒙斯基从文学文本观察中归纳出文学手法不同类型，以及从功能角度阐释文学手法与文学风格之间的关系——风格是手法整体的功能，从整体出发把文学手法、文学风格等纳入风格理论中，并把风格理论视为科学诗学理论。不过，由于他缺乏 20 世纪 60 年代的符号—结构推演性方法，他不讨论不同结构层级之间的转换规律，不具有系统论述文学手法—文学风格之间关系的能力，其文学手法类型研究混淆了文学手法的不同结构层级，其风格层级本身也没有进一步的结构层级划分，以"功能"解释手法与风格之间关系过于粗疏。

亚历山大·索科洛夫《风格理论》（1968）是日尔蒙斯基关于建构以风格为核心的科学诗学的再次尝试，只不过索科洛夫用话语"形式"取代了日尔蒙斯基的"手法"。他的整体意识也是自觉的，他明确指出：风格"不是艺术形式的某一种成分，而是诸成分之间的关系"。风格是"各种成分处于统一之中的体系"。

他用"功能"与"载体"阐释不同文学符号不同层级：风格不等于形式，风格是一个功能概念。如果风格是风格载体 носителистиля 所负载的对象，那么，体现风格特性的形式成分是风格的载体。风格载体具体是：作品的语言、结构、文学的种类或体裁、创作方法中的描绘和表现原则。这些载体所负载的、合乎一定艺术规律的风格特性构成作品风格体系。

他用整体与部分阐释语言风格与审美风格。传统语言风格研究，在索科洛夫看来，属于作品的形式之一，也是风格的载体之一。就这样，索科洛夫既区别了语言风格和文学风格，又把从亚里士多德到维谢洛夫斯基以来的语言风格，纳入文学风格理论框

---

① ［俄］日尔蒙斯基：《诗学的任务》，载［爱沙尼亚］扎娜·明茨、伊·切尔诺夫编《俄国形式主义文论选》，王薇生编译，郑州大学出版社 2004 年版。

架中。在《风格理论》第二章《作为艺术规律的风格》中,索科洛夫明确指出,文学风格与语言风格,是两个截然不同,并非一类的范畴,这里"风格"一词是作为同音异义词使用的。作为审美范畴之文学风格,是一个统一体,是选择和组合风格元素时所体现出来的艺术法则。在一部完成的作品中,风格可以看作各种元素处于统一之中的体系。[1]

索科洛夫《风格理论》与皮亚杰《结构主义》同年问世。索科洛夫审美风格研究虽然使用了诸符号结构话语讨论了艺术作品的结构 структура художественного произведения、风格的载体 носители стиля、风格的构成元素 элементы стиля、风格的种类 стилевые категории、风格的要素 факторы стиля 等,而且,厘清了语言风格与文学审美风格两者的关系,揭示了文学形式与文学风格类型之间载体与功能的关系,在日尔蒙斯基科学诗学基础上向前推进了一步,但不得不指出的是,索科洛夫的风格理论也因为没有使用皮亚杰演绎性结构方法论,因此他的理论仍然缺乏系统驾驭历史事实的能力,没有以一种严格的演绎性逻辑把自然语言与文学手法、文学手法与文学风格之间的关系讲清楚。由此可见,科学诗学探索不仅需要严谨的态度、不带偏见的观察,甚至整体观念、结构术语,更需要一种取代传统形而上学逻辑框架的系统论述能力,需要一种整体性逻辑推演的方法。

索绪尔现代语言学相对于传统语言学,贝塔兰菲现代生物学相对于传统生物学……现代学术真正脱胎于近代学术,犹如近代科学方法论脱胎于传统炼金术,需要新的方法论!诚如当年培根所说,若期待用在旧事物上加添和移接一些新事物的做法来在科学中取得什么巨大的进步,这是无聊的空想。我们若是不愿意老兜圈子而仅有微小可鄙的进步,我们就必须从基础上重新开始。这种从基础上重新开始,无疑都意味着一种新的方法论的出现。笔者拙著《文本文学审美风格》是使用符号—结构演绎性方法论在文学领域的一种尝试。作为后学,笔者有幸能够使用罗兰·巴特符号第二性复合系统、皮亚杰演绎性结构方法论等理论资源,因而能够逻辑一贯到底地阐释自然语言、文学手法与文学风格之间的嵌套关系,并提出文学符号—结构个体的模式——(ERC)RC^5。

笔者的符号—结构诗学理论,一方面,从文学符号的起点、切分单位、结构层级等开始观察文学文本混沌体;另一方面,从中西文学经典作品特殊性出发观察分析抽象概括文学普遍性概念,正是在演绎性符号—结构方法论与经验观察相结合的基础上,笔者提出最小文学手法(ERC)RC^{1}是文学研究的起点,自然语言(ERC)是最小文学手法的能指,文学文本个体是五个结构层级构成的符号—结构整体,其中,较低结构层级保持自己结构的边界与结构转换规律参与更高结构层级连续构造:

---

[1] А. Н. Соколов《Теория стиля》, Ивдателъство《Искуство Москва》1968г.

最小文学手法 (ERC) RC^1
整一文学手法 ((ERC) RC^1) RC^2
文本文学手法 ((ERC) RC^1) RC^2) RC^3
文本纯文学风格 (((ERC) RC^1) RC^2) RC^3) RC^4
文本文学审美风格 ((((ERC) RC^1) RC^2) RC^3) RC^4) RC^5

　　从文学符号上述五个结构层级看，前面三个结构层级都属于文学手法，后面两个结构层级属于文学风格。[①] 笔者关于文学研究基本对象的结论，与俄苏诗学大体一致，但不得不指出的是，俄苏诗学关于文学手法、文学风格的相关研究，缺乏笔者研究这种严密的推演性逻辑框架。

　　笔者的《文本文学审美风格》以及相关系列论文不是为了建构概念逻辑框架而建立概念逻辑框架的游戏，它犹如索绪尔现代语言学揭示了词与句子之间的嵌套关系一样揭示了文学混沌体中文学手法、文学风格之间的嵌套关系，提出了一套阐释文学现象的术语。从笔者的系列论文以及专著《文本文学审美风格》可见，这种符号—结构诗学理论不仅可以有效解释不同文本的文学性（限于篇幅这个问题恕不在此展开），还可以对文学本体研究中见惯不惊而缺乏严格界定的概念（比如文学手法、文本主题）或者充满纠缠争议的概念（比如文学风格、审美理想、文学自由等）有自己的独立阐释，而且，还可以从一个新的角度阐释文学作品。文学作品是什么？从符号—结构诗学看，文学作品是使用自然语言以及文学手法创造的具有虚构想象造型性质与功能的文本文学想象空间。这种文本文学想象空间为在文学审美活动中的文学主体提供一种第三空间。不同文学审美风格，即文学手法创造的不同类型文本文学想象空间。文学手法组合不同，文本文学想象空间性质功能不同。诗人小说家在不同文本文学想象空间赋予自己的审美理想，接受者在不同文本文学想象空间享受自己的审美理想。了解文学手法三大层级、文学风格两大层级，可以帮助作者、读者更自觉利用文学游戏规则创造文学作品、接受文学作品。

[①] 苏敏：《文学符号学构架》，《重庆师范大学学报》2013年第5期。

文化诗学的变与通
——20世纪90年代以来当代文学理论转型问题再考察

肖明华[①]

(江西师范大学文学院　江西　南昌　330022)

摘　要：在20世纪90年代社会文化转型的语境中，文化诗学持一种通变式的文论转型发展观：一方面认为文学理论要变革创新，只有如此才能应对变化了的现实文化语境；另一方面认为要"继往开来"，在继承审美论文学理论和语言论文学理论传统的同时，又吸收文化研究的新传统，从而整合成一种新的文学理论知识形态。深入研究文化诗学的发展观，并对文化诗学做必要的反思，这对于推动当前文学理论学科的转型和发展有较大意义。

关键词：文化诗学；文学理论转型；通变

一

在当下文学理论界，文化诗学仍然是一种颇有感召力的学术话语，也是一种兼具基础性与前沿性的学科知识。[②] 有学者指出，中国文化诗学"是自然地承接和应对国际学术思潮，如'人类学转向'（又称'文化转向'）、文化研究与文化诗学等的理论创新运动。因此，它同样是具有世界性和前沿性的，既与国际学术思潮同步调，又是对国际学术思潮的中国式回应"[③]。文化诗学之所以兼具基础性与前沿性，其原因恐怕还在于，文化诗学与20世纪90年代以来当代文学理论学科建设与发展有内在的关联。文学理论向何处去，依然是一个问题。它并没有随着文化研究的兴起与文化诗学的坚守

[①] 肖明华（1979— ），江西泰和人，江西师范大学文学院副教授，博士。本文为江西社科规划2013年度课题（13WX24）、江西师大2012年度科研计划项目、江西师范大学博士启动基金的阶段性成果。

[②] 2013年10月，北京师范大学文艺学研究中心与江西师范大学当代形态文艺学研究中心、江西师范大学古籍所等多家单位联合召开了"中外文化诗学国际学术会议"。

[③] 顾祖钊：《论中国文化诗学的理论创新性》，《文艺理论研究》2013年第3期。

而获得最终的解决。考察文化诗学的理论发展观念以及基于这种观念的特性因此就是一件有意义的事情。

文化诗学主张文学理论的变革创新。为什么要主张文学理论的变革创新呢？一方面是由于现实语境的变化所致，另一方面是由于新的学术资源特别是与文学理论相关的文化研究的挑战所引起的。

20世纪90年代以来尤其是1992年以后，由经济体制的变革所引发的社会转型，加之其他相当复杂的原因，导致了诸多的社会问题浮出水面。在可允许的范围内，这些问题已然构成了知识分子积极参与公共领域的一个批评文本。如何将这种批评话语引入文学理论建设中来，就成为了一个现实的问题。但由于语境的变化，不可能如此前20世纪80年代那样，以退为进地远离现实，彰显审美自律，以立法者角色从事所谓的内部研究，借此来实现文学理论的批判性介入。20世纪90年代是一个大众时代，它要求的是积极介入、有效阐释，在对话中完成文学理论的知识合法性重建。这时，文学理论界有学人开始从事文化研究，并且在应对现实社会文化问题的时候表现出了相当的优势。有学人曾经指出："其巨大的理论创新能力、强烈的现实反思精神、跨学科的综合研究方法已经使它成为我国人文科学界最具活力的思想—学术活动领域之一。"[①] 文化研究的这种现实参与能力对于文学理论知识生产的有效性而言，应该是值得肯定的。正如童庆炳先生所言："'文化研究'就是从事文学理论研究的学者参与社会的主要形式之一。"[②] 同时，文化研究的这种现实参与能力还被视为是延续了一种文论的优良传统。改革开放以来的文学理论，几乎都是在对现实问题的关注中展开的，从审美论、主体论到20世纪八九十年代的语言论文论无不如此。比如审美论文论是为了规避极"左"意识形态，主体论文论表现出对僵化的反映论的不满，语言论文论都表达了对20世纪八九十年代的社会历史语境的不合作态度。[③] 从这个方面看，文化研究是承担了重建文学理论知识合法性的功能。

同时，文化研究在有效生产契合于语境的知识之时，表现出了与故有文学理论的诸多差异。这种差异具体表现在它没有固定的研究对象，甚至不研究文学。即使研究文学，它也不先在地将文学区分出好坏，甚至还专门以研究不被人看好的边缘文学为旨趣。同时，在研究方法上，它不以价值批评作为研究的预设，而以具体而冷静的分析见长。这又与其研究目的有关。其目的不在分辨包括文学文本在内的文本的好坏，而在于分析一种文本如此的具体的社会文化语境的原因。文化研究的这种差异，提供给了文学理论诸多的新东西，比如联系历史文化语境来研究文学，比如现实批判精神，比如跨学科的研究文学。

对于文化研究的现实参与能力，以及它的一些新的研究旨趣和方法等，都可谓

[①] 童庆炳：《植根于现实土壤的"文化诗学"》，《文学评论》2001年第6期。
[②] 同上。
[③] 同上。

是文学理论所需要师法效仿的。跨学科的研究方法，就被文化诗学汲取过来了。文化诗学倡导者认为："我们研究文学，也一定要把它放到文学、艺术、宗教、哲学、政治、历史、教育等整个文化系统中，这样文学的本相才能充分显露出来。这种文学与其他文化样式的相关性跨学科的研究，将展现出辽阔的学术原野。在这种相关性的研究中，文学研究跨越自身的领域，进入一个交叉地带，与别的学科进行对话，这种在交叉地带的对话必然会提供许多新的学术话语；同时由于有了别的参照系的比较、互动的研究，文学自身的特点也会鲜明地显露出来。"[①] 但是，在文化诗学倡导者看来，文化研究并非就是文学理论的"知识发言人"，更不可以替代文学理论。其最主要的原因在于它抛弃文学，不坚守审美。在这方面，文化研究非常相似于艾伦所论当代批评，"当代批评审视那些有能力对文学进行界定的人们所赖以做出界定的准则，并将扩大文学研究的范围，将'非文学'与关于文本的批评话语包括在内"[②]。当代批评的研究不是为了区分文学与非文学，也不会"在作品中确立经典杰作的等级体系"[③]。与当代批评如此相似的文化研究就有可能在带给文学理论新视野的同时，颠覆文学理论的一切陈规和传统。童庆炳先生为此写道："我们最大的担心还是由于文化研究对象的转移，而失去文学理论的起码的学科品格。正是基于这种担心我们才提出'文化诗学'的构想。"[④] 从这里我们就可以看出文化诗学构想者的学术旨趣了。简言之，他们认为文学理论要变革，要吸收文化研究的新东西，但是又要保持文学理论的学科品格。"文化诗学研究并不脱离文学，我们不离开文学艺术这个对象，但是我们要采取一种新的比较宏大的文化视野来考察文学艺术的问题。我们觉得文化研究在中国落脚，取这样一种形态是比较可取的。"[⑤] 主张变革创新的文化诗学，它期待的是这样一种文学理论形象：能契合于当下文化语境，具有以文学/审美的方式参与公共领域的能力。同时，它还要能够在学理上不至于与此前文论传统发生根本的冲突。只有如此，方可谓实现了文学理论的转型。然而，这又如何可能呢？这就牵涉文化诗学的另一主张了。

二

文化诗学的另一主张是，文学理论的变革创新不能断裂式地完全抛弃传统，而要做到与故有文学理论相通。如何达到相通呢？简言之，就是要"继往开来"。在继承审美论文学理论和语言论文学理论的传统的同时，又吸收文化研究的新传统，从而整合

---

① 童庆炳：《文化诗学是可能的》，《江海学刊》1999年第5期。
② [美]艾伦编：《重组话语频道·序》，麦永雄等译，中国社会科学出版社2000年版，第28—29页。
③ 同上书，第29页。
④ 童庆炳：《植根于现实土壤的"文化诗学"》，《文学评论》2001年第6期。
⑤ 童庆炳、刘洪涛：《关于文学理论、文艺学学科的若干思考》，《文艺理论研究》2002年第4期。

成一种新的文学理论知识形态。这种知识形态被命名为文化诗学。

这样的文化诗学知识形态就宏观而言,表现出了两个特点:一是累积性。因为要达到相通,就应该在累积中变化,在"接着讲"的同时获得创新。这一点,文化诗学的倡导者说得很清楚:"'文化诗学'的理论构想就是一种累积的成果,它要吸收过去诗学研究的成果,然后再加以开拓。我们把文化视野加上,实际上是往前走了一步。这样的理论是在建构中完成的,不是今天打倒这个,明天打倒那个。"①

另一个特点是整体性。要追求相通,继承故有成果,往往要完整全面方有可能。正如有学人所言,文化诗学的研究方法是一种新的综合,变得更为完整。② 另有学人则直接地写道:"整体性研究是文化诗学生命之所在,即以宏阔的文化视野对文学进行全方位的审视,采用跨学科的方法,从多学科的视角观照文学。双向建构是文化诗学的基本方法,其要点是:一曰'内外',即阐释文学文本与外部世界的互动关系;二曰'中西',即关注不同文化间的沟通,寻找中西文化间的契合点与生长点;三曰'古今',即文史互动,今古互动,使文学文本具有历史的与当代的双重意义。"③

具体而言,文化诗学所追求的相通性又主要表现在将内部研究与外部研究结合起来。④ 这是20世纪90年代文学理论在"方法论上的一种转变"⑤。如果说20世纪80年代更多的是"内部研究",而20世纪90年代的文化研究相对而言是"外部研究"的话⑥,那么文化诗学则主张要将"内部研究"与"外部研究"结合起来。在展开文学研究的时候,既要对其进行语言文本的内部细读,又要将这种细读置于文化语境中来进行。之所以要置于文化语境中,是因为在文化诗学看来,这种文化语境与传统文学社会学主要将之处理为一种外在于文学文本的做法不同,文化诗学将文化语境看作是与文学文本有内在的关联性,两者之间是互动的关系,是互成阐释的关系。这一点有论者分析得非常到位。他指出:"文化语境不仅仅是对文学施加外力的所谓'背景'和'环境',同时也体现在文学文本的语言、形式、修辞、结构、体裁等内在因素之中。文化语境不仅表现为各种物质形式,而且表现为各种符号、信息和意义;作为物质形式的文化语境在文学文本之外,但是作为符号、信息和意义的文化语境却必然通过各种文学编码被组织进文本之内。同理,社会情境和背景也从内部决定了文学文本的结构。如果说传统文学社会学对文化语境与文学文本的关系所持的是一种'外部决定论',那么,文化诗学对文化语境与文学文本的关系所持的则是一种'内部决

---

① 童庆炳、耿波:《从文本中来到文化中去——关于"文化诗学"理论构想的对话》,《文艺报》2004年10月12日。
② 童庆炳:《"文化诗学"作为文学理论的新构想》,《陕西师范大学学报》2006年第1期。
③ 林继中:《文化诗学刍议》,《文史哲》2001年第3期。
④ 这又被表述为宏观研究与微观研究的结合。
⑤ 童庆炳、黄春燕:《诗意人生,诗性守望——童庆炳先生访谈录》,《中文自学指导》2005年第5期。
⑥ 文化研究是否为外部研究,是一个有争议的问题。但文化诗学往往视为外部研究。在相对而言的意义上,也是可以成立的。当然,这并不否认文化研究也有自己的内部研究。特此说明。

定论'。"① 关于文化语境与文学文本的内在关联，童庆炳先生也曾以历史语境与历史背景之异来予以说明："'历史语境'则除了包含'历史背景'要说明的情况之外，要进一步深入到作家、作品产生的历史具体的机遇、遭际和情景之中，切入到产生某个作家或某部作品或某种情调的抒情或某个场景的艺术描写的历史肌理里面去，这就是深层的联系了。"② 文化诗学的这种"内部决定论"的语境处理，的确表现出了与此前文学理论的诸多不同，此前文学理论要不就忽视历史文化语境的存在，要不就将这种文化语境视为一种外在的背景，以至于常常出现巴赫金所指认的："文学史著作中，通常要描述文学现象所处时代的特征，但这种描述，在多种情况下与通史毫无差别，没有专门分析文化领域及其与文学的相互作用。"③ 不妨说，在处理历史文化语境上，文化诗学与文化研究其实并无二致。一定意义上，它还是吸收了文化研究的成果所致。

然而，仔细琢磨起来，文化诗学既然担心文化研究将与文学脱钩，④ 甚至会失去文学理论的学科品格，那么在对待历史文化语境的问题上，肯定还是有其不同之处的。其不同之处，就在于文化诗学在重视文化语境与文学文本的关联性的同时，其实凸显的是文学文本的中心地位。换言之，文化语境的存在是围绕着文学文本来转的。它重建语境的目的，是为了更好地理解文学文本的诗意所在。从这个方面看，它其实是一种外部研究化入内部研究的思维方式。而文化研究重建语境的目的，并非是为了理解文学文本的诗意，它更多的是要找到文学文本之所以呈现出这样的"诗意"的意识形态症候和权力机制，正如陶东风先生所言，文化批评/文化研究"其目的也不是揭示文本的'审美特质'或'文学性'，不是做出审美判断。它是一种文本的政治学，揭示文本的意识形态，文本所隐藏的文化—权力关系，它基本上是伊格尔顿所说的'政治批评'"⑤。而文化诗学则将审美视为文学文本的理想型存在，甚至还作为文学研究的一个尺度。文化诗学倡导者表露心迹道："我们无论如何不可放弃对诗意的追求。文化视角无论如何不要摒弃诗意视角。……我们可以而且应该是文学艺术的诗情画意的守望者。"⑥ 为此之故，文化诗学，在研究对象的选择上偏于文学文本，还应是在文学的作家、作品这方面。⑦ 其研究的目的是要对这种文学文本进行审美评价，区分好坏高低。重视文本细读与文化语境都是围绕着这一中心目的来的。简言之，审美乃文化诗学的内核、中心。⑧ 只有意识到这一点，我们才可以较好地理解文化诗学的

---

① 姚爱斌：《移植西方与植根现实——20世纪90年代以来文化诗学研究的两种理论取向》，《黑龙江社会科学》2008年第4期。
② 童庆炳：《文化诗学结构：中心、基本点、呼吁》，《福州大学学报》2012年第2期。
③ 转自姚爱斌《移植西方与植根现实——20世纪90年代以来文化诗学研究的两种理论取向》，《黑龙江社会科学》2008年第4期。
④ 童庆炳："文化诗学"作为文学理论的新构想》，《陕西师范大学学报》2006年第1期。
⑤ 陶东风：《文化研究：西方与中国》，北京师范大学出版社2002年版，第6页。
⑥ 童庆炳：《新理性精神与文化诗学》，《东南学术》2002年第2期。
⑦ 童庆炳：《再谈文化诗学》，《暨南学报》2004年第2期。
⑧ 童庆炳：《文化诗学结构：中心、基本点、呼吁》，《福州大学学报》2012年第2期。

构想:"以审美评价活动为中心的同时,还必须双向展开,既向宏观的文化视野拓展,又向微观的言语的视野拓展。我们认为不但语言是在文学之内,文化也在文学之内。审美、文化、语言及其关系构成了文学场。文化与言语,或历史与结构,是文化诗学的两翼。两翼齐飞,这是文化诗学的追求。"① 也就是说,在文化诗学看来,文学的首要的与内在的性质功能乃是审美,文学之外即使有性质功能也一定要"通过审美达到"②,我们从事文学研究的首要目的因此就是考察文学的审美特性,文学研究的最终目的也是为了审美评价。就此我们可以说,坚守审美,是文化诗学的最大特点,也是它不同于文化研究之所在。

三

有学者认为:"文化诗学所倡导的'历史—文化转型',体现的是一种新的文化研究旨趣。"③ 这种说法是不太符合中国语境的。它没有意识到在中外倡导文化诗学者差异丛生。不加区分地将文化诗学与美国新历史主义的文化诗学等同起来是不妥当的。其实,文化诗学的本意并非要发生历史—文化转型,它更多的是要扭转历史—文化转型所可能发生的审美缺失。由此我们才可以理解为什么文化诗学倡导者会持这样一种观念,即"文学批评的第一要务是确定对象美学上的优点,如果对象经不住美学的检验的话,就不值得进行历史文化的批评了"④。这正是由于文化诗学要区隔于文化研究,并不完全赞同文化研究的学术旨趣之所在。在文化诗学看来,文化研究如果不做"文学"研究,不把审美当作一个规范性的存在,就不足以充当文学理论的知识生产者。一定程度上可以认为,如何对待文学审美问题,成为文化诗学与文化研究对待文学的分水岭。同时,这也是两种文论发展观的差异所在。文化诗学认为文化研究乃断裂式发展,而文化诗学持守的是通变式发展。不妨再以文化诗学倡导者童庆炳先生的一段话为例:"文艺学研究应该吸收文化研究的方法和视野,但文艺学研究是要讲究诗意的,这同文化研究是不同的。我从来都主张,文学理论建设不应该一阵子搞这个一阵子又搞那个,一阵子提倡审美了就专注于审美,其他不管了;一阵子讲语言论转向了又把审美丢掉了;一阵子又搞文化转向了,就又把审美、语言全丢了。文学理论建设是一个不断累积性的过程。"⑤ 由此可以认为,文化诗学在通变的过程中,继承了审美、语言等故有文学理论所强调的两个基本点,而且它还将审美视为是其理论最内核的东西。有论者因此指出:"文学的审美特性正是文化诗学在开拓创新时守成的主要对象和

---

① 童庆炳:《文化诗学:宏观视野与微观视野的结合》,《甘肃社会科学》2008年第6期。
② 顾祖钊:《论中国文化诗学的理论创新性》,《文艺理论研究》2013年第3期。
③ 周平远等:《"走向文化诗学"与"走向文本社会学"之辨》,《江西社会科学》2008年第2期。
④ 童庆炳、马新国:《文化诗学刍议》,《北京师范大学学报》2001年第3期。
⑤ 童庆炳、耿波:《从文本中来到文化中去——关于"文化诗学"理论构想的对话》,《文艺报》2004年10月12日。

积累的主要资源。"① 这可谓抓住了问题的关键。另有论者甚至这样评价道:"在童庆炳的文艺思想体系中,'审美'不仅是其进行文艺研究的切入点,同时也是其理论体系的一个强有力的杠杆,是将其全部文艺研究凝聚起来的一种向心力……其理论研究本身就是对'审美'这一命题的全面展开和具体化。"② 这从一个方面证明了文化诗学之与审美的重要关联性。文化诗学的变化之处则主要在于其对于文化研究的选择性吸纳和合目的性改造,主要是将文化语境纳入。

如此看来,在20世纪90年代文学理论的转型发展中,文化诗学基本上是守住了有学者所提出的"两个底线":"面向文化寻求新转变的文学理论,应当有两个不能遗忘的必要前提:第一,文学理论应当是以文学现象研究为中心的文学理论,它不能'化'到文化研究里面没有了,而只是要在文化研究中提出新问题,寻求新的理论领域或地盘,即是在文化语境中研究文学现象的文学理论。第二,在此过程中,文学理论应该创造性地继承过去的文论传统,尤其是20世纪80年代以来的美学化的文论传统,在文化研究中重新安置80年代以来美学化的文学理论所确立的经典命题,如审美、审美意识形态、语言和心理等,使其获得创造性转化和重新定位。有了这两个'底线',文学理论无论再怎么变化也都还是文学理论。"③ 文化诗学在"变革创新"中不忘"继往开来",在坚持开拓文学理论"性质"的同时不忘文学理论的"自性"坚守。为此,我们可以说文化诗学在引领文学理论的通变之时,还是有其自身的考虑的。虽然在一定程度上它的确是有新变,但是怎样新变,却并非没有自己的理解以及基于这种理解的选择。不妨说,文化诗学正是通过这种通变,在继承和改造故有文学理论以及文化研究的过程中,才逐渐获得了它在20世纪90年代以来的当代文学理论转型发展中的独特位置。

四

文化诗学这种表征了文学理论"通变"式转型发展的文化诗学构想,并没有引发多少直接的争议。就现有的相关文献看,几乎没有提出什么异议。当然,诸如日常生活审美化之争、文学理论边界之争等,都可谓是这种争论和异议的"隐微书写"。正因此,文化诗学倡导者童庆炳才会有这样的判断:"我们还面临文化研究、文化批评的挑战。"④ 这里我们不拟就此展开讨论,而仅提出一点与文化诗学有关,并涉及文学理论转型的问题,来做一必要的反思与讨论。

---

① 姚爱斌:《移植西方与植根现实——20世纪90年代以来文化诗学研究的两种理论取向》,《黑龙江社会科学》2008年第4期。
② 杨晓青:《童庆炳文艺思想的基本特色》,《手握青苹果——童庆炳教授七十华诞学术纪念集》,广西师范大学出版社2005年版,第228页。
③ 王一川:《面向文化文学理论的新转变》,《文艺报》2000年7月4日。
④ 童庆炳:《再谈文化诗学》,《暨南学报》2004年第2期。

童庆炳先生曾敏锐地指出:"中国社会发展到20世纪90年代,情景发生转换,我们面对的问题已经不是'文革'的政治,而是……市场经济所伴生的大众流行文化以及'拜金主义'和'拜物主义'对人们欲望的挑动,有良知的知识分子为此感到忧虑,现实转折激起了他们再一次参与社会的热情。"[①] 依其所见,大众文化已然成为20世纪90年代需要面对的一个问题。在这种境况之下,大众文化被纳入文学理论研究中也就是可以理解了。正如童庆炳先生所言,文化诗学"要解读的对象大大扩大,包括文学艺术中各种题材、各种类型的作品,包括现在发展起来的、流行的大众文化,如影视作品,这些都是解读的对象"[②]。为此,文化诗学就难免要与大众文化发生关联。

但是,对大众文化的批评,能够以文化诗学来进行吗?具体而言,大众文化能以审美的眼光来评判吗?这恐怕是一个需要讨论的问题。我们当然可以以审美,尤其是那种个体形而上学意味的审美去评价大众文化,但评判的结果往往备显"悲观",比如:"大众文化、流行文化,表面看来是无害的,实际上是用糖衣裹着毒药,把肉麻当有趣。文化诗学就要有一种批判精神,要义不容辞地对这些东西加以揭露与批判。"[③] 之所以得出这种结论来,原因之一恐怕是文化诗学的大众文化研究其实没有切实地结合语境来进行。或者说结合了语境,但它更多的是让这种语境围绕着审美的中心来转,而这种审美的内涵又没有契合大众文化,它往往凭借一种故有的个体形而上学意义上的审美,来对大众文化文本本身进行"诗意的裁判",从而指出大众文化的诸多"反审美"之处。这种研究对于大众文化文本的制作而言,是有益处的。它毕竟提供了一种理想的大众文化应该是怎样的规范与理念。同时,它对大众文化接受也是有教益的,因为它让接受者察觉到了大众文化的某些局限。但问题是为什么会生产出这样的大众文化?这样的大众文化为什么可以流行开来,为什么大众依然会对这样的大众文化趋之若鹜?这也是文化诗学需要继续探讨的问题。

在大众文化的时代,每个个体都是参与者。就此而言,大众文化是私人文化。但是,大众文化要在公共空间中流传。而且,就大众文化的发生和实际的存在样态而言,大众文化是介于个体和国家之间的一种公共文化/市民文化。只有有了公共领域/市民社会的萌芽和相对独立,才有可能有大众文化的发生。这也是大众文化为什么在20世纪90年代兴起的一个重要原因。

当然,这样说并非是要认为现实中国的大众文化就只能是一种公共文化。但如果回到大众文化的"事情本身"看,它的确是这样发生的。当然,即便如此也不妨碍我们用其他的不同眼光去打量大众文化。如果文化诗学要对大众文化进行审美的批评,这诚然是可以的。但如果要让这种批评更为有效,似乎就应该结合语境,去探究一种大众文化之所以成为一种大众文化的体制性原因在哪里。也就是要对大众

---

① 童庆炳:《植根于现实土壤的"文化诗学"》,《文学评论》2001年第6期。
② 童庆炳:《"文化诗学"作为文学理论的新构想》,《陕西师范大学学报》2006年第1期。
③ 同上。

文化所表现出来的这种"反审美"特征进行语境化的分析。在这种分析中，就有可能既实现对大众文化的"反审美"予以批判，又有可能发现"社会文本"的局限所在，既而建立起文学理论研究与生活的真实关联，并可能发挥文学理论批评的效用。果真如此，恐怕也就有可能建构出能够有效面对大众文化的文化诗学来。这样的文化诗学，将会与当代日常生活息息相关，既而也就有可能起到重建当下文学理论知识合法性的效果。

审美无利害命题的引入与文艺学的范式转型问题
——兼论文艺学的中国形态的建构

郝二涛[①]

(中国社会科学院研究生院文学系 北京 102488)

摘 要：审美无利害命题贯穿文艺学发展始终，也是文艺学范式转型的一个重要线索。以此为基点，反思文艺学的百年发展历程，我们会发现，文艺学经历了文学审美论、无产阶级文学革命论、文学意识形态论、文学审美意识形态论、文学综合论的范式转型，其主流趋势是审美社会价值主义。这对于准确把握文艺学发展历程、总结文艺学得失、构建文艺学的中国形态、促进文艺学学科的完善与文艺学研究的繁荣具有重要借鉴意义。

关键词：审美无利害；文艺学；范式；转型

一

审美无利害命题的引入与19世纪末20世纪初的西学东渐、中国新式教育的兴起、新学制的建立有关。甲午战败使一些有识之士认识到，西方富强"不在于炮械军兵，而在于穷理劝学"[②]。于是，一些知识分子开始大力译介国外的文学、政治、历史、哲学等方面的论著，大大促进了我国传统文学观念的变革。在西学东渐的大趋势下，严复与夏曾佑于1897年合作发表了《〈国文报〉附印说部缘起》一文，试图建立进化论文学观，引出了广泛借鉴西方文学观、实证主义科学观来改变我国传统文学观念的新风气。

这种新风气又得益于教育以及学制的变革。清政府大力培养新式人才，向日本和欧美诸国大力派遣留学生，同时也废科举、办新式教育。新式教育始于学制改革。

[①] 郝二涛（1988— ），河南周口人，中国社会科学院研究生院博士研究生。
[②] 康有为：《上清帝第二书》，《康有为全集》（第二册），上海古籍出版社1990年版，第95页。

1902年，京师大学堂总教习吴汝纶在《东游丛书录》中介绍日本学制。同年，张百熙在《钦定京师大学章程》中将文学作为一个与政治、农学、工艺、商务并列的学科划分了出来。1904年1月13日，张百熙、荣庆、张之洞在《奏定学堂章程》中对文学科进行了更细致的划分①，并在文学科的"中国文学门"中开设"文学概论（文学研究法）课"②。课程设置和教学内容的改革有利于西方学术思想在中国的传播，审美无利害思想就是这时传入我国的。王国维分别在《红楼梦评论》(1904)、《论哲学家与美术家之天职》(1904)、《奏定经学科大学文学科大学章程书后》(1906)等文中一再强调文学的无利害性，并在《古雅之在美学上的位置》（1907）一文中将之应用于文学批评③，但是，直到徐念慈、黄摩西在为《小说林》创刊而写的"缘起"和"发刊词"中提到了黑格尔和邱西孟的美学理论④，从西方文学理论和美学中汲取合理成分来提倡文学观念变革才成为一种比较流行的研究方法。于是，1907年，鲁迅大谈文学的独立价值，"由纯文学上言之，则以一切美术之本质，皆在使观听之人，为之兴感怡悦。文章为美术之一，质当亦然，与个人暨邦国之存，无所系属，实利离尽，究理弗存"⑤，并提出浪漫文学观，"剖物质而张灵明，任个人而排众数"⑥。1908年，周作人在《论文章之意义暨其使命因及中国近时论文之失》也主张"文章一科，后当别为孤宗，不为外物所统"⑦。1910年，京师大学堂就开设了"文学研究法"课程。1912年，中华民国颁布《大学令》，明确了现代大学"专业化教育"与"培养专才"⑧的宗旨，北京大学增设美学概论与文学概论课程，且文学概论是所有外语科目的必修课。1913年，蔡元培陆续颁布《大学规程》《高等师范学校课程标准》等一系列法规条例，不仅详细规定了学科划分、办学要旨目标、学科课程、学年安排等，而且还将文学概论与美学学科并列，并将文学概论作为所有外语专业都要学的课程。⑨ 这为审美无利害命题进入文学概论课以及教材做了良好铺垫。

1914年，许先甲在上海的《留美学生报》上发表《论文学》，将审美无利害思想引入文学理论。同年，姚永朴的《文学研究法》出版，审美无利害思想正式进入文学理论教材。从1914年8月起，胡适在日记中讨论文学的审美无利害问题，涉及"理想主义/实际主义、有所为而为之文学与无所为而为之文学"。1915年，李大钊相继发表《民国之薪胆》《厌世心与自觉心》等文，鼓吹文学自觉。1917年，《新青年》杂志相继

---

① 朱有：《中国近代学制史料》第二辑（上册），华东师范大学出版社1987年版，第770页。
② 北京大学校史研究室编：《北京大学史料·第一卷（1898—1911）》，北京大学出版社1993年版，第106页。
③ 王国维：《王国维文学美学论著集》，北岳文艺出版社1987年版，第16、34、37页。
④ 黄曼君主编：《中国20世纪文学理论批评史》（上册），中国文联出版社2002年版，第98页。
⑤ 鲁迅：《摩罗诗力说》，《鲁迅全集》(1)，人民出版社1958年版，第203页。
⑥ 鲁迅：《坟·文化偏至论》，《鲁迅全集》(1)，人民文学出版社1956年版，第181页。
⑦ 周作人：《周作人批评文集》，海南出版社1998年版，第28页。
⑧ 程正民、程凯：《中国现代文学理论知识体系的建构——文学理论教材与教学的历史沿革》，北京大学出版社2005年版，导论第6、37、45—46页。
⑨ 舒新城编：《中国近代教育史资料》（中册），人民教育出版社1983年版，第653—654页。

发表胡适的《文学改良刍议》、陈独秀的《文学革命论》、刘半农的《我之文学改良观》，也大力倡导文学自觉与文学变革。1917 年，蔡元培在《美育代宗教》一文以及一些讲演中，主张从美育角度认识文学之社会功能，使文学为美育服务，这为文学理论重心移向审美提供了重要契机。1918 年，《新青年》相继发表的胡适的《建设的文学革命论》、傅斯年的《文学革新刍议》、周作人的《人的文学》，1919 年，《北京大学月刊》创刊号上发表的朱希祖的《文学定义》一文，也都是倡导文学的独立性的。此外，文学研究会的成员在《小说月报》上也发表了大量的外国文艺理论译作，比如亚里士多德的《美学》、席勒的《美学论》、叔本华的《文学艺术论》等，大力传播了审美无利害思想。

审美无利害思想由传播到最终获得广泛认同则主要得益于大学课程设置和教材改革。1920 年，北京大学正式开设文学概论课程。同年，鲁迅在以厨川白村《苦闷的象征》为底本讲授文学理论，梅光迪在南京师范学院以英国文学理论家温彻斯特的《文学批评之原理》为底本讲授文学概论。而厨川白村和温彻斯特的文学理论教材都是旨在从内部研究文学，主要体现的是审美无利害的纯文学观念。后来的文学概论教材基本取自该观念。而文学概论课程的普及在一定程度上促进了审美无利害文学观念的传播以及认同。比如，1922 年，张黄到讲授文学概论，1924，张凤举在讲授文学概论，文学概论课程也增加到 3 个学时。在 1926 年、1927 年、1928 年修订的"国文学学科组织大纲附课程指导书"中，文学概论也一直是必修课。1930 年，各个大学、高师甚至中学都开设"文学概论"课程，所用的教材的基本文学观都是审美无利害文学观，这大大促进了文学概论课程的出版、发行以及译介，更多的人由此接受了审美无利害文学论。1931 年制定的"教育指导书"又将本体论规定为文学研究的主导方法。这种方法主要通过文学概论教材来传播、获得认同并最终成为中国现代文学理论研究的一种范式。

比如，1921 年出版的伦达如的《文学概论》[①] 以日本大田善男的《文学理论》结合讲课经验编著而成，基本移植了注重文学本质、严密的文学体系的纯文学观念，产生了一定的影响。

而 1922 年版的刘永济的《文学论》[②] 也从文学的定义入手，分别探讨了文学的分类、文学的工具、文学与艺术、文学与人生以及研究文学的方法诸问题，是中国人用西方流行的科学方法编著文学概论的一次有益的尝试。该书于 1926 年 7 月由上海太平洋印刷公司再版，1931 年，由上海文艺出版社出第 3 版，1934 年 6 月由上海商务印书馆出第 4 版，被许多学校作为教材来使用，很好地传播了审美无利害文学观念，使更多的人了解并接受了这种文学观。

1924 年，既有我国学者编著的《文学概论》，也有译介国外的《文学概论》，审美

[①] 伦达如：《文学概论》，广东高等师范学校贸易部 1921 年版。
[②] 刘永济：《文学论》，长沙湘鄂印刷公司 1922 年版。

无利害文学观已经基本获得广泛认同。比如，1924年，夏丏尊的《文学概论》探讨文学之本质及构成要素的竟占到了全书的1/4，在第三章探讨了文艺的情与性质，在第五章探讨了文艺的经验与想象，第六章、第七章探讨了文艺的功能，值得注意的是，特别提到了文艺为艺术的功能，而艺术是审美无利害的，因此，这些内容也涉及文学的审美特质，进一步阐述了审美无利害文学观。这种观念随着该书的再次印刷（1928年9月）、再版（1929年2月）、三版（1930年版）而得以更加广泛的传播。再比如，鲁迅翻译的厨川白村的《苦闷的象征》（1924）就从创作论、鉴赏论、文艺根本问题的考察、文艺的起源四个方面来探讨文学创作的原因和意义，很好地实践了审美无利害思想，因为这本书的理论基础是"古典美学和19世纪末的人文主义批评"①。而温彻斯特的《文学批评之原理》②以感情、想象、理智、形式四要素为核心，既有对文学定义的本体探讨，也有对文学原理之实践，比如，散体小说的批评和对诗学的论述，是一本理论与实践相结合的文学理论教材。其中对感情、想象、形式等文学要素的强调和论述进一步彰显了文学的审美特性。并且，田间久雄的《新文学概论》③第三章也专门论述了美的情绪和想象。马宗霍的《文学概论》④在第二章中谈到文学的起源的时候，认为文机发于情感，第三章谈到文学特质时，认为文学的特质是慰人、感人，也就是要使人感到愉悦。沈天葆的《文学概论》⑤分五章探讨文学的要素，比如，第七章探讨文学的情感要素，第八章探讨文学的思想要素，第九章探讨想象，第十章探讨经验，第十一章探讨形式，基本延续了温彻斯特《文学批评之原理》中文学四要素的观点，是对审美无利害原则的又一次实践。郁达夫的《文学概论》⑥将文学看作艺术的一部分，在第四章探讨了文学的内在倾向，在第五章探讨了文学在表现上的倾向，艺术是无利害的，作为艺术的一部分的文学自然也就是审美无利害的了。田汉编的《文学概论》认为文学"要使人感动，要使一般人易于理解，要使读者有一种高尚的满足即审美的满足"⑦，并将"美的情绪、想象、思想"⑧作为文学的三要素。其中，美的情绪是一种审美快感，它是"永续的、关联的、共通的"⑨。

至此，审美无利害思想进入了文学概论教材，并获得广泛认同，标志着早期的文学审美论的形成。这种思想在他们刚开始接触现代文学理论时就最先引起了他们的注意和重视。这在一定程度上和中国传统的"文""文章"概念的产生与构成有关，因为

---

① 程正民、程凯：《中国现代文学理论知识体系的建构——文学理论教材与教学的历史沿革》，北京大学出版社2005年版，导论第6、37、45—46页。
② [英]温彻斯特：《文学批评之原理》，景昌极、钱堃新译，商务印书馆1924年版。
③ [日]田间久雄：《新文学概论》，汪馥泉译，上海书店出版社1925年版。
④ 马宗霍：《文学概论》，商务印书馆1925年版。
⑤ 沈天葆：《文学概论》，梁溪图书馆1926年版。
⑥ 郁达夫：《文学概论》，商务印书馆1927年版。
⑦ 田汉：《文学概论》，中华书局1927年版，第7、15—16、17页。
⑧ 同上。
⑨ 同上。

中国传统文学中的"文"比"文章"要宽泛,也不限于书面材料,与礼乐制度关系密切。其价值取决于它在整个礼乐制度中的位置和作用,"文章"内涵基本上延续了"文"的内涵,其功能也主要是宣扬儒家道统,虽也有不同的题材、不同的审美趣味的提法。但总体上看,文学观是杂文学观,没有学科知识体系的支撑,是不可能从中产生纯文学观的。另外,清末民初时期,大量译介日本、欧美的文学理论著作,其知识观念、学科体例、学科架构、思维方式对中国的文学理论研究产生了深刻的影响。随着中国现代知识体系的逐步完善,纯文学观念逐渐进入中国文学概论著作,比如,第一本以"文学概论"为书名的文学论教材,伦达如编著的《文学概论》(1921)就完全以日本大田善男编译的《文学理论》为底本,注重以理性化语言探寻文学的普遍性,由理性达到普遍性的一般模式,成为一般模式,为了不使其成为唯一模式,感性受到了空前的重视。美学正是研究感性的学科。美学中的审美无利害思想也就自然受到了重视。康德在这种思想中将目的论和自律性相结合,巧妙地描述了现代知识体系的分化,同时也是学科分化和建立学科规范的依据。

二

正是有了审美无利害思想的依据,中国现代文学理论才得以摆脱杂文学观的束缚,获得了自身的独立。这个过程本身就是纯文学观形成的过程。令人困惑的是,审美无利害思想与19世纪末20世纪初人们的救亡图存的使命并不相吻合,但它却迅速获得了文学研究者的一致青睐。原因一方面是,文学研究者看到了康德以审美无利害思想进行文化革命进而对德国进行现代化改造的成功,进而也想以此通过建立审美无利害文学观来改变中国文化与社会状况。而审美无利害的文学观"有助于将'文章'观念中附加的价值观、道德观剥离下去,而它所附带的科学、民主等一系列的强势价值又为新文学话语取得优势地位提供了支持"[①]。但是,好景不长,随着我国革命形势的发展,这种审美无利害文学观逐步退出主流地位也就不令人惊奇了。其方式主要是纳入与融解,比如,郭沫若、郁达夫、成仿吾等人注重情感自我流泻、内心自我表现的主张与鲁迅、沈雁冰等人主张的注重内在艺术呈现与外在客观再现统一的现实主义文艺思想又将审美无利害思想对中国文学理论的影响纳入了中国社会革命形势的变化过程之中,在这个过程中,审美无利害文学观逐步被融解,并被无产阶级革命文学观所取代。

这个取代的过程与马克思主义在中国的传播紧密相关。1902年,梁启超《新民丛报》第18号上发表的《进化论革命者颉德之学说》一文、《新民丛报》第42、43号合刊上发表的《二十世纪之巨灵托拉斯》一文就提到了马克思。1905年,革命派政论家

[①] 程正民、程凯:《中国现代文学理论知识体系的建构——文学理论教材与教学的历史沿革》,北京大学出版社2005年版,导论第6、37、45—46页。

朱执信在《民报》第 2 号上发表的《德意志社会革命家小传》介绍了马克思、恩格斯的生平以及《共产党宣言》要点及十条纲领[①]。马克思主义真正大量传播是在五四运动的时候开始的。1919 年 1 月，李大钊在《新青年》第 5 卷第 5 号上发表《Bolshevism 的胜利》宣传俄国十月革命和马克思主义。1919 年 4 月 6 日，李大钊在《每周评论》第 16 号上发表摘译并解释了《共产党宣言》中的一部分。1919 年 5 月，李大钊在《晨报副刊》开辟《马克思研究》专栏，重点摘译介绍了马克思的历史唯物主义观。1919 年 10 月 11 日，李大钊在《新青年》第 6 卷第 5、6 号发表《我的马克思主义观》，系统介绍马克思主义学说，也尝试着用马克思主义解释中国革命和思想史问题。同时，李大钊还在北京大学和北京女子高等师范学校讲授宣传社会主义思想。1920 年 3 月，在北京组织成立马克思学说研究会、北京大学组织社会主义研究会，大力宣传马克思主义。1921 年 7 月，中国共产党成立，这也使得唯物史观产生的影响越来越大。1923—1924 年，共产党人发表了一些文章，比如，邓中夏的《解惑》、秋士的《告文学研究的青年》、恽代英的《文艺与革命》、肖楚女的《艺术与生活》等，批判审美无利害文艺观，提出了"革命文学"概念，阐明了革命文学的特质，既总结五四时期历史唯物主义文论，又开启了后来的无产阶级革命文学论。而国外无产阶级革命文学论的引入进一步促进了无产阶级革命文学论的发展。1925 年，沈雁冰在长篇论文《论无产阶级艺术》介绍了波格丹诺夫的文艺观点。同年，任国桢翻译的《苏俄文艺论战》中介绍了苏俄文艺领导权以及文艺问题争论的情况。1926 年，画室翻译日本升曙梦的《新俄文艺的曙光期》也介绍了苏俄无产阶级文艺问题。1926 年 5 月，郭沫若在《创造月刊》第 1 卷第 3 期发表《革命文学》，倡导无产阶级的社会主义写实主义的文学。同时，郭沫若在《洪水》第 2 卷第 4 期发表《文艺家的觉悟》一文，倡导被压迫阶级即无产阶级的文学。1926 年 12 月 26 日，一声节译的列宁的《论党的出版物与文学》在上海的《中国青年》（中国共产主义青年团的机关刊物）杂志第 6 卷第 19 号第 144 期发表，详细论述了共产党与文学的关系。1927 年大革命失败后，白色恐怖笼罩全国，广大青年渴望革命理论但又不能公开宣扬，只能在文学研究中宣扬。他们以无产阶级意识形态理论批判既有的文学观念，促使无产阶级意识的产生，并使这种理论最终占据主导地位，以达到宣传革命理论的目的。1928 年翻译出版的托洛茨基《文学与革命》详细介绍了无产阶级文学与社会主义文化之间的关系，适时地满足了大革命失败后广大青年对无产阶级革命理论的需求，为文学研究者重新定义文学奠定了理论基础。1928 年 1 月 15 日，创造社的《文化批判》杂志创刊，介绍了大量无产阶级文学的新名词，比如，唯物辩证法、普罗列塔利亚等，并发表了冯乃超的《艺术与社会生活》一文。1928 年 2 月 1 日，成仿吾在《创造月刊》第 1 卷第 9 期发表《从文学革命到革命文学》，提倡使用唯物辩证法，增强阶级意识。1928 年 2 月 15 日，李初梨在《文化批判》

---

① 丁守和、殷叙彝：《从五四启蒙运动到马克思主义的传播》，生活·读书·新知三联书店 1979 年版，第 159 页。

第 2 期上发表《怎样地建设革命文学》，倡导作家转向无产阶级文学创作并建设无产阶级文学理论。同年 4 月，张天华就出版了《文学与革命》①。1928 年 12 月，平林初之辅的《文学之社会学研究》②，进一步为建立革命文学做了铺垫。1930 年，左翼作家联盟成立，大力倡导无产阶级革命文学。此时，马克思的唯物史观文学论也被译介了过来。这种理论主张经济是文学唯一的决定因素，从经济入手直接解释文学。但是，文学现象的复杂性与不确定性使这种单一的方法无法直接发挥作用，只有寻求一种合适的中介才可以发挥作用。普列汉诺夫以社会心理为中介较好地解决了这一难题，并形成了普列汉诺夫模式。这种从经济、社会、阶级状况入手来解释文学的方法的确迥异于之前的从个人精神出发的对文学的审美无利害的自足式的理解。该方法取代之前的对文学的自足式的理解和研究的方法不是一蹴而就的，而是有着一个复杂的转变过程。

这个复杂的转变过程在文学理论中首先表现为一些过渡的文论形态。比如，潘梓年的《文学概论》（1925），全书分五讲，第一讲主要是对文学的概述，第二讲主要是对文学结构的描述，第三讲重点讲述了文学中的理智要素，第四讲是对文学变迁及类别的考察，第五讲是对文学的分类与比较的论述，附录四篇，回答了文学的定义、文学研究的方法、泰戈尔来华的状况、诗歌的阅读与写作的问题。从中可以看出，该书比较强调情感与情绪在文学中的地位及其在文学中的预言、审美功能。到 1930 年，该书已经出到了第 6 版，在新版中，则比较强调思想在文学研究中的地位及其在文学中的宣传作用。这虽然与潘梓年于 1927 年加入中国共产党，以革命者的身份将文学放在无产阶级意识形态理论中来研究有很大关联，但是，这也从一个方面反映了无产阶级意识形态理论取代审美无利害文学理论的趋势，这种趋势也可以从当时的《文学概论》教材的内容、体例中看出。

姜亮夫的《文学概论》③ 只在第二章第三节中提到了文学的社会观，略微涉及无产阶级文学观，略微显露出过渡的萌芽。

到王森然的《文学概论》④ 则比较明显地显示出审美无利害文学观向无产阶级文学观过渡的趋向。全书分上、下两卷，论述文学与世界的关系、文学的本体意涵，也就是分别对文学进行外部研究与内部研究。外部研究将阶级论引入文学，内部研究则延续了 19 世纪末以来的本体研究方法，总体上看，这两种文学方法都不是全书的主导性文学研究方法。全书也没有一种主导性的文学观念，而是无产阶级文学观与审美无利害文学观的混合。

而顾凤城的《新兴文学概论》⑤ 则初步实现了向无产阶级文学观过渡。从内容上

---

① 张天华：《文学与革命》，民智书局 1928 年版。
② ［日］平林初之辅：《文学之社会学研究》，方光焘译，大江书铺 1928 年版。
③ 姜亮夫：《文学概论》，北新书店 1930 年版。
④ 王森然：《文学概论》，光华书局 1930 年版。
⑤ 顾凤城：《新兴文学概论》，光华书局 1930 年版。

看，普罗列塔利亚文学是全书的核心。从结构上看，全书分上、中、下三篇介绍（无产阶级文学）普罗列塔利亚文学，内容涵盖普罗列塔利亚文学的内涵、普罗列塔利亚文学的内容和形式、普罗列塔利亚文学的批评基准。唯物史观是普罗列塔利亚文学的核心，占了全书1/4的篇幅，全书共八章，第二章探讨了文学与唯物史观的关系，第八章探究了文学中的唯物史观。但是，普罗列塔利亚文学与文学的关系、普罗列塔利亚文学的发展趋势及其影响却未涉及，因此，这种过渡并未完成。

到了李幼泉和洪北平合编的《文学概论》①，无产阶级文学观才基本占据主导地位。从内容上看，为了配合国民党的革命教育，在每一章开始讲文学理论之前，都要先讲一段三民主义。这固然凸显了阶级斗争的重要性，但是也使文学研究逐渐偏离文学的方向，最终走向无产阶级革命文学论。这种走向在日益紧张的国内局势以及无产阶级文学观著作的引进中得以逐步确立。1931年"九一八"事变后，受日益严重的国内抗日局势和国际反法西斯局势的影响，大量的无产阶级文学理论著作被译介过来，比如，伊可维之的《唯物史观文学论》②，伊佐托夫的《文学修养的基础》③，米尔斯基的《现实主义——苏联文艺百科全书》④等，极大促进了中国的革命文学与左翼文学达到高潮并逐步形成了社会主义现实主义的文学观和新的文学观念。这在一定意义上标志着"五四"新文学观念已被新的社会主义现实主义文学观念所取代。

社会主义现实主义文学观成为中国的主流文学观念是1936—1937年在马克思的《艺术作品之真实性》、罗森达尔的《现实与典型》、吉尔波丁的《现实主义论》以及高尔基的论文被译介过来并被广大文学工作者接受之后。随之而在左联内部展开的关于"典型"理论的论争和国防文学的论争表明社会主义现实主义文学理论已经成为我国无产阶级文学理论的一部分。

此时，苏联文学理论研究专家维诺格拉多夫的《新文学教程》⑤，则为社会主义现实主义进入文学概论教材奠定了基础。全书分为三篇，分别介绍文学的定义、文学的主题和结构、艺术作品的风格和形式。第一篇对文学的定义，由20世纪20年代的"情感、想象、形式与理智"文学四要素变为了文学五要素即"形象性、典型性、思想性、艺术性和历史性"。第二篇第一章重点介绍了文学主题的阶级性。第三篇第三章论述了社会主义现实主义。对社会主义现实主义的解释基本是对《苏联作家协会章程》的解释和宣扬，为无产阶级文学研究者和广大普通读者提供了一个了解社会主义现实主义的捷径，为我国社会主义现实主义文学的发展以及文学理论的建设提供了一个很好的参照，也提供了重要的理论资源，为社会主义现实主义在文学理论中的普及提供

---

① 李幼泉、洪北平：《文学概论》，民智书局1930年版。
② ［苏联］伊可维之：《唯物史观文学论》，戴望舒译，水沫书店1930年版。
③ ［苏联］伊佐托夫：《文学修养的基础》，沈起予、李兰译，生活书店1937年版。
④ ［苏联］米尔斯基：《现实主义——苏联文艺百科全书》，段洛夫译，朝锋出版社1937年版。
⑤ ［苏联］维诺格拉多夫：《新文学教程》，楼逸夫译，天马书店1937年版。

了可能，这种可能在接下来的文学概论教材以及无产阶级革命者的文学观的译介中逐步变成现实。

1939年，王任叔编译的《文学读本》与《文学读本续编》进一步宣扬了《新文学教程》的内容，普及了社会主义现实主义文学理论。同年，欧阳凡海编译的《马恩科学的文艺论》出版，介绍了马克思和恩格斯论述文学的几篇文章以及希尔莱尔的解说，从中引申出的"现实主义""典型""形象"等概念成为我国无产阶级文学批评的核心概念，为建构社会主义现实主义文学理论奠定了基础，但还略显不足，对无产阶级世界文学观还没有清楚的了解。

1940年，任白戈翻译苏联西尔列索的《科学的世界文学观》[①]介绍了无产阶级的世界文学观，补充了我国的社会主义现实主义文学理论资源。

就我国本土而言，最重要的理论资源是毛泽东于1940年发表的《新民主主义论》和于1942年发表的《在延安文艺座谈会上的讲话》。它总结了"五四"以来革命文艺发展的经验，并联系当时各个抗日根据地的文艺情况，提出了文艺要为工农兵以及城市小资产阶级、劳动群众和知识分子服务，为抗战服务，将"革命作家头脑"和"人民生活"[②] 当作无产阶级文艺的基础，"全面阐述了文艺与政治、党的文艺工作与党的整个工作的关系"[③]，"文学要通过自己的特殊规律来为政治服务"[④]，"总结了革命文艺运动的实践经验，从理论原则上阐明了文艺界的统一战线政策"[⑤]。

以上所有因素合力促成了无产阶级革命文学论的最终形成，但又显示出一种历史的继承性，这可以从当时的几部文学概论教材中看出。比如，蔡仪《新艺术论》[⑥]，对文艺特性、表现的方式、典型塑造、现实主义问题等进行了更加详细的描述，既有之前的人文主义文学论（审美无利害文学论）的特色，又有无产阶级革命文学论的特色，而且十分注重二者之间的对话与交流，最为引人注目的是该书对于辩证法的运用，用辩证法来融合古今中外文学理论成果的尝试对此后的文学理论建构具有重要启示意义。再如，张长弓于1946年出版的《文学新论》也有两种文学论融合的特点，比如，第一章至第七章，分别探讨了文学的体制、文学的定义、文学与四要素（情感、想象、思想、形式）的关系，基本是注重文学内部审美研究的人文主义研究方法，而后半部，分别探讨了文学与国民性、文学与时代、文学与道德、文学与人生的关系，是对文学的外部研究，尤其是文学与时代的关系，约略可以看到无产阶级文学论的影响，但不能明显看到毛泽东的《新民主主义论》和《在延安文艺座谈会上的讲话》的影响的痕迹，还处于两种文学论的过渡阶段，具有明显的过渡性。这种过渡性在林焕平的《文

[①] ［苏联］西尔列索：《科学的世界文学观》，任白戈译，上海质文社1940年版。
[②] 唐弢、严家炎主编：《中国现代文学史》（三），人民文学出版社1980年版，第181、185、188、191页。
[③] 同上。
[④] 同上。
[⑤] 同上。
[⑥] 蔡仪：《新艺术论》，商务印书馆1943年版。

学论教程》中表现得比较明显。林焕平于1947年出版的《文学论教程》受毛泽东《新民主主义论》和《在延安文艺座谈会上的讲话》的影响很大,基本内容与框架都来自社会主义现实主义理论,因为,全书共十一个部分,就有超过一半的篇幅在论述文学与社会主义现实主义的关系,比如,第一部分讲文学和生活的关系,第二部分讲文学和时代主潮的关系,第三部分讲作家的思想和理想,第四部分讲现实主义和作家的二重性,第五部分讲作品的风格、文体和作家的环境、思想、性格及方法的关系,第六部分讲语言、文字和思想、情感的关系,第七部分讲文学典型。但是,由于该书是作者1945年在贵州大夏大学讲文学概论时的讲稿,对社会主义现实主义论述的同时,还带有之前流行的审美无利害文学观(人文主义文学观)的痕迹,比如,书中还有对天才及其修养的论述,对文学传统的论述,因此,也显示出由审美无利害文学论向无产阶级革命文学论的过渡的特点。这种过渡直到新中国成立以后才完成。

三

新中国成立前的教育改革与新中国成立后新的学科制度、新的文艺政策、社会主义意识形态的规范化,文学理论逐步由之前的审美无利害文学论与社会主义现实主义文学论的交融向马克思主义文学论过渡,主要通过统一的教学大纲、统一的教材、共同的指导思想完成的。

1949年7月2日,我国召开了第一次中华全国文学艺术工作者代表大会,主要讨论新中国成立后文艺与教育改革的问题。12月,我国召开了第一次全国教育工作会议,决定向苏联学习教育经验,以苏联教育为范本改革中国教育。苏联的教育模式主要是统一的教学大纲、统一的课程标准、标准化的教材。于是,1950年8月,我国教育部就颁布《大学教学大纲草案》,不仅将文学理论进一步规范为文艺学学科,而且还要求该学科既要思想正,又要实用。所谓的思想正,指文艺学的教学内容与教学方法要体现马列主义毛泽东思想。所谓要实用,指文艺学教学要成为社会主义建设的一部分,为社会主义服务,指导我国社会主义文艺实践。同年,巴人出版了《文学初步》[①]。该书由于初版于20世纪30年代末40年代初,绝大部分篇幅还是在论述文学的产生、定义、特征、创造、风格、种类等问题,只有第七篇谈到了新文学、抗战文艺理论以及新民主主义文学的特征,总体上不符合社会主义现实主义以及马克思主义文艺理论的标准和要求。1951年,我国翻译出版的苏联的《文艺理论教学大纲》[②],为建设我国的马克思主义文艺理论提供了重要参照。1951年10月,《文艺报》发表读者来信尖锐地批判山东大学中文系教授吕荧以及全国文艺学教学没有很好地遵循《大学教学大纲草案》的规定,由此引起全国文艺学教学中偏向问题的大讨论。受5月由批判电影《武

---

① 巴人:《文学初步》,海燕书店1950年版。
② [苏联]阿伯拉·莫维奇:《文艺理论教学大纲》,曲秉诚、蒋锡金译,东北教育出版社1951年版。

训传》而展开的知识分子思想改造运动的影响,文艺学教学偏向问题的大讨论变成了一场思想改造运动。吕荧反驳这种讨论并最终离开文艺学教学岗位,黄药眠则检讨了自己的文艺学教学中的问题。但是,这场大讨论在闻山的《荒谬绝伦的〈文学论教程〉》与姚文元的《注意反动的资产阶级的文艺理论》①发表后就从文艺学学术争论转向了阶级斗争,结果是不再使用林焕平的《文学论教程》以及一切与马克思主义毛泽东思想相符合的文学概论教材。问题是,否定了这些教材,暂时又没有合乎要求的教材,也没有编写文艺学教材的经验。与从政治上向苏联学习一样,在文艺学建设上,我们也暂时向苏联学习。这种学习既包括文艺学论著的译介,也包括请苏联文艺学研究专家来讲课。

在文艺学教材的引进方面,我国先后引进了维诺格拉多夫的《新文学教程》②,季米菲耶夫的《文学原理》③,依·萨·毕达科夫的《文艺学引论》④,维·波·柯尔尊的《文学概论》⑤等,其中影响最大的是季米菲耶夫的《文学原理》和毕达科夫的《文艺学引论》,其以形象论为核心,以马克思主义反映论为理论基础,由原理、作品分析到文学发展过程的编写模式成为我国的文艺学自编教材编写的基本模式。

在请苏联文艺学专家来华讲课方面,1954年春,苏联文艺学专家毕达科夫来我国,在文艺理论研究班讲授文艺学。由于学员大多是高校中文系领导,这实际上确立了苏联文艺学教材在我国文艺学教学中的合法地位,为我国的文艺学学科建设和文艺学教材编写确立了范例。

随着我国文艺学教学的发展和探索,20世纪60年代,苏联文艺学教材逐渐暴露了其简单化思维方法、单一的研究方法、政治化的语言的缺陷,已经不能适应我国文艺学教学的需要,很有必要根据文艺学教学需要编写我国的文艺学教材。1956年4月,我国提出了"文艺问题上的百花齐放、学术问题上的百家争鸣"的文艺方针,文学批评日益活跃,也更贴近文学创作与实践。1958年,在大跃进和群众文艺创作活动日益高涨的情况下,我国提出了"文学应该是革命现实主义和革命浪漫主义相结合"⑥的文学方针。1960年7月,两结合的创作方法在第3次全国文代会上正式得到确认。该创作方法也深刻影响了文艺学教材的编写,比如,以群主编的《文学基本原理》⑦和蔡仪的《文学概论》⑧就都将文学看作现实主义与浪漫主义思想的结合的社会主义意识形态的反映。这一时期的文艺学教材虽然有较强的体系性和系统性、意识形态性,但是,学

---

① 姚文元:《注意反动的资产阶级的文艺理论》,《文艺报》1952年3月10日。
② [苏联]维诺格拉多夫:《新文学教程》,以群译,上海文艺出版社1952年版。
③ [苏联]季米菲耶夫:《文学原理》,查良铮译,上海平明出版社1953年版。
④ [苏联]依·萨·毕达科夫:《文艺学引论》,北大中文系文艺理论教研室译,高等教育出版社1958年版。
⑤ [苏联]维·波·柯尔尊:《文学概论》,北师大中文系外国文学教研组译,高等教育出版社1959年版。
⑥ 周扬:《新民歌开拓了诗歌的新道路》,《红旗》1958年6月1日。
⑦ 以群主编:《文学基本原理》(上、下册),上海文艺出版社1963—1964年版。
⑧ 蔡仪:《文学概论》,人民文学出版社1979年版。

科意识、历史性不足，多将文学问题当作政治问题来处理，并在"文革"中达到顶峰。

"文革"结束后，在文学创作领域，"伤痕文学"和"反思文学"率先对"文革"进行控诉与反思，使人重新认识文学的真实及与生活的关系，极大地推动了我国政治、文艺政策的调整与人们的思想解放。在文艺理论界，学者们重新审视文艺与政治的关系，质疑并抛弃了"文革"中的文艺为阶级斗争服务的观点和文艺从属于政治的观点，代之以文艺认识论。文艺学的学科意识、科学性逐渐受到重视，研究范围、文艺术语也得到了极大的扩展，并在随后召开的文艺学研讨会中得到了明确与总结。

1986年12月2—6日，全国高校第一届文艺学研讨会，主要就文艺理论的论争确定其研究趋势，总结高校文艺学教学和文艺学教材的经验和教训，建构我国现代的文艺理论形态和体系。在这次文艺学研讨会上，文艺理论研究者各抒己见。陆贵山教授提出以马克思主义文论为主体的中国文艺理论，董学文教授主张马克思主义文论的当代形态的中国文艺理论，钱中文、童庆炳教授则主张文学审美意识形态论，王一川教授提出文艺本体论，周忠厚教授主张文艺实践论，南帆、张法等教授主张文艺综合论。

钱中文教授提出的、童庆炳教授发挥的文学审美意识形态论获得了文艺理论界学者们的广泛认同，极大地推动了我国文艺学的学科化以及文论的中国话语的建构。但是，由于文学审美意识形态论内部文学主体性、人道主义的宗旨与马克思主义美学的革命指归相矛盾，该文论话语形态与国家主流意识形态话语形态之间的冲突，而出现了困境。这种困境随着20世纪90年代我国经济、政治的转型和文化研究的兴起而进一步加剧了。20世纪90年代，黄浩教授、曹顺庆教授等学者将这种困境概括为"文论失语症"。这种概括，早在20世纪60年代郭绍虞先生的《关于〈沧浪诗话〉讨论的补充意见》一文中就有所提及。由此可见，该问题并不是20世纪90年代文论特有的问题，而是百年文论的主要弊病之一。该命题由于切中了百年文论所面临的主要问题而引起了我国文论界的一场大讨论。在这场大讨论中，文学审美意识形态论受到较多的质疑，文论研究者致力于建构新的文论形态。

21世纪以来，随着日常生活审美化与生态美学的兴起，研究者们充分吸收外来文论的优长，企图在弥补文学审美意识形态论之不足的同时建构文学理论的中国形态。这种努力取得了一些成果，比如，新理性精神文学论、文化诗学、生态文艺学、兴辞论文艺学等新的文论形态，但没有一种文论形态居于主流。同时，钱中文教授等一直在坚持文学审美意识形态论，该观点与其他新的文学论形态继续共存，仍然有相当的影响力。这一时期，文论研究者的信心逐渐增强，视野也更加开阔，方法也逐步走向多元，与国外文论的一些领军人物的对话与交流也逐渐增多，已不再满足于引进外来最新的文论研究成果，也不再满足于用这些成果解说我国的一些文学现象，而是开始逐渐意识到并致力于构建我国的文论形态。

构建我国的文论形态，一个不可忽视的事实是，全球化问题。这决定了我们不可能只依靠我国传统的文论资源，也不可能只吸收最新的外来文论成果，更不可能凭空想象，而是以我国传统文论资源为主，广泛吸收现有的最新文论研究成果，以文论的中国话语将之表述出来。由此可见，新的文论形态是以我为主综合各家之长的文论形态，可称为综合的文论形态。目前，一些文论研究者大力倡导的"大文论""文化文学论"等实际上就是综合的文论形态。文论只有在综合中才能有所突破、有所创新。只有在综合中，才能产生新的文论形态，才能产生文论的中国形态，因为，综合性研究可以使文学理论问题更加深刻，紧密联系现实，立足当下。尽管现在还没有哪一种文论形态能居于主流，但是，各种文论形态却都不约而同地走向了综合性研究，具有综合性的特点，因此，我们暂且将21世纪以来的文学理论研究范式概括为"综合性文学论"范式。

总之，审美无利害命题与文艺学的学科的形成、变革与发展关系密切。它随着我国社会的变革，促成了文艺学的审美文学论、无产阶级革命文学论、文学意识形态论、文学审美意识形态论、综合文学论的范式转型。无论是哪一种范式，也无论其如何转型，其共同点是比较强调文学的社会维度与审美维度，在这两种维度下把握文学的价值，以文学的价值为轴心，审美与社会之间的张力的伸缩变化构成了不同时期文艺理论的研究范式的变迁。从这种范式的变迁中，我们可以清晰地看到，审美社会价值主义是我国一百多年来文艺学的主潮。明确这一点，有利于我们把握我国文艺学的发展趋向，更准确地理解文艺学的重要问题的提出的背景、解决的方法从而在新的社会条件下提出文艺学研究的新问题。系统梳理与研究这些问题，不仅对已有方法的检验与新的方法的实践，而且对文艺学的中国形态的建构以及文艺学的学科的完善与进步具有重要意义。

中国古代文论研究

中国古代文化研究

言语行为理论视野中的中国古代文论

马大康[①]

(温州大学 浙江 温州 325035)

摘 要：中国古代文论强调文学欣赏的直接性、感悟性以及身体感受恰恰与文学话语行为的特点相适应，它充分体现了文学欣赏极其丰富的内涵。运用言语行为理论揭示文学话语运行的内在机制，以此为基础，就有可能找到中西文论互释互证、实现文论现代化的有效途径。

关键词：古代文论；话语行为；感悟；味；身体感受

一

自提出中国古代文论现代化转型这一理论目标以来，我国文论界取得了不少研究成果，也因此引起不少批评和争议。其中一个重要问题在于：部分学者误以为文论现代化就是科学化、体系化，意图在整理古代文论的过程中，仿照西方文论的范畴体系，将中国文论重新建构为一个完整的理论体系。所谓"体系"并非各个范畴的随意组合，而是要求各范畴之间具有特定的逻辑关系，由此组成一个有机整体。从这个角度看，这些著作并没有实现这个目标，还不成其为严格意义上的"体系"。其实，"非逻辑""非体系"恰恰是中国古代文论的特色和长处之所在，一旦真的把古代文论逻辑化、体系化了，也就扼杀了古代文论，使其蜕变为徒具逻辑性、体系性却没有生命性的"另一种"东西。即便是《文心雕龙》，也不是严格意义上的"体系"。正是基于这个原因，有学者认为，对于古代文论，我们应该研究、整理，而不要作非分之想。说白了，这不过是要把古代文论请进博物馆，作为展览的摆设、赏玩的古董罢了。或许有感于此，杨义提出了建立中国"文化—生命诗学"的主张，以此作为中国文论现代化的一条曲径。他说："在全球性跨文化对话中，中国文学理论要把握住自己的身份标志，有必要

[①] 马大康（1947— ），温州大学瓯江学院院长。

利用自身智慧优势,建立一种具有东方神采的'感悟哲学'。进而以感悟哲学来破解中国思维方式的核心秘密,融合中国文化的基本特征,在西方文论走向形式科学的同时,促使中国文论走向生命科学,创立一种包含着丰富的中国智慧的'文化—生命诗学'。"[1]"感悟"云云,的确抓住了中国古代文论的特性,通过中西互释,由此而进身现代化,就有可能既具现代化之面貌,又保有中国文论之精髓,不失为一个良策。可是,问题在于"感悟"与"理论"常相背离,一旦不加选择地理论化,"感悟"往往就逃之夭夭了。因此,杨义虽然通过中西互释深入阐述了感悟本身,却尚未给出一条如何从感悟而抵达现代诗学的具体路径。

文化—生命诗学仅凭感悟是很难走向理论、走向"诗学"的,我们应该寻找与中国古代文论相适应的理论桥梁。在此,首先应该提及的是奥斯汀的言语行为理论,它为我们深入理解中国古代文论的特征及优势,提供了极其有效的理论工具。

与西方文论中被广泛利用的语言符号学、语义学不同,奥斯汀的言语行为理论所研究的对象是语言的具体运作,即言语行为。如果我们将文学视为一种独特的活动,那么,言语行为理论就是一种相当有效的理论工具,它可以深入文学话语运行的内在过程,揭示文学活动的机制和规律。

奥斯汀的言语行为理论的主要观点是:言即是行,而且是一系列行为构成的行为系统,包括三个不同的层次:言内行为(发声行为、发音行为、表意行为)、言外行为、取效行为。各种言外行为会产生言外之力,以此影响参与者及其行为。言语行为的有效施行需要参与者的真诚、特定语境及社会规约的共同作用。因此,奥斯汀是将语言、人和社会文化语境相结合来考察言语究竟是如何具体运作的。文学活动过程其实就是话语行为的具体运作过程,是话语行为系统整体展开、多维度运行、协同作用的过程。西方学者往往习惯于以"研究"的眼光看待文学,或借用语言符号学、语义学的理论资源来阐释文学作品的结构和意义,或运用心理分析来揣摩作家的创作心理和作品意象、隐喻所潜含的心理意蕴,或运用社会学来分析作品反映的社会现实,或着意于话语权力和意识形态分析……凡此种种,都只是针对作为言内行为的话语表述;其余的言外行为、取效行为则被遗漏和疏忽了,它们成为解释的"剩余"被排除在外。因此,从言语行为角度来看,以"研究"的眼光所做出的意义阐释是难以把握作品整体的,它常常是简化、扭曲了作品的意义。我国古代文人却不同,他们注重诵读、品赏和解悟,正是在这个过程中,文学话语行为系统整体展开了,他们就沉浸于多种话语行为的交织之中,悉心体验其中的奥妙,从中获得心灵感悟;也正是在话语行为系统展开的过程中,他们作为参与者而被卷入共同的创造之中,体验到生命的勃发和力量,也因此赋予文学以生命性。

言语行为理论揭示了文学活动过程最为重要的一个维度,即话语构建一个文学虚

---

[1] 杨义:《感悟通论》引言,人民出版社2008年版,第3页。

构世界的行为。文学的审美性、文学性、诗性都建立在此基础上。这种建构行为需要读者全身心投入,需要想象的协同展开。因为语言本身无法独自构建世界,它充满了英加登所说的"不定点"和伊瑟尔所说的"空白",需要读者的协作和想象的填补。而西方文论所擅长的"研究"恰恰要求研究者与话语保持必要的距离,把话语作为研究"对象",以客观、冷静的眼光看待话语、分析话语,言外行为也因此被取消。它窒息了文学话语建构世界的能力,仅剩留下言内行为,即话语表述,以致文学成为僵死的语词组合,成为一个文本空壳,文学虚构世界却萎缩了、隐失了,文学本身的独特性也消失殆尽。即如新批评所说的"细读",也仍然是把作者和读者排除在外,小心谨慎地防范"意图谬见"和"感受谬见"。这种所谓的阅读,其实质同样是把文学及其话语视为客观"对象",把它与"人"相割裂,作为静态的"语言"和"文本"来研读。因此,以"研究"的态度去面对文学作品,犹如《庄子·秋水》所说的惠子。以他的那种置身境外的态度及逻辑推理的方法,是根本无法理解庄子所发的"儵鱼出游从容,是鱼之乐也"的感叹的。与此相反,当读者把文学作品视为知己、视为至爱,文学话语也以其言外之力吸引读者参与其中,共同创建一个绚烂的想象世界,并邀请读者投身其间,涵泳其间,于是,作品也就成为可游可居的世界。在这个虚构世界里,万物都被赋予灵性,化为可亲可近的"你",溪水陪伴着我,鱼鸟笑迎着我,青山也因此更显妩媚。对此,唯有感悟而非理论分析才能领略、体会其间的奥妙。对于文学话语行为系统,必须由读者在阅读中亲身参与、共同协作,才能充分展开,进而构建起一个生机勃勃的虚构世界;对于文学虚构世界,也只能让读者切实投身其间,涵泳、品味、感悟,方能得其真谛,就如唐君毅所说:"诗文之好者,其价值正在使人必须随时停下,加以玩味吟咏,因而随处可使人藏焉、修焉、息焉、游焉,而精神得一安顿归宿之所。"[①] 因而,不加选择地以西方文论来改造中国古代文论,其结果可能适得其反,恰恰会背离文学活动及其话语行为的特性,失去古代文论的内在精神和原有长处,使它再也无法有效介入文学阐释活动。

我国古代文人及前辈学者极其注重对文学文本及语词的研究,殚思极虑、极尽所能地去做版本校勘、文字疏证、音韵探析、源流考辨,取得了非常可观的成果。可是,对文学作品的意义则不多作知性的分析推演,往往以取譬连类、屈折委婉的方式加以品鉴、评赏。有些评论方式更像是极好的阅读指导,它强调对作品本身的阅读,并暗示、逗发、启迪、引领读者如何亲身进入作品境界,去探索作品的奥秘,领略作品的精义。实际上,他们最为深刻地体会到文学语言的复杂性。文学文本及语词作为语言固化物,已被文字所确定,成为一种客观存在,因此,对它们可以校勘、疏证、探析、考辨;而对于文学作品而言则全然不同。作品是由读者与话语相互协作,在话语行为系统展开过程中共同构建的,它千变万状、流动空灵,不断地生成又倏忽消失,难以

---

① 唐君毅:《中国文化之精神价值》,江苏教育出版社2006年版,第214页。

把捉，无法言说，"其妙处莹澈玲珑，不可凑泊，如空中之音，相中之色，水中之月，镜中之象，言有尽而意无穷。"① 文学话语行为的复杂性、多层次性和多变性，决定了意义阐释方式的独特性：它不能以认知方式去作强制性的剖析、界定、解释，而只能亲身参与，反复吟唱诵读，追随话语行为的展开，聚精会神地经历文学事件，体会、赏玩、品鉴那韵味无穷的境界。

二

在中国古典美学和文论中，"味"是个极重要的范畴。孔子《论语·述而》说："子在齐闻韶，三月不知肉味。"在此，虽然将"知肉味"与"闻韶"并举，将"味"与艺术欣赏相关联，但还不是直接以"味"品"音"，肉之味远不如闻韶乐。陆机、刘勰将"味"直接用于诗歌品评，赋予"味"以独特的审美品质。陆机《文赋》曰："或清虚以婉约，每除烦而去滥。阙大羹之遗味，同朱弦之清泛。"刘勰《文心雕龙》也常以"味"品诗，如《明诗》："张衡《怨》篇，清典可味。"《体性》："子云沉寂，故志隐而味深。"《情采》："繁采寡情，味之必厌。"《隐秀》："深文隐蔚，余味曲包。"其中，"遗味""余味""味深""可味"既是艺术对象的审美特征，又是体会鉴赏的一种审美方式。钟嵘《诗品》进一步构建了"滋味说"，以此来品评诗歌。他十分推崇五言诗并说："五言居文词之要，是众作之有滋味者也，故云会于流俗。岂不以指事造形，穷情写物，最为详切者耶！""滋味"为钟嵘品评臧否诗歌的核心。在他看来，作诗要指事造形、穷情写物，就应该包含兴、比、赋三义，酌而用之，幹之以风力，润之以丹彩，才能味之者无极，闻之者动心，达到诗歌的最高境界。

对于西方美学来说，审美快感主要是一种精神愉悦，审美感官则主要指人的视觉和听觉。视觉、听觉不仅可以把握对象的感性形象，而且维持着与身体的间距，这就不容易与人之欲望发生纠葛，以致影响审美愉悦；而味觉、嗅觉、触觉不同，它们是身体的直接感受，往往滞留于感官快适，因此受到西方美学的贬斥。美学家爱德华·巴罗曾鄙夷地说，那些想把"烹调艺术"抬高到美术的地位，就像创作芳香的和酒精的"交响乐"的企图一样，只能以破产告终。他认为，审美感官与其他感官的区别，其原因部分的是心理生理方面的，而"使视觉和听觉的客体同主体区别开来的实际空间距离，无疑在这里起着重大的作用"②。与此相反，中国美学和文论却注重"味"。这种独特性是和文化传统分不开的。《说文解字》训"美"为"甘也，从羊从大，羊在六畜主给膳也"。"美"既然关乎"羊"，且训作"甘"，自然是通过"味"来感知，因此，"味"和"美"及审美感受也就密切相关了。《左传》也把"味"与"声""色"并列。

---

① 严羽：《沧浪诗话·诗辨》，郭绍虞主编：《中国历代文论选》，上海古籍出版社1979年版，第209页。
② [美]爱德华·巴罗：《作为艺术中的因素和作为审美原则的"心理距离"》，孙越生译，麦·莱德尔编：《现代美学文论选》，文化艺术出版社1988年版，第429—430页。

至钟嵘"滋味说","味"在审美鉴赏中的地位得到确立。这已经不是比喻式或通感式的说法,而是一种独特的审美方式。正如李泽厚、刘纲纪所说:"我国古代文献的记载说明,最初所谓的'美',在不与'善'相混的情况下,是专指味、声、色而言的。这对于了解我国古代美学思想的发展有重要意义。从人类审美意识的历史发展来看,最初对与实用功利和道德上的善不同的美的感受,是和味、声、色所引起的感官上的快适分不开。"①

其实,"味"就是一种"身体感觉",它必须消除与审美对象的间距,实现无距离接触。尽管"遗味""余味""味深"已经超越"味",超越直接的身体感受而成为一种心灵性、精神性的东西,但它毕竟以"味"为基础。晚唐诗人司空图不仅以"辨于味"作为"言诗"之前提,并且标举"味外之旨",其心灵性、精神性的内涵又得到进一步强化。但是,强调审美欣赏的直接性,强调无距离接触,仍然是中国美学、文论的特点。文学艺术不仅要可听可观,还要可游可居,可以把玩。真正要理解品赏作品,就必须亲身涵泳其间,就要"咀嚼英华,厌饫膏泽"。这都说明审美欣赏是一种以物我相接、泯灭间距为特征的活动。如果说,西方美学和文论更经常的是从"主体"角度把审美对象作为"对象"来分析、阐释;那么,中国美学、文论则注重"以物观物",进而直抵"无物无我"之境。"唯有主体虚位,才可以任素朴的天机活泼兴现。'天地与我并生,万物与我为一。'人应该了解到他只是万千运作中之一体,他没有理由以其主观情见去类分和界定万物,万物各具其性,各得其所,各依其性各展其能,我们还要还物自然。"② 既然是无物无我,也就没有"主体"和"对象"之区分,就不再存在"主体"和"对象"间之壁垒和对立,也不可能再做出什么分析和阐释。这种无间距的欣赏只能通过感悟之途来感悟,它不仅带来启迪思想的精神愉悦,而且直接给人以身体感受,一种弥漫性的朦胧的身体快感。

中国美学、文论既注重审美欣赏的直接性及身体感受,却又不止于身体感受,而是以此为出发点,把审美欣赏视为不断生发、升华的活动过程。它由"味"及"韵",再而"气""意""神",最终感悟"道"。从最基本层次的身体感受到精神愉悦,再到对形而上之道的解悟,中国美学和文论注意到审美欣赏的"广谱性"和"全息性"。在谈到中国书法艺术时,高建平指出:"笔势,或用更具有概括性的表述,人的动作痕迹,可以成为一个审美因素……在书法中,充满着一种从个人的精神到形体动作的表现,或用中国艺术理论术语说,一种从气到势到笔到墨的表现。"③ 这就是说,书法作为一门艺术,它不仅以其最终成果供人欣赏,就连它的创作过程本身就具有表演性,已经成为整个书法艺术的构成部分;并且它所产生的那种身体感受也已融入作品中,即便欣赏者没有直接面对创作过程,仅仅观赏已经完成的书法作品,也能感受到那种

---

① 李泽厚、刘纲纪主编:《中国美学史》第一卷,中国社会科学出版社1984年版,第79页。
② 叶维廉:《中国诗学》,生活·读书·新知三联书店1992年版,第55页。
③ 高建平:《全球与地方:比较视野下的美学与艺术》,北京大学出版社2009年版,第200页。

充满动感的生命活力,感受到逼人的气势。

其实,这种身体感受何止书法,可以说,文学艺术欣赏都具有这种特点,我国古典美学和文论独特的阐释方式就已经体现了这一特点。一方面,身体感受因其模糊性而难以言表;另一方面,对于形而上之道,又不可言说。"理之极至,超绝言思,强以言表,切忌执滞。"① 正是基于对文学艺术欣赏独特性的充分理解,中国古典美学、文论才放弃从认识论角度去把握文学艺术,不像西方学者那样总习惯于以"研究"的眼光看待和分析文学艺术,而是强调诵读、体验和感悟,通过诵读、体验、感悟来接纳、包容身体感受乃至对道的解悟,最广泛地体会审美活动的丰富内涵,全方位把握它的"广谱性"和"全息性"。

在评价摇滚、爵士乐等通俗艺术时,理查德·舒斯特曼指出这些通俗艺术所具有的感性的当下性和直接性。他认为,这是一种使"活泼泼的人"的活力、要求和愉快成为审美经验中心的"有生命力的审美",只是因为知识分子为维护自身的文化霸权而长期受到压制,审美合法性遭到排斥和拒绝。事实上,"像摇滚之类的通俗艺术,以一种向身体维度的快乐回归的方式,显示了一种在根本上得到修正的审美"②。舒斯特曼进而把这种身体感受从通俗艺术推向整个审美领域,并认为,在审美活动中就存在来自内部的自身肉体的美感经验,德国哲学家尼采和法国哲学家梅洛—庞蒂就是把身体作为我们世界和我们自身从中交互建构地投射出来的焦点,所以应该重新恢复身体感受在审美活动中的合法性。为此,他提议设立"身体美学":"从这种身体美学的视野出发,不是由否定我们的身体感觉,而是由对它们的完善,而增进对世界的认识。"③ 如果说,在西方美学的发展过程中,身体维度长期受到贬斥乃至驱逐,那么,在中国美学和文论中,这种身体感受虽然也日渐受到忽视,却并没有被视作对立面而遭受排斥,它仍然是审美欣赏的一个潜在的基础。

从言语行为理论角度看,身体感受同样是文学欣赏的重要维度。一方面,作为言内行为的话语表述,它以概念诉诸人的意识;另一方面,话语建构作为言外行为,则常常是非措辞、非概念的,并构成了一股言外之力,因而可以直接诉诸人的心灵、情感和无意识,乃至人的身体。它以强劲的吸引力将读者卷入话语建构活动,与人相互融合,共同创建一个虚构世界,体验这个充满诗情画意的世界。就在人与话语共同构建虚构世界的过程,虚构世界也就被赋予人的生命和人的品性。这是人的身心整体投入的活动,是一种没有任何间距和阻隔的审美过程,从身体感受到精神愉悦到心灵启悟,人就在沉浸中全方位经历着审美体验,获得丰富、隽永的审美享受。话语行为的多层次性及其动态变化,特别是作为文学话语最为重要的维度:建构虚构世界的行为,决定着无间距和直接性是文学欣赏过程的一个重要特征;也决定着文学欣赏具有极其富赡的人性内涵,它

---

① 熊十力:《破新唯识论》,(台北)广文书局1980年版,第19页。
② [美]理查德·舒斯特曼:《实用主义美学》,彭锋译,商务印书馆2002年版,第245页。
③ 同上书,第355页。

同时包孕着意识与无意识、思想与情感、精神探索和身体感受。中国古典美学和文论恰恰以自己的智慧，领悟了文学艺术鉴赏的独特性，全面把握了审美所带给人的充分享受。它们所具有的人文色彩和生命特性就建立在文学话语行为特征的基础上。

三

当文学活动最主要的维度展现为构建虚构世界的话语行为，当文学话语行为展开过程人与所构建的世界相互融合、亲密无间，那么，那些把文学及其语言仅仅作为"对象"来分析的西方文论主流就显示出它的局限性。相反，诸如现象学、存在论美学、现代阐释学、接受理论，等等，则突出了自己的理论优势，它们与中国古代文论一样，反对将主体与对象相割裂的做法，强调直观和体验，是与文学话语行为系统运行规律相适应的，并深深理解文学话语行为的复杂性。言语行为理论对文学话语运行内在机制的揭示，展现出中国古代文论与西方的现象学、存在论美学、现代阐释学、接受理论，其运思方式的共同基础，展现出双方相互阐释的可能性，使我们能够更加自觉地主动选择和利用与自己相适应，也与文学活动实际相吻合的西方文论。如此，我们就可以以言语行为理论为基础，通过中国古代文论与现象学、存在论美学、现代阐释学、接受理论的互释互证、生发推衍，并结合交往理论和文学修辞学，等等，由此实现中国文论现代化。

实际上，海德格尔的解释学就从中国哲学中汲取了营养。他深知"存在"是不可言说的，一旦想提问它分析它，它就变身为"存在者"，"存在"却已经隐遁了。"只要问之所问是存在，而存在又总是意味着存在者的存在，那么，在存在问题中，被问及的东西恰就是存在者本身。"[①] 但是，海德格尔仍然坚执地要叩问它、阐释它，他把"存在"置于"在世界之中存在"的时间结构中予以阐述，意图从存在者身上逼问出存在之可能性，努力接近存在本身。海德格尔的例子告诉我们，尽管文学话语行为总是处在流动变化之中，它不断生成又倏忽消失，并与人纠结在一起，但仍然可以将其置于特定语境中进行阐释，将其与体验、感悟相互发明。

在此，还需要进一步讨论言语行为理论与现象学以及中国文论之间是否存在抵触因素的问题。在谈到纳尔逊·古德曼从语言符号角度阐释文学艺术的审美征候时，舒斯特曼指出："古德曼的讨论暗含了（虽然从未充分明言）下列论证：通过对符号的使用，审美经验在本质上有意义和有认知功能。符号的使用暗含着中介和动态的信息处理，而现象学上的感觉和情感则暗含无法当作意义的被动性和直接性。"[②] 舒斯特曼是极其敏锐的，他正确地发现从语言符号学、语义学角度或现象学角度研究文学艺术，

---

① [德] 海德格尔：《存在与时间》，陈嘉映、王庆节译，生活·读书·新知三联书店1987年版，第9页。
② [美] 理查德·舒斯特曼：《生活即审美：审美经验和生活艺术》，彭锋等译，北京大学出版社2007年版，第35页。

两种角度间存在不可弥合的鸿沟：语言符号学、语义学以语言符号或信息处理作为"中介"来看待文学艺术，它同时就剥夺了感觉的直接性和情感的被动性，而现象学恰恰强调后一特点。中国文论也同样强调感悟的直接性；欣赏过程的忘我状态，又消解了读者的主体性和主动性而突出了情感的被动性。确实，从语言符号学或语义学角度来研究文学跟现象学及中国文论是相抵牾的，可是，言语行为理论则不同。言语行为理论首先把话语视为人的行为，同时视为一种人运用语言符号的特殊行为。作为人的行为，它完全可以是现象学的、直接的、情感的、语言意义之外的现象，譬如言外行为就常常借用非措辞方式来施行，特别是话语建构行为又让读者与话语行为直接融为一体；而作为一种特殊的话语行为，对它又可以做出意义阐释，做出各式各样的分析。言语行为理论不仅避免了语言符号学、语义学及以此为基础的西方文论的局限性，为语言学与现象学搭建了相互沟通的桥梁，也为中国文论与西方文论的互释指出了一条可资选择的途径。

  在中西文化交会的过程中，徐复观以现象学解说中国艺术精神，叶嘉莹用接受理论阐释古典诗歌，叶维廉将解释学与中国诗学相互发明，龙协涛建立中国"阅读学"，杨义筹划"文化—生命诗学"的尝试，都已经取得不少成功经验。如果我们从言语行为理论角度深入揭示文学活动的内在机理，那么就可以进一步提高中西互释的理论自觉性，从而开辟出一条文论现代化的可行途径。

论宋代山水象喻文学批评

潘殊闲[①]

(西华大学人文学院 四川 成都 610039)

摘 要：宋代文学批评中喜欢使用山水象喻。山的高低错落、俊秀蓊郁，水的奔泻柔韧、随物赋形，给了中国人无限的想象，也契合了文学的丰富多样性特质。在这方面，宋人多有取喻，大体可分为以长江黄河为喻，以江海湖溪为喻，以山川联喻。这些象喻批评是中国人象喻思维在文学批评中的烛照，也是中国人热爱自然、热爱山水在文学批评中的表现。通过对宋代文学批评中有关山水象喻的梳理，从一个侧面洞悉了宋人的审美心理和文学批评的特色，丰富了人们对宋人艺术生活化和生活艺术化的认识，对客观剖析和体认中国古代文学批评的话语特色有相当的助益。

关键词：宋代；山水；象喻；文学批评；审美心理

自然是中国人最崇拜、最敬畏的对象，《周易》的天地人三才观，将人融入"天地"之中，实际上就是融入自然之中，因为"天地"是自然之所在，所以，人是自然之一分子。既然人是自然之子，则自然就成为人最亲近、最喜爱、最乐道的话题。

在文学批评中，以自然作譬作喻由来已久。宋人博学尚雅，文学批评开创"诗话"体例，启后世无数法门。文学批评中以自然象喻成为一种普遍现象和常用手法，这当中山水象喻颇有意味。

孔子说："智者乐水，仁者乐山。"[②] 山水在中国人心目中有着特殊的地位和意义。山的高低错落、俊秀蓊郁，水的奔泻柔韧、随物赋形，给了中国人无限的想象，也契合了文学的丰富多样性特质。在这方面，宋人多有取喻。检索相关文献可知，目前学界尚无人对此问题做专门研究，笔者欲就此话题作一初探。

[①] 潘殊闲（1965— ），四川眉山人，四川大学文学博士，山东大学博士后，现为西华大学人文学院教授，硕士生导师，四川省学术带头人，主要研究中国古代文学及文学批评。本文系作者主持的国家社科基金重点项目"《周易》与中华民族审美心理特色及其当代价值研究"（项目编号：13AZX024）和教育部规划项目"宋代文学批评的象喻特色研究"（项目编号：09XJA751008）的成果之一。

[②] 杨伯峻译注：《论语译注·雍也第六》，中华书局1980年版，第62页。

一 长江黄河之喻

长江黄河都是中华民族的母亲河，千百年来，奔腾向东，浩浩荡荡，不舍昼夜。其激动人心的地方，在于它们的气势，它们的壮阔，它们的奔放，它们的多姿多态，它们的恒久，它们的变化无穷，等等。如此丰富的形象与意蕴，用之象喻大家名家及其作品，是文论者最爱使用的方法之一。

李白在宋代李杜优劣的论争中常常处于下风，但曾南丰却不这样附和，他认为："子（指李白）之文章，杰立人上。地辟天开，云蒸雨降。播产万物，玮丽瑰奇。大巧自然，人力何施？"接着又说："又如长河，浩浩奔放。万里一泻，末势犹壮。"① 以黄河浩浩奔放的气势象喻李白作品，确乎是恰当的。

曾南丰评三代两汉之书，也取长江为喻：

> 余读三代两汉之书，至于奇辞奥旨，光辉渊澄，洞达心腑，如登高山以望长江之活流，而恍然骇其气之壮也。故诡辞诱之而不能动，淫辞迫之而不能顾，考是与非若别白黑而不能惑，浩浩洋洋，波彻际涯，虽千万年之远，而若会于吾心，盖自喜其资之者深而得之者多也。②

长江之壮阔气势，只有登高以望才能恍然大悟，若平视近观，则难以宏观把握和立体感知。对于已经远去的三代两汉之书，曾南丰比之为"登高山以望长江之活流"，"浩浩洋洋，波彻际涯"，因此，"虽千万年之远，而若会于吾心，盖自喜其资之者深而得之者多也"，那种自得之喜，神悟之情，自然要溢于言表。三代两汉之书，诡辞、淫辞都无以撼动，是非黑白分明而无惑，"觉其辞源源来而不杂，剔吾粗以迎其真，植吾本以质其华。其高足以凌青云，抗太虚，而不入于诡诞；其下足以尽山川草木之理，形状变化之情，而不入于卑污。及其事多，而忧深虑远之激抒有触于吾心，而干于吾气，故其言多而出于无聊，读之有忧愁不忍之态，然其气要以为无伤也，于是又自喜其无入而不宜矣"③，这是曾南丰为之动心的原因所在。

韩愈也是一位才气壮伟的文人，张戒也用大江大河喻之："退之诗，大抵才气有余，故能擒能纵，颠倒崛奇，无施不可。放之则如长江大河，澜翻汹涌，滚滚不穷；收之则藏形匿影，乍出乍没，姿态横生，变怪百出，可喜可愕，可畏可服也。"④ 此端如大家风范。其实，类似的话，苏洵早已说过，他在给欧阳修的信中说："韩子之文如

---

① （宋）曾巩撰，陈杏珍、晁继周点校：《曾巩集》卷三十八《代人祭李白文》，中华书局1984年版，第533页。
② （宋）曾巩撰，陈杏珍、晁继周点校：《曾巩集》卷五十一《读贾谊传》，中华书局1984年版，第700页。
③ 同上书，第700—701页。
④ （宋）张戒撰：《岁寒堂诗话》卷上，丁福保辑：《历代诗话续编》，中华书局1983年版，第458页。

长江大河,浑浩流转,鱼鼋蛟龙,万怪遑惑,而抑遏蔽掩,不使自露;而人自见其渊然之光,苍然之色,亦自畏避,不敢迫视。"①

欧阳修是宋代诗文革新的领袖,卓然挺立,徐鹿卿说:"昔余读六一先生《送东阳徐先生序》,其词典以正,其意闳以深,未尝不叹君子之爱人以德也。及来横浦,司戎赵君时举,一见如旧,交间诵其为文,沛然如决川东下,虽龙门砥柱横扼其冲而不为避,噫,亦锐矣。"② 这是取大江的浩荡奔腾,勇往直前为喻。

苏轼的诗是所谓"宋调"的创立者,加之苏轼才情纵横,一生坎坷多辛,故其诗作内容丰富,形式多样,屡有新变。人们在仰望的同时,也多有訾议,典型的如严沧浪:"至东坡山谷始自出己意以为诗,唐人之风变矣。"又说:"近代诸公作奇特解会,遂以文字为诗,以议论为诗,以才学为诗。以是为诗,夫岂不工,终非古人之诗也。盖于一唱三叹之音,有所歉焉。且其作多务使事,不问兴致;用字必有来历,押韵必有出处,读之终篇,不知着到何在。其末流甚者,叫噪怒张,殊乖忠厚之风,殆以骂詈为诗。诗而至此,可谓一厄也,可谓不幸也。"③ 此虽并非尽指苏轼,但有苏轼的影子在。郭绍虞先生在注释这段话时有云:"则山谷亦反对以骂詈为诗者,惟东坡好以时事为讥诮,故《后山诗话》称'苏诗始学刘禹锡,故多怨刺'。沧浪所言当指此。"④ 但许顗却有自己的看法:"东坡诗,不可指摘轻议,词源如长江大河,飘沙卷沫,枯槎束薪,兰舟绣鹢,皆随流矣。珍泉幽涧,澄泽灵沼,可爱可喜,无一点尘滓,只是体不似江河,读者幸以此意求之。"⑤ 因为苏诗似长江大河,所以,浩荡奔腾,沙沫、槎薪、舟鹢,皆随其流,其博大与壮观,当然是那些珍泉幽涧、澄泽灵沼所无法比拟的。这种象喻对于苏轼这样的大家来说,是非常贴切的。这不是许顗一个人的看法,王十朋在《集百家注分类东坡先生诗序》中也有类似的观点:

况东坡先生之英才绝识,卓冠一世,平生斟酌经传,贯穿子史,下至小说、杂记、佛经、道书、古诗、方言,莫不毕究,故虽天地之造化,古今之兴替,风俗之消长,与夫山川、草木、禽兽、鳞介、昆虫之属,亦皆洞其机而贯其妙,积而为胸中之文,不啻如长江大河,汪洋闳肆,变化万状,则凡波澜于一吟一咏之间者,讵可以一二人之学而窥其涯涘哉!⑥

长江大河,汪洋闳肆,变化万状,以之象喻苏轼,就在于前面所说的胸中累积的

---

① (宋)苏洵撰,曾枣庄、金成礼笺注:《嘉祐集笺注》卷十二《上欧阳内翰第一书》,上海古籍出版社1993年版,第328页。
② (宋)徐鹿卿撰:《清正存稿》卷五《赵司戎诗集序》,文渊阁四库全书本。
③ (宋)严羽著,郭绍虞校释:《沧浪诗话校释·诗辨》,人民文学出版社1961年版,第26页。
④ 郭绍虞主编:《中国历代文论选》一卷本,上海古籍出版社1979年版,第213页。
⑤ (宋)许顗撰:《彦周诗话》,(清)何文焕辑:《历代诗话》,中华书局1981年版,第401页。
⑥ 祝尚书编:《宋集序跋汇编》,中华书局2010年版,第594页。

浩瀚知识与绝世智慧。

宋人楼昉评李清臣《议兵策中》："文字如长江大河，一泻千里，略无间断，考究精详而序事实融化，用字、精神皆当学。"① 评苏轼《徐州上皇帝书》则是："思虑精密，利害周尽，肝胆呈露，而笔力亦随之。决江河而注之海，未足以喻其势也。"②

宋人陈模评论东坡文"似《战国策》者，不特是善捭阖，说利益似之，至如起头便惊人处亦似之。如《海外论武王》起句云'武王非圣人'之类是也。此乃文字一浪一波处，譬如长江大河滚起，一波方下，又一浪起，盖其起伏处气势大"③。

不仅大家名家可喻为长江大河，一般的文人似也不大区分这样的界线。譬如，姚勉在宋代至多算一个三流作家，但方逢辰在为其《雪坡集》所做的《序》中却说："成一（按：指姚勉，成一为其字）初第，见其文如长江大河，一泻千里。"④ 这当然有随口而出的套话的嫌疑。

除有所指向的作家外，江河之喻还可以泛指，如："文字须浑成而不断续，滔滔如江河，斯为极妙。"⑤

学文与为文，究竟需不需要好奇？奇与好奇有何区别？方岳曾以长江大河为喻：

某故尝以为："易奇而法"，昌黎之言也。"好奇自是文章一病"，山谷之言也。然则学者将何从？秋崖曰：奇，可也；好奇，不可也。夫人而好奇也，夫人而不能奇也。长江大河滔滔汩汩，此岂有意于奇哉？而奇在是矣。至其绝吕梁、冲砥柱，则堰；而风雷喷薄，鱼龙悲啸，又有不得而不奇者。若夫激沟渎之顽石，而落之为犇放，舒之为沦涟，不谓不奇；而与夫长江大河之滔滔汩汩，忽然而绝吕梁、冲底柱之奇，则有间矣。执事以为何如？⑥

这段话告诉我们，为文需要"奇"，但不能为了"奇"而"奇"，而应发之自然，就如同长江大河之"滔滔汩汩"，自在自奇自美，绝无雕刻矫饰。

二 江海湖溪之喻

地球上的水域形式多样，在中国，除了两条伟大的母亲河外，众多的江、海、湖、溪、涧、泉、瀑布等，也以各自的形貌、特性，广泛受到文论家的关注和取喻。

周必大认为文章，特别是诗歌，需有天分，有人力："才高者语新，气和者韵胜，

---

① （宋）楼昉编：《崇古文诀》卷二十八，王水照编：《历代文话》，复旦大学出版社2007年版，第500页。
② （宋）楼昉编：《崇古文诀》卷二十四，王水照编：《历代文话》，复旦大学出版社2007年版，第493页。
③ （宋）陈模撰：《怀古录》，王水照编：《历代文话》，复旦大学出版社2007年版，第515页。
④ （宋）方逢辰撰：《雪坡集序》，祝尚书编：《宋集序跋汇编》，中华书局2010年版，第2131页。
⑤ （宋）江端礼撰：《节孝语录》，文渊阁四库全书本。
⑥ （宋）方岳撰：《秋崖集》卷二十七《答许教》，文渊阁四库全书本。

此天分也。学广则理畅，时习则句熟，此人力也。二者全则工，偏则不工。工则传，不工则不传，古今一也。"他称赞他的同年杨谨仲"家世文儒，才高而气和，于书无不读，于名胜无不师慕之，嗜古如嗜色，为文昼夜不休……尤喜为诗。本原乎六义，沉酣乎风骚。自魏晋隋唐，及乎本朝，凡以是名家者，往往窥其藩篱，泝其源流，大要则学杜少陵、苏文忠公。故其下笔，初而丽，中而雅，晚而闳肆。长篇如江河之澎湃，浩不可当；短章如溪涧之涟漪，清而可爱。间与宾客酬唱，愈多愈奇。非所谓天分人力全而不偏者耶"①。长篇对应于江河，短章对应于溪涧，均取其各自之形貌与特性。

庐山瀑布因李白《望庐山瀑布》而驰名天下，但人们很少知道有人以其喻诗："《诗》惟《生民》一篇，如庐山瀑布泉，一气输泻直下，略无回顾；自'厥初生民'至'以迄于今'只是一意。"②《生民》是后稷的传颂，从姜嫄"履帝武敏歆"，到"诞弥厥月"；从"诞寘之隘巷"，到"诞实匍匐"；从"诞后稷之穑"，到"诞降嘉种"；从"诞我祀如何"，到"后稷肇祀，庶无罪悔，以迄于今"，确乎一气呵成，用庐山瀑布喻之，形象得当。正如《毛诗序》所云："《生民》，尊祖也。后稷生于姜嫄，文武之功起于后稷，故推以配天焉。"③

瀑布可以喻诗，山泉当然也可以喻诗。王应麟评论舒岳祥则以山泉为喻："其文如泉出山，达乎大川而放诸海，有本者如是。何谓本，大节之特立也。"④

诗歌作为文学作品，见仁见智，难以确解。王楙深悟此理，以水泉为喻，有云：

东坡曰："渊明《归去来辞》：'缾无储粟。'使缾有储粟，亦无几。此翁只于缾中见粟。"欧公曰："孟郊诗'鬓边虽有丝，不堪织寒衣'，就令织得，能几何？二公戏言之耳！非真讥之也。"仆谓诗固言志，然才人志士，笔端造化，抑扬高下，不可以一律观。譬之水泉，扬之可以滔天，抑之不过涓涓于沟洫间尔，文章亦犹是。且如乐天诗句，率多优游不迫，至言穷苦无聊之状，则曰："尘埃常满甑，钱帛少盈囊。侍衣甚篮缕，妻愁不出房。"乐天之窘，岂至是邪？则知诗人一时之言，不可便以为信。其托讽之意，盖亦有在，正与宋玉《大言小言赋》之意同。⑤

以水泉之随物赋形与抑扬变幻喻诗意之解析颖悟，是很有趣的，也有相当的说服力。同样地，赵孟坚在泛论诗之体格时，也以水之随地赋形为喻："诗非一艺也，德之章，心之声也。其寓之篇什，随体赋格，亦犹水之随地赋形。然其有浅有深，

---

① （宋）周必大撰：《文忠集》卷五十二《杨谨仲诗集序》，文渊阁四库全书本。
② （宋）李耆卿撰：《文章精义》，文渊阁四库全书本。
③ （汉）郑玄笺，（唐）孔颖达等正义：《毛诗正义》卷一七之一，（清）阮元编：《十三经注疏》，上海古籍出版社1997年版，第528页。
④ （宋）王应麟撰：《阆风集序》，祝尚书编：《宋集序跋汇编》，中华书局2010年版，第2312页。
⑤ （宋）王楙撰：《野客丛书》卷九《缾粟鬓丝》，文渊阁四库全书本。

有小有大,概虽不同,要之同主忠厚,而同归于正。"① 而诗人之所以壮伟奇拔,也如洪源巨川:

> 文以气为主,诗亦然。诗者,所以发越情思而播于声歌者也。是气也,不抑则不张,不激则不扬。惟夫颠顿困阻,沈厄郁积,而其中所存英华果锐,不与以俱靡,则奋而为辞,琦玮卓绝,夐出寻俗,而足以传远。屈之《骚》,宋之《九辨》,荀卿子之《成相》《佹》诗,贾太傅之吊湘、赋鹏,皆是物也。故少陵之间关转徙,而蜀中之咏益工;老坡之摈斥寥落,而海外之篇愈伟。其他未易枚举,莫不以是得之。譬之水,平波缓流,溶溶泄泄,未见其奇也;洪源巨川,风挠石击,洄濆震荡,而水之奇斯见。诗犹是也。②

平波缓流,固是一种美,诚如欧阳守道评刘相岩诗:"思致幽洁,如在山平水远,鸟啼花落间,不见酒酣气张,悲愤激扬之态。"③ 但这样的诗难称奇伟,只有遭受颠顿困阻,沈厄郁积,才可能激扬奋厉,发而为奇辞,恰如洪源巨川,风挠石击,洄濆震荡,才有波涛巨澜之奇观。

当然,江河之百态,与其随遇之山谷有关,与此相似,为文之好奇,也应如是。张镃的《仕学规范》有论述,曰:"庄、荀皆文士而有学者,其《说剑》《成相》《赋篇》与屈《骚》何异?扬子云之文好奇而卒不能奇也,故思苦而词艰。善为文者因事以出奇,江河之行顺下而已,至其触山赴谷,风抟物激,然后尽天下之变。子云唯好奇,故不能奇也。"④ 也就是说,应该因事而造文,不可为文而造文,譬之如水之因势利导,自然而然,不矫揉造作。

水的特性之一是流动变化,可增可减,而各有其形貌意蕴。苏轼在回复李鷹的信中就曾用"川之方增"鼓励之:"惠示古赋近诗,词气卓越,意趣不凡,甚可喜也。但微伤冗,后当稍收敛之,今未可也。足下之文正如川之方增,当极其所至,霜降水落,自见涯涘,然不可不知也。"⑤ 类似的话,也有人自述:"龙溪翰林汪公尝叹其文若川增条达,莫见其止。"⑥

同样是对学生,同时又是外甥,黄庭坚也用四渎之水教喻洪刍:"诸文亦皆好,但少古人绳墨耳,可更熟读司马子长、韩退之文章。凡作一文皆须有宗有趣,终始关键,有开有阖,如四渎虽纳百川,或汇而为广泽,汪洋千里,要自发源注海耳。"⑦ 所谓

---

① (宋)赵孟坚撰:《彝斋文编》卷三《赵竹潭诗集序》,文渊阁四库全书本。
② (宋)卫宗武撰:《秋声集》卷五《赵帅幹在莒吟集序》,文渊阁四库全书本。
③ (宋)欧阳守道撰:《巽斋文集》卷十二《刘相岩诗序》,文渊阁四库全书本。
④ (宋)张镃撰:《仕学规范》卷三十三,王水照编:《历代文话》,复旦大学出版社2007年版,第313页。
⑤ (宋)苏轼撰,明茅维编,孔凡礼点校:《苏轼文集》卷四十九《答李方叔书》,中华书局1986年版,第1431页。
⑥ (宋)傅伯寿撰:《云庄集序》,祝尚书编:《宋集序跋汇编》,中华书局2010年版,第1355页。
⑦ (宋)张镃撰:《仕学规范》卷三十三,王水照编:《历代文话》,复旦大学出版社2007年版,第312页。

"四渎"，《尔雅·释水》解释为"江、河、淮、济为四渎。四渎者，发源注海者也"（卷七）。可见，"四渎"是古人对四条独流入海的大川——江（长江）、河（黄河）、淮、济的总称。黄庭坚借"四渎"告诫外甥为文要有开有阖，有始有终，有宗有趣。类似的还有曾子固作《苏明允哀词》称其文"其雄壮隽伟，若决江河而下也"①。宋人楼昉评苏轼《徐州上皇帝书》："思虑精密，利害周尽，肝胆呈露，而笔力亦随之。决江河而注之海，未足以喻其势也。"②

黄庭坚还以"江出汶川"为喻，教导学生何静翁："所寄诗，醇淡而有句法。所论史事，不随世许可取明于己者；而论古人，语约而意深。文章之法度盖当如此。如足下之所已得者，而能充其所未至，生乎千载之下，可以见千载之人也。然江出汶山，水力才能泛觞；沟渠所并，大川三百、小川三千，然后往而与洞庭、彭蠡同波下，而与南溟、北海同味。今足下之学，诚汶山有源之水也。大川三百，足下其求之师；小川三千，足下其求之友；方将观足下之水波，能偏与诸生为德也。"③长江之所以成为长江，是因为它海纳百川，这是它从仅能浮觞的涓涓溪流汇成浩瀚大江的奥秘之所在。人之学习成长创作，何尝不是如此？黄庭坚的比喻形象生动，非常具有说服力。

姜夔论诗有四种高妙："一曰理高妙，二曰意高妙，三曰想高妙，四曰自然高妙。碍而实通，曰理高妙；出事意外，曰意高妙；写出幽微，如清潭见底，曰想高妙；非奇非怪，剥落文采，知其妙而不知其所以妙，曰自然高妙。"④清潭见底，见出幽微，姜夔称为"想高妙"。

在中国文学批评史上，有诗言志、诗缘情之说，但宋人胡穉认为诗却是性情之溪，并以川流为喻，论述陈与义：

> 诗者，性情之溪也，有所感发，则轶入之，不可遏也。其正始之源，出于《风》《骚》，达于陶、谢，放于孟、王，流于韦、柳，而集于今简斋陈公。故公之诗，势如川流，滔滔汩汩，靡然东注，非激石而旋，束峡而逸，则静正平易之态常自若也。特其用意深隐，不露鳞角，凡采撷诸史百子以资笔端者，莫不如自其己出。是以人惟见其冲瀜滉瀁、深博无涯涘而已矣。若夫蜥蛇蜿蜒之怪，交舞于后先，有不能遍识也。⑤

诗是性情，并无新意，类似的话，《毛诗大序》早就说过："诗者，志之所之也。在心为志，发言为诗。情动于中而形于言，言之不足故嗟叹之，嗟叹之不足故咏歌之，

---

① （宋）王正德撰：《余师录》卷一，王水照编：《历代文话》，复旦大学出版社2007年版，第342页。
② （宋）楼昉：《崇古文诀》卷二十四，王水照编：《历代文话》，复旦大学出版社2007年版，第493页。
③ （宋）黄庭坚撰：《山谷集》卷十九《答何静翁书》，文渊阁四库全书本。
④ （宋）魏庆之编，王仲闻校勘：《诗人玉屑》卷一，上海古籍出版社1978年版，第11页。
⑤ （宋）胡穉撰：《简斋诗笺题识》，祝尚书编：《宋集序跋汇编》，复旦大学出版社2007年版，第1197页。

咏歌之不足，不知手之舞之，足之蹈之也。"胡穉的发明在于以溪比诗之性情，实则是人之性情。而陈与义的诗则是大江东注，滔滔汩汩，冲瀜滉瀁，深博无涯涘。

其他以水为喻的还有不少，如，在居简眼里，李杜韩柳"际天涛澜，注于五字七字，不渗涓滴，铿锵畏佳，尽掩众作"①。在李复眼里，"子美波澜浩荡，处处可到，词气高古，浑然不见斧凿，此不待言而众所知也"②。等等。

三 山川之喻

在中国人的心目中，山水往往一体。宋人文学批评象喻，也喜欢山水连用并喻。

以苏轼为代表的"三苏"，在宋代文学中占有重要地位，毛滂的这则评论可谓相当准确：

> 以文章耸动搢绅之伍者，天下最知有欧阳文忠公。中间先生父子兄弟（指三苏父子）怀才抱道，吐秀发奇，又相鸣于翰墨之圃，如长江大河，浩无畔岸；崇岩峭壁，万仞崛起。此天下所以目骇耳回而披靡于下风也。③

长江大河与崇岩峭壁，一喻其浩瀚无涯，一喻其高峻耸立，就三苏，特别是苏轼的道德文章与海内外影响言，此乃识微之论，并非一时的溢美之词。

山与水，一刚一柔，一向上一向下，以之喻作家作品，各有擅胜。而且，水有各种形态，山亦各有形貌，于文论而言，千变万化。如：

在何梦桂眼里，"少陵诗如泰山乔岳，不可攀跻"④。而"学古人诗如登高山，始莫不急足疾走，暨绝顶在咫尺，则跬步不能进"⑤。

在黄庭坚的眼里："古之能为文章者，真能陶冶万物，虽取古人之陈言，入于翰墨，如灵丹一粒，点铁成金也。文章最为儒者之末事，然须索学之，又不可不知其曲折，幸熟思之。至于推之使高，如泰山之崇崛，如垂天之云。作之使雄壮，如沧江八月之涛，海运吞舟之鱼。又不可守绳墨，令俭陋也。"⑥"泰山之崇崛"与"沧江八月之涛"对举，一喻其高，一喻其雄壮。

黄庭坚以泰山与沧江对举，而谢尧仁则以大海与泰山对举："于湖先生天人也。其文章如大海之起涛澜，泰山之腾云气，倏散倏聚，倏明倏暗，虽千变万化，未易诘其端而寻其所穷，然从其大者目之，是亦以天才胜者也。故观先生之文者，亦但当取其镠

---

① （宋）释居简撰：《北磵集》卷七《跋卧云楼诗》，文渊阁四库全书本。
② （宋）李复撰：《潏水集》卷五《与侯谟秀才》，文渊阁四库全书本。
③ （宋）毛滂撰：《东堂集》卷六《上苏内翰书》，文渊阁四库全书本。
④ （宋）何梦桂撰：《潜斋集》卷六《杜学正竹处诗序》，文渊阁四库全书本。
⑤ （宋）何梦桂撰：《潜斋集》卷六《王菊山诗集序》，文渊阁四库全书本。
⑥ （宋）张镃撰：《仕学规范》卷三十三，王水照编：《历代文话》，复旦大学出版社2007年版，第312页。

辖斡旋之大用，而不在于苛责于纤末琐碎之微。先生气吞百代，而中犹未慊，盖尚有凌轹坡仙之意。"① 对比张孝祥之创作，此段论述似有过誉之词，但其所用大海之波澜与泰山之云气作比，倒是非常生动形象。同样以山海象喻的还有释契嵩对李白的评论："观其诗，体势才思，如山耸海振，巍巍浩浩，不可穷极。苟当时得预圣人之删，可参二《雅》，宜与《国风》传之于无穷，而《离骚》《子虚》不足相比。"② 这在宋人扬杜抑李的浪潮中，的确是相当高调的。

这种山川之比，当然远不能限于泰山与江海：

  盖公之文如三辰五星，森丽天汉，昭昭乎可观而不可穷；如泰、华乔岳，蓄泄云雨，岩岩乎莫测其巅际；如九江百川，波澜荡潏，渊渊乎不见其涯涘。人徒睹其英华发越之盛，而不知其本有在也。③

这是真德秀对楼钥《攻媿集》所做的《序》中的话。三辰五星、泰华乔岳、九江百川，集中象喻的是其莫测高深和博大富赡。

宋人谢枋得评韩愈《送孟东野序》，认为"此篇凡六百二十余字，'鸣'字四十，读者不觉其繁，何也？句法变化凡二十九样。有顿挫，有升降，有起伏，有抑扬，如层峰叠峦，如惊涛怒浪，无一句懈怠，无一字尘埃，愈读愈可喜。"④ 层峰叠峦与惊涛怒浪，呈现出的都是变幻，也就是谢枋得所说的顿挫、升降、起伏、抑扬。文章能做到如此，自然是"愈读愈可喜"。

宋人欧阳起鸣将文章分为头、项、心、腹、腰、尾，并分别论述。在论述文之腰时，有云："变态极多，大凡转一转，发尽本题余意，或譬喻，或经句，或借反意相形，或立说断题，如平洋寸草中突出一小峰，则耸人耳目。到此处文字，要得苍而健，耸而新。若有腹无腰，竟转尾，则文字直了，殊觉意味浅促。"⑤ 平洋寸草中之突兀小峰，给人的视觉感受就是"耸人耳目"。文章在煞尾之前，出现这样的小山峰，实则是一个小高潮，否则，文字一滑而过，也即"文字直了"，则"殊觉意味浅促"。

宋人赵夔在为《东坡诗集注》所作的《序》中讲述了他三十年读苏注苏悟苏的历程：

  东坡先生读书数十万卷，学术文章之妙，若泰山北斗，百世尊仰，未易可窥测藩篱，况堂奥乎！然仆自幼岁诵其诗文，手不暂释，其初如涉大海，浩无津涯，孰辨淄渑泾渭，而鱼龙异状，莫识其名，既穷山海变怪，然后了然无有疑者。⑥

---

① （宋）谢尧仁：《张于湖先生集序》，祝尚书编：《宋集序跋汇编》，中华书局2010年版，第1520页。
② （宋）释契嵩撰：《镡津集》卷十六《书李翰林集后》，文渊阁四库全书本。
③ （宋）真德秀撰：《攻媿集序》，祝尚书编：《宋集序跋汇编》，复旦大学出版社2007年版，第1625页。
④ （宋）谢枋得编：《文章轨范》卷七，王水照编：《历代文话》，复旦大学出版社2007年版，第1059页。
⑤ （宋）魏天应编：《论学绳尺·论诀》，王水照编：《历代文话》，复旦大学出版社2007年版，第1088页。
⑥ （宋）赵夔撰：《类注东坡先生诗序》，祝尚书编：《宋集序跋汇编》，中华书局2010年版，第592页。

泰山与大海，在崇高与广阔间，赵夔最后能"穷山海变怪"，与其所下功夫紧密相关："崇宁年间，仆年志于学，逮今三十年，一句一字，推究来历，必欲见其用事之处。经史子传，僻书小说，图经碑刻，古今诗集，本朝故事，无所不览；又于道释二藏经文，亦尝遍观抄节，及询访耆旧老成间，其一时见闻之事，有得既已多矣。顷者赴调京师，继复守官，累与小坡叔党游从至熟，叩其所未知者，叔党亦能为仆言之。"① 由此观之，赵夔之言，是有相当根底的。

关于文章的前后关系，陈模看重的是"尾响"，而非"前响"："文只须平平说起，至下面渐紧。只以一行看，须要重在下；以数行看，须要重在后；以一篇看，须要重在尾方是。若只起头惊人，后面无以副之，则只山涧水相似，在山关关声才震出，到前面却又泯然无声，则文字不奈看。"② 陈模以山涧水为喻，山涧水在山关关响声很大，但一冲过山关，又泯然无声了。如果文章只是前面惊人，后面草草，便不耐读，不耐看。当然，文章前面也重要，如果文章前面便倒了读者胃口，读者已没有兴致再读下去，这样的文章即使后面再精彩，也极容易被人忽视。

四　余论

由上述引论可以窥探宋代文学批评中的山水象喻风貌。宋人文学批评如此酷爱山水，并非独有现象，它首先是中国人象喻思维在中国文学批评中的烛照，其次，它也是中国人热爱自然、热爱山水在文学批评中的表现。通过对宋代文学批评中有关山水象喻的梳理，可以从一个侧面洞悉宋人的审美心理和文学批评的特色，丰富人们对宋人艺术生活化和生活艺术化的认识，对客观剖析和体认中国古代文学批评的特色有相当的助益。当然，对该问题的开掘深拓，笔者将另文细述，此不赘言。

---

① （宋）赵夔撰：《类注东坡先生诗序》，祝尚书编：《宋集序跋汇编》，中华书局2010年版，第592页。
② （宋）陈模撰：《怀古录》，王水照编：《历代文话》，复旦大学出版社2007年版，第516页。

论古代文论的当代价值与意义

郭世轩[①]

(阜阳师范学院文学院　安徽　阜阳　236037)

摘　要：近代以来，随着丧权辱国条约的签订，国家尊严和民族志气大受打击，志士仁人救亡图存的同时，却把国家落后挨打的债务算在了中国传统文化身上，一种深深的凡事不如西方的民族文化自卑感、挫败感弥漫在现当代的国人心中，在知识分子中表现得尤为突出。受此株连，中国古代文论也在劫难逃。20世纪一路向西的结果直接造成了现代文论极度失衡的困局。如果我们认真反思与探讨，就会发现中国古代文论在当代仍有着不可替代的价值与意义。

关键词：中国古代文论；当代价值；审美意义

　　自鸦片战争尤其是中日甲午战争以来，古老的中华文明以其老大帝国和老态龙钟的"东亚病夫"形象深深地楔入西方近现代文明的对比陪衬与参照系统之中，同时也以非常耻辱的历史印记时刻刺激着中国近现代的志士仁人，激励着他们勿忘国耻，告别过去，寻找别样的道路与活法，从而对传统文化进行决绝的否定与告别。这种激进的文化自我否定思维在20世纪成为时代的主调，从"五四运动"到"左翼"文艺，从新中国成立之初到"文革"时期，从改革开放到20世纪末，从未间断过。这种"一路向西""一边倒"的极端文化倾向无形中左右着中国现代学术的发展与建构，在文学艺术理论、哲学与美学研究等人文社会科学领域广泛存在着，甚至成为一种无意识的文化自否情结。随着中国现代经济的崛起和中国梦的提出，中华民族伟大复兴的历史重任也相应地呈现在对中国古典文论和美学理论的反思与重构上。时至今日，重估中国古典文化的任务已经提到议事日程。过去那种似乎不证自明的文化否定主义、妄自菲薄的文化姿态也到了应该自我反思的阶段。鉴于此，本文主要运用比较视野，在中西对比中探讨中国古代文论的当代价值与意义，以益于当代中国文化的建构与探讨。

[①] 郭世轩(1965—　)，安徽临泉人，阜阳师范学院文学院教授，博士。

一 谈论中国古代文论的语境

法国社会学家、文学理论家丹纳指出，时代、种族与环境是文学活动的三要素。实际上，从发生学的角度来看，一个民族的文化建构和起源与环境密不可分。最明显的莫过于轴心时代的几大世界文明发祥地母体基因的凸显。尤其突出的就是中西文明的差异。目前，学界指出中西文化之间的主要差异表现在动与静、个体与群体、进攻与保守、征服与融合、法治与人治、宗教与道德、科学与人文、悲感与乐感等方面。这是后人的总结，难免有事后诸葛之嫌。表象背后的区别源于地域差异——地理环境在其中往往起着决定性的作用。当然，在强调环境的制约与决定作用之时，似乎又有环境决定论之嫌。而在其他因素一定的前提下，环境往往起着决定性的作用。人们常说，个人难以超越时代与世界的局限。小而言之，时代就是空间的纵向展开，因此才有前后、左右与上下等时空维度之别。大而言之，时代就是环境与空间的横向并置与伸展。就空间而言，它又是环境在一定时间范围之内的伸缩与铺排。可以说，时间与空间密不可分，是一个事物或群体存在的必然依据与寄居之处。在人类生命活动早期，小集团的聚居与部落或族群的交流逐渐由自身所处的环境出发形成相互适应的语言文字、习惯规约、风俗民情、宗教信仰以及法律条文等文化形态。这种文化形态的形成是环境制约寄居其上的人与人、人与环境（自然与社会）之间相互适应与妥协的结果。一旦形成文化规约就会反过来通过教育培训和家庭承传等形式继承与发展下去，在积淀与变异中不断发扬光大，于是就形成了后来轴心时代的文化母题类型。由此看来，从环境与栖居其上的人们之间相互适应、相互制约之关系来看，每一种文化母体的存在皆具合理性，当然也包括进步性与保守性。如果发生挪移与错位，就会产生不适应、冲突甚至排异等反应。因此之故，不同民族之间的文化交流，应该相互取长补短，但不可相互取代。从这个意义上来说，厚此薄彼，抑扬过度，妄自菲薄甚至是数典忘祖等文化心态皆是不自信的表现，同时也是不足取的。不同文化之间可以相互交流与对话，但绝对不能相互取代！

如上所述，鸦片战争以来之所以出现文化激进主义——文化上的反认他乡为故乡的自我否定倾向，恰恰是因为近代以来与西方工业文明强国之间军事较量上的突然失利和一败涂地，使得有识之士的人格尊严和天朝帝国的民族尊严骤然降到冰点以下。清王朝的极度腐败与不堪一击直接连累了中华文明的定位与定评。短时的失败遮蔽了中华文明深邃的智慧之光，导致许多有为青年知识分子在激进与激愤中意气用事，从而走向对传统文化与文明进行以偏概全、一叶障目的极端否定。爱国主义的激情使得这种文化激进之风愈演愈烈，直至成为一个时代、一个民族的集体记忆与百年遗憾。今天，文化上的拨乱反正恰逢其时！综合考量，中国古代文论在当代众声喧哗、莫衷一是的语境之下仍然具有不可替代的价值与意义。

二 中国古代文论的价值

客观而言,中国古代文论的价值主要体现在文化、文学和精神三个方面。具体来说,中国古代文论的文化价值主要表现在,它展现了中华民族独特的精神追求——刚柔并济,自强不息,体现了东方民族的文化基因和内在精神品格,同时向西方蓝色文明表明:轴心时代的古老东方黄色文明是独具特色、成熟睿智的诗性文化。"天行健,君子以自强不息。地势坤,君子以厚德载物。"这是《周易》乾卦和坤卦的内在含义,既是对古老先民生存经验的总结,也是对中华民族审美经验的概括。天(自然)的运动刚强劲健,永不停息。君子处世也应该效法自然,努力做到追求进步,刚毅坚卓,发愤图强,奋斗不止。大地的态势浑厚和顺,君子也应该具备淳厚美德,容纳万物。古人强调效法天地,作为君子应该像天地般刚毅谦逊,即便颠沛流离,也要坚贞不屈,待人接物,兼容并包。在天地人"三才"中,钟灵毓秀的人类才是最可宝贵的。但人不可骄傲自大,唯我独尊。要虚心学习天地间的一切事物,顺天应时,敬畏天地,然后才能有所成就、战无不胜。孕育于黄河流域的中华文明,属于典型的大陆文明和内陆文化,强调集体本位,并认为只有依靠集体的力量才能有所成就。在处理人与自然、人与社会、人与人、人与自我等诸种关系时,和谐相处,不走极端。作为中华文明代表的儒家哲学体现出一种"泛感情的人生观和宇宙观"[①]。"礼制人伦不只在理性关系,而更在融理于情的人情味道上,中国传统以家庭成员间的关系为轴心的'人情味'和理性的社会关系是连在一起的。"[②]"君子和而不同,小人同而不和"[③]"己所不欲,勿施于人"[④]"老吾老以及人之老,幼吾幼以及人之幼"[⑤]"民,吾同胞;物,吾与也"[⑥]等名言成为中华文明的代名词。注重"关系"的东方视角明显不同于注重"本位"的西方视点。注重关系的立场追求的是和谐的效果。立足本位的主张得到的恰恰是冲突的结局。这种和谐的文化特征又与审美心理和诗性文化密切相关。这一点在儒家和道家的文化中俯拾皆是。因此,冲和、平和是儒道两家共同追求的审美境界。

正因为采取"和而不同"的观点与立场,所以才能与万事万物得以和谐相处,其乐融融。既然万物与我共呼吸共命运,因此和谐的环境与心境油然而生。这种天人合一、物我相契的生命感渗透到国人生活的方方面面。"中国重生命,重感情。这个生气盎然的'一个世界'观,几乎无处不在。大小宇宙、医学、书画、人格、气节、审美、

---

① 李泽厚:《论语今读》,安徽文艺出版社 1998 年版,第 218 页。
② 同上书,第 198—199 页。
③ 杨伯峻:《论语译注》,中华书局 1980 年版,第 141 页。
④ 同上书,第 166 页。
⑤ 同上书,第 141 页。
⑥ 张载:《西铭》。

道德……均生命之体现。所以,'神''气''韵''骨'概念到处可见,普及于文、史、哲、医家、术数,此固中国文化之特征。"① 作为人们生活的诗意表现,中国古代文学是中国人生活的诗意抒写和情感表现。其文学价值主要表现为以抒情文学为主流的内在气质、注重情采合一的文学世界,在审美价值上注重表现与神韵,同时采取内视的观点融情入景,以实现情景交融、物我合一的浑融气象。不仅文学创作如此钟情于诗情画意的传达与表现,而且在文学思想和文学理论的理性表述上也别具一格。如陆机的《文赋》、刘勰的《文心雕龙》、钟嵘的《诗品》和署名司空图的《二十四诗品》等皆以诗情画意般的语言描述并证明着文学理论不仅仅只有抽象的形态,还可以以诗意化、自足化的表现语言来描述,以诗性传达诗性、以文学传达文学,从而证明着在西方理性冰冷言说之外还存在着一种独特的文学理论体系——它以诗意的言说使人产生浮想联翩的诗意价值。司空图的《二十四诗品》对"高古"的描述是这样的:"畸人乘真,手把芙蓉。泛彼浩劫,窅然空踪。月出东斗,好风相从。太华夜碧,人闻清钟。虚伫神素,脱然畦封。黄唐在独,落落玄宗。"② 何谓"高古"?作者没有用理性的语言言说,而仅仅用感性的、诗意的语言所建构的画面来呈现,使读者发挥自己的想象来悟入画面里的情景,慧心得之。"畸人乘真"四句,表现高远,颇有仙风道骨之玄妙;"月出东斗"四句,表现人间的感受,明月清风,高山寒夜,晨钟入耳,高雅之境,沁人心脾。"虚伫神素"四句,表现古雅的境界,黄唐之世,玄妙之宗。诗的言说,给人模糊而微妙的感受。真的是只可意会不可言传。关于"典雅"境界的描述更具诗意。"玉壶买春,赏雨茅屋。坐中佳士,左右修竹。白云初晴,幽鸟相逐。眠琴绿荫,上有飞瀑。落花无言,人淡如菊。书之岁华,其曰可读。"③ "玉壶买春"四句描写高雅之士的高雅之举:修竹掩映,细雨蒙蒙,茅屋之内,二三佳士,品茗赏雨,其乐融融。"白云初晴"四句续写雨后初晴的雅致:蓝天白云,好鸟相戏,飞瀑流泉,天籁相间,琴声悠扬,绿荫安眠。"落花无言"四句写出秋冬时节的雅致:高雅的菊花无言落下,人的淡然也是如此。年末回味书写,妙不可言。三组系列画面,将一年四季紧密勾连,环环相扣,雅致经典。这一组组画面宛如意识流一般,给人以自由联想与发挥的无限空间。可谓以少胜多,妙趣无数。这既是对艺术境界的描述,也是对人生经验与审美体验的总结和再现,更是对生活场景的表现与创造。这本就是一首诗。如果我们再对照一下席勒的《论素朴的诗与感伤的诗》,就可以看出西方语言表述出来的古典的诗与浪漫的诗是颇费心机而令人难以明白。

鉴于中国古代文学理论独特的文化与文学价值,其精神价值也表现出独一无二的价值追求。这种精神价值可以概括为内敛的精神深度、博大的精神向度和昂扬的精神高度三个方面。内敛的精神深度,源于儒家中和哲学精神的追求。无论是孔子还是老

---

① 李泽厚:《论语今读》,安徽文艺出版社1998年版,第231页。
② 朱良志:《中国美学名著导读》,北京大学出版社2004年版,第124页。
③ 同上书,第125页。

子皆重视"如何做",从具体问题情境出发,不高谈阔论,更不做高头讲章,而是从实际出发,以问题情境来回答"是什么"或"什么是"。这大概就是中国文化实用理性的具体表现。"中国文化—哲学之所以重生成(Becoming)大于重存在(Being),重功能(function)大于重实体(substance),重人事大于重神意(神灵也完全服务于人事),也可以说都是这种'知命'精神。"① 怨而不怒,乐而不淫,哀而不伤,使精神与情感的表达恰到好处,在深度表述中有一种矜持与含蓄之美。因此,孔子才有"过犹不及"之说,《礼记·中庸》也有"执其两端,用其中于民,其斯以为舜乎"?事物的运动和发展都有自己的规律,因此做好任何事情都必须把握好适当的分寸。最适当的程度就叫作"中"。恰到好处地做到这一点,就是"执中";否则就是失中。用适中的方法以收到最佳的效果,可谓如愿以偿。"中"有合宜、正确、中正、公正、适中之意。只有做到刚柔并济、阴阳调和,才能够达成天人合一的境界。这一点迥异于西方文化极力张扬个人本位的文化。古希腊文明起源于希腊半岛和爱琴海,属于典型的海洋文明,因此以航海和商业贸易为主业,强调个人主义、本位主义、征服压制与矛盾冲突。受古希腊文化的影响,西方认识论的前提就是主体对自身之外的一切客体进行认识与征服。主体之外的一切皆为对象与他者,是认识与征服的对象,而非和谐共处的伴侣。这就凸显出个人本位、唯我独尊的文化个性。英文中的"我"(I)任何时候和语境之下都是大写,彰显个人主义的独立与独尊。相比之下,中国古代语境下的"我"的自谦词就很多:鄙人、贱妾、仆、在下等,不仅不愿大写,而且全是小写或尽力往小处写。在谦卑中含有一种淡定与自信。真可谓,赠人玫瑰,手留余香;你敬我一尺,我敬你一丈;你敬我一丈,我把你顶头上。这大概就源于谦卑文化所产生的正能量:相互敬爱,和气生财;以和为贵,团结无敌。中国古代文论博大的精神向度,源于古代知识分子的入世情怀和人文关怀,基本上源于儒释道三家交会语境下成长起来的文人知识分子仰观俯察,民胞物与,推己及人,天人合一,无微不至,将自己的人生体验辐射到最大范围,登山则情满于山,观海则意溢于海。这在宋代哲人那里表现得异常突出。"孔颜乐处"的人格追求,"不以物喜,不以己悲"(范仲淹《岳阳楼记》)的平和心态,将"万物皆备于我"(《孟子·尽心上》)的浩然正气洒满寰宇之间,在文天祥、关汉卿笔下得以集中呈现。其昂扬的精神高度则源于中国知识分子乐天知命,达观自适,对未来永远充满着信心,自信充实,自强不息,厚德载物。"吾十有五而志于学,三十而立,四十而不惑,五十而知天命,六十而耳顺,七十而从心所欲不逾矩。"(《论语·为政》)"天下有道则现,天下无道则隐"(孔子《论语·微子篇》比干谏而死章),"达则兼济天下,穷则独善其身"(《孟子·尽心上》),"不义而富且贵,于我如浮云"(《论语·述而》),"三军可夺帅也,匹夫不可夺志也"(《论语·子罕》),"贫贱不能移,富贵不能淫,威武不能屈","天将降大任于斯人也,必先苦其

---

① 李泽厚:《论语今读》,安徽文艺出版社1998年版,第215页。

心志，劳其筋骨，饿其体肤"（《孟子·滕文公下》），"位卑未敢忘忧国"（陆游《病起书怀》），"天下兴亡，匹夫有责"（顾炎武《日知录》卷十三《正始》）等，无不昭示着古代文人忧国忧民忧天下的深情壮志。古代文论注重人格精神与心灵素养的陶冶，充分发挥主体人格力量的升华与鼓舞作用。这在当代语境之下具有特别重要的意义与价值。

三 中国古代文论的意义

在当今语境下，中国古代文论的意义主要表现在如下四个方面：

首先是它的理论意义。在世界文学理论发展史上，中国古代文论具有自己独特的价值维度，对西方文学理论独霸的局面形成冲击与对抗，至少证明着西方话语独白的偏执与缺陷，展现着独具一格的东方神韵，进一步丰富和发展着世界文学理论。美国学者厄尔·迈纳在《比较诗学》中给予中国诗学以明确定位：这是不同于以模仿为基础而形成的西方叙事诗学的另外一种具有独立价值的、以表现为根基的抒情诗学。相比较而言，西方的叙事诗学难以概括东方的抒情诗学。[1] 同样，今人王文生先生积数十年之功，融合中西方文学理论与美学理论，在《中国美学史》中认为中国20世纪的美学与文学理论严重的西方化直接阉割或肢解了中国古代源远流长的抒情文学传统，并对王国维、李泽厚等著名学者提出质疑与批评。同时，在《论情境》中正本清源，认为"意境"一词用来概括中国古典美学之"境界"不确，不如以"情境"命名更为明确。中国古典文论价值的确立足以弥补西方文学理论的独白与霸道所产生的不足，进一步丰富和发展了世界文学思想和理论资源，可以与西方形成鼎足而三的文化资源宝库。

其次是它的审美意义。中国古代文论进一步展现农耕文明时代的审美追求，体现农业文明和耕读世家语境之下成长起来的知识分子的生存体验，间接呈现着田园牧歌式的生命感受，是对西方商业文明语境下冲突文化的有益补充，进一步构建世界美学的宏观构架，为世界美学的丰富与发展贡献着超凡卓绝的审美资源。"兴于诗，立于礼，成于乐。"（《论语·泰伯》）"'礼'使人获得行为规范，具有培育人性，树立人格，取得作为氏族成员的资格。'诗'启迪性情，启发心智，使人开始走上人性之道。'乐'则使人获得人性的完成。""可见，'成''成人''为己之学'等都远非知性理解，而是情意培育即情感性、意向性的塑造成长，此非理性分析或概念认知可以达到，而必直接诉诸体会、体认、体验；融理于情，情中有理，才能有此人生情感及人生境界，所以说'成于乐'。……而人生情境及艰难苦辛亦均在此言尽意未尽之语言——心理之中。此为，中国传统的思维——语言方式，亦生活——人生方式。所以，中国思维之

---

[1] ［美］厄尔·迈纳：《比较诗学》，译者，中央编译出版社1998年版，第32—35页。

特征与'诗'有关。它之不重逻辑推论,不重演绎、归纳,不重文法句法(语言),而重直观联想、类比关系均由此相关……固非纯理性,乃美学方式。"① 如前所述,商业文明建构下的审美经验往往先入为主,以主体的好恶宰制一切不合己意者,凸显出唯我独尊的霸气与偏执,这直接与审美经验的包容性与涵括性格格不入。而来自农业文明的审美经验却与审美经验的浑融性、化成性具有天然的亲和关系,共同体现出生成性、发展性与未来性等特性,有益于人类文明的健康发展、人性的包容宽和与社会的和谐进步。最明显的案例可以歌德的《浮士德》与陶渊明的《桃花源记》相比较:前者凸显积极进取,生命不息,征服不止,贪欲不止;后者则是安时处顺,天人合一,宁静自守,贪念辄息。

再次是它的现实意义。工业文明与后现代语境的来临加剧了人与自然环境、人与社会结构、人与社群关系和人与自我心灵的紧张冲突。个体在多重矛盾交织和众声喧哗的状态中心力交瘁,逐渐迷失在工具理性的陷阱中不能自拔。如何安顿心灵、充实自我,寻找诗意栖居的精神家园,以使人生更具有意义、趣味和价值,实现艺术化的人生?这是以西方文明为基础的现代文明一直在苦苦寻求的答案。长期处于主宰地位的西方话语霸权使人们视而不见、充耳不闻非西方的文化资源,尤其是中国为代表的东方文化资源的宝贵性。其中,中国古代文论以其独特的价值至上维度和内在价值追求在这方面大有作为,足以填补西方商业文明所难以弥补的空白,为饱受现代文明病症折磨的当代人类提供精神力量和心理补养。《文赋》《文心雕龙》《诗品》等文本不仅是文学理论著作,而且就是滋润心灵的文学作品,更是为焦灼饥渴的现代心灵送来弥足珍贵的心灵鸡汤。署名司空图的《二十四诗品》让你流连忘返,乐而忘忧,足以疗救你那被工具理性和物欲煎熬得无法安息的心理创伤。这些理论资源远非西方现代高头讲章的心理学、哲学与美学等文本所能比肩的。"随风潜入夜,润物细无声"(杜甫《春夜喜雨》)。它没有生硬的说教,只有诗意的召唤、美丽的意象、温馨的氛围和优美的话语在与你进行深度的沟通与对话,以达成心灵的愉悦与契合。古代文论中的诗意与自然气息扑面而来,令人神清气爽。

最后是它的创作意义。中国古典文化语境下成长起来的知识分子,尤其是宋代之后的知识分子学养丰厚,常常是经史子集全学、琴棋书画兼通,具有全面发展的文化气质和人文品格,足以使他们的理论言说闪烁着温馨的、体己的、融情的智慧之光。"孔子总讲具体问题,而不空谈性理,这才能真正塑建人性"②。这在古代理论家身上体现出创作与理论不分家的浑朴性、圆融性和诗意性。如欧阳修、苏轼、黄庭坚等人的话语资源足以代表古代的智慧高度,体现出文化成熟的综合性、集成性,直到王夫之、叶燮、王国维,都是这种集成性的表现。相比较之下,西方的文学理论家常常是以哲学家为主,作家言说文学理论问题者实属凤毛麟角。哲学家从概念出发,从理念出发,

---

① 李泽厚:《论语今读》,安徽文艺出版社1998年版,第203—204页。
② 同上书,第233页。

采取演绎法，由一个概念的推理衍生出一套试图包罗万象的哲学体系，而文学观只是其中的一个必要的配件与佐料。从柏拉图、亚里士多德到康德、黑格尔再到克罗齐、卢卡奇等，莫不如此。哲学家提出的"理式""理念""绝对精神""无意识""集体无意识"等元概念足以衍生出许多系统的文学理论体系来。可以说，对于哲学家而言，哲学代表真理，哲学家发现真理，而文学只是阐释真理的工具，仅仅只有模仿真理的资格，作家也只是对着理式/真理之光在鹦鹉学舌；文学理论仅仅是哲学家对文学的理性建构与虚幻设想，常常体现出方枘圆凿的尴尬。因此，深入发掘中国古代文论的理论资源可以弥补西方文学理论的概念先行、哲学导向的不足。同时对于当代文学理论建设也具有启发意义。如前所述，中国古代文论多源于创作实践和审美体验，很少做空论道和向壁虚构，因此注重体认性、涵泳性和生命性。这对当代中国文学理论的抽象化、自恋化和概念化等不良倾向都提供了极好的矫正维度和参照系统，同时也为当代作家的深度创作提供了不可多得的文化资源和智慧启迪。

天文数理遭遇物理几何
——关于清宫廷画透视与笔法的反思

李瑞卿[①]

(北京第二外国语学院文艺学中心、中文系 北京 100024)

摘 要：清代宫廷画在技术和理念上可谓中西合璧。清宫廷画在数理的层面上接受和融合西方"线画法"（也可称焦点透视、勾股法），而后人所谓"散点透视"也符合数理。熊秉贞将观天象、测七政的方法运用于绘画，即秉承了从吴道子到苏轼的理性精神和科学态度，同时汲取西法，精妙变通。清宫廷画家在服膺于西法之精确图写的同时，坚守所谓古格与神似，并在笔法方面显得自信与自觉。中国笔法所构筑的"神似""古格"是否更能触及艺术本质，值得反思。

关键词：宫廷画；数理；线画法；笔法；神似

清代宫廷画在实践和理论上直面了西洋绘画思潮的浸透，中西方美学理论与实践彼此间的交相融合、政治与艺术的微妙互渗，构成了清代宫廷画丰富的文化景观。目前研究者对宫廷画做出诸多论述，如基本文献（包括画作、画工、画制）的整理与考辨、对宫廷画艺术中的中西方文化因子的探赜、对宫廷画写实题材的产生及其内涵的反思，等等。[②] 不过，宫廷画在审美改良中所触及的中西画论的龃龉与共振，依然是值得深刻反思的话题，我们不妨聚焦于透视法及笔法这两大问题。

一

清宫廷画大致可分为纪实、历史、道释、花鸟、山水等几类，花鸟画中有一部分

[①] 李瑞卿（1970— ），山西人，北京第二外国语学院教授，文学博士，主要从事中西诗学研究。
[②] 聂崇正对清代宫廷绘画发表一系列讨论，涉及清代宫廷画院机构制度、绘画作品价值的发掘和评估、清代宫廷绘画所特有的中西合璧画风的介绍，以及对以郎世宁为代表的传教士画家之生平及艺术影响的研究。袁宝林、秦晓磊：《清代美术史研究的重要收获——聂崇正的清代宫廷绘画研究》，见《美术观察》2004年第4期。

是描绘海外或周边各部族进献的动植物,实录其形,也可归入纪实画[①]。纪实画在清宫廷画中成就突出,因为几乎全是围绕皇帝活动进行描绘,如描绘皇帝出巡、狩猎、宴饮、外交活动等,所以,这类绘画具有很强的现实性,与随性自得的文人画大异其趣。在技术上,也要求画工忠实赋形,精当写神,因而画家们重视对外在现象的描摹、概括。有的作品又是集体奉命而作,个人性的表达就退居其次了,而过分的个性化表达是中国绘画背离"六法"走向衰微的主因。《康熙南巡图》卷,由都察院左副都御史宋骏业主持,内务府曹荃任"监画",由王翚、杨晋以及宫廷画家历时6年合作完成。该画共分12卷,总长200米,描绘康熙皇帝第二次南巡的过程,虽然有几卷下落不明,但从现存画卷依然能体会到其磅礴雄浑之气势。康熙皇帝一行从永定门出城,巡游江南地区后,又经永定门进入紫禁城,沿途山川胜景、城镇繁华都给予表现,高山之巍峨,丘壑之深幽,乡野之淡泊,山寺之云烟,帆船之波涛,毕现于绢帛,江南独有的地理特征、风土人情被高度概括出来。这一切都笼罩在秩序和伦理之中,透露着一种理性观察的气息。尤其值得注意的是,那些"中西合璧"的纪实作品,由于传教士画家在宫中供职,西方的绘画方法,特别是焦点透视技术被引入宫廷画的创作中。他们力求在二维空间中表现三维的效果,也力求以数学和解剖学为依据对自然进行模仿,同时,又能参以中法。康、雍、乾三朝,意大利人郎世宁、法兰西人王致诚、波希米亚人艾启蒙、法兰西人贺清泰、意大利人安德义、潘廷章等是供职清宫的欧洲画家中名气较大者。他们在宫中创作了许多以重大事件为题材的纪实画,也写照了大量的皇帝肖像画、后妃像、功臣像。《马术图》(北京故宫博物院藏)及《万树园赐宴图》(北京故宫博物院藏)即由欧洲画家郎世宁、王致诚、艾启蒙等中外画家绘制,完成于乾隆二十年。两者均注重肖像与写实,场面宏大,人物生动,以记录事件为主,《马术图》再现乾隆朝与新疆蒙古贵族交往的历史,乾隆皇帝率领文武百官与来归的蒙古族首领观看八旗兵的骑术表演;《万树园赐宴图》旨在记录蒙古族杜尔伯特部在首领"三车凌"(即车凌、车凌乌巴什、车凌孟克)率领下来归乾隆朝的历史场景。乾隆皇帝不处于正中央,而是以乾隆帝为焦点捕捉一个瞬间来反映人物彼此之间的关系,记录下历史的一刻。画家仿佛站立在皇帝斜侧方的摄影师,不以写照圣容为主要目的,而是反映皇帝步入会场时周围人物的恭敬、肃穆、期待,以写出历史事件在刹那间的大幕开启。这两幅画的主体部分体现西方绘画之特点,背景中的林木丘壑则尽显中土风流,焦点透视不仅作为技术被运用,而且成为一种叙事修辞,内嵌入画面的思想中。

郎世宁于康熙五十四年,(1715)以耶稣会传教士身份到达澳门,然后北上京师,因擅长绘画进入宫廷,直到乾隆三十一年(1766)在北京病逝。郎世宁画艺出色,为皇帝、后妃绘制肖像。《平安春信图》(北京故宫博物院藏)描绘身着汉装的雍正皇帝和尚未即位的弘历。弘历即位后,应召画全身朝服像(北京故宫博物院藏),此外,

---

① 聂崇正:《清代宫廷绘画及其真伪鉴定》,见《清宫绘画与西画东渐》,紫禁城出版社2008年版,第13—16页。

《乾隆皇帝与后妃像》（美国克利夫兰美术馆藏）、《木兰图》卷（法国巴黎吉美博物馆藏）、《哨鹿图》（北京故宫博物院藏）、《乾隆岁朝行乐图》轴（北京故宫博物院藏）等作品，都出自郎世宁之手。郎世宁人物肖像画忠实于写照对象，极其准确地写形绘神，重视面部与身体解剖结构，克制画者的自我情感，理性呈现对象典雅高贵的气质，同时，借用了中国传统写真画技法，力求清晰地表现人物容貌风神，而抛弃了西画常见的在一定太阳光照下体现人物面部的立体感的明暗法，明暗法易于表达世俗情感，一律的正面受光则让人物神采超离形体与凡俗，后一种画法更符合表达庄严的圣容。《平安春信图》写照准确，笔法细腻，对于数秆翠竹摹写如真，立体效果非常好，但又不完全是写实的，弥漫着理想的气质，形神兼备，文质彬彬；画中雍正与弘历也姿态优雅，神情淡泊，成为自然的一部分，郎世宁绘画中的科学精神融合了中国绘画中的自然理性，在这一点上是贴近于谢赫"六法"的。《乾隆岁朝行乐图轴》是郎世宁与中国画家孙祜、丁观鹏等人合作完成的，描写乾隆皇帝和诸皇子在宫中欢度春节的场面，人物神情怡然，气氛雍容，前庭中儿童放爆竹，后院则有人在堆雪山，冬日里的树木删繁就简，腊梅开放释放出点点春意，画中重视节日里的典型化场景和细节，写实效果突出。人物活动的背景中殿宇重重，江山绵延，形成了家国一体的隐喻，但这画面中，除了对远山是形式化的写意外，近景遵循透视法则，从乾隆目光投向的对面高处俯瞰院落，人物瞬间动作毕现，院落层次井然，然后由实景渐次过渡到浑朴无边的虚景。堪称完美的衔接基于中西之理的彼此相通，从而令人信服地完成了家国一体的隐喻。焦点透视下完成的近景是真实的人间烟火，亲切而令人信服地成为隐喻的坚实根基。因而，郎世宁技法得到了清朝皇帝的肯定是必然的，且不完全是取悦东方的审美风尚，而是自觉地根据绘画题材在思想和技术理念上发生的新变。

传教士画家也将欧洲绘画技术教授给本土宫廷画家，本土画家受西风习染，清代档案中多有记载，内务府"各作成做活计清档"："雍正元年'斑达里沙、八十、孙威凤、王玠、葛曙、永泰六人仍归在郎世宁处学画'"；乾隆三年（1738）皇帝传旨："双鹤跟着王幼学等画油画"，同年档案中还记有"着郎世宁徒弟丁观鹏等将海色初霞画完时，往韶景轩画去"①。其中代表人物有焦秉贞、张为邦、王幼学、金廷标等，他们熔铸中西画风，给宫廷画带来些许新色。金廷标（？—1767），字士揆，乌程（今属浙江）人，乾隆二十二年皇帝南巡，进献画册得到赏识，同年供职于宫廷。身为宫廷画家，写照宫中人物、亭台楼阁是其职责，其画风也深受局限，唯华贵雍容为尚。但金廷标有效地吸收了西画技法，在局促的宫廷题材中再生了中国画之传统。以物理学、解剖学、光学等自然科学为依托的西方画法，可以将审美对象的日常情态与真实处境再现于尺幅之上，与传统画法相比，足以再现世俗的真实，利于刻画宫廷中不可忽略的礼仪、尊贵、幽深、繁华，树木、亭台、动物的毕肖呈现也加强了画面的真实性和

---

① 参见聂崇正《康雍乾盛世宫廷绘画纵横谈》，见《清宫绘画与西画东渐》，紫禁城出版社2008年版，第40页。

现场性，在此基石上抽象之情思、幽远之遗韵不落空玄，而有源可寻。《乾隆行乐图》是中西画法与理念融通的代表作品，设色绢本，纵167.4cm，横320cm，落款"臣金廷标奉敕敬绘"，上有乾隆御题诗，有乾隆款"癸未新春御题"字样，癸未年当是乾隆二十八年（1763年）。

    高桥重峦石迳纡，前行回顾后行呼。松年粉本东山趣，摹作宫中行乐图。
    小坐溪亭清且纡，侍臣莫谩杂传呼，阏氏束备九嫔列，较胜明妃出塞图。
    几闲壶里小游纡，凭槛何须清归呼。讵是衣冠希汉代？丹青寓意写为图。
    瀑水当轩落泊纡，岩边驯鹿可招呼，林泉寄傲非吾事，保泰思艰怀永图。

  画面中高桥重峦，妃嫔曼妙婉转，瀑水回流迂转，娴雅清高，与乾隆诗意相仿佛。水流之波纹描写细腻有致，体现出汪洋、回曲、蕴藉的姿态，符合理想的风水观念，更与乾隆帝之心志呼应。该画名曰"行乐"，但绝非林泉寄傲，而是有"保泰思艰"、永固江山之意味。在这一点上与欧阳修写《醉翁亭记》有类似寓意，即饮食以养其体，燕乐以和其志，通过和乐以蓄德，以期成就一番事业。乾隆帝行乐同样不流于感官之乐、个人之乐，而是借以稳固德基，调和天下。画面的构图遵循了透视原理，空间感很强，但在艺术概括中灌注了中国哲学与艺术的文化意味。如乾隆高坐，神态恬静，目视前方而以重峦为靠；高桥卧波衔接两岸，妃嫔往来，虽然伊人尤在水中央，囊中锦琴犹未发，但依然可以感到君子美人的情思交流，不昵不狎，合乎礼仪，画面很好地将君王和妃嫔的私人关系蔓延成为国家与政治的某种象征，好像他们的伦理关系通过悠远之山脉和绵长之水，延伸向神州大地。画面中松树遒劲如龙，从山中伸出俯临流水而庇荫众妃，欣欣然与乾隆呼应，岩边驯鹿近在手边，也好像领受了教化可以随时招呼，可谓林泉高致中寓托了君临天下的主旨。耐人寻味的是"阏氏束备九嫔列，较胜明妃出塞图"句，表达了入主中原的自得和对昔日荣光的回忆。乾隆的这一微旨，画家是无法表现的，但在整体主旨上是理性地阿谀和赞美，风水观念、阴阳哲学有机地渗入到画面中，不过，在此没有任何西方现代绘画之人文精神。技法上，中西法的兼采也是自觉的，驯鹿可以实写，动物只要重视情态即可，对于皇帝与妃子的摹写是中国式的——写照风神，既可突出人物之高洁也便于寓意，也即他们在另一方面是男女、君臣、夫妻的象征。作为近景的松树是西式的，它带我们回到真实的现场，但群山和流水则是虚写，于是，成为抽象的"江山"的局部。

  冷枚（约1670—1742），字吉臣，号金门画史，胶州人，是焦秉贞的弟子。焦秉贞生卒年不详，"工人物，其位置之法，自近而远，由大及小，纯用西洋画法"[①]，胡敬也说："工人物，山水楼观，参用海西法。"冷枚也工人物，颇得师传，其受西洋画风影

[①] 郑午昌：《中国画学全史》，上海古籍出版社2001年版，第359页。

响。他的《梧桐双兔图轴》(北京故宫博物院藏)，绢本，设色，纵175.9cm，横95cm，是一幅中西合璧的佳作。画面上双兔造型精准，皮毛的质感表现得极其完美，细节刻画也颇为真实，比如，耸起的耳朵边上的褐色边际也被描摹出来；眼睛晶莹有神，用西法点出了瞳仁的物理性光泽，而不是缥缈的"眼神"或"神态"；身体形态的塑造也遵循了解剖学原则；透视方法的运用使在一定景深中再现了两者的位置关系，突出了双兔的个别性、具象性。不过，冷枚又内蕴着中国的哲学精神与技法，双兔也有一定的抽象性，如右面兔子是浑圆造型，不完全遵循透视原则，兔子似乎是被画家完全看见，双兔要成为独立于焦距的自在物，这样，它们彼此间的微妙的情感交流、它们各自瞬间的警觉神色，成为画面中的主要内容。也就是说，它们自在地在那里，而不是笼罩在画家眼光中的，从而将欣赏者引向抽象的境界。而它们之间警觉中的淡然、姿态呼应而眼色错位，虽具备一定的写实性，但却是画家布设的理想的诗意境界。

郑午昌《中国画学全史》中说："清代绘画，受西风者，不外三派：或取其一节以陶熔于国画，如吴渔山画间有之；或取国画法之一节以陶熔于西画中，如郎世宁画常有之；或竟别国画西洋画为二派，对垒相峙，则在清季有所谓新旧画派之纷起是也。"[①]此论诚然，从清代宫廷画中我们看到了中西画法的融会，在技术和理念上都结合得天衣无缝。宫廷画家是在中西对话中完成作品的，比如，一幅画由中西画家分工完成，各擅其技但需彼此协调；独立完成时也中西绘法各行其妙，总之，自觉地、有分别地运用中西技法亦可以抵达完美之境。

二

中西画法的融合是复杂的文化事件或历史过程，可以从具体细节切入窥见历史洪流中意识形态、审美趣味在具体境遇下的交锋，比如，实证地研究西方画家是如何适应清季之文化水土的？他们的文化思想和政治情感上发生了哪些相应的改变？可以考证清朝皇帝审美观念之后的政治蕴含，以至于返回到历史现场。但我们发现清朝皇帝和其臣子们在面对西洋画法时进行了深入而自觉的思考，他们在绘画理念的云端，居高临下地审视择取，于是，直击中西绘画理念的交际应当成为本文的要务。清宫廷画个性情感是掩藏在国家利益和皇帝趣味之下的，理念性很强，当创作为理念服务时，在理念上吸收中西就变得容易多了，画家足可以绕开私人的情感和思考，攀升到中西绘画理念交会的前沿，作为后来的批评者则更容易看清其中的理路。

清宫廷画在数理的层面上接受和融合西方"线画法"(也可称焦点透视、勾股法)，而后人所谓"散点透视"也符合数理。胡敬在《国朝院画录》中考辨宫廷画师称谓之沿革，也论及职责与地位的变化，有清一代画臣图写时事，赞耀文治武功，画家及画

---

① 郑午昌：《中国画学全史》，上海古籍出版社2001年版，第384页。

的地位超前代。他说:"汉及唐虽无院画名,而实与院画等,惟是唐以前流传多释道图像,与政体无关,不足纪。唐画史颇涉时事,而韦无忝之图开元十八学士,赞美止于文学侍从,岂若乾隆中平定准部,赐宴紫光阁,丹毫亲御,为五十功臣像赞之声教赫濯也。陈闳之图上党十九瑞,见张说《潞州祥瑞颂》末,述'大人迹'、'神人传庆'事属附会,岂若乾隆中日月五星之同度同道,虽圣德谦冲不允宣付史馆,而贞符炳焕,垂象在天,形诸图缋之占候足信也。"这段文字不是纯粹的谀词,其主旨有二:其一,绘画进入对国家时事的记录领域;其二,绘画是祥瑞神迹的展现,而这两者是彼此关联的。胡敬不仅指明绘画在清廷的重要功能,更重要的是,在他看来绘画是指向"真"的,这个"真"至少有两个层次,一是可记录历史,二是有其真理性,后者是前者的形而上的依据——在中国哲学,特别是易学中,这种形而上之理又能落实到具体的数理中。那么,在数理原则下的写实即可触及真谛,天然地具备合法性。《国朝院画录》中记载:

> 康熙己巳春,偶临董其昌《池上篇》,命钦天监五官焦秉贞取其诗中画意。古人尝赞画者,曰落笔成蝇,曰寸人豆马,曰画家四圣,曰虎头三绝,往往不已。焦秉贞素按七政之躔度五形之远近,所以危峰叠嶂中,分咫尺之万里,岂止于手握双笔,故书而记之。臣敬谨按:海西法善于绘影,剖析分寸,以量度阴阳向背,斜正长短,就其影之所著,而设色分浓淡明暗焉。故远视人畜、花木、屋宇皆植立而形圆,以至照有天光,蒸为云气,穷深极远,均灿布于寸缣尺褚之中。秉贞职守灵台,深明测算,会悟有得,取西法而变通之。圣祖之奖其丹青,正以奖其数理也。

供职钦天监的焦秉贞以天文历法中的数理入画,同时又取西法而变通,以数理为中西会同点,康熙奖其丹青,也是奖其数理。毕竟,天文历法中的测算与数学、几何、光学不尽相同,"职守灵台,深明测算"是对焦秉贞本职的准确概括。钦天监官员一方面观察天象,另一方面进行测算,不仅计算天象运动的轨迹,测量季节、时令等时间,而且占验上天通过天象显示的吉凶。天文即是天象,属于占验之学,历法即是推步,是对日月星辰的运行进行计算,天文和历法是密切不分的。历法计算的基础就是星象的运动轨迹,星象的运动又与人文有关。焦氏所谓"以七政之躔度五形之远近"就是以天文推步方法来确立事物间距、本身大小及其象征意义,因为推步与星象的测算关乎自然物理,也与人文有关。画像是实录,也是象征,既忠实于实物,也渗透意蕴,那么,天文与推步引入画学也是可能的。

古人将五大行星与日月合称七政或七曜,五星是指木、火、水、金、土星,金星被称为明星、太白,黎明前见于东方叫启明,黄昏见于西方叫长庚。木星就是岁星,火星又名荧惑星,土星叫镇星、填星,水星可称为辰星。战国时五行学说流行,金木水火土冠于其首，五星之运动被赋予吉凶意义。

　　《汉书·天文志》：岁星，曰东方春木，于人五常，仁也；五事，貌也，仁亏，貌失，逆春令伤木气，罚见岁星。岁星所在国不可伐，可以伐人。超舍而前为赢，退舍为缩。赢，其国有兵不复；缩，其国有忧，其将死，国倾败。所去失地，所之得地。

　　《汉书·天文志》：辰星，杀伐之气，战斗之象也，与太白俱出东方，皆赤而角，夷狄败，中国胜；与太白俱出西方，皆赤而角，中国败，夷狄胜。五星分天之中，积于东方，中国大利，积于西方，夷狄用兵者利。辰星不出，太白为客，辰星出，太白为主人，辰星与太白不相从，虽有军不战；辰星出东方，太白出西方，若辰星出西方，太白出东方为格，野虽有兵不战。

　　五星本身具有伦理意义，其独自运行或彼此的运动关系关乎人事，而非纯粹的物理现象。古代天文学家观察行星的空间位置时，与时令联系在一起，也特意留心彼此间互动的关系。而这关系中不仅包含空间、时间等内容，还有需考量五行中的生克等因素。如辰星出西方，属金，太白出东方，属于金，丽水生金，如同母子，若母子不相从，野有军不战；母子各出一方，关系不和，也就是"格"，野虽有兵，也不战。从现代天文学角度来看，五星的运行又有顺、逆、留等特性。行星绕日公转的方向由西向东，叫顺行，反之，叫逆行；"留"就是不动。行星运动时顺行由快到慢，然后留而逆行，逆行也由快而慢，而留，然后顺行，周而复始。《五星占》中有关于金星详细的描述。所以，天文学家对星象的观察和推算中既要遵循自然科学中的数理，也须全方位地观测记录其具体的轨迹与相互关系，以及它们昭示神秘征兆。这样的观察在空间上是全方位的，在时机上是极其微妙的，往来错综不同于任何的物理观察，也不同于现代的天文测算，但贯穿着数理的精神。1974年出土的《五星占》对五星会合周期的认识已经颇为准确，记载金星会合周期的误差小于0.5日。宫廷画家焦秉贞的审美观照方法完全可以在天文推步中找到数理支撑，这就是说，焦秉贞对外物的模仿是在一定的法则之下进行的，其观察方法具有一定的合法性，他绘画中刻画的物象形态与时空关系是在一定数理原则下的投射。

　　推步之学旨在测算对象实际的时空关系，如果将测定的对象显现于纸面，于尺幅之上浓缩万里之势，必然体现自然之规律，这就与苏轼画论中所谓"自然之数"有异曲同工之妙。苏轼在《书吴道子画后》中直接引入"自然之数""逆来顺往"的观念：

　　诗至于杜子美，文至于韩退之，书至于颜鲁公，画至于吴道子，而古今之变，天下之能事毕矣。道子画人物，如以灯取影，逆来顺往，旁见侧出，横斜平直，各相乘除,得自然之数,不差毫末,出新意于法度之中,寄妙理于豪放之外,所谓游刃余地,运斤成风,盖古今一人而已。

吴道子所遵循的法度是对"成法"的扬弃,用笔不再以钩研为能,也不以细润为工,而是于观物取象中追求八面生动、四面得神。吴道子采取了新的观照方式,研理摹形不拘旧法,于生动豪放的笔触中得自然之理。苏轼发现了这一点,并给予深刻的理论概括,苏轼所说的"以灯取影""旁见侧出",就是指对物象进行立体的观察和表现——深得物理且能精妙入神。苏轼认为,道子画人物"以灯取影",区别于原原本本的模拟,是"旁见侧出"的,而之所以有此艺术效果的原因就在于"逆来顺往",这是对画家视角变化、勘测光影过程的哲理性概括。吴道子画法中的透视既不是西方绘画中的定点透视,也不是用"散点透视"一词可以笼统而言的。画家先"逆"求寻求到情理本质、物理本质,然后又"顺"势交错变化,任情自由地挥洒笔墨,而那些笔画如横、斜、平、直,错综变化,不出阴阳之道,总得自然之数,在自然之数中超越到入神的艺术境界。这一过程中,笔法纵横与画家的勘测物理至于性命是统一在一起的,用笔的自然法度与画家的情性自由是统一在一起的。

苏轼所揭示和概括的吴道子式的观察方式具有极其丰富的理论蕴含,他所回答的问题是如何模拟是真实的?如果说触及世界真相的模拟是真实的,那么,世界的真相是什么?如果以自然之数为世界的真相,模拟的过程就不仅是复写感觉的过程,而是要进入世界之理。而欲进入世界之理,就是要将视线和体察融入世界的运动过程中,即将世界看作是立体的生命——在感知上不黏着于日常之感觉。这样,易学中数理概念和方法就被苏轼引入绘画理论的建构之中①。从吴道子的绘画实践到苏轼之绘画理论,中国绘画史上的理性精神和科学态度是非常明显的,熊秉贞将观天象、测七政的方法运用于绘画同样是秉承了上述精神——全方位地在运动中观照世界并获得自然之理,而且易学与推步具有同源性。康熙帝对熊秉贞的理解或者说对中国绘画的认识是深刻且准确的,他看到了中国画与西方画在数理层面上的可通约性。借"数理"来沟通中西绘画有径可循,清代宫廷画正是在数理的前提下自觉地吸收西方透视与解剖之学的。

文艺复兴时期的意大利人以科学的方法来探讨空间关系,表现光、色、形、影。客观存在的自然物如何投射到有限的画面中,并能保证此种模拟的真实性,无疑是这些杰出艺术家思考的问题。不过,有一点可以肯定,纵然落于画布、形诸笔端者为虚假,但其中只要贯穿了数学或物理的依据且承认这一科学方式的合理性,那么,这样的模拟即是忠实于自然或具有真实性的。文艺复兴时期的意大利艺术家把目光转向描绘现实世界,不再像中世纪那样把绘画目的局限于颂扬上帝。他们钻研物理、几何,

---

① 李瑞卿:《苏轼易学与诗学》,《文学评论》2013年第3期。

把三维的现实世界真实地呈现于一维画布之上,由此产生了透视法。布鲁内勒斯基(Filippo Brunelleschi,1377—1446)15世纪初做了一个著名的实验,以了解三维空间场景在平面上的显现模式。"他以佛罗伦萨主教堂前的广场为场景,在大教堂大门内三英尺处地方竖立一木板,约半埃尔(量布单位)面积大,正中的位置钻一人眼大小的洞,再在后面不远的地方平行竖立一木板,上面铺上油浸过的纸(创造镜面)。当广场上的场景光影通过前面木板的小洞,映射到后面木板的油纸上时,他用笔将之描摹下来。这样,布鲁内勒斯基经过仔细观察便把握了自然场景在一维平面上的空间关系的表现方法。"[1] 达·芬奇探索了人体解剖和光学现象,用实验和观察来研究人的视力机制。通过解剖眼睛,他发现被割开的眼睛是一堆胶质,他又把眼睛放在水里煮,他知道晶体具有透视作用,试图解释人的眼睛透视外界场景的产生机制。达·芬奇也做光学实验,他了解到眼睛里存在一个接收面,从物体反射到眼睛中的光线以颠倒的形式投入,物体呈现的色彩必然受到周边其他物体的影响。

达·芬奇同样承认"自然规律"(the law of nature),他认为自然表象是被自然规律支配的,画家就是要去揭示这些法则,与中国古人所说的在绘画中遵循"物理"或"自然之数"是类同的,在此层面上,中西画论具备了融通的前提。邹一桂在其《小山画谱》中肯定了西洋透视技术,他说:"西洋人善勾股法,故其绘画于阴阳远近不差锱铢,所画人物屋树,皆有日影。其所用颜色与笔与中华绝异,布影由阔而狭,以三角量之,画宫室于墙壁,令人几欲走进,学者能参用一一,亦具醒法,但笔法全无,虽工亦匠,故不入画品。"[2] 邹一桂(1688—1772),号小山,无锡人。雍正丁未进士,入翰林,改侍御,累官内阁学士兼礼部侍郎。工花卉,分枝布叶,调畅自如。《小山画谱》中提出"八法四知",八法者,一曰章法,二曰笔法,三曰墨法,四曰设色法,五曰点染法,六曰烘晕法,七曰树石法,八曰苔衬法;四知者,一曰知天,二曰知地,三曰知人,四曰知物。《四库全书提要》说,"四知"属"前人所未及也",在此可见四库馆臣对中国画论中的理性精神颇为隔膜,不过,邹一桂确实强调了绘画中知天察地、精研物理的重要性,实属难能可贵。对于能精确表达感觉世界而不差分毫的西洋画法,邹一桂是十分推崇的,但从笔法角度来看,又有"不入画品"的论断。可以说,基于数理精神,邹一桂如大多数宫廷画家一样对勾股画法欣然接受,希图利用几何与光学知识感觉到准确的现象世界,因为这现象世界与他们触及的数理精神并不矛盾。刊刻于雍正年间的年希尧的《视学》最早研究和介绍西方透视学,初版于1729年(雍正七年),1735年又再版。在书的《弁言》中说:

> 余曩岁即留心视学,率常任智殚思,究未得其端绪。怠后获与泰西郎学士数

---

[1] 何平:《意大利文艺复兴艺术家与近代科学革命——以达·芬奇和布鲁内勒斯基为中心》,《历史研究》2011年第1期。

[2] (清)邹一桂:《小山画谱》,四库全书本。

相晤对，即能以西法作中土绘事，始以定点引线之法贻余，能尽物类之变态。一得定位则蝉联而生，虽毫忽分秒不能互置，然后物之尖斜平直，规圆矩方，行笔不离乎纸，而四周全体一若空悬中央，面面可见。至于天光遥临，日色傍射，以及灯烛之辉映，远近大小，随形成影，曲折隐显，莫不如意。盖一本乎物之自然，而以目力受之，犁然有当于人心，余然后知视之为学如是也。今一室之中而位置一物，不得其所，则触目之倾有不适之意生焉，矧笔墨之事可以舍是哉？然古人论绘事者有矣，曰"仰画飞檐"，又曰"深见溪谷"，中事则其目力已上下无定所矣，乌足以语学耶？而其言之近似者，则曰："透空一望，百斜都见。"终未若此册之切要著明也。余故悉次为图，公诸同好勤敏之士，得其理而通之，大而山川之高广，细而虫鱼花鸟之动植飞潜，无一不可穷神尽秘，而得其真者。毋徒漫语人曰："真而不妙。"夫不真又安所得妙哉？己酉二月之朔偶斋年希尧书。

年希尧的《视学》求教于郎世宁，希望用于中土绘事之上。他认为，定点引线之法可以尽物类情态而毫微不差，可以立体地图写事物，面面可见。至于远近大小、形色光影，都能逼真显现。不仅在技术层面上肯定了勾股法（线画法、焦点透视），而且指出，这一技术是因为"一本乎物之自然，而以目力受之，犁然有当于人心"，年希尧从"物之自然"和"目力受之"两方面来谈透视技术可谓深得西哲之旨。西方透视方法建立在几何学、光学、解剖学之上，揭示了自然规律，另外，他们重视感觉对自然现象的接受。关于后一点恰好是中土画家们所忽视的。所以，他丰富了"真"的内涵，"真"与"穷神尽秘"有关，与"理"有关——中国人所谓"理"与西方自然科学之"理"在此已兼容为一，"真"在绘画中更体现为对形、色、光、影的准确揭示。

焦点透视法进入清朝宫廷的遭遇大略如上所论，并不同我们想象的那样有多么龃龉曲折，而是在理性主义河道上中西汇流——尽管两种数理是解释世界的两种不同模式。清朝人世俗的感官世界也在苏醒，他们折服于西人对现象的毕肖呈现，从而"笔法论"成为赖以自豪的理论利器了。

三

清朝皇帝和清宫廷画家在笔法方面的自信、自觉，甚至自豪是显而易见的；服膺于西法精确图写的同时，还坚守着所谓古格、画品、神似。那么，中国古人的这些审美理想是否真的有道理？其本身的合法性又在哪里呢？而其合法性是否真的与笔法不无关系呢？清代人没有系统的思考，但也绝非盲目的坚守，对中西画法之别有着会心之见。其中，乾隆皇帝有不少题画诗可当作文艺批评来看，涉及中西绘画理念的基本问题，《国朝院画录》中节录了相关的文献。

《圣制诗二集》题准噶尔所进大苑马,名之曰"如意骢",命郎世宁为图而系之以诗,有"凹凸丹青法,流传自海西"句,注:唐尉迟乙僧擅凸凹花画法,乙僧亦外国人也。《龙马歌》题有"我知其理不能写,爰命世宁神笔传"句。《三集》《命金廷标模李公麟五马图法画爱乌罕四骏》有:"泰西绘具别传法,没骨曾命写袅蹄。著色精细入毫末,宛然四骏腾沙堤。似则似也逊古格,盛事可使方前低。廷标南人擅南笔,模旧令貌锐耳披。骢骝骎骏各曲肖,卓立意已超云霓。副以于思出本色,执构按队牵驶骒。以郎之似合李格,爰成绝艺称全提。"注:前歌曾命郎世宁为图,世宁所画有马而无人,兹各写执构人,一如伯时卷中法。四集题画诗有:"写真世宁擅,绩我少年时"句,注:郎世宁西洋人,写真无过其右者。臣敬谨按:世宁之画本西法,而能以中法参之,其绘花卉具生动之姿,非若彼中庸之手詹詹于绳尺者比,然大致不离故习,观爱乌罕四骏,高庙仍命金廷标仿李公麟笔补图于世宁,未许其神全,而第许其形似,亦如数理之须合中西二法,意蕴方备。大圣人之衡鉴,虽小道,必审察而善择两端焉。

乾隆皇帝认为,"凸凹丹青法,流传自海西","泰西绘具别传法",郎世宁精通西法,绘画能精细入毫,但又有"似则似也逊古格"之论,于是,命金廷标仿李公麟笔补图于世宁,即所谓"以郎之似合李格,爰成绝艺称全提"。乾隆让郎世宁和金廷标各擅其长,郎世宁的取西法而得形似之至,金廷标用中法而得神全,可谓兼容中西之精华。这就是说,郎世宁之西法不见得不入神,如乾隆有"神笔"之誉;金廷标之中不见得不能求形似,乾隆同样有"曲肖"之赞,但他需要的是给郎世宁的画注入"卓立意已超云霓"的古格。单纯的"入神"是一方面,进入传统的"入神"(立意超云霓)更为本质,也即对"法"本身的遵循成为问题的重点。但康熙和乾隆又深知作为绘画本身又有其"数理",所以,绘画问题不单纯是"法"的问题,而是要处理数理与绘画法则的关系问题。胡敬的评价是深契圣意的,他说:"(郎世宁—笔者注)大致不离故习,观爱乌罕四骏,高庙仍命金廷标仿李公麟笔补图于世宁,未许其神全,而第许其形似,亦如数理之须合中西二法,意蕴方备。大圣人之衡鉴,虽小道,必审察而善择两端焉。"皇帝及宫廷画家是在"数理"和"法"之间来考量中西绘画问题。"数理"在此可解为绘画自身的规定性,与艺术家对规律的探究有关,因而也与通常所说的"数理"有关;所谓"中西二法"则是指绘画法则,且与绘画的历史传统和民族性有关。清代宫廷画家如果说在"数理"的层面上他们欣然吸收西方透视方法,他们却在"法"的层面上看到了西方透视法的不足,而"法"似乎是更根本的。几何、物理的数理与推步、易学的数理存在一定的通约性,以自然科学为理论基础的透视法与以易学数理为理论基础的中国画的往来顺逆并不矛盾,或者说在曲肖其貌方面更有优势,所以,透视法在清宫廷画家看来是有其合法性的;但是在清人看来,透视法通过自然科学的认知模型可以酷似其形却无法精妙入神,引入中国传统笔法以补西法之缺失,是他们在艺术上求真求美的自然逻辑。

透视法真的不能入神吗？乾隆帝并未完全否定，那么，重视中国传统笔法的原因一定是认为这种笔法若结合透视法更能趋近艺术境界。中国笔法是否可以与西方透视法和平共处，中国笔法所构筑"神似""古格"是否触及艺术更深刻的本质，这是当时的画家们需要回答的问题。谢赫《古画品录》提到"六法"，是古人尊崇的绘画法则，涉及技法与道两个层面。谢赫说："六法者何？一气韵生动是也，二骨法用笔是也，三应物象形是也，四随类赋彩是也，五经营位置是也，六传移模写是也，唯陆探微、卫协备该之矣！"应物象形、随类赋彩、经营位置、传移模写四法则，侧重于模拟物象的法则，足见对"形似"的强调。但在技术上与西方透视法是不同的，如"应物象形"就不是要孤立地获取对象的形态与样貌，而是在主客之间写真写实，与西方透视法一样都属于冷静的观照、摹写，却又关乎"穷理尽性"，如谢赫评陆探微："穷理尽性，事绝言象，包前孕后，古今独立。"可以说，谢赫建构了摹写物象与穷理尽性合二为一的绘画哲学，求得"形似"的过程与妙然入神可以是同一过程——妙然入神不是主观感受，而是合道的境界。西方透视法在心物关系上受制于数学或物理模式，虽然合乎数理但制约着心物的全面交流，特别是在穷理尽性方面。谢赫画论中，穷自然之理和尽性是同构的，达·芬奇的艺术之路与求真之途并行不悖，二者的重要区别是，谢赫以天人合一为境界，达·芬奇以求得真理为指引；前者的结果是留意于情性、格调，后者的结果是指向对自然与意识的真切感受，这两种哲学孰高孰下难分轩轾。

人应当如何？此乃永恒的难题，但中国古代的画论家们为人们在画中设置了精神的乐土。宗炳《画山水序》中说："宗炳高士，以山水为乐，乐之不疲，乃以入于画。其画固以自娱者也，故曰：'畅神而已。'"① 王微《叙画》说："专论画之情致，其论画致，以灵动为用。曰横变纵化而动生焉，前短后长而灵出焉，盖言经者，非独依形为本，尤须心运其变耳。其论画情，则以运诸指掌，降之明神为法，以扬神荡思为的。"② 宗炳的畅神论与王微"扬神荡思"论，都是在倡导着一种入神超逸之作，类似于谢赫所谓"穷理尽性"之作。画作与绘画本身成为畅神的活动，人的精神在这一活动中自由开阖，似乎又回到太古的原初状态，亲近着世界与人的本体，感到生命的节奏与自然协同，道德上则有一种从未有的完满感，在这个意义上，中国画的境界是更为根本的心灵的归宿地。清代宫廷画不放弃这种审美理想不无道理，这一理想并非人为设置，在独特的心物审美关系与纵横有致的笔法中确实可以体验到秩序感与自由，并且存在着内化为现实的秩序感与自由感之可能。

如何利用笔法抵达这一境界呢？《古画品录》有"气韵生动"和"骨法用笔"的说法。绘画是模仿世界化生而生成的，其神韵必然落实在过程中，最初的过程就是气和骨的生成，而气和骨的生成又必然落在具体的笔法上，也就是说，描写气与骨的最理

---

① 郑午昌：《中国画学全史》，上海古籍出版社2001年版，第85页。
② 同上。

想方法是基本笔法就包含了气与骨。以"骨法用笔"为例，就是将点画结构生命化、拟物化、心灵化、历史化，使结字成为一个曲折多变、意味深长的过程。骨法用笔与作者的心灵、气骨、修养相关，与字画表现的力度相关，与图写物貌的生动性有关。谢赫《古画品录》将"骨法用笔"作为绘画六法之一，同样讲求笔画的表现力度，以及线条之中的生气勃勃又意味隽永的情状。评陆探微：谢赫在对画家的品评中，强调了用笔的重要性，他主张"颇得壮气，凌跨群雄"的"旷代绝笔"，称赞陆绥"体韵遒举，风秉飘然。一点一拂，动笔皆奇"的遵守一定格式又出于法度的奇笔，称赞顾恺之"格体精微，笔无妄下"的一丝不苟之笔，称赞毛惠远"画体周赡，无适不该，出入穷奇"的"纵横逸笔"。称赞江僧宝"用笔骨梗，甚有师法"，以及张则"意思横逸，动笔新奇"。称赞陆杲"体致不凡，跨迈流俗，时有合作，往往出人，点画之间，动流恢服"，称赞晋明帝"笔迹超越，亦有奇观"。也称赞刘绍祖"善于传写，不闲其思，至于雀鼠，笔迹历落，往往出群"。以上这些奇笔、逸笔、超越之笔、出群之笔都可谓骨法用笔。与之相对，谢赫反对笔迹轻浮软弱之作，他认为丁光"虽擅名蝉雀，而笔迹轻羸，非不精谨，乏于生气"，认为刘顼"用意绵密，画体纤细。而笔迹困弱，形制单省"。"骨法用笔"关乎伦理性，格调可生于笔下，但这种伦理建立在生命与自然一起律动的基础上，笔法是技术，也是"道"。

中国画论史上讨论笔法深受谢赫影响，"骨法用笔"不是孤立的，它与以气用笔、勘察物理以及笔墨形式的顿挫婉转、肌理气韵是不可分开的。五代荆浩《笔法记》说："凡笔有四势：谓筋、肉、骨、气。笔绝而断谓之筋，起伏成实谓之肉，生死刚正谓之骨，迹画不败谓之气。故知墨大质者失其体，色微者败正气，筋死者无肉，迹断者无筋，苟媚者无骨。"① 将笔法形式与人的生命机体相比类，笔画的流动即成为生命与情感的流动。郭若虚《图画见闻志叙论·论用笔三病》则指出用笔三病："又画有三病，皆系用笔。所谓三者：一曰板，二曰刻，三曰结。"② 主张摹写物象需浑圆而不扁平，心手相应运笔果敢，在行于所当行的笔触流动中获得生气。笔法与墨法常联系在一起，墨法也是笔法的一部分，明代顾凝远《画引·论笔墨》专论笔墨辩证关系，"先理筋骨而积渐敷腴，运腕深厚而意在轻松，则有墨而有笔"③。墨法论的引入是对笔法层次的进一步分解，笔法和墨法如何表达丰富的世界，古人也有所探索，如清代原济《苦瓜和尚画语录》中首先强调"蒙养""生活"与笔墨的关系，他说："墨之溅笔也以灵，笔之运墨也以神。墨非蒙养不灵，笔非生活不神，能受蒙养之灵，而不解生活之神，是有墨无笔也。能受生活之神，而不变蒙养之灵，是有笔无墨也。"④ 笔墨属于技法，但"生活"与"蒙养"可以使笔墨灵妙入神，从而去表达"有反有正，有偏有侧，有

---

① 俞剑华编著：《中国古代画论类编》（上），人民美术出版社2004年版，第606页。
② 同上书，第60页。
③ 同上书，第118页。
④ 同上书，第150页。

聚有散，有近有远，有内有外，有虚有实，有断有连。有层次、有剥落、有丰致、有缥缈"的"生活之大端"①。换句话说，笔墨一定是循着正反、偏正、远近、内外等变化规律进入生活世界的。因为中国哲学中世界的本体即是阴阳变化，阴阳变化使宇宙得以化生，生生不息，而笔墨的阴阳变化即是画家进入心与物应的门径，黏着停滞的用笔是违背宇宙与人的真正的本质性关系的。画家也正是在心与物应的阴阳变化中进到入神境界，心与物的变化最直接的表现方式就是笔墨变化，从笔墨之痕迹中可见到生命精神。画的"入神"与人的心灵修养有关，但"神"则生于心与物的感应变化过程。在这个意义上，笔法就至为重要了。由于纵横变化之笔法是"入神"的理想门径，它本身的点画轨迹也是具有意味的，乃至形成历史传统，成为人们仿效的范本，笔墨本身的形式感也为画家们追逐。清人王昱《东庄论画》有这样一段文字："作画先定位置，次讲笔墨。何谓位置？阴阳向背，纵横起伏，开合锁结，回抱勾托，过接映带，须跌宕欹侧，舒卷自如。何谓笔墨？轻重疾徐，浓淡燥湿，浅深疏密，流利活泼，眼光到处，触手成趣。学者深明乎此，下笔时自然无美不臻。"②这种论点在古代画论和绘画实践中是颇具代表性的，中国绘画的哲学化、形式化倾向非常明显，进而形成绵绵不绝的传统，并自得于其所具有的形式感和文化意蕴中。

　　清宫廷画中所要求的"入神""古格"，就是通过独特的体物方式和笔法达到的，有其深厚的文化传统，绘画是人的心灵栖息之地，故必须有神韵，笔法变幻莫测，故可以入神，所以，传统的笔法是不能断然舍弃的。绘画何以成为人的心灵栖息地呢？中国哲学家和画家似乎找到了理想的模式，那就是阴阳变化之理，人的性情也要如此，所以，在绘画中大多怡情遣兴，并不敢去触碰人的心灵现实。绘画笔法常常进入阴阳的逻辑中，阴阳无所不包，自然物理、人性人情均可被包罗无遗，但逻辑本身毕竟有其局限。

---

① 俞剑华编著：《中国古代画论类编》（上），人民美术出版社2004年版，第150页。
② 同上书，第188页。

立言为何：试论戏曲品评主体之动力

梁晓萍[①]

(山西师范大学文学院　山西　临汾　041004；
东南大学艺术学院　江苏　南京　210096)

摘　要：戏曲品评主体的立言动机多种多样：或者视戏曲品评为经国之事，使其具有一定的社会功用；或者将之当作栖身之地，借此审美地观照人生；或者将之与生命紧紧捆绑，作为自己生存的见证。无论他们的立言动机有无功利，都是人生价值的一种体现方式，立言关涉个体的人生意义，而绝不仅仅是对于名声的狂热追求，只有在这个意义上理解古人立言的行为，我们才能更准确地把握古人的精神脉搏。

关键词：戏曲；品评；主体；动力

古人言："大上有立德，其次有立功，其次有立言，虽久不废。"[②] 立德即树立圣人之德，博施济众，诸如唐尧、虞舜禅让，伯夷、叔齐耻食周粟，屈原爱国，柳下惠守礼；立功指建立功绩，造福他者，譬如夏禹治水，关羽佐政，蔡伦造纸，郑和下西洋；立言则指著书立说，孔子编订诗经，司马迁创作《史记》，李白诗坛留名，关汉卿独步天下，如此等等。古人认为这三件事都可以"虽久不废"。而此人生三不朽，又有前后高下之分，立德为最高理想，立功为第二选择，退而求之方为立言，可见，达则兼济天下，穷则独善其身的思想汁液早已于两千多年前浸漫于中国读书人的骨髓之中，之后便成为一种代代传承的集体无意识，主宰着华夏子孙的喜怒哀乐，而立言作为延长人生的途径之一，一开始便因其地位的相对低下和选择的无奈而被赋予了悲剧性的特征。

关于立言，唐代孔颖达疏："立言，谓言得其要，理足可传。"[③] 指立言可以获得其

[①] 梁晓萍（1972—　），山西平遥人，山西师范大学文学院副教授，博士，硕士生导师，东南大学博士后。研究方向为文艺理论。论文获国家社会科学基金后期资助项目（编号12FZW003）、教育部人文社会科学研究青年基金项目（编号12YJC760043）和山西师范大学教改项目（编号SD2012YBKT—02）资助。
[②] 杨伯峻编著：《春秋左传注·襄公二十四年》（修订本），中华书局1990年版，第1088页。
[③] 阮元校刻：《十三经注疏》（附校勘记下册），中华书局1980年版，第1979页。

身既没,其言尚存的特殊效果。一代鸿儒的话语和思想具有一定的代表性,体现了古代士子的普遍诉求。立言要"摘锐藻",要"清允"①,要"理足可传",因为立言的目的是为了"不朽",为了"其身既没,其言尚存",而这种不朽,建立在对生命至诚至爱和对生存执着体认的基础之上,立言是一种人生价值的体现,它关涉个体的人生意义,而绝不仅仅是对于名声的狂热追求,只有在这个意义上理解古人立言的行为,我们才能更准确地把握古人的脉搏,倾听他们的心声。立言发诸自身,传诸后人,恰如金圣叹所言:"夫世间一物,其力必能至于后世者,则必书也。"② 正是留赠后人的冲动使得立言成为神圣之举,后辈即如现代文坛巨匠鲁迅先生尚不敢认为自己是一个"立言"的人。③ 更何况,所关注的对象之地位十分卑微。

一 戏曲身份的卑微与主体选择的不易

与在高雅殿堂里占据着显赫地位的诗文相比,戏剧的地位可谓难以启齿。无论是孕育与诞生戏剧的宋金时代,还是戏剧之光开始耀眼的元代,无论是昆曲一枝独秀的明代,还是花雅共舞的清代,戏剧的地位都不容乐观。戏剧出身民间,源自市民大众的审美需求,故而它往往出现于市民集中的广场、露台、瓦子等,后来即使出入于王侯将相之家,也并不能证明其地位的高升。譬如倡优,本为奴隶,在主子眼里,他们不过是供人调笑的工具,即如百姓主动卖女为优也并不能证明其身份的高贵。《旸谷漫录》曰:"(宋)京都中下之户,不重生男,每生女,则爱护如捧璧擎珠。甫长成,则随其资质,教以艺业,用备各士大夫采拾娱侍。名目不一,有所谓身边人,本事人,供过人,针线人,堂前人,杂剧人,拆洗人,琴童,棋童,厨娘,等级截乎不紊。就中厨娘最为下色,然非极富贵家不可用。"④ 无力承受生活苦难的百姓不得不卖女,使之为优,以为接近高层可以改变女子的命运,不料这只是一种妄想,女儿只是从一种被呵斥之所进入另一种被鄙视之所。

以帝王为首的统治者对戏曲的禁毁远远大于提倡,而正统文人则仅把戏曲当作诗文之外的"小道末技"加以鄙夷,出于对戏曲社会功能的基本认识,他们形成了轻视戏曲的顽固态度,并制定了禁止、销毁的基本政策。唐崔令钦撰写的《教坊记》中已包含有视曲艺女艺人为卖淫之娼妓的内容,元代亦有,明代对戏曲艺人的歧视更具侮辱性,甚至对乐人的服饰作了明确的规定。徐复祚《曲论·附录》中记载:

---

① 葛洪《抱朴子·外篇·行品》曰:"摘锐藻以立言,辞炳蔚而清允者,文人也。"《四库全书》子部十四,道家类,上海古籍出版社2003年版,第1059册,第172页。
② 王实甫著,金圣叹评点:《西厢记·序二曰:留赠后人》,上海古籍出版社2008年版,第5页。
③ 鲁迅《呐喊·阿Q正传》:"这足见我不是一个'立言'的人,因为从来不朽之笔,须传不朽之人。"金隐铭校勘:《鲁迅小说全编》,漓江出版社1996年版,第57页。
④ 洪巽:《旸谷漫录》,陶宗仪等编:《说郛三种》卷七三,上海古籍出版社1988年版,第1073页。

> 国初之制，伶人常戴绿头巾，腰系红褡膊，足穿布毛猪皮靴，不容街中走，止于道旁左右行。乐妇布皂冠，不许金银首饰。身穿皂背子，不许锦绣衣服。①

教坊司的地位也因之有了极大的悬殊。据《明史》中的有关记载可以知道，明代的教坊司只有正九品，与所管礼部尚书的正二品相比较，确实十分低微。

朱熹门人陈淳《上傅寺丞论淫戏》说："其名若曰戏乐，其实所关利害甚大：一、无故剥民膏为妄费；二、荒民本业事游观；三、鼓簧人家子弟玩物丧恭谨之志；四、诱惑深闺妇女，出外动邪辟之思；五、贪夫萌抢夺之奸；六、后生逞斗殴之忿；七、旷夫怨女，邂逅为淫奔之丑；八、州县一庭，纷纷起狱之繁；甚至有假托报私仇、击杀人无所惮者。其胎殃产祸如此，若漠然不之禁，则人心波流风靡，无由而止，岂不为仁人君子德政之累？"②陈淳以为，人性中恶的元素会因戏曲得以启蒙并风靡，继而成为德政之羁绊，故而罗列了戏曲的八大罪状，恨不将之立即禁除。唐文标认为，中国文人对待戏曲的态度大约有几种："始而好之，终则耻之。""吟风弄月，倡优供奉。""品花玩票，贱视优倡。"认为中国古代文人对中国戏剧若即若离，既弃还恋，但一贯地蔑视伶人与民间世俗文学。③这种理解不无现实证据。何良俊《曲论》亦记载曰："祖宗开国，尊崇儒术，士大夫耻留心辞曲，杂剧与旧戏文本皆不传，世人不得尽见。"④

一般帝王与正统文人贱视戏曲，即使如唐玄宗、后唐庄宗、宋徽宗等喜欢戏曲的帝王，或者朱权、朱有燉等热衷戏曲的亲王，他们也只不过把戏曲当作一种释放自我情绪的娱乐方式，享乐的基本需求决定了他们骨子里看不起戏曲。朱权《太和正音谱》颇看不起戏曲作家，名之为"娼夫"，不允许他们进入"古今群英"行列，并引赵子昂的话道："娼夫之词，名曰'绿巾词'。其词虽有切者，亦不可以乐府称也。故入于娼夫之列。"这样的"娼夫作家"凡四人：赵明镜、张酷贫、红字李二、花李郎。朱权并解释曰：

> 娼夫自春秋之世有之。异类托姓，有名无字，赵明镜讹传赵文敬，非也；张酷贫讹传张国宾，非也。自古娼夫，如黄番绰、镜新磨、雷海青之辈，皆古之名娼也，止以乐名称之耳；亘世无字。⑤

娼夫有名无字的现实境遇再一次见证了戏曲的可怜地位。众多现象证明：在明代，

---

① 徐复祚：《曲论》，《中国古典戏曲论著集成》（四），中国戏剧出版社1959年版，第243页。
② 陈淳：《上傅寺丞论淫戏》，《北溪大全集》卷四十七，《四库全书》集部四，别集类三，上海古籍出版社2003年版，第1168册，第875页。
③ 详见唐文标《中国古代戏剧史》，中国戏剧出版社1985年版，第137—139页。
④ 何良俊：《曲论》，《中国古典戏曲论著集成》（四），中国戏剧出版社1959年版，第6页。
⑤ 朱权：《太和正音谱》，《中国古典戏曲论著集成》（三），中国戏剧出版社1959年版，第44页。

戏剧作为一种艺术样式虽已基本站住了脚，但在上层知识分子之中，一个绝对保守的学者在当时还不大会愿意去从事戏剧理论的研究。因此，那些不把戏剧当作理学宣传的浅薄工具和纯粹的消遣品，而是把它看作一种绝不低于古诗古文的艺术珍品并进行认真研究的理论家，多少已带有进步的成分。这也是对明代戏剧理论的一种特殊的赐赠。[1]

清朝从未入关前的太宗朝直到清末德宗光绪皇帝期间，中央、地方有关禁戏的法令无数，包括禁止演戏（京剧、秦腔、秧歌等）、看戏听戏、开设戏园、蓄养歌童声伎等多个方面。

> 城市乡村，如有当街搭台悬灯唱演夜戏者，将为首之人，照违制律杖一百，枷号一月；不行查拿之地方保甲，照不应重律杖八十；不实力奉行之文武各官，交部议处；若乡保人等有借端勒索者，照索诈例治罪。（《大清律例》三十四）
>
> 满洲有演戏自唱弹琵琶弦子，效汉人约会攒出银钱戏耍者，系官革职。满洲蒙古汉军以及包衣佐领发送灵柩，效汉人于出殡前一日唱戏，及一切戏耍，……系官革职。（《钦定吏部处分则例》卷二十九《礼仪制》）
>
> 八旗当差人等，渐改旧习，不守本分，嬉游于前门外戏园酒馆。仍照旧例交八旗大臣步军统领衙门不时稽查，遇有违禁之人，一经拿获，官员参处，兵丁责革。并令都察院、五城、顺府各衙门出示晓谕，实贴各戏园酒馆，禁止旗人出入。（《钦定吏部处分则例》卷四十五《刑杂犯》）
>
> 康熙十年又定，凡唱秧歌妇女及堕民婆，令五城司坊等官，尽行驱逐回籍，毋令潜住京城。若有无籍之徒，容隐在家，因与饮酒者，职官照挟妓饮酒例治罪；其失察地方官，照例议处。（清光绪延煦等编《台规》卷二十五）
>
> 再京城五方辐辏，如茶园酒肆，以及街衢戏伎之类，穷民亦借以谋生，势难概行禁绝，苟不借端滋事，原可听其自然。至内城开设戏园，引诱旗人日滋游惰，则定例在所饬禁。（《大清仁宗睿皇帝实录》卷二百四十四。案又见《大清仁宗睿皇帝圣训》卷八十二《严法纪》八）……[2]

戏曲地位如此低下，戏曲理论家们却毅然以戏曲为观照对象，或记录优人生活，让无名之人变为永恒的存在，如夏庭芝；或记录其创作者，品评其作品，如钟嗣成、祁彪佳、吕天成等；或梳理戏曲历史，赞扬戏曲的功用，挖掘戏曲的魅力等，如王骥德、王世贞等，这种别具一格的选择和违背正统文化的践行已经打破了常规，具有了先驱者和叛逆者的意味，而这种大胆的选择显然缘于对戏曲别样的理解。

---

[1] 余秋雨：《舞台哲理》，中国盲文出版社2007年版，第109页。
[2] 以上见王利器辑录《元明清三代禁毁小说戏曲史料》，上海古籍出版社1981年版，第18、19、20、23、63—64页。

二 经国之大业，不朽之盛事

"年寿有时而尽，荣乐止乎其身，二者必至之常期，未若文章之无穷。"[①] 古人对于不朽的思考源自对于死亡的恐惧，"年寿有时而尽"的残酷现实促使他们主动思考生命的长度和生命的意义。在北京周口店龙骨山顶部东北的一个自然山洞里，发现了距今一万八千年的"山顶洞人"的生活遗址。洞里死者的身上撒着红色的碎石片和赤铁矿粉末。考古学家和人类学家认为，这些红色的物质，正是古人对于生的渴望和延长生命的明证，红色是"血"的象征，散布红色物质即带有"输血"的意味。而"荣乐止乎其身"的真实存在又从另一个层面警醒着古人去思考生命的意义和价值。既然"荣乐"难以传诸后世，繁华似水流年，何不换一种方式使"无穷"的内涵得以体现？亲历了朝生暮死，也体验了无限荣耀之后的曹丕洞见了立言的好处，"是以古之作者，寄身于翰墨，见意于篇籍，不假良史之辞，不讬飞驰之势，而声名自传于后。故西伯幽而演《易》，周旦显而制《礼》，不以隐约而弗务，不以康乐而加思。夫然，则古人贱尺璧而重寸阴，惧乎时之过已。"[②] 与魏晋时期的其他文人一样，曹丕看到了太多的死亡，"昔年疾疫，亲故多离其灾，徐陈应刘，一时俱逝"[③]，于是，他总能意识到"年寿有时而尽"的真切事实，"疫疠数起，士人凋落，余独何人，能全其寿？"[④] 他因之认识到立言非同寻常的价值，有了"盖文章经国之大业，不朽之盛事"的识见。

实际上，"文章有经世者，有名世者，有应世者"[⑤]，经世者关涉修齐治平，承载道理，拯济世人；应世者关涉应酬与谋生，往往隐藏自我，迎合他者；名世者则往往不关涉利害，是自我及同类生存之境况的真实写照。

较之于曹丕生活的时代，元明清的戏曲理论批评家们还算幸运，不必担心生命会在瞬间消失，不必如竹林七贤般有"朝生暮死"的担忧，但面对能够传达其生命体验、已经成长起来却被压制禁锢的戏曲作家与戏曲文本，他们心有不甘，既然戏曲同样可以传情达意，何不承认其济世安邦的责任与能力？

> 余因暇日，缅怀故人，门第卑微，职位不振，高才博识，俱有可录，岁月弥久，湮没无闻，遂传其本末，吊以乐章，复以前乎此者，叙其姓名，述其所作，

[①] 曹丕：《典论·论文》，《魏晋南北朝文论选》，人民文学出版社1996年版，第14页。"盖文章经国之大业，不朽之盛事"一句亦出于此。

[②] 同上。

[③] 同上书，第19页。

[④] 同上书，第16页。

[⑤] 郑日奎：《郑静庵先生集》卷六《汇征会业序》，康熙刊本。转引自蒋寅《古典诗学的现代阐释》，中华书局2003年版，第237页。

冀乎初学之士，刻意词章，使冰寒于水，青胜于蓝，则亦幸矣。①

钟嗣成高扬"门第卑微，职位不振"的戏曲创作者之名，与夏伯和精心编录青楼之人的努力一样，都为不朽之盛事，只不过这种不朽指向了当时的弱势群体。《〈劝善记〉跋》曰："（先生）中年弃举子业，遨游于山水间，常谓人曰：'子不获立功于国，独不能立德立言以垂训天下后世乎？'暇日，取《目连传》括成《劝善记》三册。予详观之，不过假借其事，以寓劝善惩恶之意，至于崇正之说，未尝不严，其有关于世教不小矣。"②在胡天禄看来，郑之珍编写《劝善记》是有关世教的大事，是志在《春秋》的不朽之举；郑氏也表露心迹，指出自己创作此剧的动机源自"世变江河日不逮于古者"，以及世人不能"直道而行"的政治忧虑。

这种经世观发展到极致，便成了"不关风化体，纵好也徒然"（《琵琶记》"副末开场"）的急切愿望。徐渭认为高明的创作继承了《诗经》以来的怨刺传统，认为作品借助蔡、牛两家在没有任何外人捣乱的情况下相互埋怨，揭示了科举制度给读书人家所造成的无法治愈的精神伤痛。

> 《琵琶》一书，纯是写怨。蔡母怨蔡公，蔡公怨儿子，赵氏怨夫婿，牛氏怨严亲，伯喈怨试、怨婚、怨及第，殆极乎怨之致矣。"诗可以兴、可以观、可以群、可以怨。"《琵琶》有焉。③

戏曲理论家们看到了戏曲对于世道人心的作用，并为戏曲登上大雅之堂做了不懈的努力。明初李开先在《市井艳词序》中指出："正德初尚〔山坡羊〕，嘉靖初尚〔锁南枝〕……二词哗于市井，虽儿女初学言者，亦知歌之……语意则直出肺肝，不加雕刻，俱男女相与之情，虽君臣友朋，亦多有托此者，以其情尤足以感人也。故风出谣口，真诗只在民间。《三百篇》太半采风者归奏，予谓今古同情者，此也。"④又于《西野春游词序》曰："或以为：'词，小技也，君何宅心焉？'嗟哉！是何薄视之而轻言之也！音多字少为南词，音字相半为北词，字多音少为院本。……由南词而北，由北而诗余，由诗余而唐诗，而汉乐府，而《三百篇》，古乐庶几乎可以兴，故曰'今之乐，犹古之乐也'。呜呼！扩今词之真传，而复古乐之绝响，其在文明之世乎！"⑤以今之乐犹古之乐的尊体之论奠定了戏曲"小技"的正统地位，并追根溯源，从历史的纵向脉络上梳理了戏曲的高贵出身，为其争得了响当当的话语权利。

---

① 钟嗣成：《录鬼簿序》，《中国古典戏曲论著集成》（二），中国戏剧出版社1959年版，第101页。
② 胡天禄：《〈劝善记〉跋》，《中国古典戏曲序跋汇编》（二），齐鲁书社1989年版，第622页。
③ 徐渭：《南词叙录》，《中国古典戏曲论著集成》（三），中国戏剧出版社1959年版，第243页。
④ 李开先：《市井艳词序》，《历代曲话汇编》（明代第一集），黄山书社2008年版，第408页。
⑤ 李开先：《西野春游词序》，《历代曲话汇编》（明代第一集），黄山书社2008年版，第413页。

然而，与戏曲家创作有着多样的目的性一样，戏曲理论批评家们的立言也绝不仅仅为经国济世、定国安邦，必定还有着更为贴近人生的意义。

三 诗意地栖居——以戏曲为栖居之所，以审美为栖居之方式

将立言当作"经国之大事"的期望值很高，这种不朽的渴求往往阻碍了立言者才华的展示，因为戏曲品评应当首先是一种审美活动，是主体对于客体戏曲的无功利性的观照。"那规定着鉴赏判断的快感是没有任何利害关系的"，"一个关于美的判断，只要夹杂着极少的利害感在里面，就会有偏爱而不是纯粹的欣赏判断了"。[①] 丹麦批评家勃兰兑斯有一段精彩的论述：

> 我们观察一切事物，有三种方式——实际的、理论的和审美的。一个人若从实际的观点来看一座森林，他就要问这森林是否有益于这地区的健康，或是森林主人怎样计算薪材的价值；一个植物学者从理论的观点来看，便要进行有关植物生命的科学研究；一个人若是除了森林的外观没有别的思想，从审美的或艺术的观点来看，就要问它作为风景的一部分其效果如何。[②]

戏曲品评往往以审美的目光打量戏曲文学，故而立言不再是经国之大业，不再是不朽之盛事，而仅仅是生存的一种方式，凭借这种品评鉴赏，这种与对象水乳交融式的接触，观者的人生亮丽了、欣悦了，不再如将之当作济世之工具时那么苍老沉重。戏曲品评者大都是这种状态，这已经涉及了存在主义的基本话题——人只有诗意地栖居在这片大地上，被遮蔽的人生意义才能被解蔽，存在才变得有意义。祁彪佳"素有顾娱之癖。见吕郁蓝《曲品》而会心焉"，不需要更多的理由，只是一见倾心，而其"所见新旧诸本，盖倍是而且过之"，于是品曲分类，品评时"慎名器"亦"爱人才"，"韵失矣，进而求其调；调伪矣，进而求其词；词陋矣，又进而求其事"[③]，这种宽大的品评胸怀与其以身殉国的人生选择一道，构成了其存在的意义。吕天成尤为甚之，"舞象时即嗜曲，弱冠好填词。每入市，见新传奇，必挟之归。笥渐满。初欲建一曲藏，上自前辈才人之结撰，下至腐儒教习之攒簇，悉搜共贮，作山海大观"[④]。嗜曲如命，于是在十年的谢绝之后，一经方诸生提醒，吕天成便速检旧稿，更订成文，以快其意。"子慎名器，予且作糊涂试官，冬烘头脑，于曲场张曲榜，以快予意，何如？"迫不及待之情于谦逊中若然可见。

---

① [德]康德：《判断力批判》上卷，宗白华译，商务印书馆1964年版，第40—41页。
② [丹麦]勃兰兑斯：《十九世纪文学主流》第1卷，人民文学出版社1958年版，第161页。
③ 祁彪佳：《曲品叙》，《中国古典戏曲论著集成》（六），中国戏剧出版社1959年版，第5页。
④ 吕天成：《曲品自序》，《中国古典戏曲论著集成》（六），中国戏剧出版社1959年版，第207页。

何良俊，宦途屡不得意，弃官归隐，专门从事著述，对戏曲极为喜爱，面对无人过问的北曲现状甚为焦急，独赏老曲师顿仁，感慨曰："不意垂死，遇一知音。"[①]

康海，主盟艺苑，垂四十年，创立了"康王腔"，奠定了稳实的秦腔之基。在经历了无情的官场之变后，悟出"辞章小技耳，壮夫不为"的道理，决意咏歌舞蹈泉石间。

  康德海既罢官，居鄠杜，葛巾野服，自隐声酒。时有杨侍郎庭仪者——少师介夫弟——以使事北上，过康。康故契分不薄，大喜，置酒。至醉，自弹琵琶唱新词为寿。杨徐谓："家兄居恒相念君。但得一书，吾为道地史局。"语未毕，康大怒骂："若伶人我耶？"手琵琶击之，格胡床，迸碎。杨跄踉走免。康遂入，口呦呦："蜀子！"更不相见。[②]

与其说康海担心别人将自己看作伶人，即不愿以伶人自称，似乎他自身也轻视伶人，不如说康海拒绝亵渎"伶人"这一身份，在他看来，"肆意词曲"远比"宦海浮沉"有着更为真实的存在。康海状元被废后，肆意词曲，喜不自禁，他曾写有一首《山坡羊》，流露了其真实的心境："我和尚发了善，离了庵观。我和尚发了誓，再不去看经向善。这寺里出家的尽有，成佛的也不曾见。七大八小许多僧禅，论成佛轮不着你，俺倒不如还俗了罢手，佛也不与我众生为怨。娶一个美貌佳人也，锦帐罗帏受用上几年。成就了我的姻缘，我把那阿弥陀佛拾得过来撩的他还。成就了我的姻缘，哪怕他碓捣磨碾，去上过儿刀山。"还有一首《沉醉东风》曰："装几车儿羊毛笺管，载几车儿各样花笺。凤阳墨三两房，天来大三台砚。请孔门弟子三千，一夜离情写半年。添砚水尽，都是离情泪点。"[③] 调谑正统，戏弄权威，解构虚伪，诉求真实，远离世俗，寻找佳境，这就是康海。钟嗣成，以戏曲为"戏玩"之途："右所录，若以读书万卷，作三场文，占夺魏科，首登甲第者，世不乏人。其或甘心岩壑，乐道守志者，亦多有之。但于学问之余，事务之暇，心机灵变，世法通疏，移宫换羽，搜奇索怪，而以文章为戏玩者，诚绝无而仅有者也。"[④] 殊不知，"戏玩"恰恰是人面对戏曲时放松的一种表现，它是康德所言"自由的合目的性"的一种状态。明亡不仕而自杀身亡的黄周星，耳顺之年常常后悔自己与戏曲相知得太晚："余自就传时，即喜拈弄笔墨，大抵皆诗词古文耳。忽忽至六旬，始思作传奇。然颇厌其拘苦，屡作屡辍。如是者又数年，今始毅然成此一种。盖由生得熟悉，骎骎乎渐入佳境，仍深悔从事之晚。将来尚欲续成数种，因思：六十年前，安得有此？王法护曰：'人固不可以无年。'每诵斯言，为之三

---

① 何良俊：《曲论》，《中国古典戏曲论著集成》（四），中国戏剧出版社1959年版，第9页。
② 王世贞：《曲藻·附录》，《中国古典戏曲论著集成》（四），中国戏剧出版社1959年版，第39页。
③ 康海：《山坡羊》《沉醉东风》，蒋一葵：《尧山堂外纪》卷九十二。
④ 钟嗣成：《录鬼簿》，《中国古典戏曲论著集成》（二），中国戏剧出版社1959年版，第131页。

叹。"① 因为，黄周星认识到戏曲乃"趣"之所在，是"天然"的象征，"圣语"过多即非戏曲，这是他的制曲之观，亦为他的品曲之观，更是他在历尽人生百味之后对戏曲这种托身之所的独特表达。李渔何尝不是如此，尽管戏曲曾经一度成为他的生存手段和工具，但更多的时候，在他的内心深处，他把戏曲当作自己的栖息之所，在他调笑戏谑的背后，我们看到的是他对戏曲非常认真的态度，否则，他不会对戏曲有如此高的要求。

戏曲是人类审美掌握世界的一种体现，在中国晚生的古典戏曲一出生便显示出迥异于其他艺术门类的灵性，极富想象，充满写意，几乎承继了先前文艺的所有优点，并且大胆地亲近民众，以佛般的胸怀对待自己的受众，但这些还都不足以构成戏曲理论家主动拥抱它的理由的全部，依然需要追问的是：在正史中很少提及、社会主流又时时刁难戏曲的时代，是什么力量驱动人们将诸多的精力投注于戏曲？除了他们坚信未来的岁月不会让他们枉自嗟叹，一定会有人记住他们的苦心外，更重要的是戏曲是他们诗意地栖居之所。近代大师王国维指出：

> 盖元剧之作者，其人均非有名位学问也；其作剧也，非有藏之名山，传之其人之意也。彼以意兴之所至为之。以自娱娱人。②

王国维分析的是元剧作者的心态，这一观点同样适合于戏曲理论家。只有当戏曲不是被视为人生的某种表现，而是被视为人生本身，被视为一种生命存在时，才会有沈璟决意袖手风云，潜心研究曲律，才会有汤显祖对于戏曲的极力赞赏：

> 一勾栏之上，几色目之中，无不迁徐焕眩，顿挫徘徊。恍然如见千秋之人，发梦中之事。使天下之人无故而喜，无故而悲。或语或嘿，或鼓或疲，或端冕而听，或侧弁而咍，或窥观而笑，或市涌而排。乃至贵倨弛傲，贫啬争施。瞽者欲玩，聋者欲听，哑者欲叹，跛者欲起。无情者可使有情，无声者可使有声。寂可使喧，喧可使寂，饥可使饱，醉可使醒，行可以留，卧可以兴。鄙者欲艳，顽者欲灵。③

著名的存在主义大师海德格尔指出，存在的意义是生成的，并非现成的。即使贵为高官，显为帝王，也不过是存在者身份的一种暂时的确认，而不是存在的意义本身，存在永远在过程中才有意义，所以，人生的意义不应从存在者的角度去把握，而应当从存在者的存在去把握。吕天成、王骥德、何良俊们认识到了戏曲对于其生命的重要性，"快人情者，要毋过于曲也"④，故而他们诗意地栖居于此。

---

① 黄周星：《制曲枝语十条》，《中国古典戏曲论著集成》（七），中国戏剧出版社1959年版，第121页。
② 王国维：《宋元戏曲史》，华东师范大学出版社1995年版，第120页。
③ 汤显祖：《宜黄县戏神清源师庙记》，徐朔方笺校：《汤显祖诗文集》，中华书局1982年版，第1127页。
④ 王骥德：《曲律》，《中国古典戏曲论著集成》（四），中国戏剧出版社1959年版，第160页。

"穷则独善以垂文,达则奉时以骋绩。"① 穷、达的变幻莫测与文学之士地位低下的实际遭遇使得读书人常常流连功名,然而,诗文尚且有一条哪怕狭窄也存在的晋升之路,中国科举制度自产生后尽管有过短暂的停滞,但终归使不少读书人可以存在一个梦想,戏曲则不然,从未有过进入科举考试内容的"殊荣",这便使得从事戏曲实践(包括创作与接受)的人斩断了借此而步入仕途的非分之想,更为真实地贴近戏曲本身,从这个意义上说,古代热衷戏曲欣赏的人比热衷诗文的人有着更为纯粹的人生。当然,品评者对戏曲审美的态度大都是在碰壁之后才得以形成,当功利心尚且存留于心时,他们心有"车马之喧","闹不虚静",不能"疏瀹五藏、藻雪精神",自然不会全心于此。但我们一再强调,存在的意义是生成的,一旦他们潜心于戏曲,他们生命的意义便掀开了新的一页,这也是理解身处其境之古人的最起码的前提。

四 以生命做证,为生命立言

在戏曲品评者中间,有一支不为人注意却绝不可忽视的队伍,她们从一开始便倾心于品读戏曲,有人甚至几近痴迷。她们中间大多数没有留下姓名,她们所立之言在浩如烟海的古代言论中微不足道,但她们用自己的生命书写,并以独特的建构架起了一座精神的彩虹,以历久弥新的态势赢得了后人的尊敬。吴吴山三妇:陈同、谈则、钱宜,陈同偶得一本"玉茗堂定本","爽然对玩,不能释手,偶有意会,辄濡毫疏注数言","所评点《牡丹亭还魂记》上卷,密行细字,涂改略多,纸多冏冏,若有泪迹。评语亦痴亦黠,亦玄亦禅,即其神解,可自为书"②。她评《牡丹亭题词》曰:"死可以生,易;生可以死,难。引而不发,其义无极。夫恒人之情,鲜不谓疾疹所感。沟渎自经,死则甚易。明冥永隔,夜台莫旦,生则甚难。不知圣贤之行法俟命,全而生之,全而归之,舍生取义,杀身成仁,一也。"③ 这种暗与道合的品评绝非故作高论,而是用心体悟的一番心语。谈则,仿照陈同的意思,继续批注下卷,她"见同所评,爱玩不能释。人试令背诵,都不差一字"。她对《牡丹亭》下卷的批注,与陈同如出一辙,"弗辨谁同谁则"。钱宜,常在灯下"倚枕把读"两位姐姐合评本,"怡然解会"其心意,"偶有质疑,间注数语",并决定卖掉自己结婚时的首饰,编辑出版这本"三妇"评点的著作,留诸后人。

她们注重个性经验的独特表达,有理性的分析,更有直觉的感悟,迥异于那种为出名或不朽的立言者,她们从一开始便只想在私人领地传阅,仅与亲朋好友分享,故

---

① 刘勰《文心雕龙·程器》曰:"是以君子藏器,待时而动,发挥事业,固宜蓄素以弸中,散采以彪外,楩柟其质,豫章其干,摛文必在纬军国,负重必在任栋梁,穷则独善以垂文,达则奉时以骋绩,若此文人,应梓材之士矣。"周振甫注《文心雕龙注释》,人民文学出版社1981年版,第526页。
② 吴仪一:《还魂记序》,《历代曲话汇编》(清代第一册),黄山书社2008年版,第699页。
③ 吴吴山三妇:《还魂记序》,《历代曲话汇编》(清代第一册),黄山书社2008年版,第709页。

而她们不去追究戏曲的本质，也不去讨论戏曲的功能，而是结合自身的情感体验，对"情""欲""性""理"等关涉人生命本身的范畴进行探讨，这种品评，将自我的情感与生命一同糅进批评的文字中，故与作品中的人物几近零距离接触。于是，三妇的品评话语中用到诸多"哎哟""哎也""哎呀""咳呀""咳也""咳咽"的词语，"字异，而义略同。字同，而呼之有轻重疾徐，则义各异。凡重呼之，为厌辞，为恶辞，为不然之辞；轻呼之，为幸辞，为娇羞之辞；疾呼之，为惜辞，为警讶辞；徐呼之，为怯辞，为悲痛辞，为不能自支之辞"①。与其说是一种戏曲品评，不如说是将戏曲作品当作一个可以交心的对象的一种自我对话。

俞江娄二娘，酷嗜《牡丹亭》，"凝睇良久，情色黯然……饱研丹砂，密圈旁注"，她用蝇头小楷在剧本间作了许多批注，深感自己的命运也像杜丽娘一样不尽如人意，终日郁郁寡欢，最后"断肠而死"。深感于此的汤显祖写有一诗《哭娄江女子》："画烛摇金阁，珍珠泣绣窗。如何伤此曲？偏只在娄江。何自为情死？悲伤必有神。一时文字业，天下有心人。"②冯小青，明代万历晚期人，她并没有如吴吴山三妇一般批注牡丹亭，她用诗这种独特的品评方式表达了自己对于该作的理解："冷雨幽窗不可听，挑灯闲看牡丹亭。人间亦有疑于我，岂独伤心是小青。"她同样将自己的身世融入对《牡丹亭》的品评中，甚至以同样的方式求得与主人公的沟通。

尽管这群弱者的文学活动被当作小道，不被尊重，甚至遭到抨击——清凉道人在《听雨轩赘记》中指出：

> 从来妇言不出阃，即使闺中有此韵事，亦仅可于琴瑟在御时，作赏鉴之资，胡可刊板流传，夸耀于世乎？且曲文宾白中，尚有非闺阁所宜言者，尤当谨秘；吴山只欲传其妇之文名，而不顾义理，书生呆气，即此可见也。是书当以不传为藏拙。③

——但并不能遮蔽其光辉，更何况回归生命本身的立言观有着更贴近人性的特点。

为何选择戏曲，品评之、证名之、传承之，实在是一个非常复杂的题目，以上简略的勾勒和有限的资料不足以完成这样的论题，但仅此粗疏地梳理，已可见戏曲品评的几种主要根源，而这些理解也正是戏曲品评观念研究的根基和意义所在。

---

① 吴吴山三妇：《还魂记序》，《历代曲话汇编》（清代第一册），黄山书社 2008 年版，第 707 页。
② 汤显祖：《哭娄江女子》，《历代曲话汇编》（明代第一集），黄山书社 2008 年版，第 614 页。
③ 王利器辑录：《元明清禁毁小说戏曲史料》，上海古籍出版社 1981 年版，第 221 页。

论石涛"变化"说的艺术创新观及其理论意义

张 逸[①]

(广西师范大学设计学院 广西 桂林 541004)

摘 要：石涛《画语录》提出"变化"说，既来源于《周易》哲学"变则通"传统，亦来自石涛对"变通""变化"之道的认识。"变化"说是石涛画学理论体系的重要组成部分，在阐发概念含义及其内涵外延基础上，以其"化者"的创作主体观念构成论、"天下变通之大法"的绘画艺术本体论、"变画"的创作论等进一步分析其"变化"说理论构成及其地位、价值、作用，肯定其发展至今仍然具有历史价值与现实意义。

关键词：石涛《画语录》；"变化"说；"变通"；"化者"；"变画"

石涛（1642—1707），原名朱若极，广西桂林人，明藩靖江王朱守谦后裔，朱亨嘉子。后削发为僧，法名原济，一作元济。小字阿长，字石涛，号大涤子、小乘客、清湘遗人、瞎尊者、零丁老人、苦瓜和尚等，为清初著名画家、画论家，著有《画语录》闻名于世。

《画语录》以《变化章第三》专章讨论"变化"[②] 问题。该章设置在《了法章第二》与《尊受章第四》之间，一方面能够从画学理论体系架构与《画语录》章法结构考虑承上启下之紧密联系与内在逻辑；另一方面可见其用心良苦，旨在凸显"变化"说在其理论体系中的地位与作用。"变化"说与其"一画"说、"画从心"说、"无法而法乃为至法"说、"我之为我，自有我在"说、"尊受"说、"笔法"说、"资任"说等具有十分紧密的关系与理论构成性，由此确立"变化"说的理论实践价值与意义。"变化"说为石涛画论研究的热点之一，发表胡静静《石涛〈画语录〉之哲学基础——以变化

---

① 张逸（1983— ），男，湖北黄冈人，广西师范大学设计学院讲师，艺术学硕士，研究方向为影视与摄影艺术、美术史论。基金来源为2012年度国家社科基金重大招标项目"桂学研究"，项目批准号12&ZD164；2013年教育部人文社科项目"文学批评机制研究"，项目批准号13YJA751063。

② 石涛：《画语录》，俞剑华编著：《中国画论类编》上卷，人民美术出版社1956年版，第147—160页。以下本文所引石涛该书引文皆出于此，不再注明出处。

章为例探析》、李安宁《石涛〈变化章〉中断句有疑——兼谈继承与创新》、薛永年《我法与古法——读石涛画论》、范瑞华《应正确去理解石涛的"笔墨当随时代"》、秦瑞红《论石涛绘画艺术中的创新精神》等文,但以往研究较为忽略从总体性与整体性上发掘"变化"说的内涵与新意,也缺乏从石涛创作思想观念角度阐发其求变创新的创作内在机制功能作用。其大致原因在于,一方面认为"变化"是从古至今仍在使用的一个老生常谈的概念,其含义与作用意义不言自明,似乎难有新意;另一方面认为"变化"并非石涛原创概念,难以体现其独创性思想观念;再一方面认为"变化"重在讨论创作实践的创新性问题,难以体现出理论内蕴与学术含量,未能深入展开理论阐发。其实,我认为"变化"说理论核心在于求变图新,本质上是艺术家创作动机内驱力与心灵感悟而创造的外驱力构成艺术创新机制,具有创作原动力及其文艺动力学研究意义。

一 "变化"内涵外延及其渊源

"变化"一词在石涛《画语录》之《变化》章提出,整篇均围绕"变化"这一主题意旨讨论绘画创作问题。但通观全篇文字内容,则并未再次出现"变化"一词,而反复出现的是"化"。由此可见,石涛是将"变化"一词作为并列合成词使用,"变"与"化"同义或近义,两者具有互文性,可互释或互换。"变"即"化","化"亦即"变","变"与"化"均可指"变化"。如其所论,"化者识其具而弗为"之"化者"指善于变化者;"具古以化""泥古不化""我于古何师而不化之有"之"化"指变化。至于"变",文中则有"变通"一词,"天下变通之大法""变通"作为合成词,由"变"与"通"合成,"变"指变化、改变,"通"指贯通、通达。《辞源》释"变通"曰:"事物因变化而通达。"渊源自《易·系辞上》:"是故法象莫大乎天地,变通莫大乎四时。"《疏》:"谓四时以变得通,是变中最大也。"[①] 亦含有灵活通达之变化的含义,着重在"变则通"的"变通"之义上。《周易·系辞下》:"穷则变,变则通,通则久。"当然也含有"变"与"通"所包含的"变化"与"通达"关系之义,既"变则通"又"通则变"。此外,"变通"亦含有"通变"之义,与"因革"同义。刘勰《文心雕龙·通变》曰:"夫设文之体有常,变文之数无方";"参伍因革,通变之数也";"变则其久,通则不乏"[②],以之专门讨论"通"与"变"的传承与革新关系,由此也扩展了"变通"的内涵外延。由此可见,《变化》章所论"化""变""变通"均指"变化"。

"变化"之字义理解,《说文解字》释"变"为"更也",即更改、改变之义;释"化"为"教行也"[③],即转化、变化以及变化不露痕迹,不假人工之化合、通达之义。

---

① 《辞源》,商务印书馆1988年版,第1591页。
② (齐梁)刘勰:《文心雕龙·通变》,范文澜注:《文心雕龙注》,人民文学出版社2008年版,第519—521页。
③ (汉)许慎:《说文解字》,天津市古籍书店1991年版,第68、168页。

《辞源》释"化"有多个义项，与"变化"相关有二义：一是"变化，改变"，《老子》："我无为而民自化。"《庄子·逍遥游》："北冥有鱼，其名为鲲……化而为鸟，其名为鹏。"二是"生，造化，自然界生成万物的功能"，《礼记·乐记》："和，故万物皆化。"[①]"变化"作为合成词，《辞源》释曰："事物的生灭转化。"其渊源自《易·乾》："乾道变化，各正性命。"《疏》："变，谓后来改前，以渐移改，谓之变也。化，谓一有一无，忽然而改，谓之为化。"[②]虽然"变"与"化"同义互文，均为"变化"之义，但在语用及其上下文关系中略有一些差异性。在中国古代语境中，"变化"以及"变"与"化"在语用中具有三个特点：一是具有辩证性，往往在相对概念的对举中相辅相成地构成对立统一性，如"变革"与"守成"、"革新"与"继承"、"变"与"不变"等关系的辩证逻辑，往往遵循"通变"与"万变不离其宗"之理；二是具有相对性，既指相对于自身原来状况而言有所变化，又指相对于他者而言所构成的差异性有所变化，再者相对于发展而言的相对性变化；三是具有灵活性，根据具体语境及其上下文关系可呈现出针对性含义，亦可做出灵活通达的阐释与理解。

在中国古代哲学以及古代文论语境中，都源自"变化"之义的"变"与"化"在使用时存在一些差异，即"变"侧重于"变化"之"变"，"化"侧重于"变化"之"化"。先秦元典《易经》之"易"的内涵实质与主旨就是"变"，《易·说卦》："观变于阴阳而立卦。""然后能变化，既成万物也。"《易·系辞上》："在天成象，在地成形，变化见矣。""知变化之道者，其知神之所为乎。……以动者尚其变……通其变，遂成天下之文。"等等，可谓开启"变化之道"源流。刘勰不仅在《文心雕龙》中专设《通变》篇，而且专设《辨骚》篇评论屈原《离骚》以及屈赋之争，归总为"变乎骚"，充分肯定屈原《离骚》在变革创新中发展的意义。因此，"变"既有变化、发展之义，也有革新、创新之义。"化"亦如此，既有变化、变革、创新之义，又有变化而顺其自然、不见人为踪迹的化合、化成之义。《易·贲卦》象辞曰："刚柔交错，天文也；文明以止，人文也。观乎天文以察时变，观乎人文以化成天下。"《礼记·乐记》："流而不息，合同而化，而乐兴亦"；"而百化兴焉"；"化不时则不生"。祝允明提出"盖古之作者，师楷化机，取象形器，而以寓其无言之妙"；李贽提出"化工"说，认为"《拜月》《西厢》，化工也；《琵琶》，画工也"。尽管各家所言"化"含有造化、化合、化成等不同之义，但其"变化"的基本内涵仍然保留而外延扩展，只不过是基于变化而讨论造化、化合、化成方式而已。

对石涛所论"变化""变通""变"与"化"等概念的内涵外延的阐释与理解亦可如上述所论，既应该紧紧围绕"变化"之义以确定概念内涵，又应该拓展其造化、化合、化成之义以扩大外延，由此才能准确、系统、整体把握其"变化"说实质精神与理论实践意义。

[①]《辞源》，商务印书馆1988年版，第210页。
[②]同上书，第1590页。

二 "化者"："变化"说的艺术创新观构成

中国古代文论无论作者论还是创作论历来都强调创作个性、自我表现、独创性的创新观念，由此推动文学发展。艺术理论也是如此。石涛提出"变化"说的实质也是在于艺术创新观念的构建，其"变化"说的特点和创新性在于：基于"变化"提出"化者"概念及其画家作为"变化"者的基本观念。"化者"概念出自《变化》章，开篇即云："古者识之具也，化者识其具而弗为也。"以凸显"化者"的地位、价值与作用，从而确立了《变化》篇主旨及其艺术创作图变求新的内在逻辑与动力机制的关键所在。毫无疑问，主导艺术创作"变化"的是作为作者的画家，画家作为"化者"是主导"变化"的主体，是"变化"的内在逻辑与根本基因，也是推动"变化"的动力机制。由此可见，所谓"化者"就是"变化"者、"我自为我"者、创新者。那么，围绕"变化"，何为"化者"、为何成为"化者"、"化者"何为等问题需要进一步厘清，需要基于"化者"构成的理论辨析以夯实"变化"说理论基础。从《变化》章基本内容来看，"化者"的"变化"说观念主要体现在古今之"变"、死法与活法之"变"、自我与他者之"变"三个维度建构"化者"立体构成的"变化"视野与观念。

其一，"借古以开今"："化者"古今之"识"的"变化"观念。《变化》曰："古者识之具也，化者识其具而弗为也。具古以化，未见夫人也。尝憾其泥古不化者，是识拘之也。识拘于似则不广，故君子惟借古以开今也。"石涛讨论"变化"首先从"古者"与"化者"之对比谈起，认为"古者"与"化者"区别在于"泥古不化"与"借古以开今"，由此说明"化者"能够遵循和把握古今"变化"规律，能够与时俱进创新发展，能够"借古以开今"。"化者"之所以能够具备"变化"的特质与条件，主要是能够清醒认识到"古者"存在的弊端与不足，具体表现在三方面：一是拘于"识之具"。"识"是石涛画论重要概念，在其《尊受》开篇即云："受与识，先受而后识也。识然后受，非受也。古今至明之士，藉其识而发其所受，知其受而发其所识，不过一事之能。其小受小识也，未能识一画之权扩而大之也。"石涛在讨论"尊"与"受"关系中引入"识"这一概念，其目的是说明无论是先"受"后"识"还是先"识"后"受"，都必须强化创作主体"自强不息"之"尊"，只有"尊"才能有"受"与"识"。因此，所谓"识"既指先"受"而后认识，亦指先"识"之知识。而石涛对于"识"的认知更为深化与扩展，他并非在乎"一事之能"的"小受小识"，而是倡导"一画"论"扩而大之"的大"识"。由此可见，"化者"需要"识"，但并非"一事之能"的"小受小识"，更非拘于"识"，而是"化者识其具而弗为"，即能够继承与积累过去知识经验但又不受其所拘所限。所谓"弗为"，一方面意指老庄道家哲学之"无为"，这正是石涛提出源自"太古无法，太朴不散"之"一画"论的思想渊源，亦是基于"一画""扩而大之"的大"识"，可谓"无为而无不为"；另一方面也埋下"一画之法，乃自我立"的倡导主体自我意识之独创性伏笔。二是拘于"泥古不化"。关于古今之辩，历代均有"厚古薄今""今不如昔"与"厚今薄古""今非昔比"之争，但总体上还是采取"因革""通变"的继承与革新辩证关系对待古今问题。关键在于如何对待"古"之"识"，并非在于"厚古"还是"薄古"，而是在于能否"化"古。显然"泥古不化"的弊端在于拘泥于古"识"，既无变化发展，又无消化转化，也无艺术创作特点可言，更无独创性、创新性可言。三是"识拘于似则不广"。针对摹古、仿古而论，所谓"似"无疑指模仿之"形似"而已，也就是说盲目地摹古、仿古，而非"离形得似"；况且还是"拘于似"，必然导致"识"之"不广"之弊。因此，石涛针对这些古今之辩中存在的弊端，立足于"变化"说以纠正摹古、仿古、拟古之弊，才得出"借古以开今"的结论与观点，也正确处理古今之"识"的辩证关系。石涛"借古以开今"之论，一方面继承与发扬了刘勰"通变""因革"说传统，辩证处理继承与革新关系；另一方面在此基础上有所发展创新，提出"借古开今"之论，认同"借景抒情""托物言志"一样，阐发的是"古为今用"观念，既将"借古"视为"开今"的手段，"开今"是"借古"目的，又将"借古"视为学习借鉴而非一味摹古、仿古、拟古，由此避免"泥古不化""厚古薄今""识拘于似"之弊。显然，"借古以开今"包含"变化"、发展、创新的思想观念。

其二，"有法必有化"："化者"的活法与死法之方法"变化"观念。《变化》继而指出："又曰：至人无法。非无法也，无法而法乃为至法。凡事有经必有权，有法必有化。一知其经，即变其权；一知其法，即功于化。"石涛基于"变化"说提出"无法而法"之论，实则意在辨析"法"与"无法"的辩证关系。所谓"法"指方法方式，应该包括法则、方法、技法等不同层次构成，是达到效果目的之手段、工具、途径，也是基于方法运用的人的素质能力的体现。因此，人类社会实践活动需要方法。但更进一步需要解决的问题是究竟为何"法"。石涛提出"无法而法"，其内涵实质主要在三方面：一是指出"无法"也视为一种带有根本性、原发性、本体性之哲学方法，既是世界观与方法论，也是思维方式与认知方式，是"至法""大法""洪规"之形而上之"道"法。石涛提出"一画之法"就是"一画"之"画道"，其渊源既可追溯到"太古无法，太朴不散"，又立足于"太朴一散，而法立矣。法立于何？立于一画"（《一画》），显然可循"一画之法"从"无法"到"法"的轨迹，揭示出"无法而法"的实质精神。"无法而法"的"一画之法"也显然区别于并统领与贯通于具体的"笔墨""运腕""氤氲""皴法"等技法、技巧之形而下之"器"法，故"至人无法"，亦即"化者"能将"有法"转化为"无法"，"无法"转化为"有法"，从而把握"无法而法"之"一画之法"实质精神。二是"无法而法"能够辩证处理"法"与"无法"关系，既以"无法"为法，又能够在"法"的基础上超越"法"而提升到"无法"高度，即能够将"法"与"无法"视为相对而言、相辅相成、互为作用、不可分割的统一体。故"立一画之法者"的能够"盖以无法生有法，以有法贯众法"（《一画》），既把握

"有法"与"无法"的辩证法，又凸显"无法而法"的统领贯通"众法"的作用。三是"无法而法"能够将"法"视为活法而非死法。所谓"活法"既指方法本身具有灵活性、鲜活性、开放性，亦即充满生命力的、生气勃勃的、运动发展的生命体；又指能够不拘泥于"法"的灵活机动与自然而不露人为痕迹的运用，即所谓"化者"。所谓"死法"既指方法本身缺乏生气、活力、开放性，亦即有形无神之所谓没有灵魂精神的肉体躯壳；又指用"法"者拘泥于"法"而役于"法"，为"法"所限所囿，成为"法"的奴隶。石涛所论："凡事有经必有权，有法必有化。一知其经，即变其权；一知其法，即功于化。"依据吴冠中所释为："凡是有经常性便必有其权宜性，有约定俗成之法便必有法之变化。了解了经常性，便须应之权宜之变；懂得了法，便须着力于变法。"[①] 这一解释固然有些生硬之嫌，但大体意思如此，突出了石涛这句话中"变"与"化"是知"法"用"法"的关键所在。总体而论，"化者"在把握"无法而法"实质精神基础上，辩证处理好"有法"与"无法"关系，既能够坚持"活法"之"变"与"化"以及灵活机动运用方法，又要将"死法"变化为"活法"，坚持方法及其方法运用中的"变化"原则精神。

其三，"天下变通之大法"："化者"在"天下"关系中之"变化"。《变化》曰："夫画，天下变通之大法也，山川形势之精英也，古今造物之陶冶也，阴阳气度之流行也，借笔墨以写天地万物而陶泳乎我也。"这既是石涛对绘画性质、特征、功能、作用的主体性精神与本体论意义阐发，又是对艺术创作规律、方式、原则的创作论价值意义的表达。其中所论"变通"含有变化通达的含义，与其《变化》篇标题、主旨、内容吻合，是对"变化"说的进一步阐发。石涛将绘画视为"天下变通之大法"，显然不仅是对绘画性质、特征、功能、价值的揭示，而且也是对"变通"作为"天下"运行的普遍规律与基本原则的深刻认识，其中蕴含先秦《周易》哲学"变则通"的基本观念，也充分体现出石涛画学"变化"说的内涵精神。石涛将"天下变通"作为"大法"，正如其所论"洪规"一样，并非所指"有法"之法，而是"无法而法"，就不仅仅具有"法"的方法论意义，而且具有"天下"之"道"的普遍性规律、准则、原则的本体论意义。从绘画艺术而论，"变通"不仅是"天下"之"大法"落实于绘画上的结果，而且也是绘画性质规定性与创作规律的体现；从画家创作而论，正是秉承遵循"天下变通之大法"，画家作为"化者"才能善于"变化"、善于"变通"、善于创新，由此推动绘画艺术不断发展。从这一角度而言，"变通""变化"体现的就是艺术创造的创新精神、艺术家的独创性精神。

其四，"我之为我，自有我在"："化者"在"我"与他者关系中之"变化"。石涛《画语录》中"我"出现的频率最高，所言之"我"大体均作为"画者"之"我"的创作主体理解，尤为强调的作为具有鲜明个性、自我表现性、独创性之"我"的创作主

---

① 吴冠中：《我读〈石涛画语录〉》，大象出版社2010年版，第20—21页。

体性。对于艺术家相互关系而论，石涛并不否定相互影响、相互作用的联系，但更为强调的是基于艺术个性、自我表现性与独创性。石涛在《变化》中批评："今人不明此理，动则曰：某家皴点，可以立脚；非似某家山水，不能传人。某家清淡，可以立品；非似某家工巧，只足娱人。是我为某家役，非某家为我用也。纵使似某家亦食某家残羹耳，于我何有哉！或有谓余曰：某家博我也，某家约我也，我将于何门户？于何阶级？于何比拟？于何效验？于何点染？于何鞹皴？于何形势？能使我即古而古即我？如是者知有古而不知有我者也。"显然，石涛一方面批评"今人"不明"天下变通之大法"而一味师法某家某派的盲目做法，一连用了八个反诘句提出严厉的质疑，认定存在着"是我为某家役""知有古而不知有我者"的弊端；强调在"我"与他者的关系中，尽管会存在转益多师的师法借鉴现象，以及某些相似之处，但更存在差异性、个性与自我表现因素。因此，画者应该保持自我的个性化与主体性创作，突出"我"在创作中的地位与作用。石涛继而认为："我之为我，自有我在。古之须眉不能生我之面目，古之肺腑不能安入我之腹肠，我自发我之肺腑，揭我之须眉，纵有时触着某家，是某家就我也，非我故为某家也。天然授之也，我于古何师而不化之有？"旗帜鲜明地提出"我之为我，自有我在"的观点，成为中国古代画学"自我表现"的最强音。又，石涛题画曰："似董非董，似米法米，雨过秋山，光生如洗。今人古人，谁师谁体？但出但入，凭翻笔底。"亦如是。石涛在《变化》章最后提出"我于古何师而不化之有？"以反诘句的方式作结，不仅加强语气与文意，以进一步凸显"化""变""变化""变通"观念，而且进一步凸显创作的自我、个性、独创性的地位作用，提出"师法"中无论"师古"还是"师圣"，既要消除盲目片面师法的弊端，又要坚持"画从心"观念而"师心""法我"，由此才能把握"变化"之真谛。

三 以"化者"图"变画"："变化"说理论系统及其意义

石涛"变化"说在其画学理论体系中具有重要地位与意义，除《变化》章外，"变化"说思想观念在《画语录》诸章中也有体现，贯穿于石涛画学理论体系始终。特别是《运腕》章中提出"变画"这一概念，与上文所论"化者"相互照应与印证，构成"变化"说理论重要概念。石涛曰："一画者，字画下手之浅近功夫也。变画者，用笔用墨之浅近法度也。山海者，一丘一壑之浅近张本也。形势者，鞹皴之浅近纲领也。"所谓"变画"，指绘画创作方法、技法、表现手段丰富多彩之"变化"，亦指绘画作品千姿百态之风格个性之"变化"，当然也可视为艺术来源于生活又异于与高于生活之"变化"。如同郑板桥《题画》所云："因而磨墨展纸，落笔倏作变相，手中之竹又不是胸中之竹也。总之，意在笔先者，定则也；趣在法外者，化机也。独画云乎哉！"[①] 郑

---

① （清）郑板桥：《题画》，《郑板桥集》，见北京大学哲学系美学教研室编《中国美学史资料选编》下册，中华书局1980年版，第340页。

板桥所谓"变相"即石涛所谓"变画","趣在法外者,化机也"与"化者识其具而弗为也"异曲同工,相映成趣。如果说石涛所谓"化者"侧重于从创作主体角度讨论画家"变化"说思想观念的突破和创新的话,其"变画"则侧重于从创作方法、手段与过程、结果以讨论绘画所具有的"变化"性质特征及其创作规律。

以"化者"图"变画"角度审视"变化"说理论系统,石涛所论遍及《画语录》各章。如《尊受》:"得其画而不化,自缚也";《笔墨》:"能受生活之神,而不变蒙养之灵,是有笔无墨也";《运腕》:"得之于一峰,始终不变,是山也,是峰也,转使脱瓠雕凿于斯人之手,可乎?不可乎?且也形势不变,徒知鞹皴之皮毛;画法不变,徒知形势之拘泥";《山川》:"非天地之权衡不能变化山川之不测,……天有是权,能变山川之精灵;地有是衡,能运山川之气脉;我有是一画,能贯山川之形神。……山川与予神遇而迹化也,所以终归之于大涤也";《皴法》:"峰之变与不变,在于皴之现与不现","善操运者,内实而外空。因受一画之理而应诸万方,所以毫无悖谬,亦有内空而外实者,因法之化不假思索,外形已具而内不载也。是故古之人虚实中度,内外合操,画法变备,无疵无病";《脱俗》:"故至人不能不达,不能不明。达则变,明则化,受事则无形,治形则无迹";《兼字》:"天能授人以法,不能授人以功。天能授人以画,不能授人以变。人或弃法以伐功,人或离画以务变,是天之不在于人,虽有字画亦不传焉";《资任》:"古之人寄兴于笔墨,假道于山川,不化而变化,无为而有为";"以鞹皴观之则受画变之任";"山之变幻也以化";等等。除《画语录》外,石涛题画诗跋中也渗透"变化"说思想观念,如"变幻神奇憎懂间,不似似之当下拜";"思其蒙而审其养,自能开蒙而全古,自能尽变而无法,自归于蒙养之道矣";"一在力,二在易,三在变。力过于画则神,不易于笔则灵,能变于画则奇,此三格也";"一变于水,二运于墨,三受于蒙。水不变不醒,墨不运不透,醒透不蒙则素,此三胜也",等等,其中不乏"变化"之论。

通观石涛画论中"变化"之论颇多,应该成为其创作论中的主体思想与主导观念。概括而言,石涛"变化"说理论系统构成及其意义主要体现在以下四方面内容。

首先,"变化"说的哲学思想根源与理论基础。为何绘画创作所执"变化"观,一方面根源于先秦道家哲学及其朴素辩证法思想,老子所言"道生一,一生二,二生三,三生万物"的"生"的观念实际上也是"变化"之论,阐发了宇宙天地、万事万物生生不息、千姿百态的运行规律与活动规则,"太古无法,太朴不散,太朴一散,而法立矣","一画之法"正是基于这一"变化"而"乃自我立";另一方面根源于《周易》哲学及其"变通"思想,所言"变则通",不仅确立起"变通"观,而且确立起"通变"观与"因革"观,也为石涛所论"变化""变通"奠定了哲学基础与理论依据,从而也使其"变化"说具有"变化"之道的哲学本体论、世界观与方法论意义。以"一画"之道落实在"一画之理"与"一画之法"上无疑又具有艺术本体论意义,故而石涛提出"夫画,天下变通之大法也",揭示了绘画艺术着眼于创新的性质特征,赋予"变化"艺术本体论意义。

其次,"变化"说的创作论构成及其意义。艺术创作本质上是创造性活动,没有创造就没有创作,也就没有艺术。换言之,创作就是图变求新,也就是在"变化"中有所创造,有所创新,从这一角度说,"变化"不仅是创作规律与特点,而且也是创作的动力源与生命线。从创作结果的艺术作品而论,"百花齐放、百家争鸣"体现出艺术百花园的千姿百态、丰富多彩的表现形态,也正是基于"变化"而形成艺术形态的差异性、多样性与丰富性,形成艺术作品的独特风格与独创性价值。因此,艺术家创作不仅需要有别于古人与他人而不断"变化",而且需要超越自己和不重复自己而在"变化"中不断提高,不断创新发展,更需要在"变化"中不断提高创作品质与境界。

再次,"变化"说的主体论构成及其意义。画者应该是"化者",既相对于古人与他人的学习借鉴要"化",即消化、融化、转化,使之"借古以开今";又相对于对客体对象的体悟、感受、描摹、表现也要"化",亦即消化、融化、转化,使之源于生活又高于生活;更相对于"画从心"的主体心智构成及其主体性发挥而论,以"画心"确立"一画之法,乃自我立""我自用我法"的艺术自觉也自信,以"我之为我,自有我在"表现出画家创作个性、自我表现性与独创性,由此才能达到"画法变备"的"变画"目的。

最后,"变化"说的创新发展论构成及其意义。艺术发展无论从艺术史发展还是艺术家个体发展而论,历代无疑坚持"通变""因革"的继承与革新辩证发展观。从石涛秉承"变化"说思想观念来看,着重于强调创新发展观,将发展重心落实在"变"与"革"上。这无论是从人类发展史的"进化论"角度看,还是从文明史、文化史、艺术史的历史发展观角度看,石涛所执"变化"观着重于从现实出发、面向未来、积极向上的历史发展观,具有一定的先锋性、先进性、前瞻性。尽管历史发展会出现阶段性不平衡现象,也会出现螺旋形发展现象,但总体上发展趋势是向前推进。石涛"变化"说不仅符合历史发展趋势及其艺术创新发展潮流,而且也是发展趋势与创新潮流的先驱者与推动者,将其放在发展至今的当代绘画艺术而论,其地位、价值、作用仍然具有现实意义与理论意义。

梁启超、王国维、蔡元培接受康德思想比较研究

郭 勇[①]

(三峡大学文学与传媒学院 湖北 宜昌 443002)

摘　要：在中国现代文论领域有着重要影响的梁启超、王国维和蔡元培，都受到了康德思想的重要影响。他们都是为解决中国面临的现实危机，为启蒙民众、推进中国学术文化的现代转型而接受康德思想的，但各自的出发点、立场等，又存在着差异。梁启超是看重康德思想的主体性精神，又进行了比附和发挥；王国维接受了康德的审美无功利观念，但对康德的评价有所保留，对西方科学持有偏见；蔡元培则是直接地、全面地接受康德的美学思想，既注重审美无功利，又富于创造性地提出了美育代宗教的口号。

关键词：康德；梁启超；王国维；蔡元培；审美；美育

晚清与"五四"时代，是中国知识分子开眼看世界、广泛探求域外新知的时期。当然，在面对欧美学术思想时，中国知识界仍带有自身的主动性：这一方面体现在他们会对纷繁复杂的观念学说加以挑选；另一方面，他们挑选某一学说，也是为了解决自身面临的现实问题。因而他们所介绍、理解的西方学说，往往是他们根据自身理解而重新阐释的产物。

作为在哲学史上有着划时代意义的人物，康德的思想也在这一时期为中国知识界所关注。梁启超、王国维和蔡元培是在中国现代美学和美育领域有着开创性贡献的佼佼者，而他们都受到了康德哲学、美学思想的影响。但是，他们接受康德美学思想的出发点、兴趣点、程度等方面也存在差异，需要加以认真辨析，从中可以见出中国美学现代历程的多样性与复杂性。

[①] 郭勇（1978— ），男，湖北麻城人，三峡大学文学与传媒学院副教授，文学博士。本文受到国家社科基金项目"现代语言观的兴起与中国文学观念的现代转型"（11CZW008）的资助。

一

梁启超对于西学抱有高度热情，特别是流亡日本之后，更是大量译介西方学说。1903年梁启超在《新民丛报》上发表了《近世第一大哲康德之学说》，这是中国第一篇系统介绍康德生平与其哲学思想的文章。贺麟先生认为，"梁启超是康德哲学在中国最早的传播者和鼓吹者"，其特点是把"康德哲学与中国佛学、王阳明心学糅合在一起，'相互印证'，'共相发明'"①。

需要指出的是，此时的梁启超，基本是以日本为中介来了解西学的。他注意到日本哲学界对康德的推崇："吾昔见日本哲学馆有所谓四圣祀典者……一、释迦，二、孔子，三、梭格拉底（苏格拉底——引者注），四、康德也。"②梁启超更感兴趣的，显然是对中国社会和思想变革可以起到更直接作用的西方（包括日本）近现代思想文化。这可以视为梁启超接受康德思想的动因。而对梁启超接受并介绍康德思想起到直接的触发和引导作用的，当如他自己所述：

> 康德学说条理繁赜、意义幽邃，各国硕学译之犹以为难，况浅学如余者。兹篇据日人中江笃介所译法国阿勿雷脱之理学沿革史为蓝本，复参考英人、东人所著书十余种，汇译而成。③

可见，梁启超之所以会选择康德加以了解、译介和宣扬，日本学者在其中起到中介和桥梁的作用。日本启蒙学者中江兆民所译法国思想家富耶的《理学沿革史》及其他东西学著作对梁启超产生了重要影响，中江兆民是在日本宣传民权思想的重要人物，他受卢梭《民约论》影响极大，而"梁启超受中江兆民影响最深的是他的自由思想"。除康德外，梁启超介绍的霍布斯、斯宾诺莎、卢梭、培根、笛卡尔、孟德斯鸠、边沁诸人的思想，大都是以中江兆民所译《理学沿革史》为蓝本的。④

如果说日本学者还只是起到了引导入门的作用，梁启超自己对康德的理解，就带有很强的主动性和选择性了，这从他将康德奉为"近世第一大哲"就可看出。梁启超对康德大为赞赏，从四个方面提到康德学说的地位与贡献：一是康德学说集经验主义和理性主义之大成，为欧洲学界开新纪元，为"19世纪学术史之第一位"；二是康德极大地促进了德国哲学的发展，为"德国学界独一无二之代表人也"；三是康德哲学对德国民众道德观念、民族国家意识的觉醒起到了重要作用，"虽谓有康德然后又今之德意

---

① 贺麟：《五十年来的中国哲学》，商务印书馆2002年版，第89页。
② 梁启超：《近世第一大哲康德之学说》，《饮冰室合集》文集之十三，中华书局1989年版，第47页。
③ 同上书，第50页。
④ 郑匡民：《梁启超启蒙思想的东学背景》，上海书店出版社2003年版，第151—152页。

志焉可也"；四是康德学说能够横扫直觉主义、快乐主义等，重振世道人心，"实百世之师，而黑暗时代的救世主也"。[①]

梁启超将康德的地位抬到如此的高度，与其说是出于他对康德思想的深刻理解，不如说是康德思想的很多方面与他自己存在契合之处，而他又根据自己的理解，对康德思想作了阐发。贺麟先生指出，梁启超在介绍康德时，把康德哲学和佛学糅合到一起，又融入了阳明心学。[②] 而这种混杂之中，恰恰包含着梁启超对认识、道德和自由等问题的关注。本文并不打算具体讨论梁启超在佛学和心学上的观念，只想指出，作为一位启蒙思想家，梁启超首先关注道德问题，而在启蒙民众时，又要以自由相激励。因此，他才会用东方哲学与康德哲学相比照，认为"其言空理也似释迦，言实行也似孔子，以空理贯诸实行也似王阳明"[③]，认为康德是以良知说本性、以义务说伦理。

这种比附当然难免牵强附会，可以见出梁启超对康德哲学的理解是有限的。但是，这也恰恰可以看出，梁启超之所以接受康德，是着眼于康德哲学的主体性精神的。对主体的强调，是梁启超的一贯立场。1900年他在《惟心》一文中提出："境者心造也。一切物境皆虚幻，惟心所造之境为真实。""天下岂有物境哉，但有心境而已！"[④] 对"心"的重视，正体现出对人的主观精神、对人的主体性的重视。梁启超对佛学和阳明心学的兴趣，正与此相关。而他之所以盛赞康德哲学，是因为康德对人的认识进行探讨，高扬人的主体性，"康德哲学、美学的基本特征就是强调人的主体性，是人为审美立法"[⑤]。梁启超正是要借康德思想的人类主体性鼓动国民自立，实现改良社会的目标。因此，梁启超虽然没有直接接受康德的美学思想，但是对主体性的高扬，体现在他早年的文艺论文如《论小说与群治之关系》中。文艺作品正是要利用自己感动人心的力量，实现社会变革，这种功利主义美学观，是梁启超的一大特色。而晚年时强调情感、个性与趣味，写下《情圣杜甫》《陶渊明》《美术与生活》《趣味教育与教育趣味》等文，同样可视为他对主体性的坚持。

二

梁启超对康德学说的介绍，本是功不可没，只是由于接触有限，加上比附、阐发，其中难免有纰漏讹误，受到了王国维的批评："此等杂志，本不知学问为何物，而但有政治上之目的，虽时有学术上之议论，不但剽窃灭裂而已。如《新民丛报》中之《汉

---

① 梁启超：《近世第一大哲康德之学说》，《饮冰室合集》文集之十三，中华书局1989年版，第49页。
② 贺麟：《五十年来的中国哲学》，商务印书馆2002年版，第89—90页。
③ 梁启超：《近世第一大哲康德之学说》，《饮冰室合集》文集之十三，中华书局1989年版，第49页。
④ 梁启超：《惟心》，《饮冰室合集》专集之二，中华书局1989年版，第45页。
⑤ 张玉能：《西方美学通史·序论》，曹俊峰、朱立元、张玉能主编：《西方美学通史》（第四卷），上海文艺出版社1999年版，第19页。

德哲学》其纰缪十且八九也。"① 王国维此论十分苛刻，却也道出了梁启超在介绍、传播康德学说时的功利主义特点。

与梁启超一样，王国维也是经由日本这一中介而接触到康德学说的。王国维居上海时，来到罗振玉等开设的东文学社，学社有日本学者藤田丰八、田冈佐代治，王国维通过他们而了解到康德、叔本华哲学，再由叔本华而研究康德，兼及伦理学与美学。

同样是重视康德思想，王国维与梁启超也存在很大的差异。

第一，王国维追求学术独立，力图从纯学理的角度来研究哲学，不像梁启超那样抱有明显的功利目的。因此，他对康德学说的解释不像梁启超那样喜欢用中国古代的学说加以附会。王国维对康德哲学、美学的理解比梁启超深入得多。他不仅阅读了大量的康德著作，还写下不少文章，如《汗德像赞》《德国哲学大家汗德传》《汗德之哲学说》等文，对康德思想进行了较为系统而全面的研究，对康德思想的价值给予了充分肯定，称其思想为"大道"②。他准确地指出康德哲学之特质，"在其提出知识之问题也"，发现康德哲学依据知情意三分而分为三大批判："理论的（论知力）、实践的（论意志）、审美的（论感情）。"③

第二，王国维不仅注重康德的哲学思想，也注意其伦理学与美学思想，这是由他的学术兴趣决定的，正如他自己所说："伟大之形而上学，高严之伦理学，与纯粹之美学，此吾人所酷嗜也。"④ 王国维爱好形而上学，是因为他认为中国传统学术较多地注重形而下的探究，缺少系统而严密的终极思考。他爱好伦理学，则是受中国传统思想的影响。他爱好美学，则与他本人对文学艺术的喜好是分不开的，《红楼梦评论》《人间词话》等著作，可以见出叔本华、康德美学的影响。

第三，王国维对康德思想的吸收是有限的，其评价也是有保留的，这与他对叔本华思想的接受与推崇是分不开的。王国维起初读康德的《纯粹理性批判》，感到难以理解，借助叔本华才理解康德。在《叔本华之哲学及其教育学说》一文中，他认为"其有绍述汗德之说，而正其误谬，以组织完全之哲学系统者，叔本华一人而已矣。而汗德之学说，仅破坏的，而非建设的。彼憬然于形而上学之不可能，而欲以知识论易形而上学，故其说仅可谓之哲学之批评，未可谓之真正之哲学也。叔氏始由汗德之知识论出而建设形而上学，复与美学、伦理学以完全之系统"⑤。王国维对康德哲学还缺少真正的理解，故他对康德评价不高，他更推崇叔本华，而叔本华的悲观主义以及强调直观、希望通过艺术的鉴赏达到自由的思想，则深深影响了王国维。

就探究学术、强调审美的独立性而言，王国维与蔡元培十分接近，与梁启超则有

---

① 王国维：《论近年之学术界》，姚淦铭、王燕编：《王国维文集》（第三卷），中国文史出版社1997年版，第37—38页。
② 王国维：《汗德像赞》，《王国维文集》（第三卷），中国文史出版社1997年版，第292页。
③ 王国维：《汗德之哲学说》，《王国维文集》（第三卷），中国文史出版社1997年版，第297—298页。
④ 王国维：《自序（二）》，《王国维文集》（第三卷），中国文史出版社1997年版，第473页。
⑤ 王国维：《叔本华之哲学及其教育学说》，《王国维文集》（第三卷），中国文史出版社1997年版，第318页。

较大的距离。但王国维深受叔本华的影响,这使他的学说笼罩着悲观厌世的色彩。在王国维身上,还带有封建士人的习气,他希望学术独立,不受政治的干扰,但是他所排斥的,却正是从西方输入的民主、人权、科学等观念,体现出明显的保守性。1923年,蔡元培前去看望王国维,在日记中记载了王国维的观点:"彼(指王国维——引者注)对于西洋文明很怀疑,以为不能自救(因我告以彼等已颇觉悟),又深以中国不能防止输入为虑。我询以对于佛学之意见,彼言素未研究。询以是否取孔学,彼说大体如此。彼以为西人之病根在贪不知止。彼以为科学只可作美术观,万不可应用于实际。"① 在这一点上,蔡元培的意见与他不同。蔡元培的基本原则是"学为学理,术为应用。各国大学中所有科目,如工商,如法律,如医学,非但研求学理,并且讲求适用,都是术。纯粹的科学与哲学,就是学。学必借术以应用,术必以学为基本"②。

三

梁启超和王国维对康德思想的理解与接受都还是间接、有限的,但是蔡元培就不同,他是留学德国,直接阅读康德原著,并且正如聂振斌先生指出的,"对于蔡元培来说,康德的影响则构成了他的美学思想的整体"③,康德的美学思想也成为蔡元培美育思想的根基。德国哲学特别是康德哲学对蔡元培的哲学、美学和美育思想影响很大,这一点已经得到公认,蔡元培自己也特别提到这一点:在德国留学时,"我于讲堂上既常听美学、美术史、文学史的讲演,于环境上又常受音乐、美术的熏习,不知不觉的渐集中心力于美学方面。尤因冯德讲哲学史时,提出康德关于美学的见解,最注重于美的超越性与普遍性,就康德原书详细研读,益见美学关系的重要"④。

康德的哲学和美学思想对蔡元培来说具有很重要的意义,这里需要追问的是,蔡元培为什么会如此推崇康德?1924年,蔡元培代表北京大学参加德国学术界举行的康德诞生二百周年纪念会,《在康德诞生二百周年纪念会上的致辞》一文中指出,"在欧洲思想界的发展中康德处于领导地位。更主要的是由于他的哲学和中国哲学有着共同之处"。在这篇文章中他接着指出,"现代中国哲学有两个特征:第一,通过经验批判的观察,对知识整体进行检查;第二,确认将哲学的各个组成部分置于伦理范畴的原则基础之上"。这其实也就是蔡元培所说的二者的共同之处,第一点意味着"扩大知识",第二点意味着"提高道德价值"⑤。

---

① 蔡元培1923年5月1日日记,中国蔡元培研究会编:《蔡元培全集》(第16卷),浙江教育出版社1998年版,第203页。
② 蔡元培:《在爱丁堡中国学生会及学术研究会欢迎会演说词》,《蔡元培全集》(第4卷),浙江教育出版社1998年版,第339页。
③ 聂振斌:《中国近代美学思想史》,中国社会科学出版社1991年版,第21页。
④ 王世儒编:《蔡元培先生年谱》,北京大学出版社1998年版,第106—107页。
⑤ 蔡元培:《在康德诞生二百周年纪念会上的致辞》,《蔡元培全集》(第5卷),浙江教育出版社1998年版,第270页。

康德的思想虽然很重要，但是蔡元培对康德思想的接受是有一个过程的。日本的下田次郎记下了德国的科培尔在日本文科大学讲课的内容，蔡元培根据日文本加以翻译，这就是后来出版的《哲学要领》一书。科培尔关注的，主要是康德的《纯粹理性批判》。在德国学习期间，蔡元培翻译了泡尔生的《伦理学原理》，而泡尔生正是康德派哲学家，同时还吸收了斯宾诺莎、叔本华的学说。

通过这些学者的著述，蔡元培发现了康德哲学思想的重要地位。蔡元培认为，康德哲学的意义就在于他"创立评判哲学，画定人类知识之界限"①，康德哲学是对理性主义哲学和经验主义哲学的调和，兼取二者之长。1916年，蔡元培在法国编写《欧洲美学丛述》，其中的《康德美学述》介绍了康德哲学及美学思想。在蔡元培看来，康德建立起三大批判的体系，"哲学的美学由此成立"②，"在哲学上美与真善有齐等之价值，于是确定；与论理学、伦理学同占重要的地位，遂无疑义"③。

对于康德哲学，蔡元培最注重的是美学部分；对于康德的美学思想，蔡元培最注重的是康德关于鉴赏判断的四个方面的说明中的两个——美感的超越性与普遍性。这是蔡元培美育思想的立足点，是其核心部分。蔡元培介绍了康德关于优美之解剖，提到"超逸""普遍""有则""必然"四个方面。综合言之，"美者，循超逸之快感，为普遍之断定，无鹄的而有则，无概念而必然者也"④。这也就是康德在《判断力批判》中对鉴赏判断所做的分析：鉴赏判断是审美的，涉及质、量、关系、模态。⑤

康德是从认识论的角度出发，强调审美的无功利性、超越性、普遍性。但蔡元培却是从价值论出发强调审美的意义，他认为从现象世界到实体世界并不容易，要解决人我差别和幸福之营求，就要有美感教育："美感者，合美丽与尊严而言之，介乎现象世界与实体世界之间，而为津梁。此为康德所创造，而嗣后哲学家未有反对之者也。"⑥他相信"人类共同之鹄的，为今日所堪公认者，不外乎人道主义，……而人道主义之最大阻力，为专己性。美感之超脱而普遍，则专己性之良药也"⑦。美育的作用就是陶冶人的情感，使人超越利害算计，打破人我界限，为更高层次的精神追求而努力。因此，康德关于鉴赏判断的四个方面的说明蔡元培只选取了两个，因为美感的超越性与普遍性可以化为对美育功能的说明。

以上所论主要是从美学角度出发，但是还没有直接涉及美育问题。蔡元培虽然对美学有浓厚兴趣，但更重视的是能够起到现实作用的美育事业。在这一点上席勒对他的影响超过了康德。"美育"是席勒在《审美教育书简》中最早提出来的，蔡元培提到

---

① 蔡元培：《哲学大纲》，《蔡元培全集》（第2卷），浙江教育出版社1998年版，第306页。
② 蔡元培：《美学的进化》，《蔡元培全集》（第4卷），浙江教育出版社1998年版，第307页。
③ 同上书，第432页。
④ 蔡元培：《康德美学述》，《蔡元培全集》（第2卷），浙江教育出版社1998年版，第506—513页。
⑤ [德]康德：《判断力批判》，邓晓芒译，人民出版社2002年版，第45—77页。
⑥ 蔡元培：《对于新教育之意见》，《蔡元培全集》（第2卷），浙江教育出版社1998年版，第13页。
⑦ 蔡元培：《哲学大纲》，《蔡元培全集》（第2卷），浙江教育出版社1998年版，第340页。

"经席勒尔（即席勒——引者注）详论美育之作用，而美育之标识，始彰明较着矣。自是以后，欧洲之美育，为有意识之发展，可以资吾人之借鉴者甚多"①。蔡元培肯定了席勒的这一功绩，也肯定了他对康德思想的继承与发展，认为席勒所说的"自由"，"就是康德所说的超官觉"②。但在康德的哲学体系中，感性与理性、客体与主体还没有完全摆脱二元对立的格局。事实上，作为一种高度理性化的哲学，康德哲学体系中"感性的美仍被安置在一个低级的水平上，它同一切感性的东西一样是有待超越或者抛弃的"③。

席勒的观念与康德不同，他明确地反对理性对感性的压制，强调感性的独立地位和重要意义，他重视感性冲动并从生命的意义来理解它："感性冲动的对象，用一个普通的概念来说明，就是最广义的生命。"④（着重号为文中原有——引者注）在这个问题上，蔡元培有自己的看法。在当时的中国，最紧迫的任务是启蒙国民、培养国民的理性精神，而且也不存在理性压制感性的问题，因而蔡元培的美育观念是从感性出发，注重人的情感，但最终指向还是人的理性、道德，这与中国的现实紧密相关。因此，从实际需要出发，蔡元培提出了著名的"以美育代宗教"的口号并终生矢志不渝地推行，成为中国现代史上影响最大的美育推行者。⑤

康德思想本身是一个丰富、复杂的整体，中国知识分子对康德的理解、接受，是基于康德思想本身的学术价值，但更是他们从自己的立场、视野和需要出发，从不同的角度去接受、阐释康德思想，希望以此解决当下的现实问题。这种对康德思想的本土化、现实化的改造，有其经验与教训，值得我们认真总结。

---

① 蔡元培：《美育》，《蔡元培全集》（第6卷），浙江教育出版社1998年版，第600页。蔡元培在这篇文章中还特地指出，"席勒尔所著，多诗歌及剧本；而其关于美学之著作，惟 Brisfe über die ästhetische Erziehung，吾国'美育'之术语，即由德文之 Ästhetische Erziehung 译出者也"。
② 蔡元培：《简易哲学纲要》，《蔡元培全集》（第5卷），浙江教育出版社1998年版，第232页。
③ 杜卫：《审美功利主义》，人民出版社2004年版，第161页。
④ ［德］弗里德里希·席勒：《审美教育书简》，冯至、范大灿译，上海人民出版社2003年版，第118页。
⑤ 蔡元培在接受康德、席勒思想基础上提出了自己的观念与主张，具体论述请参考拙文《从"无利害"到"似无用，非无用"——试论蔡元培对康德美学思想的吸收与改造》，《三峡大学学报》（人文社会科学版）2009年第5期。

西方文论与中外文论比较研究

先锋艺术的"雅努斯面孔"

周计武[①]

(南京大学艺术研究院　江苏　南京　210093)

摘　要：先锋艺术是一种动态的、多元的、充满张力的现代性范畴。在20世纪30年代以前，先锋艺术运动侧重于政治先锋，以法国和俄国为中心；在"二战"以后，先锋艺术运动侧重于审美先锋，以美国为中心。它主要表现为激进、反叛、虚无与苦恼等前卫心理。这些心理特征使先锋艺术运动陷入政治与审美、破坏与创新、前卫与庸俗、时尚与俗套、激进与颓废等一系列充满悖论的努力之中。我们把这种内在的双重性形象称为先锋艺术的"雅努斯面孔"。它既是现代性危机的表征，也是现代性危机的深化。其核心特征是反艺术，一种充满失败与危机感的艺术。作为一种美学风格，先锋派或许已经接近尾声。但作为一种价值规范，先锋精神依然生机勃勃。

关键词：先锋艺术；先锋的隐喻；创造性破坏；庸俗；颓废；反艺术；先锋派；先锋精神

自先锋艺术（avant-garde art）诞生之日起，它就以形式上狂热的实验性、令人震惊的艺术效果、激进的美学锋芒与乌托邦的政治想象，不断卷入各种学术纷争的旋涡。作为现代文明危机的表征，它既表达了前所未有的断裂、危机、衰败与虚无感，也以不断探索的勇气、勇往直前的反叛精神和自我献祭的立场，为我们塑造了未来社会的幻象。对进步主义者来说，它是革命的旗帜；对保守主义者来说，它是一个危险的信号。我们把这种双重性形象称为先锋艺术的"雅努斯面孔（Janus faces）"，以此来揭示其内在的双重性或矛盾性。

---

① 周计武（1977—　），江苏徐州人，南京大学艺术研究院副教授，文学博士。本文是国家社科基金青年项目"艺术体制论研究——从现代到后现代"（13CZW007）、教育部人文社会科学研究青年基金项目"现代性视域中的艺术体制研究"（12YJC760126）和教育部哲学社会科学研究重大课题攻关项目"当代中国社会转型中的视觉文化研究"（12JZD019）的阶段性成果之一。

一 先锋的隐喻：政治与审美

先锋艺术是一个动态的、开放的范畴，在不同的语言环境中，往往具有复杂的、微妙的差异。法国与俄国倾向于从艺术的社会性和政治性层面解读先锋文化现象，意大利偏爱从美学的视角强调艺术创新的价值，德国喜欢用感伤的颓废主义来表达现代艺术的倾向。在西班牙和西班牙语拉美文化中，先锋一词使用频繁。不过，最早系统探讨先锋艺术理论的西班牙哲学家奥尔特加（José Ortega y Gasset）在《艺术的非人化》（1925）一书中却喜欢用"新艺术""抽象艺术""非人化的艺术"来表达艺术形式实验的激进性与反叛性。在英美，人们习惯用温和的"现代主义"而不是激进的"先锋"来叙述现代艺术的历史，因为后者一直被视为法国尤其是巴黎的精神风尚——一种激进主义的风格和传统。

在法语中，先锋是一个阴性名词，本义指军事领域的"前卫，先遣部队，先头部队"，在隐喻的意义上才表示"文艺领域中敢于创新的先锋派"。[1] 自19世纪20年代以来，"先锋"逐渐被引入文化艺术领域，以隐喻的方式来表达极端的艺术思想和乌托邦的政治诉求。概括来说，这种隐喻的方式主要有两种：军事的与科学的。

作为军事隐喻，"孤军深入的"先锋艺术以标新立异、令人震惊的艺术效果，独自向僵化的社会体制和庸俗的布尔乔亚价值观宣战。这不仅意味着独自探索，还意味着孤独地战斗、征服与冒险。在反对资产阶级的阵阵浪潮中，激进的、愤怒的而又充满幻想的艺术家们把自己卷进浪潮中冲向敌方的滩头堡。

所有着眼于未来的左翼政治思想都把"先锋"纳入自己的修辞之中：圣西门、傅立叶等乌托邦社会主义者，巴枯宁、克鲁泡特金等无政府主义者（1878年在瑞士出版《先锋》杂志），马、列、毛等马克思主义者。最早把先锋一词引入艺术领域的是圣西门的信徒罗德里格斯，他在《文学、哲学与实业观点》（1825）一文中表达了如下观点：

> 将充任你们先锋的是我们，艺术家；艺术的力量是最直接、最迅捷的。我们有各种武器：当我们想要在人民中间传播新的观念时，我们用大理石雕出它们或用画布绘出它们；我们通过诗歌和音乐使它们通俗化；同样，我们求助于竖琴或长笛，颂诗或歌谣，历史或小说；戏剧舞台向我们敞开，正是从那里我们的影响热力四射、无往不胜。[2]

这段充满煽动性的言论，不仅强化了艺术与社会之间辩证统一的思想，而且突出

---

[1] *Le Grand Larousse*, Paris: Edition Larousse, 2014, p. 103.
[2] [美]卡林内斯库：《现代性的五副面孔》，顾爱彬、李瑞华译，商务印书馆2002年版，第111—112页。

了艺术的革命性与政治性。通过诉诸人们的想象力和情感，艺术以鲜明生动的形式，迅速传播新的观念和思想，引领社会变革的潮流。这就要求：艺术在形式上要通俗易懂、贴近大众的生活；艺术家要走在时代的前面，成为社会革命和政治运动的先驱。这种观念不仅赋予先锋艺术家一种沉重的历史使命感，而且赋予他们以领导者的权威和力量。一种自浪漫主义以来的神话形成了：艺术作为先锋、艺术家作先知的神话。在这个神话中，与科学家、企业家一起，艺术家将成为新时代的精英。不过，作为社会革命的先锋队，这个精英阶层将投身于反精英主义的纲领，颠覆等级化的社会价值观，在艺术的视觉表征中实现平等、自由的幸福生活。用毛主席的话说：艺术要为人民服务。

孤军深入，不仅意味着生命的历险，也意味着对军令的服从。针对法国艺术界对军事隐喻的迷恋，波德莱尔曾轻蔑地称为"文学的军事学派"，因为先锋艺术家既有狂热地捣毁偶像的一面，也有绝对服从纪律的一面。显然，先锋艺术的军事隐喻对艺术政治维度和社会功能的强调，暗中威胁了先锋艺术对未知领域的探索精神，存在被降格为政治喉舌的风险。在1902年发表的《怎么办》一文中，先锋艺术被列宁视为社会民主机器上的螺丝钉，要为宣传民主革命服务。成为艺术家首先要成为政治上的边缘人物，以批判的介入立场揭露社会问题。十月革命后，这种党派先锋的观念对政治与艺术的激进运动产生了广泛的影响。比如，文学界中的马雅可夫斯基和LEF小组，绘画界中的马列维奇和康定斯基，建筑界中的形式主义和构成主义流派，电影界中的爱森斯坦，戏剧界中的迈耶霍尔德（Meyerhold）等。这些艺术家拥护社会革命的政治立场，却希望在"纯美学"中发现更强大和更具说服力的革命倾向。在此意义上，它们既是政治的，也是审美的。二者在反叛传统、革新形式、宣传思想等方面，既有激进主义的色彩，也有孤独奋战的悲怆。差异在于，前者强调政治介入，后者突出艺术的自主性。

如果说政治先锋依赖于左翼思想和社会共和国的观念，旨在把被侮辱与被损害的人民从贫困和堕落的社会环境中解救出来；那么，审美先锋更强调艺术观念上的冒险与形式革新的实验精神，旨在通过科学的实践把人类的情感从贵族专制的社会腐败中解脱出来。

先锋的诞生在时间上和地理上同整个欧洲科学革命思想的最初发展完全合拍，这绝非偶然的现象。资本逻辑推动的技术创新是资本主义周期性的上升、繁荣、衰落与危机的主要推动力量。19世纪的技术革命对资本主义社会空间的生产与重组，改变了人们的生活体验与思维方式。在这个时代的现代化景观中，出现了蒸汽机、铁路、自动化工厂和雨后春笋般的大批城市，出现了报纸、电报、电话、摄影术和跨区域资本的聚集，也出现了可怕的失业、贫富分化和风起云涌的社会运动。所有这一切帮助现代人塑造了一种由技术主导的机械—科学神话，一种科学的眼光和立场。

先锋艺术孕育了科学主义，因为它具有反艺术、反人本主义的隐喻潜力。这里的

"科学不仅是一种方法,还是一种态度,即努力去除事物的神秘面纱并穿透、解剖事物的内在本质。这种态度甚至成了'为艺术而艺术'的运动基础。……科学之所以'纯粹',某种意义上是因为人们希望自身的技艺能够'纯粹',而科学的客观与不偏不倚,也与人们决心要避免感情用事与不公开显露个人情感有关"[1]。这种冷静的情感表现强化了技艺的纯粹性与艺术的自主性。艺术重心的转变发生在19世纪中叶。以修拉(Georges Seurat)、西涅克(Paul Signac)为代表的新印象主义,非常强调光学原理与色彩对比原理的运用。视觉世界被视为光与颜料按照一定逻辑程序的组合。他们的作品用深思熟虑的、持续的、相当一致的"点"状颜色并列在画面上,而不是如印象派画家那样用直觉的、瞬间的、速写式的写意构成。分割着色的"点描"变成了画家的科学实验。为了使光亮的色彩活跃起来,对比法则、点彩法、纯色和光学调色法被广泛地使用。

实验的本义是越界的冲动。在未知领域的探险,尝试新的事物并以经验来检验假设。科学的实验旨在通过一次又一次的实验来检验共同体的假设,不断增加公认的知识。与之相对,艺术的实验旨在通过艺术媒介、形式与观念上的变化,打破僵化的艺术陈规和过时的美学趣味。在艺术创造上,艺术被视为游戏。它不再关心表现什么,而是如何表现;它有意避免生动的形式,不再笨拙地朝向现实,而是"反对现实……扭曲现实,砸碎其人性的一面,并将其非人化"[2]。内容完全消解在形式之中,艺术日益抽象、纯粹、绝对化了。这种形式革新具有"既净化又治疗的作用",是"对我们公众言语的平淡、迟钝和乏味的必要反应,这种公众言语在量的传播上的实用目的毁坏了表现手段的质"[3]。在艺术接受上,它不是为所有人服务,而是仅仅为有天赋的少数人服务。整个社会被撕裂为两个阶层:少部分理解新艺术的人和绝大多数抱有敌意的大众。

在艺术功能上,艺术与社会的疏离,为艺术获得了必要的反思空间,有效地发挥了社会批判功能。在巴黎公社运动中,杜米埃的漫画、库尔贝的写实主义、波德莱尔的诗和福楼拜的小说,在抗议宗教神秘主义、言论审查制度和第二帝国庸俗的文化方面,曾经起到了不可估量的作用。或许,在内心深处,他们依然是激进的浪漫主义者,不过是手持解剖刀的浪漫主义者。冷静的观察与细节的刻画,揭露了可怕的社会真相,唤醒了几个世纪以来的人类尊严。

在先锋派的历史上,政治先锋与审美先锋时而携手并进,时而分道扬镳,共同演绎了现代反叛的文化思潮。

---

[1] [美]大卫·哈维:《巴黎城记:现代性之都的诞生》,黄煜文译,广西师范大学出版社2010年版,第268页。
[2] José Ortega y Gasset, *The Dehumanization of Art and Other Writings on Art and Culture*, trans. William R. Trask, Garden City: Doubleday, 1956, p. 20.
[3] Renato Poggioli, *The Theory of the Avant-Garde*, trans., Gerald Fitzgerald, Cambridge: Harvard University Press, 1968, p. 37.

二 先锋与传统：创造性的破坏

先锋艺术的神话之一就是与传统彻底地决裂。它允许我们进行思想的冒险和形式的实验，激励我们用艺术的武器获得道德的尊严和精神的力量，同时它又威胁摧毁我们所拥有的一切，摧毁我们所知道的一切。它拒绝停滞与静止，宛如脱缰的野马，以激进的反叛精神，不断地破坏、更新着我们对艺术的感知与体验。这种包含悖论的努力过程实质上是一种"创造性的破坏"[①]行为。不破不立，破坏是为了更有效地创造；创造是为了进一步破坏。只有不断地质疑、否定、批判过时的艺术技巧、形式、观念和体制，才能实现艺术结构的革命化。

何谓艺术的传统？作为描述性的历史概念，传统是世代相传的艺术技巧、艺术形式、艺术观念与艺术体制的总和。作为规范性的逻辑概念，传统是艺术界共同体一致认可、共同遵守的价值规范。先锋艺术的批判者坚信，传统是智慧的结晶，它把一切美好的、典范性的艺术品和艺术观念馈赠给后来者；先锋艺术的辩护者宣称，传统是沉重的包袱，它用程式化的、规范性的俗套压抑冒犯者。简言之，先锋艺术并非要挑战一切，它仅仅想挑战僵化的陈规和陈腐的传统。它不是用一种风格取代另一种风格，也不是用一种规范取代另一种规范，而是持续不断地反叛一切文化的教条、传统的标准和权威的准则。它内在地包含了蔑视主流、追求自由、不断探索的精神品格。因此，先锋艺术的本质是运动，而不是学派。"学派是相对静止的、古典的，而运动是动态的、浪漫的。学派的信徒力求达到完美的境界，但是一个运动的追随者却不停地在运动里探索。"[②] 在此意义上，先锋艺术与其说是与传统的决裂，不如说是为了保持传统的活力而进行的不断革新运动。

这是一场普罗米修斯式的挑战。为了给后来者"盗取天火"，它发誓要挑战一切传统的、学院式的、古典的艺术，不仅要挑战古希腊古罗马的艺术、中世纪的骑士传统、文艺复兴时期的人文主义艺术和启蒙时期的新古典主义艺术，而且要挑战浪漫主义、唯美主义与象征主义的现代艺术，乃至挑战它自身。

德国学者彼得·比格尔（Peter Bürger）认为，与过去反传统的立场不同，先锋艺术进行的不是体制内的批判，而是体制的自我批判。体制是指艺术"生产和分配的机制，也指流行于一个特定时期，决定着作品接受的关于艺术的思想，先锋派对这两者都持反对的态度"[③]。它包含艺术范式和社会机制两个部分。前者主要指艺术界共同体

[①] 这个概念是经济学家约瑟夫·熊彼特（Joseph Alois Schumpeter，1883—1950）提出的。他认为，资本主义市场的开拓及产业变革，就是不断地破坏旧结构，创造新结构，从内部实现经济结构的革命化。这个创造性破坏的过程，乃是资本主义的实质。

[②] Renato Poggioli, *The Theory of the Avant-Garde*, trans. Gerald Fitzgerald, Cambridge: Harvard University Press, 1968, p. 20.

[③] ［美］比格尔：《先锋派理论》，高建平译，商务印书馆 2005 年版，第 165 页。

所接受的价值观念、创作方法和艺术批评思想；后者指艺术的生产、接受机制以及一整套的程序化因素。体制内的批判是在接受、认可现存体制的框架内从事艺术的破坏行为。这种批判可能会动摇艺术界对某些艺术风格、艺术观念的共识，但无法彻底撼动整个艺术体制。浪漫主义以来的现代艺术传统，比如，浪漫主义对古典主义的反叛，印象主义对学院派的反叛，就属于体制内的批判。体制的自我批判是一种整体性的批判。先锋艺术是现存体制的反叛者。它不是一种风格对另一种风格的批判，而是对艺术观念与艺术体制的彻底批判。20 世纪前二十年兴起的未来主义、表现主义、达达主义和超现实主义等历史先锋派，是对唯美主义以来的整个自主性艺术体制的批判。

美学作为独立的学科与艺术作为自主性的领域是两个相伴而生的过程。从 19 世纪中叶开始，艺术结构的形式—内容辩证法的重心开始转向形式。艺术的技巧、手段在艺术结构中的地位越来越突出，而宗教和政治内容则慢慢萎缩。19 世纪末，象征主义与唯美主义走向了极端。它以纯粹的形式为据点，抛弃了审美判断中涉及内容的思想，把艺术与美等同起来，建立了以"纯粹美""形式美"为中心的唯美主义理论。"不是艺术模仿生活，而是生活模仿艺术"（王尔德）。艺术摆脱了宗教的、政治的和伦理的思想束缚，成为一个完全自主的领域。艺术与生活实践日益疏离，"体制的框架与单个作品的内容之间存在的张力趋于消失"[①]。显然，艺术的自主性是以艺术丧失或部分丧失社会批判功能为代价的，因为艺术日益沦落为象牙塔内的艺术，失去了与现实生活实践和大众反叛运动的联系。艺术作为先知的神话变得可疑了，艺术的社会影响力越来越微不足道了。因此，先锋艺术呼唤一种政治"介入"的艺术，把艺术活动与社会生活实践重新融合起来。面对异化的资本主义现实，它不再排斥和逃避，而是直面荒诞的人生境遇，并尝试组织一种新的生活实践。在艺术技巧上，它并不宣扬某种风格，而是把手段作为手段来使用，因为它自己就是一种风格，或者是反风格。艺术品中的"单个符号主要不是指向作品整体，而是指向现实。接受者具有将单个符号当作有关生活的实践或政治指示的重要宣言来反应的自由"[②]。这是被压抑者的回归，它唤醒了一度被自主性艺术所遮蔽的另类现实，重现点燃了艺术的政治激情。审美先锋再度与政治先锋携手并进，推翻所有保守的艺术陈规，享受探索新领域、创造新艺术的自由。如斯洛文尼亚学者德贝尔雅克（Aleš Debeljak）所言："它成功地把乌托邦的审美理想（美、自由、自我实现）从继承下来的现代艺术范畴的传统中解脱出来，以便充分地转化到社会实践的层面。换言之，通过激进的审美革新来实现极端的社会革命被认为是可能的。"[③]因为他们相信，"攻击艺术体制是实现生活与艺术相结合这一乌托邦的前提条件"。[④]

[①] ［美］比格尔：《先锋派理论》，高建平译，商务印书馆 2005 年版，第 93 页。

[②] 同上书，第 171 页。

[③] Aleš Debeljak, *Reluctant Modernity: The Institution of Art and Its Historical Forms*, Lanham: Rowman & Littlefield Publishers, Inc., 1998, pp. 128—129.

[④] Peter Bürger, "Avant-Garde and Neo-Avant-garde: An Attempt to Answer Certain Critics of Theory of the Avant-Garde", *New Literary History*, Volume 41, Number 4, 2010 Autumn, p. 696.

如果说反传统是先锋艺术的策略，那么创新才是它的真正目的。对过去的拒斥与新之崇拜是一枚硬币的两面。象征主义诗人兰波在1871年5月15日的一封信中写道："新来者……可以自由地诅咒前辈"，诗歌"让我们要求诗人有新的东西——思想和形式"[①]。意象派诗人埃兹拉·庞德把《论语》中的"日日新（Make it new）"作为诗歌创作的指南，反对从书本、传统与陈腐的题材来思考，力避维多利亚诗歌的陈腐、感伤，主张从日常生活撷取鲜活生动、准确客观的意象。

一种绝对现代的新之美学逐渐取代了艺术家对永恒不变的传统信仰。在先锋艺术的长征中，"新"之光环始终在波德莱尔开辟的"现时英雄主义"和马里内蒂（Marinetti）创造的"未来英雄主义"之间闪烁。区别在于，前者试图在现代生活的瞬间、过渡与偶然中把握一种英雄的气概和永恒的美，内在地包含了对进步论信仰的批判；后者则受到决裂的修辞学和开端神话的鼓舞，卷入到以未来为导向的技术崇拜和狂热的体制否定之中。二者在不断更新的艺术风格和审美实践中都包含了一种批判的锋芒。毕竟，在激进革新的双重逻辑——破坏与创新中，否定才是最重要的因素。它不仅表现为对庸俗市侩主义和普遍审美化的抵制，而且表现为对体制化艺术的彻底摒弃。马里内蒂号召人们扫荡一切博物馆、图书馆；马雅可夫斯基（Mayakovsiky）更是要把普希金、伦勃朗从现代性的轮船上抛入海水中。

三 先锋与庸俗：俗套的发明

拒绝平庸、抵制庸俗艺术（Kitsch）是先锋艺术的另一个神话。它内在于唯美主义、象征主义等现代艺术的传统之中。先锋艺术不过是把这种否定的潜能和与之对应的震惊美学策略极端化了。

唯美主义诗人王尔德倡导一种说谎的艺术，它着眼于美丽的、不朽的、不断变化的事物，极力避免形式与题材上的现实性。一切坏的艺术都是返归生活与自然造成的，因为"我们的世纪是要多乏味有多乏味，要多平庸有多平庸。……伟大的中产阶级梦想——它们平庸，卑微，乏味"[②]。象征主义诗人波德莱尔同样为粗俗的、物质主义的中产阶级趣味的人感到悲哀。"在任何时代都是平庸占上风，这是无可怀疑的；然而确实而又令人痛心的是，它从未像现在这样支配一切，变得绝对地得意和讨厌。"[③] 不过，在波德莱尔的视野中，19世纪的巴黎既阴暗神秘，弥漫着腐朽、堕落与颓废的气息；又具有一种现代的美和英雄气概，女人、马车、军人、典礼、盛大节日等，都表现出过渡时代中"恶的特殊美"。在波德莱尔的诗歌中，"我们茫然地被抛入邪恶、丑

---

① [美]卡林内斯库：《现代性的五副面孔》，顾爱彬、李瑞华译，商务印书馆2002年版，第122页。
② 赵澧、徐京安主编：《唯美主义》，中国人民大学出版社1988年版，第139页。
③ [法]波德莱尔：《1846年的沙龙》，郭宏安译，广西师范大学出版社2002年版，第345页。

陋和堕落。……必须不惜一切代价加以避免的东西是平庸、死亡以及日常丑陋的懒惰的时刻"①。

两位诗人面对物化的现实和平庸、乏味、无趣的布尔乔亚价值观,都主张通过艺术与审美的救赎,以纯艺术的生活方式来抵御功利主义的腐蚀与进攻。加拿大学者泰勒解释说:

> 如果我们把艺术作为某种更高的事物加以考虑,即作为人类恢复其完整性,至少作为逃避堕落和支离破碎的一个方法,那么,我们可以想象一种感受性,对于这个感受性来说,任何属于自然的东西都过于懒惰、无序、晦涩、迂腐,以致不能成为艺术家的根源。对自然的浪漫主义的解释似乎是一种亵渎,一种向仅仅是既定的东西、普通的东西和平庸的群众的屈服。艺术只有与之决裂,建立一个毫无关联的领域,才能够完成自己的使命。②

通过艺术与社会的疏离,现代艺术炸断了通往庸俗生活的桥梁,为我们呈现了另类的、崇高的、乌托邦的视觉幻象。它醉心于恶魔、震惊甚至恐怖的极端体验,试图从垂死的、俗套的机械文明中唤醒包含在历史中富有诗意的东西。

但是,拒绝平庸的现代艺术并没有成功地挑战庸俗、乏味的资产阶级秩序及其价值体系。因为美学领域与其他社会领域的分离,"极易避开其他社会实践孑然独立,从而成为一块孤立的飞地,在这个飞地内,支配性的社会秩序可以找到理想的庇护地避开其本身具有的竞争、剥削、物质占有等实际价值"③。面对孤立无援的政治困境,先锋艺术试图破除艺术与社会之间的隔绝状态,竭力将审美实践引入现实社会生活之中。这一革命的、乌托邦式的努力旨在抵制日益商业化的庸俗世界,向批量生产的、大众化的、商业性的庸俗艺术挑战。现在的问题是:什么是庸俗艺术的本质?先锋与庸俗之间是水火不容的吗?先锋艺术能否成功地抵制商业化的庸俗世界?

1939年,美国艺术批评家格林伯格(Clement Greenberg)在《党派评论》上发表了影响20世纪先锋艺术与先锋艺术理论走向的文章《先锋派与庸俗艺术》。该文认为,庸俗艺术是特意为大众的消费而生产的艺术。大众是那些拥有较低的读写能力、对严肃文化无动于衷而又渴望某种文化娱乐的人。大众之所以喜欢庸俗艺术,是因为庸俗艺术以喜闻乐见的形式表现了大众熟悉的视觉形象,可以轻松地体验一种廉价的感动。庸俗艺术在本质上具有一种虚假的同一性。

> 庸俗艺术是程式化的和机械的,是虚假的快乐体验和感官愉悦。虽然庸俗艺

---

① [加拿大]查尔斯·泰勒:《自我的根源:现代认同的形成》,韩震等译,译林出版社2001年版,第681页。
② 同上书,第685—686页。
③ [英]伊格尔顿:《审美意识形态》,王杰译,广西师范大学出版社2001年版,第9—10页。

术依据样式而有所变化,却始终保持着同一性。它是我们时代生活中一切虚假事物的缩影。庸俗艺术宣称除了金钱之外,对消费者无所要求,甚至不浪费时间。①

第一,先锋艺术热衷形式的探索,庸俗艺术更偏爱陈腐的俗套(stereotype)。俗套特指艺术在表达媒介、表现手法上因循守旧,采用标准化的模式进行艺术的生产。它把严肃文化所贬斥和程式化了的形象作为原材料,不断地从文化传统中攫取技法、策略和表现方法,在雅俗趣味的融合中,实现艺术生产的机械化。在文化工业的生产流水线上,它往往按照固定的叙事套路和视觉手段来表达习以为常的视觉经验。尽管在艺术形式上变化多样,但不过是以一种俗套取代另一种俗套罢了。第二,与不断开掘新感性的先锋艺术不同,庸俗艺术是一种审美的欺骗,一种伪艺术。它建构了虚假的谎言系统,具有取悦大众的审美力量,"一种不仅能满足最简单最广泛的流行审美怀旧感,而且能满足中产阶级模糊的美的理想的力量"②。如阿多诺所言,"它诈取虚假的情感,从而使真情实感化为乌有。媚俗是对净化作用的拙劣模仿"③。为了取悦大众,庸俗艺术往往通过对高雅艺术的拙劣模仿,来缔造伪个性化(pseudo-individuation)、看似新奇的审美氛围。因此,构成庸俗艺术本质的"也许是它的无限不确定性,它的模糊的'致幻'力量,它的虚无缥缈的梦境,以及它的轻松'净化'的承诺"④。这是一种虚假的审美体验和感官愉悦,因为它既没有真实地呈现存在的境遇,也没有唤起沉思命运的力量。在轻松一笑的娱乐或廉价浅薄的泪水中,大众得到的不过是异化现实的补偿物,一种心灵鸡汤。第三,与崇尚差异的先锋艺术相比,庸俗艺术具有令人压抑的同一性。同一性坚持非矛盾性原则,具有同化的强制力量。在接受效果上,大众的审美体验往往是模式化的、可以预期的。艺术的内在体验让位于商品的交换价值,大众不过是文化工业算计的对象而已。这不可避免地带来艺术内在张力的消失。每个作品都带有被技术驯化的痕迹,"即时快乐和欢笑的外表成为解除听者完整思想的托词,这种思想曾包含在恰当的倾听之中。沿着最少抵抗的路线,听者被转变成顺从的买家"⑤。在此意义上,庸俗艺术不过是一种"顺从的艺术(resigned art)"——对社会等级秩序的服从。

先锋艺术与庸俗艺术是两种既相互疏离又彼此并存的文化现象。相比较而言,先锋艺术追求的是艺术的制作过程,是专门为艺术家生产的个性化艺术;庸俗艺术追求的是艺术的效果,是为大众消费制作的机械化艺术。二者之间的疏离不仅仅是一种文化现象,更是一种政治现象。自20世纪20年代末开始,先锋艺术在西方受

---

① [美]格林伯格:《先锋派与庸俗艺术》,《激进的美学锋芒》,周宪编译,中国人民大学出版社2003年版,第194页。
② [美]卡林内斯库:《现代性的五副面孔》,顾爱彬、李瑞华译,商务印书馆2002年版,第247页。
③ [德]阿多诺:《美学理论》,王柯平译,四川人民出版社1998年版,第409页。
④ [美]卡林内斯库:《现代性的五副面孔》,顾爱彬、李瑞华译,商务印书馆2002年版,第245页。
⑤ Bernstein, J. M., ed., *The Culture Industry*, London and New York: Routledge, 1991, p.32.

到两面夹击，被迫在意识形态的夹缝中生存。"现代运动的认同者们由于这个概念与革命具有某种联系因而并不喜欢它。但是因为它也已经被确认为在资产阶级社会裂缝中成长起来的激进运动，新兴的苏维埃官僚集团也就绝不会支持它。"① 相反，庸俗艺术由于在取悦民众、煽动民众方面具有特殊的奇效，公开受到德国、意大利和俄国等极权体制的支持。从法西斯主义和斯大林主义的观点看，先锋艺术的缺陷不是激进的批判性，而是太"单纯"，无法造成一种宣传效果。但庸俗艺术很容易达到这个目的，使独裁者与民众"心心相印"。先锋艺术被流放了！这或许可以部分解释先锋艺术拒绝政治、转向形式实验的原因。

不过，先锋派与庸俗艺术在艺术生产机制上是相互吸引的。

第一，二者在表达策略上相互模仿。一方面，先锋艺术往往借助媚俗艺术的花招来达到颠覆与反讽的目的。以达达主义者杜尚为例，他常常用工业化的现成品，如《泉》，来拒绝陈腐的美学惯例，达到反艺术、反美学的目的。另一方面，媚俗艺术也常常攫取先锋艺术的技法、策略来做"美学广告"，以此缔造奇异的审美氛围，为美学上的从众主义服务。

第二，二者遵循类似的时尚逻辑。先锋派、庸俗艺术与时尚三者的共同点在于：新之崇拜。美国哈佛大学比较文学教授波焦利（Renato Poggioli）认为，"时尚的主要特征是把短期内另类的或异想天开的东西确立为新的准则或规范，并立刻予以接受，把它变为人人皆有的俗物后，再抛弃它。简言之，时尚的使命是保持一个延续不断的平庸化过程：把稀奇之物变成广泛流行的东西，当它不再稀奇之后，又用另一个稀奇之物取而代之"②。时尚表达了模仿与创新的双重诱惑。通过对既定模式的模仿，它把独一无二的创新变成争相效仿的普遍规则，满足了社会调适的需要。如果说先锋派的使命是创新，那么庸俗艺术旨在把创新转化成俗套。艺术的美是一种俗套与另一种俗套之间短暂的喘息。在某种形式变成陈腔滥调、庸俗之物被抛弃之前，时尚会经历令人新奇、惊异与愤慨的先锋阶段。当时尚变成流行之物、普遍的准则或俗套时，先锋的使命就终结了，它已经让位于庸俗艺术。因此，如果说先锋艺术是时尚的引领者，旨在发明俗套；那么庸俗艺术则是时尚的追随者，旨在把发明转变成普遍的准则，即俗套。在此意义上，我们有理由认为，作为先锋艺术的终结者，庸俗艺术是陈腐的、过时的先锋，是审美实践中的伪先锋。

第三，先锋艺术同样受到商业化逻辑的操控。一方面，庸俗艺术的巨大利润总是诱惑先锋派，迫使他们在市场压力下部分或完全地改变自己的策略。另一方面，先锋艺术创作、展览所需要的资金，是"由社会统治阶级中的名流精英所提供的，先锋派自以为已割断了与这个社会的联系，但它却仍以一条黄金脐带依附于这个社会，这个

---

① ［英］保罗·伍德：《现代主义与先锋观念》，常宁生译，《艺术探索》2008年第4期。
② Renato Poggioli, *The Theory of the Avant-Garde*, trans. Gerald Fitzgerald, Cambridge: Harvard University Press, 1968, p.79.

悖论千真万确"①。因此，先锋艺术不能免俗，躲在阁楼里忍饥挨饿的天才先锋家不过是一个过时的神话。

四　先锋与颓废：反艺术

一种极端主义的幽灵始终飘荡在先锋艺术的上空，它在允诺智慧、想象与创造力的同时，也充满了自我否定的焦虑与自我献祭的虚无感。隐藏在先锋运动背后的心理动机是什么？先锋艺术为什么会不断遭遇自我合法化的危机？

波焦利在1962年出版的《先锋派理论》中，对先锋运动的心理学第一次进行了系统的社会学探讨。该书认为，先锋运动具有四个显著的心理特征，即激进（activism）、反叛（antagonism）、虚无（nihilism）和苦闷（agonism）。激进是一种极端主义的行为心理，为运动而运动，使运动本身成为"满足威力的一种工具，一味地追求激情的幻想与欢愉的刺激"。反叛是一种充满敌意的、叛逆性的行为心理，一种放荡不羁、拒绝平庸的波西米亚精神。虚无是一种无政府主义的行为心理，它"陶醉于运动的狂热之中，打倒权威，摒除障碍，盲目地摧毁它面前的一切事物"。苦闷是一种痛苦挣扎、自我毁灭的行为心理，一种为了崇高的使命宁愿自我牺牲与献祭的精神。②这些心理特征使先锋艺术陷入了破坏与创新、挑战与屈从、反时尚与时尚、失败与成功等矛盾性的行为之中，不断衍生出了变革语言、狂热实验、迷恋新异、反抗传统、自杀式美学等广为人知的先锋标签。在激进主义的美学批判和叛逆性的探索激情中，隐藏了一种难以言说的悲怆情怀，一种痛苦挣扎的苦闷心理。我们把这种幻灭的激情与激情的幻灭称为"颓废"（decadence）。颓废是"一种夸张的激情，一种俯身向不可能所表达的敬意，一种精神失败论的充满悖论但积极向上的表现形式"③。它来自现代历史的悲哀，与浪漫主义以来的反叛传统有着直接的血缘关系。在某种意义上，它既是隐藏在一切先锋运动背后的心理动机，也是先锋运动形成的一种思潮。

"颓废"会让我们想起黄昏、深秋、死亡、废墟等苍凉的审美意象，想起生命的沉沦、精神的抑郁和有机体的腐烂。从自然周期和生物的隐喻来思考它，我们会发现它暗含了一种特殊的危机感。这种感受源于艺术与社会的疏离和美学实验的失败。与社会格格不入的孤独体验，另类的、边缘的身份想象，往往是艺术家引以为傲的资本。他不断发出悲叹之声，为少数知音自绝于大众，以狂热的实验反抗布尔乔亚阶层的庸俗与乏味。但是，这一切只是病态的幻象。在孤傲的灵魂深处是失败的悲怆、苦闷的挣扎和凄惨的感受。这种深深的幻灭感折磨着艺术家，迫使他加速传统形式的衰朽，

---

①　[美]格林伯格：《先锋派与庸俗艺术》，《激进的美学锋芒》，周宪编译，中国人民大学出版社2003年版，第193页。

②　Renato Poggioli, *The Theory of the Avant-Garde*, trans. Gerald Fitzgerald, Cambridge: Harvard University Press, 1968, pp. 25—26.

③　Ibid., p.66.

强化现有的一切颓败与衰竭的症状。"艺术被认为是一种失败和危机的经验",它"拒绝秩序、可理解性,甚至成功"。[①] 因此,颓废不仅是自觉的,而且是欣然的自我毁灭与献祭。它"不仅是一种匿名的、集体的献祭,而且是孤独的创造性个体的自我献祭"[②]。理智上的游戏态度、偶像的破坏、不雅的恶作剧、对戏仿的推崇,这一切都暗含了否定自身的内在倾向。先锋艺术一直在自觉自愿地死去。它"极力地将每一种艺术形式推向最深层的危机。在此过程中,现代性和先锋派都显示出一种特殊的危机想象力;它们联合起来成功地创造出一种复杂的对危机的感受力,这种感受力常常是反讽和自我嘲讽的,它似乎既是它们的最终成就也是它们的报应"[③]。

德国美学家阿多诺把这种充满失败与危机感的先锋艺术称为"反艺术(anti-art)"。抽象派绘画、法国新小说和席卷欧美的荒诞派戏剧都可视为反艺术运动的组成部分。"反"有质疑、消解与重构之意。反艺术从否定自身寻求出路,向自身的本质提出挑战。这是一种辩证的否定立场:通过否定自身,来否定这个异化和野蛮的世界。它奉献给社会的,不是某种可以直接沟通的内容,而是某种间接的否定或抗议。通过表达不可表达之物,反艺术获得了自己的批判形式,一种包含意义危机与表达危机的形式。一方面,面对异化的现实与存在的荒诞,反艺术呈现给我们的是意义的虚无与荒谬。作为表现苦难的语言,它是对人遭到贬低的一种悲愤的批判。另一方面,面对难以言说的苦痛和无言的焦虑,它企图超越"所有被社会浸染了的语言,以及那些把我们囚禁在陈腐假定中的观看和言说方式"[④]。在卡夫卡的小说、贝克特的戏剧、勋伯格的音乐中,我们见证了歧义的力量,一种片段的、谜语一样的诗性话语。

可见,作为先锋派的核心特征,反艺术既是对危机的回应,也是危机向深度的发展。它"以自杀的姿态,持续地成为艺术。它的自我否定令人惊奇地带来它的持存与胜利"[⑤]。由此推论,先锋艺术史就是一种自我否定、不断深化危机的历史,一种方死方生、不断走向终结的历史。

结论　先锋、先锋派与先锋精神

先锋艺术是一种动态的、多元的、充满张力的现代性范畴。它内在于不断进步的现代性逻辑之中,是现代性危机的表征。正是对"新即好"的现代价值观和历史进步论的信赖,才使一种为未来奋斗的自觉而英勇的先锋神话成为可能。在骚动不安的历史进程中,先锋艺术以激进革新的双重逻辑——创新与破坏,闪烁着现代性

---

① [美]卡林内斯库:《现代性的五副面孔》,顾爱彬、李瑞华译,商务印书馆2002年版,第134页。
② Renato Poggioli, *The Theory of the Avant-Garde*, trans. Gerald Fitzgerald, Cambridge: Harvard University Press, 1968, p. 65.
③ [美]卡林内斯库:《现代性的五副面孔》,顾爱彬、李瑞华译,商务印书馆2002年版,第159页。
④ [美]马克·埃德蒙森:《文学对抗哲学》,王柏华译,中央编译出版社2000年版,第254页。
⑤ Walter Jackson Bate, ed., *Criticism: The Major Texts*, New York: Harcourt, Brace, 1970, p. 664.

实验的光芒。

先锋艺术观念是由先锋、先锋派和先锋精神等概念共同建构的产物。在过去一个世纪的历史中,"先锋"主要是作为一种隐喻的修辞来使用的。其军事隐喻侧重艺术的文化政治与社会批判功能,主张通过艺术的激进变革实现乌托邦的社会理想,属于政治先锋;其科学隐喻侧重艺术的历史批判与自我批判的功能,强调艺术形式的实验和美学观念的革新,属于审美先锋。在20世纪30年代以前,先锋艺术运动侧重于政治先锋,以法国和俄国为中心;在二战以后,先锋艺术运动侧重于审美先锋,以美国为中心。在现代艺术史中,二者相互依存,辩证统一。

"先锋派"是一种历史分期概念,特指19世纪末发源于西方,然后播散到世界各地的一种国际化的艺术流派。纽约大学戏剧教授理查德·谢克纳认为,在一百多年的历史中,它至少包含历史先锋派、当代先锋派、未来先锋派、传统先锋派和跨文化先锋派五种历史形态。作为一种风格或流派,先锋派在20世纪70年代末走向"终结",就技术、主题和艺术手法来说,已经毫无新奇可言。[1] 这种悼词并不新鲜。早在20世纪30年代,菲利普·拉夫(Philip Rahv)就在《三十年代的黄昏》一文中感叹:先锋派是一个不停地反叛和否定反叛的角斗场,它在内容与形式上不断地革新自身;但现在这个宏伟壮丽的进程就要结束了,没有什么先锋运动可以存在下去了。[2] 事实上,先锋派是一种方死方生、向死而生的艺术,一种包含失败与危机感的反艺术。

作为规范性的逻辑概念,"先锋精神"特指隐含在先锋艺术运动中的支配性心理因素和精神品格。波焦利认为,先锋运动主要有四种行为心理:激进、反叛、虚无和苦恼。这些心理特征使先锋艺术不断陷入政治与审美、前卫与庸俗、破坏与创新等充满悖论的努力之中。当这些隐蔽的心理因素经过历史的沉淀,逐渐成为艺术界潜在的共识时,特定的精神气质就形成了,比如,决不妥协的反叛精神、格格不入的另类气质、自杀式的审美立场等。在艺术实践上,它往往以批判的姿态持续地探索艺术存在的可能性,拒绝平庸、蔑视权威、抵制媚俗,闪烁着激进的美学锋芒。"在某种意义上,我们可以说,文化史上的任何时期都有先锋存在,它总是在那个特定历史时期中,站在人们认为是现代的任何事物的前沿。"[3] 因此,作为一种美学风格,先锋派或许已经接近尾声。但作为一种价值规范,先锋精神依然生机勃勃。

---

[1] [美] 理查德·谢克纳:《五种先锋派,或……或不存在?》,胡开奇译,《戏剧艺术》(上海戏剧学院学报) 2000年第5期;理查德·谢克纳:《先锋派的没落与衰亡》,曹路生译,《戏剧艺术》1991年第1期。
[2] Philip Rahv, "Twilight of the thirties", Partisan Review, VI (4), 1939Summer, pp.3—15.
[3] [法] 弗雷德里克·卡尔:《现代与现代主义》,译者,中国人民大学出版社2004年版,第9页。

英伽登现象学文本诗学学理逻辑及学术意义

董希文[①]

(鲁东大学文学院　山东　烟台　264025)

摘　要：现象学哲学认为科学知识产生于主客体之间的纯粹意向性直观活动。依此为据，现象学美学集大成者英伽登坚持认为文学文本是由语音、意义单元、图式化观相和再现的客体四个渐次深入的层面构成的充满差异的意向性客体，文本意义既不全然来自客体语言存在物，也不全然产生于主体的意识结构和主观理解，而是来自于主客体交融的瞬间，是客体作为"纯粹意向性客体"与主体作为"纯粹意识"在本质直观活动中自然呈现，是主客交互活动的必然结果。现象学方法及其相关理论促进了间性文本理论的形成与发展。

关键词：现象学；文本；意向性结构

现象学是20世纪西方最为重要的哲学流派之一。尽管作为一种哲学思潮已经过时，但其提出的研究问题的方式却具有方法论意义，对西方人文社会科学研究带来了全方位影响。作为一种认识世界的方法，现象学与传统哲学根本区别在于不是从实体论出发探究问题，无论物质实体还是观念实体都不是认识产生的根源，认识产生于主客体之间的交互活动。从事物间性出发研究问题，这就弥合了传统哲学非此即彼的二元对立认识，有效地解决了物质与观念、感性与理性、主观与客观等关系性存在中两者的地位问题，极大地促进了哲学和其他人文科学思想的变革。现象学方法对文本理论的转型具有重大影响。

---

① 董希文（1969— ），山东东营人。鲁东大学文学院教授，文学博士，硕士研究生导师。主要从事文学理论、美学研究工作。本文为教育部人文社会科学重点研究基地重大项目"文学文本理论研究"（12JJD750020）阶段性成果。

一

现象学的开山鼻祖是德国哲学家胡塞尔,其主要哲学观点是:知识通过本质直观活动而获得,认识在本质直观中形成。胡塞尔指出本质直观活动是主体的意向性活动,能够获得普遍性的知识。原因在于人的意识不仅是主体的一种知识形态,更是一种朝向客体的意向性活动。"意向性把主体和客体联系了起来,这种联系可以用两句话来概括:一切意向都是指向对象的意向,一切意向都是意向性的意向。在现象学的本质直观中,纯粹的意向性活动一方面使对象的构造结构显现出来,同时主体的意向性活动结构也显示出来。意向性结构和对象结构是在本质直观中同时显现出来的,对象结构就是事物中的普遍性的东西,而这普遍性的东西是在主体的意向性活动显示出来的,客体的对象结构和主体的意向性结构都是在本质直观中出现的,是以单个人的亲身经历为其保证的,是确实的。"[1]

西方现象学家曾提出过一个响亮且共同的口号"回到事物本身"。如何才能直面现象、回到事物本身?那就是本质直观。国内现象学美学研究专家张永清将现象学方法概括为三个方面:"第一,还原理论,这个方法又由三个部分组成:悬搁、现象学还原和先验还原;第二,本质直观理论;第三,反思和描述方法,即描述意识的意向性结构和意识的视域结构。"[2] 这三个方面不仅是现象学方法的主要组成部分,同时也是一种认识或知识获得的纵向历程(展开过程),认识就在这样一个依次渐进的过程中获得。现象学方法的核心是本质直观,但要进入认识过程,就需要进行悬搁、现象学还原,一方面把主体的各种先入之见悬搁起来,另一方面把对象的各种背景知识悬搁起来。这样,主体就能直接面对事物本身,进行本质直观。反思和描述则是对本质直观过程及结果的呈现,这不是形而上的逻辑的论证,而是保留感性样态的描述,显示着认识本身的具体性和丰富性。解释学现象学家伽德默尔充分肯定了现象学研究方法上述特征,"正如这个词本身所暗示的那样,现象学是一种无先入之见的描述现象的方法态度,在方法上,放弃对于现象的心理—生理根源的说明或者放弃向预设原理的返回"[3]。现象学方法的革命意义在于真正杜绝了中介因素(包括各种传统知识、背景知识和先入之见)对认识的影响,在纯粹主体和纯粹客体交融的"瞬间"形成创见,类似于中国古代道家哲学中的"目击道存"。这样的认识和知识只能会更为纯粹和科学。

现象学方法对美学、文学理论影响巨大,学界有目共睹。在美学领域,直接促成

---

[1] 张法:《20世纪西方美学史》,四川人民出版社2003年版,第172页。
[2] 张永清:《现象学与西方现代美学问题》,人民出版社2011年版,第13页。
[3] [德]伽德默尔:《康德与解释学转向》,参见严平选编《伽德默尔集》,邓安庆等译,远东出版社1997年版,第313页。

了杜夫海纳审美经验现象学的提出，对审美对象和审美价值研究带来全新革命。在文艺理论领域，启发了英伽登文学本体论理论和伊瑟尔阅读现象学理论的产生，并直接导致20世纪60年代中后期读者接受理论思潮的涌现。

二

英伽登是20世纪波兰最重要的现象学哲学家，胡塞尔最忠实的学生和追随者。但令人惊奇的是其影响并不产生在哲学领域，而是文艺学和美学研究。"他的名声主要靠他的美学著作。在这一方面他对艺术作品进行的本体论分析所显示的前所未有的详尽程度，现在已经得到公认。"[1] 当然，英伽登研究文学活动的主要目的并不是推动文艺学的发展，而是以文学为例阐释其哲学观念、方法和主张。英伽登最重要的文艺学、美学研究著述有《文学的艺术作品》（1931）、《对文学的艺术作品的认识》（1937）、《艺术的和审美的价值》（1964）和《经验、艺术作品与价值》（1966）等。其中，前两部著作已被翻译成多国文字，并已产生了世界性的影响。

英伽登的最大贡献在于从现象学理论出发研究了文学文本结构层次，提出了文本层级结构理论。其四层次结构理论与西方传统的内容形式两层次说、中国传统的"言、象、意"三层次说存在明显不同。在英伽登看来，文学文本四个层次划分清晰且相互关联，在维护文本统一体的基础上制约各种认识的产生。这一认识对于有效开展文本阅读实践活动具有较强启发价值。韦勒克对此有高度评价，"我们用不着详述他的方法的每一个细节就可以看出，他对这些层面的总的区分是稳妥的、有用的"[2]。

遵循现象学方法，英伽登认为文学文本是一意向性客体，具有独特的意向性结构。完整的文学文本的意向性结构由四个层次构成：（1）语音单元层；（2）意义单元层；（3）图式化观相层；（4）再现客体层。尽管英伽登还提到有些文本还有"形而上"层次，显示诸如崇高、荒诞、壮丽的哲学意味。但这并不是每个普通文学文本都必然具有的层次，因此，该层次不具有普遍意义。但前述四个层次则对构成文本意向性结构不可或缺。

语音单元层构成文学文本的物质外壳和载体，是文本其他层次存在的物质基础和前提。它主要涉及文本中语词的声音及与其相关的语言形式、格律问题，毕竟文学语言作为一种诗意地反映社会的形式具有明显诗性秩序。在该层次，英伽登区分了"语音"和"语音材料"。"语音材料"是构成文本的原始物质素材，而"语音"则是意向性文本中"语音材料"语境化体现，即"语音"是主体意向性活动的具体显示。单纯的语音相互间组合成更为复杂的形式，就会形成文本中更高一级的句子和句群。当然，句子和句群也是一种意向性存在，其意义的建构也离不开主体意识的参与。尽管主体

---

[1] ［美］施皮格伯格：《现象学运动》，王炳文、张金言译，商务印书馆1995年版，第324页。
[2] ［美］韦勒克、沃伦：《文学理论》，刘象愚译，江苏教育出版社2005年版，第168页。

的意向性参与十分重要,但在英伽登看来,语音层本身的客观存在最为根本,因为它是分析文本审美特质的基础,文本中其他层次都可以在该层面找到自己存在的物质支点。"具有意义的词语从一开始就是一个主体间际的实体,其意义是主体间际可接近的,而不是一个具有'个人'意义的东西,其意义只能通过观察别人的行为来猜测。词语也不是完全孤立的实体,而永远是一个语言系统的组成成分,不管在具体情形中这个系统多么松散。"①

意义单元层由文本中词语的意义构成。语音及其相关的语音材料构成具有相对确指意义的词语,词语与词语按照一定规律组合成句子,而句子间的进一步连缀形成句群,不同句群的组合产生句段。意义就是各文本语言单位相组合所产生的"东西",显然这种"东西"的产生更不能缺少主体的意向性建构。"语词意义是一个具有适应结构的心理经验的意向构成。它或者是由一种心理行为创造性地构成,或者是在这种构成已经发生之后,由心理行为重新构成或再次意指的。用胡塞尔的贴切的措辞来说,意义是'授予'给语词的。"②相对于文本语音的客观性存在,文本意义则更多地来自主体意识的积极参与,英伽登干脆称其为"意向性对应物",明确指出其主观性特征。意义单元层一方面联系着语音等构成文本存在的物质材料及其固有的原始意义,另一方面又是文本其他层次进一步生成的基础和前提,它构成了文本的框架结构。英伽登在《对文学的艺术作品的认识》一书中对该内容的阐释最为细致。

图式化观相层。"观相"就是文本中客体向主体显示的方式,或曰客体存在的形式。一方面,由于文本中来源于句子、句群所构成的意向性对应物或关联物都具有不确定性和有限性;另一方面,语言的修辞性和寓言性也使得其只能传达外部世界有限的和部分的内容,"言不达意"成为语言传意的常态存在。因此,文本中所表现的东西必然是一种"图式化"存在,不可能那么具体、细致。这也就意味着文本中有很多"空白点",更意味着文本意义的挖掘需要主体的积极投入。英伽登称其为文本的"待机状态",时刻呼唤读者的充盈与填空。该认识强化着文学文本是一种意向性客体的现象学思想。

再现客体层。再现客体不是现实的客体,是读者综合文本中其他层次要素基础上形成的对客体的认识,它是主体意识在文本阅读活动的全面体现。由于文本语音、词语、意义单元的意向性存在形式,特别是文本所传达内容的"图式化"本体存在,这使得再现的客体必然以幻象的方式呈现在读者的想象中,依靠读者的联想和体验才能恢复与还原。由于文学创作是作家采用艺术态度反映社会生活,运用文学语言采用"伪陈述""拟判断"方式描述生活世界,因此,再现的客体必然只显示现实事物的外观形式,满足读者好奇与想象。因此,对文学文本的认识是一个徘徊于还原与重建之间循环往复过程,每一"相遇"都产生不同的认识,常读常新。

---

① [波]英伽登:《对文学的艺术作品的认识》,陈燕谷、晓未译,中国文联出版1988年版,第27页。
② 同上书,第22—23页。

文学文本中四个层次构成一个有机的统一体，每个层次在维护统一体基础上显示自己不同的特征。每一个层次由于其构成材料的不同而有不同的性质，每一个层次对于其他层次乃至整个作品结构所起作用也各不相同。需要注意的是，文本中各层次并不总是完全和谐一致，充满差异有时甚至是矛盾与对立因素，由此导致文本解读总是徘徊于还原与重建之间。"英伽登理论分层模式中层次与层次之间的关系绝不是一种复调和谐。恰恰相反，我们在层次之间看到了冲突、差异与不和谐。"[①] 正是基于此认识，伊瑟尔提出了"游移的视点"范畴，创建了其阅读现象学理论。

尽管英伽登非常强调其意向性方法，十分突出主体的意向性活动对于呈现客体意向性结构的作用；但不可忽视的是其理论并不是读者理论，把读者视为文学活动最重要的主体。事实上，他把文学文本当作一个特殊的语言客体加以研究，其客观存在具有超越作者、读者乃至社会的本体论价值。"由于它的语言具有双重层次，它既是主体间际可接近的又是可以复制的，所以作品成为主体间际的意向客体，同一个读者社会相联系。这样它就不是一种心理现象，而是超越了所有的意识经验，既包括作家的也包括读者的。"[②] 他十分重视文本自身结构层次的剖析，关注文本各层次意义实现的途径，其文本理论是一种意向性文本理论。

三

既然文学文本是一个意向性客体，那么，文本意义必然产生于主客体间的双向交流，即产生于审美直观活动之中。所谓"主客交互文本意义观"，即认为文本意义既不全然来自客体语言存在物，也不全然产生于主体的意识结构和主观理解，而是来自主客体交融的瞬间，是客体作为"纯粹意向性客体"与主体作为"纯粹意向性意识"在本质直观活动中自然呈现。主客交互性文本意义观的出现与现象学方法及文本特殊结构有关。

第一，交互文本观的出现与现象学哲学追求有关。20世纪早期，哲学领域占主导地位的是现象学和存在主义哲学，前者以精确的科学态度探讨人如何认识外界、获得知识，注重对主体认识能力与方法的挖掘；而后者则非常关注人的生存状态及生存方式的展开，特别强调人的感性存在在知识获得过程中的重要性，以对抗现实工具理性带来的"异化"。总之，它们都突出主体在人文科学中的主导地位。现象学为了突出人的个性及主体间的有机联系，达到对共同世界的认识或对世界认识达成共识，提出了"主体间性"范畴。主体间性亦称"交互主体性"（inter-subjectivity），该词最早是由胡塞尔在其著作《笛卡尔的沉思》中提出的。胡氏认为每个认识者都是一个特殊的认识主体，在其意识中的世界都是自己的"私人世界"或"生活世界"，因此，每个人都

---

① [德]伊瑟尔：《怎样做理论》，朱刚译，南京大学出版社2008年版，第31页。
② [波]英伽登：《对文学的艺术作品的认识》，陈燕谷、晓未译，中国文联出版1988年版，第12页。

有自己独特的主体性,每个人的"生活世界"也都显示着他自己的主体性。为了避免认识中此种私人性、主观性,达到对世界的共识,即由"私人世界"过渡到"共同世界",人们既要相互承认主体性,又要彼此相互交流、转换视角。这样,人们就可以扩展自己的主体性,并可以把世界理解为"共同世界",理解为"一个交互主体性世界"。[①] 主体间性提高了主体地位、扩大了主体间的交流。文学活动作为人类参与生活实践的重要形式,也是达成人与人之间相互交流的重要方式,对文本意义的阐释也需要多元而宽阔的交互性视角。

第二,与文本特殊的意向性存在有关。在英伽登看来,文学文本是由四个互相关联的层次构成,但每个层次都不足以显示文本整体。每个层次都有自己的存在价值,但这种价值主要不在其自身显示的内容为何,而在于其在文本中的地位和结构功能。即每个层次都是意向性存在,只有连动主体的"意识结构"才能显示为具体的内容,并为其他层次提供进一步具体化的条件。语音材料与主体的遇合形成了具体的语音并附带产生了"词语"的意义,由词语组合成的句子、句群也只有通过主体辨析才具有现实意义,并形成文本留有"空白点"的图式化结构,而后者由"图式化"到"现实化"更离不开读者想象的介入。客体的意向性结构与主体的意识结构交融在一起,才能生产现实的意识和知识。

第三,与文本的类时间存在方式有关。在英伽登的理解中,文学文本不是横向、共时的四个功能层面并置呈现在读者的意识中,而是具有层次性,其展开过程渐次深入,前置层面为后续层面的具体化提供保障。这种特殊的结构形式,不仅需要主体参与,而且要求主体全身心地投入和体验。对前置层面理解形成的瞬间记忆直接影响后续层面意义的当下形成,并可能影响即将生成的文本整体意义。而由记忆——当下——即将的绵延过程就是一种时间秩序,文学文本结构所潜在的这种时间秩序,要求主体意识积极参与;并且每一稍微的"误读"都会导致文本意义改变。

那么,主客体是如何通过文本展开交互活动的呢?这可以从如下三个方面加以解释。

第一,主客体交互活动发生的境域存在于主体的意识结构和文本特殊语言结构所产生的张力场。在英伽登看来,文学活动是人类主体与外界现实之间展开的意向活动,它包括两个环节:一是作者创造文本,赋予文本意义的意向性活动;二是读者解读文本,与文本的意向结构展开交流的活动。无论作者赋义还是读者释义都不是依靠主体单方面完成,必然需要客体作为媒介载体承载上述意义。就第一个方面而言,尽管作品一经完成,便成为一个独立意向性客体,不再与作者有直接联系。但文本中词语、句子、句群存在及其所可能显示的"东西"却来源于作者的创造。离开了作者,文本的意义便失去源头。就第二个方面来说,经由作者赋义的文本是一个具有诸多不确定性的意向客体,只存在着可能的意义,唯有读者意识的渗入,才能使文本还原原意、恢复生机,成为现

---

① 杨金海:《人的存在论》,广西人民出版社1995年版,第234页。

实的客体。而上述两个方面展开的境域就是文学文本特殊的语言存在、诗性结构以及由此形成的张力场，即主客体交互活动是围绕文本特殊的语言场域进行的。

第二，主客体交互活动发生的方式是由读者的"意识结构"与客体的"固有结构"相遇瞬间通过本质直观活动实现的。作为现象学家，英伽登主要关注人的知识如何通过合理的方式获得，而文学文本在其哲学体系中是作为认识对象出现的，即英伽登以文本作为实例探究现象学方法理论与实践。其主要哲学著作就是《文学的艺术作品》和《对文学的艺术作品的认识》即为明证。因此，英伽登没有在作者赋义方面用很大精力，而是集中笔墨探究了文本作为意向性客体"固有结构"与读者"意识结构"的交互关系。英伽登认为传统文学理论将文本意义视为来自外部世界或主观观念的"本质"存在是错误的，文本可以有物质外壳，但文本内容与意义却不是实体，它产生于读者的意向性活动中，是读者"意识结构"与文本"固有结构"交融的瞬间生成的。就如生活中一朵花，常理来说它仅仅是植物的器官，并没有多少审美价值。只有当它进入作品才具有了附带意义，只有当读者加以体验，才能赋予具体的意义而具有审美价值。如"感时花溅泪，恨别鸟惊心"，此处作者赋予"花"以人类生命意义，读者体验到的是充满离愁别绪的思家思国之情。"花"因有了主体意识的渗入而变得敞亮起来，具有特殊意义。

第三，主客体交互活动贯穿于文学文本各层次意义显示的全过程中。由于文本语音层、意义单元层、图式化观相层、再现客体层都是一种特殊的意向性存在，都需要主体意识介入才能产生意向性关联物，并在各层次相互作用下生成文本意义。当然，在解读文学文本四个层次过程中，主客体地位并不总是完全平衡。相较而言，语音层、意义单元层更侧重语言存在本身，而图式化观相层、再现客体层需要主体因素投入更大。总之，主客体交互活动贯穿于整个认识活动之中，并不是仅仅某个层次或某个阶段需要主客体交互融合。

四

现象学方法对于文本诗学研究的启示在于：文本解读乃至文学批评作为一种特殊认识活动，知识生成于主客体间的双向交流。文本不是物理实体或观念实体，文本类似于其他认识对象，是一种意向性客体，具有特殊的意向性结构。从严格意义上讲，这是一种间性文本观念，转变了传统文本观念，从关系出发研究作品，直接影响了后起的话语意识形态生产文本诗学[①]，起到了承前启后的过渡作用。

---

① 笔者依据各派理论对"文本"内涵的不同认知，曾将20世纪西方文学文本理论划分为三种主要形态：探究封闭体系内文本自身特质的语言客体文本理论、挖掘文本与社会权利互动关系及规律的话语意识形态生产文本理论、揭示文本潜在结构与读者阅读意识互动关系的读者审美阐释文本理论。——参见拙作《20世纪西方文学文本理论形态考论》，载《文艺理论研究》2011年第3期。

第一，革新了传统文本观念，将文学文本视为意向性客体，促成了间性文本诗学观念产生。传统文论中，工具论文本观视文本为语言客体，文本价值在于是否准确地模仿了外部世界或精确传达了作者对世界的独特识见，"意义"作为本质制约着文本语言形式。现代语言本体论文本诗学视文本为独特的语言客体，文本是封闭的自足存在，其意义与外部世界没有必然联系；文本意义产生于语言内部的区别和秩序，诗性语言和诗性结构（特别是深层结构和叙事程序）是该理论研究的重点。虽然强调文本解构性的后结构主义颠覆了文本稳固秩序，但它只是剖解语言碎片，执迷于语言碎片寻找意义的踪迹，而没有意识到文本意义生成于主客体之间的双向交流。英伽登提出的意向性文本理论，与巴赫金的对话性文本理论、福柯的话语文本理论等都从关系出发探究文本意义，代表着当代文本诗学的发展方向，推动了文本诗学的发展。由于英伽登从哲学出发，遵循严格的现象学方法，其体系更为完备，逻辑更为严密，且产生时间早于后者，其开创性意义尤为突出。

第二，将文学文本视为开放的体系，直接导致了读者审美解读文本理论乃至接受美学的形成。英伽登认为文学文本本体固然重要，但其认识价值、审美价值的实现需要关注者（主要是读者）的积极参与。只有主体意识的积极投射、移情与客体意向性结构相融合，才能使文学阅读产生常读常新的意义。英伽登的文本理论直接启发了伊瑟尔，伊瑟尔将传统语文解读学与现象学有机结合起来，提出了影响深远的阅读现象学理论，而后者是接受美学的主要分支之一，伊瑟尔本人也因此成为与尧斯齐名的接受美学大师。需要注意的是，尽管现象学文本诗学将文本视为开放的体系，但它更强调文本固有结构的重要性，并不像后结构主义解构理论那样将读者的功能夸大到极限，文本解读成为读者的肆意书写。

第三，交互文本意义观提高了读者参与意识，拓宽了文学活动，使得文学研究更为全面、科学。20世纪三四十年代，占据文坛主导地位的文学研究方法的是形式主义文本分析，社会历史批评和作者研究在此之前也曾风光一时，唯独读者因素没有真正纳入文学研究视野，这使得整个文学研究不够全面与完善。依现象学视野，既然文本是一种意向性存在，文本解读与批评也是一种意向性活动；那么，文学研究单纯探究语言客体本身就既不科学也无必要。文学批评乃至整个文学活动必须把读者纳入其中，读者活动的意向性直接影响文本存在及其意义的实现。文本诗学研究应该保留读者视角，文学研究更应该顾及读者因素。这一认识在当时颇具启发性，推动了文本诗学乃至文学研究跃进式发展。

作为文学遗产，英伽登现象学文学文本理论值得研究和关注。

叙事作品中副文本存在的诗学意义

余 杰[①]

(琼州学院教科院 海南 三亚 572022)

摘 要：副文本是指包括书皮、广告词或介绍词、书名页或扉页、献辞、题记、目录页、前言、插图、注释、尾声、附录、后记等内容的叙事作品的外在形态结构，其中蕴含着丰富的诗学意义。无论对于生产传播、理论研究，还是文本解读、批评阐释，副文本都是名副其实的一道门槛。它对于叙事研究有着不可忽视的文化意义、审美意义和阐释意义。

关键词：叙事；副文本；诗学意义

20世纪70年代，叙事理论家杰拉德·热奈特提出了"副文本"概念。在其《副文本：阐释的门槛》一书中对副文本的构成与功能进行了详尽的归纳和分析。副文本包括出版商的内文本、作家姓名、总标题与内部分标题、插图页、献辞和题词、各种序言、注释、公共及私人外文本等。简言之，副文本根据其离文本主体距离的远近可细分为内文本（peritext）和外文本（epitext），其中内文本包含文本的封面、出版商信息、正副标题、序言、跋、注释等，而外文本包含采访、信件、日记等[②]。这种系统的研究，关注完整的文本外在形态结构，关注副文本在作家、出版商、读者之间的重要作用，强调了这种限制性文本对于阐释内部叙述结构的形成有着重要的语境意义。菲利浦·勒热讷在热奈特之前已经指出，副文本相当于在读者和文本之间建立起一种阅读的协议或契约[③]。乔治·休斯认为副文本中的信息帮助我们判断如何定位小说的类型，而类型的选择将会影响我们对文本的

[①] 余杰（1978— ），女，河南南阳人，琼州学院教科院讲师，文学博士，研究领域为文艺理论、文化研究。
[②] See Gerard Genette. *Paratexts*：*Thresholds of Interpretation*, Trans. Jane E. Lewin, Cambridge：the University of Cambridge, 1997, p.5. （注：副文本包含内文本和外文本；内文本包括文本的封面、出版商信息、正副标题、序言、跋、注释、后记、附录等，根据在它们正文文本的位置又区分为前副文本和后副文本；外文本包括采访、信件、日记等，根据创作及出版时间又细分为前文本和后文本）。
[③] 参见 [法] 菲利浦·勒热讷《自传契约》，杨国政译，生活·读书·新知三联书店2001年版，第220页。

解读和评价[1]。休斯的副文本概念与热奈特基本相同，这些相近的认识说明副文本到前副文本对于叙事研究有着不可忽视的诗学阐释价值和审美文化意义。

一　文化语境意义

无论阅读还是批评也都需要从文本的封面打开，按文本次序看到的往往是版权页、题目、作者姓名、献辞、插图、前言、序言之类的内容，然后才是文本的开头。有时开头之上还有不少题记、引言等内容。尽管这些内容在作品正文之外占有的篇幅很有限，但其中蕴含着丰富的叙事文化意义。作品的开端如果说像戴维·洛奇所言"把我们拉进门"，即把我们拉进作品世界的"正门"内，那么，开端之前的这些设置就好比作品世界的"院门"，这一"院门"与"正门"表面上并无直接联系，但却是走向"正门"的必经之地，二者内在地有某种联系，毕竟它们共同形成一个整体，存在于一个实体之内。因此，在阅读或批评真正展开之前，我们犹如有两道门槛需要跨过，才能登堂入室，仔细打量内部风景。这两道门槛一是叙述开端本身，二是开端之前的内容，即热奈特所指的前副文本[2]，二者构成了叙事的双重门槛。大量的经典文本的实践表明，副文本的存在方式和方法不断发生变化，这由于副文本一般由出版商负责和第三者书写，他们和作者之间存在某种约定关系，并且会对读者产生影响。亦即，副文本不仅在文本中充当结构成分，也潜在影响着评价和阐释。

从热奈特的分析中可以看出，副文本不仅围绕着文本，延伸着文本，还确保文本呈现在世人面前。由此而言，副文本具有的审美文化意义首先体现在文学生产与传播方面，如文本的版权页的变化、献辞的变迁、出版说明或编者按等直接反映文本的生产背景、传播语境。过去，文本的版权页并无突出说明，但现在的版式常常在封面之后，并且有一套通行的格式；献辞过去常常献给贵族或象征着权力机构的个人或集体（西方文学中较为突出），现在的献辞往往献给亲人或好友、先辈长者，或者出于商业目的面向读者大众的献辞等。举几个例子：

例1《弃儿汤姆·琼斯的历史》（18C，亨利·菲尔丁）：

敬献

于钦委财政委员会之一员乔治·李特勒屯大人

财政委员会委员执事台前：

---

[1] George Hughes. *Reading novels*, Nashville: Vanderbilt University Press, 2002, p. 15. ［注：副文本包括书皮、广告词或介绍词、书名页或扉页、献辞、目录页、前言或附录等，也许还有插图页和题记（从其他文本的引用语，放在书名页的后面或每一章的开头）］。

[2] Gerard Genette. *Paratexts: Thresholds of Interpretation*, Trans. Jane E. Lewin, Cambridge: the University of Cambridge, 1997, p. 4.

我请执事许我将大名题于本献辞之端,其事虽始终遭执事之拒绝,而我仍坚决认为,我愿执事之护持此书,绝非分外之想。首先,此书所以能有开始之一日,即须归功于执事……①

例2《白衣女人》(19C,威尔基·柯林斯):

献给
布赖恩·沃尔特·晋罗克特
为表示真诚地珍视他的友谊,感念在他府上度过的许多幸福时光,他文坛上的一个后辈

敬赠②

例3《小王子》(20C,安东尼·德·圣—埃克苏佩里):

献给列翁·维尔特
请小朋友们原谅,我把这本书献给一个大人。我有一个重要的理由:这个大人是我在人世间最要好的朋友。我还有另外一个理由:这个大人什么都能看懂,甚至能看懂给孩子们写的书。我的第三个理由是:这个大人住在法国。他在挨饿受冻,很需要得到安慰。如果这些理由还不充足的话,我愿把这本书献给曾做过孩子的这个大人。所有的大人都曾经是个孩子(可惜,他们当中记得这一点的并不多)。为此,我把献辞改为:

献给还是小男孩时的列翁·维尔特③

献辞中第一位乔治·李特勒屯是作家的同学,又是财政官员;第二位布赖恩·沃尔特·晋罗克特是诗人拜伦的同学,知名人士且社会地位较高;第三位列翁.维尔特是作家的好朋友,人穷但值得敬重的朋友。从几份献辞可大致看出小说的产生与发展与时代经济发展、文学观念、传统思想观念等都有一定联系。英国从前有恩主之风俗或制度,即一文人须投靠国王或贵族,以得其保护或资助,文人则报之以特殊尊崇,或供王室人员及宾从之消遣娱乐。18世纪之政党及其领袖都可以成为恩主,文人之著作,不仅要按例献给恩主,还要长篇颂扬,但到19世纪随着流通图书馆兴起,文人大多转而依靠广大读者,献辞的对象发生明显的变化,这表明文学生产机制发生了变化,尤其是现代出版业及稿酬制度的兴起,使小说从过去普遍的连载出版变成专业出

---

① [英]亨利·菲尔丁:《弃儿汤姆·琼斯的历史》,萧乾等译,人民文学出版社1994年版,扉页。
② [英]威尔基·柯林斯:《白衣女人》,叶冬心译,上海译文出版社2004年版,扉页。
③ [法]安东尼·德·圣—埃克苏佩里:《小王子》,周克希译,上海译文出版社2001年版,扉页。

版,不仅影响着作家、出版者、读者、编辑者、销售者之间的关系,也影响着小说叙述形式的调整。如连载小说的每一期都要有相对完整的故事,有引人入胜的开头与结尾,但整体的结构并不是很严谨,如《金粉世家》(张恨水)、《蹉跎岁月》(叶辛)、《白衣女人》(柯林斯)这些中外长篇小说早期连载与后来专业出版相比,其整体结构与形式都有所调整。

进一步讲,副文本对于正文的文化语域构成也起着前瞻性影响。特别是那些有明显意图的标题、序言、题记等不仅有着丰富的互文性意义,对于这一文本的叙述开端的形成也有某种笼罩或暗示意义。在热奈特看来,副文本为文本提供了一种(变化的)氛围,有时甚至提供了一种官方或半官方的评论,最单纯的、对外围知识最不感兴趣的读者难以像他想象的或宣称的那样总是轻而易举地占有上述材料[①]。副文本的主要任务就是"要确保文本命运与作者目的一致"……"副文本暗含的信条和意识形态追求体现作者(还有处在第二位的出版者)的意图"[②]。热奈特强调的是副文本中隐含的意识形态影响。尤其是前副文本中体现出与文本相关的社会意识形态因素,既有体现文化意识形态的副文本类型,也有体现文学审美意识形态的副文本类型。那些献辞、卷首插图、出版前言往往突出的是非文本的社会意识形态对文学的影响,主要是出版者、发行者代表的某种意识形态反映。这都潜在影响对正文文本阅读或批评的进行。而那些作品的前言,以及叙述者置于作品开篇或章节开篇的卷首引语、题记,包含着丰富的文学意识形态。如西方早期的史诗性小说《堂·吉诃德》的前言、中国四大名著的开篇诗词对于整个叙述来说,首先是一种叙述主体的话语干预的一种方式。它们由于叙述位置的突出与特殊而具有微言大义、提纲挈领的重要作用,与贯穿在整部作品中的意识形态、价值观念、宗教信仰都密切相关。热奈特之所以对包括前言、引语、题词、献辞、托言等在内的副文本进行专门研究,并认为它是解释的门槛是极有道理的。至少作家对这些引用或自拟的内容中的价值或含义是认同的或深入思考的。同时,创作渊源的说明与交代体现出对故事的干预,从故事意义结构来说是一种叙述策略,具有画龙点睛意味,影响着阅读接受与批评阐释。如《少年维特之烦恼》前言中的叙述者对于维特的初步描述中,就给读者以直接影响,从心理上认同这个即将出场的主人公,对开端的叙述者的选择与定位的影响显而易见。

另外,副文本还具有重要的文学理论研究价值,尤其是前言、序言或序跋之类对于小说理论的研究极其重要。举个明显的例子,国内的小说理论有几套系统研究资料,如丁锡根编的三卷本《中国历代小说序跋集》(人民文学出版社 1996 年版)从秦汉到清末,对历代各色小说中的序跋汇集编著,其中也多有涉及题词、引语、弁语、源流等所谓的副文本;陈平原、夏晓红、严家炎、吴福辉、钱理群、洪子诚等人编著的五

[①] [法]热拉尔·热奈特:《热奈特论文集》,史忠义译,百花文艺出版社 2001 年版,第 71 页。
[②] Gerard Genette. *Paratexts*: *Thresholds of Interpretation*, Trans. Jane E. Lewin, Cambridge: the University of Cambridge, 1997, p. 408.

卷本《二十世纪中国小说理论资料》（人民文学出版社 1997 年版）；还有研究国外小说理论的资料，如吕同六编著的《二十世纪世界小说理论经典》（华夏出版社 1995 年版），崔道怡等人编著的《冰山理论：对话与潜对话——外国名作家论现代小说艺术》（工人出版社 1987 年版）等，都是充分利用了各种序言、序跋、访谈、发言、自序、题记、后记、译序等，会集了蔚为大观的小说理论研究参考资料，涉及小说创作与理论研究的各个层面。

总之，副文本在今天的小说研究中显得尤为重要，因为现代小说中的开端的相对消隐，如果没有了副文本做参考，阅读与阐释简直无法进行，副文本在今天具有的那种认识论意义，对于新兴起的认知叙事学或心理叙事学的研究，参考价值十分明显。以往作品的副文本，较多地体现出文学的生产机制，创作与传播的语境，今天副文本的阐释价值、语域构成价值更为突出。无论是理论研究还是文本解读、批评阐释，副文本是名副其实的一道文化门槛。

二　叙事审美意义

副文本中的标题、内容提要、插图、题记、序言等作为内文本往往占据一定篇幅，它们对于正文的解读有着重要的语境暗示，从其中的各种话语缝隙见出隐在的审美影响，它们的形式变化也无言地昭示着意识形态因素对审美的影响。

（一）在转喻和隐喻之间游弋的标题

小说必须有一个题目这是每一个作家必须认真对待的一个问题，看似简单却举足轻重。中外理论家、小说家有目共睹。王先霈指出，题目可以是小说的招牌，可以是小说的帽子，可以是小说的眼睛。在这块小而又小的地方，也还是留下了施展技巧的余地[1]。贝尔认为，标题犹如架起想象的摄影机，可以聚焦故事，那些从诗歌、引语和圣经中获得的标题或随机从词典中组合的标题，犹如故事的泡泡在你周围升起[2]。拉比诺维茨指出，标题告诉我们应该关注的焦点，不仅引导我们的阅读进程，还提供应该组织和阐释的核心问题[3]。热奈特总结道，标题有三种功能，即定名、预示主题、使大众感兴趣[4]。标题的这些作用正是叙述开端需要进一步深化的。大量文本实践呈现出标题也有一个发展变化的过程，而且中西小说有着相似的变化过程。自小说兴起至今，有明确主题指向的标题、双重标题或副标题、引用性标题、象征性标题这样一个大致变化的

---

[1] 王先霈：《小说技巧探赏》，四川文艺出版社 1983 年版，第 265 页。

[2] James Scott Bell. *Write Great Fiction*: *Plot & Structure*, Cincinnati, Ohio: Writer's Digest Books, 2004, p. 38.

[3] Peter Rabinowitz. "Reading Beginngs and Endings", Brian Richardson, ed. *Narrative Dynamics*: *Essays on Time*, *Plot*, *Closure*, *and Frames*, Columbus: The Ohio State University Press, 2002, p. 303.

[4] Gerard Genette. *Paratexts*: *Thresholds of Interpretation*, Trans. Jane. E. Lewin, Cambridge: the University of Cambridge, 1997, p. 76.

过程，体现出现实主义与现代主义小说形式的差异，也间接影响着开端形式的变化。

其一，中西小说初步兴起之时小说标题的主题指向明显，如西方《鲁滨逊漂流记》《汤姆·琼斯》《茶花女》；中国明清《三国志通俗演义》《二十年目睹之怪现状》《西游记》《老残游记》等，从题目上就可以看出故事的主要内容，这往往和开端要表达的主题意图有一种同声共气的默契。其二，双重标题或副标题。19世纪西方小说中较多，如《弗兰肯斯坦，或现代的普罗米修斯》《妻子和女人，日常生活的故事》《米德尔玛契，外省生活研究》等，双重标题的目的：一是吸引读者，二是发展故事。有时小说的副标题是一个引发争议的焦点。如《德伯家的苔丝——一个纯洁的女人》。埃伦·莫尔斯(Ellen Moers)认为苔丝代表着诸多角色：土地女神、现代妇女、传说中不幸的新娘、妓女、维多利亚时代的女儿、未婚母亲、谋杀者、虚假的公主[1]。本质纯洁的女儿，由于时代环境所迫而在命运中经历不同的角色，但都不是她的本意；《伤逝——涓生的手记》。其三，引用型标题。它代表着作家在暗示自己的小说潜在主题。这种信号表明它同另一部书以及作者的关系。《爱得不智，但爱得很深》（罗达·布劳顿），其标题引用来自《奥赛罗》，应用的是女主人公以美德战胜欲念的意义。欧内斯特·海明威的《丧钟为谁而鸣》让我们想起约翰·多恩那句著名的话：因此，别去打听丧钟为谁而鸣，它为你而鸣。《权力与荣耀》（格雷厄姆·格林）的标题，来自天主经，作者指望他的读者认知出这是一个宗教性标题。《黑骏马》标题来自民歌、《相见时难》的标题来自诗歌、《狂人日记》借鉴了果戈理的同名小说，标题、组织材料的格式都有所借鉴。其四，象征性标题。《黑暗的心》《鸽翼》《到灯塔去》《尤利西斯》《为芬尼根守灵》《彷徨》《月牙儿》《蝴蝶》《风景》等。如《为芬尼根守灵》基于相似性和置换的原则：从结构和主题来说，书中每个事件都是人类历史上几个其他事件的重演或征兆；而从文字上看，书中运用了基于双关语的综合语言，双关语就是隐喻的一种形式，但《为芬尼根守灵》是现代小说的一个极端；它确实暗示由于小说本来就是转喻性的形式，如果强行将它完全转变成隐喻性的形式，就会造成它作为小说的消亡。

总之，如彼得·蔡尔兹所言，现实主义和现代主义在题目上的重大区别是，前者主要是转喻的，后者一般是隐喻的[2]。转喻当然容易看明白，而隐喻则要花些力气才能弄明白的。弄明白标题主要是指涉性的还是隐含性的，这对于思考标题的意义范围以及如何适当运用很有用。缪兰也指出，在作家和出版商眼中，小说的标题很重要，因为它指向的是潜在的读者。……它的导向作用在于它清楚地表明了文本的主题[3]。爱德华时代和维多利亚时代的现实主义者倾向于用地名和人名来作为小说题目，而现代主义作家喜欢用隐喻性或半隐喻性的书名；中国明清小说和民国小说多以人物或事件命名，近现代小说题目也开始注重技巧，多有象征、模仿等意味。而这些变化与小说整

---

[1] Peter Childs. *Reading fiction: opening the text*, New York: Palgrave, 2001, p. 70.

[2] Ibid., p. 5.

[3] John Mullan. *How novels work*, New York: Oxford University Press, 2006, pp. 16—17.

体形式相一致,也常常与下文有或明或暗的联系。小小的标题仿佛是叙述的意眼,促进叙述意的发动。

(二)富于审美诱惑与规训的内容提要及插图

提要和插图对于想了解该书的读者来说具有很重要的提示意义,也影响着读者的购买欲望和书籍的畅销程度。例如长篇小说《创业史》《平凡的世界》《长恨歌》《狼图腾》《宠儿》《微暗的火》《源氏物语》《飘》等,很多人没有耐心去阅读长篇论文或书评,固然有时间、文化程度、兴趣方面的影响,但对于不了解或第一印象很模糊的作品,读者不会轻易选择,如果有"内容提要"或"内容说明"就很便利了。提要可以使读者迅速了解小说的大致内容与情节,决定取舍。插图则配合内容提要,通过线条勾勒就某个精彩情节、细节、动作、形象进行生动描绘,进而"图"解小说,客观上可以促进作品的畅销。封面一般主要揭示书的主题或内容,使读者"一见而惊"欲罢不能。中国传统小说的封面或插图往往具有诗画结合的模式,明清时期还出现了绣像小说,在小说每回的正文之前增加绣像,配合小说故事内容,尽力使小说通俗化,便于广大人民群众的阅读选择与阅读理解。这种图文合一的形式从意境层次上而言,具有"诗中有画,画中有诗"的传统儒学审美趣味,同时在外部表象层次上容易给人以视觉的审美愉悦。现代很多作家都很重视插图和封面,鲁迅早年就大声疾呼:"插画的艺术应当提倡。"[①] 他甚至为自己的作品《呐喊》绘制封面。可见,如果是比较好的插图,能够兼顾思想性与艺术性,使原作的形象更加具体、生动、鲜明,突出故事气氛,为作品增添光彩,可以帮助读者形象地看到书中人物的部分性格和外貌,可以增加读者或评论者丰富的想象和美感享受。插图画和封面画已经成为小说正文本的一种镜像隐喻,既能体现出不同时代话语对小说和绘画者的规训,也能体现出当事人对某种艺术审美的抗拒与渗透。如十七年文学作品的插图具有红色经典的代表意义。

(三)具有互文意义的题记

题记最初是司各特在他的威弗利小说中发明的做法,艾略特把题记称作箴言,是"对文学过去最明显的利用"[②]。古今中外的许多经典小说中都喜欢在开篇之前利用题记来进行某种叙述预示。从具体文本来看,题记也确实和开端最为靠近。题记有取自戏剧、圣经、名人语录、寓言、诗歌、诗词、佛经、小说人物语录、哲学等,在中外小说有许多例证,不一而足。如西方托马斯·哈代运用莎士比亚的戏剧碎片作为《德伯家的苔丝》的题记,托尔斯泰《复活》的圣经题记,菲茨杰拉德《了不起的盖茨比》人物语录题记,詹姆斯·乔伊斯引用奥维德的话作为《一位青年艺术家的画像》的题记、《橡皮》的时间寓言题记、陀思妥耶夫斯基的《卡拉马佐夫兄弟》的圣经题记,而

---

① 吴作桥:《再读鲁迅——鲁迅私下谈话录》,时代文艺出版社2005年版,第354页。
② David Leon Higdon. "George Eliot and the Art of the Epigraph", *Nineteenth-Century Fiction* 2, 1970, p.128.

约翰·福尔斯《法国中尉的女人》的题记更为引人注目,不仅开篇有题记而且每一章开篇都有题记,艾略特的小说尤为如此;中国作家王蒙的《相见时难》以李商隐的诗歌为题记,鲁迅的《彷徨》以四句《离骚》为总题记,方方的《风景》《祖父在父亲心中》以中西诗歌为题记等。例如,马原《虚构》的佛法题记,其主要意蕴是对写作本身的一种诙谐反讽:

  各种神祇都同样地盲目自信,它们唯我独尊的意识就是这么建立起来的。它们以为惟有自己不同凡响,其实它们彼此极其相似;比如创世传说,它们各自的方法论如出一辙,这个方法就是重复虚构。——《佛陀法乘外经》①

又如《复活》四段圣经题记:

  《马太福音》第十八章第二十一节至第二十二节:"那时彼得进前来,对耶稣说:主啊,我兄弟得罪我,我当饶恕他几次呢?到七次可以么?耶稣说:我对你说,不是到七次,乃是到七十个七次。"
  《马太福音》第七章第三节:"为什么看见你兄弟眼中有刺,却不想到自己眼中有梁木呢?"
  《约翰福音》第八章第七节:"……你们中间谁是没有罪的,谁就可以先拿石头打她。"
  《路加福音》第六章第四十节:"学生不能高过先生,凡学成了的不过和先生一样。"②

  这几段福音的主题是宽恕、自我反思、批评,实际上就是整部作品主题一种暗示,小说的结尾,作者再次援引福音书上的话语对其抽象的命题加以佐证,圆满地结束了这部小说,在外形结构上形成题记呼应。因此,题记的功用有时可以起到微言大义的效果,或高屋建瓴的意义统照,不仅为下文的叙述提供值得信赖的起源,也提供一种潜在的叙述程序约定,可以说题记中含有的互文性暗示着某种文化阐释语境。热拉尔·热奈特称题记本身是一个文化信号,是"智慧的密码"③。他还指出,题记的运用总是一个无声的姿态,它是留给读者来阐释的。题记有四种功能,其中相当直接的功能有两种:一是评语性功能,但有时是强制性的;二是不容置疑的权威性功能,其意思直接明了或突出。相当模糊的功能有两种:一是利用名人的模糊效应;二是暗

---

① 马原:《虚构》,长江文艺出版社1993年版,第364页。
② [俄]列夫·托尔斯泰:《复活》,安东、南风译,上海译文出版社1998年版,扉页。
③ Gerard Genette. *Paratexts: Thresholds of Interpretation*. Trans. Jane E. Lewin, Cambridge: the University of Cambridge, 1997, p. 160.

示基调与整体感的题记①。如我国十七年小说常常以毛泽东语录作为引语式的题记,这不仅可以理解为一种注脚,也可以说是一种无形的政治保护伞,因为小说的政治内涵可以提炼到毛主席的思想上,政治立场绝对没有问题。柳青《铜墙铁壁》、刘知侠《铁道游击队》的扉页中都引用了毛泽东关于战争方面的语录。语录体式的题记作为一种小说中的理论前言,不仅起到预告小说的内容的先声作用,也预示着小说正文本内容将是这种理论联系实际的现实实践。但这些语录体题记到20世纪80年代小说再版时,因不合时宜而大多被删除了。简言之,题记的使用在文本和过去传统之间建立了关系,或阐述、复述、示范题记中隐含着作家的真知灼见,或反讽、质疑,尤其是自创题记,意在"颠覆文本和过去的传统关系"②。中西小说家在实践中利用题记不仅体现出各自文学的民族文化底蕴,也体现文学的世界性,每一个时代的作家总要从不同时代、不同民族的各类文学艺术中汲取营养。文学作品之间的互相影响、互相借鉴,影响着阅读与批评的范式,联系他者或以他者为参照,可以从一个小小的题记升华,发现新的寓意或意义。

(四) 与叙述意图相关的序言

序言可以是别人作序,也可以是自己作自序,它的内容一般主要包括题解、内容概要、作家生平介绍、创作缘起、作者构思、成书甘苦、间或评论得失、点明作品主旨和版本源流等,这不仅是作家创作的珍贵史料,也是研究者进行研究的重要路径之一。几乎每一部小说都有一个或长或短的序言或序文,或楔子、引首之类的先行叙述。一般意义上,序言是一部小说开始的首先要面对一个叙述单元,它最明显的作用是交代写作缘起,制造一种叙述情境,提示一种阅读的倾向性或可能的次序,尽管它与正文的关系相对松散。但是,"序言使行动处于不平静状态,一种叙述的不平衡必须被解决"③。热奈特也指出,原创序言的最重要作用在于提供作家对文本的解释,他的叙述意图④。有时序言有着强制阐释意图或结构指示,约瑟夫·F. 巴托罗密欧(Joseph F. Bartolomeo)曾就序言的可信性指出,序言令人疑惑。作为试图直接传达信息和方法的简明了的指针,只有最天真的读者才会信以为真……出现于正文之前,但创作于正文之后,在德里达看来,序言试图把阐释结构强加于作品,虽然正是作品本身的自由使序言成为可能……小说本质的虚构性可能,也经常存在于序言中⑤。可见,序言对于创作与阐释的参照作用不应忽视,金圣叹评点《水浒传》建议修改楔子与第一回

---

① See Gerard Genette. *Paratexts*: *Thresholds of Interpretation*. Trans. Jane E. Lewin, Cambridge: the University of Cambridge, 1997, pp. 156—160.

② Michal Peled Ginsberg. *Pseudonym*, *Epigraphs*, *and Narrative Voice*: *Middlemarch and the Problem of Authorship*, ELH3, 1980, p. 548.

③ John Mullan. *How novels work*, New York: Oxford University Press, 2006, p. 30.

④ Gerard Genette. *Paratexts*: *Thresholds of Interpretation*. Trans. Jane. E. Lewin, Cambridge: the University of Cambridge, 1997, p. 221.

⑤ Joseph F. Bartolomeo. *A New Species of Criticism*: *Eighteeth - Century Dissours on the Nove*, Newark: University of Delaware Press, 1994, p. 19.

的做法不是没有道理的，他潜在地提示了序言与开端的联系与区分。举个例子，《金瓶梅》的序言：

> 《金瓶梅》，秽书也。袁石公亟称之，亦自寄其牢骚耳，非有取于《金瓶梅》也。然作者亦自有意，盖为世戒，非为世劝也。……余尝曰："读《金瓶梅》而生怜悯心者，菩萨也；生畏惧心者，君子也；生欢喜心者，小人也；生效法心者，乃禽兽耳。"余友人褚孝秀偕一少年同赴歌舞之筵，衍至霸王夜宴，少年垂涎曰："男儿何可不如此！"褚孝秀曰："也只为这乌江设此一着耳。"同座闻之，叹为有道之言。若有人识得此意，方许他读《金瓶梅》也。不然，石公几为导淫宣欲之尤矣。奉劝世人，勿为西门之后车可也。①

序言首先体现了小说虚构的本质，假言小说是秽书，但又绝非秽书，而是有意做之，用来警醒世人，如果阅者不能首先明白这个道理，作者的苦心，是不能读此书的，序言中的这种劝喻世人的意图十分明确。同时，暗示其中有善人、君子、小人、禽兽等各色人物，阅者尽可按图索骥，自明己身位置，猜测故事可能的发展结果，收获娱乐与教益。所以，缪兰认为序言和框形叙述都是一部小说的一部分，而不是外在强加的东西。不同于旧有的前言，那与作家的意图并未沟通。序言标明小说中早期事件或后来知识的重要意义②。尤其是在一些侦探小说、神秘小说中，序言中往往提供一个案件的结果，成为故事的先声。

三　阐释参考意义

如上文所分析，副文本中的献辞、题记、序言等，不仅体现出文学的生产机制，创作与传播的文化语境，而且构成一定审美语境，影响着叙事的审美意识。同时也呈现出副文本具有的一定阐释价值，可以从作家、文本层面对阅读与批评产生潜在影响。

（一）隐在的作家最基本的创作观与读者观

副文本中"公众副文本"一般来说是面向大众，包括普通大众、理想读者、批评家、销售商等，但不同类型的副文本其主要指向人群有所区分：如标题、文后附录的或另外专门的访谈是给公众看的，其他如献辞、提要、题记、前言等是给文本的理想读者看的，封面上的提示常常是给批评家看的；编者按、出版前言之类是给售书的看的。对于理论或批评研究者，从作家的自序中的创作心路历程、序言作者的介绍与评价中，可以发现其中隐在的创作观与读者观。如钱钟书先生的《围城》自序：

---

① （清）兰陵笑笑生：《金瓶梅》，王汝梅、李昭恂、于凤树校点，齐鲁书社1991年版，第3页。
② John Mullan. *How novels work*, New York: Oxford University Press, 2006, p.15.

在这本书里，我想写现代中国某一部分社会、某一类人物。写这类人，我没忘记他们是人类，只是人类，具有无毛两足动物的基本根性。角色当然是虚构的，但是有考据癖的人也当然不肯错过索隐的机会、放弃附会的权利的。这本书整整写了两年。两年里忧世伤生，屡想中止。由于杨绛女士不断的督促，替我挡了许多事，省出时间来，得以锱铢积累地写完。照例这本书该献给她。不过，近来觉得献书也像"致身于国"、"还政于民"等等佳话，只是语言幻成的空花泡影，名说交付出去，其实只仿佛魔术家玩的飞刀，放手而并没有脱手。随你怎样把作品奉献给人，作品总是作者自己的。大不了一本书，还不值得这样精巧地不老实，因此罢了[①]。

附录中是杨绛先生写的《钱钟书与〈围城〉》，一是讲述了钱钟书写《围城》的创作情形与过程。二是讲述了写作《围城》的钱钟书，较为详细地介绍作家的生平经历，家庭、学习、创作等各方面。三是强调《围城》里写的全是捏造，所记的作家生平经历却全是事实。我们从前后副文本的自序与附录中可以大致了解作家的创作观与读者观：一方面，创作是从"人自身"出发、情节人物是"虚构的"、真正的创作需要"锱铢积累"，但创作最终是作家自己的；另一方面附录说钱钟书与杨绛在成书后两人心照不宣地笑、大笑，说明杨绛先生实际上是《围城》最理想读者的标准。她熟悉作品中引用的那些古诗文里词句的来历，熟悉故事里人物和情节的来历，最有资格为《围城》做注释，且她本人也在围城中。序言和附录中作家本人生命中浓厚的生活背景、传奇生涯和丰富曲折的个人境遇能增加读者或批评家对作品的吸引力，作为典型的知识分子题材小说，其中引用不少古诗文，直接或间接地表明，作家对读者实际上有一定要求和期待的，希望读者能够根据提示最大限度地理解其文本意图与艺术意图。那些请知名学者或权威人士作的序言及评介尤其有这样的功用，名家写序不仅能使文本形式审美有所增益，也能使作品更容易获得理想的读者，促进作品的传播、接受与消费。如鲁迅先生经常给刚出道的年轻作家写序，萧红、萧军等后起作家多得鲁迅帮助，因为鲁迅本人崇高的地位在提携新人、推介新作方面起到不可忽视的推动作用。但极少甚至没有自序或序言的十七年文学耐人寻味：在当时的革命者看来谦虚是一种美德，请名家大家作序有歌功颂德之嫌，自序就更有自吹自擂之嫌，许多作家不得不避嫌，规避可能的政治风险，造成了十七年文学很少有自序和他序现象。可见，不同类型的副文本也受政治意识形态的影响，潜在影响着对作家作品的阐释。

（二）蕴含着某种叙事结构框架和跨文本关系

副文本的存在界定或调整意义的各种隐在语境，如热奈特所言：巴尔扎克的《人间喜剧》在《高老头》周围形成了作者语境的整体性，周围作品和"小说"文类整体

---

① 钱钟书：《围城》，人民文学出版社 1991 年版，序言。

性形成文类语境,以及 19 世纪时代形成的历史语境。每一种语境都创造副文本,了解与否决定着两种截然不同的阅读①。亦即,对各种类型副文本的把握与理解,对于阐释作品的一定的叙事结构和跨文本关系有着重大影响。譬如,在创作实践中,有些作家把属于前副文本的形式转变成为叙述正文,有些作品中出现前言形式对开端的入侵,甚至深入到正文中。如早期斯威夫特《木桶的故事》中的第一章完全由副文本元素组成,以一种几乎是没完没了的一串"开始"本身来"开始",从而成为正文的一部分,可以看作是前副文本的膨胀,或对叙述开端的挤压,从而造成整个叙述的延宕;约翰·福尔斯的《法国中尉的女人》中,每一章都使用一到两个题记,各种题记内容涵盖了维多利亚时期的哲学、科学、文学、广告、民谣等许多方面,作家对其中体现的哲学、科学和文学思想或赞成,或反讽,或对其补充,形成了连续的评论,这一方面在界定章节、塑造叙事结构,预见下文等方面,影响、控制并制约着读者的反映;另一方面也为文本强调了维多利亚的时代语境,为文本增加了多重声音,创造了多声部与多元真理,建立了作品的有意味的跨文本关系,引导读者在多重立场之间来回思考不同的价值观念,使阐释有了无限持续的可能;更有甚者,纳博科夫《微暗的火》把文本的前言整整扩展成长长的一章,反反复复地叙述、强调主人公金鲍特与众不同的地方,造成一种奇特的叙事效果;还有把前言放在正文中间来写的小说,劳伦斯·斯特恩的《项狄传》主人公在小说的第三部分中间才声称,才有时间来写小说的前言,而刘震云的《故乡天下黄花》中,小说的四部分都是相对完整的故事,又是连续的、循环的故事,但都有各自的前言与附记,尤其是后两部分:翻身与文化部分还不止一个前言,体现出一种诙谐机智的创作新观念,二者都具有元小说的反讽叙述意味,在形式上造成一种陌生化的效果。这些前副文本形式的变异相应地影响小说整个外在结构形式的出新,影响整个叙事结构的变迁。

又如昂贝托·艾柯的《玫瑰之名》,这是一个与现已失传的一本怪书亚里士多德的《诗学·卷二》有关的离奇故事。故事讲述反基督徒约尔格由于惧怕亚里士多德的怪书,唯恐这书教导人们重新认识真理而使基督教历经几百年的教义毁于一旦,他痛恨哲学而变得丑恶,谋杀了修道院包括院长在内的七位修道士,最后自己也吃了涂了毒药的怪书而死,和修道院——基督教在世界上最大的图书馆一起化为灰烬,但调查此事的威廉先生幸免于难②。小说中涉及了神学、政治学、历史学、犯罪学等各种学问,作家还对亚里士多德的逻辑学、阿奎那的神学等多有研究,发表过相关论文。类似的又如米洛拉德·帕维奇的《哈扎尔辞典》、韩少功的《马桥词典》都以词条为引子来讲述丰富生动的故事,《哈扎尔辞典》甚至涉及"阴本""阳本",作品突破了传统的创作手法,巧妙地糅合了文化人类学、语言社会学、思想随笔、经典小说等诸种写作方式,

---

① Gerald Genette. *Introduction to the Paratext*. Tran. Marie Maclean, New Literary History, 1991, pp. 264—266.

② 参见〔意〕昂贝托·艾柯《玫瑰之名》,林泰、周仲安、戚曙光译,重庆出版社 1987 年版。

用词、典构造新奇的小说世界。作品中丰富的副文本暗示着、呼唤着数不清的其他文本，用词语、句子和段落让小说在文学史长河中与其他作品相互联结、相互阅读、相互印证、相互贯通，与正文形成了多重文本关系，增加了阐释的难度，也扩大了阐释的视域。

由此可见，对副文本进行关注，可以基本归纳出作家基本的创作观与读者观，与正文本形成互文性，对我们更好地解读作品具有很大的辅助作用，但应注意阐释的正面引导的同时也存在反面遮蔽。如果读者与批评者过于受副文本中作者主观观点或权威评价看法的束缚或限制，又会对解读作品形成一定障碍。应该正确客观地看待副文本的"未见其人，先闻其声"作用，最终对小说的心理认同、审美期待和阅读快感，还需要读者与批评者深入阅读理解正文文本。

结语

总之，对文本正文而言，副文本不仅体现为一种文化语境的环绕与包围，所有的副文本形式实际上形成了另一种话语形式，一种发展中形成的叙述程式，既是固定也是变化的，它们的存在因作品而异，因作家而异，因时代而异，并不一定同时存在文本中，但是它们共同的特点是与整个文本相联系，服务于并依附于整个文本。各种副文本从不同角度环绕和包围文本，既有生产传播的文化语境，也有形式审美意义，阐释参考价值。那些引用性标题、题记所带来的互文语境，为我们提供了对于具体文本的阐释与批评中，文学文本之间、文学文本与非文学文本、主文本与副文本之间关系的丰富的视角，借用萨姆瓦约所说："谁在先，谁在后，谁影响谁的问题并不重要，重要的是通过互文性，我们能够看到一种风格，一种语言如何深厚、长久地形成。"[①] 副文本把出版商、销售商、作家、读者、批评者、理论研究者联系起来，把文学作品的生产与传播、消费与接受、阅读与阐释都有机会结合起来，使我们对叙事作品的研究置于更为广阔的多重语境中，这或许提示现代创作与理论研究需要更加关注我们与世界、与自身、与他者之间的关系，思考彼此的存在。

[①] [法] 蒂费娜·萨姆瓦约：《互文性研究》，邵炜译，天津人民出版社2003年版，第130页。

艺术自治与人文规约
——康德与席勒的启蒙艺术观解析

王熙恩[①]

(黑龙江大学文学院　黑龙江　哈尔滨　150080)

摘　要：康德与席勒从各自的思辨美学角度阐述了艺术自律的可能及其限度，在肯定艺术自律的同时也对之进行了启蒙性的人文条件前置。然而，康德思辨美学确立的艺术自律概念遭到了唯美主义的解构，考虑到唯美主义与康德美学的亲缘关系，我们必须重新思考以下问题：康德与席勒在何种意义上支持艺术自由？他们的分歧和共识是什么？只有明了这些问题，我们才能明晰康德、席勒美学与唯美主义之间的重要差别。

关键词：艺术自律；康德；唯美主义；启蒙

在维多利亚时期的批评家看来，唯美主义匪夷所思：它以"为艺术而艺术"的名义断然隔绝了艺术与现实、道德和人性的天然联系；奥斯卡·王尔德甚至声称，生活模仿艺术，艺术除了为生活提供"美的范例"外没有任何义务。这表明，唯美主义正在以不光彩的角色参与去人性化艺术的形成。但为之辩护的奥尔特加—加塞特认为，艺术的去人性化与唯美主义的关系不大，它是艺术自律观念与破坏性的反传统观念相互诱导的结果[②]；唯美主义鼓励艺术自律，还不足以创立艺术的反人文原则，真正的去人性化艺术出现在"注定要反叛"的先锋派之后。加塞特提及先锋派，显然是在转移人们的视线。诸多证据表明，唯美主义不仅强调艺术自律，而且具有鲜明的反传统观念——取缔文艺复兴以来文学关注现实与人性的传统，任意僭越人文边界，就连唯美主义阵营内部的沃尔特·佩特也忧心忡忡。更为关键的是，唯美主义为艺术而艺术的

[①] 王熙恩（1973—　），男，安徽涡阳人，黑龙江大学文学院副教授，博士后研究人员，目前从事西方文论与美学研究。本文系教育部人文社会科学研究青年基金项目"启蒙的哲学话语：从康德到马克思"（编号11YJC720041）的阶段性成果。

[②] Ortega y Gasset, Jose. The Dehumanisation of Art and Notes on the Novel. Trans. Helene Weyl. Princeton, New Jersey: Princeton University Press, 1948, p.46.

观念与康德美学确立的艺术自律概念一脉相承。[1] 这是否意味着康德美学并不能摆脱与"去人性化艺术"的干系？艺术自律的内涵到底是什么？它本身是否包含着天然的反传统因子？"去人性化艺术"是否是艺术自律观念的必然结果？这些问题将引领我们重新回到康德美学的语境中，通过细读的方式重新认识艺术自律在康德美学话语系统中的内涵，从而确认它与唯美主义的真实关系。

一 艺术自由与启蒙

诚如阿多诺所言：艺术的自治权是"通过艰苦斗争从社会中夺取并社会性地确立的"[2]。这个论断透露的显著信息是，艺术自律观念的确立乃是一次尖锐的历史文化事件。它不仅意味着艺术道路上的诸多绳索已被斩断，而且表征着艺术内部权利次序的更迭——原本被贬斥的绘画、文学与雕塑等艺术，获得了自足发展的合法性。与此同时，艺术家的地位获得提升，局部社会关系发生了微妙的变化。在这种鲜明的历史场景中，夏尔·巴托提出"美的艺术"概念便成了一件水到渠成的事。由此，1750年成了后世美学家津津乐道的年份——不仅因为鲍姆嘉登开创了美学学科，而且因为巴托牧师"让艺术获得了特权"[3]，并"为艺术世界内部结构的分析创造了条件"[4]。这种状况也证明了另一事实：在历史提供适当时机之前，艺术自主性的获得过程充满了艰辛。

决定艺术自律概念确立的另一个因素，是启蒙运动的历史语境。启蒙是关乎人之主体性的文化重构事件，有关艺术自主性的探讨都与之密切相关，诸如卡尔·菲利普·莫里茨、夏夫兹博里、库柏、阿什利等人的艺术自律阐述，其实都是启蒙的小片段叙事。康德对艺术自由与自律的关注缘于同样的原因，但与同时代人点到为止的风格不同，他对艺术自律概念的论证并非权宜之计，而是将之视为自身美学体系的重要构成和启蒙话语系统不可或缺的支柱。这也是学界将艺术自律概念的确立归功于康德的主要原因。不过吊诡的是，康德从未强调过纯粹的艺术自律；相反，由于启蒙语境和启蒙目的的制约，他在确立这一概念的过程中充满反思和犹疑，从而导致艺术自律成为一种有着苛刻条件限制的存在。

康德界定艺术的首要标准是"自由"。如果某种产品不是在自由状态下生产的，即便贴上了艺术的标签也是徒有虚名。真正的艺术只能"以愉快的情感作为直接的目

---

[1] Leighton, Angela. On Form: Poetry, Aestheticism, and the Legacy of a Word. Oxford: Oxford University Press, 2007, p. 32.

[2] Adorno, Theodor W. Aesthetic Theory. ed. Gretel Adorno and Rolf Tiedemann, trans. Robert Hullot-Kentor. Minneapolis, MN: University of Minnesota Press, 1997, p. 238.

[3] [波兰] 瓦迪斯瓦夫·塔塔尔凯维奇：《西方六大美学观念史》，刘文潭译，上海译文出版社2005年版，第66页。

[4] [苏] 莫·卡冈：《艺术形态学》，凌继尧、金亚娜译，学林出版社2008年版，第54—55页。

的","只能作为游戏,即一种本身就使人快适的事情",通过自由生产来"表现事物的美",从而"得出合乎目的的结果"。① 自由而愉快的情感目的和游戏,自由呈现美的功能,诸如此类的自由表征,让艺术与非艺术变得泾渭分明,艺术自律的概念也呼之欲出。但康德对艺术自律的思考并非只停留在自由层面,他还着重考察了艺术的"自由度"问题。快适艺术便因自由度较低而失去了自律性。它提供的愉悦只是伴随"单纯感觉的表象","以享受为目的"而不承担自我表现的后果②;这种表面自由的愉悦有着令人不安的事实:它仅是"在感觉中使感官感到喜欢的东西",受控于"利害"与"刺激"。③ 很难说,这种艺术是以表现美为己任的。因此,尽管快适艺术直接以情感的愉悦为目的,有着自由游戏的核心本质,但它在服务于"享乐""利害"和"刺激"等方面否定了自身,包括自律性,甚至艺术性。

康德以自由为标准界定艺术,并排斥快适的艺术,并非是出于美学逻辑上的谨慎,而是意在指出:何种性质而非何种类型的艺术才有资格拥有自治权。一首出于消遣目的诗或音乐,一尊哗众取宠的雕像,一幅刺激感官的春宫画,一支宣泄情绪的舞蹈,尽管都属于巴托提出的美的艺术类型,但它们都因服务于"享受目的"或"感觉刺激"而失去了自律的可能。快适艺术的"劣根性"也使之容易受到资本操控。根据哈贝马斯的考察,18世纪的艺术已经"体制化了,成为一个与教会和宫廷生活截然有别的专门行动领域"④。但这个领域并非是艺术和艺术家完全自主建构的,而是在资本和货币系统的邀约下形成的。快适艺术以资本市场的趣味为导向,以商品身份在娱乐市场寻求消费对象,因而表面上自由生产和流通,实则处于被操控的状态。因此说,快适艺术无论是在自身掌控方面还是在给人的愉悦贡献方面,都是他律性的。

自由是启蒙时代颇具魔力的关键词,它与理性一道构成了人之主体性的概括,并作为一种召唤响彻在时代的旋律中。艺术家的自由表面上以艺术自由为目的,而实际上却是人之自主权的一种彰显,一种自由精神的传达。康德对美的艺术设立的检测标准也印证着这一点:以合乎自身目的性的艺术游戏并非是承载着自足的惬意任意游荡,相反,它自动地"促进着心灵诸力的陶冶,并将之作社会性的传达"⑤。言外之意,艺术尽管是自律的,但不能逃避滋养社会心灵的义务。这也是美的人属性质决定的:"美只适用于人类",人们对于美的热衷只是为了"自我加强和自我再生"⑥。这种自我的加强和再生,实际上就是人对自己生命的提升。美的艺术无论多么自由自律,都需要面

---

① Kant, Immanuel. Critique of the Power of Judgment. ed. Guyer, Paul. trans. Guyer, Paul. Matthews, Eric. New York: Cambridge University Press, 2002, pp. 182—189.

② Ibid., p. 184.

③ Ibid., p. 91.

④ Habermas, Jürgen. "Modernity: An Unfinished Project", in Habermas and the Unfinished Project of Modernity, ed. M. P. d'Entrevew & S. Benhabib. Cambridge: The MIT Press, 1997, p. 46.

⑤ Kant, Immanuel. Critique of the Power of Judgment. ed. Guyer, Paul. trans. Guyer, Paul. Matthews, Eric. New York: Cambridge University Press, 2002, pp. 184—185.

⑥ Ibid., pp. 95, 106.

向人类提升生命的需求。这也正如海德格尔所言：真正的艺术不是要阻止生命，而是要激发生命、释放生命、美化生命；要将存在置入澄明之中，并把这种澄明作为提高生命本身来贯彻到底。[①] 如果离开康德的艺术启蒙宏愿，那就很难理解他对艺术自律的人文规约。进一步地说，如果因为唯美主义师承了康德的艺术自律观念而将康德与去人性化艺术扯上关系，那也是无稽之谈。

二 美的艺术与启蒙

与快适艺术相比，美的艺术却要倔强得多。这缘于美的艺术含有不屈的内核，它能突破层层阻力去彰显艺术的自主权。这个内核即"艺术中必须是自由的且唯一能够赋予作品以生命的精神"[②]。所谓精神，实际上是艺术家的审美品性在其作品中的涌动或抛头露面，它"在审美的意义上是指［天才］心灵中激发生气的原则……是使心灵诸力合目的地进入焕发状态、进入游戏的东西，这游戏是自持的，甚至为了自持目的而强化着心灵诸力"[③]。显然，精神在作品中的呈现并非是为了彰显艺术家的个性和情趣，而是为了赋予艺术以生命，保障艺术游戏的自由与自律。当然，为了这一目的，精神需要完成以下几件事。

其一，精神需要突破艺术中的强制成分，使之为我所用。艺术中的强制成分主要是指艺术创作必须具备的基本技能，诗艺中的韵律知识，绘画中的光学，音乐中的转调技能等，它们在艺术中所起的作用是机械的，也是艺术家不能回避的强制。精神需要与它们合作，否则自身"根本不会赋形，甚至会完全枯萎"[④]。但这种合作实际上是转化和突破的过程，精神的审美品性需要调动想象力和理解力，使得艺术的强制元素合目的地为审美表象的呈现出力。这个过程中的理解力几乎完全服从于想象力的需要，以满足精神赋形的需要。

其二，精神需要突破艺术美的依附性。在康德看来，只有纯形式的或自然的美是自由的，它们具有非感受性、非认识性和非概念性，不是对善的愉悦，而只是"想象力在自由中为自身维持着愉悦的心意"，因而总是带给人无利害的自由愉悦。[⑤] 艺术美则不同，它因艺术总是"从属于一个特殊目的概念"而需要以对象的概念来完善，因而是一种有条件的依附美。这决定了艺术美感总是"伴随着作为认识的那些表象"，并"直接或间接地与各种道德观念结合"。[⑥] 艺术自律的最大威胁因素正在于此，一旦艺术

---

① ［德］海德格尔：《尼采》，孙周兴译，商务印书馆2002年版，第238页。
② Kant, Immanuel. Critique of the Power of Judgment. ed. Guyer, Paul. trans. Guyer, Paul. Matthews, Eric. New York: Cambridge University Press, 2002, p. 183.
③ Ibid., p. 192.
④ Ibid., p. 183.
⑤ Ibid., pp. 108, 89, 104, 91, 153, 95.
⑥ Ibid., pp. 114, 184, 203.

家被观念所左右,理解力便能单枪匹马地毁灭艺术于无形。幸运的是,精神的存在规避了这种可能。精神能够使想象力处在亢奋状态,此刻它的表象能够引起万千思绪而又没有任何确定的概念或观念来理解它的全部,这种表象即审美理念,是与没有表象依托的理性理念相对的感性理念。精神调动审美理念将"概念作了无限制的审美扩展……并使智性理念焕发,从而能够在想象表象中领会和说明更多的东西"①。在此,康德特别强调了精神的审美意图。如果不是处在审美的情境中,想象力"将受到理解力的强制和受到适合知性概念的限制";精神只有在审美想象这种"转瞬即逝的游戏"中抓住结合着概念的表象,才能表达艺术家心中不可言说的东西并作普遍传达。因此,此刻精神需要与审美判断力联手介入想象力与理解力的调和中,以便使"在其自由中与理解力的合规律性适合",这就是为什么说:"美的艺术需要想象力、知性、精神和鉴赏力。"② 也只有艺术家的这四种心灵能力通力合作,艺术的依附性才可能被克服,才能以自持的游戏姿态维持艺术的自律。

其三,精神需要实现艺术表现美的形式。由于艺术的概念的依附性,它的美并不取决于自身,而是在于它模仿自然时能够达到的"骗人"程度,即"艺术只有当我们意识到它是艺术而在我们看来它又像自然时,才能被称为美的"③。这意味着艺术必须全力以赴地模仿自然,承担这一任务的依然是精神统辖着的想象力。在精神激发生气的原则下,想象力的创造性被完全激活,它能够从"自然提供给它的材料中仿佛创造出另一个自然"④。这个过程的关键是发现适宜于观念表达的审美形式。在康德看来,美的形式是一切美的艺术的根基,即"所有美的艺术,本质的东西都居于为观看和判断而存在的形式中,那里愉悦同时滋养和调整着精神达到理念"⑤。例如造型艺术,它使人愉悦的是素描,素描中使人愉悦的"只是通过其形式而使人喜欢的东西"。康德据此断言:美的艺术"大部分受制于美的形式要求,即使在魅力被允许的地方,它们也只有通过美的形式才变得高贵起来"。⑥ 康德如此重视形式,乃是因为形式的自然性、自由性和审美象征性。形式背后聚集的是与某些概念相关的想象力表象,而这些表象提供的东西远远大于概念阐释的东西。这样,形式提供的就是审美理念:"它向内心展示了亲缘表象组成的看不到边际的远景领域。"⑦ 在审美理念的支撑下,艺术甚至能够"优美地描写自然中将会是丑的或讨厌的事物",除了"那些令人恶心的东西"。⑧ 因此,当艺术以美的形式展示了自然事物的美与丑,精神自身也就实现了自由。

---

① Kant, Immanuel. Critique of the Power of Judgment. ed. Guyer, Paul. trans. Guyer, Paul. Matthews, Eric. New York: Cambridge University Press, 2002., pp. 192—193.
② Ibid., pp. 194—195, 197.
③ Ibid., p. 185.
④ Ibid., p. 192.
⑤ Ibid., p. 203.
⑥ Ibid., p. 110.
⑦ Ibid., p. 193.
⑧ Ibid., p. 190.

至此，康德完成了艺术缘何自律以及如何自律的阐述。这个过程的鲜明特征是，康德自始至终将艺术自律的可能与艺术家的精神捆绑在一起。拥有精神才能的艺术家被康德视为天才，这一独特称谓除了表达其审美创造的自然含义外，还有美学之外的意味。精神在艺术中必须是自由的，这意味着艺术家也必须是自由的；反过来，只有精神和艺术主体是充分自由的，艺术才是美的。由此，只有美的艺术才具有真正的启蒙资格，也只有美的艺术才能够实现真正的自治。在此，康德表明了这样一种态度：美的艺术不仅是一种自由精神达到、上升为理念的表现，而是那种以主体姿态不断突破阻力的运动。这与康德的启蒙观点是完全一致的："启蒙就是人类摆脱自己加之于自己的不成熟。不成熟就是不经别人的引导就无法运用自己的理智。不成熟的原因不在于缺乏理智，而在于不经人引导就缺乏勇气和决心加以运用，这时候的不成熟就属于自己加之于自己的。"① 康德直接将启蒙与主体的自主性联系起来。成熟的主体，也就是启蒙了的主体，就是能够根据自己的理性反思判断去把握社会生活。根据康德对自主性的规定，这个语境中的理智绝不是理论层面和认识层面的纯粹理性，而是能够为自我订立法则的实践理性。康德有关美的艺术中的精神论述，实际上正是一种自我立法的原则。康德对于自由的表述也强调了这一点："自由是独立于别人的强制意志，而且根据普遍的法则，它能够和所有人的自由并存，它是每个人由于他的人性而具有的独一无二的、原生的、与生俱来的权利。……通过权利的概念，他应该是他自己的主人。"② 换句话说，自主性的个体首先就是内在性的，而非客观化的，因而这个个体反对任何从他者属性来看待自由行为的观点。艺术也是如此，只有从内在的精神角度突破重重障碍获取自由，这样的艺术才具有启蒙时代的本色。

三　康德的启蒙艺术观与席勒

康德反思性地确立了艺术自律的概念，在其追随者中引发了巨大而深远的影响，天才、精神、形式等概念随之走红，充斥在互不通约的美学话语间。然而在现实中，艺术自由口号下的艺术实践似乎更在意"美的形式"，其中被席勒归类为"哀歌"的诗就是这种情况。诗曾被康德称为"完全充分的"形式：能够表现不可言传的思想，审美地提升自身到达"众理念的高度"；能让心灵自由自主地舒展和加强，能超越感性透视自然图式；它以随意产生的幻影做游戏，却"能被理解力合目的地用于它的事务"③。这些溢美之词表明，诗的形式彻底取得了康德的信任，它似乎永远是自由的。但席勒悲伤地发现，以自然和理想为感伤对象的哀歌并非如此。哀歌诗人只是利用诗的形式

---

① [德] 康德：《历史理性批判文集》，何兆武译，商务印书馆1990年版，第22页。
② [德] 康德：《法的形而上学原理》，沈叔平译，商务印书馆1991年版，第50页。
③ Kant, Immanuel. Critique of the Power of Judgment. ed. Guyer, Paul. trans. Guyer, Paul. Matthews, Eric. New York: Cambridge University Press, 2002, p. 204.

表达着厌恶的经验和绝望的现实，眺望着遥不可及的理想与无限，寻求着已然破坏的天性。这类作品只是迎合感觉，不能占据我们的心灵，如果长久地沉溺于此，性格中的活跃力量必然被夺取。① 显然，哀歌利用了美的形式，却被感觉操控，既无益于心灵陶冶，也谈不上自由自律。席勒称为"美的滥用和想象力的越界"，认为它们已经"损害了生活"，声称"精确检查美的形式运用"已经迫在眉睫。②

根据席勒的考察，美的滥用是感伤时代最普遍的特征，不仅哀歌如此，牧歌也存在这种状况。牧歌的特点是"拥有美和鼓舞人心的结构"，诗人可以根据自然法则和田园风光的描写表现理想，能够"摒弃虚伪生活的一切污点"；但牧歌除了抚慰心情外没有丝毫精神价值，"它们只能给予有病态的心灵以治疗，而不能给予健康的心灵以食物"。③ 它依然是一种美的形式的滥用和越界。但席勒承认牧歌的治愈价值：它能够以积极的宁静介入心灵诸力的平衡中，不像理想型哀歌那样"把人带回到世外桃源"，而是在充实中"伴随有无限力量的感觉"，将人"引导到极乐世界"。④ 席勒的矛盾在此鲜明地表现出来：牧歌是美而自由的，对于平衡心灵的力量具有重要的价值，但是它在精神提升方面的匮乏致使其进入了"美的滥用"范围。换句话说，牧歌并未因自身的自由自律而获得肯定。这与其说是对康德艺术自律概念的反对，毋宁说是对他的重要补充：艺术能够做到"陶冶心灵诸力并做社会性传达"这一点还不够，它还需要提升人的精神。

那么，席勒所谓的"精神"又是指什么呢？对此，席勒一直语焉不详，我们只能通过相关论述寻找其蛛丝马迹。透露精神内涵信息的首要观点隐匿在席勒对于美的独特见解中。在席勒看来，既然美的属性在于人的世界，那么自然美就不是一种高级的美。诸如人体和人的形象这类自然性的"构造的美"，其性质是"理性概念的感性表现"，且仅仅在这个意义上是美的。自然赋予人体的美，并不比其他自然产品更优越，而且处于不能自持的损耗中。因此，人们只能"通过自由和道德精神的建构"去维护或加强自然赋予的美。这样，真正的美必然包含三种要素：自由驾驭的美、自然提供的结构美、心灵提供的游戏美。这是因为真正的美需要将感性和道德感结合以"超越任何自然条件"，剔除纯粹自然性的本能和欲望因素。否则，美"既不能够，也不值得当作人性的表现"；古希腊人的美就是因为"他们的人性由精神（道德感）完美地指引着，人性与善紧密地结合在一起"。⑤ 言外之意，美的本源不在自然，而是在于人性的道德结构中。道德感不仅决定了人属的美的生成，而且决定了它是否驻留在主体中。

---

① ［德］席勒：《秀美与尊严》，张玉能译，文化艺术出版社 1996 年版，第 308 页。
② Schiller, Frederick. Aesthetical and Philosophical Essays. Ed. Dole, Nathan Haskell. Boston: F. A. Niccolls & company, 1902, p. 232.
③ ［德］席勒：《秀美与尊严》，张玉能译，文化艺术出版社 1996 年版，第 316 页。
④ 同上书，第 319—320 页。
⑤ Schiller, Frederick. Aesthetical and Philosophical Essays. Ed. Dole, Nathan Haskell. Boston: F. A. Niccolls & company, 1902, pp. 172—173.

据此我们可以推断，精神的核心内涵即道德感，它的外延则是推动心灵游戏美的自由意志。

对于美的独特理解也就决定了席勒对于艺术自律的态度：不是以美的生成和精神提升为己任的任何艺术，都没有资格获得自治权，即使它是精致而唯美的哀歌，抑或优美而自由的牧歌。换句话说，审美趣味不是艺术自律的理由，因为它诉诸感觉而不是精神的提升。如果人的心灵被感觉所掌控，艺术面临的窘境就不仅是美之形式的滥用，它还将导致庸俗和鄙陋艺术的泛滥。所谓庸俗，就是"将全部兴趣集中在感觉上而不是诉诸精神的事物"上；鄙陋则是"卑贱和丑陋的结合"，是悬置道德律令后的本能满足。[①] 它们的危害性远远超出美的滥用，不仅会将艺术受众抛给感觉的幻影，而且激励欲望、本能等非美因素攻击人性中的善。席勒将庸俗和鄙陋艺术的出现归咎于艺术家而不是现实题材——它们鲜明地表征着艺术家道德精神的匮乏，抑或说其精神和尊严的双重丧失，因为只有"通过道德力量统治本能，精神才是自由的，而精神自由在现象中的表现就叫作尊严"[②]。在艺术家的精神丧失了自主性的情况下，他的作品又何谈是自由自律的？因此，席勒不无愤怒地指出："放任精致的审美文化是极端危险的，这将直接使我们把自己完全抛给美感，直接让我们把审美趣味提升到意志的立法者地位。"[③]

说到底，没有艺术家的道德意志和美的人格，艺术的自由就成了一种任意的僭越；艺术作品没有精神的规约，它的自律目的就没有任何价值。席勒正是基于这一点，为我们推荐了一种自由且美的形式：嬉戏的讽刺诗。这种形式来自诗人的优美性格，"只能由一颗优美的心来完成"；或者说这种性格内在地"包含着一切的伟大形式"，嬉戏的讽刺只是从优美性格中自由流溢而出的形式；它在每个进程点上都潜藏着无限的力量，"永远是自由的"；凭借这一点，诗人能够以个人力量来维持题材的审美性质，能够始终如一、舒适自在地畅游在崇高的艺术境界中。[④] 所以，嬉戏的讽刺诗不必取悦于人，便自动向人的心灵呈现优美的精神，表现人的尊严。在这种高度自由的形式之外，还有一种叫作凄厉的讽刺诗的形式。这种形式出自"高尚的灵魂"，但诗人总是"被题材支持"着，"必须纵身一跳才能进入"崇高境界。这决定了崇高性格必须"通过紧张的努力"和"力量的衔接"才能达到伟大和突破限制，因而凄厉的讽刺诗形式只能维持断断续续的自由。尽管如此，它依然能够通过诗人的崇高性格实现自由，能够"通过审美的方式"恢复被激情破坏的心灵自由。[⑤] 这就是说，喜剧和悲剧的讽刺形式都是自律的，但取决于诗人心灵的优美或崇高。

---

① Schiller, Frederick. Aesthetical and Philosophical Essays. Ed. Dole, Nathan Haskell. Boston: F. A. Niccolls & company, 1902, pp. 260—263.
② Ibid., p. 217.
③ Ibid., p. 253.
④ [德] 席勒：《秀美与尊严》，张玉能译，文化艺术出版社1996年版，第292—293页。
⑤ 同上书，第293页。

从历史的视角来看，席勒将道德精神视为艺术自律的唯一保障，与其说有着充分的依据，不如说是一种无奈的选择。在席勒看来，能够表现人性圆整之美的素朴艺术时代已经一去不返。人们已经进入理性膨胀的感伤时代，感性不仅与理性分离，而且想象力、审美趣味乃至整个艺术都受到理性的操控。艺术家的感受不再是素朴诗人那种自动结合着理性能力和善的游戏，艺术家的思想也不是素朴诗人那种充实着自然与人性的游戏。在感伤时代，艺术家的想象力被迫"需要和理性观念结合起来"，痛苦地摇摆于二者之间，素朴艺术的愉悦和静谧被感伤艺术的焦虑骚动所代替；如果诗人只是从既定艺术中寻求灵感，那么已经受控的艺术将使人的感性和谐处于停滞状态。在复归人性圆整和善的和谐的期冀中，艺术家除了"表现为道德的统一体"外，别无选择。①

尽管席勒以充分的理由论证了艺术自律的道德前提，但是我们也看到了他对艺术自由给予了比康德还要严格的限制。这不禁让我们担心阿多诺的忧虑会重现："艺术作品之所以能够利用非自治性元素，即与社会纠缠不清的东西，是因为这些元素在作为社会内容的同时也总是属于艺术自身的。尽管如此，艺术通过艰苦斗争从社会中夺取并社会性地确立的自治权，仍然可能退回到非自治的状态；与累积不变的东西相比，每一种新事物都是脆弱的，随时可能回归原初的状态。"②

结语

本文以铺排和细读的方式，重新解读了康德关于艺术自律的观点及其对席勒的影响。我们看到了二者之间的重要分歧：康德以艺术和美的启蒙功能为出发点，讨论了艺术自由的使命——将感性与理性的分裂通过艺术审美的途径重新连接起来；但席勒认为，真正自由的艺术乃是处于优美或崇高的性格主体，只有在主体充分启蒙为道德主体的情况下，艺术自律才成为可能。两位美学家也有趋于一致的地方，即任何艺术自由都要发挥人文主义功能，否则它将是非法且无效的。康德强调艺术对于人的精神上升到理念的作用，席勒强调艺术对于人的精神作用。从共同点这个角度看，康德与席勒的艺术自律观念实际上都不是纯粹地强调艺术自由，而是强调它在主体自由的基础上的自由，强调的是其启蒙和人文主义的功能。就此而言，以戈蒂叶、王尔德为代表的唯美主义并未像席勒那样继承康德美学，也未发展康德美学，而只是借用康德美学强调了一种纯粹的艺术自由观。以此为出发点，当代艺术自律的观念——包括阿多诺、马尔库塞、俄国形式主义、结构主义、后结构主义等，都有罢黜人文主义的特征。当然，这将是另一个更大的问题，本文在此只是为了澄清康德美学的艺术自治观以及它与唯美主义的真实关系。

---

① ［德］席勒：《席勒文集》（理论卷），张佳珏等译，人民文学出版社 2005 年版，第 102 页。
② Adorno, Theodor W. Aesthetic Theory. ed. Gretel Adorno and Rolf Tiedemann, trans. Robert Hullot-Kentor. Minneapolis, MN: University of Minnesota Press, 1997, p.238.

时间意识与文学自觉
——魏晋南北朝诗人的"悲情"与日本歌人的"物哀"

何光顺[①]

(广东外语外贸大学外国文学文化研究中心、中文学院)

摘　要：当前学界探讨中国文学或魏晋文学自觉的问题，都未曾注意到一个至关重要的事实，那就是"时间意识"的觉醒是魏晋南北朝文学和日本中世文学自觉的根源所在。正是这种关于"时间"有限性的认识促成了魏晋感物文学向着"悲情"方向发展，也促成了日本中世感物文学"物哀"意识的兴起。从中日文学在中古时期共同发展起来的悲情意识和物哀意识所具有的多重相似性和差异性特征入手，可以深化对中日文学/艺术自觉有关问题的认识。在中古期的中日文学自觉和时间意识的强化主要表现在：一是共同的"悲感"体感，表征着对于生命"有限性"的自觉；二是共有的"死亡"意识，表征着对于生命"终结性"的思考；三是共似的"美感"体验，表征着对于"形式美"的发现；四是相近的"神道"信仰，表征着对于"超越性"的期待。然而在二者的相似性的背后还有着不可忽视的差异性，那就是魏晋诗人的悲情较为注重生命和情感的自然、历史、社会的多重维度，即使在反传统伦理中也有明确的伦理指向；日本歌人的物哀却凸显了生命的唯情化和唯美化维度，并呈现出一种集中表现恋情和死亡的悲美意识，呈现出一种非伦理化的极致美感体验。

关键词：时间意识；悲情文学；物哀文学；悲感体验；死亡意识；美感体验；神道信仰

在东方思想世界，"空间"和"时间"并非一个纯粹的理论问题，而是一个具有切身体验的实践问题。缘于此，东方诗学并不致力于思考空间和时间的本质，而是着意于领悟其存在的形式。这种属己的空间/时间形式又具有大不相同的意味。空间形式具有变化中的整一性，时间形式却具有连续中的差异性。中国文学在从先秦甚至更早远

[①] 何光顺，文学博士，硕士生导师，广东外语外贸大学中国语言文化学院教授、外国文学文化研究中心兼职研究人员。本文系广东省高校人文社会科学重大攻关项目"中日哀感文学比较研究"（批准号：11ZGW75001）成果。

的上古时代所着力体验到的变中之不变的稳靠的空间生命结构,在不断演进中,逐渐呈现出一种无法把握变化、差异、瞬间、易碎的时间生命结构①。中国文学的这种时间意识,最早是在上古以"空间思维"写作为主的神话中萌芽,在西周春秋的礼乐文化和宗法结构中得到政治性表达,在战国以屈原辞赋和庄子文章为代表的南方文学中得到书写,在秦汉大一统时代,注重"空间结构"的汉大赋代替了楚辞的"内化时间",当汉末乱世及其之后长达近四百年的魏晋南北朝的分裂时代,却有一种伴随着"时间意识"觉醒的强烈生命体验和死亡体验成为缠绕在文学中的挥之不去的情愫,而这就生成了一种我们尤当注意的悲情的文学。

无独有偶,在和中国一衣带水的近邻东瀛日本文学中,也同样有着一种关于生命存在的空间/时间形式的切己体验,也经历了一种从稳靠的空间生命结构向易碎的时间生命结构的转化。在以《古事记》为代表的上古神代纪中,日本民族生活在一个"神—人""物—我"尚未曾特别区分的"非时间化"②混沌空间中,而其具有"时间意识"的历史记述则主要是在中国文化影响下形成。这种中国影响经历了本土化过滤,即最初使用汉字的日本男性多致力于儒家注重功业和伦理的外在写作。与这种外在写作形成对照,是在9世纪后期发展成熟的以假名文字进行内在化写作的女性的文学。这种女性写作虽有模仿"汉文公家式日记"③,但因当时流行"访妻婚"形式④、"非汉语化"写作、日语的"书面语"特征,都促进了日本平安朝以女性为主体的写作群体的形成。这种女性写作因缺乏空间的广度,遂只能以狭窄的男女恋情为题材来表达一种"悲恋"情愫,而这就是"物哀"的文学。这种"物哀"最初本义是蕴含着高兴、兴奋、激动、气恼、哀愁、悲伤、惊异等多种复杂情绪与体验⑤,但在日本中世文学实践中,却逐渐着重"表现恋爱的惆怅、羁旅的愁苦、所恋男子仕途的失意,并与大自然融为一种空濛的意境"⑥,呈现出一种"悲情"或"悲美"的维度。

正是从时间意识与感物文学的关联及其所引发的魏晋文学的悲情特质和日本文学

---

① 中国思想和诗学所蕴含的这种从"空间生命结构"向"时间生命结构"的变迁,并最后形成"空间—时间"交织的"共同体生命",而始终以空间体验优先,此为笔者提出,并借以解决中国文化及其文学的本质性问题,该问题笔者将有另文撰述。
② 东方民族的上古神话的时间意识都相对薄弱,"时间"意识的引入,则为文化带来一种历史性的秩序,混沌的本质是缺乏时间性的区分,从而呈现出空间性的一体化状态。
③ 日本贵族男子研习汉文多为了入仕,使用汉字作汉文诗、写日记、使用汉历,被认为是有学识教养的表现。这种日记始于奈良时代中期,多用变体汉字书写,以记录宫廷例行活动为中心,实质是官场上的公务纪实、在职掌故,在表达个人情感方面,这些日记几乎不带个人情感,故被称为"汉文公家式日记"。
④ 访妻婚即"一个男子可以同时有好几个妻子,她们分别住在娘家,丈夫轮流到各个妻子家过夜,翌晨离去,妇人处在只能等待男人夜间来相会的不安定的地位"。参见张萍《日本的婚姻与家庭》,中国妇女出版社1984年版,第43页。
⑤ 王向远:《"物哀"是理解日本文学与文化的一把钥匙》,参见[日]本居宣长《日本物哀·代译序》,王向远译,吉林出版集团有限责任公司2010年版。
⑥ [日]阿部秋生:《出自女性手笔的物语》,《国文学——解释与鉴赏》,《〈源氏物语〉问世——王朝物语的世界》1994年第4期。

的物哀意识角度，我们可以理解中国魏晋和日本中世都被视作"文学/艺术自觉"时代的原因。某种程度上说，悲情就构成了魏晋文学艺术自觉的内在精神底蕴，而物哀则构成了日本中世文学自觉的内在情感特质。当然，我们得说明，这种中日文学艺术在中世的发展，并非是单纯的"自觉"和"为艺术而艺术"；同时亦是"反自觉""逆自觉"和"为人生""为现实"的。① 在笔者看来，时间意识的强化，促成了魏晋南北朝诗人和日本中世歌人的生命自觉和艺术自觉，空间思维传统的保存，则造成了魏晋南北朝和日本中世文学的逆自觉和非自觉。对于后一个问题，笔者将另文撰述，本文将仅从"时间意识"自觉的四个维度——悲感体验、死亡意识、美感体验、神道信仰——来探讨中日文学的自觉问题。

一 "悲感"体验："有限性"的焦虑

感物兴情，是中国文学和日本文学共有的向度。② 魏晋和日本中世文学的自觉首要地体现在感物兴情文学传统中具有强烈"时间意识"的"悲感"体验对于中国先秦和从中国最初传入日本的"乐感"体验传统的打破。就感物传统而言，在中国文学中，有"感""感物""物感""感兴"等家族相似的词汇；在日本，则有从中国传入的"感""感兴"和日本固有的"哀""物哀"。紫式部《源氏物语》第二十一卷《少女》中，有一句话："虽未感于琴音，但黄昏时分还是令人惆怅，心生物哀之情。"（"琴の感ならねど、あやしく物あはれ夕べかな"）这里将"感"字与"物哀"两个词用于一句之中，使"感"成为兴发"物哀"的条件。王向远认为，在中国文学中，中国的"感"是"感物"，日本的"感"是"感心"，中国"感物"的"物"具有一种客观性、独立性，日本的"物"不独立，当作"物哀"连用时，其中的"物"是指"物之心"，能感知"物之心"就是物哀。③

一般认为，中国的感物兴情（"物感"）多关注喜怒哀乐的平衡，日本的感物兴情（"物哀"）虽同样有喜怒哀乐等各种感情，却更重视一种悲美意识。但从具体时段的比较来看，却又各有不同。在中国感物文学的早期，确实较多从天地万物的平衡和谐引申到"天人合一、物我和谐、情理适中"的感情的和谐，带有"乐感"的性质。如先秦时代的《礼记·乐记》有："乐者，音之所由生也。其本在人心感于物也。是故其哀

---

① 参见拙文《魏晋文学的自觉与反自觉》，《江淮论坛》2006年第6期。在该文中，笔者论述了魏晋文学的自觉问题，指出了学界在文学自觉问题上的偏颇，即仅认识到文学史上的提倡为艺术而艺术的艺术精神和形式的自觉，而对于即使在魏晋这个艺术已经高度自觉的时代，仍旧有着为人生、为社会、为政治的逆反自觉，这种反自觉，实际是反狭隘的唯艺术论的倾向，从而体现出中国文学的综合和平衡的发展趋势。
② 中日古典文学较西方古典文学而言，似乎都更凸显了自然和人情的相互激发、召唤和应答维度，其中不乏"神""道"的超越维度，如本文第四部分所论，但毕竟未如西人文学的宗教性意味强烈。
③ 王向远：《中国的"感"、"感物"与日本的"哀"、"物哀"——审美感兴诸范畴的比较分析》，《江淮论坛》2014年第2期。

心感者,其声噍以杀;其乐心感者,其声啴以缓;其喜心感者,其声发以散;其怒心感者,其声粗以厉;其敬心感者,其声直以廉;其爱心感者,其声和以柔。六者非性也,感于物而动。"这里说的"哀、乐、喜、怒、敬、爱"六种情绪,都是因为感于外在的物事而生发,并没有明确的特别的倾向性。在汉代儒学确立的伦理化的宇宙论中,"人之性情由天"(董仲舒),更进一步把人的情感融进天地自然,这就形成了学者所说的"天人合一"的感物关系。①

对于这种中国文化中的感物关系,笔者认为,秦汉以后所注重的"天人合一"已远离了先秦时期更为注重差异化的错叠与调协的"天人际会"关系。② 自秦汉以来,文化的同质化与一元化,导致了天对人的遮蔽,这种遮蔽的深层原因就是专制皇权强化、个体被弱化造成了天和人都被矮化、弱化为一种道具和工具,这种同质化的天人合一,就是以个体生命感和时间意识的丧失为前提,而以集体融合与空间意识的强化为其重要路径。然而,当中国感物文学发展到魏晋时期,那种注重差异性的错叠与协调的"天人际会"关系重新被发现,一种注重物我应和以唤起诗人生命感伤的"时间意识"被唤醒,并被空前强化。这种具有强烈感伤的时间生命意识,就表现为一种"悲情"的渲染,这种"悲情"又是和日本在中世以后发展起来的侧重悲美体验的"物哀"意识的发展是一致的。这种一致性,如果从家族相似角度看,就主要体现在那种发现生命有限性的强烈悲感体验和悲情意识,这种悲感意识的内化就构成了时间性,就构成了该时期中日诗人领会人之生存的一个基本视域③,就促成了中、日民族在中世以后的生命自觉和艺术自觉。

中国从汉末建安以来的近四百年的漫长时代,都浓罩着一种具有深重的时代感伤和命运嗟叹的"悲情"意识,正如陈良运所指出的"给人以'悲凉之雾,遍布华林'之感"④。这种悲情的表现主要在:因战乱所造成的民生苦难的悲悯,如曹操《蒿里行》写"白骨露于野,千里无鸡鸣"的民生死亡,王粲《七哀诗》写"路有饥妇人,抱子弃草间"的饥荒;因人生短暂而起的个体生命的悲伤,如曹植《赠白马王彪》其五"人生处一世,去若朝露晞"感慨人生短暂;因建功立业报效国家而有的悲壮,如鲍照《代出自蓟北门行》"时危见臣节,世乱识忠良。投躯报明主,身死为国殇"等;因人生不得志的失意的悲愁,如曹植《野田黄雀行》"高树多悲风,海水扬其波",鲍照《拟行路难·其一》"愿君裁悲且减思,听我抵节行路吟"等;因男女相恋而不得相见的悲思,如曹丕《燕歌行》、曹植《七哀》等模拟女子思夫;因时代黑暗而造成的悲

---

① 王向远:《中国的"感"、"感物"与日本的"哀"、"物哀"——审美感兴诸范畴的比较分析》,《江淮论坛》2014年第2期。
② 参见拙文《文明的褶子——"三玄"天人观的现代沉思》,《江淮论坛》2007年第4期。
③ 海德格尔在《存在与时间》中区分了"时间"与"时间性",人们日常生活中的"时间"观念往往是物理的运动的度量计算,而"时间性"却是作为有死的人对此在存在的有限性的领悟,中国和日本文学中都不乏"时间性"的深刻体察,但从思想史和文学批评角度看,"时间性"问题却并未得到真正重视。
④ 陈良运:《中国诗学体系论》,中国社会科学出版社1992年版,第156—158页。

愤,如阮籍《咏怀》八十二首等。

可以说,到了魏晋南北朝时期,感物思想在"悲感"维度上已得到极大拓展,各种以战乱、死亡、闺思、宫怨题材来表达一种"缘情绮靡"的诗歌冲破了儒家"文以载道"的道德论和功利论,打破了先秦时期奠定的"乐感"诗学传统,体现了某种程度上的"为艺术而艺术"的文学自觉。基于这种文学创作实践,该时期诗学理论也对这一新的诗学特质作出了总结,如陆机就提出"缘情而绮靡"的情感文学总纲。这所"缘"之"情"实际就是"悲情"。陆机所创作的悲情诗则是其诗学主张的践行,如《门有车马客行》是写游子对故乡的悲思,《赴洛道中作》写离家到洛阳时途中所见景物引起的悲感,而诗中"悲情触物感,沉思郁缠绵"几乎是纯以悲情释物感了。至于其文学理论名篇《文赋》则对这种悲情因物之兴发的过程作了思考:"遵四时以叹逝,瞻万物而思纷;悲落叶于劲秋,喜柔条于芳春。心懔懔以怀霜,志眇眇而临云。"诗中虽"悲""喜"并提,但这种"喜"却是以"悲"为基调,以"叹逝"为前提,而后有感伤万物有限的"思纷",诗人"悲落叶"就是对生命零落的悲伤,"喜柔条"则是因为有了对死亡和凋零的痛感而泛起的对柔嫩新生命的爱恋。

南北朝时期,文学批评家钟嵘《诗品序》则进一步对新起的魏晋以来文学的"悲感"体验作了理论的升华和总结:"气之动物,物之感人,故摇荡性情,形诸舞咏。若乃春风春鸟,秋月秋蝉,夏云暑雨,冬月祁寒,斯四候之感诸诗者也。嘉会寄诗以亲,离群托物以怨。至于楚臣去境,汉妾辞宫;或骨横朔野,魂逐飞蓬;或负戈外戍,杀气雄边;寒客衣单,霜闺泪尽;或士有解佩出朝,一去忘返;女有扬娥入宠,再盼倾国。凡斯种种,感荡心灵,非陈诗何以展其义?非长歌何以骋其情?"[①] 在谈"物感"发生时,《诗品序》和《礼记·乐记》是一致的,即都主张诗是性情受外物影响而发为吟咏,但在谈"物感"的具体情境时,便染上了浓重的"悲情"意识乃至"悲剧"情怀,所谓"楚臣去境""汉妾辞宫""骨横朔野""魂逐飞蓬"……都无不是悲情的渲染,是对生命有限、欢会无多而死亡却处处笼罩的无尽感伤。钟嵘《诗品》还大量评点了诸多"怨诗",以为曹植"情兼雅怨",王粲"发愀怆之词",阮籍"颇多慷慨之词",左思"文典以怨",秦嘉"凄怨",沈约"清怨"。现代学人钱钟书特别关注钟嵘诗学的悲情和怨情:"钟嵘不讲'兴'和'观',虽讲起'群',而所举压倒多数的事例,是'怨'。……《序》的结尾又举了一连串的范作,除掉失传的篇章和泛指的题材,过半数都可说是怨诗。"[②] 钱钟书先生对钟嵘的悲情诗学的关注是和他自己提倡"诗可以怨"而指向的文学应当是不平则鸣的愁怨的表达的文学观相一致的。

日本感物文学的核心概念"物哀"的日语原文为"物の哀"(もものあわれ)。"もののあは"(物哀)一词最早出现在纪贯之所著的《土佐日记》12月27日条:"楫取り、もののあわれも知らで、おのれ酒お蔵ひれば……"作为日本文学主导精神的

---

① 周振甫:《诗品译注》,中华书局1998年版,第15页。
② 钱钟书:《诗可以怨》,《文学评论》1981年第1期。

物哀意识主要是在平安时代以紫式部《源氏物语》为代表的物语文学中发展起来的。18世纪，文论家本居宣长又对其进行系统论述，形成所谓的"物哀论"。"物哀"的含义具体可以概括为几个层面：对人之情抱有同情和充分理解，体会人情的细微；因事物而触发的沉思、回顾、感慨；因时令而生的情致；多愁善感之情，解风雅，有情趣，极富情感修养；让人感到悲哀和同情的惹人爱怜。① 从比较角度来看，日本的物哀文学思想表达的不是中国先秦感物文学或感物思想的和谐、乐感精神，而倒是与魏晋南北朝时代因普遍战乱和苦难所引发的悲感、悲情诗学相近。故而，日本的"哀""物哀"也可称为"哀感"。

作为审美意识，"物哀""起源于对自然美的感悟"②，调和优雅、富有情趣，倾向于一种纤细的哀愁；从本质上说，"物哀"是"愁诉'物'的无常性和失落感的'愁怨'美学"③，"展现的是一种哀婉凄清的美感世界"④；从效果上说，"物哀"注重作者和读者的情感分享，实现心理与情感的满足，"没有教诲、教训读者等任何功利的目的"⑤。"物哀"以心为本，内容上"主情"和情感上"偏哀"是其文学特色，如谓"不见未尝恋，/一见阿妹，/相思苦难堪"（《大伴宿祢稻公赠田村大娘歌》）。⑥ "想到，今后与阿妹，/再也不相见；/心中悒郁寡欢。"（《大伴宿祢家持和歌二首》）⑦ "君纵不思我；/但求睡梦临，/见君枕。"（《山口女王赠大伴宿祢家持歌五首》）⑧ 情人间的恋/思，及其不能实现的苦/梦，就是日本和歌文学最普遍的主题，并折射着歌人对于生命有限性的深切领悟。正是这种重视唯美化情感而非伦理化的教诲和功利化的政治，造成了"物哀"这个词很难被完全翻译为中文，据学者统计，有关"物哀"的汉译，大约有"人世的哀愁""物哀怜""幽情""物之哀""憨物宗情""感物兴叹""物感""物我交融"等。⑨ 其中，"人世的哀愁""物哀怜""幽情"等译法较注重"物哀"的情感维度，"憨物宗情""感物兴叹""物感""物我交融"等则受到中国"物感"说启发，强调因外物引发的内心感动。可以说，这些翻译都难以准确表达"物哀"所具有的微妙意蕴。但可以肯定的是，日本文学"物哀"意识的发展和作为独立的文论概念的提出，无疑颠覆了长期统治日本学界"劝善惩恶"的儒家道德论，形成了日本文学唯情/唯美主义的民族文学特征，并在一定程度上标志着日本文学的独立。

随着物哀文学的发展，生命的绽放、繁华和凋零，都触动着日本歌人易感的心弦，

---

① ［日］日本大辞典刊行会：《日本国语大辞典》，（东京）小学馆出版社1993年版，第355页。
② 邱紫华、王文戈：《日本美学范畴的文化阐释》，《华中师范大学学报》（人文社会科学版）2001年第1期。
③ ［日］西田正好：《日本的美——其本质和展开》，（东京）创元社1970年版，第272页。
④ 杨薇：《日本文化模式与社会变迁》，济南出版社2001年版，第103页。
⑤ ［日］本居宣长：《日本物哀》，王向远译，吉林出版集团有限责任公司2010年版，第9页。
⑥ ［日］佚名：《万叶集》，赵乐甡译，南京译林出版社2009年版，第154页。
⑦ 同上书，第157页。
⑧ 同上。
⑨ 姜文清：《东方古典美——中日传统审美意识比较》，中国社会科学出版社2002年版，第93—94页。

"悲愁、忧郁、恋情"就成为日本"物哀"文学书写的主题和深沉的情愫。这正如叶渭渠所指出的:"物哀作为日本美的先驱,在其发展过程中,自然地形成'哀'中所蕴含的静寂美的特殊性格,成为'空寂'的美的底流。"① 他们爱残月、初绽的蓓蕾和散落的花瓣儿,他们吟唱着"人言,瞿麦开又落;/该不是那棵野花,/我曾标识过"②(《大伴家持赠纪女郎歌》)。"今朝黎明,闻雁唳;/春日山上,许是红叶遍,/心悲戚。"③(《穗积皇子御歌二首》其一)"秋山树上红叶,/如今萧萧落;/更盼,秋能重过。"④(《山部王惜秋叶歌》)瞿麦花的开落,早晨大雁的鸣叫,秋山里红叶萧萧,都蕴含着时间性的信息,即那种对于生命的过程化和有限化的体认。于是,一种无常的哀感和美感,就构成日本"物哀"精神的内在意蕴。这种具有强烈的悲美意蕴的生成,正是日本民族唯情/唯美主义的结晶,是情感/审美文化对于理智/知性文化的胜利。日本民族虽然也推崇从中国影响而来的具有"乐感"的"和"的文化,他们也称自己为"大和民族",但历史发展到中世平安时代,"和"只是成为其追求而无法到达的理想,那种具有悲戚哀愁的哀感精神却终于成为这个民族的主流诗学精神。⑤ 这样,在历史的发展过程中,日本民族和华夏民族竟也同样具有了某种程度上的家族相似性,那就是在中世的文学/艺术的自觉时代,都经历了一种"悲感"体验对于早前的"乐感"文化传统的突破,而生成了该时期的一种唯情的文学。

二 "死亡"意识:"终结性"的思考

自然塑造了时间性⑥,而生命意识的觉醒就是时间意识的觉醒,并进而表现为对于死亡的敏感与自觉。艺术的创造过程就是人类自我觉醒的过程,就是对于自己作为有限存在的自觉领悟和把握。当人类面对切己的死亡时,其艺术精神就化而为最澄澈的生命体验。正是从这个角度说,海德格尔认为,人是向死而生的。列维纳斯也把死亡定义为"对时间的忍耐"。时间的篡夺和希望的破灭构成了死亡本身。作为"未来"的"终结性"的"死亡"以其"确定性"的"必死"和"不确定性"的不知"何时死"的危险逼迫着在此存在的人,他知道这确定而又不确定性的死亡以其恍惚性既远又近的闪烁,他却不能逃脱,他被存在之绳索牢牢地系缚,他的去存在呈现着一种矛盾,害怕这完成又不得不赶着在有限度的时间内完成。如何对待这死亡完成之终结,便决定

---

① 叶渭渠:《日本文化史》(第二版),广西师范大学出版社 2005 年版。
② [日] 佚名:《万叶集》,赵乐甡译,南京译林出版社 2009 年版,第 329 页。
③ 同上书,第 330 页。
④ 同上书,第 331 页。
⑤ 王向远先生曾著文分析日本民族提倡和谐与其在审美实践中的不平、不满、不甘的哀感的矛盾。当然这种"和"也约束着日本民族努力克制而获得一种优雅之美。参见王向远《中国的"感"、"感物"与日本的"哀"、"物哀"——审美感兴诸范畴的比较分析》,《江淮论坛》2014 年第 2 期。
⑥ [英] 彼得·奥斯本:《时间的政治——现代性与先锋》,王志宏译,商务印书馆 2014 年版,第 160 页。

了不同的人在这世界的不同姿态。

魏晋南北朝和日本中世文学的自觉，其重要表现就是对于死亡的深切体验和直面书写，而这相较于其以前的时代来说，无疑显示出一种巨大的差异。魏晋诗人与日本和歌作者，在时代的新的条件下，开始自觉地把时间摆明为对存在的领会及解释的视野，从而不同于在统一帝国的时代致力于外在功业的常人把一种物理的过程理解为可计量的流俗的时间。诗人或歌人虽同样惧怕终结性的死亡，但却勇敢地朝向这未来性，以死亡的逼迫和死亡划定的界限唤醒自身也唤醒常人，以让世人的心灵在必死的命运面前学会谦卑，因此，诗人就是要让人在绝望中重新寻找希望，就是要让人摆脱麻木生活而心怀敬畏朝向神圣。

魏晋南北朝诗人的"悲情"和日本歌人的"物哀"，就是在艺术的自觉时代对于死亡的自觉体认和把握。汉末以《古诗十九首》为代表的文人五言诗已在渐行开启出一个关注死亡的世界，这种在汉代还仅仅是中下层士人关注的无所出路的向内转向，在建安以后更是得到了各阶层诗人的集中关注。三曹和建安七子，都是从"汉音"到"魏响"过渡阶段的重要诗人群体。曹操《蒿里行》《薤露行》《龟虽寿》《短歌行》，曹植《七步诗》，王粲《七哀诗》，陈琳《饮马长城窟行》，阮瑀《驾出北郭门行》，徐干《于清河见挽船士新婚与妻别诗》，蔡琰《悲愤诗》都是从汉代注重外在事功到魏晋关注内在生命的过渡阶段的重要诗篇，都是感伤生命的挽歌或悲歌。正是这种对于终结性尚未到来的死亡的本真吟唱，让这批原来奔走于政治的政治家们承担起了去存在的死亡之命运，从而成就为伟大的诗人。于是，我们可以说，在最高处，诗人的情怀和政治家的情怀便合二为一，于是才有了"白骨露于野，千里无鸡鸣"（曹操《蒿里行》）、"出门无所见，白骨蔽平原"（王粲《七哀诗》）、"本是同根生，相煎何太急"（曹植《七步诗》）的无限悲悯或感伤。从这个角度上说，曹操或七子可谓远胜后世那些帝王式的伟人，因为这些所谓伟人，只有那睥睨天下的外在功业，却未有因死亡而唤醒的敬畏和谦卑，也当然无有那源自死亡的悲悯和同情。

魏正始时期，诗风开始产生重要变化。何晏作为魏正始时期的重臣，在残酷的政治生态中，对于生命之"未来性"的必死命运的忧虑仍让其时时有警惕之意，而无狂妄之心，如其《言志诗》所言"常恐夭网罗，忧祸一旦并"便写出了那种死亡的忧患，正是这种对生存之命运和意义之钥匙的寻找，促使何晏和王弼共同成为魏晋玄学的开创者和魏晋风流的开启者，那因死亡之终结性和未来性的牵挂遂成就了魏晋人的生命自觉和艺术自觉。

继正始名士而完全转向文学/艺术的竹林诗人更多地吟唱死亡的未来性和终结性的牵挂，如嵇康遭吕安事而囚系狱中，作《幽愤诗》自述其所遭不幸，阮籍因既无法摆脱残酷政治的逼迫，更不能无视生命无常和死亡忧患，遂成为其时至为深情的诗人，其所作《咏怀诗》八十二首尤其凄怨悲凉。西晋末，社会大乱，诗人的感伤愈益沉重，如陆机、潘岳、刘琨等都有不少感伤死亡的悲歌。到东晋时期，诗人们则注重以玄理或佛理来淡化死亡的伤痛,如其时著名诗人孙绰、支遁、许询等。东晋到南朝刘宋年间,著名诗人陶渊明、谢灵运更将对于死亡的悲情打入山水和田园,而又间以儒、佛、道三教化之。到了齐梁年间,宫体诗人则将死亡体验打并入闺思、宫怨的绮艳写作,从而实现了文学在题材方面的开拓,而其对于格律和辞藻的注重,也是在缘情而绮靡的悲情维度上的外化表达。可以说,在魏晋到南北朝的诗歌中,是处处有着对于死亡的观照、体谅、书写和超脱,那种对于生命有限的感伤,对于生命未来和终结的无法把握的惆怅,成为弥漫整个时代的基调。

我们读日本的物语或和歌,不难发现,那种对于死亡的悲伤吟唱同样是无处不在。比如《源氏物语》第一回《桐壶》卷在写桐壶更衣的死时,多方铺垫,而在桐壶更衣死后,又写皇帝始终沉浸在更衣的死之伤痛中。而就在这场死亡所演绎的物哀的悲恋中,涌动的是关于死亡的诗化吟唱,写更衣不愿离开皇帝:"面临大限悲长别,留恋残生叹命穷。"写皇帝所派命妇怀念更衣:"纵然伴着秋虫泣,哭尽长宵泪未干。"写更衣母亲太君答诗:"哭声多似虫鸣处,添得宫人泪万行。"写皇帝看到更衣母亲太君所回赠礼物而吟诗:"愿君化作鸿都客,探得香魂住处来。"① 又如第三十九回《柏木》卷写卫门督柏木为恋慕女三宫而病倒,终至一命呜呼。死前作歌曰:"死后成灰烟,灰烟缭绕永不散,缠绵生死恋。"女三宫答歌曰:"君若变成烟,我愿成灰常相伴,两情融无间。"② 在整部《源氏物语》中,可谓处处弥漫着女性的不幸命运和悲剧的死亡,她们要么不幸夭折而死,要么落发为尼斩断尘缘远遁而去,要么独守空闺虽生犹死。美丽女子的不幸命运反映了作者深切的物哀之情。

在日本和歌中,死亡也是日本歌人吟唱的重要主题,如在《古今集》诗:

"我身在何处,/世间总是空,/欢喜悲哀两相同。"《后撰集》诗:"莫言欢喜莫言愁,/犹如阴晴无所定,/生死只在一瞬中。"③

在这两首诗中,诗人似乎理解到了因为死亡先行于自身,却又是人自身难以理解和不可靠近的,这种对于未来性的不可理解,便同样成为当下不可理解的根源,"我身在何处","阴晴无所定",是指在"确定性"的"必死"和"不确定性"的"何时死"面前,无论何处何事,最终都只能是"空",因而"欢喜""悲哀"和"阴晴"等也将在死亡的到来中消失其差异。因此,当此在到达死亡时,他也就丧失了他的"何处"或说丧失了"在此",而成为不再在此,因此,不管"何处"都终究是无意义的。死亡就是"不再在此",而作为"此在"的人却无法真切体验,正是对于这种无法体验的不

---

① [日]紫式部:《源氏物语》,丰子恺译,人民文学出版社1980年版,第3—8页。
② [日]紫式部《源氏物语》第三十九回《柏木》卷,译文参考本居宣长《日本物哀》,王向远译,吉林出版集团有限责任公司2010年版,第77页。
③ [日]片桐洋一:《后撰和歌集》,(东京)岩波书店1990年版。

再在此的哀伤，促成了日本歌人沉醉于死亡的吟唱。

从比较角度看，日本感物文学的"物哀"意识和中国魏晋南北朝悲情所呈现的死亡意识有极大差异。魏晋南北朝诗人或以玄学自然，或以佛教般若，或以道教信仰来化解死亡，但日本歌人却多以佛教的无常观和空观来强化死亡的悲剧意识。这种差异的原因主要在于，日本文明的发展大大晚于中国，当中国化佛教传入之际，其社会尚处在原始社会末期，民族宗教尚未确立，其信仰还是较为原始的自然崇拜、鬼魂崇拜和祖先崇拜，是自然的泛神式的虔诚和敬畏。① 当人文思想不发达时，较之儒学伦理，中国化的佛教和强调精神至上的道家思想，更适合其口味。同时，魏晋玄学"用人格本体论来统括宇宙"②，不重外在目的，更重过程本身和情感满足等，也契合了日本社会由原始向文明过渡的时代特点，从而在此后的平安时代被发扬，最后经复古国学家之手将其凝固、提升为日本文化的特质。③

因此，在日本文学中，关于"死亡"的吟唱较少儒家伦理思想束缚，而更多道教、玄学尤其是佛家思想的影响，从而在其写作中充溢着一种"无常"观念和"悲美"意识，如《源氏物语》中光源氏在参透人生世相和生死无常后遁入空门，这就几乎是对《般若波罗蜜多心经》"空即是色，色即是空"的注解。《伊势物语》写主人公昔男从元服到死亡的坎坷，《竹取物语》写伐竹翁从竹心取到一个女孩辉夜姬，经三个月而长成亭亭玉立的少女，但最终拒绝五名贵族子弟求婚，升天成仙而去的奇幻经历。日本的和歌集，如《万叶集》《后撰集》《古今和歌集》中都有大量描写生命无常的和歌。在日本歌人看来，生命如风，来去无踪，又如流水，滔滔难止。日本歌人也最喜欢以美而易碎的樱花为喻将死亡作一种物化的表达，"忘记樱花会凋零，/愿将物哀情，/永寄此花中"④。樱花的凋零就如生命的死亡：繁华、飘零、刹那，这种樱花之美和青春生命的同构，极易引发诗人强烈的孤寂、落寞和感伤。

于是，追求瞬间美，在美的瞬间求得永恒的静寂，就成为日本物哀美学的主要表现。他们似乎领会了"在此在身上存在着一种持续的'不完整性'，这种'不完整性'随着死亡告终"⑤，因此有了"将那'瞬间美'的观念转变为视自杀为人生之极点的行为。他们的殉死，其意义也在于追求瞬间生命的闪光，企图在死灭中求得永恒的静寂"。日本和歌诗人领悟了生命的瞬间美和死亡朝向未来性和终结性的聚集，在这个意义上，物哀的悲美精神就有了一种激扬壮烈的发展方向，而这也就可以被诠释成樱花式的绚美和悲壮。

---

① 汤其领：《汉魏两晋南北朝道教史研究》，河南大学出版社1994年版，第17页。
② 许辉：《六朝文化》，江苏古籍出版社2001年版，第39页。
③ 赵国辉：《魏晋玄学与日本物哀文学思潮》，《日本学论坛》2004年第1期。
④ 《后撰和歌集》卷三，总第133首。转引自本居宣长《日本物哀》，王向远译，吉林出版集团有限责任公司2010年版，第77页。
⑤ ［德］海德格尔：《存在与时间》，陈嘉映、王庆节译，生活·读书·新知三联书店1987年版，第279页。

三 "美感"体验:"形式美"的发现

当苏格拉底追寻"美是什么"时,他为此问题而着迷。然而,追问的结果,却得出"美是难的"①这样一个不是结论的结论。当然,作为苏格拉底思想的继承者,柏拉图并没有在该问题上止步,而是沿着"学习就是回忆","灵魂是永恒的","如果在美自身之外还有美的事物,那么它之所以美的原因不是别的,就是因为它分有美自身"②的道路继续思考,并某种程度上得出一个确定性的结论,即"美自身"就是灵魂在天国中所本有的永恒的"相"或"型",生命的意义在于分有和模仿这"相"或"型",在于回忆起美自身。随之而来的以基督教为基础的宗教美学也某种程度上渗透着这种柏拉图主义,即现世人间的一切都不值得留恋,都是带着原罪的,只有属于天国的灵性世界才值得向往,于是,鄙弃现世感官之美以追寻天国永恒之美,便成为整个欧洲中世纪的审美理想。

中国和日本的审美理想不同于西方的"永恒美"或"范式美"观念,而更重视在有限生命中体验一种"当下美"和"形式美"。这种形式美的思潮在魏晋得到充分发展的深层原因和理论支撑主要就来源于乱世诗人对于生命有限性和时间性的敏锐洞见和以道家为主又融合儒家、佛家的玄学审美思潮的勃兴。玄学诗人们主张"以玄对山水","山水以形媚道",就是自然之道的最好体现。在两晋流行的玄言诗就渐以山水来寄托体悟玄道的情怀,以山水物象来消融主体情感。③魏晋有大量在山水的声色形式美中体验玄道的诗歌,著名的兰亭诗会就可谓玄言诗人或玄学名士从山水的声色形式体验玄道的一次集体写作和文学自觉。王羲之《兰亭集序》既为这次山水吟咏的名作,而王羲之的《兰亭诗》和孙绰、王献之、谢安、谢万、孙统、庾友、王玄之、王徽之、徐丰之等人的《兰亭诗》都可为这种声色形式美创作的代表作。如谢万《兰亭诗》:"肆眺崇阿,寓目高林。青萝翳岫,修竹冠岑。谷流清响,条鼓鸣音。玄崿吐润,霏雾成阴。"孙统《兰亭诗》:"地主观山水,仰寻幽人踪。回沼激中逵,疏竹间修桐。因流转轻觞,冷风飘落松。时禽吟长涧,万籁吹连峰。"山水的"声色"和"形式"被细致地展现,崇阿、高林、青萝、修竹、谷流、条鼓、霏雾、回沼、疏竹、冷风、落松、长涧、连峰,清美的山水景物扑面而来,诗人所能做的就只能是眺、寓目、观、寻,他完全为自然的声色和美景陶醉,无暇顾及日常生活的得失荣辱。这种超脱利害的当下性的形式美的发现无疑来自对有限生命的体认。

对于山水的形式美和声色美,晋宋之交的谢灵运在其诗中作了全面铺写。陈祚明指出:"康乐情深于山水,故山游之作弥佳,他或不逮。"许学夷以为:"汉魏诗兴

---

① 苗力田:《古希腊哲学》,中国人民大学出版社1989年版,第193页。
② 同上书,第265页。
③ 参见拙著《玄响寻踪——魏晋玄言诗研究》,暨南大学出版社2011年版,第152页。

寄深远，渊明诗真率自然。至于山林丘壑、烟云泉石之趣，实自灵运发之，而玄晖始为继响。"① 沈德潜《说诗晬语》卷上："诗至于宋，性情渐隐，声色大开，诗运一转关也。"② 显然，谢灵运在开南朝崇尚声色描写方面有其重要影响，如《晚出西射堂诗》既表现出玄言诗的玄思情调，又体现出新山水诗写景绘形、崇尚声色的历史趋向："步出西城门，遥望城西岑。连鄣叠巘崿，青翠杳深沉。晓霜枫叶丹，夕曛岚气阴。节往戚不浅，感来念已深。羁雌恋旧侣，迷鸟怀故林。含情尚劳爱，如何离赏心。抚镜华缁鬓，揽带缓促衿。安排徒空言，幽独赖鸣琴。"该诗在表层和深层都隐藏着时间性和有限性的维度：首先，跟随身体感知觉如"步出""遥望"和这感知觉中的景物变化如"晓霜""夕曛"等交织而成的情境化时间。其次，这情境化时间又是借助"羁雌""迷鸟"而唤醒的具有强烈冲击力的瞬间性的生命时间，即那种生命对于原始乡土的眷恋，对于当下生命残缺的伤叹，而后领悟那种庄子似的同于天道境界的不可能实现，遂借助悦耳的琴音以疏解心中烦忧。③ 无疑，这首诗的悲情已不如嵇康、阮籍和陆机那么浓重，然而仍旧有着挥之不去的感怀生命有限性的惆怅和孤独，故寄而为山水，然山水终不可安慰生命，故其生命和山水的两相对隔而非圆融便较为明显了。

南朝诗论家对山水的形式声色美有着更深层的理论自觉。如刘勰《文心雕龙·物色》篇："春秋代序，阴阳惨舒，物色之动，心亦摇焉。盖阳气萌而玄驹步，阴律凝而丹鸟羞，微虫犹或入感，四时之动物深矣。""山沓水匝，树杂云合。目既往还，心亦吐纳。春日迟迟，秋风飒飒。情往似赠，兴来如答。"萧统《昭明文选》卷十三系"物色"之赋，李善注"物色"云"四时所观之物色，而为之赋"。又云："有物有文曰色。"对于刘勰和萧统所论"物色"的形式美的问题，张晶在《中国古典美学中的"感物"说》中指出："'物色'不仅指自然事物本身，而且更重在自然事物的形式样态之美。"④ 刘勰所云"感物"主要是指物的外在样态，即所谓"物色"。"色"借用了佛学的概念，指事物的现象，是说由于万物的"无自性"而产生的虚幻不实，故南朝诗人和诗论家所谈"物色"已不仅是事物的自然形态，而更多的是指事物进入诗人视野的、带有审美价值的形式之美。

日本歌人的"物哀"论同样具有一种对于当下性的发现及对于事物形式美的自觉，即美的形式色彩在诗人心灵中引发的短暂性和时效性的忧愁和焦虑。"我家山冈，梅花盛开；/一见误以为，/残雪皑皑。"⑤（《大宰帅大伴卿梅歌》）"山间雪未融；/水满流淙淙，/河畔柳，新芽萌。"⑥（《咏柳八首》其四）"蝉鸣有时可依；/恋中柔弱女，我/却

---

① 许学夷：《诗源辨体》，人民文学出版社1987年版，第110页。
② 沈德潜：《沈德潜诗文集》，人民文学出版社2011年版，第1929页。
③ 因为侧重点略有不同，阐释的视角也有差异，此处重点突出了"时间性"的维度，对该诗的解读也可参见拙著《玄响寻踪——魏晋玄言诗研究》，暨南大学出版社2011年版，第222页。
④ 张晶：《中国古典美学中的"感物"说》，《大连大学学报》1999年第1期。
⑤ ［日］佚名：《万叶集》，赵乐甡译，南京译林出版社2009年版，第353页。
⑥ 同上书，第403页。

无定时泣。"①（《寄蝉》）山冈、梅花、残雪、流水、柳树、蝉鸣、新芽，是自然声色的可见形式，而盛开、皑皑、未融、萌芽，则是细腻的物哀情绪所发现的世界和我互动的过程。在日本文学这种细腻感伤的情绪笼罩中，体现出的是一种唯美主义的精神旨趣，哀怜、感伤、空寂、娴静、亲爱、忧切，汇而成"物哀"，就像天地间难言的在孤寂处自行绽放的花蕾，让遇着的人泛起感动、惊喜、爱怜，又因着其凋零、残损，随之而起多少悲愁、落寞和空幻的感伤，大和民族那颗善感的物哀之心，就得以借着外物的声色形式之美而得着溢满灵心的绽放。

"物哀"作为日本文学中极具特色的审美感兴范畴，本居宣长在《紫文要领》一书中对其作了解释："世上万事万物，形形色色，不论是目之所及，还是耳之所闻，还是身之所触，都收纳于心，加以体味，加以理解，这就是感知'事之心'、感知'物之心'，也就是'知物哀'。如果再进一步加以细分，所要感知的有'物之心'和'事之心'。对于不同类型的'物'与'事'的感知，就是'物哀'。例如，看见异常美丽的樱花开放，也觉得美丽，这就是知物之心。知道樱花之美，从而心生感动，心花怒放，这就是'物哀'。反过来说，无论看到多么美丽的樱花开放都不觉得其美，就是不知'物之心'；那样的人也不会面对美丽的樱花而感动，那就是不知'物哀'。"② 在日本古典艺术的世界，就是在倾情于大自然而绘景状物的和歌与俳句中处处渗溢着细腻的柔情和软弱的灵魂。为一片落花流泪，为一树红叶伤情，为一弯残月徘徊，他们总是在微小处去触摸外在世界的颤动，这就是日本诗人独特的物哀之情。

日本的物哀诗学尤其关注女性世界和情感世界，这也构成了日本文学的特点和优点。然此种优点也成为日本文学的致命缺陷，即由男人成就的理想世界的超越、社会伦理的规制、生命世界的厚重与博大都被遮蔽了，而唯有自然的纯真与唯美得到了激活与挥洒。日本文学由此成为纤弱的文学。物哀文学的唯情和唯美也造成了日本民族在自省和慎独等伦理方面的缺失，造成了日本民族对任何情感形式及性欲行为的理解和原谅，某种程度上说，日本民族是一个善于自我安慰和求得自我解脱的民族，世界的一切都可以成为审美的形式，也都可以被美化。如《源氏物语·薄云》写光源氏的恋情："这是不伦之恋，是罪孽深重的行为。要说以前的那些不伦行为，都是年轻时缺乏思虑，神佛也会原谅的。""不伦之恋"是光源氏对秋好中宫的非分之想；"罪孽深重"是光源氏与继母藤壶的私通。在作者的笔下，这两种不合伦常的恋情是"神佛也会原谅的"。日本文学批评家本居宣长同样对这种不伦之恋予以辩护："人到了老年，都对年轻人的好色风流加以告诫，但自己年轻的时候，也同样不可遏制，而犯下错误。"③ 在此种观念影响下，唯美主义的物哀文学就成为日本文学的主流。

从魏晋南北朝诗人的悲情和日本歌人的物哀的比较，我们可以看出，魏晋诗人、

---

① ［日］佚名：《万叶集》，赵乐甡译，南京译林出版社2009年版，第421页。
② ［日］本居宣长：《日本物哀》，王向远译，吉林出版集团有限责任公司2010年版，第66页。
③ 同上书，第80—81页。

名士的反儒家伦理和《源氏物语》、本居宣长的反儒家伦理有着不一样的出发点和用心，魏晋反儒家伦理，虽也有自然主义的色彩，但这自然主义的背后却有着道的支撑，形上之道构成了生命从物质感官自然解脱出来的超越之维，故有"山水以形媚道"，"以玄对山水"。日本歌人、紫氏部、本居宣长的反儒家伦理，其自然主义的诉求却是指向身体和欲望，这固然有求得生命和个性解放的直接效用，却缺少了面对天地自然和浩浩宇宙的阔大胸襟，人的生命活动由此而被限制在闺门之内，男欢女爱成为其单调而重复的主题。

四 "神道"信仰："超越性"的向往

人的生命是有限的，人对这种有限的领悟就构成了生命存在的时间性维度，然而，尽管时间无法被超越，人的未完成状态只能在此在生命不再在此时方能实现其完整而得以超越，当"完整性"和"超越性"[①]实现时，他已无法体验。即使如此，人仍不甘心他这种完整性和超越性的被动实现，而仍期望一种"主动为之"，即当其在此（此时此地）的束缚中，他期盼仰望神明，敬信祂，而就此得着来自神灵的馈赠和恩典，于是，他的"超越性"的实现，就不再是那现世生命在死亡到来时刻的被动完成，而却可能是因为他对那期待着的死亡而实为复活的纵情投入，于是，这种完整性和超越性因为或对身体的否定，而竟获得一种此世的心灵的完满实现，抑或将身体化而为神或道的体现，也竟获得一种身心一如的圆融。当然，这种"一如"或"圆融"只能是想象的神化或道化的存在。而这种"神道"[②]的意识，又几乎是所有民族或个人都可能会有的追求超越性的方式。

那么，这种主动为之的超越性追寻又如何展开？如果我们要划分生命的层次，大约是这样的：艺术的感性之维、伦理的理性之维和信仰的灵性之维。如果到达了这灵性之维，生命主动为之的圆满即可视为实现。这三个阶段的上升和圆满完成就是克尔凯郭尔所讲的生活的否定式辩证法：首先是生活辩证法开始于感性阶段，代表人物是唐璜。生活为感官所决定，没有自身意义，生命为一种绝望感笼罩，渴望做有道德的人。而后进入伦理阶段的诉求，代表人物是苏格拉底，这时的生活为道德准则所支配，以"善"为目标，因为"善"不能到达，而有一种罪感和愧疚，于是渴望向宗教飞跃。最后人需要在死亡和苦难中进入宗教阶段，代表人物是《旧约》中的亚伯拉罕，这时的人不是追求普遍的道德律，而是听从上帝的声音，这种信仰的伦理就是绝对的伦理，甚至是和亲情伦理、日常伦理相违背的，如亚伯拉罕用儿子以撒为上帝献祭，然而，

---

① 笔者此处提出的"完整性"和"超越性"具有互为阐释的相通性，即人因其时间的有限性、碎片性的焦虑与自觉，而渴求一种非时间的永恒性和完整性的超越。因此，人对完整性的向往就是一种超越性的向往。

② 此处的"神道"非特指日本大和民族的"神道教"的"神道"，而是指一切民族都可能具有的形而上的神性之道的超越维度。

正是这种荒谬感成为检验信仰强弱的尺度。

魏晋南北朝诗人对于生命超越性的神道的把握,主要有宗教的和非宗教的两种方式。从宗教上说,主要是采取道教的服食求仙和佛教的修炼成佛。如《魏氏春秋》载嵇康访道求仙:"初,康采药于汲郡共北山中,见隐者孙登。康欲与之言,登默然不对。逾时将去,康曰:'先生竟无言乎?'登乃曰:'子才多识寡,难乎免于今之世。'"① 这里说的"识"很大程度上就是证道成仙的智慧,已超越了现世中作为工具之用的"才",只有智慧才是圆融的,才能成就生命的圆满,而才学却始终是有所偏失的,难免于祸患。这也是嵇康避祸求仙失败的原因。魏晋南北朝诗人对于生命完整性的向往又常常求助于死后救赎的期待,而这是和乱世人们不再寻求外在功业创建,而渴望以道教和佛教解决人生困境的现实原因造成的。我们可以说,魏晋南北朝就是中国历史中最富宗教趣味的时代。佛教和道教的有关生命圆满的期待和超越都为这时期的诗人找到了安顿生命的寄托。

从非宗教的角度看,魏晋南北朝诗人追寻生命境界的圆融,又是和当时世族阶层的崛起、玄学虚君主义盛行而玄学名士获得空前自由独立的历史背景有着密切联系。笔者在拙著《玄响寻踪——魏晋玄言诗研究》中提出魏晋具有一种不同于秦汉两极文化结构(皇权政治文化与平民政治文化联盟)的三极文化结构(皇权政治文化、世族政治文化、平民政治文化三极鼎立)。② 在三极文化结构下,魏晋名士开始寻求独立于专制皇权的内在精神的自由,一方面,他们从理论上虚化君主权力,如提倡"君道无为,臣道有为",或调和儒道,为世族与皇权的分治奠定了理论基础;另一方面,他们高举"道"的旗帜,以希望在体悟玄道中获得生命的自足、完整与圆满。这正如笔者所言:"魏晋诗人又非完全凌空蹈虚,以儒家的'仁'缔造'此岸'的伦理,以道家的'道'缔造'彼岸'的伦理,就构成了魏晋文学中伦理精神的双重维度。我始终认为:人性只有指向神性,世俗的爱只有指向神圣的爱,才可能实现这个社会的伦理奠基。'道'就是爱的象征性起点,从而也是伦理生活的起点,人只有在回溯'道'的故乡中发现自己的位置,从而确定走向神圣的路。"③ 因为神秘玄奥的"道"的信仰,魏晋诗人在普遍性的生命自觉和审美自觉中遂融入了宇宙的苍茫、太初的混沌、终极的永恒,从而淡化了情感的哀伤,消释了绚美的浓度,弱化了死亡的伤痛。

因此,魏晋诗人虽然无法完全消解生命之悲,但对这悲情作了符合圣人之道与自然之道的诠释,以体现出有限性中实现生命完整的可能。这个问题在理论上的解决,首先是在正始名士王弼那里实现的。《三国志·魏书》载:"时裴徽为吏部郎,弼未弱冠,往造焉。徽一见而异之,问弼曰:'夫无者诚万物之所资也,然圣人莫肯致言,而

---

① 陈寿撰,裴松之注:《三国志》,中华书局 2006 年版,第 363 页。
② 参见拙著《玄响寻踪——魏晋玄言诗研究》,暨南大学出版社 2011 年版,第 72—82 页。
③ 参见拙著《玄响寻踪——魏晋玄言诗研究·自序》,暨南大学出版社 2011 年版。

老子申之无已者何？'弼曰：'圣人体无，无又不可训，故不说也。老子是有者也，故恒言其所不足。'"①（《三国志·魏书二十八》钟会本传注）又"何晏以为圣人无喜怒哀乐，其论甚精，钟会等述之。弼与不同，以为圣人茂于人者神明也，同于人者五情也，神明茂故能体冲和以通无，五情同故不能无哀乐以应物，然则圣人之情，应物而无累于物者也。今以其无累，便谓不复应物，失之多矣。"②（《三国志·魏书二十八》钟会本传注）在这个意义上，圣人既然有情，那么"情"既可以是"悲情"，也可以是"乐情"，只是圣人不同于常人处在于"发而皆中节"，能做到合适和谐。然而，魏晋诗人名士的悲情终因对生命有限性的痛惜，而难免过度悲伤，但他们仍旧要为这极度悲伤的情寻找能顺应道之圆融的解释，而这在竹林名士那里就已经有自觉的体现。如《世说新语·伤逝》载："王戎丧儿万子，山简往省之，王悲不自胜。简曰：'孩抱中物，何至于此？'王曰：'圣人忘情，最下不及情。情之所钟，正在我辈。'简服其言，更为之恸。"③这里似乎昭示了名士和诗人的向度，他们既自知难以达到圣人的"忘情"，也难以如愚人为物欲所累而"情薄"，故而在有限生命中自觉追寻一种自适其适的现世完整性。

日本的"物哀"文学，不同于魏晋诗人的以理释情，而是既保留着承继原始信仰的感性特质，又有着受佛教影响更趋灵性化的维度，如本居宣长在解释日本"物哀"的"神道"信仰时说道："日本从神代以来就有各种各样不可思议的灵异之事"④，"所幸我国天皇完全不为那种大道理所束缚，并不自命圣贤对人加以训诫，一切都以神之御心为准则，以此统治万姓黎民。天下黎民也将天皇御心作为自心，靡然从之，这就叫作'神道'。所以，'歌道'也必须抛弃中国书籍中所讲的那些大道理，以'神道'为宗旨来思考问题"⑤。本居宣长说的"歌道"就是"物哀"之道，就是"神道"，就是在神秘化信仰中对于生命完整性的追寻，就是在平安女性文学基础上产生，基于原始神道的"真"，带着佛家无常虚幻的悲世观，通过悲伤的恋情写人情的细微，揭示真实人性，以向着佛教寻求苦痛的解脱。

本居宣长在另一段设问中对日本歌道中的"物哀"所隐藏的"非伦理"维度也大加阐发："或问：如上所说，物语中的善恶观念与其他书籍中的善恶观念有所不同，那么为什么会有这种不同呢？答曰：儒佛之教本来是顺应人情而设定的，在道理上讲它们在任何方面都不会违背人情。可是人情当中有善恶，于是就有了弃恶扬善的教诫。对恶严加惩戒，就难免违拗人情。……譬如，一个男子对人家的女子想入非非，这个男人思恋难耐，命悬一线，而那女子得知此情，也体会到那男子的深情，于是瞒着父

---

① 陈寿撰，裴松之注：《三国志》，中华书局2006年版，第474页。
② 同上。
③ 余嘉锡：《世说新语笺疏》，中华书局1983年版，第552页。
④ ［日］本居宣长：《日本物哀》，王向远译，吉林出版集团有限责任公司2010年版，第243页。
⑤ 同上书，第244页。

母与他幽会。说起来，爱恋彼此的容貌，男欢女爱，就是感知'物之心'、'物之哀'。为什么呢？看到对方的美丽而动心，就是感知'物之心'，而女方能够体会男方的心情，就是感知'物之哀'。"①

当然，本居宣长对伦理的理解是比较肤浅的，他完全从"惩戒"角度出发进行单向度的伦理解读，而不了解伦理的最大动力是来自人的社会价值和意义的实现，是个人内心的圆满和情感的升华，当然也不理解孔子说的"道之以政，齐之以刑，民免而无耻；道之以德，齐之以礼，有耻且格"（《论语·为政》），不知道法律和伦理在古代社会虽易在执行层面混淆，但根本落脚点却有不同，即法律重维护社会秩序的惩戒，而伦理重实现个人心灵的圆满。然而，本居宣长以"物哀"和"知物哀"来诠释生命的"完整性"却无疑体现着其时日本歌人和批评家所具有的对生命理解的深度，那就是生命不当被伦理遮蔽。

因此，中国魏晋南北朝诗人"物感"论中的"悲情"与日本"物哀"说中的"悲美"便指向不同的生命维度，这正如叶渭渠指出的："物哀的感情是一种超越理性的纯粹精神性的感情"，是以艺术的唯美来求得生命"完整性"的实现解脱的艺术，"'物哀美'是一种感觉式的美，它不是凭理智、理性来判断，而是靠直觉、靠心来感受，即只有用心才能感受到的美"②。魏晋南北朝诗人感物兴叹的"物感"的感情"是一种具有深刻的政治伦理社会意义的真实情感。它首先必须真实，唯其真实，才能感人；它又同时必须正直，唯其正直，才能化人"③。这样的"情"既"真"且"善"，既有真实性，又有伦理价值，"使读者产生一种一心向善的情感感动"④。相反，日本"物哀"的感情，却没有"正直"的限制，而有"真实"的提倡，如本居宣长在强调日本物哀文学的民族特性时所说："只有将中国书籍的道德意图完全抛弃，然后才能理解《源氏物语》。将我国和歌物语的根本精神加以体会理解，然后读《源氏物语》，即可看出《七论》之说得荒唐无稽。不摆脱中国书籍的思维方式，无论如何也不会真正理解《源氏物语》的。"日本民族在其走向自己的文化独立和文学自觉中，做了和其来自中国文化渊源的切割，固有助于自我身份的确认，但这同时也导致了其对伦理性和社会性的忽视，从而导致了日本民族的伦理系统之不能建立。

小结

魏晋南北朝感物诗学中笼罩着浓烈感伤的"悲情"意识和日本中世纪感物诗学的物哀意识，分别代表着中国中古诗人和日本中古诗人对于自我生命和自我世界的发现，

---

① [日]本居宣长：《日本物哀》，王向远译，吉林出版集团有限责任公司2010年版，第46页。
② 叶渭渠、唐月梅：《物哀与幽玄——日本人的美意识》，广西师范大学出版社2002年版，第83页。
③ 易中天：《〈文心雕龙〉美学思想论稿》，上海文艺出版社1988年版，第123页。
④ 同上。

这种发现突破了传统的或由政治的大一统的稳靠的空间生命结构带来的安定感，或者突破了由原始神学宗教的混沌空间意识带来的整体感。一种体验到世事变幻与生命无常的时间生命意识的勃兴，就是这种空间生命结构破碎以后的最深切的体验，就是两个民族文学中具有代表性的艺术的自觉。当然，这种中日文学家和诗人所表达的痛感，在两个民族中各有其不同的表现形式，中国魏晋南北朝诗人更多地表现在宇宙的浩瀚、历史的沧桑和社会的复杂中所带来的个体生命的有限性，而日本中世纪诗人却侧重于表达在狭小的宫闱闺阁之内的男欢女爱的恋情及其消逝所带来的无常的悲美。中国魏晋南北朝诗人表现的离别的伤痛属于更广泛的社会和哲学层面，比如亲人和友人的离别，当然也包括部分的恋人间的离别，而日本文学则集中于表达恋人间的离别。在死亡意识方面，中国魏晋南北朝文学更集中于那种死亡体验的震痛和剧烈，有一种壮阔感，而日本文学却更多地侧重于死亡体验中的瞬间性和唯美性。可以说，正是这种具有独特民族性的诗学共同促进了东方文学的多元化发展。

厨川白村"新浪漫主义"倡导与创造社

刘 静[①]

(重庆师范大学文学院 重庆 401331)

摘 要：厨川白村在《近代文学十讲》等著述中对"新浪漫主义"产生的原因、特质等作了精辟而独到的论述。其对于"新浪漫主义"的阐释不仅在日本大正文坛形成共识，而且对创造社成员早期文学取向产生了深刻的影响。厨川白村认为，"新浪漫主义"更重主观、重心智、重情绪，是"情绪主观"的最为完美的文学。创造社也信奉这种崇尚自我表现的主观主义文艺观，认定表现自我、创造自我的艺术才是真正的艺术。

关键词：厨川白村；新浪漫主义；创造社

"五四"时期，伴随着个性主义思潮的兴起，创造社以《女神》为代表的主情诗潮得以迅速壮大，席卷整个诗坛，被称为"浪漫主义文学"。不过，正如郑伯奇所说："创造社的浪漫主义从开始就接触到'世纪末'的种种流派。"[②] 陶晶孙也认为，"把所有创造同人的群像合成一个，那么这要一个完全的新罗曼主义"[③]。这就是说，导源于西方的浪漫主义思潮，途经日本终于在中国诗坛以主情诗潮的方式形成巨大回响的时候，已经不能与随近代欧洲工业革命的兴起而发展起来的西方浪漫主义画等号了。创造社的创作与其说师法于西方，不如说同日本的碰撞与交流更为直接，而且与当时日本文坛竭力鼓吹的"新浪漫主义"表现出千丝万缕的联系。伊藤虎丸在《鲁迅、创造社与日本文学》中说过这样一段话："创造社文学是'大正时代'日本留学生的文学。这是说，集结在创造社周围的一群'早熟'的'文学青年'，他们的文学观、艺术观、社会观以及'自我意识'，是和日本近代文学史上'大正时代'的作家们所

[①] 刘静（1964— ），汉族，重庆人。重庆师范大学教授，文学博士。主要从事中日文学比较研究。本文为重庆市抗战文史研究"两江学者"计划阶段性成果。
[②] 郑伯奇：《中国新文学大系·小说三集·导言》，《郑伯奇文集》，陕西人民出版社1988年版，第242页。
[③] 陶晶孙：《创造社还有几个人》，丁景唐编选：《陶晶孙文集》，人民文学出版社1995年版，第252页。

具有的文学观、艺术观、社会观以及'自我意识',结成了很深的近亲关系。"①

郭沫若、成仿吾、郁达夫、田汉、陶晶孙等留学的日本大正时期,现代主义文艺思想的重要代表厨川白村正名重一时。日本新潮社1988年出版的《新潮日本文学辞典》记载他当时与有岛武郎齐名。1912年3月,厨川白村的《近代文学十讲》出版,这是日本第一部系统梳理欧洲19世纪中叶到20世纪初文艺思潮的著作,一版再版,各种报纸杂志如《日本新闻》《读卖新闻》《每日新闻》《朝日新闻》《帝国文学》《三田文学》《中央公论》《东洋哲学》等纷纷转载并刊登相关评论,轰动一时。《近代文学十讲》对自然主义向新浪漫主义的过渡,以及新浪漫主义产生的原因、特质等作了精辟而独到的论述。"新浪漫主义"一词本是日本对 Neo-romanticism 的翻译,但经过一系列阐释和过滤之后,日本文坛的"新浪漫主义"与欧洲的"Neo-romanticism"的含义已经有了较大的差别。"新浪漫主义"在欧洲,其概念含义比较模糊和笼统,主要用于描述某些作家的创作具有浪漫主义的余绪,并非是对一种文学思潮或文学运动的科学界定。而大正年间日本文坛的误读与重构却赋予了这个词新的生命。厨川白村在《近代文学十讲》等著作中,将"新浪漫主义"看作是"欧洲最近的文艺界的主要的倾向",并概括这一倾向的基本特色是,"发挥天赋的个性和独创性,强烈的清新的主观,摄取真和美的努力"。厨川白村是这样阐释的:"虽说是神秘梦幻的文学,但决不是如前世纪初的浪漫派那样的,一味迷惑在梦幻空想的境地,理想憧憬时代的文学。这新的文学是经过一次现实的苦的经验,又被科学的精神陶冶后的文学,是经过自然主义怀疑思潮这种痛烈的人生经验和修炼之后表现出来的文学。所以虽同样被目为神秘,但它却不是从旧时梦幻空想里出来的神秘。新浪漫派诞生于比近代的怀疑更深一层的思想里。"② 由此可见,尽管厨川白村的"新浪漫主义"也与唯美主义、颓废主义、象征主义等联袂,但他刻意挖掘其中积极、乐观的一面,从而认定它是传统的浪漫主义文学的进步和发展,是在自然主义陷入虚无和绝望的时代出现的,具有新的积极的生之意义的文艺思潮。厨川白村还以人的成长阶段作比方,将"新浪漫主义"置于文学发展的最新、最高阶段。认为浪漫主义好比二十来岁的"不懂世故的热情时代",自然主义好比三十岁左右的"现实感渐趋强烈,美丽的幻梦宣告破灭的时代",而"新浪漫主义"则好像"四十岁前后的事业巅峰期",因此也是文学进化发展中处于最完美阶段的文学。

厨川白村对于"新浪漫主义"的阐释不仅逐渐在大正文坛形成共识,而且对刚刚走向文学的创造社成员早期文学取向产生了深刻的影响。创造社成立前,陶晶孙曾问郭沫若今后的文学方针,郭沫若回答"新罗曼主义"③。可以说,创造社对"新浪漫主

---

① [日]伊藤虎丸:《鲁迅、创造社与日本文学——中日近现代比较文学初探》,孙猛、徐江、李冬木译,北京大学出版社2005年版,第144页。
② [日]厨川白村「近代文学十讲」(『厨川白村全集』第一卷、改造社、昭和四年、第345页)。
③ 陶晶孙:《记创造社》,丁景唐编选:《陶晶孙文集》,人民文学出版社1995年版,第240页。

义"的认识和界定是通过日本完成的,其中厨川白村的理论最具决定性意义。

其实,在欧洲,早期现代主义即日本文坛所谓的"新浪漫主义"萌芽之初,其代表作家,如王尔德、波德莱尔、韩波等,均被斥责为行为背德,艺术怪诞,文学堕落,广受指责和歧视。但这种新的文学倾向传到日本,则立即被捧为整个欧洲文学的新发展,得到了热烈地拥抱和赞美。在日本刮起了一股以"新浪漫主义"为标榜的现代主义旋风。他们以纠正自然主义偏重客观描写的偏颇为号召,强调艺术至上和感性直觉,否定艺术的社会功能。当然,这股创作潮流风行文坛也与当时的社会环境有关。1910年日本发生了著名的"大逆事件",又称"幸德事件"[1],客观上迫使一大批作家退回到象牙塔之中,变本加厉地追求艺术上的唯美和感官享乐。厨川白村正是在这样的时代语境中展开了对"新浪漫主义"的阐释,而他的梳理和肯定又随《近代文学十讲》等著作的流传,在一定程度上促进了大正时期的文化界对于"新浪漫主义"的推崇,对1915年前后日本新浪漫主义文学走向极盛也起到了推波助澜的作用。

留学日本的创造社作家对"新浪漫主义"的理解从芜杂渐渐沉淀至澄清正是通过日本,尤其通过厨川白村而完成的。他们都读过厨川白村的著作和文章,对他十分仰慕。厨川白村文章最早的中译者田汉在赶往福冈会见郭沫若的途中,曾与郑伯奇一起到京都拜访厨川白村,讨论文学问题,收益颇多。郑伯奇曾连续多日读厨川白村的《文艺思潮论》和《近代文学十讲》。每天都在日记里写下"神经颇兴奋"[2],他还在《我的文学经历》中称,1918年到日本留学,"才读到有系统的介绍文学的书籍,如厨川白村的《文艺思潮论》、《近代文学十讲》等书"[3]。郭沫若在《创造十年》中也提及厨川白村称赞他的《死的诱惑》一诗,认为表现出中国的诗已有近代的情趣,很是难得。田汉后来在《少年中国》上发表《白梅之园的内外》,二次提及厨川白村,说日本现代西洋文艺批评界中,使他感动最多的人物之一是厨川白村。田汉在《诗人与劳动问题》中将《近代文学十讲》约200多页的内容以表格的形式整理成6页,并在1920年撰写的《新罗曼主义及其他》一文中,回顾自己对"新浪漫主义"的认识过程。在阐释概念时他主要参考和直接引用了《近代文学十讲》中的有关内容,认为"新罗曼主义 Neo - Romaticism……其言神秘,不酿于漠然的梦幻之中而发自痛切的怀疑思想,因之对于现实,不徒在举示他的外状,而在以直觉 intuition,暗示 suggestion,象征 symbol 的妙用,探出潜在于现实背后的 something(可以谓之真生命,或根本义)而表现之"[4]。在田汉心目中,"新浪漫主义"是想要从眼睛看得到的物质世界,去窥破眼睛看不到的灵的世界,由感觉所能接触的世界,去探知超感觉的世界的一种努力,所

---

[1] 1910年5月下旬,日本长野县一工人携带炸弹到厂被查出。政府即以此为借口镇压社会主义运动,对全国的社会主义者进行大肆逮捕,并封闭了所有的工会,禁止出版一切社会主义书刊。诬陷幸德秋水等"大逆不道,图谋暗杀天皇,制造暴乱,犯了暗杀天皇未遂罪"。1911年1月24日幸德秋水等12人被处以绞刑。
[2] 《郑伯奇日记选载:1921年6月1日—6月30日》,《新文学史料》1995年第3期。
[3] 郑伯奇:《我的文学经历》,《新文学史料》1995年第3期。
[4] 田汉:《新罗曼主义及其他——复黄日葵兄一封长信》,《少年中国》1920年第1卷第12期。

追求的是灵肉一致的世界。正如靳明全在《中国现代文学兴起发展中的日本影响因素》中所说："田汉所张扬的'新浪漫主义'基本上是对厨川白村之说的阐述。"[①] 与厨川白村描述的"新浪漫主义"对照，成仿吾对传统的西方浪漫主义取材与表现的非现实性表示不满：

> 从前的浪漫的 Romantic 文学，在取材与表现上，都以由我们的生活与经验远离为他的妙诀，所以它的取材多是非现实的，而它的表现则极端利于我们的幻想。这种非现实的取材与幻想的表现，对于表现一种不可捕捉的东西是有特别的效力的；然而不论它们的效果如何，除了为它们的效果与技巧称赞而外，它们是不能使我们兴起热烈的同情来的。[②]

成仿吾的观点与厨川白村的说法十分一致。在取材方面，厨川白村的《近代文学十讲》是这样界说西方传统浪漫主义的：

> 他们的取材并不着眼于现在的世相，而以古代神话传说或古史野乘之类为重点，尤其，真正 Romance 时代的中世，集空灵缥缈的传奇、封建武士的侠勇、对神的虔诚信仰、对女性具有一种神秘意义的恋爱等而形成的中世武士时代——是他们取材的焦点。[③]

总之，在厨川白村眼中，与传统的浪漫主义、自然主义比较而言，"新浪漫主义"更重主观、重心智、重情绪，是"情绪主观"的本流文学，是最为完美的文学。它在 20 世纪初风靡欧美，并不是偶然的、突发的，而是由于其重情绪主观的基本特征决定的。由于厨川白村和日本文坛的重构，创造社理解的等同于世纪末文艺思潮的"新浪漫主义"与以唯美、神秘、颓废为基本特征的西方世纪末文艺思潮已经有了很大的差别。他们眼中的"新浪漫主义"是欧洲最新的文艺思潮，代表着光明。田汉在《新罗曼主义及其他》中就宣称要向着这"光明的方向飞去"。不过，与"五四"启蒙精神的遇合，使创造社在接受厨川白村阐释的基础上，还将现实主义精神融入其中。郭沫若饱含激情地将"新浪漫主义"视为一种脚踏大地，面对现实的理想主义，是现实主义与浪漫主义二者互补缺陷的结果，认为它将"浪漫主义跟现实主义有机结合起来，侧重于主观的创造与激情、幻想的表现，带有新鲜生动的进步内容"[④]。郁达夫还将自己个性解放的文学理想寄托于"新浪漫主义"之中。在他看来，"新浪漫派极力

---

① 靳明全：《中国现代文学兴起发展中的日本影响因素》，中国社会科学出版社 2004 年版，第 100 页。
② 成仿吾：《写实主义与庸俗主义》，《成仿吾文集》，山东大学出版社 1985 年版，第 99 页。
③ ［日］厨川白村「近代文学十讲」(『厨川白村全集』第一卷、改造社、昭和四年、第 196 页)。
④ 黄淳浩：《郭沫若书信集》(下)，中国社会科学出版社 1992 年版，第 103 页。

地主张个性的尊严,环境的破坏,这一种倾向,确与自然主义未兴以前发达过的浪漫运动相一致"①。郁达夫曾这样对比说:"自然主义者以肉眼来看的地方,新浪漫派的作家却以心灵来看。自然主义者欲以科学的实验方法来解决的地方,新浪漫派的作家却以直观来参悟。"② 陶晶孙曾说,"的确创造社的新罗曼主义是产生在日本,移植到中国"③。厨川白村的阐释不仅对于创造社选择"新浪漫主义"产生了很大影响,还漂洋过海,对整个中国"五四"文坛认识"新浪漫主义"起着很大的参考作用。如昔尘在《现代文学上底新浪漫主义》中援引厨川白村的观点,把"新浪漫主义"定为圆熟阶段的文学。夏炎德在《文艺通论》中也接受厨川白村的说法,认为浪漫主义是幼年,而新浪漫主义则是壮年。茅盾也说,"五四"时期,"我主张先要大力地介绍写实主义自然主义,但又坚决地反对提倡它们","我认为中国的新文学要提倡新浪漫主义"。④

---

① 郁达夫:《文学概说》,《郁达夫文集》(第5卷),花城出版社、三联书店香港分店1982年版,第94页。
② 同上书,第59页。
③ 陶晶孙:《创造社还有几个人》,丁景唐编选:《陶晶孙文集》,人民文学出版社1995年版,第253页。
④ 茅盾:《商务印书馆编译所》,《茅盾全集》(第34卷),人民文学出版社1997年版,第151—152页。

20世纪外国文论话语引进状况的调查分析

古 风[①]

(扬州大学文学院 江苏 扬州 225002)

摘 要:20世纪是我国大量引进外国文论话语的世纪。从"五四"以来,我国对于外国文论话语的引进经历了三个高潮期,基本上覆盖了近百年的历史。第一高潮期的主流话语本质是探求文学"本体",将"杂文学"引向"纯文学";第二高潮期的主流话语本质是探求文学的"社会性",将文学看作是一种社会意识形态;第三高潮期主流话语本质是探求文学的"活动",将文学看作"审美意识形态"。20世纪共引进外国文论话语533个,其中常用文论话语大约有162个。这些文论话语建构了现代文学的基本知识谱系。

关键词:外国文论话语;话语源;话语本质;话语谱系;话语数据分析

一 引言

20世纪是中国文学理论现代化的世纪,也是我国大量引进外国文论话语的世纪。中国文论现代化的一个主要标志,就是通过对于外国文论话语的引进和运用,由此便形成了一套新的文论话语,并建构了一个新的文学理论知识谱系。

中国文论现代化是在与传统文论断裂和外国文论大量引进的语境中进行的。当时,人们认为,"汉土所阙者在术语",而"欧洲所完者在术语"[②],故有引进外国文论话语的需要。具体地说,在20世纪,外国文论话语的引进主要有三次高潮期。第一个高潮期是二三十年代,在开展新文化运动的语境中,为了建设新文学理论,曾大量地翻译和引进了欧美文论。第二个高潮期是五六十年代,在建设社会主义新文化的语境中,为了建设社会主义的新文学理论,尤其是经过50年代初期高校文艺学教学的大讨论,

---

[①] 古风(1957—),男,陕西延长人,延安大学文学院特聘教授,扬州大学文学院教授,博士生导师。本文是国家社会科学基金项目(05BZW004)的阶段性成果。

[②] 章太炎:《规新世纪》,《民报》1908年第24期。

中断了与欧美文论的联系,大量地翻译和引进了苏联文论。第三个高潮期是八九十年代,在改革开放的新时期文化语境中,为了建设中国的现代文学理论,又大量地翻译和引进了西方现代文论。因此,中国文论现代化是伴随着外国文论大量译介而同步进行的。外国文论成为中国文论现代化的主要资源和动力。

中国现代文论话语的生产和普及主要是在高校文论教学中进行的。所以,外国文论话语的引进状况就最及时和最密集地反映在文学理论教材中了。因此,我们就以文学理论教材为主要对象来展开调查。

二 调查过程

（一）外国文论话语引进的第一高潮期

在第一个高潮期,欧美文论话语或直接进入我国,或通过日本文论为中介而间接地进入我国。在这个时期所引进的欧美文论教材中,美国学者温彻斯特的《文学评论之原理》（中译本,1924）影响较大,尤其是其对于"文学四要素"的分析,成为这个时期我国文论教材编写的主要参照。在引进的日本文论教材中,本间久雄的《新文学概论》（中译本,1925）影响较大,它成为欧美文论话语进入中国的中介和桥梁。这个时期也是我国学者编写文论教材的探索时期,主要以个人编写为主。我们认为,在国人编写的文论教材中,能够比较全面地反映我国学界吸纳欧美文论话语情况的,应该是赵景深的《文学概论》（1932）。因此,我们分别抽取温彻斯特的《文学评论之原理》、本间久雄的《新文学概论》和赵景深的《文学概论》[①]为样本,进行调查和分析。

表I　　　　　　　　　　　欧美文论话语的引进

[美]温彻斯特《文学评论之原理》	赵景深《文学概论》	[日]本间久雄《新文学概论》
定义	定义	定义
感情	感情	情绪
想象	想象	想象
理智	思想	O
形式	O	形式
	语言	语言
	个性	个性
	国民性	国民性
	时代	时代

---

① [美]温彻斯特:《文学评论之原理》,景昌极、钱堃新译,梅光迪校,上海商务印书馆1924年版。[日]本间久雄:《新文学概论》,章锡琛译,上海商务印书馆1925年版（另一个中译本,汪馥泉译,上海书店出版社1925年版）。赵景深:《文学概论》,上海世界书局1932年版。

续表

[美]温彻斯特 《文学评论之原理》	赵景深 《文学概论》	[日]本间久雄 《新文学概论》
	道德	道德
	性质	特质
	起源	起源

从调查表 I 中,我们可以获得以下信息和认识:

1. 话语源。在第一高潮期有两个话语源,一个是美国学者温彻斯特的《文学评论之原理》,另一个是日本学者本间久雄的《新文学概论》。说它们是"话语源",是因为它们都产生了影响,形成了一个"话语"接受链,或者说形成了"话语流"。首先,温彻斯特的《文学评论之原理》提供了"文学四要素"的文论新话语。他认为,文学作品的构成有四个基本要素,这就是"感情"(emotion)、"想象"(imagination)、"思想"(thought)和"形式"(form)。该书于 1899 年出版之后,就在欧美文论界产生了较大的影响。仅我们所知,英国学者韩德生的《文学研究法》(1930,中译本)、美国学者卡尔佛登的《文学之社会学批评》(1930,中译本)和美国学者亨德的《文学概论》(1935,中译本)都先后采纳了这些话语。在东方国家中,是日本学者本间久雄的《新文学概论》(1925,中译本)最早采纳了这些话语。

温彻斯特的"文学四要素"说,最早就是通过日本学者本间久雄的《新文学概论》传入我国的。1920 年,章锡琛以文言文翻译了本间久雄的《新文学概论》,在该年度的《新中国》杂志上连续发表,后来重译并结集出版。所以,我国学者于 1920 年就知道了温彻斯特的"文学四要素"说。如 1921 年,梅光迪在东南大学西洋系讲授"文学概论"课程时,就采纳了温彻斯特的观点。到 1924 年,温彻斯特的《文学评论之原理》中译本出版后,该说的影响就更大了。如马宗霍的《文学概论》(1925)、沈天葆的《文学概论》(1926)、田汉的《文学概论》(1927)和马仲殊的《文学概论》(1930)等一大批同类著作都采纳了"文学四要素"的话语。

本间久雄的《新文学概论》(日文版)出版于 1916 年,作为传播"文学四要素"说,是"话语流"。但是,它又创造或者传播了新的文论话语,诸如"个性""国民性""时代""道德"等,成为另一个"话语源"。因为,由于资料的限制,我们无法考据这些话语是否为本间久雄创造,但至少可以说是他将这些文论话语传入我国的,并产生了较大的影响。诸如田汉的《文学概论》(1927)、陈穆如的《文学理论》(1930)、曹百川的《文学概论》(1931)、赵景深的《文学概论》(1932)和薛祥绥的《文学概论》(1934)等采纳了他的文论话语。

总之,温彻斯特的"文学四要素"说和本间久雄的文论话语一起构成了第一高潮期的主流话语,这个时期的文学理论教学、研究和文学批评等,都受到了这些文论话语的影响。

2. 话语本质。温彻斯特的"文学四要素"话语属于文学本质层面的话语。文学本质的主要问题就是要回答"什么是文学"的问题。温彻斯特的贡献是规定了构成文学作品的四个基本要素，即"感情、想象、理智、形式"①。这是判断文学与非文学的一条标准，凡是具备这四个要素的作品就是文学，否则就是非文学。温彻斯特"深求文学自身之要素"的目的，就是要探讨"文学之特质"，为"文学"概念"定义"，从而建构文学的"普遍原理"②。美国学者亨德在其《文学之原理及问题》一书中，就是运用"文学四要素"说为文学定义的。他说："文学是经过想象、感情及趣味，而用文字表现出来的思想，并且它是用非专门的形式，一般人容易了解而惹起兴味的。"③在我国现代文学观念的启蒙时期，温彻斯特的观点刚好满足了我国文学界的需要，因此才产生了较大的影响。

本间久雄的"个性""国民性""时代""道德"等话语，则是属于文学社会学层面的话语。他从人生和社会的视角探讨文学的意义，运用文学社会学的方法，论述了文学与个性、文学与国民性、文学与时代、文学与道德等关系问题。这些文论话语和思想，也正好契合了当时我国现代文学启蒙和现代社会启蒙的双重需要，因而产生了较大的影响。

总之，温彻斯特的"文学四要素"话语，揭示了文学的内在特质，属于文学内部研究；本间久雄的"个性""国民性""时代""道德"等话语，揭示了文学的外在特质，属于文学外部研究。值得注意的是：本间久雄的《新文学概论》一书，将以上的文学内部研究和文学外部研究两者有机地结合起来，建构了一个在当时来说是更全面、更合理、更系统和更严密的文学理论体系。这就是本间久雄的《新文学概论》为什么在20世纪二三十年代独领风骚，其影响要远远超过温彻斯特的《文学评论之原理》的主要原因。这些话语属于文学本体论话语，它们是在"纯文学"观念的烛照下，对于文学本体特征的探求、表述和理论建构。

3. 话语谱系。在第一高潮期的外国文论话语引进中，温彻斯特与本间久雄的影响是最大的。因为，除了上文所指出的现代文学观念的启蒙和文学理论教材的参照之外，还有更加重要的一点，就是现代文论话语谱系和现代文学知识谱系的双重建构。诸如"感情""想象""思想""形式""个性""国民性""时代""道德"等话语，由内部到外部建构了现代文论的基本话语谱系。在20世纪初期，由于传统文论

---

① 从《文学评论之原理》原著看，温彻斯特在该书"目录"只将"感情""理智""形式"称为要素，"想象"并不在其中。但是，他在讲文学特质时，又将"感情、想象、形式"看作要素，"理智"则不在其中。就是说，他只是提出"文学三要素"，而不是"文学四要素"。本间久雄也是如此。美国学者亨德在其《文学之原理及问题》一书中，用"文学四要素"为文学定义。后来，在我国学者的接受过程中，也将其整合成"文学四要素"。这一点必须向读者明确指出，否则会遮蔽事实真相。
② [美]温彻斯特：《文学评论之原理》，景昌极、钱堃新译，梅光迪校，上海商务印书馆1924年版，第9页。
③ 毛庆耆、谭志图汇辑：《文艺理论教材史料汇编》（油印本），暨南大学中文系文艺理论教研室编印，1981年版，第105页。

话语被搁置了起来,新的文论话语还没有形成。在这个空当阶段,正当人们寻找用新的文论话语来表达对于新文学的感受和看法时,这些外国文论话语的引进正好满足了人们的需要。所以,这些外来文论话语既是新文学思想的载体,也是建构我国现代文论体系的基石,同时还蕴含着现代文学知识的基本要素。所以,这些文论话语也建构了现代文学的基本知识谱系。因此,这些外来文论话语就成为第一高潮期的主流核心话语,在我国现代文论的教学、研究和文学批评中,都发挥了十分重要的作用。

(二)外国文论话语引进的第二高潮期

在第二个高潮期,是苏联文论话语的大量引进。这是通过文学理论教材的翻译和邀请苏联专家讲学两种方式进行的。在引进的苏联文论教材中,以季摩菲耶夫的《文学原理》(中译本,1953)和毕达可夫的《文艺学引论》(中译本,1958)影响最大。尤其是毕达可夫不仅是季摩菲耶夫的学生,而且还应邀来中国讲学。他的讲义不仅继承了季摩菲耶夫的理论体系,吸纳了苏联文论研究的最新成果,而且还根据讲课的实际需要适当地运用了中国文学和文论的材料,因而影响便更大一些。这个时期,我国文论教材由个人编写向集体编写发展,也是我国文论教材编写的成熟期。我们认为,在这个时期国人编写的文论教材中,比较有代表性的和影响较大的,应该是以群主编的《文学的基本原理》(1963年出版上册,1964年出版下册)和蔡仪主编的《文学概论》(1963年初稿,1979年出版)。这两部教材是国家统编教材,由周扬直接主持和指导编写。

前者,以群主编,南方教材编写组负责编写,由复旦大学、南京大学、华东师范大学、上海师范学院、江苏师范学院和上海文学研究所等单位的10多位专家学者参加,如王永生、叶子铭、刘叔成、应启后、徐俊西、袁震宇、黄世瑜、曾文渊、俞铭璜、孔罗荪、刘金等人,基本上代表了南方文论界;后者,蔡仪主编,北方教材编写组负责编写,由于编写时间前后长达18年,参加的专家学者就更多,如王燎荧、楼栖、吕德申、李树谦、吕慧娟、李传龙、于海洋、张国民、柳鸣九、杨汉池、张炯、王淑秧、卢志恒、胡经之、何国瑞、涂武生、王善忠等17人,基本上代表了北方文论界。这两本统编教材,运用马克思主义的观点和方法,结合我国的文学实际,不仅延续了苏联文论的主要话语,也合理地运用了我国古代传统文论的话语,并总结了此前文论教材编写中的不足和教训,建立了比较完整的理论体系。所以,这两本教材便是我国文论教材建设成熟的标志。因此,我们分别抽取毕达可夫的《文艺学引论》、以群主编的《文学的基本原理》和蔡仪主编的《文学概论》[①]为样本,进行调查和分析。

[①] [苏]依·萨·毕达可夫:《文艺学引论》,北京大学中文系文艺理论教研室译,高等教育出版社1958年版。以群主编:《文学的基本原理》(上下册),上海文艺出版社1963年出版上册,1964年出版下册。蔡仪主编:《文学概论》,人民文学出版社1963年完成初稿,1979年出版。

表 Ⅱ　　　　　　　　　　　苏联文论话语的引进

[苏]毕达可夫《文艺学引论》	以群主编《文学的基本原理》	蔡仪主编《文学概论》
\[文学本质话语\]		
1. 本质论话语 意识形态、形象反映、语言艺术；世界观、阶级性、党性、人民性 2. 本体论话语 形象、性格、典型、典型形象、典型性格、形象性、艺术性 3. 创作论话语 虚构、个性化、概括化、典型化 4. 功能论话语 认识作用、教育作用、美感作用	1. 本质论话语 社会意识形态、形象反映、语言艺术；世界观、阶级性、党性 2. 本体论话语 形象、性格、典型、典型人物、典型环境、典型性、真实性 3. 创作论话语 形象思维、把握个性、艺术概括、典型化；创作方法、现实主义、浪漫主义、批判现实主义、社会主义现实主义 4. 功能论话语 认识作用、教育作用、美感作用	1. 本质论话语 特殊意识形态、形象反映、语言艺术；世界观、阶级性、党性 2. 本体论话语 形象、性格、典型、典型人物、典型环境、典型性 3. 创作论话语 形象思维、个性化、艺术概括、典型化；创作方法、现实主义、浪漫主义、社会主义现实主义 4. 功能论话语 审美教育作用
\[文学作品话语\]		
1. 内容话语 内容、思想、主题 2. 形式话语 形式、结构、情节、语言	1. 内容话语 内容、题材、主题、情节 2. 形式话语 形式、结构、语言、体裁	1. 内容话语 内容、题材、主题、人物、环境、情节 2. 形式话语 形式、结构、语言、体裁
\[文学发展话语\]		
1. 发展话语 起源、发展、继承、革新、文学传统 2. 风格话语 风格、流派 3. 潮流话语 艺术方法、现实主义、浪漫主义、批判现实主义、社会主义现实主义	1. 发展话语 起源、发展、继承、革新、文学遗产 2. 风格话语 风格、流派	1. 发展话语 起源、发展、继承、革新、创造、文学传统 2. 风格话语 风格

从调查表Ⅱ中，我们可以获得以下信息和认识：

1. 话语源。这里的"话语源"之"源"，不是原创意义上的"源"，而是影响层面的"源"。其实，关于苏联文论的引进，不是从20世纪50年代才开始的，而是早在20年代就开始了。从20年代到50年代之前，从苏联翻译和引进的文论著作有：柯根的《新兴文学论》（沈端先译，1929）、卢那察尔斯基的《文艺与批评》（鲁迅译，1929）、波格达诺夫的《新艺术论》（苏汶译，1929）、卢那察尔斯基的《艺术之社会的基础》（雪峰译，1930）、伊可维支的《唯物史观文学论》（戴望舒译，1930）、罗达尔森的《世界观与创作方法》（孟克译，1937）、罗达尔森的《现实与典型》（张香山译，1937）、维诺格拉多夫的《新文学教程》（楼逸夫译，1937）、伊佐托夫的《文学修养的基础》（沈起予、李兰译，1937）、米而斯基的《现实主义——苏联文艺百科全书》（段洛夫译，1937）、西尔列索的《科学的世界文学观》（任白戈译，1940）、康敏学院文化研究所编的《科学的艺术论》（适夷译，1942）、顾尔希坦的《文学的人民性》（戈宝权译，1947）、铎尼克的《文艺的基本问题》（焦敏之译，1947）和卢西诺夫的《文学》（刘执之译，1947）等 16 种。[①] 可见这时，诸如"反映""内容""形式""主观性""客观性""阶级性""人民性""世界观""创作方法""典型"等苏联文论话语已经引入到国内（有一些文论话语是通过马克思主义文论引入的）来了，其中有一些苏联文论话语已开始进入文论教材，如蔡仪的《新艺术论》（1943）和以群的《文学底基础知识》（1945）等。但是，在第一高潮期，外国文论的引进呈现出欧、美、日、苏等多元化状态，其中欧美文论话语占据着主流地位，苏联文论话语的影响还不是很大。

到了第二高潮期，在建设社会主义新文化的形势下，为了满足文学理论教学和研究的需要，曾大量地引进苏联文论。主要是两种引进方式，一种是苏联文论著作和教材的翻译出版，如蔡特林的《文艺学方法论》（1950）、铎尼克的《马克思主义的美学观》（焦敏之译，1950）、阿伯拉莫维奇等的《文艺理论教学大纲》（曲秉诚、蒋锡金译，1951）、维诺格拉多夫的《新文学教程》（以群译，1952）、季摩菲耶夫的《文学原理》（共三册，查良铮译，1953）和《车尔尼雪夫斯基论文学》（上下册，辛未艾译，1954—1959）、苏联大百科全书的《文学与文艺学》（缪朗山译，1955）、普列汉诺夫的《论西欧文学》（1957）、《杜勃罗留波夫选集》（共 2 册，辛未艾译，1957—1959）、谢皮洛娃的《文艺学概论》（罗叶等译，1958）、涅陀希文的《艺术概论》（杨成寅译，1958）、《斯大林论文学与艺术》（1958）、《高尔基文学论文选》（孟昌等译，1958）、《别林斯基选集》（共 2 册，满涛译，1958）、车尔尼雪夫斯基的《艺术与现实的审美关系》（周扬译，1958）、《列宁论文学》（1959）和《文艺理论学习小译丛》（合订本 1—6 集，1953—1954）等 17 种。另一种是邀请苏联专家讲学，如 1954 年春至 1956 年夏，毕达可夫在北京大学中文系讲授文艺学课程，其讲义《文艺学引论》（北京大学中文系文艺理论教研室译）于 1958 年出版；1956—1957 年，柯尔尊在北京师范大学中文系讲授文学概论课程，其讲义《文学概论》（北京师范大学中文系外国文学教研组译）于 1959 年出版；瓦·斯卡尔仁斯卡娅在中国人民大学哲学系讲授马克思主义美学课程，其讲义《马克思列宁主义美学》（潘文学等译）于 1957 年出版等。

但是，其中影响最大的是季摩菲耶夫的《文学原理》和毕达可夫的《文艺学引论》。季摩菲耶夫（1903—1984），苏联著名文学理论家，苏联教育科学院院士，苏联科学院通讯院士，莫斯科大学教授。他的《文学原理》在苏联国内影响很大，是唯一被官方批准的全国高等院校文科通用教材。后来，在我国翻译出版后影响也较大。毕达可夫是季摩菲耶夫的学生，其理论架构和文论话语与他的老师是一致的。他在讲授过程中，补充了很多内容，尤其是还加入了中国文学的材料。所以，他在我国文论界的影响又超过了季摩菲耶夫。有些听课的学员如蒋孔阳、霍松林和李树谦等人都编写

[①] 关于苏联文论的译介情况，参考毛庆耆、董学文、杨福生《中国文艺理论百年教程》，广东高等教育出版社 2004 年版；傅莹：《中国现代文学理论发生史》，上海文艺出版社 2008 年版。根据其中的资料整理。

和出版了"文学概论"教材。所以,这个时期我国文论的"话语源"是季摩菲耶夫的《文学原理》和毕达可夫的《文艺学引论》,尤其是后者。他们的影响一直延续到了20世纪80年代初期。

2. 话语本质。我们将这个时期的文论话语称为"苏式话语"。它的本质有三点:一是马克思主义哲学"反映论"的话语。这是苏式文论总的本质规定和逻辑出发点。它将文学看作是社会生活的反映,由于文学在整个社会意识形态中的位置,决定了文学的反映必然要涉及社会的政治、经济和文化等各个方面。因为,社会虽然是由"人"构成的,但是"人"并不是一个抽象的存在,而是具体的复杂的存在,因为每个人都具有个人的、集体的、阶级的、民族的、国家的、人类的等种种属性。在阶级社会里,人的阶级属性是主要的根本的,社会生活也就有了阶级性。所以,在文论中,就形成了一套"意识形态"的话语,包括世界观、阶级性、党性、人民性等话语;二是贴近文学自身特性的"形象"反映论话语。文学作为一种特殊的社会意识形态,它是通过"形象"的方式反映社会生活的。所以,在文论中,就形成了一套"形象"的话语,包括形象、性格、典型、典型形象、典型性格、形象性、艺术性等话语;三是社会主义文学"反映"方法论话语。所谓文学的"反映"方法论就是创作方法论。因为,具体的文学创作活动,是由作家的世界观和方法论决定的。作为社会主义国家的作家,其文学创作便是由社会主义的世界观和方法论决定的。所以,就形成了一套"创作方法"论的话语,包括现实主义、浪漫主义、社会主义现实主义等话语。总之,从本质上讲,"苏式文论"话语是马克思主义哲学"反映论"的文学话语。

3. 话语谱系。这还要从苏联谈起。当时,苏联文论界的主要任务是建立文学的科学。季摩菲耶夫认为,要建立文学的科学,就是要从理论上解答三个基本问题,即"文学是什么""文学过去是怎样发展的,以后将要怎样发展下去(在任何一个国家,在整个的人类社会中)""文学对于现代有怎样的意义"。因此,就形成了由"文学概论""文学史"和"文学批评"三个分支学科所构成的"文学科学"体系。具体地说,文学概论是解答"第一个问题",即"研讨文学的本质,它的形式的特征,它的社会的任务";文学史是解答"第二个问题",即"研讨文学在任何国家和整个人类社会的发展过程中是怎样发展着的";文学批评是解答"第三个问题",即"怎样评价此一或彼一文学作品,并确定它对于我们现代有何种意义,对于时代向我们提出的要求有怎样的帮助"[①]。所以,文学理论研究就要覆盖以上三个方面,即包括文学一般理论、文学史理论和文学批评理论。季摩菲耶夫的《文学原理》,也就包括《文学概论》《怎样分析文学作品》和《文学发展过程》三部。在季摩菲耶夫的《文学原理》的影响下,"苏式文论"就形成了"本质论""作品论"和"发展论"的"三块型"理论体系。毕达

---

① [苏]季摩菲耶夫:《文学概论》(《文学原理》第一部),查良铮译,(上海)平明出版社1953年版,第3—4页。

可夫的《文艺学引论》和我国学者蒋孔阳的《文学的基本知识》(1957)、霍松林的《文艺学概论》(1957)、李树谦与李景隆的《文学概论》(1957)等也基本上采用了"三块型"理论体系，当然其中也有些变通。到20世纪60年代，由于"中苏关系"的变化，我国文学理论的教学和研究虽然想摆脱苏联的影响，但是从以群主编的《文学的基本原理》和蔡仪主编的《文学概论》来看，其实还是没有从"苏式文论"的影响中走出来。

因此，这个时期的文论话语谱系，就是由"本质论话语""作品论话语"和"发展论话语"构成的话语谱系（详细情况见表Ⅱ）。这也可以说是由"文学概论话语""文学批评话语"和"文学史话语"所构成的"文学科学"[①] 话语谱系。这不仅是一个文学理论知识谱系，也是一个文学理论学科谱系。

（三）外国文论话语引进的第三高潮期

在第三高潮期，改革开放的国策重新打开了国门，学术界解放思想，以好奇的眼光看世界风云的变幻，审视和吸纳西方各种文学新思潮。于是，西方现代文学理论的各种新学说和新思潮便蜂拥而入，从根本上改变了我国文学理论教学和研究的现状，带来了文学理论研究范式和话语的又一次转型。其中，对于我国文学理论教材编写影响较大者，是美国学者艾布拉姆斯的《镜与灯：浪漫主义文论及批评传统》（中译本，1989，以下简称《镜与灯》）和美籍华裔学者刘若愚的《中国文学理论》（中译本，1987）。这个时期是我国文学理论教材编写的繁荣期，根据我们的不完全统计，20世纪80年代出版文学理论教材50多种，90年代出版文学理论教材40多种，合计大约有近百种之多[②]。其中，具有代表性和影响较大者是童庆炳主编的《文学理论教程》(1992)。这部教材由童庆炳主编，北京师范大学王一川，华南师范大学柯汉林，辽宁师范大学曲本陆、宋民，南京师范大学高小康，山东师范大学李衍柱、杨守森，安庆师范学院顾祖钊，汉中师范学院李珺平，西南师范大学曹廷华、张荣翼，贵州师范大学梁素清，浙江师范大学杜卫，江西师范大学陶水平等11所师范院校共15人参加编写。这部教材被学界称为"换代教材"，与前期相比，它不仅是文学理论框架和体系的转换，也是文学理论话语的转换。因此，我们选择艾布拉姆斯的《镜与灯》、刘若愚的

---

① 季摩菲耶夫所说的"文学科学"，在当时苏联文学理论界也称为"文艺学"。如蔡特林的《文艺学方法论》（中译本，1950)、谢皮洛娃的《文艺学概论》（中译本，1958)和毕达可夫的《文艺学引论》（中译本，1958)等，都采用了"文艺学"的说法。这种说法至今仍在沿用着，也有人称为"文学学"。

② 关于这个时期文学理论教材的统计数字，由于各人统计时间、对象和方法的不同，因而统计结果也不一致。毛庆耆等的《中国文艺理论百年教程》第304页统计，有"数百本之多"。童庆炳主编的《新时期高校文学理论教材编写调查报告·后记》第364页统计，"估计总数达三百多部"。鲁枢元在其《为学日益，为道日损》一文统计，新时期以来的28年里约出版文学理论教材128部（见《社会科学报》2005年3月10日第5版）。其实，这些统计数字都不正确。我根据程正民、程凯的《中国现代文学理论知识体系的建构——文学理论教材与教学的历史沿革》附录一《文学理论教材书名总录(1914—2003)》和童庆炳主编的《新时期高校文学理论教材编写调查报告》附录一《百年文学理论教材书名总录(1914—2005)》（古风按：这两个《总录》比较粗糙，遗漏、重复和错误不少），重新统计。这个统计数字，不包括再版本、修订本、增订本和中国台湾版本等，如采用各种形式重复出版的教材不再统计在内了。特此说明。

《中国文学理论》和童庆炳主编的《文学理论教程》[①]为样本，进行调查和分析。

表Ⅲ　　　　　　　　　　西方文论话语的引进

[美]艾布拉姆斯《镜与灯》	童庆炳主编《文学理论教程》	其他西方文学理论的影响
作品、艺术家、 世界、欣赏者 图式、关系	世界、作家、 作品、读者； 关系、文学活动	（刘若愚） 宇宙、作家、 作品、读者； 图表、艺术过程
艺术产品； 生产者、作者； 听众、观众、读者	文学生产 文学产品 文学生产主体 读者	（马克思、恩格斯）
	话语 本文 文学消费 文学接受、期待视野、 隐含的读者、填空	（新批评、结构主义） （后结构主义等） （马克思） （接受美学）

从调查表Ⅲ中，我们可以获得以下信息和认识：

1. 话语源。在第三高潮期，我国引进西方文论话语的种类、数量、频度和规模都要超过前两个时期。到目前为止，我还没有看到有人对于这方面的情况进行全面调查、统计和分析，但是这是一个很值得研究的问题。大致来说，有三个方面：

首先西方文论教材的引进。诸如美国学者韦勒克、沃伦的《文学理论》（中译本，1984）、苏联学者波斯彼洛夫的《文学原理》（中译本，1985）、英国学者杰弗森等的《西方现代文学理论概述与比较》（中译本，1986）、英国学者特雷·伊格尔顿的《二十世纪西方文学理论》（中译本，1986）、荷兰学者佛克马和易布思等的《二十世纪文学理论》（中译本，1988）、美国学者艾布拉姆斯的《镜与灯：浪漫主义文论及批评传统》（中译本，1989）、美国学者乔纳森·卡勒的《文学理论》（中译本，1998）、法国学者让—伊夫·塔迪埃的《20世纪的文学批评》（中译本，1998）等。其中韦勒克、沃伦的《文学理论》（有2个版本）和伊格尔顿的《二十世纪西方文学理论》（有3个译本，5个版本）影响较大。

其次其他西方文论的引进。在这方面种类和数量最多，难以详述，只就笔者所见，择其影响大者，列举如下：诸如文化哲学类，有瑞士学者索绪尔的《普通语言学教程》（中译本，1980）、德国学者恩斯特·卡西尔的《人论》（中译本，1985）、奥地利学者弗洛伊德的《释梦》（中译本，1986）、瑞士学者荣格的《心理学与文学》（中译本，1987）、美国学者S.阿瑞提的《创造的秘密》（中译本，1987）、德国学者M.海德格尔

---

① [美]艾布拉姆斯：《镜与灯：浪漫主义文论及批评传统》，郦稚牛、张照进、童庆生译，王宁校，北京大学出版社1989年版；[美]刘若愚：《中国文学理论》，杜国清译，江苏教育出版社2006年版（台湾版，联经出版事业公司1981年）；另一中译本是《中国的文学理论》，田守真、饶曙光译，四川人民出版社1987年版；童庆炳主编：《文学理论教程》，高等教育出版社1992年版。

的《诗·语言·思》(中译本，1988)、法国学者米歇尔·福柯的《知识考古学》(中译本，1998)、美国学者斯蒂文·贝斯特与道格拉斯·凯尔纳的《后现代理论》(中译本，1999)和美国学者萨义德的《东方学》(中译本，1999)等；文学批评类，有德国学者姚斯等的《接受美学与接受理论》(中译本，1987)、德国学者伊瑟尔的《阅读行为》(中译本，1991)、比利时学者乔治·布莱的《批评意识》(中译本，1993)、美国学者马尔库斯等的《作为文化批评的人类学》(中译本，1998)、美国学者韦勒克的《批评的概念》(中译本，1999)和英国学者拉曼·塞尔登的《文学批评理论——从柏拉图到现在》(中译本，2000)等；文学理论类，有英国学者福斯特的《小说面面观》(中译本，1984)、瑞士学者皮亚杰的《结构主义》(中译本，1984)、瑞士学者 H. 沃尔夫林的《艺术风格学》(中译本，1987)、英国学者特伦斯·霍克斯的《结构主义和符号学》(中译本，1987)、荷兰学者佛克马等编的《走向后现代主义》(中译本，1991)、荷兰学者米克·巴尔的《叙述学：叙事理论导论》(中译本，1995)、俄国学者 M. 巴赫金的《巴赫金文论选》(中译本，1996)、意大利学者安贝托·艾柯等著与英国学者斯特凡·柯里尼编的《诠释与过度诠释》(中译本，1997)、美国学者厄尔·迈纳的《比较诗学》(中译本，1998)、美国学者希利斯·米勒的《重申解构主义》(中译本，1998)、法国学者罗兰·巴尔特的《符号学原理》(中译本，1999)、加拿大学者马克·昂热诺等主编的《问题与观点：20世纪文学理论综论》(中译本，2000)和美国学者拉尔夫·科恩主编的《文学理论的未来》(中译本，1993)等。

再次西方著名学者应邀来我国讲学，并出版了专著。现以北京大学为例：1985年9—12月，美国学者弗·杰姆逊应邀来北京大学讲学，出版了《后现代主义与文化理论》(中译本，1987)。之后来北京大学演讲并出版专著的有美国学者史景迁的《文化类同与文化利用》(中译本，1990)、爱尔兰学者泰特罗的《本文人类学》(中译本，1996)、美国学者蒲安迪的《中国叙事学》(中译本，1996)、荷兰学者佛克马与蚁布思的《文学研究与文化参与》(中译本，1996)、加拿大学者高辛勇的《修辞学与文学阅读》(中译本，1997)、加拿大学者斯蒂文·托托西的《文学研究的合法化》(中译本，1997)、法国学者高概的《话语符号学》(中译本，1997)、德国学者顾彬的《关于"异"的研究》(中译本，1997)等。此外，其他大学也邀请西方学者来讲学，诸如，1983年，美国学者伊哈布·哈桑应邀来山东大学讲学；1987年，国际比较文学学会主席、荷兰学者佛克马应邀先后到南京大学和南京师范大学讲学；1995年，英国著名文论家特里·伊格尔顿应邀在大连讲学。尤其是国际文学理论学会主席、美国著名文论家 J. 希利斯·米勒曾先后多次应邀来我国参加学术会议和讲学，出版了《土著与数码冲浪者——米勒中国演讲集》(中译本，2004)。他还有多种著作被翻译和出版，如《文学死了吗？》(中译本，2007)等，影响较大。

综上所述，只是在这个时期引进的西方文学理论著作的一部分，由于受篇幅的限制，还有很多译著不能在此一一列举了。但是，已经列举出来的这些译著无疑是很重要的。

它们作为西方文学理论话语的主要载体,将各种各样文学理论的新话语带入了中国。它开阔了我们的学术视野,丰富了我们的研究方法,更新了我们的文论话语。表Ⅲ所列举的内容虽然只是一个个案,但是其中所包含的信息是具有代表性的。童庆炳主编的《文学理论教程》就是在以上所述的西方文学理论话语大量涌入的语境中编写的。它的主要话语源是艾布拉姆斯的《镜与灯》,刘若愚的《中国文学理论》只是起了中介的作用。事实上,艾布拉姆斯的《镜与灯》(英文本)出版之后,在美国学界就引起了较大的反响。吉布斯(Gibbs)、林恩(Lynn)、波拉德(Pollard)和王靖宇(John Wang)等人,都运用艾布拉姆斯的图式(为了表述方便,我将艾布拉姆斯的图式简称为"艾氏图式",下同。)分析中国文学批评。这给了刘若愚很大的启发。但是,刘若愚与以上学者不同,他不只是停留在对于"艾氏图式"的一般运用上,而是以它为参照框架,来梳理和建构中国文学理论体系。所以,通过刘若愚的成功示范,"艾氏图式"以及"文学四要素"话语便成为《文学理论教程》的主要话语源。除此之外,《文学理论教程》还广泛吸纳了马克思主义、新批评、结构主义、后结构主义和接受美学等文论话语。这些也是话语源。因此,这个时期的文论研究和教学是在一个很开放的学术环境中进行的,面对的是丰富多彩的西方文学理论新话语资源,因而文论教材的话语源不可能再是单一的,而是多元的。所以,话语源也是"多源"的了。这一点与前两个时期相比是大不相同的。

2. 话语本质。关于《文学理论教程》的话语本质,有三点值得讨论。

首先,这是对于"艾氏图式"话语的一个发展。艾氏本人将这个图式建构成"三角形",核心是"作品"。由"作品"连接三角每个点,依次是"作品→世界""作品→艺术家""作品→欣赏者",构成了三条射线型关系。即每条线都从"作品"射出,或者每条线都汇聚到"作品"这个中心点。但是,这三个点即"世界""艺术家""欣赏者"相互之间并没有直接的联系。因此,艾氏本人只是认识到:"每一件艺术品总要涉及四个要点",但是,"几乎所有的理论都只明显地倾向于一个要素"。所以,在艾氏那里,文学四要素构成的图式只是一个"人为性"的"框架",或者至多是各自与"作品"形成了"关系"①。艾氏没有将"四个要素"相互之间的关系打通,因而他没有也不可能提出"文学活动"的概念。后来,刘若愚将"艾氏图式"改变成"圆形",将"单线"改变成"双线"。整个图形可以看作由"世界→作家→作品→读者→世界"和"世界→读者→作品→作家→世界"两个圆重叠而成。我将这个图式称为"刘氏图式"。他将"文学四要素"之间的相互关系打通了,提出了"艺术过程"的概念。刘氏所谓的艺术过程,包括以"作家"为主体的"创作过程"和以"读者"为主体的阅读过程。而且还包括"创作之前的过程和审美经验(即阅读)之后的过程"②。童庆炳采纳了艾

---

① [美]艾布拉姆斯:《镜与灯:浪漫主义文论及批评传统》,郦稚牛、张照进、童庆生译,王宁校,北京大学出版社1989年版,第5—6页。

② [美]刘若愚:《中国文学理论》,杜国清译,江苏教育出版社2006年版,第13—14页。又见[美]刘若愚《中国的文学理论》,田守真、饶曙光译,四川人民出版社1987年版,第16页。

氏和刘氏的观点，并在刘氏"艺术过程"说的基础上，进一步提出了"文学活动"说。它的理论基础是马克思和恩格斯的"人的活动"说①。人的活动包括生产活动、生活活动、物质活动和精神活动等。文学活动属于精神活动。他们认为，"文学作为活动，它是多种要素共同构成的有机整体（或系统）。而世界、作家、作品和读者不过是这个整体中的四个基本要素（或环节）。它们在这个整体中不是彼此孤立地或静止地存在的，而是相互依存、相互渗透、相互作用，浑然一体"②。这是一个发展。

其次，第一高潮期的主流话语本质是探求文学"本体"，将"杂文学"引向"纯文学"，在文学自身规定文学特性。第二高潮期的主流话语本质是探求文学的"社会性"，将文学看作是一种社会意识形态，到后来甚至将文学看作是一种政治意识形态，结果导致了政治主宰文学的局面，彻底消解了文学的"本体"。到了第三高潮期，则提出了"文学活动"的新话语。因为，文学活动涉及"世界"，有"社会"要素，具有"意识形态"性；涉及"作家""作品""读者"三个要素，又具有文学自身的"审美"特性。所以，"文学活动"论的话语本质是"审美意识形态"。在这里，不能将"审美意识形态"理解为"审美"＋"意识形态"，此两者既不是简单的相加的关系，也不是平行关系，而是"复杂组合"关系。"简言之，文学既是审美，也是认识——实践。"③ 如果说，前两个时期的文论话语本质是一元的，那么这个时期的文论话语本质则是多元的。这也是一大进步。

再次，对"本质"的一点反思。所谓本质，是指事物最根本的性质。此物与彼物的根本区别，是其本质的区别。所以，探求事物的本质，则是认识和把握事物的基本方法，也是人类认识世界的基本方法。但是，我们不能够将事物的"本质"看作是孤立的、静止的和一成不变的，用这样的"本质"去权衡和切割已经变化了的事物。这样做的结果则是相当危险的。文学的本质也是如此。"文学活动"论将文学看作是人类的一种特殊的活动，看作是"一个圆圈"。这就是说，文学的本质是丰富的，也是复杂的。它不是固定的"一个点"（情感；想象；意识形态；等等），而是变化不定的"多个点"（审美，意识形态，情感，想象，语言，形式，等等）。它可以以任何"一个点"为主，以"审美"为主，是"美文学"；以"情感"为主，是"抒情文学"；以"情节"为主，是"叙事文学"；以"想象"为主，是"传奇文学"；以"现实"为主，是"写实文学"；等等。如果文学是一个百花园，那么其中任何"一朵花"，就都是文学的。因此，文学的本质是多元的、开放的和变化不定的。当然，所谓"本质"也是一种规定，是规定就不可太泛化。当我们说"什么是文学"时，实际上也是说"什么不是文学"，文学的"边界"还是存在的。因此，对于那些彻底否定文学"本质"，完全消解文学"边界"的看法，我们是不能同意的。

---

① 马克思、恩格斯：《德意志意识形态》，《马克思恩格斯选集》第1卷，人民出版社1972年版，第30页。
② 童庆炳主编：《文学理论教程》，高等教育出版社1992年版，第48页。
③ 同上书，第85页。

3. 话语谱系。这个时期，以"文学活动"论为代表的文论话语，是一个多元的、丰富的、开放的话语谱系。所谓多元的，就是不搞"一家独尊"的权威话语，历史已经证明这是不利于文学发展的；而是要"百家争鸣"，"众声喧哗"，各种话语，皆可言说。这是文学理论研究进步和繁荣的表现。所谓丰富的，就是这个时期的文论话语与前两个时期相比，确实是异常丰富的。在前两个时期，尤其是在第二个时期，文论话语最大的弊病就是单调，千人一腔，万人同调，乏味至极。而这个时期的文论话语则是丰富的、生动的和有趣的。所谓开放的，就是没有任何的政治禁忌。这个时期，国家政治表现出前所未有的成熟、自信和文明。它对于文学松绑之后，文学理论与批评进入了一个自由言说的时代。这不仅表现在对于西方文论话语的引进上，冷战结束之后，我国继续实行独立自主、和平外交的政策，我们不愿与任何一个国家为敌。所以，在文论话语的引进上，我们没有任何的政治禁忌。不论是那个国家的文论家，只要他的话语有可取之处，我们就引进它；而且也表现在国内文论话语的引用上，淡化"学派"和"圈子"意识，表现得更理性和更宽容，不论是谁，只要他的文论话语有一言可采，那就引用它。当然，这些都是与前两个时期比较相对而言的，不是绝对的。因此，这个时期，我们不仅建立了一个多元的、丰富的和开放的话语谱系，也证明我们已经拥有了一个多元的、丰富的和开放的文论知识谱系。这也是进步，而且是一个很大的进步。

三 整合分析

在前文三个调查的基础上，我们要将这些调查进行整合与分析，从而全面清点20世纪引进的外国文论话语的数量及其分布状况。

首先，我们以文学理论教材为对象进行清点，见表Ⅳ：

表Ⅳ　　　　　　　　20世纪引进外国文论话语的数量及分布

年代	外国教材	引进外国文论话语	数量
20—30	温彻斯特《原理》	文学；感情、想象、思想、形式；文学批评	6
	本间久雄《概论》	时代、国民性、道德；内容；个性、性格、情节；文体、抒情诗、叙事诗、悲剧、喜剧	12
50—60	毕达可夫《引论》	文艺学；社会生活、反映；意识形态、世界观、阶级性、党性、人民性；形象、形象性；典型、典型形象、典型性；个性化、概括化、典型化；艺术性、虚构、审美、风格、幽默、讽刺、滑稽；主题、冲突、结构、语言；文学流派、艺术方法、现实主义、浪漫主义、古典主义、批判现实主义、社会主义现实主义、形式主义、自然主义	36
80—90	艾布拉姆斯《镜与灯》	作品、作者、世界、读者；艺术产品、模仿、表现、再现；灵感、无意识	10
	其他西方当代文论	话语、文本；文学消费、文学接受；期待视野、隐含读者、填空	7
合计			71

由上表可知，我们以外国文论教材为对象进行清点，共引进了 71 个文论话语。

其次，我们以相关工具书为对象进行清点。现依据最新出版的《世界文学术语大辞典》附录一《外来术语英汉对照表》[①] 统计，共引进外国文学术语 2018 个，其中引进外国文论术语 533 个，现再将其中的常用文论术语进行清点，见表 V：

表 V　　　　　　　　　外来文论常用术语的数量及分类

类别	外来文论常用术语	数量
本质论	文学、纯文学、比较文学、世界文学；世界观；涵义、本义、意义；抽象、理性、客观性、主观性；本体论、乌托邦	14
创作论	创作、独创性；灵感、想象、联想、印象、无意识；意识流、移情、通感、情感；内心独白、陌生化；模仿、表现、虚构；象征、夸张、隐喻、讽喻、讽刺、反讽、排比、双关、拟人、戏仿；独白、倒叙、铺叙；逼真、悬念	31
作品论	意象、原型、类型；定型人物、扁平人物、圆形人物、主人公、角色；典型情境；语言、言语、韵律、结构；情节、故事、冲突、高潮、结局、主题；体裁、文类、形态；诗、抒情诗、叙事诗、史诗；散文；长篇小说、中篇小说、短篇小说；戏剧、正剧、喜剧、悲剧、滑稽剧；神话、童话；风格、典雅、崇高、幽默、朦胧、怪诞、巴罗克风格、洛可可式、黑色幽默	46
批评论	文学批评、评论；理想读者、诠释、话语、对话、定见、误解；趣味、净化、审美距离；文艺复兴、启蒙运动、人道主义、人文主义；流派、现实主义、浪漫主义、社会主义现实主义、古典主义、唯美主义、象征主义、印象主义、写实主义、自然主义、现代主义、后现代主义、荒诞派、存在主义、结构主义、解构主义、形式主义	32
合计		123

由上表可知，我们以相关工具书为对象进行清点，共引进了 123 个外国文论话语。

最后，我们将以上两表整合，去掉重复的文论话语，就会得出引进外国文论常用话语的基本数量和分类情况。见表 Ⅵ：

表 Ⅵ　　　　　20 世纪引进外国文论常用话语的基本数量及分类

类别	引进外国文论常用话语	数量
本质论	文学、纯文学、文艺学；比较文学、世界文学；世界、世界观；社会生活、反映；意识形态、阶级性、党性、人民性；涵义、本义、意义；抽象、理性、思想、道德；客观性、主观性；时代、本体论、乌托邦	25
创作论	作者、创作、独创性；灵感、想象、联想、印象、无意识；意识流、移情、通感、情感；内心独白、陌生化、个性化、概括化、典型化；模仿、表现、再现、虚构；象征、夸张、隐喻、讽喻、讽刺、反讽、排比、双关、拟人、戏仿；独白、倒叙、铺叙；逼真、悬念、艺术方法	37
作品论	作品、艺术产品、文本；内容、形式；形象、意象、原型、形象性、典型、典型形象、典型性；类型、定型人物、扁平人物、圆形人物、主人公、角色；个性、性格、艺术性、典型情境；语言、言语、韵律、结构；情节、故事、冲突、高潮、结局、主题；体裁、文类、形态；诗、抒情诗、叙事诗、史诗；散文；长篇小说、中篇小说、短篇小说；戏剧、正剧、喜剧、悲剧、滑稽剧；神话、童话；风格、典雅、崇高、幽默、滑稽、朦胧、怪诞、巴罗克风格、洛可可式、黑色幽默	60

[①] 陈慧、黄宏煦主编：《世界文学术语大辞典》，附录Ⅰ，河北教育出版社 2001 年版，第 787—806 页。

续表

类别	引进外国文论常用话语	数量
批评论	读者、隐含读者、理想读者；文学消费、文学接受、文学批评；审美、评论；诠释、话语、对话、定见、误解；趣味、净化、审美距离、期待视野、填空；文艺复兴、启蒙运动、人道主义、人文主义；流派、现实主义、浪漫主义、批判现实主义、社会主义现实主义、古典主义、唯美主义、象征主义、印象主义、写实主义、自然主义、现代主义、后现代主义、荒诞派、存在主义、结构主义、解构主义、形式主义	40
合计		162

总之，通过以上抽样调查，我们获得了 20 世纪引进外国文论常用话语的基本数据是 162 个。① 这虽然不是一个精确的统计，但是由于我们所选择的调查样本有教材，也有工具书；而且在时间上所选定的引进外国文论的三个高潮期，覆盖了近百年的历史。所以，我们认为，这个调查统计所获得的基本数据是比较接近历史事实的。我国现代文学理论中的外来常用话语就基本上包含在这个调查数据中了。现在，学界有一个共识，就是认为我国现代文学理论话语的绝大部分都是从外国引进的。但是，我们究竟引进了多少外国文论话语？这个问题还没有人进行专题研究过。因此，通过我们的调查统计，总算得出了一个基本的答案：20 世纪，我们共引进外国文论话语 533 个，其中常用文论话语大约有 162 个。这些是中国文学理论现代化的主要成就之一。正如 77 年以前梁实秋所指出的那样，"五四以来的新文学运动，真是划时代的一件大事。这运动的最重要的一方面，便是西洋文学观念的引进"②。那么，现在我们所要补充的应该是，从"五四"新文学运动以来，中国文学理论现代化的最重要的一个方面，便是外国文论话语的引进。

应该看到，外国文论话语在中国文论转型和现代化的发展中，发挥了至关重要的作用，也立下了汗马功劳。因此，我们要对于几代学人引进外国文论话语的重要贡献充分肯定。至于学界提出的"失语症"问题，与外国文论话语的引进没有关系。因为，这不是同一个问题，而是两个不同的问题。所谓"失语症"，只是我国文论没有走出国门，在国际文论界没有声音和地位而已。这与我国文论的现代化没有多少关系。所以，不能将这两个问题扯到一起，从而对于外国文论话语的引进盲目否定。100 多年前，作为传统文论代言人的王国维就以开放和发展的眼光，不仅充分肯定了外来的"新学语"③，还积极引进和使用了"新学语"。那么，100 多年后的今天，我们还有什么理由来否定外国文论话语的引进呢？今天，我们充分享受着引进外国文论话语的成果，又

---

① 彭修银等人根据《世界文学术语大辞典》统计外来文论术语数据，与笔者的统计基本相同。只有一个数据不同，他们统计引进外来文论常用术语是 126 个（参见彭修银、皮俊珺等《近代中日文艺学话语的转型及其关系之研究》，人民出版社 2009 年版，第 32 页），笔者的统计数据是 123 个。再结合各个时期的文论教材的统计数据，去掉重复的，共有 162 个。由此可见，这个数据是能够反映引进外国文论话语基本状况的。

② 梁实秋：《文学与科学》，《偏见集》，正中书局 1934 年版，第 198 页。

③ 王国维：《论新学语之输入》（1905），周锡山编校：《王国维文学美学论著集》，北岳文艺出版社 1988 年版，第 111—114 页。

怎么能够忘记和否定几代学人在引进外国文论话语方面所做出的杰出贡献呢？再说，在外国文论话语的引进过程中，通过我们的翻译、对话和阐释，这些文论话语已经"化异为同"，都充分地中国化了。所以，外国文论话语的中国化，也是中国文论话语现代化的主要内容。因此，我们相信，凡是有良知的学者，都会对此做出正确的评价。其实，任何一个民族和国家的文化建设都不可能是在完全封闭的状态下进行的，就以西方文化源头的希腊来说也是如此。黑格尔认为，古希腊人在文化建设中，也充分利用了亚细亚、叙利亚、埃及等外来文化资源，但是他们将其"消融了，加工改造了，转化了"，变成了"他们自己的东西"。一旦文化建设的任务完成后，古希腊人就会"毫不感激地忘掉了外来的资源，把它置于背后"[①]，而只重视自己的东西。按照这个说法，我们引进外国文论话语决没有错，只是我们太在乎这些外来资源，没有凸显出自己的主体性。今后，我们要在这个方面更加努力。

[①] ［德］黑格尔：《哲学史讲演录》第一卷，贺麟、王太庆译，商务印书馆1997年版，第158页。

双重传统下汉语文论话语体系创新的复杂性与契机

牛月明[①]

(中国海洋大学文学与新闻传播学院　山东　青岛　266000)

摘　要：人文社会科学学术话语体系创新应面对双重传统，一个是本土的固有传统；一个是经洋化（西洋学从东洋来）的新传统；双重传统下学术话语体系创新极其复杂。现在应该通过具体化、语境化、事件化、历史化重新唤起我们的文化记忆，将"自然而然的""不言自明的"还原为"人为的""建构的"文化互动过程。但这种话语体系还原的艰难程度是超乎想象的，接力研究与共同研究十分必要。固有传统因自身的含混和新传统的贬损已经边缘化；新传统因话语的迷宗、时代的变化和源发地的解构也危机重重。中国学术话语体系又出现了重建的契机。

关键词：汉语文论；话语体系；双重传统

一　学术话语体系创新应面对双重传统

学术是以术致学，是专门系统的学问。"学"要在新知与系统（知识积累与生长），"术"要在理性与专门（多与大学院所训练或专门环境相关）。学术之要在考察、琢磨、研究、探求的思维操作与系统性的知识、道理。

学术之表现要在发明与培养。发明是发而使其明，发现问题并把问题弄明白。发明的关键在还原事实，祛除常识的遮蔽，把问题研究清楚。培养是培育养成。培育新知——在新问题、新场景、新现实的基础上建构新观念、新术语、新理论。养成掌握新知话语体系的共同体——一个既真实又虚拟的共同体。但由于作为研究对象和学术

[①]　牛月明（1965—　），男，中国海洋大学文学与新闻传播学院教授，博士。

资源的"问题""场景""现实",往往是研究者人为地建构出来的,这就不可避免地产生了隐含着价值尺度、文化权利与时尚体系的"眼界"。因此,价值尺度、文化权利、时尚体系以及"眼界"又可以循环到发明与培养的学术体系里。我们关注学科知识和学术语言的透明度问题,就是要厘清学科知识和学术语言背后的价值尺度、文化权利、时尚体系以及"眼界",为进一步的发明与培养服务。

当前,媒体与信息空前发达,但深入、深层的交往与对话却格外艰难。同是学界中人,都很真诚,也很努力,可经常没有"共同语言"。在许多学术会议中,看起来大家讨论得很热烈,听起来是用同一个词,其所指却大相径庭。这与西学东渐以来,东方人"刻苦好学"而又多"囫囵吞枣"的接受策略有关,也与学科知识和学术语言的透明度追求有关。

形而上言之,学科建构依人类活动—经验—认识—知识—知识体系—学科的顺序进行。当人类活动经验单一、思想认识单纯时,不存在学科知识和学术语言的透明度问题;当文化传承有序不紊、民族共同语内部自足时,学科知识和学术语言的透明度问题也不太大。但中国文艺学学科的建立,发生在人类活动经验丰富多彩、思想认识千变万化、文化传承混乱不堪、民族话语兼收并蓄的语境下,涉及中—西—日—苏—中的文化互动,涉及多种文化互动中学科知识和学术语言的生成、选择、传播与普及。因此,学科知识和学术语言的透明度目前已经大成问题,特别是对以学术为生命的学者而言,对那些在学术共同体内摸爬滚打的众生而言。

现代汉语语境中的"文论"隐含着两个不同的传统:一是本土的以"文"为对象的"思理言议集"的固有传统。二是经洋化的以"文学"为对象的"科学"或"学科"的新传统;洋化形态的中国文论成功地把小说(novel)—文学(literature)—艺术(Art)—审美(Aesthetic)的种属关系变成了中国的新传统。不少现当代文论家特别是文学史家已把这种种属关系作为理所当然的前理解或普遍真理接受过来,用以剖析或肢解中国固有的小说(非 novel)、艺术(非 art)、文学(非 literature)、文论(非 literary theory)和文化。就文学现象(实体)而言,今天我们称为"文学"的东西(纸张),在历史上有不同的能指,把这些不同的能指归类为文学,在西方不过两百年左右,在中国还要再晚一百多年。

二 双重传统下学术话语体系创新的复杂性

共同的学术话语——以语词(或关键词)为载体的术语、概念、范畴、观念——为学术共同体提供了可能性,学术史不应该只注重对学人+论著的褒贬抑扬,不应该只注重对学术知识的讲授,更应该注重所操持学术共同语的清晰、严谨、简明。文论新变是文化互动的结果,但体现文化互动的文论新变最终要落实到特定的词语、概念、术语、范畴上。故王国维说"言语者,思想之代表也,故新思想之输入,即新言语输人之意味也"①。陈寅恪说:"凡解释一字即是做一部文化史。"②

汉语文论的新变,不仅是拥有前理解的汉语使用者的翻译问题,更是文化互动问题。现在应该通过具体化、语境化、事件化、历史化重新唤起我们的文化记忆,将"自然而然的""不言自明的"还原为"人为的""建构的"文化互动过程,从而在译词的汉化与建构过程中有所发明,并进而生成对汉语文论有所培养的意识。但这种话语体系还原的艰难程度是超乎想象的,接力研究与共同研究十分必要。

汉语的几千个常用汉字为汉语文论提供了可能,而每个汉字都富有其造字意义上的文化积淀。汉语文论新变在表现形态上是汉语言文化新变的一部分。汉语言文化新变是一种历时的比较,其比较的对象是传统汉语言文化(古代汉语言文化或近代汉语言文化)。如果从共时的角度,作为汉语言文化共同性的一部分它仍然具有不同于世界其他民族语言文化的一些特点,如声调特点、音节结构特点、字形特点、词形特点、会意特点、语境特点等。尽管汉字的能指和所指的关系同样既是任意的,又是约定的,但由于造字法的影响,其视觉的内在约定性远远高于西方文字。即使从历时的单纯的语言角度,汉语新变尽管在语音、词汇、语法等方面与传统汉语有所区别,但毕竟仍然是汉语发展过程的一部分。传统汉语是源、是本、是主干,汉语新变是流、是末、是分支。例如,入派四声但仍有四声,名词双音词增加但构词语素仍是传统汉语的单音节词,有学者提出字本位理论,等等。这样,传统汉语为汉语新变提供了前理解。西学东渐在表现形态上也体现为翻译的汉语,翻译成汉语就要"格义",就要"以意逆志",就要有汉语的前理解。

同时,汉语文论是对具体汉语文本及相关现象的解释和评论。解释和评论的前提是理解,理解是用汉语进行的理解,理解又是历史的理解,因为使用汉语的理解者和由汉语构成的理解对象都有其自身的历史,都受汉语历史因素的制约,都是在汉语使用者的前见或前理解基础上的理解。

洋化的汉语文论学术话语除自身的发展原因外,更重要的是对西方文论冲击的回应。严格地说,西方是由地理实在与我们的想象共同建构起来的,西方文论也是由地理实在、文化习惯与我们的想象共同建构起来的。当我们总体性地谈论西方及西方文论时,无异于一次冒险的太空俯视。西方文论不是铁板一块,如果我们放低一点俯视的姿态,就可以看到欧陆文论、斯拉夫文论、美英文论等不同的文论;单就欧陆文论而言,如果我们再放低一点俯视的姿态,可以看到法国文论、德国文论、意大利文论、东欧文论等的不同,这样的姿态可以一直放低放低,直至立足地面看到某书、某词。同时,西方文论也不是静态不变,如果我们按照最一般的宏观历史眼光,也可以看到古典时期、神学时期、文艺复兴时期、浪漫主义时期、现代主义时期、后现代主义时

---

① 王国维:《论新学语之输入》,《王国维学术经典集》(上),干春松、孟彦弘编,江西人民出版社1997年版,第101—102页。
② 《沈兼士学术论文集》,中华书局1986年版,第202页。

期等不同的文论；如果我们按照研究态势的眼光，也可以看到注重文学学科规范的语言艺术研究、注重文学文化功能的意识形态研究、注重文学扩界的文化研究……这样的眼光也可以一直具体具体，直至立足当下看到某书、某词。当我们立足地面、立足当下面对某书、某词时，西方在哪里？西方文论在哪里？

当然，真实的客观世界本身是复杂的、多元的、无限的、开放的，但我们却不得不相对简单地理解它，道家讲"言不尽意"，佛家讲"言语道断"，都是对这种相对简单地理解的怀疑。要理解就必须有理解对象和理解者，而理解者必定受制于一定的表达欲望、一定的语境和一定的语言规则和语言结构。这就造成了理解的不准确，但舍此我们又无法理解，当然，这并不表明，我们主张故意去简单地理解一个能深入理解的事物，恰恰相反，我们相对简单地去认识、理解对象，正是为了相对深刻地把握它。对复杂事物的简化能力，以一驭多的符号化能力是人类智慧的表现，是人类语言与动物语言的一个重要区别，动物语言可能指涉一个个相关的具体的对象，而人类语言可以对语言自身说话，词汇之间可以相互说明，进入一条能指的链条。以一驭多的符号化能力是人类理解复杂世界的必然。为了理解的方便，我们有时必须面对复杂做简单化处理。这也是我们通过想象建构西方及西方文论的理由。

曾经有段时间，笔者对"中国文学批评史"的学科命名感到疑惑，并进而对英语世界把"文学理论"（literary theory）称为"批评"（criticism）或"批评理论"（critical theory），"文学研究"（literary scholarship）转型为"文化研究"（literary scholarship）感到不解。而韦勒克《近代文学批评史》与彼得·威德森的《现代西方文学观念简史》给了笔者一些值得依赖的线索。在英语世界，一种主流的现代意义的"文学"观念是："文学"是被"批评"选拔、建构甚至创造出来的，它来源于马修·阿诺德（Matthew Arnold，1822—1888）、约翰·罗斯金（John Ruskin，1819—1900）、《纽伯特报告》（纽伯特，Henry John Newbolt，1862—1938）、艾略特（Thomas Stearns Eliot，1888—1965）、瑞恰兹（Ivor Armstrong Richards，1893—1979）、利维斯（F. R. Leavis，1895—1978）的传统[①]。"文学批评"不是先有"文学"然后再对其实施"批评"，而是通过"批评"选拔、建构甚至创造出来的一些有明确功能的文本称之为"文学"。"文学"的兴起，基本上是在大规模的话语夺权（包括语言改造与文化领导）与国民教育的背景下进行的，这种思路也被中日"文学"的兴起所继承。这种"文学"观念是在大学设立文学系的理由与基石，但在当今中国似乎越来越模糊，特别是在大学课堂上仍有待明晰。"批评"的文化权利导致批评的黄金时代，正是批评的黄金时代使共识成为困难，导致经典作品的出现几乎不可能，导致高尚性文学的众说纷纭，导致文学批评变成了"文化研究"，因为经过批评才有了高尚性文学。文学的高尚性失去了共识，原来被批评出来的"文学"就变成普通的文化文本了，文学批评就只能变成

---

① ［英］彼得·威德森：《现代西方文学观念简史》，钱竞等译，北京大学出版社2006年版。

"文化研究"了。

德俄学科系统和英美学科系统关于"文学研究"(literary scholarship)的认知似乎特别在"科学"(sciences)问题上出现分歧。

就目前能看到的资料,德俄学科系统的"文艺学"是文学之科学,要探究文学之规律,首先是作家创作之规律[①],而英美学科系统的"文学理论"(literary theory)、"批评理论"(critical theory 或 criticism)或"文学理论与批评"(literary theory and criticism)、"文化研究"(literary scholarship)则更加注重 sciences 与 arts 的对立,认为包括文学研究在内的人文研究与科学研究在致知方法上不同,并从狄尔泰、文德尔班、李凯尔特、色诺波、克罗齐等欧陆学者那里找到了学术资源[②]。

因此,韦勒克采用英语中"文学理论"(literary theory)一词而不愿用"文艺科学"(literatur wissenschaft),是"因为'科学'在英语中已经限于指自然科学并且暗示要仿效自然科学的方法和要求,看来在文学研究中采用它不但不明智而且使人误入歧途"[③],"'文艺科学'(literatur wissenschaft)这个名词只在德国扎下了根"[④]。这种差别在夏志清与普实克的"文学史"辩论中也可以体现出来[⑤]。据说,汉化的"文艺学"是无法回译为英文的。

仅仅是学科的命名就有如此的纠葛,汉语文论学术话语新变(某概念、某词)所立足的西方资源是哪个西方?是哪个西方的传统及流变?至今,本学科的从业者中国人最多,但问题也最多,特别是在概念所指的认知方面仍然不太确定甚至非常混乱[⑥]。

汉语文论学术话语新变是人为地改变,是众多精英与更广泛的大众有目的地认知、选择、传播与接受的结果,因此,就无可避免地涉及历史具体的眼界、价值尺度、文化权利与时尚体系。就传播者而言,他要根据自己的眼界、价值尺度来认知、选择传播内容与传播行为,这种选择又与不同的历史机缘、文化背景以及身份、立场密不可分;接受者同样根据自己的眼界、价值尺度来认知、选择接受内容与接受行为,这种认知、选择也与不同的历史机缘、文化背景以及身份、立场密切相关;汉语文论新变过程中的传播与接受涉及自我与他者的互动、不同文明及知识体系的互动。

因此,要清楚详细地梳理出文学观念的流变凭一个人的力量在短时期是不可能的。但这并不妨碍我们在前人的基础上进一步的梳理。其大体路径应该是:

---

① 参见哈利泽夫《文学学导论》,周启超等译,北京大学出版社 2006 年版。
② [美]韦勒克、沃伦:《文学理论》,刘象愚等译,江苏教育出版社 2005 年版,第 4—8 页。
③ [美]雷内·韦勒克:《批评的概念》,张金言译,中国美术学院出版社 1999 年版,第 2 页。
④ 同上书,第 30 页。
⑤ 陈国球:《"文学批评"与"文学科学"——夏志清与普实克的"文学史"辩论》,《北京大学学报》(哲学社会科学版)2011 年第 1 期。
⑥ 关于文艺学主题词的使用有明显的随意性,参见赵宪章、苏新宁《基于 CSSCI 的中国文学研究主题词分析(二〇〇〇—二〇〇四)》,《当代作家评论》2006 年第 6 期。

1. 在汉语的知识谱系中，文论"新学语"与外语是如何嫁接的？是怎样被定义的？含义是怎么变化的？变化的动力是什么？其中日本因素是怎样发挥作用的？

2. 文论"新学语"与原生近似观念之关系（继承、冲突与互动），"新学语"是如何获得新的重要性的？

3. 提倡者是怎样使用文论"新学语"的？选择了哪一部分含义？有没有工具层面和目的层面的不同考虑？为什么重视"新学语"？

4. 少数人的文论"新学语"认知如何获得、变成广泛的社会知识认同？怎样取得合法性、主导性地位的？

5. "新学语"作为概念能指是怎么进入中国文论核心的？特别是怎样进入学院文论的基本范畴中的？

6. "新学语"进入中国文论核心过程中遇到了什么样的接受条件与抵抗？

7. 文论"新学语"的所指有没有发生新的变化？[①]

如此一来，我们该做的工作就变得困难重重，每个人能做的只会是其中极小的一部分。理想的文论"新学语"研究，由于涉及其在中—西—日—中的生成、选择、传播与普及等诸多方面，它需要多语种的词汇史、文化交流史、学科史、社会思潮传播史等诸多方面的知识积累，需要跨学科、跨国境的大量书证。因此，全球视野的文论"新学语"研究需要共同研究，需要持续不断地接力研究。特别是当记忆涉及历史真实与现实利益的关系时，往往会有出于现实利益而选择、回避、遮掩、发明历史真实的情况。所以，我们要对从"新学语"的出现与定型过程中力求还原或反思新文化形成过程的复杂性有充分的认识。

三 双重传统下学术话语体系创新的契机

现代汉语语境中的"文论"学术话语体系隐含着两个不同的传统：一是本土的以"文"为对象的"思理言议集"（即"论"）的固有传统；二是经洋化的以"文学"为对象的"科学"或"学科"的新传统；固有传统因自身的含混和新传统的贬损已经边缘化；新传统因话语的迷宗、时代的变化和源发地的解构也危机重重。中国文论学术话语体系又出现了重建的契机。

中国文论学术话语体系的重建如何面对两个不同的传统？并不是一个能够轻易回答的问题。也许应该根据实际需要进行选择。我们不妨以盖房子和建亭子为喻，将这一抽象问题形象化。当然，任何比喻都是跛足的，但跛足毕竟算有足。

我们把"文论"新传统比喻为盖房子，是因为它对学科封闭性的追求，它意在选拔剥离出一类对象，将其独立出来构成自己的研究地盘，在自己的研究地盘上构筑理

[①] 参见冯天瑜等《语义的文化变迁》，武汉大学出版社2007年版。

论体系。经洋化的新传统是以"文学"为对象的"科学"或"学科",学科通常有六种封闭自己的建构手段:1. 本学科的定义——划定研究对象与范围;2. 本学科的体系架构;3. 本学科的概念范畴;4. 本学科的价值功用;5. 本学科的学习与研究方法;6. 本学科的发生发展。单就学科的定义而言,往往采取属加种差法划定研究对象与范围。如"文论"新传统要从社会生活中剥离出意识形态、从意识形态中剥离出艺术或审美意识形态、从艺术或审美意识形态中剥离出语言艺术或话语蕴藉的审美意识形态等。盖房子的末流不仅仅包括一些把房子盖成全封闭棺材的蠢材,有时还包括一些擅长引进外来图纸而不解季节风水的"拿来"精英。即使是因地制宜的精英,所盖的房子也是有使用期限的,从这个意义上说,人为选拔剥离出的"文学"边缘化或"文学之死"是正常的。

我们把"文论"学术话语体系固有传统比喻为建亭子,是因为它沟通天地的开放性追求。首先是对象的开放性,固有传统的"文论"以"文"为对象,而"文"兼有形声采饰、自然外显、圣人述作、礼乐教化、沟通书写等语义;其次是方法的开放性,固有传统的"文论"以"思理言议集"为方法。它不在意对象的选拔剥离,不在意研究地盘的独立,不在意自己地盘上的理论构筑的严密。它在意的是提供一个沟通的场所,提供一个全方位观察解读的场所,提供一个遮阳避雨的落脚处。当然,这样的亭子要建在风景区,它并非某些人的专业地盘,它也有使用期限,使用期限可以限制它遮阳避雨的功能,却无法限制它全方位观察解读风景的功能。

因此,中国文论的重建,根据实际需要可分为两部分:

盖房子,这是无家可归者和借住危房者的优先选择。现代分科治学的学术体制是划片管理的,致使每个学者都要进行各自的身份认证,学者们需要选拔剥离出一类对象,将其独立出来构成自己的研究地盘,在自己的研究地盘上精心构筑以确认身份。在中国文论界,有人以"文字著于竹帛者"为自己的研究地盘,有人以"白话"为自己的研究地盘,有人以"语言艺术"为自己的研究地盘,有人以"审美意识形态"为自己的研究地盘……如果言之有理、持之有据、悦己娱人,则不必求全责备、强行一致。

建亭子,放弃地盘意识,面对沟通外显的广义之"文"和形声采饰的狭义之"文",解读由此兴发的心理感受、主体差异与群体共鸣,观照幽玄莫测、广阔无极的精神、心灵现象。

盖房子还是建亭子,可以各行其是,也可以互相搭配,但不必互相攻击。

但理想形态中国文论学术话语体系的重建,宜合二为一,既照着讲,又接着讲。

按笔者的理解,一种知识透明的中国文论学术话语体系的建构,应该从中国的问题出发、从中国文论的传统出发、从中国已有的话语方式出发。它在知识领域、问题意识、核心话语等方面与西方文论"对待立义"、与中国传统文论"互文见义"[①]。

[①] 牛月明:《何谓"中国文论"》,《文学评论》2008 年第 4 期。

当词语凝聚了经验和意义，它就变成了概念，进入专业就可能变成"术语""范畴"。随着教育的普及化及知识的大众化，大量的"概念""术语""范畴"也会逐渐变成一般性词汇。词（语言学角度）、概念（逻辑学角度）、术语、范畴（学科角度）在一定意义上是一致的。中国文论新变的突出表现是概念大换班，新知识的文字化，尤其是日语借词的进入，不仅是现代汉语词汇形成史上的重要现象，更是中国文论概念大换班不可或缺的一环。同样，日语借词之所以能够大规模地进入现代汉语，也是文化互动的结果，首先是汉字文化奠定了日本古代文化的基础；其次是近代化过程中日本人大量借用汉语典籍、汉译西书中的词汇，并利用汉字和汉语构词法制造了许多"新汉语"；最后是清末民初中日文化流向的逆转，"新学语"在汉语近现代词汇体系建构中发挥了不可或缺的作用。因此，我们研究文论概念大换班离不开"新学语"的研究。

目前，要对中国文论中的"新学语"做精确的定量研究，条件还不完全成熟。根本原因有二：其一，中国文论如历史上中国的版图一样是不断变化的；其二，对"新学语"的总体研究和分科研究都不充分。正是因为研究不充分，才需要为今后中国文论"新学语"的定量研究，做些基础的清理工作。

韦勒克比较文学的"文学性"与梁宗岱诗论

张仁香[①]

(肇庆学院文学院 广东 肇庆 526061)

摘 要：将中国现代诗学家梁宗岱诗论置于中西比较诗学视野下考量，我们会发现，在西方比较诗学的发展进程中，美国学者雷纳·韦勒克的比较文学的"文学性"原则与梁宗岱诗论不谋而合。梁宗岱诗学本身的诗性品格、文学整体性原则以及世界视野、宽容的民族主义情怀，使之拉近了与韦勒克比较文学观念的距离，也拉近了中国比较诗学与世界诗学之间的距离，这也正是梁宗岱在中国现代早期比较诗学家中占有重要地位的原因所在。

关键词：韦勒克"文学性"；梁宗岱诗论；比较的价值

一 韦勒克比较文学的"文学性"原则

"比较诗学"作为学科术语，出现在 20 世纪 60 年代初。法国当代著名比较文学学者艾田伯在《比较不是理由：比较文学的危机》一文中说："把这样两种互相对立而实际上应该相辅相成的方法——历史的考证和批评的或审美的思考——结合起来，比较文学就会像命中注定似的成为一种比较诗学。"[②] 比较诗学是在比较文学学科基础上的自然发展，其固然是指文学理论的比较，但是"诗学"本身，就有文学的诗性品格意味。"比较诗学"这一术语的提出，经历了西方比较文学发展的两大阶段：早期法国比较文学与后期美国比较文学阶段。前者重视文学影响的"事实"关联，欧洲同一文化体系的比较，后者强调依托文学文本，主张整体性文化视野。在推动世界比较文学学科发展进程中，美国学者雷纳·韦勒克功不可没。他在 1958 年国际比较文学学会第二

[①] 张仁香（1961— ），女，辽宁凤城人，广东肇庆学院文学院教授，文艺学博士，主要从事比较诗学、文艺美学等方面研究。

[②] ［法］艾田伯：《比较不是理由：比较文学的危机》，罗芃译，选自《比较文学之道：艾田伯文论选集》，生活·读书·新知三联书店 2006 年版，第 42 页。

次会议上宣读的《比较文学的危机》一文,针对比较文学仅局限于两国文学之间相互关系研究,并机械地理解来源与影响的狭隘性,对早期欧洲比较文学中表现出的题材史、思想史及文化史的偏颇倾向,对比较文学中受文化民族主义动机的支配而表现出来的极端立场等长期潜伏的危机症状予以批评。雷纳·韦勒克在具体分析比较文学的危机症状时指出,第一,将比较文学限定特别的题材,并局限特定的研究方法本身是无益的。比如,人为地将比较文学局限于两国文学之间关系的研究,尤其是外贸关系,只注意作品之外的翻译、传记,注重来源与影响研究,或者扩大比较文学的研究范围,比如国与国之间的相互看法研究"法国小说中的英国和英国人"等,这种做法容易把文学研究转变为社会心理学和文化史研究。第二,受 19 世纪实证主义的事实主义观点影响看待文学研究。比较文学只重视国别间的来源与影响,或说挖掘不同国别间的文学因果关系,并依据"有 x 必有 y"的论证依据,说某某作家的著作被译介到本国,就诱发了本国的某项思潮或运动,这未免过于机械。艺术作品是自由想象构思而成的整体,孤立地找出艺术作品中的原因是根本不可能的。第三,受文化民族主义动机的支配,将原本学术性的比较文学研究提升至民族文化的扩张主义,比如,比较文学研究"想尽可能地证明本国对别国的影响,或者更为巧妙地证明本国比任何别国能更全面地吸取并'理解'一位外国作家的著作,想借此把好处都记在自己国家的账上"①。文学研究变为民族之间赊与欠的账目清算,体现出狭隘的民族主义或霸权主义。在精辟地分析了比较文学存在的现状与危机后,雷纳·韦勒克提出:"'比较'文学已成为专指超越某一民族文学界限的文学研究术语。"他认为,比较文学研究"提倡更大的灵活性和理想的广泛性,与冒昧或傲慢毫不相干,对于具有自由思想的人说来,一块块用栅栏围起来,挂着'非请莫入'牌子的专有地是极其令人厌烦的。只有在比较文学的正统标准理论家们宣扬并实行一套陈旧的方法范围内才会产生这样狭隘的观念"②。因此,韦勒克主张比较文学应有广阔的视野,不仅局限于两国之间,因此人为划分"比较"文学与"总体"文学是无意义的。他提出比较文学研究要将史、理论与批评结合起来"在文学研究中,理论、批评、历史相互协作,共同完成它的中心任务,即描述、解释和评价一件或一组艺术作品。比较文学,至少在正统的理论家那里,一直回避这种协作,并且只把'事实联系'来源和影响、中介和作家的声誉作为唯一的课题"③。最为重要的一点,韦勒克强调性地提出了"文学性"这一比较文学的根本问题,引起了比较文学界的强烈反响。他认为比较文学的研究,应是以文学作品本身的比较为根基的整体性研究,借助于"新批评的术语",文学性就是文学本体研究。他又强调艺术作品的外在与内在区分只具有理论的意义,文学作品属于多样统一的"整体":"一个符号结构,但却又是一个蕴含需要意义和价值的结构。"他认为比较文学学者不应只对文

---

① [美]雷纳·韦勒克:《批评的概念》,张金言译,中国美术学院出版社 1999 年版,第 274 页。
② 同上书,第 276 页。
③ 同上书,第 277 页。

化史感兴趣而是对文学感兴趣:"文学研究如果不决心把文学作为不同于人类其他活动和产物的一个学科来研究,从方法论的角度说来就不会取得任何进步。因此我们必须面对'文学性'这个问题,即文学艺术的本质这个美学中心问题。……我们一旦把握住艺术与诗的本质,看到它战胜命运、超越人类短促的生命而长存的力量,看到它创造出一个想象的新世界,民族的虚荣心就会消失。那时出现的将是人,普遍的人,各地方、各时代、各种族的人,而文学研究也将不再是一种古玩式的消遣,不再是各民族之间赊与欠的账目清算,甚至也不再是相互影响关系网的描绘。文学研究像艺术本身一样,成为一种想象的活动,从而也成为人类最高价值的保存者和创造者。"① 比较文学才能真正回归自身。雷纳·韦勒克 1968 年发表了《比较文学的名称与实质》一文,对"比较文学"进一步做了语义学的界定,但其影响远不如这篇《比较文学的危机》反响强烈,影响深远。

二 梁宗岱诗论的比较价值与特点

(一) 梁宗岱诗论的比较价值

梁宗岱(1903—1983),中国现代诗学家、翻译家、诗论家、比较文学学者。正如有学者所认为的,梁宗岱《诗与真》《诗与真二集》是一部名副其实的比较诗学著作,其比较的意识是自然的,因此也是诗论集中的主要方法。在这两部集子中,集中体现比较诗学的著述:《论诗》《文坛往哪里去》《象征主义》《谈诗》《李白与歌德》《论崇高》《歌德与梵乐希》《新诗的分歧路口》《按语和跋》《诗·诗人·批评家》等,此外还有集外的两篇重要文章《屈原》(1941)和《非古复古与科学精神》(1942)。

《非古复古与科学精神》是一长篇论述文章,针对我国长期以来对"古"的态度"夜郎自大"与"妄自菲薄"提出自己的见解,实属文化批评。但其中有对中西治学态度的比较,发人深思。因不属于文学范畴,故暂不分析。

在上述提到的文章里,有明显从题目即可见出"比较"的,比如《李白与歌德》《歌德与梵乐希》;有在文章中举证时运用比较的《论诗》《文坛往哪里去》《象征主义》《谈诗》《论崇高》《新诗的分歧路口》《按语和跋》《诗·诗人·批评家》及《屈原》。梁宗岱的比较是"中西"诗学的比较,他的原则是"要把二者尽量吸取,贯通,融化而开辟一个新局面——并非中学为体西学为用,更非明目张胆去模仿西洋——岂是一朝一夕,十年八年底事!所以我们目前的工作,一方面自然要望着远远的天边,一方面只好从最近最卑一步步地走。我底意思是:现在应该由各人自己尽力去实验他底工具,或者,更准确一点,由各人用自己底方法去实验,洗练这共同的工具"②。

在当代比较文学与比较诗学的专门著作中,梁宗岱的诗论集经常被提到。《比较文

---

① [美]雷纳·韦勒克:《批评的概念》,张金言译,中国美术学院出版社 1999 年版,第 279 页。
② 《梁宗岱文集·评论卷》,中央编译出版社 2003 年版,第 43 页。

学三百篇》（智量主编，1990年上海文艺出版社出版）收入了20世纪70年代以来比较文学学术文章三百篇。智量在该书的"序"中谈到"从三十年代到四十年代，梁宗岱、闻一多、朱光潜、钱钟书等人便以不可阻挡之势，雄浑有力地开拓着中国比较文学研究的事业，出现许多可喜的成果。其中梁宗岱的《诗与真》，闻一多的《文学的历史动向》，朱光潜的《文艺心理学》、《诗论》，钱钟书的《谈艺录》都是世界第一流水平的比较文学著作"[①]。曹顺庆的《比较文学论》第三章第一节——比较诗学，同样将梁宗岱诗论与王国维、朱光潜、钱钟书并列。"1935年和1936年先后出版的《诗与真》、《诗与真二集》是梁宗岱的两部诗学文集，对中西几位著名诗人的创作与思想以及中西诗歌艺术手法作了相当深入的探讨与比较。"[②] 由唐建清、詹悦兰编著，2006年北京群言出版社出版《中国比较文学百年书目》中，开出的我国早期比较诗学书目，梁宗岱的《诗与真》《诗与真二集》各以四百字的篇幅加以介绍。与此同时，在相关的著作与文章中，对梁宗岱在比较诗学方面的贡献也有记述。

外国文学出版社1984年出版的《诗与真·诗与真二集》的出版补充说明："作者在这里以其深厚的中国古典文学素养，对西方文学特别是德、法两国文学及其代表人物（如歌德、罗曼·罗兰、梵乐希、韩波等）的创作进行了比较文学上的探讨，他的一些独到见解至今仍然有参考价值。"[③] 著名翻译家陈敬容说："在作者撰写这部论著的二十和三十年代，比较文学在我国还极为罕见，实际上从事这方面研究的人士也很少。梁宗岱以诗人的笔墨纵谈古今中外文学，犹如将读者领进一座浓荫掩映的芳香的森林，那里阳光是多么温暖，树叶和小草绿得令人心醉，禽鸟们飞翔得多么欢快，它们的歌声又是那样的婉转亲切，仿佛发自诗人的肺腑。哦，优秀的、伟大的文学艺术，同大自然、同宇宙本身，原来是这样的融洽无间！人的心灵，原来可以上升到如此崇高、如此清纯的境界！作者在论述古今中外伟大诗人、作家、艺术家的同时，把他自己一颗晶亮的心，也捧在读者眼前了。"[④] 前者理性地评点梁宗岱诗集对比较诗学的贡献；后者是以自己的心灵与作者心灵产生瞬间的共鸣，感性地叙述了梁宗岱比较诗学中的诗性情感。梁宗岱诗论作为中国近现代早期比较诗学著作虽然零散，不成体系，但是其中体现出的诗性品格、文学本体意识以及整体性文化视野却应和了美国新批评派代表人物雷纳·韦勒克在《比较文学的危机》中提出的比较文学发展的新理念与新方法。

（二）梁宗岱诗论比较的特点

1. 比较中彰显诗性品格，寓直觉与批评于一体

梁宗岱的《诗与真》《诗与真二集》主题是"诗"，诗歌的"诗"，因此诗人、作品、批评是他谈论的对象。他的诗论文体是散文，继承了中国古典诗话形式，又融合

[①] 智量主编：《比较文学三百篇》，上海文艺出版社1990年版，第10页。
[②] 曹顺庆：《比较文学论》，四川教育出版社2002年版，第236页。
[③] 梁宗岱：《诗与真·诗与真二集》，外国文学出版社1984年版。
[④] 陈敬容：《重读诗与真·诗与真二集》，《读书》1985年12月。

了现代散体语言表达方式，侧重对诗人及其作品的赏鉴式的批评，其目的就是发现比较对象的"同"或"异"，凸显比较对象的诗性品格与美学价值。梁宗岱的比较诗学正像有学者概括的："他以诗人的敏锐，以内行人的眼光，带着亲身创作体验，沉潜于不同民族的创作深处，作了幽微的追寻，有时能够达到诗学和美学的高度。"[1] 比如，我们可以举出他将屈原的《离骚》与但丁的《神曲》比较。这是两个国别不同、时代不同的诗人。梁宗岱既从外部即国家、时代、命运、人格作比："像一对隔着世纪和重洋在同一颗星——大概土星罢——诞生的孪生子，他们同是处在国家多难之秋，同样地鞠躬尽瘁为国努力，但不幸都'忠而被谤，信而见疑'，放逐流亡于外。放逐后二者又都把他们全副精力转向文学，把他们全灵魂——他们底忠贞，他们底义愤，他们底侘傺，他们底怅惘——贯注到他们底作品里，铸成光明的伟词，像峥嵘的绝峰般崛起于两国诗底高原，从那里流出两道源源不竭的洪流灌注着两国绵延的诗史，供给两个民族——不，我们简直可以说全人类——底精神饮料。"[2] 亦从内部即主题、体裁、风格、效果等作比："他们底杰作——《离骚》和《神曲》——底题旨或中心思想，都可以说是一种追求理想的历程，这理想又都以女性为象征。两者底形式都多少是自传体，一种寓言式的自传，虽然一个抒情的成分多于叙事，一个叙事多于抒情。……""同是一朵清明热烈意识火焰：但丁可以说是清明多于热烈，屈原则热烈多于清明；一个是光，一个是热，虽然实际上二者是分不开的；一个是光被四宇的长明灯，一个是烈焰万丈的大洪炉。……"[3] 这种不拘于中外文学作品本身的事实关联，直接从作品间的对比得出直觉的美学感受，未有偏离文学本身的审美属性，恰是雷纳·韦勒克批评早期法国比较文学所缺失的方面。作者本身带着激情与想象，同样也唤起我们的想象与情感，使我们对两个大诗人有了深刻的印象。

如果我们将梁宗岱的诗学著作与朱光潜的《诗论》作比，这种特点更加鲜明。朱光潜先生的论著基本是用西方的诗论来印证中国诗论，得出一些共同的结论，语言文字中多了些理性的规范，见不到梁宗岱著作中那种灵气闪现的诗人的敏锐、美学的韵味以及感性的直觉。梁宗岱的比较诗学侧重作品的批评，亦作诗学理论的探讨。王国维的《人间词话》借助于西方的概念思维将中国的诗词分类、总结，得出规律性的结论，逻辑思维与形象思维结合。梁宗岱的诗论是将西方的诗学概念与中国古典诗学的范畴进行比较，寻求中西诗学之间的共融、共通，从逻辑思维走向形象思维，因此得出的结论多少有些主观性。比如他的《象征主义》一篇就是将西方象征派诗学的"象征"概念与中国传统诗学的"兴""意境"联系起来，寻求真正的中西诗学的比较。梁宗岱将中西两个概念置于同一平台，将西方现代的"象征"与中国传统的"兴"视作同类。最后借助中国传统的"意境"说来解释象征是一种境界，一种心灵的境界。这

---

[1] 张中：《两本被遗忘的比较文学论著——〈诗与真〉、〈诗与真二集〉》，《读书》1982 年 12 月。
[2] 《梁宗岱文集·评论卷》，中央编译出版社 2003 年版，第 212、237 页。
[3] 同上书，第 237 页。

种直切主题的比较，注重诗性的美学品格，是雷纳·韦勒克所强调的比较文学的重要原则，也是梁宗岱比较诗学的突出特色。

在诗学比较中，梁宗岱始终以诗人的直觉来感受与批评中西诗学概念，也常常以形象思维掩饰了抽象思维的逻辑性与事理性。梁宗岱的中西诗学概念比较忽略了其形成的渊源及影响，无意梳理其流变的过程，也忽略了许多事实间的关联，自然缺少了对概念生成的"史"的认识。雷纳·韦勒克认为，在比较文学意义上，文学史、理论与批评三者同样应该得到重视。就梁宗岱论述的"象征主义"而言，缺乏对其学术史的爬梳，比如"象征"一词在西方何时出现？其使用过程中有哪些意义生成？中国传统诗学的"兴"是谁提出的？其生发的过程是怎样的？概念间的演变以及受到的社会心理、文化习俗影响的变异等。他忽略了这些，直切概念本身，并始终围绕着诗学的本体展开中西的互证，论证过程中诗性情感与理论的阐述交相融合，并且直觉的美感往往占据上风，诗人的直觉思维使得其论述的问题陷于"非意识"的恍惚朦胧状态，这也许是他诗学的局限所在。

2. 比较的整体性文学原则，寓理性与情感为一体

美国比较文学学者雷纳·韦勒克认为，在比较文学中，为凸显比较文学的本体价值，强调"整体性"文学原则尤为重要。他所说的文学"整体性"是为了克服欧洲早期法国比较文学中表现出来的偏离文学性，而演变成思想史与文化史的倾向提出来的，有回归文学本体之意，是"一个符号结构，但却又是一个蕴含并需要意义和价值的结构"。以此来分析梁宗岱诗论中的比较意识，正是在文学本体框架内的充分比较。梁宗岱诗学的比较是顺手拈来的、自然的、随处可见的。比较中的文学本体性既体现诗歌创造经验、传统继承以及价值评判等外在方面，还体现在诗歌的形式即音节、韵、节奏等方面；既体现在艺术的模仿与创新，也体现在文言与白话、口语与书面语以及言语与思想及关系等方面；既体现在诗学概念间的区别与融合，也体现在概念术语的辨析与运用上，更重要的对诗人作品间的中西比较目的不是停留在表象上，而是升华到诗人的精神与灵魂……总之，在梁宗岱的诗学比较中，你会感到"比较"不是一种方法，更见一种文学素养，显示作者的学识、创见与视野。

与朱光潜的《诗论》比较起来，梁宗岱的诗学比较的确缺乏系统性，显得散漫，但又蕴藏着真知灼见。比如，在《论诗》一文中，古今中外诗学纵横谈，针对梁实秋无视小诗的价值，他由古代的陈子昂《登幽州台歌》谈到德国的歌德《流浪者之夜歌》，认为这一些小诗给人心灵的震荡不减于听贝多芬的交响曲。在《文坛往哪里去》一文中，侧重谈到文言与白话的区别，从字汇与体裁两方面，梁宗岱比照了法国语言学者的统计数据，一般人用字与知识阶层用字数量是大不相同的，尤其文学作品的描述更追求新奇与生动，因此炼字与炼句是需要的。从体裁方面说，一般口语表达可以借助手势与肢体，而文章需要剪裁、整理以及组织上的精练，删除赘词等，也需要精练语言，因此现代白话不能很好地承担这个任务，需要对白话进行锤炼。梁宗岱论述

精辟,见解独到。尤其在谈到诗歌的表现工具语言与思想的关系时,展开比较:"试看英文最实用,英国底哲学思想便注重实验;法文最清晰,法国底哲学思想,即最神秘的如帕士加尔(Pascal),也清明如水;德国底文字最繁冗,德国底哲学思想,即最着重理性的如康德,也容易流于渺茫黯晦。我们固可以'拿有这样的头脑才有这样的文字'来解释。可是这只是上半截底真理;我们得要补足一句:有了这样的文字,更足以助长这样的头脑。"① 他认为,文字和思想互相影响的深切无论如何是不可讳言的。因此文字工具的水平,也是发展心灵与思想的见证。

在《谈诗》一文中,将法国象征派诗人马拉美与我国南宋词人姜白石作比较:"马拉美酷似我国的姜白石。他们底诗学,同是趋难避易;他们底诗艺,同是注重格调和音乐;他们底诗境,同是空明澄澈,令人有高处不胜寒之感;尤奇的,连他们癖爱的字眼如'清''苦''寒''冷'等也相同。"② 通过诗人常使用的"字"来透视诗人的精神、灵魂:"其实有些字是诗人们最隐秘最深沉的心声,代表他们精神底本质或灵魂底怅惘的,往往在他们凝神握管的刹那有意无意底流露出来。"③ 梁宗岱诗学"比较"是理性沉思的产物,也是一个创作家心灵的自白。在《象征主义》《论崇高》等文中,通过概念的比较、辨析,融合与运用可以感觉到,他以诗人身份融心灵感应于理性思辨之中。比如,梁宗岱与朱光潜在西语名词 sublime 和 grace 的翻译及运用上,有不同的理解。朱光潜将之译为"雄伟"与"秀美"并以之作依据为中外艺术作品分类。把意大利文艺复兴时期的画家米开朗基罗归为前者,将达·芬奇归为后者。梁宗岱对此提出质疑。他分析了达·芬奇的《蒙娜丽莎》与《最后的晚餐》的创作技巧后,感叹道:"我们将发现,啊!异迹!这里(异于米开朗基罗)没有夸张,没有矜奇或恣肆,没有肌肉的拘挛与筋骨底凸露,它底神奇只在描画地逼真,渲染地得宜,它底力量只是构思底深密,章法底谨严,笔笔都仿佛是几何学计算过的,却笔笔都蓬勃着生气——这时候我们该用什么字来形容我们底感觉呢?……唯一适当的字眼,恐怕只有 Divine(神妙)或 Sublime(崇高)罢。"④ 显然,梁宗岱是从创作者的角度来谈造型艺术的技巧的高超,与朱光潜的理性归类是两种不同的思维方式。梁宗岱的创作者灵感在比较诗学中处处体现得到,因此读其书不仅受到理性的启迪,更多的是心灵的感应。梁宗岱的比较始终围绕着文学性,与韦勒克提出的文学本体性不谋而合。但要知道,梁宗岱诗学比较实践,韦勒克还没有发表他那篇《比较文学的危机》的文章呢。

3. 比较目的彰显民族自信,寓文学与文化融合的情怀

梁宗岱常常将中国古代大诗人作品与西方近代诗人的作品置于同一起点上,其意图是显然的。中国三千年光荣的诗史并不逊色,完全可以比肩近代西方的诗作,这是

---

① 《梁宗岱文集·评论卷》,中央编译出版社 2003 年版,第 57 页。
② 同上书,第 92—93 页。
③ 同上书,第 93 页。
④ 梁宗岱:《诗与真·诗与真二集》,外国文学出版社 1984 年版,第 121 页。

民族自信心的表现。比如在《论诗》中，他提出"出水芙蓉"为诗艺的最高境界。这境界在中西诗史上，长诗有屈原的《离骚》，欧阳修《秋声赋》，但丁《神曲》，歌德《浮士德》，梵乐希的《海滨墓园》及《年轻的命运女神》；短诗有陶渊明、谢灵运的五言诗，李白、杜甫的歌行，李后主的词，歌德、雪莱、魏尔伦的短歌……放到一起说它们"是作者底灵指偶然从大宇宙底洪钟敲出来的一声逸响，圆融，浑含，永恒……超神入化了——这自然是我们的理想"①。所谓"理想"是指新诗的理想目标。此外，梁宗岱将李白与歌德对比、屈原与但丁对比，在他们身上寻找共同点。比如，梁宗岱说到歌德与李白："我以为，尤其是他们底宇宙意识，他们对于大自然的感觉和诠释……"②"李白和歌德底宇宙意识同样是直接的，完整的：宇宙底大灵常常像两小无猜的游侣般显现给他们，他们常常和他喁喁私语。所以他们笔底下——无论是一首或一行小诗——常常展示出一个旷邈、深宏而又单纯、亲切的华严宇宙，像一勺水反映出整个星空底天光云影一样。如果他们当中有多少距离，那就是歌德不独是多方面的天才，并渊源于史宾努沙底完密和谐的系统，而李白则纯粹是诗人底直觉，植根于庄子底瑰丽灿烂的想象底闪光。"③ 这种齐肩并进的姿态是梁宗岱在与西洋诗比照中得出的，难能可贵。中国现代白话新诗欲得到大的进步，不能不与他们比量短长的。雷纳·韦勒克在《比较文学的危机》中曾反对受文化民族主义动机的支配，在文学比较的表象下潜伏着民族的或文化霸权的动机。在梁宗岱的比较诗学中恰消除了这种潜在的危机，表现出民族宽容的情怀。不仅如此，梁宗岱还自谦地强调西方经典诗歌创作"人有我无"的优势，是我们不得不仰望的。比如说，梁宗岱指出中国旧诗大多是"即兴诗"，这与西洋近代诗作极重视"建筑的匠心"是有差距的。"近代诗尤注重诗形底建筑美，如波德莱尔底《黄昏底和谐》底韵是十六行盘旋而下如 valse 舞的，马拉美咏《扇》用五节极轻盈的八音四行诗，代表五条鹅毛，梵乐希底《圆柱颂》却用十八节六音底四行诗砌成高耸的圆柱形。"④ 诗形的建筑匠心与诗的韵律美同样增富了我们的五官感觉。梁宗岱又谈到"诗是我们底自我最高的表现，是我们全人格最纯粹的结晶：白朗宁夫人底十四行诗是一个多才多病的妇人到了中年后忽然受了爱底震荡在晕眩中写出来的；魏尔伦底《智慧集》（Sagesse）是一个热情的人给生命底风涛赶入牢狱后作的；《浮士德》是一个毕生享尽人间物质与精神的幸福而最后一口气还是'光！光'的真理寻求者自己底写照；《年轻的命运女神》是一个深思锐感多方面的智慧从二十余年底沉默洋溢出来的音乐……"⑤ 多年沉潜与经验积淀是这些大诗人诗作的秘诀所在。因此，梁宗岱引述德国诗人里尔克的话，主张作诗，尤其是作好诗，要有多年的经验。

---

① 梁宗岱：《诗与真·诗与真二集》，外国文学出版社1984年版，第27页。
② 同上书，第112页。
③ 同上书，第113—114页。
④ 同上书，第40页。
⑤ 同上书，第28页。

西方诗歌创作"建筑的匠心"与经验的积淀,是我们当虚心学习的。当然在比较中,梁宗岱有世界文学与文化融合的情怀。他认为中西诗学都有值得借鉴、保留与取舍的方面。这主要体现在《象征主义》一篇当中。对待西方诗学,尤其是法国象征主义那种"纯粹"的为诗态度,对艺术形式的音乐般的感觉,对理想艺术达到的精神高度都是极为推崇的。但他对象征主义的神秘性以及晦涩是有所舍弃的。在他的译诗中,见不到马拉美的作品。对中国古典诗学中的"意"与"象"的分离、比附性予以否定的,推崇陶渊明诗的物我不分的混溶状态,推崇道家"真纯自然"的无我境界,并在最高境界里将中西诗学统一起来。

三 结论

本文将 20 世纪 60 年代美国比较诗学学者雷纳·韦勒克分析的国际比较学界的潜伏危机,以"新批评"的文学理念,提出回归文学本体的比较诗学原则与中国现代早期比较诗学家之一——梁宗岱的诗学文本分析结合起来,一西、一中,看似不着边际,实则存在共同面对的危机:一个站在现代角度面对西方比较文学的历史现状潜伏的危机而寻求消除的对策;一个站在现代角度面对中国现代新诗创作不尽如人意的现状同样寻求解决的途径。一个从理论上明确阐释,提出"文学本体"观念,将文学的比较拉回正轨;一个从批评的角度展开中西诗学的实际比较,暗示诗之为诗的应然状态。与韦勒克相比,梁宗岱诗学文体是中国古典式的,但其潜藏的思维方式是逻辑的、明晰的。正因如此,梁宗岱诗学本身的诗性品格、文学整体性原则以及世界视野、宽容的民族主义情怀,使之拉近了与韦勒克比较文学观念的距离,也拉近了中国比较诗学与世界诗学之间的距离,这也正是梁宗岱在中国现代早期诗学中具有不可撼动地位的原因所在!早在 1941 年梁宗岱发表的《屈原》一文,就提出了文学批评的原则,不破不立,他评述了中国现代文坛流行的"走外线"的批评,即受法国 19 世纪末批评家泰纳的影响,流传到我国,遂沦为以科学方法自命的烦琐考证,指出"试打开一部文学史、诗史或诗人评传,至少十之七的篇幅专为繁征博引以证明某作家之存在与否,某些作品之真伪和先后,十之二则为所援引的原作和一些不相干的诗句所占,而直接和作品底艺术价值有关的不计十之一——更无论揭发那些伟大作品底内在的,最深沉的意义了"[①]。梁宗岱直截了当地提出:"我自己却挑选另一条路,一条我称之为走内线的路。"这"走内线"的路与韦勒克提出的回归"文学本体"异曲同工,只不过梁宗岱走进了诗性的想象,走进了心灵,而韦勒克则可能矫枉过正,偏执一隅,为形式而形式。这样"文学性"就成为了一种比较诗学的理想,有待后人来完成。

---

① 马海甸主编:《梁宗岱文集》,中央编译出版社 2003 年版,第 208 页。

西方马克思主义
文论研究

论西马现实主义文艺理论及其批判精神

朱印海[①]

(聊城大学文学院 山东 聊城 252059)

摘 要：我们对西方马克思主义文艺理论不能采取片面否定的态度。西方马克思主义的出现是西方资本主义社会历史发展的产物，是进步的马克思主义研究家和学者们对自身所处社会现实思考和批判的产物。在此基础上形成的西方马克思主义文艺理论，坚持的是现实主义文艺思想，并且以批判现实主义作为其理论核心。他们一直密切关注西方资本主义制度对人的野蛮异化，对人性的消解和蹂躏，并对这种现实表现出极大的反抗与批判精神。西马的现实主义理论家们提倡对资本主义文化的本质予以坚决的否定，在艺术表现上大力倡导变形与审丑，以此来揭示资本主义社会及文化艺术对否定人性的本质，可以说西方马克思主义现实主义文艺理论的否定和批判精神具有重要的理论价值和进步意义。

关键词：西方马克思主义；现实主义；否定美学；批判精神

西方马克思主义文艺理论坚持的是现实主义文艺思想，并且以批判现实主义作为其理论核心。处于西方资本主义高度发展时期的西方马克思主义现实主义文艺理论，一直关注西方资本主义制度对人的野蛮异化，对人性的消解和蹂躏，并表现出极大的反抗与批判精神。那些深受西方文化熏陶，又向往现实正义和进步的知识分子成了西方马克思主义文艺理论的开拓者，这包括卢森堡、葛兰西、卢卡契和布莱希特等人。在后期西马文艺理论中的现实主义观念是随着与现代主义相融合逐步滥觞起来，马尔库塞、阿多诺以及阿尔都塞等法兰克福派理论家们高举否定美学的大旗，他们大都把文学艺术当作批判资本主义社会现实、消除人的异化，并用美的艺术净化和拯救人性的最重要途径。由于他们提倡以反传统的、叛逆的美学和艺术形式作为批判资本主义社会现实重要手段，因而形成了一种具有强烈否定意识和批判精神的现实主义文艺理论。

---

① 朱印海（1950— ），男，山东聊城人，聊城大学文学院教授。本文为国家社科基金项目阶段性成果（项目编号：02EZW001）。

一 强烈批判意识的人道主义现实主义理论

卢卡契的现实主义理论是以其著名的"整体性"哲学作为基础,以人道主义为出发点和归宿,张扬传统的批判现实主义。他认为:"现实主义不是一种风格,而是一切真正伟大的文学的共同基础。"① 因此,他的现实主义理论包含着极为丰富的内涵。他坚持文艺要真实地再现生活,文学艺术是对现实本质的特殊的反映;在创作论上强调对人的整体性描写,要塑造典型,并极为重视文学艺术的社会功能,认为文艺具有净化人性和批判现实的作用。

卢卡契在研究"文学是什么"这一问题的时候,始终坚持唯物论的反映论。他认为文学是对现实的反映,但这种反映不是一种简单的机械的照相复制,而是对客观现实整体和本质的能动的反映。具体地说,现实主义的文学创作要按照事物的必然性进行叙述,整体地把握生活,而不是斤斤计较于个别细节描写的真实。但对现实的分析需要更深入一些,因为在现代资本主义制度下,日常生活拜物化的假象,掩盖了人们的实际关系和生活的真正本质,日常生活的表层现象往往只是现实的一种虚构的假象,这就要求现代作家要深入了解社会和人类现象发展的真正动力,突破对事件的表面解释,而不是停留于对日常生活和日常思维作直观反映。正是基于这种观点,卢卡契强调:"伟大现实主义艺术家的主要特征,就是他们千方百计、废寝忘食地按照客观本质去掌握并再现现实。"② 对此,卢卡契曾将左拉的小说《娜娜》与托尔斯泰的《安娜·卡列尼娜》中赛马场面的描写进行比较,认为左拉对赛马虽然写得很精细,但只体现了外在表象的真实,而托尔斯泰的赛马则是整个情节的关键,体现了安娜与沃伦斯基之间的微妙而又复杂的情感,是故事情节和人物性格的必然性的体现。

文学对客观现实本质的反映重点是对人的揭示和描写。卢卡契认为,文学必须通过塑造典型才能反映现实。他指出文学作品中的典型并不是马克思所批评的那种"席勒式"的抽象概念的描述,而是某种特定人物性格与本质的普遍性和个别性的有机统一。文学艺术中的典型,一方面要通过塑造性格鲜明独特的艺术形象去展示某一阶层或某一类型的人们共同的本质特性,这样的艺术形象才会具有典型性,也就是说它既具有深刻的个性,又反映了特定情势下人们的本质属性。像巴尔扎克笔下的高老头,托尔斯泰笔下的安娜·卡列尼娜就是此类著名的典型形象。另一方面,卢卡契认为,文学典型的塑造不是靠简单地罗列个别细节和偶然的现象,或孤立地概念化地描写人的抽象的本质,还应该把典型形象的塑造同典型环境结合起来,环境的典型性是人物典型性的前提。总之,"典型的描写和富有典型的艺术把具体性和规律性、持久的人性和特定的历史条件、个性和社会的普遍性都结合了起来。因而在典型塑造中,在对典

---

① 《卢卡契文学论文集》第 2 卷,中国社会科学出版社 1981 年版,第 495 页。
② 《卢卡契文学论文选》第 1 卷,中国社会科学出版社 1980 年版,第 292—293 页。

型性格和典型环境的揭示中,社会发展中重要的动向就得到了充分的艺术表述"①。现实主义正是以塑造典型环境中的典型人物的方式来反映现实生活的,这也集中体现了他的人道主义思想。

值得一提的是,卢卡契根据他的人道主义和总体性观点提出了"伟大的现实主义"的主张。卢卡契对"现实主义的伟大胜利"有自己独到的理解,他解释道:"作为一位诚实的艺术家,他总是只描写他所看到、听到和经历到的事情,根本不管他对于自己所看到的东西所做的逼真的描写是不是跟他心爱的理想正好相反。'现实主义的胜利',正是从这种矛盾中产生出来。"② 大家知道,文学创作与世界观的关系问题是一个复杂的问题,恩格斯谈到巴尔扎克时说他的创作"不得不违反自己的阶级同情和政党偏见而行动",列宁论述托尔斯泰时也说到了其创作中的这种矛盾现象的存在。对于这种艺术家创作中的矛盾现象,卢卡契将其放在现实发展之中,探讨世界观对于文学创作的深层含义。作家的作品怎么能违反作者本身的偏见?他以巴尔扎克、托尔斯泰等作家为例,剖析他们世界观与作品的矛盾的缘由。在《农民》一文中,他指出巴尔扎克的创作意图是想描写法国地主贵族的悲剧,但是他在这部小说里实际做到的和他准备要做的恰恰相反。他描绘的并非贵族庄园,而是农民小块土地的悲剧。正是这种主观意图与创作实践之间的矛盾,构成了巴尔扎克的历史伟大性。卢卡契认为这种原因是:"使巴尔扎克成为一个伟大人物的,是他描写现实时的至诚,即使这种现实正好违反他个人的见解、希望和心愿,他也是诚实不欺的,当初如果他真的欺骗了自己,如果他居然得以把自己的乌托邦理想当作事实,如果他把那仅仅是个人愿望的想法当作现实表现了出来,那么,今天就不会有人对它发生兴趣。"③ 真诚地正视现实,哪怕与自己的意愿相反,也要按照现实的本来面目作如实的展现生活。卢卡契认为艺术一定要坚持真实地反映社会现实,以一颗赤诚之心对待现实。卢卡契在论述托尔斯泰的创作时又指出:"托尔斯泰当然不了解俄国革命的性质,但是作为一位天才的作家,他忠实地记录了现实的某些基本的特点,因此,在他不知不觉并且违反自己意图的情况下,他变成了反映俄国革命发展某些方面的一面诗意的镜子。"④ 正是据此卢卡契得出了"一个作家,即使他持有含有反动成分的观点,也可以揭示和描写社会发展中某一阶段的主要因素;这样做不会减少他的真诚的客观价值"⑤。这就是说,世界观与创作实践之间的错位是存在的,但这种错位又表现出了极其复杂的情状,最后的创作实践和结果战胜世界观也是有着一定的前提和条件的。

在艺术思想上,可以说卢卡契总的倾向是坚持了马克思主义的意识形态理论,并

---

① 《卢卡契文学论文选》第 1 卷,中国社会科学出版社 1980 年版,第 291 页。
② 《卢卡契文学论文集》第 2 卷,中国社会科学出版社 1981 年版,第 423 页。
③ 同上书,第 160 页。
④ 同上书,第 321 页。
⑤ 同上书,第 322 页。

用意识形态理论去研究艺术的本质、艺术的起源和社会功能等问题。在方法论上，他也是用意识形态的原理来分析社会精神现象的，这一切都是与其他西方马克思主义文艺理论家的根本不同点。同时他在讨论艺术的意识形态性时，又总是联系到人的主动创造精神，将经济基础、社会存在的支配作用与艺术家的个体精神力量协调起来，体现了他的辩证思想。这种辩证思想在他的现实主义理论中得到了充分的发挥。他始终坚持认为文艺家所面对的是客观的生活现实，现实主义的文艺作品是对外部世界的真实反映。

卢卡契认为，在未来性的社会情势下，新的人民民主社会中，艺术家应该极其密切地关注外在现实，并与社会发展有密切关系。此外，还应保持独立的自我意识，实现积极"自我指导"。并且认为一切伟大的艺术作品都是由这种"自我指导"所创造的，在卢卡契看来这是现实主义与人道主义的统一，他依据自己的整体论理论描述了人的整体，也努力地维护人的整体性。

卢卡契把批判现实主义定于一贯的做法曾引发了一场激烈的争论。因为卢卡契的现实主义理论既有他自己一贯坚持的总体性和人道主义观点，又有为迎合苏联的社会主义现实主义做出的妥协，特别是后者在当时尤其不能得到西方马克思主义文艺理论家们的认同，对他表现出强烈不满的是当时的布莱希特等人。正如德国文艺理论家克劳斯·福尔克所说的："布莱希特完全不承认由莫斯科制定的关于'那种'现实主义风格的艺术理论，他攻击了许多当时被捧为'社会主义经典作家'的人，他揭示了他们的现实主义概念的偏狭背景。……布莱希特认为，现实主义艺术是'这样一种艺术，它使现实与意识形态对立并引起现实主义的感觉、思维与行动'。"[①] 布莱希特反对卢卡契的观点，主要是认为他过于守旧，把现实主义仅定位于19世纪末期的经典的批判现实主义的创作，而看不到不断发展的社会现实和艺术创作现实，现实主义成了一种僵死的创作方法，毫无生命力可言。文艺创作是社会生活的反映，是对现实的认识和审美的再现，因而它必须随时代的发展而不断变化。"因为时代是流动的，如果它们不流动，则对于那些不坐在金桌子旁边的人就糟了。方法消耗着自己，魅力在消失。新的问题在出现，要求着新的方法。现实在改变，要表现现实，则表现方式必须改变。从'无'变成'无'，新的来自旧的，但正因为如此，它是新的。"[②] 在这里布莱希特强调了现实主义创新的重要性。他认为，新的时代必然产生新的艺术内容，因而也就要求有新的艺术形式。形式的探索并不就等于是形式主义，恰恰相反，一味地固守传统的形式，就会使艺术脱离现实，使传统的形式变成没有内容的形式，这才是一种真正的形式主义。布莱希特这样写道："文学作品的易于理解，不仅是靠效法别人用过的易于理解的表现手法而达到。这些别人的易于理解的文学作品，也不总是和他们前人的作品的表现手法相似。他们为了让读者理解自己的作品已经做出了某些努力。我们也应

---

① 张黎编：《布莱希特研究》，中国社会科学出版社1984年版，第311页。
② 叶廷芳译：《布莱希特现实主义和现代主义》节译，载《文学自由谈》1987年第6期。

该做出努力,使得我们的新的作品能被人理解。群众喜见乐闻的艺术不仅是原先就有的,也可以是后来形成的。"① 为此,布莱希特尤为反对卢卡契仅以狄更斯和托尔斯泰的写实手法来表现已经变化了的社会现实,好像这就是现实主义创作。布莱希特说:"现实主义不是形式上的事情。不能把绝无仅有的一位(或数量有限的一批)现实主义者的形式拿来,称为现实主义形式。这是非现实主义的。这样做,势必导致这样的结论:现实主义者要么是斯威夫特和阿里斯托芬,要么是巴尔扎克和托尔斯泰。而如果我们只接受死者的形式,那就意味着没有一个活者是现实主义者了。"②

当然我们还应看到布莱希特和卢卡契在对待现实主义的态度上,他们都坚持了现实主义写实的基本原则,并在强调艺术真实性的基础上,还着力强调了文学的人道主义批判精神。就此我们可以说,他们文艺思想的基本精神是现实主义的,也同样有着强烈的批判精神。但二者又有着很大的不同。布莱希特对现实主义是这样解释的:"所谓现实主义,即揭示社会的错综复杂的因果联系,揭露社会占统治的观点不过是统治者的观点,站在以解决人类社会最紧迫问题为己任的那个阶级的立场上写作;强调发展的因素;使事物呈现为具体、又概括为抽象。这是就大的方面而言,还可以再作补充。我们允许艺术家发挥他的幻想,他的独创性,他的幽默,他的虚构能力。我们不拘囿于以那些描写过于细琐的作家为榜样,我们不要求艺术家非接受某些过于特定的叙述类型不可。我们将确认,那些所谓诉诸感官的写作方法(借此一切都能嗅到、能尝到、能感觉得到)并非当然地就是现实主义的写作方法,我们要承认的是,有些基于感官写出来的作品并不是现实主义的,而有些现实主义作品却并未诉诸感官。我们必须认真研究一下,如果我们把人物的精神结构作为最终效果来追求,则我们对情节的运用是否真的恰到好处了。"③ 这里总的意思是坚持现实主义的揭露与批判原则,但不要把创作方法固定下来,静止化,一切现实都在发展,艺术表现现实的方式也同样要不断创新发展。对于文学艺术反映的现实对象也应该采取这个态度。布莱希特是以马克思关于异化的理论作为自己文艺思想的基础,立足于人性与人的个性坚持。他认为对于人的描写,文艺创作只有立足于"现在的坏日子",即立足于现实的被异化了的资本主义世界,揭示现实的本质以及被异化了的人,艺术家才能有所创造。对于现实人物的塑造,布莱希特认为艺术家应当把人的本性当作可以改变的来表现,要用真实的矛盾表现人物性格,应在批判与肯定的辩证法中,塑造出性格独特鲜明、"多层次的"人物形象。总之,布莱希特认为文学艺术应根据发展变化了的现实,来拓展艺术表现和创造的方式。

实事求是地说,布莱希特对表现主义还是情有独钟的,无论是实践还是理论,都深受其影响,但他的叙事剧理论又不是表现主义所能涵盖的。总之,布莱希特与卢卡

---

① 张黎编:《布莱希特研究》,中国社会科学出版社 1984 年版,第 301 页。
② 叶廷芳译:《布莱希特现实主义和现代主义》节译,摘自《文学自由谈》1987 年第 6 期。
③ 同上。

契都是非常卓越的美学家和文艺理论家，坚持现实主义的批判品格，张扬伟大的人道主义精神。

二　兼收并蓄，多元合用的批判现实主义

在西方马克思主义的现实主义文艺理论发展中，另有一些人结合现实社会的具体状况，在坚持现实主义基本原则的基础上，极力吸收一些新的艺术表现方法，并力图通过把现代主义的因素纳入现实主义的范围，以达到运用多种艺术方式表现现实、批判资本主义社会制度。例如奥地利的恩斯特·费歇尔和法国的罗杰·加洛蒂就是这一倾向的代表。面对 20 世纪现代艺术日益发展的客观事实，他们执意要破除卢卡契对现实主义的狭隘理解，赋予现实主义以新的内涵。

费歇尔的文艺观念是积极的，且充满了强烈的批判性。他从人本主义思想出发，对资本主义社会的现实异化极其愤恨。他希望通过新的艺术传播方式来改变现实，消除资本主义社会里五花八门的对下层人们的异化现象，创造未来非异化的新现实。他说道："必须反对与人的异化妥协，以至于把异化伪装成宇宙宿命论的艺术。在我们对真实的区分中，中心形象就是人，在社会中生活和斗争的人，而艺术最重要的作用在我们看来就是帮助人，就是为人服务。通过人和自然、社会以及自身的复杂关系来再现人，必须歌颂生命，反对死亡，歌颂事物的发展，反对'永恒的存在'这种骗局，歌颂人，反对那被非人的异化统治着的世界：这就是我们关于艺术的宣言。"[①] 由此我们可以看出费歇尔的文艺观念是进步的革命的，且充满了极大的社会使命感。在艺术上他主张关注、贴近现实和表现现实的现实主义，但费歇尔的现实主义有着自己的认识和解释。他同布莱希特一样反对卢卡契所主张的"伟大的现实主义"的观点，认为现实主义在美学上主要应该是指艺术家对现实所采取的一种"态度"，而不应看作表现现实的一种固定"风格"或者是文学的形式方法。而卢卡契恰恰没能分清两者之间的区别，最后导致对现实主义做出了片面而又狭窄的阐释。费歇尔并不反对现实主义，而是对现实主义如何予以界定有着自己的看法。他指出："正确的定义也可能得到错误的诠释，而含混则可能孕育误会。在 19 世纪，为反对唯心主义、浪漫主义以及其他倾向，在'现实主义'的名目下，发展了一种非常明确的文学艺术倾向。但这种现实主义不仅是一种态度，它同时也是一种风格；这不仅意味着采取一种批判的态度，而且也意味着要采取十分确定的表现方法。"[②] 他还认为卢卡契把 19 世纪从巴尔扎克到托尔斯泰的现实主义"风格"即表现方式、方法、语言等形式当成固定不变的东西，要求艺术家用来描绘 20 世纪变化了的新现实，这必然会大大限制了文学艺术的发展和创新。

[①] 《西方马克思主义美学文选》，漓江出版社 1988 年版，第 311 页。
[②] 同上书，第 323 页。

对于现实主义，费歇尔是从艺术家对现实的态度来解释的，是从广义的方面来阐释的。他说："面对真正无穷尽的现实，艺术家不得不作一选择，去芜存精，承认真实有高低之分。但是，什么是基本的，什么不是基本的？不管自觉不自觉，回答这个问题就是采取某种立场，采取某种见解。对这个问题的答复会表现出艺术家对待生活的态度，这就是艺术家用以评判世界、评判现实的观点，就是艺术家用以辨别主干和枝叶的观点。因此，在谈到一个艺术家的时候，不能光谈他的才能，光谈他的作品的力量和创新之处（虽然归根结底这件工作也要做），首先必须分析并评论他的态度、他的观点。"① 由于费歇尔仅基于现实主义艺术家所持的对现实的态度来阐释现实主义的创作方法，而完全忽视了这种创作原则所特有的风格特点和具体的表现原则，这样就必然地扩大了现实主义的外延。按费歇尔的表述，即是说无论采用什么创作方式和表现风格的艺术作品，只要是坚持以写真实的态度表现现实，就应该视为现实主义。因此，他说："我们把任何一种努力表现和把握现实的艺术和文学都视为现实主义。"② 又说："现实主义的广义包括一切承认客观现实存在，并且企图运用各种不同的方法和风格去再现它的文学艺术。也许应该在这一点上取得一致的意见，即承认一切为真理服务的艺术是现实主义的。承认一切把现实淹没在迷雾和奇谈怪论之中的艺术，一切歪曲现实的艺术是反现实主义的。"③ 他还要求现实主义艺术就要努力再现处在运动当中的发展着的现实，不应只满足于对过去已完成的事物作固定不变的表现。由此可见，费歇尔对现实主义的解释确实不同于卢卡契，他对现实主义的界定是广义的，涵盖面是十分宽的，包含了浪漫主义、现代主义等大多数的艺术流派和风格。我认为如果无边界地扩大现实主义的外延，那也就消灭了现实主义。这是不可取的。但是在这里也可以看出来，费歇尔提倡现实主义艺术对多种艺术表现方式的包容和吸纳是值得肯定的。

加洛蒂同布莱希特一样，认为现实主义的文学创作不能故步自封，不能没有发展，他说："现实主义的定义是从作品出发，而不是在作品产生之前确定的。正如不能从辩证法已知的几条规律出发来判断科学研究的价值一样，也不能从由以往的作品得出的标准出发来判断艺术作品的价值。"④ 在他看来，人类的艺术创造都是面对着现实的社会生活，艺术家们会从不同的立场出发，通过运用各种各样的艺术表现方式或创作方法去反映生活的本质，审美地展示现实生活中人的生命状态。鉴于此，加洛蒂认为凡是努力表现和把握现实生活，表现人类命运发展的艺术都可视为现实主义。此外，他还认为，人应不断地超越自身，艺术应不断地加入新的因素，"从艺术作品来看，要注意人并不用限于他的过去、他的类、他的机制，而是按照这个奇特而至高

---

① 《西方马克思主义美学文选》，漓江出版社1988年版，第310页。
② 《论卡夫卡》，中国社会科学出版社1988年版，第507页。
③ 《西方马克思主义美学文选》，漓江出版社1988年版，第323—324页。
④ ［法］加洛蒂：《论无边的现实主义》，吴岳添译，上海译文出版社1986年版，第167页。

无上的——既是无法预料的自由又是严格的必然——名为辩证法的规律不断超越自己和创造自己的,这是抛弃原则还是相反,是对人的原则本身即创造的最高度的肯定?"[1] 历史是发展的,生活是变化的。正是由于现实从来不是静止的事物,而是不断在变化、前进、发展,或者说现实的发展是无边的,因而艺术的现实主义也是无边的。就艺术来讲,每个时代的艺术作品都是以其自身特有的方式或模式表现人与世界的关系,随着人与世界的关系的改变,艺术本身的语言或形式也会发生变化。由此来看,18世纪的浪漫主义,19世纪的现实主义以及20世纪的现代主义,都不过是无边的现实主义的不同模式体现,特别是现代主义更是"无边的"现实主义。其实,"无边的现实主义"的提出,在当时来说有一定的针对性,同布莱希特和费歇尔一样,加洛蒂不满苏联文学艺术界所提出的社会主义的现实主义创作方法,他们的目的是想冲破在一些社会主义国家和官方文艺理论占统治地位的左的、狭隘的文艺理论束缚,扩大马克思主义文艺理论对文艺创作更加广泛的指导性。稍有不同的是加洛蒂没有像布莱希特那样直接批评苏联文艺界坚持的社会主义现实主义,而是采取了以守为攻的方法,即开放现实主义的界限,拓展其包容性,于是将卡夫卡、圣琼·佩斯和毕加索等都纳入现实主义的范畴。他说:"从司汤达和巴尔扎克、库尔贝和列宾·托尔斯泰和马丁·杜·加尔、高尔基和马雅科夫斯基的作品里,可以得出一种伟大的现实主义的标准。但是,如果卡夫卡、圣琼·佩斯或者毕加索的作品不符合这些标准,我们怎么办呢?应该把他们排斥于现实主义亦即艺术之外吗,还是相反,应该开放和扩大现实主义的定义,根据这些当代特有的作品,赋予现实主义以新的尺度,从而使我们能够把这一切新的贡献同过去的遗产融为一体?"[2] 这样在他们看来像波德莱尔的诗歌、卡夫卡的小说、布莱希特的戏剧等,就都是以新的表现手法,如象征、隐喻、间离等来揭示资本主义的异化现实,它们都具有人类生活的深刻性和丰富性,是现实主义艺术发展的新形态。

在西方,毕加索、卡夫卡和圣琼·佩斯都是现代主义有代表性的艺术家,大家都认为卡夫卡属于表现主义,圣琼·佩斯倾向于象征主义,而毕加索则为立体主义。苏联诗人马雅科夫斯基是未来主义代表,而当时苏联一直把他当作最伟大的社会主义现实主义诗人,可见社会主义现实主义所要求的主要是政治倾向,而不是创作方法。加洛蒂极力分析卡夫卡等人的作品与现实生活的密切联系,从而证实它们也是现实主义的,或者说希图现实主义也能把这些作家、艺术家的创作包括起来,从而使他们的作品也得到肯定。这当然要遭到恪守社会主义现实主义的理论家们的反对,因为卡夫卡等人根本没有表达社会主义政治理想。但是我们也必须看到,尽管加洛蒂强调人在现实中存在,人是创造者,他的现实主义观有其合理之处,但是,也有过分夸大之处。我们不能把一切艺术都归入现实主义,即使强调人,也不能把现实主义扩大到无边的

---

[1] [法]加洛蒂:《论无边的现实主义》,吴岳添译,上海译文出版社1986年版,第226页。
[2] 同上书,第167页。

地步。现实主义是有边的,因为现实主义是一种理性主义,尽管现代主义是一种非理性主义的色彩,它也是有边的。加洛蒂只用艺术标准来确定现实主义,而忘记了用"美学观点和历史观点,以非常高的即最高的标准来衡量"作品。不能正确地对待现实主义,又无限地扩大现实主义的边界,容纳"现代派",这又是其矛盾局限之处。

总的来说,从卢卡契开始,到布莱希特,到费歇尔和加洛蒂等人,他们都坚持了现实主义文艺创作对西方资本主义社会现实的批判和反抗精神。在具体的艺术探索中,西方马克思主义以一种开放的胸怀,确立了包容性极强的现实主义美学。西方马克思主义对现实主义做出新的理解,就在于它在强调文艺对现实的再现和批判反思的社会现实本质基础上,要学会运用多种艺术表现方式反映现实的真实,运用多种武器揭露和批判资本主义对人本质异化与压抑的非人性化现实。他们在艺术形式上要进行不断的创新和变革,大量吸收现代文艺思想中的一些新的富于超越性的文艺思想,在某种程度上丰富现实主义的创作原则,可以说这也是对马克思主义现实主义文艺思想的"修正"和"补充",尽管其中有着大量非马克思主义的东西。我们认为也应对其做出恰如其分的、有鉴别的批判和分析。

三 张扬否定与审丑的现实主义批判美学

我们还需指出的是,西方马克思主义中还有一些更为激进的思想家和理论家,直接就从现实主义走向了否定的现实主义。这就是法兰克福学派的主将马尔库塞、本雅明和阿多诺等人所创建的富于强大批判精神的否定美学和否定的现实主义文艺理论。

否定的现实主义理论家们是从马克思《1844年经济学哲学手稿》中得到启示的。马克思在《手稿》中明确宣布:共产主义是彻底的人道主义。这就使得对马克思主义做人本学解释的西方马克思主义找到了非常重要的理论依据。法兰克福学派的理论家们的思想正是建立在这样一个问题的基础上,即艺术如何体现它的社会批判的姿态,如何成为解放意识,否定社会压抑的因素。从早期的本雅明开始,艺术的政治化就成为法兰克福学派现实主义理论的重要组成部分,阿多诺和马尔库塞后来的探讨正是沿着这条道路来阐述文学艺术能够怎样发挥颠覆异化的社会统治和解放人的内在潜能的政治作用的。另外,文化批判作为社会批判理论的重要部分,把发达工业社会的文化体制看作压抑人、操纵人、欺骗人的社会镣铐,这样的文化越让人"自由"地拥有,人就越丧失自由。而对这个社会的主流意识形态的否定或文化的否定,就是对社会统治根基的摧毁。因此,"法兰克福"学派对资产阶级文化,尤其是大众文化的批判,是它的社会批判理论的具体的政治实践。

西方马克思主义否定美学首先是从社会学的角度对资本主义社会的现象和本质予以揭露与批判的。我们首先分析一下西方马克思主义否定美学的主将马尔库塞的美学思想。马尔库塞先是从人类解放的愿望出发,阐述了批判资本主义传统艺术形式的迫切性,以及艺术形式与人解放自由的关系。马尔库塞认为,过去的工人阶级的革命模式作为总体革命的表现,它所要建立的社会制度是将更加合理地组织生产和分配,并赋予人与人的关系以全新的形式。但是,由于传统革命的动因在当代资本主义社会中已经不存在了。特别是在当代社会情势下工人阶级由于被当代资本主义社会的整体所同化,阶级对抗被纳入技术合理性的控制之中,资本主义社会的技术化管理不仅能够及时地发现根源于物质基础的对抗而且能够及时地通过行政的和经济的手段消除这些对抗。因此,新的革命应当从精神的匮乏中找到其动因,那就是人的本质遭受的异化和爱欲遭受的压抑。新的革命将充分地表现出人对现存的压抑社会的厌恶,是人争取作为人的存在而反对现存社会的斗争。在这场斗争中,促使人的观念的变革,则显得尤为重要。要提高人的精神的自由度和观念的变革,艺术是其中重要的一个环节,应充分发挥艺术的革命潜能。马尔库塞认为,艺术隐含着新的社会改造的生机。革命首先在于解放出人的美感和快感以及被压抑的追求愉快的潜在本能。对此,马尔库塞说道:"我将提出如下一个命题:艺术的基本品质,即对既成现实的控诉,对美的解放形象的乞灵,正是基于这样一些方面,艺术在这里超越了它的社会限定,摆脱了既定的言行领域,同时又保持其势不可当的存在风貌。因此,艺术创造了使艺术推翻经验的独特作用成为可能的领域:艺术所构成的世界被认为是在既成现实中被压抑、被歪曲的一种现实。这种经验终于导致(爱与死、犯罪与失败,以及欢乐、幸福和成就等方面的)极端的紧张场面,这些场面则以一种通常不被承认,甚至闻所未闻的真实性的名义,爆破了既有的现实。艺术的内在逻辑发展到底,便出现了像为统治阶级的社会管理所合并的理性和感性挑战的另一种理性、另一种感性。"[1] 这里可以看出马尔库塞首先强调的是艺术的社会功能,即对人的解放和对社会弊端的批判。美和艺术的价值就在于它与当代社会统治和体制应保持不妥协的批判距离。

西方马克思主义另一代表人物阿多诺哲学理论的批判锋芒同样是指向资本主义社会的精神载体——文化,所以他的美学思想也紧紧同对资本主义社会文化艺术的否定结合在一起,凸显了其否定美学的鲜明品格。阿多诺的否定美学是以其否定的辩证法作为理论基础的。他的否定辩证法的核心是"否定",立论基础是"非同一性原则",在这个整体前提下,阿多诺在本体论问题上,对存在与思维、客体与主体的关系做了独特的阐释,认为主体与客体相互不可分。在认识论问题上,提倡消除对一切概念的崇拜,以及理论的反体系特性,使思维摆脱形式逻辑的同一性,等等。实际上,阿多诺否定美学的观念是来源于其对社会现实的批判和思考。理论上坚持彻底的否定性是源于对现实的否定和批判。阿多诺生活在自动化发展到相当地步的工业社会里,他目睹和经历了一体化工业社会对个性、对人类精神理性的摧残。他认为,当今资本主义"世界比地狱更坏",虽然人在物质生活方面得到了前所未有的满足,但人们"被降低

---

[1] 《西方马克思主义美学文选》,漓江出版社1988年版,第257页。

为单纯的原子",人的劳动、需要、享受乃至思维都被整齐划一了。面对人的全面异化,哲学的任务即是通过批判和否定既存现实的"总体性"、虚假的"同一性",来捍卫和争取个体性和"非同一性"。对整体性、总体性、同一性的批判,即是对侵犯、消灭差异性和个体性的强制性社会结构的批判和否定。由此可见,阿多诺否定的辩证法是与其社会批判理论紧密联系在一起的。

阿多诺否定的辩证法通过对整体性、同一性幻想的打破来寻觅真理,阿多诺认为,艺术对真理的寻觅,同样要打破和谐、统一的幻想,对虚假的同一性的社会进行批判和否定。阿多诺的美学思考是建立在其否定的辩证法基础之上的,阿多诺给艺术下了一个定义:艺术是对社会的否定的认识。这句话包括这样两个含义,一是艺术对社会现实的批判立场;二是放弃和谐的、对现实认同的感性外观。在异化的社会现实中,在虚假的同一性的笼罩下,如果艺术只是沦为对社会表示认同和褒扬的工具,必将成为毫无尊严和意义的存在。所以"艺术只有具备抵抗社会的力量时才得以生存。如果艺术拒绝将自己对象化,那么它就成了一种商品。它奉献给社会的不是某种直接可以沟通的内容,而是某种非常间接的东西,即抵抗或抵制。从审美上讲,抵制导致社会的发展而不直接模仿社会的发展。激进的现代主义之所以保留着艺术的固有禀性,就因为它让社会进入了自己的境域,但只是借用一种隐蔽的形式,就好像是一场梦。倘若艺术拒绝这样做,那它就会自掘坟墓,走向灭亡"[①]。艺术所能做的应是对这令人绝望的社会现状进行批判和"反思",通过不断地否定来寻觅真理,拯救绝望。

阿多诺具体分析到,由于资本主义的强势发展,现代社会出现了普遍异化的现象,艺术创作也同样不能幸免,所以他认为"艺术不再成为素朴的艺术",而失却素朴特性的艺术只有保持对现实社会的疏隔而不被同化才足以成为真正的艺术。而这一不为异化社会所同化的艺术在异化的社会看来无疑是一种艺术的反叛。所以,作为传统意义而言的艺术在社会普遍异化条件下若要回避被异化的命运,继续履行其社会介入的职能唯有改换策略,就要采取一种特殊的方式,即"艺术通过摒弃现实——这并非一种逃避主义形式,而是艺术的承继特性——而为现实进行辩护"[②]。他进而提出一个命题:"艺术对于社会是社会的反题"。对于艺术何以成为社会的反题而赋予批判性这一问题,阿多诺的回答是:"确切地说,艺术的社会性主要因为它站在社会的对立面。但是,这种具有对立性的艺术只有在它成为自律性的东西时才会出现。通过凝结成一个自为的实体,而不是服从现存的社会规范并由此显示其'社会效用',艺术凭借其存在本身对社会展开批判。纯粹的和内部精妙的艺术是对人道到贬低的一种无言的批判,所依据的状况正趋向于某种整体性的交换社会,在此社会中一切事物均是为他者的(for-other)。艺术的这种社会性偏离是对特定社会的特定否定。"[③] 这即是说,艺术是自律

[①] [美] 阿多诺:《美学理论》,王柯平译,四川人民出版社 1998 年版,第 387 页。
[②] 同上书,第 3 页。
[③] 同上书,第 386 页。

与他律的辩证统一，其之所以是自律，是因为它站在社会（他律）的对立面而出现；其之所以是他律，亦是因为它处于社会的对立面（保存自律性特征的同时）干预社会。自律，是指艺术及审美文化的独立自足性，是自在自为的系统；而他律则指艺术及审美文化的相关性，它是外在的而不是独立自存的。从自律与他律的两个维度出发，阿多诺认为艺术"既是自律的整体又是一个社会的事实"，艺术既是又不是自为的。缺少他律的因素，艺术不可能达成自律，艺术与其对方的关系一如磁场对铁屑的引力。艺术作品的自律性与社会的他律性由此呈现为一种辩证的关系：作品的社会性不在于它成为某种超验性的载体，而在于它自律的形式所蕴含的同社会政治体系或现实的意识形态之间的张力。艺术的他律性不是社会对艺术的要求，艺术只有在依其特殊的方式否定束缚自身的社会统治，维护自身独立力量的条件下才具有反抗社会的社会意义；而艺术作品的自律，也恰恰内含其社会指向，一种在形式上自觉隔绝于社会形式的艺术必然蕴含了颠覆社会意识形态的力量。阿多诺由此而阐发的诸多艺术社会学观点，均体现了自律与他律之间的张力关系。

法兰克福学派另一位文艺理论家李奥·洛文塔尔也同样认为，文学可以对社会进行辩护或挑战，但不可能仅仅被动地记录它。现实主义的这种对现实的同一的被动调和型的艺术表现方式在法兰克福学派看来本身就是对社会的一种维护，因为这种形式承认，被社会操纵了的主客体同一这样的虚假意识是真实的。阿多诺和马尔库塞等人否定的现实主义充满了现代主义的精神，就是为了加强自身的批判否定的强烈意识。因为，"否定"是西方马克思主义的核心概念，它不但是客观历史的发展形式，也是作为中介的主体的参与形式。社会批判理论，在法兰克福学派那里就是一种否定的实践，它通过对社会的批判否定现存的状况。

在艺术的表现上，马尔库塞、阿多诺、阿尔都塞等提倡以一种反传统的、叛逆的美学和艺术形式作为批判资本主义社会现实重要手段，他们在具体艺术种类和题材上强调艺术形式的现代化，张扬艺术表现的审丑性特征。法兰克福学派的美学试图说明艺术的社会性不是运用作为艺术形式的各种媒介所表达的东西，而恰恰就是艺术形式本身所拥有的。阿多诺把这称为"形式的内在性"。它取决于，同时又包含了"社会的内在性"。阿多诺由此把形式与社会二者在一种辩证的理解中联系起来，并以此为基点，法兰克福学派发展了一种关于形式的艺术社会学，它既强调艺术的自律的形式，同时又强调这种自律的艺术形式所具有的社会意味。

马尔库塞认为艺术要借助于新颖独特的审美形式反映出生活的本质真实，因为艺术具有与日常言谈针锋相对的疏离和异质的美的形式系统。审美是对所有人类适用的普遍经验，或者说，个别经验被赋予一种作为普遍人类潜能的崭新审美形式。他创造的是一个想象的、可能性的、梦幻的艺术世界，给接收者保存和提供的是另一种真理性的认识和意向。另外，最为重要的是艺术的发展并不仅局限于它的超越自身的文本。艺术不仅提供人类未来的美好的理想，而且还应提供实际的满足经验和审美享受。美是一种与艺术的所有传统形式相联系的性质。美的表现即是感性与理性的统一、真与善的统一、现实与将来的统一。在这个创造的过程中和美的理想的体现上，审美形式则是其中重要的、决定性因素。

西方马克思主义美学通过艺术的形式自律现代化变革，进而去否定传统的美、传统的艺术。"否定"无疑是西马美学的核心概念，它不但是客观历史的发展形式，也是作为中介的主体的参与形式。西方马克思主义美学的基础显然是他们的社会批判理论，也是他们的一种否定的实践。它通过对社会的批判，否定现存的状况。从这个意义上说，否定就是革命。这其中除了阿多诺持这种激烈的观念之外，马尔库塞所谓的"矛盾中的思维"，也就是阿多诺在《否定的辩证法》中阐述的"非同一性思维"，它是要把客观的不调和性认识到一个极点，以此加强批判的意识。现代主义艺术作为对社会现实的一种认识和切入，正是以呈现出分裂的、不协和的、零散化的形式成为对现实的批判和否定的。这样，法兰克福学派就建立起一种反和谐的美学，认为审美和谐，如果不是短暂的平衡的话，一定是肤浅的伪饰。阿多诺认为，真正的和谐永远不可能获得，它只有通过艺术否定的反向形式来不断地趋向；因此，只有"不协和是关于和谐的真理"。阿多诺明确地指出，乌托邦绝不是某种能够具体化的实在，确定地呈现在艺术中的乌托邦无疑只能作为幻觉存在，除了成为异化现实的纱幕之外不可能有任何其他效用。他说："只要艺术作品囿于精神对现实的断然否定的范围之中，就不会失却与精神的联系。艺术作品不仅仅伪装自身具有精神。另则，艺术作品为抵制精神所集聚的力量是源自精神的无所不在的特性。目前，这是唯一知解精神的可行方式。"[①] 艺术应该运用一种什么样的方式来对抗这个丑恶的社会，以达到引起人们对现实的憎恶和反抗，从而起到运用艺术揭露现实，批判现实的目的。阿多诺说："艺术应当追究那些被打上丑的烙印的东西的起因。在这方面，艺术不应借助幽默的手法来消解丑，也不应借此调节丑与丑的存在，因为这会比所有的丑更令人反感。相反地，艺术务必利用丑的东西，借以痛斥这个世界，也就是这个在自身形象中创造和再创了丑的世界。顺便提及，对被压迫者所表示的这种颇为激进的审美同情感，是冒着过于肯定的、与压迫者串通一气的风险。"[②] 也就是说，艺术必须通过不协和的形式语言揭示出现实世界的异化状态，从反面否定这种异化状态，从而导引出美的境界。从这个意义上说，现代艺术的确是用丑学驱逐了美学，法兰克福学派认为，正是这种丑呈现了现实的废墟，通过展示丑，现代艺术不是逃避而是正视了现实的本质，它是对西方现实社会的一种揭露和批判。马尔库塞、本雅明等人长期生活在美国，是这个典型的后工业社会真实状况的见证人，他对这个单向度社会的本质有着深刻的认识。因此他认为，只有像卡夫卡、贝克特等现代派作家那样将现实素材进行变形、夸张、扭曲等艺术处理，才能强化艺术与现实的疏隔，才能把日常生活假象所掩盖的深层现实昭示出来，从而

---

① [德]阿多诺：《美学理论》，王柯平译，四川人民出版社1998年版，第158页。
② 同上书，第87页。

实现艺术的批判功能。这正好说明了否定美学的实质和特征。

西方马克思主义的现实主义文艺理论到法兰克福学派已经成为一种具有鲜明批判精神的否定的现实主义，这种否定的现实主义理论虽然有着现代主义的色彩，但其仍然有着鲜明的批判精神。西马的文艺理论家们看到了资本主义社会为追求物质极端的商品化，而导致了社会的堕落和人性的迷失。他们认为仅靠传统的现实主义很难对现实社会做到更为深入的艺术表现和批判，而采取文化上的否定，艺术上变形与审丑，反而可以更好地揭示资本主义社会对人性的戕害和异化。可以说西马否定美学和在艺术创作原则的这种转向有其重要的理论意义，也为现实主义艺术的发展提供了可供借鉴的文艺理论和美学观念。

创造新人类
——论葛兰西的文化革命理论

和 磊[①]

（山东师范大学文学院 山东 济南 250014）

摘 要：文化是葛兰西政治思想理论的出发点。葛兰西从其革命之始，就非常强调文化的功能，关注文化对人的启蒙和塑造作用，而这也正保障了革命的方向和他后来所提出的文化领导权的方向，使得葛兰西的革命不是一种功利式的简单的夺权运动。革命在葛兰西那里，毋宁说是文化启蒙的扩展，其最根本的目的是在更高层次上教育大众，使大众成为真正的人——新人，这也是国家最根本的任务。葛兰西的文化革命思想对我们理解乃至反思社会主义革命具有重要意义。

关键词：葛兰西；文化领导权；启蒙；革命

葛兰西的文化领导权（hegemony，亦可翻译为"文化霸权"）理论是一个整体，既包括葛兰西的文化观，也包括葛兰西对与领导权相关的知识分子、历史集团、意识形态等方面的阐述。可许多人在理解葛兰西的领导权理论上，往往把它给单一化了，只突出了文化领导权中的权力斗争特性（虽然这很重要），而忽视了这其中的文化因素。实际上，正是葛兰西的文化观保证了领导权斗争的内容与走向。文化，是葛兰西政治思想理论的出发点。

一 文化启蒙与新文明、新人类的创造

早在1916年初，葛兰西就写下了《社会主义与文化》一文，阐述了他对文化的理解。对于这篇文章，很多学者并没有给予必要的重视，只是把它看作是葛兰西早期具有唯心倾向的不成熟的作品。实际上我们看到，从1911年葛兰西离开家乡来到都灵这个革命浪潮的中心后，尤其是在他加入了社会党，经历了一系列的国内及国

[①] 和磊（1972— ），男，山东新泰人，山东师范大学文学院副教授，文学博士。

际大事——如工人大罢工、关于"一战"意大利立场的辩论以及社会党内部问题的争论等之后,葛兰西的思想逐渐成熟了起来。我们虽不能就说此时的葛兰西已完全从一个狭隘的"撒丁主义"者走向了一个成熟的社会主义者,诞生了一个"'新'葛兰西"[①],但葛兰西此时的确在逐渐形成他独有的思想,并奠定了他今后的发展道路,这也表现在他对文化的认识上。葛兰西在这篇文章中说:

> 我们需要使自己摆脱这样的习惯,即把文化看成是百科全书式的知识,把人看作仅仅是塞满经验主义的材料和一大堆不连贯的原始事实的容器,这些材料和原始事实必须在头脑中编排保存,就如同字典的条目一样,使得它的所有者能够对来自外部世界的各种刺激作出反映。这种形式的文化确实是危险的,特别是对无产阶级来说……这种文化只能用来造成一种罗曼·罗兰曾经加以无情痛斥的虚弱和苍白的唯理智论……[②]

反对知识式的文化,是葛兰西对实证论的否定,而实证论在当时影响很大,甚至渗透到了整个的人文学科,正如费奥里所说的:"当时流行的社会主义在思想上是受实证主义哲学支配的。"[③] 这种流行思想所造成的后果,就是把人看成了机械的、物质的、没有精神自主性的物品。葛兰西反对知识式的文化就是要与当时的这种主流思想决裂。根据陶里亚蒂的回忆,在1914年左右,葛兰西已抛弃实证论这一点是肯定的。[④]

当然,葛兰西反对实证论并不能简单地等同于反对科学,反对科学的认知方法或研究社会的科学方法。实际上,葛兰西是很重视科学的,从他后来在《狱中札记》中对"福特主义"的论述中可以看出这一点。葛兰西反对的是在人文科学中硬套科学、用科学知识去分析人文问题的做法。这种认识问题的方式突出地体现在当时许多人对南方问题的认识上,就是从生物学、从人种论上去分析南方落后的原因[⑤],而葛兰西是对此给予坚决反对的。在《狱中札记》中,葛兰西对那种把人的差别归结为生物上的差别的观点予以了批判。[⑥]

这样,葛兰西就从实证论的禁锢中解脱出来,走向了更为广阔的人的精神世界、意识世界。这就是葛兰西所主张的文化:

---

① [意] 朱佩塞·费奥里:《葛兰西传》,吴高译,人民出版社1983年版,第96页。
② [意] 葛兰西:《葛兰西文选 1916—1935》,中共中央马恩列斯著作编译局、国际共运史研究所编译,人民出版社1992年版,第4—5页。
③ [意] 朱佩塞·费奥里:《葛兰西传》,吴高译,人民出版社1983年版,第81页。
④ 同上书,第96页。
⑤ [意] 葛兰西:《南方问题的一些情况》,载《葛兰西文选 1916—1935》,中共中央马恩列斯著作编译局、国际共运史研究所编译,人民出版社1992年版,第229—230页。
⑥ [意] 葛兰西:《狱中札记》,曹雷雨等译,中国社会科学出版社2000年版,第267—269页。

文化是与此完全不同的一种东西。它是一个人内心的组织和陶冶，一种同人们自身的个性的妥协；文化是达到一种更高的自觉境界，人们借助于它懂得自己的历史价值，懂得自己在生活中的作用，以及自己的权利和义务。但是，这些东西的产生都不可能通过自发的演变，通过不依赖于人们自身意志的一系列作用和反作用。如同动物界和植物界的情况一样，在那里每一个品种都是不自觉地，通过一种宿命的自然法则被选择出来，并且确定了自己特有的机体。人首先是精神，也就是说他是历史的产物，而不是自然的产物。[1]

这一段可以说比较集中而典型地体现了葛兰西以后所进一步发展的文化思想。首先，葛兰西强调文化是人认识自己的途径。这也就是他所引用的诺瓦利斯的话："文化的至高无上的问题是赢得一个人先验的自我，同时又是他本人的自我"，以及那句"了解你自己"的话。而这就使得葛兰西的文化定义有了浓厚的启蒙色彩。正如费奥里所说："葛兰西怀着传播文化的热情重温了启蒙运动的经验。正是这种愿望和需要使他一开始就成为文化的鼓动者，他无论研究任何问题都是如此。"[2]葛兰西在《狱中札记》中进一步指出了"认识你自己"作为批判性研究的出发点。他说："世界观的自我批判，就意味着使之成为一个融贯一致的统一体，并把它提升到世界上最高层次的思想水平。所以，它意味着对一切既往哲学之批判……这种批判性的研究以对人究竟是什么的意识为出发点，以'认识你自己'是历史过程……的产物为出发点。"[3]

但在这里我们需要注意的是，我们所强调的葛兰西的文化启蒙与西方启蒙运动中传统意义上的启蒙思想并不相同。西方启蒙运动的目的是把人从宗教桎梏中解放出来，提倡人的理性，呼吁个性解放，宣扬自由、平等、博爱的口号，最终趋向的是个体的权利。而葛兰西的文化启蒙则更多的是承继着古希腊的"认识你自己"的传统而来的，但这种认识并不是单纯的自我反思或觉醒，或来自一种天赋的人权，而是要在整个的现实生活中，在与他人的关系之中去思考自己，即要"懂得自己的历史价值，懂得自己在生活中的作用，以及自己的权利和义务"。在这篇文章结尾部分，葛兰西更是明确提出，要"通过别人更好地认识自己，通过自己更好地认识别人"[4]。由此，葛兰西思考的个体是着眼于群体或集体的，是从群体或集体来讨论人的启蒙或解放的，而不是单纯地从个体出发去宣扬人的权利。可以说，葛兰西的个体与集体是密不可分的，这是葛兰西启蒙观的独特之处。凯特·柯里汗（Kate Crehan）也指出，在《社会主义与

---

[1] ［意］葛兰西：《葛兰西文选 1916—1935》，中共中央马恩列斯著作编译局、国际共运史研究所编译，人民出版社 1992 年版，第 5 页。

[2] ［意］朱佩塞·费奥里：《葛兰西传》，吴高译，人民出版社 1983 年版，第 109 页。

[3] ［意］葛兰西：《狱中札记》，曹雷雨等译，中国社会科学出版社 2000 年版，第 233—234 页。

[4] ［意］葛兰西：《葛兰西文选 1916—1935》，中共中央马恩列斯著作编译局、国际共运史研究所编译，人民出版社 1992 年版，第 8 页。

文化》中，葛兰西强调文化是自我认知的机制，但不是个人主义，而是在与他者的关系中，在历史中认识自己，包括权利和义务[1]。在《狱中札记》中，葛兰西也一直在强调集体中的人或"集体人"（collective man）[2]。

但个体与他人、与集体并不是简单关联的，而是通过个体的能动性创造活动相连的。在《狱中札记》中，葛兰西通过解读马克思关于"人是社会关系的总和"的论断，指出："应该把人设想成纯粹个人的、主观的要素，和个人与之保持能动关系的、群众的、客观的或物质的要素这两者构成的一个历史集团。改造外部世界，各种关系总的体系，就是发挥人们自身的潜能，就是发展自身。认为伦理上的'改善'是纯粹个人的，这是虚妄的，也是错误的：构成个性的要素的综合固然是'个人的'，但如果没有指向外面的活动，如果没有改变同自然和在不同程度上同他人——从人们生活在其中的各种社会集团，直到包括整个人类的最大的关系——的外部关系，它就不可能得到实现和发展。正由于这个原因，人们可以说，人在本质上是'政治的'，因为人正是通过改造和有意识地指导其他人的活动而实现他的'人性'，实现他的'人的本质'的。"[3] 在《狱中札记》的另一处，葛兰西更是明确指出："真正的哲学家是而且不能不是政治家，不能不是改变环境的能动的人。"[4]

实际上，"创造"是葛兰西政治哲学的一个核心的概念，也正由此他把自己的哲学称为"创造性哲学"。而葛兰西之所以把自己的哲学称为"创造性"哲学，意在反对唯物和唯心的"一元论"哲学。因为不管是唯物主义的物质一元论哲学还是唯心主义的精神一元论哲学，都是"有限的和狭隘的"[5]，都只强调了物质或精神的某一方面而忽视了另一方面，由此而容易陷入或者是物质的决定论，或者是唯心的思辨论的泥潭中，最终所忽视的是人，是作为活生生的人的主动性和创造性。对于葛兰西来说，人的创造性才是哲学的核心。而创造需要行动，进一步，葛兰西又把这种创造性哲学称为行为哲学，但这种行为哲学，"不是'纯粹'行为哲学，而是在最粗俗和最世故意义上的真正的'不纯粹'的行为哲学"[6]。这里的"不纯粹"，针对的是那种纯粹的思辨哲学或纯粹的唯物哲学，力求把人放置在不纯粹的、具体的社会发展过程中，因为唯有在历史中，在不纯粹中，人才会创造。

与创造紧密相连的概念是"进步"和"生成"。创造的结果和目的是进步而不是退步，也不是创造旧有的东西，但进步观念又往往被庸俗化（庸俗进化论），因此葛兰西又突出强调了与之相关的概念——"生成"，而且认为两者是不可分离的。因为在"生成"概念中包含了一种"辩证的运动"，代表了一种"深度的发展"[7]。这里的辩证运动

---

[1] Kate Crehan, *Gramsci, Culture, and Anthropology*, Berkeley: University of California Press, 2002, p. 73.
[2] 见《狱中札记》，曹雷雨等译，中国社会科学出版社 2000 年版，第 198、233 页等处。
[3] 同上书，第 274 页。
[4] 同上书，第 265 页。
[5] 同上书，第 257 页。
[6] 同上。
[7] 同上书，第 272 页。

和深度发展，实际上就是葛兰西所强调的创造的必然结果，进一步说，也就是葛兰西所一直致力于建立的一种新文化、新文明，乃至新人类，而这也正是葛兰西文化启蒙的核心目标。葛兰西曾对文艺复兴有过经典性的分析。他说，文艺复兴并不是发现了"人"，而应该说是"创造了新文化或新文明"，"假使说，文艺复兴是一场伟大的文化革命，那并不是因为过去是'微不足道'的所有人，现在确信他们已经变成了'一切'，而是因为这种思想方式广为流传，成为普遍现象。并没有'发现'人，而是出现了文化的新形式，即在统治阶级中造就新型的人必需的力量"①。在这里，葛兰西显然反对那种把文艺复兴看作是对人的"发现"的普遍观点，坚持一种创造观。因为发现仅仅是发现原有的、原来的，而不是你所创造的新的东西。这也就否定了人的发展与变化，能动性与创造性。由此，由"认识你自己"出发所达到的不是一种纯粹个体的自我权利与自由，而是在个体创造性的活动中，与他人和集体相连，共同创造出新文化、新文明，乃至新人类。葛兰西的这一文化启蒙观为他的革命理论、革命实践奠定了坚实的基础。早在 1917 年末，他与其他四人所建立的"道德生活俱乐部"，虽然只存活了不到 100 天（到 1918 年初），但它的目的则具有启蒙的色彩，力求促进社会主义文明的建立。②

二 文化启蒙与革命的非功利性

坚持对民众进行文化启蒙，正是作为一个政治家和革命家的葛兰西的独特之处，而这也正形成了他的非功利性的革命目的论。在葛兰西那里，文化与政治是密不可分的，文化是其政治问题的暗线。③ 正如巴尼奥利所指出的："如果脱离作为政治建设的不可缺少、不可违背的前提条件的文化概念的话，那我们就无法理解葛兰西思想的生机及其丰富性。文化与政治的关系不仅是一种必不可少的实用性的关系，而且也是一种更为广泛的、更加细密的关系"④，而这种"细密关系"不仅体现在政治保障了文化的发展，它甚至就是启蒙的一种结果。正如卡尔·利维（Carl Levy）在《葛兰西与无政府主义》中所指出的："葛兰西把社会主义政治看作是一种文化启蒙的扩展（extension）。"⑤ 由此我们可以看到，在葛兰西的心中，革命行动或政治实践并不以夺取政权为最终目的，而是要通过革命对民众进行启蒙，也就是创造新文化、创造新文明、创造新人类。也正因如此，葛兰西"并不为党本身着迷，并不把兴趣放在创造一种职业

---

① Gramsci, *Selection from Cultural Writings*, edited by Forgas, D. et al., Cambridge: Harvard University Press, 1985, p. 217.
② Carl Levy, *Gramsci and the Anarchists*, Oxford: Berg, 1999, pp. 97—98.
③ Gramsci, *Selection from Cultural Writings*, edited by Forgas, D. et al., Cambridge: Harvard University Press, 1985, p. 13.
④ ［意］萨尔沃·马斯泰罗内：《一个未完成的政治思索：葛兰西的〈狱中札记〉》，社会科学文献出版社 2001 年版，第 76 页。
⑤ Carl Levy, *Gramsci and the Anarchists*, Oxford: Berg, 1999, p. 99.

精英去统治大众上,并不把政治教育仅仅局限于革命中的工具地位上"[1]。葛兰西经常使用的"历史集团"(historic bloc)这一概念,在一定程度上也体现了葛兰西对单纯政党政治、阶级政治的淡化。

在葛兰西那里,历史集团不是由某种单一的社会力量所组成的,而是由不同的社会力量所组成的,这既包括阶级,也包括许多从阶级中分化出来的亚集团,如农业集团、工业集团等。这样,历史集团就形成了一个比阶级或阶级联合更为复杂的结构,从而也就"不能被还原为一种单纯的政治联合"或阶级联合[2]。这就决定了历史集团的"异质性"。正如雷德克里斯南所说的:"集团作为一个概念,是对一个空间的描述,而不是对一件事物或一种本质的描述。这种集团只能由异质性因素构成","它寻求多种立场、多种决定因素以及多种联盟,而不是寻找一种单一的统一原则或本质,例如,正统马克思主义语境中的'阶级'这一概念"[3]。可以说,葛兰西历史集团概念的提出,一方面是出于革命形势的要求,即资产阶级力量还非常强大,只有争取多种力量,才可能取得领导权,获得最终的革命胜利;但在另一方面,显然也体现出了葛兰西对传统政党政治的淡化。因为在葛兰西的心目中,革命的最终目的并不是简单的一个阶级对另一个阶级的胜利,或一个所谓"新"政权的建立,而是一种新文化的启蒙、新文明的创造。在这一意义上,革命的含义显然不能简单地局限于政党、阶级、政权这些传统意义上的革命要素上。

就领导权的谈判与争夺来看,葛兰西强调文化的启蒙作用,实际上也是在保证领导权谈判的方向。也就是说,谈判与斗争虽然有向各种方向发展的可能,但这种可能并不是任意的、没有任何定向的,而应当有一个明确而清晰的方向,那就是启蒙的方向:为人民创造新文化、创造新文明,促使大众走向解放与进步,至于如何最终实现,则不必是一种方式,而是多样的。雷德克里斯南曾指出葛兰西与福柯在政治上的区别:"葛兰西不会接受一种没有方向的政治:'放任或狂放的政治'或与整体无关的'特殊的政治'都不是他能接受的。"[4] 葛兰西所接受的方向实际上就是一个启蒙的方向。而许多学者在运用葛兰西的文化领导权理论时,往往只强调了领导权中的斗争而忽视了葛兰西领导权的这一文化启蒙的根基,也就是说,仅仅利用了领导权的斗争"框架",而忽视了这斗争的内容与走向,从而使谈判成了一种无法控制的"漂移",而个人也往往只沉浸在捉迷藏式的游戏快感中,最终领导权也就成了一个如本内特(Tony Bennett)所说的太过宽泛的"框架"了[5]。这显然不是葛兰西所愿意看到的。因为越是这

---

[1] Walter L. Adamson, *Hegemony and Revolution: A Study of Antonio Gramsci's Political and Cultural theory*, Berkeley: University of California Press, 1980, pp. 100—101.

[2] Anne Showstack Sassoon, *Gramsci's Politics*, London: Hutchinson, 1987, p. 121.

[3] [美] 布鲁斯·罗宾斯编著:《知识分子:美学、政治与学术》,王文斌等译,江苏人民出版社2002年版,第118页。

[4] 同上书,第112页。

[5] [英] 本内特:《大众文化与"转向葛兰西"》,见陆扬、王毅选编《大众文化研究》,上海三联书店2001年版,第67页。

样，那就越容易被统治集团所控制，而人民的启蒙也就越没有完成的可能。

卡鲁索在谈到葛兰西的思想发展时指出，面对法西斯的得逞与猖狂，葛兰西"不再是为了进行共产主义革命必须重新塑造意大利人，而是为了重新塑造意大利人必须进行一场共产主义革命"①。这里的"重新塑造意大利人"，即如我们前面所指出的，创造新文化，创造新文明，创造新人类。这正是葛兰西革命的目的。如果我们不理解这一点，那就很容易把他看成是一个单纯的革命功利主义者，而这是对他的严重误解。

三 文化启蒙与国家教育

在葛兰西那里，文化启蒙并不因革命的胜利或政权的建立而终结，而是应当继续下去。这其中涉及的就是如何理解国家或国家的作用问题。

在葛兰西那里，"国家"与传统意义上的"一个阶级压迫另一个阶级的工具"的国家观念并不相同。葛兰西指出："国家＝政治社会＋市民社会"，或者说，"国家是受强制盔甲保护的领导权"。② 在这里，政治社会相当于传统意义上的阶级压迫工具的国家，执行暴力统治职能；而市民社会则作为"精神和道德领导"的形式。葛兰西把政治社会与市民社会统一为国家，即"完整国家"（Integrated State），并不是强调国家的传统职能，而是强调往往被人们所忽视的国家的另一重要职能，即它的教育作用。

葛兰西的这一国家观念源于对西方资本主义国家的职能发展的思考，即西方国家在发展过程中，其暴力强制的因素被逐渐调整和淡化，而转向占领市民社会阵地，对民众进行精神道德教育，以获得对他们的文化领导权。由此，国家就把传统意义上的政治社会和市民社会整合为一体，市民社会成为这一"完整国家"的有机组成部分。正是在这一意义上，葛兰西甚至把市民社会直接看作"国家"："它们也属于'国家'，其实也正是国家本身。"③ 这就是葛兰西经常所说的"道德国家""伦理国家"或"文化国家"这样的概念。

那么，国家进行教育仅仅是为了维护当权者（资产阶级或其他阶级）的统治吗？葛兰西指出："在我看来，关于伦理国家、文化国家，可以提到的最合理和具体的一点就是：每个国家都是伦理国家，因为它们最重要的职能就是把广大国民的道德文化提高到一定的水平，与生产力的发展要求相适应，从而也与统治阶级的利益相适应。"④ 在这里我们看到，国家的作用并不完全以统治阶级的利益为基准，也是以提高民众的

---

① ［意］萨尔沃·马斯泰罗内：《一个未完成的政治思索：葛兰西的〈狱中札记〉》，社会科学文献出版社2001年版，第121—122页。
② ［意］葛兰西：《葛兰西文选 1916—1935》，中共中央马恩列斯著作编译局、国际共运史研究所编译，人民出版社1992年版，第443页。也可见《狱中札记》，曹雷雨等译，中国社会科学出版社2000年版，第218页，翻译略有不同。
③ ［意］葛兰西：《狱中札记》，曹雷雨等译，中国社会科学出版社2000年版，第217页。
④ 同上书，第214页。

道德文化水平为目的，如果两者能很好地统一起来，在葛兰西看来就是最为合理的国家：统治阶级既能获得领导权，同时也提高了民众的道德文化水平。在《狱中札记》另一处，葛兰西对国家的作用做出了非常明确的界定："国家具有教育和塑造的作用，其目的在于创造更高级的新文明，使'文明'和广大群众的道德风范适应经济生产设备的继续发展，从而发展出实实在在的新人类。"[①] 在这里我们再次看到了葛兰西一贯坚持的文化启蒙思想。对葛兰西来说，文化启蒙是一个长期的艰巨的任务，并不以政权的建立与否来决定，不仅仅在革命之前要进行，就是革命之后，同样需要进行。在这一意义上，葛兰西的"阵地战"也是针对文化启蒙、文化建设而言的。启蒙就是一个长期的任务，绝不是一蹴而就的。

由上所述，葛兰西从其开始革命始，就非常强调文化的功能，关注文化对人的启蒙和塑造作用。而正是通过文化启蒙，人能更为清楚地看清自己，也看清世界，这为革命打下一个坚实的基础，保障了革命的方向和远大的目标，也保障了他后来所提出的文化领导权的方向，使得葛兰西的革命不是一种功利式的简单的夺权运动。在葛兰西那里，革命并不以夺取政权为根本目的，夺取政权只是革命发展的一种手段。革命在某种意义上，只是文化启蒙的扩展，其最根本的目的是在更高层次上教育大众，使大众成为真正的人——新人，这也是国家的最根本任务。为此，葛兰西从自身出发，亲自参与文化的传播与教育工作，力求教育群众、争取群众，在提高他们的思想文化水平的同时，争取他们的支持。葛兰西的这种文化革命思想虽有西方资本主义社会的文化背景，但为我们理解乃至反思社会主义革命仍具有重要的启示意义。

---

① [意]葛兰西：《狱中札记》，曹雷雨等译，中国社会科学出版社2000年版，第198页。

论文化艺术的社会批判性
——马尔库塞和阿多诺的文化艺术观研究

郭 东[①]

(江西省社会科学院哲学研究所 江西 南昌 330007)

摘 要：阿多诺和马尔库塞是法兰克福学派的重要代表人物，他们都认为文化艺术的重要功能是社会批判性。阿多诺认为文化艺术的否定性特征及其真理性和自律性特点，使得文化艺术在客观上具备了强烈的社会批判功能。马尔库塞认为文化艺术在历史上一直扮演着与现实世界相对立的角色，当代先锋派的文化艺术，以新感性和新理性的形式，继续担当着对现实社会进行严厉批判的重要历史使命。

关键词：文化艺术；否定性；批判性

作为法兰克福学派的两位重要代表人物，阿多诺和马尔库塞的理论都继承了马克思主义理论的社会批判精神，具有极强的社会批判性。二者对当今资本主义社会文化艺术领域的激烈批判，主要体现在一是指出粉饰太平、歌功颂德、附庸风雅的所谓文化艺术，从来就不是真正的文化艺术；二是强调文化艺术的真正使命和主要功能是坚持真理、揭示真理、批判现实、昭示未来。

阿多诺认为文化艺术的本质无法界定，如果一定要规定的话，就是其否定性。文化艺术的否定性特征，使其在通过不断否定自身而与社会保持同步发展的同时，发挥着对现实社会的监督与批判的功能。文化艺术能对现实社会起到监督与批判的作用的另一个主要原因，还在于其具有的自律性特征及其所特有的与真理之间的紧密关系。

马尔库塞则认为，异在性就是文化艺术的本质特征。作为意识观念领域的文化艺术，从古至今，都一直坚持着一条独立发展的道路，保持着对现实物质（文明）社会的监督权力和批判精神。文化艺术的否定性、异在性的本质特性，决定了其社会批判的现实立场。现代先锋派的文化艺术，以新感性和新理性的形式表现真理，对现实社会展开无情的批判。

[①] 郭东（1964— ），四川人，江西省社会科学院哲学研究所副研究员。

一 阿多诺的否定的文化艺术观

阿多诺认为,按照否定辩证法原则,世界的本质是否定的,是非同一性的存在。文化艺术是人类情感和意识的表现形式,这些形式多种多样,就像一个灿烂的星丛,变幻莫测。从根本上来说,文化艺术现象亦是一些否定性的、非同一性的存在,这种存在,是不可能用某种僵化的概念来框定的。也就是说,我们根本就不可能用一个固定的概念来永恒性地规定文化艺术是什么。如果一定要给文化艺术下定义的话,那么可以说,文化艺术的本质就是否定性。

从文化艺术的起源及其发展史来看,我们可以确定文化艺术具有否定性的本质。

(一)艺术的起源是不定的,关于艺术的所谓概念也并不存在

我们无法在事实上和理论上找到艺术起源的共同根基,因而,也就不能对艺术的本质妄下定论。关于艺术的起源问题,坚持古希腊浪漫主义理想的学者认为,艺术是至高至纯的,只有那些体现"高贵的单纯,静穆的伟大"的作品才可以称为艺术品,只有那些配得上此类要求的人类活动,才称得上是艺术活动,才与艺术的发端有关。与浪漫主义观点相反的是,另一种现实主义的观点则认为,起初的艺术作品是混浊的,并不单纯也并不高贵,起初的艺术实际是与巫术和生活的实用目的联系在一起的,并没有那么神圣。浪漫主义和现实主义的说法相差如此之大,其中任何一方都无法说服另一方,阿多诺认为它们就像"凭借呼喊来进行远距离交谈沟通一样",实际上根本难以沟通、达成一致意见。因此,阿多诺得出结论:"艺术的概念难以界定,因为它有史以来如同瞬息万变的星座。艺术的本质也不能确定,即便你想通过追溯艺术起源的方法,以寻求某种支撑其他所有东西的根基。"[①]

阿多诺认为,关于艺术的一般的概念是不存在的。文化艺术实践和文化艺术现象永远是一个动态发展着的过程,所以想通过一些不变的原理来把握文化艺术的本质,这种做法其实是荒谬的。"任何想把艺术的历史起源从本体论角度归入某种至高原则的企图,必然会在大量枝节问题上迷失方向。有可能获得在理论上相关的唯一洞识也是否定性的,因为有众多被称为'艺术'的东西,但却不存在可以涵养所有艺术种类的一般艺术概念。"[②] 如果我们用一种固定的概念来规定"艺术",那么,这种"艺术",就必定被凝固在某种时间段和某种空间层里。然而,文化艺术作为一种人类情感和意识的表现形式,却又是多种多样、变化不断的,过去的关于"艺术"的概念,显然无法诠释现在的文化艺术现象,而现在的关于"艺术"的概念,也是同样无法解释未来的文化艺术现象的。"艺术的界说尽管确实有赖于艺术曾是什么,但也务必考虑艺术现

---

① [德]阿多诺:《美学理论》,王柯平译,四川人民出版社1998年版,第3页。
② 同上书,第4页。

已成为什么,以及艺术在未来可能会变成什么。"[①] 由于艺术变动不居的特性,我们无法定义艺术。因为在此时刻被我们定义为艺术的东西,不能保证未来不会被认定为非艺术;反之,在过去那些不被认为是艺术的东西,在将来又可能被认为是艺术而为人们所推崇。鉴于人们对艺术的这种奇特的评介和看法,鉴于艺术的这种反常表现,阿多诺调侃道:"历史已将某些很久以前首次出现的崇拜对象转化为艺术。再如,特定艺术对象于某个时刻已不再被视为艺术。"[②]

(二)否定性是文化艺术的本质特性

阿多诺认为,艺术发展的状况,实际一直遵循着否定的原则。现在的艺术是对过去艺术的否定,而未来艺术又是对现在艺术的否定;艺术是对非艺术的否定,同样,非艺术也是对艺术的否定。艺术的现状与历史之间,艺术与非艺术之间,充满着活泼泼的动态的张力与矛盾。对于艺术而言,否定辩证法无处不在。我们常常通过否定一件艺术作品的起源来断定其为艺术作品,比如如今认为高雅的艺术其出身却可能是低贱、庸俗的。音乐的现象就很能说明这种问题,阿多诺举例说,人们对宴乐的认识其实不必极端,那种断然地认为宴乐胜过自律音乐或自律音乐胜过宴乐的想法,都是有失偏颇、过于僵化的。宴乐与所谓自律音乐之间的界限并不是那么固定不变的,相反,宴乐向后者转化的情况却常常发生。"我们应该谨记,当今音乐艺术中的绝大部分,正是不屑一听的宴乐之咔嗒声的回响。"[③] 阿多诺认为,所谓美学的构成问题是由艺术的动力与艺术作为以往历史之间的张力来划分的。通过艺术的动态法则而非某些不变的原理,人们才能理解艺术。界定艺术是靠艺术与非艺术之间的关系。非艺术之物使我们从实质上理解艺术中的特殊艺术性因素成为可能。文化艺术既应该具有前进的动力,也应该具备与以往历史之间的关系和张力。美学的方法,应该是动态考察的方法,美学的任务,是发现和诠释文化艺术的这种不断向前的动力以及其与过去历史之间相连续而产生的一种张力。阿多诺认为,认识艺术的本质,也必须坚持辩证否定的方法。艺术发展变化过程中那些动态的张力、那些动态的矛盾,正是我们理解艺术的关键。某种程度来说,对于这些张力、矛盾的把握和理解,就是对于艺术本质的理解。用固定的僵化的概念是无法理解艺术的,任何一种形而上学的概念也无法概括千变万化的艺术现象。可以说,只有通过否定辩证法的方法,我们才能依稀辨别和接近、理解变化万端、神秘莫测的艺术,也才有可能从根本上去把握艺术的真谛。

根据阿多诺的文化艺术的辩证否定性观点,我们可以引申出两点结论:一是文化艺术通过其否定性的存在方式与不断否定的现实社会保持同步发展;二是否定性的存在特征,常常有可能使文化艺术超越现实存在,对社会现实起到监督和批判作用。

[①] [德]阿多诺:《美学理论》,王柯平译,四川人民出版社1998年版,第4页。
[②] 同上。
[③] 同上书,第5页。

二 马尔库塞论文化艺术的异在性

马尔库塞通过对文化艺术发展史的过程的详细考察,一方面客观上证明了阿多诺的否定辩证法原则同样适用于文化艺术的发展规律;另一方面则站在更加微观的角度,对文化艺术的否定性特征,对文化艺术的异在性,做出了自己的论述。他认为在古希腊时期,文化艺术是与现实相脱离的,资产阶级革命时期,文化艺术与社会生产、生活紧密相关,成为社会变革的基础。从文化艺术的发展史来看,文化艺术不管是与社会现实相结合的,还是与社会现实相分离的,始终都是以一种与社会现实相异化的状态而存在着的,具有强烈的独立性和批判性。在现代社会,文化艺术仍然应坚持自己的批判性立场,现代先锋派的文化艺术,正以这种姿态存在着。

(一)观念世界与物质世界的对立——古典时代的文化艺术

柏拉图认为,物质世界与意识世界,实际是两个分裂的世界。理念真实存在,现实是理念的影子,是虚妄的存在。艺术是对现实的模仿,是影子的影子,是非真实的东西。基于此,柏拉图毫不留情地把诗人和艺术家逐出了他的理想国。然而柏拉图的行为却导致了一个悖论:艺术模仿影子的过程有真实的理念参与。艺术与哲学之间并没有截然的界限,艺术与哲学并不可分。虽然柏拉图把艺术逐出了他的理想国,虽然柏拉图不承认艺术的真实性,但从客观意义上来说,文化艺术追求的世界实际上与柏拉图的理想国是相一致的。而在柏拉图那里,他的理想国与现实世界相对立。

亚里士多德继承了柏拉图的思想,但也发展出自我的理论。与柏拉图不同的是,亚里士多德并不认为现实世界是理念的影子,他认为现实世界是一个真实的存在,且可以把握和认识。不过,亚里士多德对知识作了相应的价值等级的划分,在这个等级的底部是实用的知识,这个知识等级的顶端是哲学知识。处于底部的实用知识用于指导日常生活,为改造现实世界而服务;置于顶端的哲学知识,没有自身之外的目的,它只为自身的目的而产生,并为人类提供福祉。在这个价值等级中,以必然的和有用的(知识)为一方面,以"美的"(知识)为另一方面,两者之间存在着根本的分别。"整个生活遂被分解为两个部分:事功和闲暇,战争与和平,某种以必然和有用的东西为目的的行为与某种以'美的'东西为目的的行为。"[①]

哲学知识,关于艺术的美的知识,在知识体系里被分离出来,成为"闲暇"的知识。表面看来,这种闲暇的知识似乎与现实无关,但实际上,这种关于美好理想的知识的存在,恰恰成为现实的反对,是作为一种异在的状态而存在着,随时都可能变成批判现实的武器。

总的来说,古典时期,现实的世界与理想的真理的世界是两个独立的世界。这

---

① [美]赫伯特·马尔库塞:《审美之维》,李小兵译,广西师范大学出版社2001年版,第1页。

两个世界是相对立的。现实的世界是一个必然性的世界,理想的世界则是一个自由的世界。

(二)观念世界对物质世界的反动——"肯定的文化"时代

果不其然,与现实无关的亚里士多德的"哲学知识",在早期的资产阶级那里,转变成了一种"肯定的文化",这种文化不再脱离或是回避现实,而是参与现实活动,影响和指导着现实的变革。

自古以来,文化概念的一种广泛用法,是与社会现实相一致、相呼应的,这种做法,"使得文化成为一个(虚假的)集合名词,并赋予它一种(虚假的)普遍性"[①]。然而,真正意义上的文化艺术,或者说文化艺术的另一种用途,却是独立于现实功利社会的、具有真正价值和自足目的的王国。自从亚里士多德将知识划分为实用的和哲学的(美的)知识以来,社会生活的整体,实际上已可明确划分为观念再生产的领域(文化、精神世界)和物质再生产的领域(文明)。观念再生产领域即精神文化领域的发展,在社会学、价值学意义上,摆脱了社会过程,沿着一条独立的路线在运行。马尔库塞认为,在资本主义社会里,可以将这个具有独立意义和价值的精神王国,称为"肯定的文化"。在这个精神王国里,个体具有自由的意识,自主的价值。在这种文化里,个体改善和控制着自然,个体拥有着最娇嫩和最热切的健康,个体是自由人和理性人的联合体,他具有足够的理性和自由,他的精致的感觉和本能得以实现。这个作为独立价值王国的心理和精神世界,是优于(物质)文明的东西,是可以与文明分隔开来的东西。这种肯定的文化的根本特性就是认可普遍性的义务,认可普遍的人性、内在的自由、美德的义务、灵魂的美,"认可必须无条件肯定的永恒美好和更有价值的世界"[②]。资本主义产生初期,新兴的资产阶级作为一个抽象的实践主体而登上历史的舞台,成为一种新的幸福要求的承载者。每一个体此时不再作为高级社会团体的代言人或代表出现,在没有封建社会的社会、宗法和政治中介的情况下,自己亲自把握其需求和欲望满足,并直接同他的"天职"、他的目的发生关系。在此情形下,"个人有更多的余地来完成其个体的要求和满足:这种余地使发展着的资本主义生产开始以商品的形式,为自己填充越来越多的可能带来满足的对象。就此看来,资产阶级的个人自由使一种新的幸福成为可能"[③]。肯定的文化成为资产阶级否定旧社会旧制度的强有力的思想武器,在肯定的文化的引导下,资产阶级顺利地登上了历史的舞台。

三 社会批判性是文化艺术最重要的功能

在阿多诺看来,文化艺术的自律性及其真理性特点,使文化艺术具备了社会批判

---

① [美]赫伯特·马尔库塞:《审美之维》,李小兵译,广西师范大学出版社2001年版,第6页。
② 同上书,第7页。
③ 同上书,第8页。

的重要能力。而马尔库塞则通过对当代先锋派文化艺术的形式的详尽分析,指出了文化艺术的最为重要的社会功能,是其社会批判性。

(一) 自律性的文化艺术世界反衬出现实世界的不合理性

亚里士多德将文化艺术的功能定位为"净化作用",文化艺术的世界与现实的世俗世界是隔离的,人们可以通过文化艺术描绘的美好世界来安慰自己在现实中痛苦的心灵。但是,就算是在亚里士多德的权威庇护下,古典主义在两千多年里一直错误地把净化作用视为一种赋予艺术以尊严的工具,但是,"实际上,净化之说已在原则上开创了艺术的操纵性支配作用,随着文化产业的出现,这种现象也随之盛行起来"①。艺术不仅在履行其"净化"职责时,对现实世界起着操纵性的支配作用,而且在这个过程中,艺术也不断加强和完善着自我的想象世界,艺术想象的世界最终成为一个无比完美的世界。文化艺术为自我建立起了一个完全自律的美好世界。文化艺术创造的世界越完美,就越衬托出现实世界的不理想。自律性的文化艺术世界,是现实世界的反对,是对现实世界的真正讽刺。文化艺术的自律性,使得文化艺术始终像一面镜子一样折射出社会的丑恶与不合理。

(二) 文化艺术显现真理

传统的理性概念,已经成为一种僵化的论调,与感性现实严重分离,丧失了其真理性。以感性经验、感性审美为主的文化艺术,则保持着与现实的联系,保留着与真理之间的对话,担任着显现真理的任务。

1. 艺术的拜物方式,艺术的现实物质性,使其有可能显现真理

艺术的现实物质性,首先表现为艺术借以传达的材料是物质的。如画家的颜料,小说家的纸笔,雕塑家的木料石材,戏剧的服饰及舞台包装,等等。其次,艺术反映(或幻想)的对象是现实的。艺术与现实的联系,一句话概括,就是"艺术来源于生活,高于生活"。"艺术高于生活",是指艺术的幻象性及其与现实之间的距离,但我们并不能因此而否定文化艺术与现实之间的联系。艺术的幻象,在这里并不是关于虚幻的虚幻,而是与现实紧密相关的,因此,亦与现实中可能存在的真理相关。最后,艺术的多样性特征,与现实世界的多样性相一致。世界是多样性、差异性的存在,真理也是以多样性的方式在现实中显现。艺术的模仿性物质性的一面,无意中使艺术保留了事物的多样性、差异性特点,而与虚假僵化统一的概念拉开距离。"艺术意识到它存在一种非同一的异样事物中(其工具性的、假定同一性的理由转化为一种物质,并被称为自然)。该异样事物并非某个统一性概念,而是一个多样性概念,因为艺术中的真理性内容也是一个多样性而非抽象或一般性概念。这样,真理性内容与其说是与艺术本身相关,不如说是与单个艺术作品相关。"②

虽然与现实相混杂,艺术难免有不尽如人意的一面,甚至出现极大的盲目性,但

---

① [德] 阿多诺:《美学理论》,王柯平译,四川人民出版社1998年版,第408页。
② 同上书,第230页。

艺术的拜物性也正是艺术蕴含着真理的真正原因。"歌德认为，艺术的目的是在荒诞的渣滓中（dregs of absurdity）……艺术作品的品质在很大程度上取决于它们的拜物主义程度，或者说，取决于生产过程对其人工制品所表示的崇拜程度。在这种拜物主义态度下，突出的是严肃性，而不是人们从艺术创作中得到的快感。正是这种拜物主义思想，也就是艺术作品对现实（艺术作品是这种现实的一部分）的盲目性，使得艺术作品能够打破现实原则的魔力而成为一种精神实体。"①

拜物性与精神性，模仿性与真理性，在这种辩证的运动变化过程中，艺术凭借自己的物质特性，完成了其精神特性的华丽转身。艺术的物质特性，艺术的非空洞性非僵化性、非抽象性、非单一性，使得艺术将自身永远与真理捆绑在了一起。艺术的模仿性、拜物性，使得艺术有幸逃脱抽象概念一统天下的魔掌，保持着与真理接触的珍贵机会，并不断显现真理。艺术模仿自然，艺术模仿现实社会，艺术借助物质的手段表达主观的感觉和思想，反映着社会真实的一面。"艺术在其至为真实可信的创作中，使得这个貌似理智的世界的内在非理性（hidden irrationality）昭然若揭，在此意义上，艺术可谓彰显了社会的真实。"② 艺术作品是艺术家通过物化的方式传达主观感觉和主观精神的一个过程。与纯粹抽象的概念相比较，虽然艺术作品的构思也有着艺术家以往的社会经验、生活环境、教育背景、文化积淀甚至概念等的参与成分，但艺术作品与现实物象却有着深刻的真切的关系。

2. 在艺术作品的创作过程中，在物质与精神的交会作用下，真理得以显现

首先，在文化艺术作品的创作过程中，精神作为一种契机始终参与其中，艺术作品不仅仅是物质的，而且是精神的。艺术对现实的模仿并不是照相式的，由于精神的参与作用，艺术作品（一种人工制品）与现实之间的关系其实是处在似与不似之间的。"精神将艺术作品（物中之物）转化为某种不仅仅是物质性的东西，同时仅凭借保持其物性的方式，使艺术作品成为精神产品。"③ 艺术作品是艺术家对现实进行辩证反思后创造出来的一种"人工制品"。艺术形象有现实的成分，包含着艺术家对现实存在的直觉印象，但是很大程度上，艺术作品艺术形象也融入了艺术家的丰富情感和思想精神。"决定艺术作品良莠与否的正是其内容。精神蕴藏于特定的客体之中，透过表象闪烁而出。衡量该客观性的尺度是不可抗拒的力量，精神借此力量透过表象。"④ 艺术作品的高低并不决定于作品与现实的相似程度，而是取决于其中所包含的精神成分。艺术作品中的精神，在艺术家创作其作品——人工制品的过程中，贯穿始终。

其次，在艺术作品的创作过程中，精神在感性与客体之间，是作为一种内在的中介力量而存在的。精神并不像某种规定的（甚至带有客观物质存在特性的）固定概念

---

① ［德］阿多诺：《美学理论》，王柯平译，四川人民出版社 1998 年版，第 573 页。
② 同上书，第 151 页。
③ 同上书，第 155 页。
④ 同上书，第 157 页。

被灌入作品中，而是作为一种动态的力量参与主客体的构形过程。"精神不只是灌注艺术作品以生气的呼吸，能够唤醒作为显现现象的艺术作品，而且也是艺术作品借此取得客观化的内在力量。在客观化及其对立的现象性中，精神享有同样重要的地位。艺术作品的精神是感性瞬间与客观结构的内在中介（immanent mediation），此处所说的中介，应当从每个契机的严格意义上去理解，而这里的契机都分别要求把自个的对立面纳入艺术作品之中。"① 真正的艺术作品是对现实中杂乱无章的现象的反思，是对真理的显现。艺术作品显现真理，与传统思想中从概念到概念，从范畴到范畴的方式不同，艺术作品是艺术家在与模仿对象动态交会的过程中逐渐形成的。艺术作品最终以感性具象的方式展现，但在作品的制作过程中，精神始终作为一种契机参与其中，正是精神的参与使得一部杰出的艺术作品除具有了鲜活的具象外还蕴含着深刻的意蕴。"精神在艺术中的地位如同显现品性的构形过程。精神与形式相互依存。精神是照亮现象的光源，没有这种光照，现象也就失之为现象。"②

最后，在成功的艺术作品中，真理的显现遵守辩证否定的原则。艺术作品的表面形式是物质性的，其本质内容却是精神性的。艺术作品的形式与内容的关系是一种既统一又否定的关系。具象所言并非其真正欲言，形象表现并非其本质表现。即言所不能言，形所不能形。艺术作品的精神与表象是相一致的，但在更大程度上，它们之间的关系是相否定、相分离的关系。"艺术作品中严格的精神内在性与一种同样内在的相反趋向互为矛盾，对艺术作品来讲，这是一种试图逃避作品自身结构之异质性趋向，一种想要进行目的性切入（deliberate incisions）的趋向，或一种意在废除表象之总体性的趋向。鉴于艺术作品的精神并非与作品共存，所以，它将打破构成艺术的客观形式。这一切在显现的瞬间完成……虽则艺术作品的精神闪现于作品的表象之中，但是，这种刹那间的闪现只是对该表象的否定，与此现象既一致又对立。"③ 精神依着于外在的表现形式，但在这个过程中，精神又异同于其形式，总是呈现出一种否定的状态，最终超出于物象之上。"艺术作品的精神依附于作品的外形，但又超然物表。"④ 内容否定形式，精神超脱物质，艺术作品并不等于现实，艺术作品总是有一种超越现实的欲望，这种超越是人类的一种精神的自觉和爱好，是艺术作品追求真理的指归使然。艺术作品的表象与艺术作品的精神既有联系又有区别，精神与表象相关又不相关。精神常常溢出表象甚至与表象相反。在艺术作品中，真理的显现遵从的是辩证否定的法则。"……因为艺术作品迟早会进入重要关头，此刻，那种直接性告终，作品需要得到'思索'，这当然不是从外部反映媒介角度，而是从作品自身出发。这就是说，理智思考属于作品感性形态的组成部分，而且制约着感悟艺术作品的方式。如果存在一种界定所

---

① ［德］阿多诺：《美学理论》，王柯平译，四川人民出版社1998年版，156页。
② 同上书，第157页。
③ 同上书，第159页。
④ 同上。

谓成熟作品之伟大的一般特征的话,那么它必然是精神突破形式。精神不是导致艺术变形,而是对艺术起矫正作用的东西。最上乘的艺术产品是在零碎的断片中捕捉住的,艺术产品以此方式证明:它们甚至不具有其形式内在性声称它们具有的东西。"[1] 在欣赏艺术作品的过程中,精神始终参与到感性领悟之中,对感性自觉的艺术作品而言,精神的作用是矫正性的,而不是扭曲性的。也就是说,只有通过精神的矫正,艺术作品才会成为艺术作品,而不仅仅是那种散乱的毫无意义的现实的摹本。卓越的艺术作品,其精神性的一面始终会超过其物质表象(形式)的一面,精神对物质,内容对形式的否定甚至是完全的否定,精神直接走向物质的反面。

(三)先锋派的文化艺术

否定性的文化艺术在现实社会保持同步发展的同时,时刻监督着社会的进步与发展,而文化艺术的自律性与真理性特征,又使其具备了极强的社会批判的能力。马尔库塞认为,当代社会先锋派的文化艺术表现,正是体现了文化艺术的这种社会批判功能。当代先锋派的文化艺术是通过一种尖锐的创新的文化艺术方式对社会现实的虚假性有非真理性展开深刻批判的。这种新的批判性的文化,坚决反对工具理性,坚决抛弃传统的理性模式,通过一种新的感性形式,表现了新的理性精神。

超现实主义的艺术流派,正是用超现实主义的艺术手法,揭露传统理性和感性模式的非真实性,通过非理性的形式,即新感性的形式,展现出世界真实的一面。

第一次世界大战结束之时,无论是战胜国英、法、俄等国,还是战败国德、奥等国,都不可避免地留下了让人不忍卒睹的伤痕。整个欧洲,经济萧条、世态炎凉,人民生活困苦,整个社会弥漫着强烈的厌世、悲观的情绪。许多重要的哲学家开始了对悲惨的现实社会的反思,各种文化艺术流派也纷纷通过不同的方式表达自己的真实感受和对真理性世界认知的迫切需要。超现实主义最重要的哲学依据是弗洛伊德的潜意识学说。超现实主义的艺术流派认为,现有的理性、道德、宗教、社会以及日常生活经验,都是对人的精神、对人的本质需要的桎梏。人的头脑活动要从逻辑与理性束缚中解放出来。只有人的无意识、梦幻和神经错乱才是人类精神的真正活动。世界的真相,只有通过对人的本能的感觉和潜意识的认知,以及通过对这种感觉与现实世界结合所产生的结果的认知,才能获得。受理性控制和受逻辑支配的现实世界,是一个被虚假地描绘的现实世界,是一个不真实的世界。只有梦幻与现实结合才是绝对的真实、绝对的客观。

超现实主义的绘画,是一种崭新的感性表现方式。超现实主义绘画是对以往以理性、现实为特征的现实主义绘画的反动,目的在于对真实的深层次探索和表现。

超现实主义以人的本能、梦幻、下意识为艺术创作的源泉。在超现实主义的作品中,生与死、梦幻与现实、过去与未来是常常结合在一起的,他们的艺术作品总是呈

---

[1] [德]阿多诺:《美学理论》,王柯平译,四川人民出版社1998年版,第161页。

现出神秘、恐怖、荒诞、怪异的特点。在超现实主义的绘画中，传统的艺术材料（意向、和谐、色彩）就只是作为"引述"来使用，传统只是作为否弃的框架中过去了的意义的残余才重新显现出来。超现实主义绘画多半依靠具象表现形式与抽象画面情景的巧妙嵌合，即有意将抽象意境与具象实体搭配，构成一种既具体又模糊的虚实相交的境界，从而给读者提供了追寻艺术家个体感受的信息。读者正是通过欣赏超现实主义的绘画作品，学会了用新的感受方式去接受艺术家的新感觉，并用这种新的感受去理解世界的真实性的一面，认清（由旧的理性与逻辑所描绘的）现实世界的荒唐、虚假与无奈。

在超现实主义的绘画中，传统的表现手法与构图模式被打破，对称、均衡、比例、尺度以及光与影的谐调等形式美的规律，在这里被抛弃。在超现实主义的作品中，我们看到的是不调和的色彩与混乱的结构，无力的或是粗暴的线条。传统在这里被拒斥，是因为在超现实主义艺术家们看来，传统手法所表现的和谐美感世界，是不真实的。真实的世界光怪陆离、支离破碎，超现实主义不屑用光鲜甜美、整齐有序的画面去表现这个混乱不堪的丑陋世界。

超现实主义不仅以"反常"的形象来描绘现实世界，而且也以扭曲的形象来表现个体潜意识中本能的需求。超现实主义企图通过艺术表现，以求重新获得那些被功能主义所否定的，被社会戒律所禁忌的，但却是人们所向往的、人性的、原本属于人的东西。超现实主义是各种性质和风格汇集而成的相册，这些相册不约而同地力图表现出个体受压抑的本能的愿望和需求，超现实主义艺术，使技术世界拒不予人的东西得到了升华。

与超现实主义的绘画艺术流派一样，先锋派的文学作品，也用新的感性形式——新的感性认知的诗意的语言，传达自己的感觉和精神。

在先锋派的作者看来，现存的语言秩序，过于现实，过分协调，最高雅的诗歌与最低劣的散文在这个秩序中，都拥有相同的表现媒介。这种尴尬的现实，已使超越性的思想交流变得不可能。为了能使语言可以交流否定性的思想，"现代诗'摧毁着语言的关系，将言语拉回到语词的阶段'"[①]，真正的先锋派文学作品交往着与交往本身的决裂。新的语言形式，成为先锋派传达其社会批判精神的迫切需要。他们认为，"构想和引导这种重建工作的新感性和新意识，需要一种崭新的语言来改定和传导新的价值（语言在这里是广义的，它包括语词、意象、姿态、音色）。人们曾说，一场革命在何种程度上出现性质上不同的社会条件和关系，可以用它是否创造出一种不同的语言来标识，就是说，与控制人的锁链决裂，必须同时与控制人的语汇决裂"[②]。先锋派的文学艺术，通过诗意的语言，创造了一个崭新的与现实相对立的文化世界。这种诗意的语言，倾述的是这个世界的本质存在，而不是其表象和假象。这种诗意的语言，通过

---

① [美]赫伯特·马尔库塞：《审美之维》，李小兵译，广西师范大学出版社2001年版，第71页。
② 同上书，第106页。

打破人类对现存事物的迷惑，通过将事物的另一秩序插入现存秩序，通过摧毁现存的传统的语言关系，建立了一个异在的文化艺术世界。新的语言秩序，利用了日常语言中的超越性因素，达到了对现存语言秩序的超越。这种诗意的语言，不仅"倾述着在人和自然中可见、可触、可听的东西——而且还有那些尚未知、尚未听到和尚未触及的东西"[①]。这种充满新的感性认知的诗意的语言，是一种倾覆实证东西的认知的语言，它倾述尚付阙如的事物，这种事物虽不存在，却萦回于天地、现实间。这种新的语言演示着思想的伟大任务，努力使不存在的东西存在于我们的心间。

  无论是超现实主义的绘画作品还是先锋派的文学艺术作品，先锋派的文化艺术，都是以颠覆旧感性建立新感性的面貌出现的。现代文化艺术的重建过程之伊始，是对过去的感性经验的倾覆。"要与攻击性和剥削的连续体决裂，也就同时要与被这个世界定向的感性决裂。今天的反抗，就是想用一种新的方式去看、去听、去感受事物；就是要把解放与惯常的和机械的感受的消亡联系在一起。这一遭，包括了消除由现存社会塑造的自我。"[②] 在现代艺术家看来，那种以过去的理性秩序概括的世界（天地），是一个虚假的连续体，一个非连续体，是一个不可忍受的、自我抛弃的天地，在这个虚假的、非连续的世界里，不存在诗意的人性。这个表面和谐统一，实质混乱不堪的非连续性的世界，带给我们的是疯狂的、疲惫的、污秽的、肮脏的、凌乱的感觉，新艺术没有义务用整齐的图画来描绘散乱不堪的龌龊的现实。新的文化艺术表现世界的本质存在，诗人使用的语词，拒绝句子的统一、明晰的规则，诗人倾覆着语言的传统结构，因为我们经验的世界并没有明晰的规则，也没有和谐的统一，没有人能找到特定于它们的意义。诗人的世界，与自然、天界、地狱、神祇、童稚、疯狂、纯粹物质发生关系，但不与人发生关系。人与人之间的关系，背负了太多的制度的、历史的、文化的、社会的包袱，再加上处于商品经济中的人与人之间的关系，已被今日的技术化、商品化的社会严重污染，变得极为复杂，极为不纯粹，甚至极为虚假，极为不真实。只有人以外的世界才有可能是真实的，因此，只有通过对前者的重新体验，才能找到新感性，新的文化艺术在新感性的引领下发现真理，同时表现真理。

  文化艺术的表现方式是感性的，但感性并不是文化艺术表现的最终归宿。新的感性形式，展示出来的是一种新的理性态度和理性精神。在当代社会，先锋派的文化艺术，担当着针砭时弊、揭露黑暗、引领光明的重要使命，一个充满希望的自由、平等、幸福的新社会，有赖于具有新感性和新理性的新型人类来创造。

---

① [美] 赫伯特·马尔库塞：《审美之维》，李小兵译，广西师范大学出版社 2001 年版，第 70 页。
② 同上书，第 109 页。

"启蒙的悖论":萨德与康德伦理学

韩振江[①]

(大连理工大学人文学院 辽宁 大连 116023)

摘 要:霍克海默和阿多诺的《启蒙辩证法》是对启蒙的理性、道德、文化、权力的系统而彻底的反思,从而成为继马克思之后对资本主义社会系统批判的一部巨作。他们在"附论2:朱丽埃特或启蒙与道德"中集中探讨了作为启蒙道德与伦理学典型代表的康德伦理学如何与臭名昭著的色情文学家萨德以及意志哲学家尼采、法西斯的极权主义之间的内在联系。研究的结论是萨德是康德的真理,因为在启蒙现代性的道德中体现了极权主义的淫荡内核。

关键词:启蒙辩证法;康德;萨德;道德

齐泽克在《康德与萨德》(Kant with Sade)一文中追溯了第一个关注康德与萨德之间的秘密联系的哲学家:霍克海默与阿多诺。他指出,在《启蒙辩证法》声名卓著的"附论2:朱丽埃特或启蒙与道德"("Juliette or Enlightenment and Morals")中,霍克海默与阿多诺的任务在于探讨康德的形式主义伦理学与无情的奥斯维辛(Auschwits)杀人机器之间是否存在必然的联系,集中营和大屠杀是否就是启蒙主义所坚信的自治理性的必然产物。康德的道德哲学为启蒙运动之后的资产阶级的冷静、客观的市场关系和工具操控的功利主义提供了怜悯道德和博爱主义的补充。而资产阶级的思想家尼采、萨德等人已经完全接受了启蒙理性变为工具理性、人变成物这一启蒙的结果,所以"在阿多诺与霍克海默看来,萨德所采取的立场是现代主体性所具有的真正伦理内涵,或者说得更绝一些,是整个启蒙运动过程真正的伦理内涵——这可以从启蒙运动最初的神话起源算起。萨德不过是在事后将其表述了出来,并抛弃了感伤的糖衣而已。因此康德是功亏一篑,半途而废了。……虐待狂式的性倒错者把性伴侣化约为纯粹的客体,化约为满足自己无限快乐的工具,这本身就是康德伦理命令——尊重别人并允许他们拥有最低限度的尊严——的隐含真理。"[②] 换言之,齐泽克认为,霍克

[①] 韩振江,河北邯郸人,大连理工大学人文学院副教授,博士,中央编译局博士后。
[②] [斯洛文尼亚]齐泽克:《实在界的面庞》,季广茂译,中央编译出版社2004年版,第2—3页。

海默和阿多诺的基本观点可以用一句话来概括,即"萨德是康德伦理学的真理"[①]。

那么,霍克海默与阿多诺是如何从康德推论出萨德的真理,并且把康德与极权主义的暴力联系起来了呢?我们在《启蒙辩证法》中看到了如下出场的人物:康德,启蒙理性的代表,其《实践理性批判》论述了启蒙意义上的道德;尼采,提出意志哲学即超人哲学,提出价值重估,认为尤其要打倒基督教的价值观,才能树立超人哲学;萨德,一个色情狂,也是思想家、艺术家,是启蒙的另类的儿子,其思想是康德思想的反面,太忠于康德使得"太善"变成"太恶"。萨德小说《贞洁的命运》中的主人公朱丽埃特,是萨德哲学的代言人。最后推导的目的则是德国法西斯的极权主义。

一 知识体系:从启蒙理性到工具理性

康德说,启蒙就是人类脱离自己所处的不成熟的状态。不成熟的状态就是没有能力去运用自己的不经他人引导的知性,即没有人指导,主体不能去运用自己的理性。这种蒙昧状态也就是人们需要有外在的权威去指导自己做事情。启蒙就是把这种权威抛弃掉了,即没有人去指导你,人类也可以自行运用自己的理性。启蒙就是知性,即不经他人引导的知性就是理性引导的知性。理性只是以知性进行目的活动为对象。

那么,知性是什么?在《纯粹理性批判》中,康德用三分之二的篇幅来解释何为知性,简单来说就是:从感性杂多中提炼,运用想象力整合,最后给予概念概括。简单地说,知性就是人类把杂乱无章的现象统摄起来,形成固定的感知,对事物进行初步判断的先天能力。在知性的形成过程中,首先,人类需要把感性杂多从现象中提炼出来,现象是杂乱无章的,我们要用直觉把感性杂多提炼出来。其次,要用想象力对表象进行综合。为什么要提到想象力呢?人的知性需要想象力吗?人的知性非要想象力不可。因为想象力是指不在眼前出现的事物在眼前出现,即再现想象力。而再现想象力是想象力的最基本的功能。康德说,人们只有把不在眼前的东西重新复现出来,才能进行想象力的综合,才能形成统一的印象。最后,就是运用逻辑和概念对事物进行综合。这三种能力综合到一起,才形成意识。意识发展为自我意识,自我意识是由先验通觉来完成的。先验通觉就是人类对事物统一把握的一种生而有之的能力。先验通觉要求你要对杂乱的东西做一个规整、一个统一、一个规划,也就是霍克海默所说"它把'一种集体的同一性作为知性作用的目标'"[②]。

理性把一种集体的统一性作为知性的最后的目标,而这种统一性就是体系。简单说,就是理性的目的就是知性,知性的作用就是统一性,统一性就是建立一种体系。知性的功能就在于把杂乱无序的表象予以归类和整理,进行统一化。霍克海默和阿多

---

① [斯洛文尼亚]齐泽克:《实在界的面庞》,季广茂译,中央编译出版社2004年版,第5页。
② [德]马克斯·霍克海默、西奥多·阿多诺:《启蒙辩证法》,渠敬东、曹卫东译,上海人民出版社2003年版,第90页。

诺所说的"统一性就存在于一致性之中",就明确指出了知性的作用在于对社会上各种事物进行分类和管理。例如,整个社会可以分成教育系统、金融系统、军事系统、政治系统等,这就是对社会的一种知性的认识。例如,文学史就是把某个时间段内的杂乱的作家、作品、文学现象进行归类、一致化的知识体系。在对整个世界进行归类化、一致化的过程中,理性就指导其工作的指针。因此,霍克海默指出:"这种统一性即是体系。理性的指令就是一种概念等级结构的指针。……知识的'体系化过程就是按照一种原理建立起来的连贯性'。从启蒙的意义上来理解,思想就是统一科学秩序的创造物,是从原理中派生出来的实际知识。"[1]

"理性的指令就是一种概念等级结构的指针"[2],这点不管是康德,还是莱布尼茨和笛卡尔,都表示赞同,即理性是由一种系统组成的。自启蒙运动以来,最完整的体系就是科学知识体系。知识体系不完全是对自然真理的表述,或者如黑格尔所说它是与事实相符合的真理。他们认为,知识体系只是一个框架,是事实在这个体系中要预先被阐明,也必须对体系做出确证。启蒙思想体系成为既可以把握事实,如把握自然,把握社会,把握杂多的感受,又可以帮助个体有效支配自然的知识形式。我们可以通过福柯的《规训与惩罚》《疯癫与文明》所讲的社会权力秩序的建构来进行理解。福柯认为,人类社会被分为多种职业,政治家、士兵、知识分子等,全部归类了。但有一种人是没有职业的,即乞丐。有人说乞丐以行乞为职业,但是在整个社会中却没有他的位置。任何人一旦落入乞丐的状态,便是游离于整个社会秩序之外了。人类社会迄今为止,特别是启蒙运动以来,所有东西必须要被归纳到一个体系中去。所有事物必须要被分门别类才能识别。不仅用这种体系去认识人类本身,也用这种体系去认识和改造自然。

康德认为,人类要认识世界,头脑中必然先天存在一种体系,而人们只不过是把世界上的东西纳入这个体系中,才能依次认识这个社会。齐泽克把康德的这种先验自我认识世界的模式,称为"主观的客观"。因此,霍克海默等认为,理性即建立科学的逻辑体系,只有有了理性的逻辑体系和知识体系才能够去认识社会,才能去改造和支配自然,所以并不是如同唯物主义那样,先从经验出发,去认识一个东西,然后去作用于它。譬如,福柯在《临床医学的诞生》中曾经说过一个对精神病进行水疗的案例。在十七八世纪的医学相对发达的法国,他们把精神病人放到水缸里,或者是水车上,去反复冲洗或浸泡,因为当时的医学科学认为,精神病人是脑子里有一种黏膜,如果用水把这种黏膜泡化了或者泡掉了,精神病就好了。现在医学证明,精神病人根本就没有什么黏膜之类的东西。但是在十七八世纪的医学中水疗却是真理,因为所有的医生都是这样治疗精神病人的。什么是主观,什么是客观,什么是科学,什么是真理呢?

---

[1] [德]马克斯·霍克海默、西奥多·阿多诺:《启蒙辩证法》,渠敬东、曹卫东译,上海人民出版社2003年版,第90页。
[2] 同上。

一切都是相对的。总的来说，霍克海默和阿多诺认为，启蒙运动以来，理性就是知性，知性就是要建立一种知识体系，知识体系就是认识世界的一种框架，所有事物必须要被纳入这个体系来。这样一来，便造成了讲究普遍性、逻辑性与知识性，忽视特殊性的情况，科学本身也就变成了一种工具。这样就从启蒙的理性变成了工具理性。

工具理性发展到极致，便是视人为物，人不是人，用工具理性看到事物，也必然会把人看作一种物，一种工具。当启蒙发展为工具理性的时候，人被所谓的知识和科学所异化也是一种必然。因此，霍克海默和阿多诺写道："理性只允许对社会职业加以分类。每个人都是他所成为的角色，都是职业群体和国家群体中有用的、成功的或失败的一员。他也成了地理学、心理学和社会学类型的特定代表。……一般意义上的科学与自然和人类的关系，就像特殊意义上的保险公司与活命和死亡的关系一样。究竟谁死了并不重要，重要的是意外事故和公司责任之间的关系。……科学本身丧失了自知之明，而只是一种工具。"① 例如，今天的管理学，几乎都是把人看作物，而没有把人看作如马克思所说的，站在地球上的、用嘴呼吸空气的活生生的人的肉体和生命。现代的心理学和社会学也是把人看作被管理和被统计的物。当工具理性发展到极致的时候，极权主义就把它付诸实践了，并以科学有效的逻辑来建构社会。霍克海默说，"法西斯主义……它用铁的纪律把它的臣民从道德感情的困境中解救出来，而不再需要维护任何律令。法西斯主义拒绝一切绝对命令，因而与纯粹理性更加一致，它把人当作物，当作行为方式的集合"②。他们悲观地看到完美的启蒙理论在资本主义社会中变质了：理性变成工具，启蒙变成管理，人变成了物。

霍克海默和阿多诺指出，这种理性的科学的精神泯灭了人性，剔除了情感，把康德意义上独立的自我演变成了统治者。他们说："但是，极权制度却任凭计算原则畅行无阻，并且唯科学是从。它的准则就是粗暴残酷的劳动效率。从康德的《纯粹理性批判》到尼采的《道德的谱系》，都以大写之笔将其载入了历史史册。但是唯有一个人对上述问题做过极为详尽的阐述。萨德（Marquis de Sade）在他的作品中就描述了'不经他人引导的知性'：这就是，摆脱了监护的资产阶级主体。"③ 在这里，他们说明了两层意思：第一，极权主义迫不及待地实践了启蒙带来的计算法则和劳动效果，即有计划地灭绝人类自身。理性受到最原始的自然利益的支配，全部生活都无不充满合目的性特质。他们认为，对于统治者而言，人都是物质，就像大自然是社会的物质一样，任凭他们掠夺、奴役和压制，直到完全毁灭。这就是资本主义启蒙运动中的主体成长史，资产者自我不断膨胀，最终变成卡特尔巨头，他们的科学变成奴役大众社会再生产的工具。沿着这个逻辑，我们不难理解法西斯的所作所为。在纳粹眼中，犹太人是

---

① ［德］马克斯·霍克海默、西奥多·阿多诺：《启蒙辩证法》，渠敬东、曹卫东译，上海人民出版社2003年版，第93页。
② 同上书，第95页。
③ 同上。

物质，他们运用毒气将犹太人成批地杀死，之后将死人的骨头、头发、牙齿都拔下来，再提炼其他有用的东西，这是废物的有效利用。在法西斯的眼里，集中营是一种管理科学。更为重要的是，理性演变成了一种无目的的合目的性，它操控一切目的。在这种工具理性和统治逻辑下，人变成了被奴役的对象，极权国家操纵着臣民。

二 情感的泯灭：康德伦理学的革命

齐泽克认为，康德的道德准则是"你必须，因为你应该"，这是一种绝对的道德命令。康德的道德律令来源于个体理性与社会理性之间的伦理冲突，或者说是个体理性和社会共同体理性之间的矛盾。康德所谓理性就是自己认识自己，不依赖于外在权威，并且不受他人支配。那么，个人理性的自由是不是就意味着自己想干什么就干什么呢？理性的自由恰好意味着理性的限制。因为我们共同生活在其中的社会共同体要求社会有一个一致的准则，在社会共同体的一致性中才能保证每个主体的自由。如果每个主体都要求不受限制的自由，那么就是对社会共同体的理性的破坏。因此，康德认为道德理性的基础不是个人自由的绝对化，而是个人自由必须俯就社会共同体的理性。自由不再是想做什么就做什么，而是每个主体必须从内在地改变自由的定义，即个人自由必须内在地符合社会共同体的利益和准则。

这就是康德所谓的实践理性的原理，即主体的道德实践必然要成为对所有主体都有效的意志，也就是个人的道德原则具有客观普遍性。康德认为，道德的实践法则只来源于一种善的意志，而"将欲求能力的一个客体（质料）预设为意志的规定根据的一切实践原则，全都是经验性的，并且不能充当任何实践法则"①。同样，自爱或自身幸福的原则也不能充当实践法则，因为"自爱的原则虽然可以包含有熟巧（即为意图找到手段）的普遍规则，但这样它们就只是一些理论性的原则（例如那想要吃面包的人就必须想出一副磨子来）。不过，基于这些原则的实践规范却永远不能是普遍的，因为欲求能力的规定根据是建立在愉快和不愉快的情感上的，这种情感永远也不能被看作是普遍地指向同一些对象的"②。康德批判了以对象的质料为实践原则的伦理学，包括蒙田的教育、曼德维尔的公民宪法、伊壁鸠鲁的自然情感、哈奇逊的道德情感、沃尔夫和斯多亚派的完善以及克卢修斯的上帝意志等幸福论的伦理学。他认为，自身幸福的原则如果被当作伦理道德的起点，那么就会与唯一意志为起点和原则的德行原则相互矛盾，因为在幸福伦理学是以自身情感为基础的，为了获得一种快感。意志的道德动机只能是道德律本身，道德律要排除一切情感，所以道德动机在情感放慢是否定的，因为它导致痛苦。换言之，康德的伦理学就是一种为了义务而义务的绝对命令。正如美国阿拉斯代尔·麦金太尔所说："康德从这样一个初始的断言开始：除了善良的

---

① ［德］康德：《实践理性批判》，邓晓芒译，杨祖陶校，人民出版社 2003 年版，第 24 页。
② 同上书，第 31—32 页。

意志之外，没有任何东西是无条件的善的。健康、财产、理智，仅仅在得到妥善利用时才是善的。但是善良意志本身就是善良的。……善良意志的唯一动机在于善良意志本身的职责而去尽其职责。"①

康德的道德律令与中国古代孟子所论"不忍人之心"有异曲同工之妙。孟子说："所以谓人皆有不忍人之心者，今人乍见孺子将入于井，皆有怵惕恻隐之心——非所以内交于孺子之父母也，非所以要誉于乡党朋友也，非恶其声而然也。由是观之，无恻隐之心，非人也……"② 在这里孟子如同康德一样，强调了善良的动机是伦理道德的唯一动机，除此之外，任何东西都是外在于人的。

孟子所说"孺子坠入井中"，人要去救他。第一，不是因为他是你亲戚的孩子，这就是康德所说的质料，拯救与此无关。第二，不是说救了这个小孩有奖金，即没有实际的利益。第三，也不是为了道德的赞誉，等等。换言之，假如只有你和这个小孩，救与不救都没有旁人看得到，一不管对象是谁，二没有实际的利益，三没有良心上的快乐，四没有人知晓，没有荣誉心，孟子说必须救，这就是人之为人的本性。只要有良知的人都会救，良知良能就是本性。良知良能与人的本性没法推究和追问。康德认为，因为作为有道德的人应该去救小孩，所以你必须救。应该救是一种善的意志力，就是人身上天然的善的动机和意志力。为了行善而行善，行善既是出发点，也是归属点。这就是纯粹的善良的意志让我们去行善。

另外，康德伦理学与以前的幸福主义的伦理学不同之处还在于道德是一种绝对命令。这个道德律令就是你必须，因为你应该，应该是没有内容，是一种纯粹形式。康德的伦理学剔除了一切内容的诱惑，是纯形式的。阿拉斯代尔·麦金太尔指出，康德的绝对命令不同于假言命令，假言命令是有条件的，而绝对命令是无条件的，它的形式仅仅是"你应当如此这般做"。他说，如果换成我们熟悉的日常道德语言，那就是"你应当做这件事情，为什么？没有任何理由，你就是应当"③。麦金太尔也探究了康德绝对命令的思想基础，即康德把绝对的爱与病态的爱对立起来了。康德认为，道德律要剔除一切情感因素的干扰，他称为病态的动机。但是绝对命令的道德主体也能产生一种积极的肯定的情感，那就是对道德律自身的"敬重的情感"，这是根植于理性的情感。由此，麦金太尔指出："康德把所谓的'病理的爱'（不是病态的或不自然的爱，而是自然的爱，自发产生的爱）与'能被命令的爱'作了对照，这种爱所服从的是绝对命令，并且康德把它等同于耶稣所命令的对我们邻人的爱。"④

至此，我们清楚了康德的伦理学革命的含义：第一，个体自由和理性服从于社会共同体的理性和自由，因此实践理性（道德）的法则是"要这样行动，使得你的

---

① [美] 阿拉斯代尔·麦金太尔：《伦理学简史》，龚群译，商务印书馆2010年版，第255页。
② 杨伯峻：《孟子译注》，中华书局2003年版，第79—80页。
③ [美] 阿拉斯代尔·麦金太尔：《伦理学简史》，龚群译，商务印书馆2010年版，第257页。
④ 同上书，第195页。

意志的准则任何时候都能同时被看作一个普遍立法的原则",也就是意志自律。第二,道德是理性的道德,不是非理性的情感的道德,剔除情感因素的幸福主义伦理道德都受到了批判。第三,道德律令不是假言命令,而是直言命令,是没有内容的纯粹形式。

三 美德是罪恶:作为康德信徒的萨德

康德说:"德性在某种意义上建立在内在自由的基础上的,它同时也包含着对人一种断言式的命令,这种命令把人的一切能力和偏好都置于(理性的)控制之下,同时也置于人的自我控制之下。自我控制最终战胜了由人的情感和偏好(无动于衷的)所决定的消极命令。这是因为,除非理性把支配权揽在自己的手中,否则,情感和偏好将行使这一支配权。"[①] 在康德看来,一个理性的道德,即实践理性,其行为就应该是排除情感和偏好的。他称这种情感和偏好是病态的动机,是真正道德行为的干扰因素。同时,康德的道德律令是一个空洞的形式,如此一来,康德可以填充他认为善的内容,而法西斯主义可以填充恶的内容,因为这同样是道德的。

康德排除了人的情感和偏好等病态动机,同样萨德也要求犯罪行动中要剔除情感和偏好。朱丽埃特极力鼓吹这种自我律令,说杀人犯一定要拿出镇定自若的表情,要心平气和,泰然自若,麻木不仁,如果不能肯定你完全不受良心的谴责的话,那你的一言一行一举一动的控制都达不到效果。她已经把懊悔等情感都排除掉了。当一个人在作恶的时候也像康德的绝对命令一样,因为要作恶,所以要作恶,不考虑内容与对象,不考虑自己的情感,因此康德与萨德都认为——严格的形式上的冷漠是道德的必要前提。康德更甚,康德的道德冷漠与感官刺激的无动于衷,是区分开来的。他认为,热情冲动是不良的,做好事的时候有做好事的热情是不对的。做好事的热情是不良的动机,冷静和果断才是道德的真正力量。同样,朱丽埃特的朋友克莱维尔(Clairwil)也认为善良是一种罪恶,他说:"我的灵魂坚韧不屈,可令我兴奋的已不再是情感,而是对幸福的无动于衷,在那里我才能感到无比的喜悦。"[②] 因为没有情感而感到无比的喜悦,这是科学的冷静。就像《朱丽埃特》中侯爵说,对一个处女去折磨她,就像科学家用手术刀解剖一具尸体一样,这才是快乐。这实际上,不是快乐,而是一种科学和态度,与自然情感相去甚远。

其次,萨德以科学否定宗教,认为基督教是弱者的宗教,同情是一种罪恶。也就是说,朱丽埃特的第二步骤就是科学和宗教的对立,相信科学,反对宗教,启蒙就是基督教的敌人。尼采认为,难道还有比上帝更可笑的吗?没有什么比基督教更现实的

[①] [德] 马克斯·霍克海默、西奥多·阿多诺:《启蒙辩证法》,渠敬东、曹卫东译,上海人民出版社 2003 年版,第 104 页。

[②] 同上书,第 105 页。

表现，上帝等于无限、等于有限、等于死亡，滑稽极了。在朱丽埃特或尼采认识中，基督教是同情弱者的宗教，要普遍的爱和平等，实际上强者不需要上帝的爱。在耶稣和圣保罗的时期，基督教是穷人的宗教，后来基督教的上层作用于罗马帝国的上层，才把基督教变为一种统治者的宗教。因为他们想把这种宗教变成一种普世的宗教。尼采或朱丽埃特就认为，必须铲除贫弱和失败，这是博爱主义的前提。比一切罪恶更有害的就是对所有失败和软弱的同情之举。这就是基督教，因为基督教是同情一切软弱和失败的。

这其实偷换了命题，同情是弱者的逻辑。那什么应该是强者的逻辑？压迫和掠夺。朱丽埃特和尼采说，要危险的生活，因为那体现了勇气、精神和活力，体现了强者的本能，所以要毫不畏惧地做一切。世界上有统治和被统治的阶级和民族，要做哪种人？尼采和朱丽埃特连同萨德逻辑就是要做一个强者。强力、美貌、高大、雄辩，无论如何，权威都集中在权威者的手中，这才是真正的美德。这种强者逻辑体现在文学形象上就是巴尔扎克名著《高老头》里面的伏脱冷。伏脱冷说："你知道巴黎的人怎么打天下的？不是靠天才的光芒，就是靠腐蚀的本领。在这个人堆里，不像炮弹一般轰进去，就得像瘟疫一般钻进去。清白老实一无用处。在天才的威力之下，大家会屈服；先是恨他，毁谤他，因为他一日独吞，不肯分肥；可是他要坚持的话，大家便屈服了；总而言之，没法把你埋在土里的时候，就向你磕头。"[①] "一个纨绔子弟引诱未成年的孩子一夜之间丢了一半家产，凭什么只判两个月徒刑？一个可怜的穷鬼在加重刑罚的情节中偷了一千法郎，凭什么就判终身苦役？这是你们的法律。没有一条不荒谬。戴了黄手套说漂亮话的人物，杀人不见血，永远躲在背后。普通的杀人犯却在黑夜里用铣棍撬门进去，那明明是犯了加重刑罚的条款了。我现在向你提议的，跟你将来所要做的，差别只在于见血不见血。"[②] 这就是活脱脱的资产阶级强者和野心家的典型。伏脱冷在哲学上的代表就是尼采的权力意志和萨德的哲学。

那么，美德是罪恶的逻辑是如何颠倒的？朱丽埃特说，这是为美德付出的代价，想要美德就必须要被摧残。美德是一种罪恶，同情是一种罪行，强权和压迫就是一种美德。这种逻辑背后的哲学的根基在于自然这个概念。尼采和萨德把世界分成两半：一半是强者，一般是弱者，弱者应该被吃，强者应该统治弱者，弱肉强食，这是达尔文进化论的"丛林原则"。无论尼采，还是萨德，他们哲学的依据都在于自然的概念。他们认为，大自然是有生有灭的。一个强大的生命必然去统治和吞噬掉一个弱小的生命；而弱小的生命如果不服从的话，那就是罪。这就像美国白人之于黑奴，殖民者之于中国，英国的殖民者之于殖民地的人，男人之于女人，都是这样的强者逻辑。所以尼采说法则，"一旦知性作为自我持存的重要尺度认识到了生存的法则，那么这一知性

[①] [法]巴尔扎克：《高老头》，傅雷译，安徽文艺出版社1998年版，第107页。
[②] 同上书，第113页。

就是强者的知性"①。理性就变成了资产阶级的理性和统治的理性。尼采就认为弱者逃避自然的法则就是有罪,强者就应该不顾一切地去掠夺和压迫他们,这种行为是世界上最为自然的事情。尼采和萨德认为,人类应该顺自然而动,而不是逆自然而行。霍克海默和阿多诺进一步说,从历史上来看,懦弱、怜悯在历史上并不完全被当作一种罪恶,其有理性与历史上的发展逻辑。但是,萨德和尼采认为,一旦陷入怜悯就会远离美德,一旦同情就会成为真正的罪恶。

在萨德看来,怜悯是一种罪恶,这其中是否有理性主义发展的脉络呢?首先看古希腊,《荷马史诗》中当阿喀琉斯看到战友普特洛克勒斯被杀死的时候,抱着他的尸体号啕大哭,整夜没有睡觉;特洛伊的英雄赫克托耳要与阿喀琉斯决一死战的时候,清晨他别离妻子同样也是感到一种悲凉和懦弱。赫克托耳是特洛伊最伟大的英雄,阿喀琉斯是希腊联军里像战神一样的英雄,但是他们也具有人类的怜悯、同情和懦弱的情感。换言之,在荷马的时代,英雄也是可以怜悯和懦弱的,这是人的本性。但是,柏拉图对战士的论述就不一样。在《理想国》中,柏拉图说,正义就是各安其位、各司其职,战士就应该打仗、应该勇敢,两军相逢勇者胜。既然战士要勇敢,就应该排除那些情感和懦弱的东西。因此,柏拉图说,我们这个国度不欢迎诗人的存在,因为诗人鼓动人的情欲,来使英雄的理想降低,让英雄的勇敢的品行变成了一种懦弱和怜悯,有害于正义。在此,情感与理性的关系发生了变化。亚里士多德在《诗学》中指出,悲剧有宣泄和净化的效果,是因为扫除了怜悯等情感之后,战士可以更好地走向战场,更好地作为一个理性的人而存在。人们不应该把这些东西带进战场和生活中,而应该在剧院中把它们宣泄掉,进而得以进化和升华,因此亚里士多德也认为恐惧、怜悯等并不是人类美好的情感。

康德在《判断力批判》"论崇高"的部分中提出,什么是力学的崇高(崇高有两种,一种是数学的崇高,一种是力学的崇高),力学的崇高是我体验到了一种强大的力量,这种力量让我在山崩海裂的时刻也毫不畏惧。例如,我们一般会认为,一个勇敢的士兵是让人尊敬的,尊敬与崇高一般联系在一起,而康德认为坐在帐篷里面指挥全军的统帅更让人尊敬,他可以说是崇高的象征。因为在血与火的厮杀中他可以镇定自若,像艺术家弹钢琴一样在弹着整个战场的钢琴,而没有了怜悯、懦弱和同情等情感,这就是非常让人尊敬的,这就是崇高美。到了尼采,就更直接了。尼采认为,同情是一种德性,是软弱和不幸,人们要抑制这种敏感所必须要克服的软弱,女人是爆发无限同情的源泉。康德这样认为,"同情是'软心肠',但它并不具有'德性的高尚'"②。

霍克海默与阿多诺认为,既然善良和仁慈变成了罪恶,那么统治和压迫就变成了美德。那么什么样的统治和压迫变成了美德呢?那就是"技术下的享乐"即为了享乐

---

① [德]马克斯·霍克海默、西奥多·阿多诺:《启蒙辩证法》,渠敬东、曹卫东译,上海人民出版社2003年版,第108页。
② 同上书,第110页。

而享乐，为了好玩而好玩。不管是康德还是尼采、萨德，他们认为享受不是自然情感下的享乐，而是一个理性支配下的形式化的过程。霍克海默是这样说的——理性的形式化过程，也仅仅是机械化生产方式的智力表达，手段成了拜物教，并且融入了快乐。就像启蒙用旧的统治方式来装扮自己的目的，从而在理性论证中的幻想一样。把它总结成一句话，就是——犯罪的技术就是如何高明地犯罪，犯罪的目的就是为了犯罪，不是为了别的。犯罪的最高水平就是为犯罪而犯罪，为了提高自己的犯罪技术。这是通过工具理性，康德、萨德所推断出来的一种东西。萨德认为，在技术指导下的犯罪就获得了一种快乐和享乐。为什么压迫损害他人是一种快乐呢？霍克海默指出，从历史的角度来讲，快乐就是对统治秩序、社会秩序、道德秩序和自然秩序的颠覆。正如巴赫金所论，在中世纪和文艺复兴时期，狂欢节就是一种打破和颠覆日常统治秩序的快感大爆发，不过随着资本主义现代性的日益巩固和资产阶级严肃的统治秩序的建立，狂欢节被弱化了，变成了一种上层社会的小型聚会和戏剧表演。这样一来，统治阶级想获得快乐就必须对秩序进行一种颠倒。

四　欲望与爱情：施虐狂的逻辑

萨德分裂了资产阶级的欲望和爱情，并把两者对立起来。在萨德的著作中，朱丽埃特试图通过拒绝充满忠诚的资产阶级爱情来赢得自己的享乐，而这种爱情则是古代延续下来的最美好的情感形式。萨德认为，在爱情中人们对所爱的人充满着崇拜和迷信，而这正是爱情的畸形所在——爱情也是盲目崇拜的宗教迷信。他指出，要想获得快乐，就必须把灵魂和肉体、精神和身体分开。

在这种对立中，爱情和宗教是否有关系呢？柏拉图说，爱情就是一种向往美的密教。巴迪欧说，爱情是非理性的，爱就是两个人偶然相遇的事件。某种程度上，爱情可以等同于神话，既然如此，欲望必然要颠覆爱情，就像科学必然反对宗教一样。因此朱丽埃特说，在爱情中人们总是对被爱的那个人充满了一种崇拜。恰如柏拉图在《会饮篇》里说的，"我们敬所爱的人，就像敬神一样"。爱一个人，先爱他的形体，进而爱他的精神，进而爱所有像你所爱的具有美的精神的人，再进而爱一切事物，最后达到善本身。敬神的终极目的就是和他结合，享受爱和欲相结合的快乐。欧洲人把爱情发展到极致的时候，就是中世纪的骑士爱情。例如，堂·吉诃德的意中人阿尔希尼娅实际上与阿尔希尼娅本人相去甚远：阿尔希尼娅本人身体强壮，胸口还有毛，与堂·吉诃德所讲的"天仙一样"相去甚远。因此，萨德认为，性欲和温情的分离是抽象的，因为如果相爱了，就阻碍了你去认识你所爱的人的真正形象，爱的只是他在你眼中的一种形象而已，而非本人，这是一种迷信和宗教。所以要剔除这种迷信和宗教，认识到他本身就是一个赤裸裸的身体和赤裸裸的性。继续推论就是——爱情没有生理，生理只有颠倒。这样，萨德抛弃了传统的爱情观，他把精神和肉体、灵魂和欲望、性欲与爱情给分裂开来。当爱情剔除了温情的成分，就剩下了欲和性。

霍克海默和阿多诺说："相对于某些性欲非自然的、非物质的、充满幻觉的缺陷，浪荡子们极力夸耀性器官和性倒错，并把自己的这种行为说成是正常现象。它不仅贬低和驱除了乌托邦式的绚烂爱情，也贬低和驱除了它的生理；她不仅贬低和驱除了极乐世界的幸福，也贬低和驱除了尘世瞬间的幸福。"①萨德认为，爱情纯粹是一种宗教和迷恋，亦即柏拉图所讲的"迷狂"。真正的爱情应该把这些剔除掉，而且爱情也没有生理。真正的爱情也没有生理的快乐。因为萨德本身就是个性变态，爱情里也没有正常的生理的快乐，只有变态和颠倒。只有颠倒，才有快乐。在精神分析学和性心理学上说，颠倒的性行为就是"性倒错"，包括施虐狂、受虐狂、窥阴癖、异装癖等。其中施虐狂就是以萨德的名字来命名的，即SM。弗洛伊德认为，正常的性快乐和变态的性快乐的区分在于，正常的人是以异性为自己的性对象，通过性行为来达到快感，即便在正常的性行为里也有一种微小的虐待成分，称为"前戏"。正常做爱前会撕咬、掐对方或者说粗俗的话，弗洛伊德认为这只不过是正常性爱的推助器而已。但是，虐待狂不是以对方正常性行为的完成来获得快感的，而是以虐待的过程为快乐。虐待狂不以和对方做爱来获得快乐，只是通过虐待的过程来获取快乐。就如同恋物癖一样，只是把对方身体接触过的物品来作为满足自己性欲的唯一的途径，已经不能正常地做爱了。性变态者不能进行性行为，只能以这样一种行为来获得性快感。在此，虐待狂有一种从正常到变态的逻辑。

萨德最后颠覆的是男人与女人的关系。萨德并没有把女人不看作像男人一样的被启蒙之光照耀的人，而是把女人贬低为一种物，一种他者。在他看来，女人的历史就是被男人统治的历史。就像《圣经》中所说"女人是男人的一根肋骨"，同样在中世纪的基督教世界里，女人是没有性欲的，女人的性是为了生育，为了给上帝增加子民。福柯在《性经验史》k指出，在中世纪，女人如果在性生活中感受到了快乐的话，那么这是一种罪恶。故而，启蒙是男人的启蒙，不是女性的启蒙。作为统治者的男人否认了女人作为个人的权利，即否定了女人应具有的和男人一样的权利。个体在社会中是群体的一个样本，是性别的代表。女人在男人的逻辑里总是被看成是一种自然的象征，在观念上总是无休止地处于社会最底层，无休止地处于被奴役的状态。所以，萨德的理论就是——恨女人吧！你会获得最大的快乐。也就是尼采的——到女人那里去吧！带着你的鞭子。所以二者何其相似，逻辑是相同的。虐待狂就像猫玩弄老鼠一样，目的不是在于最后把它吃掉，而是在于玩弄的过程。而这种过程是经过科学的计算的。故而SM有着严格的程序。虐待的过程中若女人有快感，是受虐狂，则虐待狂就没有快感。如朱丽埃特越是眼泪汪汪，懦弱可怜，施虐狂就越有快感越起劲。

这样看来，启蒙的逻辑就是启蒙等于理性，理性等于科学，科学等于欲望，欲望

---

① ［德］马克斯·霍克海默、西奥多·阿多诺：《启蒙辩证法》，渠敬东、曹卫东译，上海人民出版社2003年版，第118页。

就等于男人,这样就会排斥另外一组,即非理性等于神话,神话等于宗教,宗教等于爱情,爱情等于女人。这就是康德到尼采,尼采到萨德,萨德到朱丽埃特进而到集权主义的逻辑。

总之,霍克海默与阿多诺在《启蒙辩证法》的附论2《朱丽埃特或启蒙与道德》从道德维度上探究了启蒙思想家康德的实践理性与极权主义的权力施虐之间的逻辑联系。霍克海默和阿多诺认为,启蒙所解放的理性、自由的主体在其自身的逻辑中隐含了极权主义的萌芽。资本主义社会演变的历史就是启蒙理性演变成了视人为物的工具理性的历史,在其中启蒙与神话对立,理性与非理性(情感)对立,科学与宗教对立,欲望与爱情对立,男人与女人对立。他们认为,从启蒙理性到极权主义的历程中,康德的伦理学成了其中的转折点。康德的伦理学颠覆了以善为目的的"幸福"伦理,转向了冷酷的恶的伦理学,即萨德的伦理学。萨特是康德伦理学的真理,这是霍克海默与阿多诺对启蒙伦理学的反思结果。康德之前的伦理学都是关于善的伦理,即目的是幸福,以善为内容;而康德的伦理学把道德转化为一种单纯的形式,与道德主体的感情体验或者幸福无关。这种无内容的纯粹道德形式,也就是康德所谓的道德命令,它为萨德的哲学和伦理提供了展演的基础。而萨德则是启蒙另类的儿子,他代表了被启蒙运动所唤醒的资本主义权力社会和极权主义的恶魔,这些恶魔导致了两次世界大战。

艺术的减法与真理的进程
——论巴迪欧的艺术思想

周 丹[①]

(南昌大学人文学院中文系　江西　南昌　330021)

摘　要：作为一位执着于真理问题而又富有诗性气质的哲学家，巴迪欧对当代艺术的景观化和道成肉身化的倾向展开激烈的批判，断言当代艺术不过沉溺于对死亡的迷恋。巴迪欧反对否定之否定的毁灭原则，提出艺术的减法是通往真理的绝对开端的肯定原则与积极介入真理生产的干预性操作。巴迪欧守护着对真理保持忠诚的艺术理想国，其艺术思想既是对当代艺术中的虚无主义与相对主义的反驳，也为当代艺术开启独特的真理向度。

关键词：巴迪欧；艺术；减法；真理；进程

巴迪欧坚持真理的普遍性，力图避免艺术走向模式化和总体化，将艺术从既定的情境规则和通行的理论建构中减除出来，并激进地推至非艺术的边界。艺术需要显明人与世界之间新的感性关联，给予人们前所未有的视角观察世界。巴迪欧转向在"不纯"中提取"纯粹"的电影艺术，赋予电影创造出思考选择、距离和例外的新的方式的无限潜能。电影与真理的进程关联起来，艺术进而成为获得真正生命的思想的行动。

一　当代艺术的景观化和道成肉身化批判

在《关于当代艺术的十五个论题》的讲座中，巴迪欧将当代艺术的主流确定为形式主义与浪漫主义的混合，即"一方面是对新形式的绝对渴望，总是有新形式，还有

[①] 周丹（1974—　），女，江西南昌人，南昌大学人文学院中文系副教授，文艺学博士。主要从事外国文学与基督教文化研究。江西省社会科学研究"十一五"（2010）规划一般项目《当代马克思主义与神学的文艺思想交会与冲突研究》（项目编号：10WX19）；2010年度江西省高校人文社会科学研究青年项目《当代西方基督教诗学思想研究》（项目编号：WGW1009）。

类似的无限欲望,现代性就是对新形式的无限渴望。然而,另一方面是对身体、有限性、残酷、死亡的迷恋"①。

在巴迪欧看来,当代艺术对形式的热衷与对残酷的坚持,意在反抗当代生活的景观化和道成肉身化两种倾向。居伊·德波的景观理论宣告,资本的景观化使得生活在虚幻景观中成为人们无可逃避的"定数"。居伊·德波认为,资本主义社会的主导性生活模式是将"直接存在的一切全都转化为一个表象"②的景观生产。庞大堆聚起来的景观世界展现为"一个纯粹静观的、隔离的伪世界",发展成"一个自主自足的影像世界"③,引导着人们的深层欲望,支配着当代生活的感性经验和理性认知,也决定着艺术的生产方式。德波将抵制无所不在的景观的希望寄托于当代艺术,期待当代艺术以变形、扭曲和半幻想的方式表现强烈的主观化,使当代艺术不再作为景观出现,而是"独自地表达了日常生活的秘密问题"④。

然而德波对景观的"绝对优先性"⑤的肯定和对景观的自动化机制发出的喟叹,似乎在承认艺术面对景观世界的无能为力。如果"景观自身展现为某种不容争辩的和不可接近的事物"⑥,艺术的抗议就有可能沦为参与景观之游戏的方式。等待艺术的命运将是非艺术,艺术沦为景观实施单向度控制的手段。景观理论设定"存在"与"表象"、"现实"与"影像"的二元分离,表象遮蔽存在,影像阻碍现实。由此德波越是寻求存在和现实,就越是发现存在和现实的匮乏,越是感受被景观同化的威胁。德波的景观理论引发的是当代生活在"面具"和"真实"的张力之间纠缠不休。在巴迪欧看来,当代艺术正深切地体验着德波为之困扰的愤怒而又忧郁失望的情绪。⑦既然"真实"与"面具"的界限如此模糊不清,那么诉诸公理般的形式主义,清除似是而非的想象和直觉,成为当代艺术的必然选择。

与德波所描述的景观排除真实、甚或景观构成真实的理论不同的是,当代生活的道成肉身化则以一种所谓的真实的观念对世俗生活予以格式化。道成肉身化指"沉着的、普遍的、超验的观念"在"一个历史身体"中显现,身体被"一分为二"为"感受的(因为其构成)身体"和"沉着的(通过其观念的存在)身体"。⑧对于作为生存个体的"我"而言,道成肉身化带来的是具有丰富感受能力的单数化的"我"和观念或意识形态所塑造的复数化的"我们"的同一,即观念性的"我们"通过"我"成为具有形式的物质性力量,"所有的我们——主体都是一种形式生产"⑨。"我"需要放弃属

---

① Alain Badiou, *Fifteen Theses on Contemporary Art*, http://www.lacan.com/frameXXIII7.htm.
② [法]居伊·德波:《景观社会》,王昭风译,南京大学出版社2006年版,第3页。
③ 同上。
④ 同上书,第183页。
⑤ 同上书,第113页。
⑥ 同上书,第5页。
⑦ [法]阿兰·巴迪欧:《世纪》,蓝江译,南京人民出版社2011年版,第170页。
⑧ 同上书,第129页。
⑨ 同上书,第121页。

于个体的所有偶然性,与"我们"代表的必然性融合,"我们"实体化为理想的大写的"我",构成绞合的"我们—我"的不朽主体。

巴迪欧并不限于论断"残酷建立在'我'的整体性消解的决定的那一刹那之上"①,而是认定"与其说残酷是一个道德问题,不如说是一个美学问题"。② 存在的喧嚣激起"我们"与拥有个体生命的"我"之间持久的撕扯和分裂,当代艺术坚持以残酷来拒绝当代生活的残酷。残酷戏剧的倡导者安东尼·阿尔托将残酷定义为"严酷的、不可改变的意向和决定,不可回返的和绝对的决定论"③,如果说"最时兴的哲学决定论……就是一种残酷的意象"④,残酷戏剧则服从更高的决定论,表达对生命的渴望。阿尔托主张,戏剧不应当再现人类玩偶般的生活,而是要表演恐怖残酷的极端行为和事件,制造异想天开的形式,给人们的感官带来强烈的刺激,从而探测人类生命活力的深度,让人们面对自身的所有可能性。⑤ 阿尔托强调残酷戏剧应当为观众提供梦幻的沉淀物,人们的犯罪趣味、色情欲念、虚幻妄想,甚至噬人癖好等,都可以在内心层面上倾泻而出。⑥ 由此来看,戏剧的语言、形象、动作相对于内心梦幻和隐秘欲望来说,都是外在的身体,更进一步说,外在的身体只是献祭于内在欲望和狂想梦幻的对象。后现代文学和艺术对暴力、死亡、性的迷恋不仅是"无节省、无保留、无回返、无历史的耗费艺术"⑦,而且隐含着对"不断增长的超自然能力"⑧的膜拜。巴迪欧指出,当代艺术中身体和观念的双重过剩都不过是道成肉身主题的变奏,其结果是"在一种新的重复形式下进行自我质询"⑨。

从上述分析来看,巴迪欧所认定的当代艺术的原则是:一、形式主义极力追求替代性的造型构建,对既定形式不断予以抹除,浪漫主义则以主观的方式达到"无限的总体世俗化"⑩。浪漫主义的渴望和追求激发着形式主义的狂欢,就此而言,形式主义是浪漫主义的,浪漫主义也是形式主义的。二、身体与形式、有限与无限、死亡与生命之间的区分,已经不再囿于将身体、有限、死亡作为向形式、无限、生命转化的中介的"一"的辩证关系模式,而是在建立反辩证法的对抗性的"二"的法则时,为激进的"一"的欲望所激发。由此"二"指向的两极不断地彼此进行形式化和解构的无限斗争。三、当代艺术似乎被两极之间的不确定性萦绕着。当代艺术对身体、有限、

---

① [法]阿兰·巴迪欧:《世纪》,蓝江译,南京人民出版社 2011 年版,第 129 页。
② 同上书,第 128 页。
③ Antonin Artaud, *The Theater and Its Double*, translated from the French by Mary Caroline Richards, New York: Grove Press, 1958, p. 101.
④ Ibid., p. 102.
⑤ Ibid., pp. 84—86.
⑥ Ibid., p. 92.
⑦ [法]德里达:《文学行动》,赵兴国等译,中国社会科学出版社 1998 年版,第 359 页。
⑧ [法]巴塔耶:《色情、耗费与普遍经济:乔治·巴塔耶文选》,汪民安编,吉林人民出版社 2003 年版,第 7 页。
⑨ [法]阿兰·巴迪欧:《世纪》,蓝江译,南京人民出版社 2011 年版,第 175 页。
⑩ 同上书,第 171 页。

死亡的尽情展示，似乎是对形式、无限、生命的抽象绝对的确认；但是当代艺术追求形式和生命的行动本身，是由对暴力、痛苦和毁灭的奇妙激情所驱使的。形式主义与浪漫主义在当代艺术中的混融，从根本上来说，是对 20 世纪以来的基督性即道成肉身主题的忠实。换言之，享乐和牺牲是当代艺术的二重奏。[①] 巴迪欧不满当代艺术在死亡中体验生命的激情的病态方式，提出"艺术的问题也是生命的问题，而不总是关于死亡的问题"[②]。

二 艺术的减法：真理的开端

对巴迪欧来说，"当代艺术的重大问题是，如何避免做一个浪漫主义者……更准确地说，这个问题是如何避免做一个形式主义者—浪漫主义者"[③]。巴迪欧提出艺术的减法行动，在辨明否定和肯定的辩证关系，重新理解存在的单义性和多元性的基础上，祛除艺术中的超验性和道成肉身倾向，以艺术来寻求真理的绝对开端。

巴迪欧对否定进行细致的区分，拒斥毁灭式的否定。否定指的是新异的事物不能被还原为其所发生的情境的客观性，而是类似于这种客观性的常规法则的一种否定性例外。[④] 因而否定包含着否定性的否定和肯定性的否定。否定性的否定推行的是毁灭原则，即通过一个过程的事件性集中来推进否定之否定力量，完成瓦解和终结整个旧世界的规划。[⑤] 否定性的否定着眼对既有事物的否定，在艺术领域里，这使得当代思想关于艺术之终结的预言层出不穷。[⑥] 当代思想否定具体确定的体系和法则，艺术被推入不可能性，成为呈现"恶的无限景象"的手段。[⑦] 巴迪欧不仅反对鼓吹颠覆和毁灭既定形式的艺术，而且极力避免"否定之否定"对艺术的扭曲。在巴迪欧看来，这种扭曲将导致艺术的两种消极体现：艺术创造在摧毁既定体系时，使既定体系"隐匿的"理论意向、证实程序和逻辑结论自反地铭刻在艺术创造中，将艺术创造的破坏行动改写为既定体系的"复本"；或者艺术创造的反抗本身由于缺乏方向的盲目性而诉诸孤注一掷的暴力，却被反常地赋予殉道者的受难意味。巴迪欧强调，艺术创造要肯定其自身的同一，并不依赖于对客观性的一般法则的否定。[⑧]

巴迪欧在代表毁灭原则的否定性的否定之外，将减法原则作为肯定性的否定，即

[①] Alain Badiou, *The Subject of Art*, http://www.lacan.com/symptom6_articles/badiou.html.

[②] Alain Badiou, *Fifteen Theses on Contemporary Art*, http://www.lacan.com/frameXXIII7.htm.

[③] Ibid.

[④] Alain Badiou, *Destruction, Negation, Subtraction-on Pier Paolo Pasolini*, Graduate Seminar-Art Center College of Design in Pasadena-February 6 2007, http://www.lacan.com/badpas.htm.

[⑤] Ibid.

[⑥] [法]阿兰·巴迪欧：《世纪》，蓝江译，南京人民出版社 2011 年版，第 63 页。

[⑦] 同上书，第 62 页。

[⑧] Alain Badiou, *Destruction, Negation, Subtraction-on Pier Paolo Pasolini*, Graduate Seminar-Art Center College of Design in Pasadena (CD*2 February 6 2007, http://www.lacan.com/badpas.htm.

"由某种事物的可能性来确定方向,该事物的存在与在否定所否定的诸法则之下而存在的东西是绝对分离的"[1]。减法与毁灭的"绝对分离"体现为"对对象进行纯粹的、去客体化的以及去魅的思考",祛除毁灭所依托的客体的任何给定性,从而指向新的可能性的来临。[2] 巴迪欧在批判德勒兹的存在单义性的基础上阐释多,并将多与减法相关联,进一步摒除当代艺术的道成肉身化倾向。巴迪欧将德勒兹的存在单义性概括为:存在以"单一相同的意义论说所有存在者",虽然所有不同的存在者本身是脱节的、发散的,但"在本体论上都有着同一的意义"。[3] 人们提出的知性与感性、真实与幻象、能动与被动等区分性对立概念,只是必要的"名称的一种二元分配"[4]。德勒兹将存在名称的多元性归于一的单一性的影响,要求思想给予存在者以平均主义的证实。[5] 德勒兹设定存在者的单一性,在于颠覆根据存在者类别回溯地建立超验原则的表达形式,巴迪欧肯定这有效地"结束在意义阐释上长期存在的宗教性质"。[6] 不过巴迪欧指出,德勒兹坚持存在单一性而强调多的虚构性,实际上是以牺牲多的实在性为代价的。多被还原为不断回返"一"的虚拟性的具体实现,进入"运动的不动"的永恒轮回。巴迪欧改变德勒兹着眼于多和一的分离式综合的讨论方式,断言"一"并不存在,多指的是"实际的多元性"。[7]

巴迪欧运用集合论的集的概念阐明多的特征,为艺术的减法提供本体论。集合有着构成集合本身的"属于"和组成集合部分的"包含"两种基本存在形式,属于集合的元素不但内在地构成集合,而且集合还包含由任何一个元素或多个元素任意组合的子集,也就是说,集合的组成部分都可溢出去而成为其幂集,幂集的基数远远大于原集,从而不断干扰对原集本身以及幂集本身的计数行动。[8] 此外,不包含任何元素的空集是任何非空集合的子集,使集合具有不确定性和纯多元性,是新的集合不断出现的始基。[9] 从集合论的角度来看,多是集合成立和运动的内在剩余,是所有的关系的或者非关系的范畴都无法决定和难以命名的类属多元性。巴

---

[1] Alain Badiou, *Destruction*, *Negation*, *Subtraction-on Pier Paolo Pasolini*, Graduate Seminar - Art Center College of Design in Pasadena - February 6 2007, http://www.lacan.com/badpas.htm.

[2] [法]阿兰·巴丢:《语言,思想,诗歌》,http://site.douban.com/169916/widget/forum/9331112/discussion/47802671/.

[3] Alain Badiou, *The Clamor of Being*, translated by Louise Burchill, Minnesota: University of Minnesota Press, 1999, p. 25.

[4] Ibid., p. 28.

[5] Ibid., p. 45.

[6] Alain Badiou, *Theoretical Writings*, edited and translated by Ray Brassier and Alberto Toscano, London and New York: Conlinuum, 2004, p. 67.

[7] Alain Badiou, *The Clamor of Being*, translated by Louise Burchill, Minnesota: University of Minnesota Press, 1999, p. 53.

[8] Alain Badiou, *Being and Event*, translated by Oliver Feltham, London and New York: Continuum, 2005, pp. 63—64.

[9] Ibid., pp. 67—68.

迪欧断定，多的终点就是空集，只有特殊属性被倾空的空集，才能不拘一格地容纳事物。① 减法则是对多的忠诚，即将元素从描述其特征的集合当中减除，对于一个陈述而言，就是将其从给定的语言情境根据预设的"一"的赋值行为中减除。② 从这个意义上说，艺术对形式和有限的迷恋同样是一种赋值行为。有限是赋值的产物，无限是减法的结果，因而有限与无限是同质的。巴迪欧颠覆以超越和堕落的价值序列、上升和下降的运动层级为标志的话语体系，强调"艺术不是一场崇高的下降，从无限下降为对身体和性欲之有限的抛弃"③。艺术通过"精确且有限的概括"制造"一种新的无限内容"④，这不再是让"无限在有限的作品中道成肉身"⑤，而是正如集合在赋值行为被减除的条件下而使新的独立的集以最大强度地显形突然涌现那样，艺术的减法允许新的可能性绽放出来。

减法是巴迪欧为艺术肯定自身的同一所确立的原则，至于减法的途径，巴迪欧提出"在最小差异所在之处去产生新的内容，那里几乎是空无"。⑥ 巴迪欧以马列维奇的绘画《白色的白色》解释"反抗最大的毁灭"的"最小差异"。⑦ 作品的画面仅仅由白色背景中的白色方块构成。背景和形状之间的细微差别难以分辨，白色背景成为限定白色方块的背景，同样白色方块也为白色背景创建外延的背景。背景和形状互惠式地给予可迁移的位置，但彼此并不给予内容，因而背景和形状的区分仅仅标示着可以彼此疏离渗透和相互交换位置的开放空间。⑧ 白色背景和白色形状似乎并不追求颜色的同一，而是在刻意地强化它们的差异，但这种强化恰恰突出的是同一和差异、真实和伪饰之间并没有明确的差别。巴迪欧注意到，白的背景和白的方块展现的不过是白色的多，这在白色被一分为二、在背景和方块的界限得以划分并作为法则固定下来时却被遗忘。因而"同一的差异"所建构的"最小差异"在暗示人们，背景和形状并没有总体性同一的力量决定它们在场的必然性，它们不过是颜色、线条、图形等踪迹标出的地点而已。

巴迪欧以"最小差异"取代德勒兹的"褶子"。德勒兹对褶子有着形象的比喻，世界上没有两片树叶是完全相同的。褶子是外部的折叠制造内部空间的分裂而产生的包含着无穷级数的个体化差异，那么褶子是作为一的折叠行动所建构的"褶子始终处在两个褶子之间"⑨。在巴迪欧看来，德勒兹强调一的回归，不过是肯定所有偶然

---

① Alain Badiou, *The Clamor of Being*, translated by Louise Burchill, Minnesota：University of Minnesota Press, 1999, p.46.

② Alain Badiou, *Conditions*, translated by Steven Corcoran, London and New York：Continuum, 2008, p.114.

③ Alain Badiou, *Fifteen Theses on Contemporary Art*, http：//www.lacan.com/frameXXIII7.htm.

④ Ibid.

⑤ [法]阿兰·巴迪欧：《世纪》，蓝江译，南京人民出版社2011年版，第175页。

⑥ 同上书，第66页。

⑦ 同上书，第65页。

⑧ Alain Badiou, *Drawing*, http：//lacan.com/symptom12/? p.65.

⑨ [法]吉尔·德勒兹：《福柯　褶子》，于奇智、杨洁译，湖南文艺出版社2001年版，第166页。

性。但是思想被包裹在对"折叠、展开和再折叠"中,将不可能迎来开端性的存在。[1] 巴迪欧诉诸纯粹的偶然性之范畴即"空无",构想"展现为一个真实点"的绝对的开端。[2]

三 艺术的宣告:真理的生产

巴迪欧提出艺术是"向每个人说话的真理的非个人生产"[3],这体现在艺术在真理的问询、思想的发生、思想的操作等方面的创始性意义。然而巴迪欧认定,人们坚持空无才能进行"骰子的一掷",这是每个世界生产自己的真理的逻辑起点。

巴迪欧将真理定义为"无限的多样性",提出艺术与本体论、科学、政治都是真理的程序,是思想的独一体制。然而真理在事件中产生,"一个真理只是其自身的事件性自我启示"[4]。就艺术而言,艺术在全局性情境中就事件的踪迹而展开对真理的问询,并在特定的本地化中融入事件性当前。艺术无法离开具体的世界情境,但通过虚构和编造形象、情境和事件,将突如其来的事件的后果铭刻在现实的世界中,重新宣告事件。艺术以新的形式接近或进入围绕着事件之踪迹的感性混沌,使被给予为纯多、但尚未被辨别的情境变得清晰。

在巴迪欧看来,如果说对抽象概念的推论性描述在预设"有"的基础上有序展开,那么20世纪的哲学和科学遭遇到的是据此建立的知识体系无法把握的思想的漂泊与过剩。在这种情势下,诗"对封闭的开启"的感性创造的本体功能,得到海德格尔等当代思想家的推崇。巴迪欧则宣称诗是存在的思想,诗赋予语词以排空和激发的"炼金术"能力,既能分解语词在命名活动中被附加的根深蒂固的指涉物,也可使短暂的感性事物获得存在。[5] 在诗中,经验的客体性消失的"空无"之处,正是"有"的纯粹概念的发生性在场。[6] "有"并不是艺术需要模仿的客体之先行在场,而是艺术生产的效应。或许巴迪欧从"非美学"(inaesthetics)的角度讨论艺术的缘由,是以艺术的减法显明了生成之连续性的话语体系无法限定的非连续性。

巴迪欧在真理的范畴下讨论诗的操作维度,肯定诗是维护存在之纯多的操作。真理本身是非总体化和不可命名的,具有不可还原的类属多样性。[7] 这种类属多样性是语

---

[1] Alain Badiou, *The Clamor of Being*, translated by Louise Burchill, Minnesota: University of Minnesota Press, 1999, p. 91.
[2] [法]阿兰·巴迪欧:《世纪》,蓝江译,南京人民出版社2011年版,第74页。
[3] Alain Badiou, *Fifteen Theses on Contemporary Art*, http://www.lacan.com/frameXXIII7.htm.
[4] Alain Badiou, *Handbook of Inaesthetics*, translated by Alberto Toscano, California: Stanford University Press, 2005, p. 11.
[5] Ibid., p. 22.
[6] Ibid.
[7] [法]阿兰·巴丢:《语言,思想,诗歌》,http://site.douban.com/169916/widget/forum/9331112/discussion/47802671/。

言无法断然辨识的，也是命题难以明确指定的。① 与此相应的是，真理不过是在世界的"点"上成为可思考的单个真理②，并无完整的回返性奠基和非人格的主人性力量为其做出保证。真理具有无主体的匿名性，真理的发生接近名字所保持的业已消逝的事件的存在。诗不仅关涉对消逝的事件之名字的忠诚③，而且诗中的真理就在"封闭的或开放的多消失的边界之处"④，这为真理保留不可最终做出决断的轨线。如果人们被接合连续性的"情境的状态"或某个专名所限定，那么诗为处在不同的特定物质环境中的每个人探测被抑制的不可识别性提供一般条件。诗不仅用语言奉献有影响力的思想，并且显现思想自身的操作。举例来看，每首诗根据诗的规则而成为诗，但是诗减除它所依托的原有的诗的知识，回转到属于纯多的思想原发性力量之源，不断标示存在之真理的显现。巴迪欧坚持诗的操作维度，反对根据诸如漫无边际的迷狂说、填补空无的欲望说和传奇式神圣预言说等图式对艺术进行定位。艺术不是充当思想元结构的表征图像，也不承担建构和解释真理的功能。艺术构造的生产是对当前的生产，呈现思想本身在推动理论体系自行形成、确立、中断、抹除的过程中的自我克制和内在张力。艺术形象并不能转化为本体层面的原型意象，它只是非人格的标示，为每个人留置重构、重读并重新命名的事件的踪迹，维护每个人平等的思想权利。⑤

巴迪欧将新的开端的实现寄托于艺术，通过解读贝克特的作品《最糟糕，嗯》(Worstward Ho)探究存在之所以存在的问题，思考艺术对于在世界中显现存在的可能性。巴迪欧认定存在之所以存在，在于存在于自身中的显明。然而纯粹存在的绝对抽象，决定感性世界中的人们必定根据"空无"和"微光"两个名字理解纯粹存在。微光被视为存在的原初显现，导致空无依赖微光被命名，空无对微光的从属性是人们的命名活动使然。⑥ 虽然空无在微光的消失中显明，但空无并不是消失本身。然而当代思想以同一与差异的本体论对立模式对待空无和微光的关系，空无是暗影的空隙，微光是空隙不在场的暗影。空无被简化为实体性的空隙，微光则是对空无的否定而被建构的影像。萨缪尔·贝克特的作品以此诊断当代思想面临的"病态"诱惑：当代思想从"遮蔽"与"去蔽"的句法规则来演绎理论体系的权宜之计，造成论述本身受制于某些可数性的规范和惯例，存在则被归于不可道说的神秘主义。⑦

---

① Alain Badiou, *Logics of Worlds*, *Being and Event*, 2, translated by Alberto Toscano, London and New York: Continuum, 2009, p. 6.
② Alain Badiou, *Logics of Worlds*, *Being and Event*, 2, translated by Alberto Toscano, London and New York: Continuum, 2009, p. 399.
③ Alain Badiou, *Handbook of Inaesthetics*, translated by Alberto Toscano, California: Stanford University Press, 2005, p. 126.
④ Ibid., p. 22.
⑤ Ibid., p. 34.
⑥ Ibid., p. 91.
⑦ Ibid., pp. 100—101.

存在是否只能处在"不可言说的言说"的尴尬境地,巴迪欧对此并不认同。人们对言说的怀疑遵循着"更糟糕"的理路走向对真理的怀疑:第一,对言说之无意义的断言带来的是言说的杂多与真理的匮乏的恶性循环,即一方面人们说得更多,另一方面却在宣称说出的真理更少;第二,拜物教的出现,人们孤注一掷地渴望持守某种信念,在对欲望客体的追求中抵抗言说无意义的虚无感。巴迪欧无意一笔抹杀当代思想,而是认定当代思想面对存在问题的停滞,使其让位于资本主义在市场全球化的需要下而建立的意识形态总体化。[①] 巴迪欧更激进地走向"无法更糟糕的最糟糕"。[②] 存在并不能通过注重思维实体和物质实体的有限论而得到把握,存在之所以存在,并不受制于被给定的阐发"存在—那里"的图示,而是取决于真理向思想显现自身的复数世界的思想操作。[③] 巴迪欧将"最糟糕"的空无作为考察存在问题的"最小装置"。空无只是纯粹的名字,却是与总体化保持无限距离,并维系着生存方式和强度之差异的纯多。巴迪欧以空无为本体论基础,摒除以空隙和暗影等修辞学隐喻的编码和流转衡量存在的方式。

基于对空无的认定,巴迪欧并不把同一性和异质性视为截然对立的本体论视角。两者只是智识之域的可能意象,它们的连接是在逻辑上得到规范的。[④] 艺术的真理生产,旨在让人们不再囿于对所谓的外在必然性采取认同或疏离的姿态和在同一与差异之间构造相互补充关系的范式,而是强加一种完全可理解的例外,引出诸多的世界的点以允许人们做出决定,注册建构新的身体和推动真理进程的主体力量。

四 电影的实验:真理的进程

巴迪欧反对艺术直接参与事件或直接介入世界,重新定义艺术的主体来寻求建构可主体化的新的身体的方式,并将电影作为人们推进真理问题的实验。电影对运动—影像和时间—影像的生产,在于向人们发出召唤,要求人们展开从无限的纯多中制造身体与主体之间动态感性关联的行动。

巴迪欧将当代思想归结为充斥着"身体和语言"的"民主唯物主义"[⑤],提出唯物主义辩证法论断主体与身体的关系。事件的踪迹造成世界法则的断裂和世界程式的改变,

---

[①] Alain Badiou, *Handbook of Inaesthetics*, translated by Alberto Toscano, California: Stanford University Press, 2005, p. 53.

[②] Ibid., p. 109.

[③] Alain Badiou, *Logics of Worlds*, *Being and Event*, 2, translated by Alberto Toscano, London and New York: Continuum, 2009, p. 113.

[④] Alain Badiou, *Handbook of Inaesthetics*, translated by Alberto Toscano, California: Stanford University Press, 2005, p. 43.

[⑤] Alain Badiou, *Logics of Worlds*, *Being and Event*, 2, translated by Alberto Toscano, London and New York: Continuum, 2009, p. 1.

使主体与身体保持非一分离的距离,为艺术情境中的主体在一个世界的完整表达中打开切口从而对身体效应的形式化敞开新的可能性。① 艺术的主体并不完全沉溺于世界或全然执迷于事件,而是关涉"事件的踪迹与具体世界中的身体建构之间的关系"②。巴迪欧据此逻辑建构主体,意在强调连接身体与踪迹的主体是围绕着事件的踪迹的创造过程。一部艺术作品既是承载着艺术主体的形式的身体,同时形成真理轨线中的一个前所未有的主体一点,而艺术之真则是由层出不穷的新奇的"主体点的虚拟的无限的量"编织起来的。③

艺术世界中的点是通过对感性事物的形式化而探求真理的主观性运动所产生的,是不可固定和非连续的,展示出艺术的质的微妙的无限。巴迪欧提出,点是"是以一种替代选项的形式而出现的一个真理显现的先验测试场"④。浓缩着情境的所有差别性强度点的彼此并不组合为连续的直线或延展的平面,而是在存在与显现之间形成既非水平也非垂直的拓扑空间,使作为存在之情境与决定显现的先验层级的关系持续不断地发生反转。点不仅与构成世界的先验层级关联起来,在存在的显现中产生二重分化即趋向肯定价值的点和趋向否定价值的点,而且不断促成新的本体化情境作为替代选项对所有正值化的结果进行考量。艺术的主体在"一点一点"处置在世性情境的行动中发生变化,在此过程中创造出身体与世界之间的前所未有的感性关联,从而参与对自身的再识别和重新组织。巴迪欧在处置召唤人们做出决定的世界的点的意义上,建构可主体化的身体,将身体从福柯的生物伦理学与德勒兹从"极少主义"的意义上建构的稳固的共同体或个体中减除出来。⑤ 艺术的可主体化身体成为似乎完全分离的形式、结构和操作场的相关性地带,一方面其效应在运动中得以具体化,另一方面将艺术从原有的运动中减除出来。

巴迪欧将点的理论与创造极端的临界状态、在其间活跃运动的电影相关联,电影成为推动真理之进程的事件。巴迪欧的两部著作《存在与事件》与《世界的逻辑:存在与事件2》,分别从抽象的本体论层面和具体世界中的显现层面两个方面论述存在。⑥ 巴迪欧从形式逻辑来澄清真理程序,肯定每个世界根据先验结构连接事物以制造自身的真理。形式逻辑确立真理的正当性,然而对于真理的普遍性,巴迪欧意识到形式逻辑难当此任。真理的标出取决于事物相互作用的方式,电影导演罗贝儿·布烈松提出的"电影书写",旨在将"难以察觉的联系,把你相距最远和分别最大的影像联结起来"⑦。作为

---

① Alain Badiou, *The Subject of Art*, http://www.lacan.com/symptom6_articles/badiou.html.

② Ibid.

③ Alain Badiou, *Handbook of Inaesthetics*, translated by Alberto Toscano, California: Stanford University Press, 2005, pp.12—13.

④ Alain Badiou, *Logics of Worlds*, *Being and Event*, 2, translated by Alberto Toscano, London and New York: Continuum, 2009, p.399.

⑤ Ibid., p.451.

⑥ Ibid., p.36.

⑦ [法]罗贝儿·布烈松:《电影书写札记》,谭家雄、徐昌明译,http://www.douban.com/note/193919369/。

"写作的新方法,因而是感觉的新方法"① 的电影,是一种重新结合和调整事物的关系、使事物内在存在的方式变得更可见的艺术形式。② 这进入巴迪欧的理论视野,电影"穿越"文字艺术的诗性语言、戏剧的身体表演、绘画的静止呈现、音乐的情绪表达等其他艺术活动,既消解其他艺术封闭的空间建构和纯化行动,同时将其他艺术的原有形式置于"不断变化的边界中"加以转变。③ 电影作为"不纯的艺术",突破固有的艺术观念和规则所设定的边界,创立新的联结形式与语言。对于巴迪欧来说,这正是电影能够推进真理的"乐观主义",即"在边界漫游"④ 之处,真理在前行。在巴迪欧看来,电影通过镜头的更替和蒙太奇的剪辑,成为在无法相提并论的事物之间建立联结关系的"本体论艺术"。⑤ 电影处在艺术与非艺术、"全然的虚构与全然的真实"的边界⑥,这是电影作为"大众艺术"的根本缘由。电影诉诸的是事件的爆发性能量的民主政治范畴的"大众"与致力于形式创造的审美范畴的"艺术"之间的悖论性关系。⑦ 作为"艺术",电影从注视角度的多维度给予我们的感知以可见性。巴迪欧接受德勒兹的看法,电影制造运动—影像和时间—影像,使世界的运动变化与人们的思维活动变得可见。德勒兹醉心于让变化源源不断产生的"不变的形式"⑧,认定在时间内重复的影像中才能显现难以察觉的差异,捕捉同当刻影像共存的过去与未来。⑨ 不过德勒兹希冀保存过去以掌握"新现实的生命冲动与生命涌现"⑩,意即过去的片段在同一瞬间的重叠中发生转化,使未来涌出的强劲的生命亮点在转化整体中闪耀出来。德勒兹以电影来建立人们在感官机能达到自身特定界限时发生断裂而与世界联结并重新见证生命的方式,从这个意义上说,德勒兹的电影理论是柏格森生命哲学之理念在影像层面上的变体。在巴迪欧看来,这无疑是将电影当作理念的感性显现的黑格尔式重复,褫夺电影思考真理的权利。德勒兹理论框架中的电影并没有为真理有所添加,同时也没有为之有所减除。人们要"获得真正生命的思想",并不是通过电影来突破自身生命的极限,而是应将电影置于"另一侧的边界上",即作为"大众的"电影。电影并不将尚未显示自身的理念锚定在可感物上,而是通过可感的外观,显明表面上毫无关联的事物之间的内在距离,为大众减除自身所处情境的特殊性、共同反省与思考这种距离并做出决定而开辟穿越的通道。

---

① [法] 罗贝儿·布烈松:《电影书写札记》,谭家雄、徐昌明译,http://www.douban.com/note/193919369/。
② 同上。
③ Alain Badiou, *Handbook of Inaesthetics*, translated by Alberto Toscano, California: Stanford University Press, 2005, p. 83.
④ Ibid., p. 88.
⑤ Alain Badiou, *Cinema*, translated by Susan Spitzer, Cambridge: Polity Press, 2013, p. 233.
⑥ Ibid.
⑦ Ibid., p. 235.
⑧ [法] Gilles Deleuze:《电影II:时间—影像》,黄建宏译,台北远流出版事业股份有限公司2003年版,第390页。
⑨ 同上书,第422页。
⑩ 同上书,第494页。

巴迪欧强调电影对于真理的普遍性的意义,这意味着电影并不仅仅着眼于距离或断裂,而是"要通过把素来已有的哲学综合带入与新的电影综合的联系来改变它们"[1]。换言之,如果哲学在断裂中创造综合,那么电影综合则在这种综合之外展示另一种可能性,促使人们去探察对于构造世界的逻辑的先验结构而言的例外。电影在混杂的不纯中锻造纯粹,其意义在于我们的思想能够进入征服"不纯的无限性"的疾驰运动。正如拉莫斯指出的,巴迪欧的"电影不仅是合宜与不合宜之间的过滤性艺术,而且是一个让我们与众不同地思考和行动的动态律令"[2]。电影能够让我们无情地审查自己,并关注选择、距离和例外问题。或许巴迪欧诉诸"第七种艺术"电影的信念是,在重复和无望的情境的复杂缠绕中仍然存在着一丝微弱的希望,力图标出世界能够更美好地被塑造的点。[3]

结语

巴迪欧坚持艺术对真理的忠诚而将悖论性关系注入艺术本身,这意味着艺术必须在对自身的减除和开创新的范式的永恒运动中才能成其为艺术。巴迪欧无意于让艺术走上游牧的道路或面临流散的命运,更不希望艺术沦为欲望的生产机器,而是强调艺术通过创造人与世界之间可能发生的新的感性关联,摆脱根据已经建构的范畴对艺术的计数与占有。在巴迪欧看来,艺术应当如同数学那样严密地演算示范从未存在过的纯多。[4] 虽然巴迪欧将之喻为一场赌博,但是这并非孤注一掷的赌徒的疯狂,也不是寄托于未来的承诺的幻想,而是期待艺术带着"丢掉幻想"的勇气创造出与人的共有状况相适宜的新的可能性。新的可能性的涌现并不在于向人们强加普遍真理,而是给予人们必须做出决定的可选择情境,为人们在事物的内在距离中发现世界的外延存在提供条件,促使人们在世界的逻辑中制造断裂并构建例外。巴迪欧将艺术提升为人类探求主体本质的行动,赋予艺术创造实现"人的解放的一部分"之使命。巴迪欧的艺术思想预示着巴迪欧的本体论思想发展的方向,即真理与个人体验之间的关系。巴迪欧将电影视作"一所新的学园",从这个意义上说,真理问题不仅关涉对存在之纯多的坚持和对显现的逻辑结构的分析,而且有必要在个人体验中进入大众的生活,引领人们改造世界的实践活动。

---

[1] Alain Badiou, *Cinema*, translated by Susan Spitzer, Cambridge: Polity Press, 2013, p. 219.
[2] Manuel Ramos, Review: Alain Badiou (2010) Cinéma, *Film-Philosophy* 15.2, 2011.
[3] Alain Badiou, *Cinema*, translated by Susan Spitzer, Cambridge: Polity Press, 2013, p. 256.
[4] Alain Badiou, *Fifteen Theses on Contemporary Art*, http://www.lacan.com/issue22.php.

文化与新媒介生态
批评研究

马修·阿诺德与英国现代文化批评学科的先声①

陶水平②

(江西师范大学文艺学中心 江西 南昌 330022)

摘 要：文化诗学和文化批评已然成为当代西方文学研究的主要范式之一，然而，追溯其理论渊源，却不得不从19世纪英国文化批评的先驱者马修·阿诺德说起。身处英国维多利亚时代鼎盛期与转型期的著名诗人和批评家，马修·阿诺德较早洞悉英国工业文明在造就物质繁荣的同时所带来的诸多文化问题。他最早提出了对机器工业的信仰与人性完美相抵触的观点，开创了"文化与文明"对立的文化批评传统。他首创"以文化代宗教"之说，树立文化的权威，主张以文化理想来建立国家治理的构架。最早表现出跨学科视野，既关注新兴大众文化，从而显示出大文学观念；同时又坚决捍卫传统文化的价值，体现新古典主义文化批评意识。阿诺德作为英国维多利亚时代的一位"通儒"，其文学批评具有宏阔深厚的文化视野，实开英国现代文化诗学与文化批评之先声，成为英国现代文化批评学科的奠基人。阿诺德的批评理论具有深刻的文化保守主义倾向，其巨大影响超越了他自己的国家和时代，产生了广泛而深远的影响，并继续给当代各国批评家以新的启迪。

关键词：马修·阿诺德；"文化与文明"对立传统；两希文明；文化宗教；文化批评

文化诗学和文化批评已然成为当代西方文学研究的主要范式之一，然而，追溯其理论渊源，却不得不从19世纪英国马修·阿诺德的文化批评说起，因为阿诺德是英国现代文化批评的先驱者和奠基人。马修·阿诺德（Matthew Arnold，1822—1888）是英国19世纪维多利亚时代的著名诗人、古典人文主义教育家、古典语文学家、文学批评家。他出身书香门第，父亲为著名罗马史学者、拉格比公学校长、牛津大学钦定历史学讲座教授。马修·阿诺德于1844年毕业于牛津大学，1847—1851年做兰斯当公爵

---

① 本文分别为国家社科基金项目"文化研究的学术逻辑与批评实践"（批准号：09BZW002）与江西省社科规划课题《20世纪中西文化诗学流派研究》（批准号：12WX06）的阶段性成果之一。
② 陶水平（1958— ），江西师范大学文学院教授、博导。

的私人秘书。从 1851 年开始被公爵委任为教育部督学,直至 1886 年。其间十年还以诗名被聘为牛津大学诗学讲座教授（1857—1867）。阿诺德长期担任教育部督学,遍访英伦三岛,对维多利亚时期各地社会实际状态有真切了解。还多次去法国、荷兰、德国、奥地利、瑞士、意大利等国考察教育制度,两次赴美讲学,具有开阔的学术视野。在教育改革、文学创作、文学以及文化批评方面均取得较高成就。阿诺德不愧为维多利亚时代极有代表性的文化大家之一（与他同时或前后英国还有卡莱尔、纽曼、罗斯金等著名文化大家）,卷入了维多利亚时代英国思想界关于教育、国家、政策、阶级、宗教等政治和社会问题的论辩,其诗歌作品和批评文集在生前就被奉为经典。

阿诺德一生的文化活动可分为前后两个时期：19 世纪四五十年代主要从事诗歌创作,此后主要从事批评活动。他一生写了一百多首诗歌作品,如《迷途浪子》(1849)、《多佛海滩》(1851)、《夜莺》(1853) 等。阿诺德诗歌创作的伤感、哀婉和想象风格深受华兹华斯的影响,但超越了浪漫主义的个人情绪咏叹,而更富有深厚的文化底蕴和历史意识。阿诺德诗歌作品善于把自然景物描写与希腊神话和史诗中的历史故事及文化意象融为一体,意象丰满,寓意深邃,以古喻今,取譬言志,显示出新古典主义的艺术特色。《多佛海滩》是其诗歌代表作。《多佛海滩》创作于诗人新婚燕尔之时。该诗以大海寓人生,悲叹"信仰之海"的潮退和人类的精神困境,体现了维多利亚时代英国人的精神困惑和信仰危机。诗歌通篇以一种宁静哀婉忧郁的悲歌曲调,表达了诗人在面对社会生活急剧变革、古代文明沦丧和传统道德崩溃时所产生的忧思,反映了诗人对古希腊传统文化价值的眷恋和对如何摆脱时代精神困境方法的矻矻探索,对后来艾略特的《荒原》等诗歌产生了极大的启迪和影响。阿诺德诗作充满矛盾、张力、反讽、复义的艺术手法对后来的英美新批评也具有深远的影响。可以说,《多佛海滩》为阿诺德的文化批评奠定了最初的文化旨趣和底色。60 年代后阿诺德主要转入教育工作以及文学与文化批评。在担任牛津大学诗学教授期间,写过大量文学批评和文化批评文章,做过大量文学批评和文化批评方面的演讲。分别结集为《批评一集》(1865)、《批评二集》(1885) 与《文化与无政府状态：政治与社会批评》(1869) 等出版。其中,以收入一集的《当代批评的功能》与《文化与无政府状态》影响最大。前者收入伍蠡甫编译的《西方文论选》下册,后者有韩敏中先生翻译的单行本。阿诺德身处维多利亚女王统治极盛时期,但各种社会矛盾也隐含其间。阿诺德不满意 19 世纪前期英国浪漫主义强调情绪和浪漫的诗学思想,而主张代之以"纯正"的人生真理。阿诺德作为英国维多利亚时代的一位"通儒",其文学批评具有宏阔深厚的文化视野,实开英国现代文化诗学与文化批评之先声。本文主要以这两部文献为依据,兼及其他文献,探讨阿诺德的文化批评理论的主要思想观点和批评方法及其影响。

一 开创"文化与文明"对立的文化批评传统

马修·阿诺德登上英国文化和学术舞台之时,正是英国处于维多利亚女王统治的时期，也是英国资本主义工业革命的全盛时期。此时的英国工业、贸易、经济总量和殖民扩张都位居世界第一，号称"日不落"帝国。然而，此时的英国也隐含着诸多社会危机。就国内而言，物质主义、拜金主义、功利主义、技术主义盛行，社会处于盲目追求物质财富和享乐之中，以为人生最大的幸福就是富得流油。在财富向资本家聚集的同时，贫富悬殊却在加大，劳工在为争取自身的经济和政治权益而游行示威，工人阶级开始作为英国社会一支不可忽视的力量登上历史舞台。阿诺德在政治和经济上属于中产阶级，在文化层次上则属于当时正在没落的贵族阶级。他对英国社会日益严重的庸俗世风和动荡局面深感忧虑，称为混乱无序的"无政府状态"。就国际而言，法、德、美等国厉行一系列改革，资本主义发展迅速，大有反超英国之势，英国面临沦为荷兰第二、西班牙第二的潜在危机。然而，当时的英国人普遍盲目乐观，而看不到这种危机。阿诺德具有诗人的敏感和学者的见识，加之他长年担任教育部督学，对英国各地的实际问题有实际而全面的了解。同时又多次赴欧洲各国和北美考察各国的文化教育，对各国的改革发展新动向有真切和敏感的洞悉。阿诺德的诗学批评、文学批评、文化教育观点即是在对英国国内外社会文化问题的深刻忧虑中形成的。无论是他前期的《当代批评的功能》，还是其盛期的《文化与无政府状态》，都是这种社会关切和文化回应的产物。

阿诺德在当时不惜冒犯主流舆论，对刻板的机器文明和浅薄的功利主义进行了尖锐批评，以至于被讥为"文雅的耶利米或虚假的耶利米"。阿诺德在《文化与无政府状态：政治与社会批评》（1869）一书中明确指出，文化不等于文明（尤其是工业文明和物质文明）：

> 与希腊罗马文明相比，整个现代文明在很大的程度上是机器文明，是外在文明，而且这种趋势还在愈演愈烈。……在我国，机械性已到了无与伦比的地步。更确切地说，在我们这个国家里，凡是文化教我们所确立的几乎所有的完美品格，都遭遇到强劲的反对和公然的蔑视。关于完美是心智和精神的内在状况的理念与我们尊崇的机械和物质文明相抵牾，而世上没有哪个国家比我们更推崇机械和物质文明。……对机械工具的信仰乃是纠缠我们的一大危险。[①]

面对英国人因物质财富急剧积累而盲目乐观、扬扬自得、拒绝接受外来思想，而周边国家却在迅速崛起的社会现状，阿诺德高度警觉其同胞工具崇拜和迷信外部行为的倾向，批评其只重物质利益而对文学和艺术没有兴趣的短视行为，反思并提出了英国社会转型期的价值观及其重建问题。阿诺德指出其同胞的"小家子气"，而缺乏对人性和人生"完整性"的追求。阿诺德以为，外在的工具手段不是人生的内在目的、价

---

① [德]阿诺德：《文化与无政府状态》，韩敏中译，生活·读书·新知三联书店2002年版，第11—12页。

值和意义所在。真正有意义的价值不是物质上的富裕,而是人性和文化上的完美。

那么,阿诺德心目中的"文化"是什么?阿诺德指出:无须去争论"文化"的学院式定义,文化即对完美的追求,"完美最终应是构成人性之美和价值的所有能力的和谐发展,这是文化以不带偏见的态度研究人性和人类经验后所构想的完美,……完美在于心智和精神的内在状况、而非外部的环境条件"①。"美好与光明就是文化所追求的完美之主要品格。"② 文化即"通过阅读、观察、思考等手段,得到当前世界上所能了解的最优秀的知识和思想,使我们能做到尽最大的可能接近事物之坚实的可知的规律,从而使我们的行动有根基,不至于那么混乱,使我们能达到比现在更全面的完美境界"③。

反观英国当下的社会现实,离这种完美理想却不啻相差十万八千里。马修·阿诺德认为,他所处时代的英国社会陷入"随心所欲、各行其是"的失序的无政府状态。阿诺德指出:"人们从来没有像现在的英国人那样,如此起劲地将财富视为追求的目标。人们从来没有像我们现在那样具有坚定的信念——十个英国人里有九个都相信,我们如此富有便是伟大和幸福的明证了。"④ 阿诺德把当时的社会阶层分为贵族阶级、中产阶级和工人阶级,对英国的三大阶级进行了酣畅淋漓的讽刺与挖苦,称当时的贵族阶级只注重外在的仪表和浅表的禀赋,如身体强壮、体育锻炼、相貌举止、个人才艺、勇武自傲等,因而是"野蛮人"(barbarians);称中产阶级相信日子富得流油便是伟大幸福的明证,信奉拜金主义,只图一心赚钱,因而是"非利士人"(philistine,即市侩);称劳工阶级粗野蛮干,动辄上街游行,因而是芸芸众生的"群氓"(populace)。总之,三大阶级都染上了庸俗习气,都有这样那样的心灵、知识、道德上的不足,一言以蔽之,即文化上的不足。

阿诺德认为,一个美好社会是不允许乱糟糟的无政府状态存在的。阿诺德对当时英国社会上频繁出现的游行示威现象十分不满,斥之为无政府主义,明确表示不能容忍:"无论自由党的朋友们怎样想怎样说,我们绝不会放弃自己的看法——对无政府状态不能宽容。"⑤ 在他看来,不消除无政府状态,不要说无从建立美好社会,甚至连社会太平也不会有。而文化是消除无政府主义的有效方法。他说,解决问题的"出路看来就是文化。文化不仅能通向完美,甚至只有通过文化我们才会有太平"⑥。文化是摆脱我们目前困境的得力助手,"我们寻求的用以对抗无政府倾向的'权威'准则,就是健全的判断力、思想、理智之光"⑦。正因为此,阿诺德当时被人们讥为"文化先知"或"文化使徒"。

---

① [德]阿诺德:《文化与无政府状态》,韩敏中译,生活·读书·新知三联书店2002年版,第11页。
② 同上书,第36页。
③ 同上书,第147页。
④ 同上书,第14页。
⑤ 同上书,第195页。
⑥ 同上书,第194页。
⑦ 同上书,第53页。

二 率先以历史主义的眼光诊治英国现近代文化病灶

阿诺德从青年时代起就一直浸濡于历史主义观点,朝夕受其父托马斯·阿诺德的耳提面命。老阿诺德是一位以研究古代罗马史见长的著名学者和公学校长,为古籍阐释学和德国史学研究方面开风气之先的人物之一。深厚的家学传统使得阿诺德具有独到的历史眼光和文化意识,成为一位具有深厚历史意识的批评家,或者说是一位历史批评家。阿诺德在西方学术史上最早提出"两希文化"说,认为希腊文化和希伯来文化为西方文化传统的两个重要来源,并以此为线索描述了西方文化演进的历史轨迹。他以历史主义的眼光诊治了英国近代以来社会问题的病因,认为滋养欧洲文化的"两希文化"传统在英国近代新教运动以来出现了偏差和失衡,即片面张扬希伯来文化传统而忽视了希腊文化传统。因而主张用希腊智性文化补救英国新教社会之精神欠缺,提出以希腊文化疗救英国市侩习气之文化救世良方。

阿诺德以卓越的文化洞察力指出,欧洲文明发展的精神动力蕴含在希腊文化和希伯来文化的良性均衡之中。希腊精神（Hellenism）与希伯来精神（Hebraism）是组成欧洲文化传统的一体之两面。希腊精神最为重视的理念是如实看清（see）事物之本相;希伯来精神中最重要的则是行为和服从（conduct and obedience）。简言之,希腊文化追求美与智,希伯来文化追求善与行。严正良知与自由智性构成人类两种基本的本性或能力。"那种驱向行动的能量,至高无上的责任感、自我克制和勤奋,得到了最亮的光就勇往直前的热忱——所有这些都可以看成为一种力量。那种驱向思想——作为正确行动之基础的思想——的智慧,那种对于随着人的发展而形成的、新的变化着的思想组合的敏感,欲彻底弄懂这些思想并做出完美调适的不可遏止的冲动——这些可看成为另一种力。"[①] 在欧洲文明的发展过程中,希伯来精神和希腊精神互相更迭,智性冲动和道德冲动交替出现——人类的精神史即是如此发展。"和一切伟大精神传统一样,希腊精神和希伯来精神无疑有着同样的终极目标,那就是人类的完美或救赎。"[②] 二者不可偏废,切不可将二者对立起来。然而,"在我们（英国）这里,希腊精神往往落到为希伯来精神的大胜而效劳的地步"[③]。近几个世纪以来,以注重行动为理念的希伯来精神渐占上风,使得我们最根本的习性在于偏爱行动而不是思考,由此引发一系列社会问题,导致英国社会出现一种盲动和失序的无政府状态。

阿诺德对当时英国社会盛行的工业主义、机械主义、功利主义等僵化意识和陈旧习惯给予了揶揄和批评,主张用自由鲜活的希腊精神思想来激活和更新世人的思维观念。他指出:"国人专一不二地、过度地发展了人性的一个方面、人类的一组力量即希

---

① [德] 阿诺德:《文化与无政府状态》,韩敏中译,生活·读书·新知三联书店 2002 年版,第 110 页。
② 同上书,第 111 页。
③ 同上。

伯来精神的严正的良心,而没有适当地考虑时间、地点和环境的因素。在他们的心目中,唯一值得顶礼膜拜的是道德品质和顺从与否,而不关心有无智慧的权能。"① 清教徒面临的最大危险在于,以为"唯一的不可缺少"的事是严正的良心。阿诺德则认为,没有这种被标榜为"唯一的不可缺少"的事。如果有,那也只能是"人性的完美",是"美好与光明",是"一切方面都臻至最优秀"②。换言之,人性全面发展才是最重要的。阿诺德认为,人性是一种复合体,不仅有道德的本能和力量,同时还有智性的本能和力量。希腊智慧的美好与光明,固然要加上希伯来精神的道德良心与力量、闯劲和干劲,两者都要唱赞歌。但是,英国社会因受清教主义影响过甚,尤其需要强调希腊精神。阿诺德指出:"在不同的阶段,面对不同的人群,我们究竟应侧重赞扬(希伯来精神的)火与力还是(希腊精神的)美好与光明呢,那必须因具体时代和具体人群的具体环境和需要而异。对于我们,对于我们中最体面的中坚分子而言,清教势力现在是而且长期以来一直是主宰的力量……清教力量喜欢火与力,喜欢严正的良心和希伯来精神,而不关心美好与光明,不在于意识的自发性和希腊精神。既然我们沉湎于火与力而不及其他,那还用得着一日三颂,为其大唱赞歌吗?"③ "在眼下这个特殊时刻,对于当下大多数英国人来说,更需要的是希腊精神。"④ 他呼吁:"我们英国按自由活跃的意识所指引的方向走去,相信只有这样才能在一切方面弥补不足,从而也就更靠近完全的人类完美。"⑤

三 首创"以文化代宗教"之说,树立文化的权威

维多利亚时期处于深刻的社会转型时期,中产阶级主流世俗思潮蔚为时代主潮。英国国教(即国立安立甘宗或圣公会)受到不从国教者抨击,以纽曼的宗教改革为标志的牛津运动不但未能抵御世俗思潮的冲击,反而加剧了宗教解体的颓势,各种宗教自由主义和无神论思潮兴起,传统基督教教义受到质疑,导致英国人出现严重的精神困惑和信仰危机,阿诺德斥之为背离正道、引起混乱的伪运动。为了帮助英国社会走出文化危机,应对法、德、美等新兴资本主义国家的崛起和挑战,避免大英帝国沦为荷兰第二、西班牙第二,阿诺德把医治英国社会无政府状态的希望寄托在"文化"的振兴上,提出"以文化代宗教"的文化政治观念,倡导树立文化与国家的权威,主张以文化理想来建立国家治理的构架,培养社会大众"最优秀的自我"和"健全的理智",力图重建英国在道德和智性上的民族优势,显示出一种重塑人类

---

① [德]阿诺德:《文化与无政府状态》,韩敏中译,生活·读书·新知三联书店2002年版,第129页。
② 同上书,第134页。
③ 同上书,第133页。
④ 同上书,第135页。
⑤ 同上书,第185页。

精神的文化担当和使命意识。阿诺德的人文理想主要表现为推崇以古典文学为主的**博雅教育**（liberal education），其追求光明与甜美的文化诉求体现了近代人文主义的教育理念。

阿诺德认为，文化与宗教有着相通之处，即共同追求和实现社会的普遍完美。正是这种相通之处可以使文化替代宗教，承担重塑人类精神的重任。"宗教是人类努力中最伟大、最重要的成果，人类通过宗教表现了完善自身的冲动。宗教是表达人类最深刻经验的声音，它批准且赞许文化的崇高目标，即让我们致力于弄清什么叫做完美，并使普天下皆完美。不仅如此，在确定人的完美一般应包括哪些内容时，宗教得出的结论与文化的结论一致。"[①] 文化不仅起源于好奇心，而且有高尚的道德伦理动机，追求完美和热忱行善。阿诺德反复强调："我所谈论的文化是通过阅读、观察和思考通向天道和神的意旨。"[②] "文化之信仰，是让天道和神的意旨通行天下，是完美。文化即探讨、追寻完美……一旦认清文化并非只是努力地认识和学习神之道，而且还要努力付诸实践，使之通行天下，那么文化之道德的、社会的、慈善的品格就显现出来了。"[③] 文化不仅是一种智性精神，而且也能在实践中通行天下，使文化的美好与光明的品性显示出来，从而使天道与神的意志通行天下。因此，阿诺德的"以文化代宗教"的文化理念堪称一种新的文化宗教。

阿诺德认为，文化在社会转型时期具有独特作用。正如他在《文化与无政府状态》序言中所指出的："（本书）全文的意图是大力推荐文化，以帮助我们走出目前的困境。在与我们密切相关的所有问题上，世界上有过什么最优秀的思想和言论，文化都要了解，并通过学习最优秀知识的手段去追求全面的完美。……文化了解了世界上最优秀的思想和言论，就会调动起鲜活的思想之流，来冲击我们坚定而刻板地尊奉的固有观念和习惯。这就是下面的文章所要达到的唯一目的。"[④] 阿诺德认为，面对英国社会的失序或无政府状态，为避免各个阶级的随心所欲和各行其是，纠正中产阶级只顾拉车不看前路的偏颇，超越社会大众只是满足于普通自我的平庸，必须依靠文化的权威作用。唯有文化能超越功利，摒弃狭隘的阶级、宗派和党派利益，运用超然无执、客观公允的批判性思考，展开一种自由的精神活动，力求如实看清事物本相，从而创造出一股纯正和新鲜的思想潮流。同时，树立文化的权威，也是人性和谐全面发展的内在要求。阿诺德认为，"在我们全体都成为完美的人之前，文化是不会满足的。文化懂得，在粗鄙的盲目的大众普遍得到美好与光明的点化之前，少数人的美好与光明必然是不完美的"。"文化寻求消除阶级，使世界上最优秀的思想和知识传遍四海，使普天下的人都生活在

---

① ［德］阿诺德：《文化与无政府状态》，韩敏中译，生活・读书・新知三联书店 2002 年版，第 10 页。
② 同上书，第 56 页。
③ 同上书，第 9 页。
④ 同上书，序言，第 208 页。

美好与光明的氛围之中,使他们像文化一样,能够自由地运用思想,得到思想的滋润,却又不受之束缚。"[1] 因为"我们其实都是一个身子的肢体,一个肢体受苦,所有的肢体就一同受苦。在普天下人还没有同我们一道完美起来的时候,个人是不可能达到完美的"[2]。文化通过观察、阅读与思考等手段,帮助我们理智行事,看清事物的本相,提升国民的智慧和洞察力,公正无私地追求全社会的普遍完美。

文化之所以能代替宗教,担负起拯救精神危机、重建价值信仰的重任,根本原因在于,文化作为对完美的追求,乃是人类"最优秀自我"的表征。"最优秀自我"相对于"普通的自我"而言,这是阿诺德文化批评理论中的一个重要概念。优秀的自我是文化精神的一种人格表征,体现在各个阶级内部的少数"余剩民"(remnant)即少数局外的、异己的优秀分子身上。"每个阶级中都产生了一些人,他们生性好奇,想了解最优秀的自我应是怎样的,想弄清楚事物之本相,从工具手段的束缚中挣脱出来,一门心思地关注天道和神的意旨,并竭尽所能使之通行天下;总而言之,他们爱好的是追求完美。"[3] 优秀自我具有博大的人性,其指导思想不是阶级精神,而是普泛的符合理想的人性精神,是对人类完美的热爱。

阿诺德认为,我们的社会应该让最优秀的自我(即健全理智)来指挥一切,使之成为至高无上的权威,而不可以普通的自我(或阶级本能或习惯势力)当作显赫的权威。[4] 应当以"优秀的自我"为理想标准来建设一个崇尚文化理想、以优秀自我为基础的国家,以健全理智、甜美与光明填充国家的基本架构,使国家越来越成为表达最优秀自我的形式。"要想让健全理智对个人的喜好有所影响,想让优秀自我作用于普通自我,我们就要给健全理智以公开的认可和权威,尽量在国家事务中体现健全理智,以使之获得更大权力来发挥作用。"[5] 必须树立文化与国家以至高无上的权威,从而提升和转化社会大众的普通自我,克服各阶级的阶级局限性。阿诺德指出,各种政治的、宗派的、党派的、议会的习惯势力只能产生出各种迎合普通自我的思想,甚至是敌对阶级的情绪和偏见。它们"遮住了我们的眼光,使我们看不见还有比普通自我更明智的东西,因而无从获得关于至高无上的健全理智的概念"[6]。阿诺德反复提出要借鉴法国和德国,树立文化的理想与典范,建立国家治理的权威性。阿诺德赞赏法兰西学院式的权威中心,而对英国公众中各种文学报刊的多元混杂的相对价值不以为然,认为英国文化界缺乏这个权威的后果是造成文学和文化的混乱。显然,在阿诺德看来,前者体现了优秀自我的权威,后者只有普通自我的价值。阿诺德指出,迄今为止,伟大的人物和伟大的制度对于指引人间正道还是必不可少的。应当以国家作为优秀自我之

---

[1] [德]阿诺德:《文化与无政府状态》,韩敏中译,生活·读书·新知三联书店2002年版,第30—31页。
[2] 同上书,第178页。
[3] 同上书,第83页。
[4] 同上书,第84—85页。
[5] 同上书,第99页。
[6] 同上书,第91—92页。

仁慈宽厚而神圣的代言者，奏出优秀自我的最强音。"文化因教育我们对国家抱有美好的希望、为国家企划美好的未来，而成为无政府主义的死敌。"① 文化作为一种新的价值源泉，体现人类共同的美好的人性追求，代表整个国民集合体或民族共同体的理想，超越了各个阶级的普通的自我或阶级局限性，因而可以引导英国社会克服危机走出困境。阿诺德文化政治理想显示出精英主义的文化旨趣。

当时的报刊称呼阿诺德为"文化先知""文化使徒"或"文雅的耶利米"②，阿诺德亦甘于肩负传播文化宗教的文化使徒重任。他指出："这是真正社会性的主张；文化人是真正平等的文化使徒。伟大的文化使者怀着大的热情传播时代最优秀的知识和思想，使之蔚然成风，使之传到社会的上上下下、各个角落。"③ 阿诺德认为，文化使徒的工作虽然没有议员和政客那样的轰动效应，虽不会毕其功于一役，但却像苏格拉底传播真理那样更深刻有力，更具深远弥久的、潜移默化的效果。此外，中世纪的亚伯拉罕、18世纪的莱辛和赫尔德也是这样的文化使者。在英国近现代学术史中，阿诺德文化批评理论首次如此自觉和明确地强调了文化的地位和作用，为后来英国文化研究提供了最初的理论支持。尽管他所彰显的文学文化难免曲高和寡，却为日后英国文学批评的学科化奠定了基础。

四 最早表现出跨学科视野、大文学观念与文化批评意识

阿诺德高度重视文学批评和文化教育在英国社会文化理想重建工程中的独特价值。阿诺德指出：文学批评的根本任务在于使人了解世界上知识和思想的精华，帮助人们"看清事物的本相"，从而创造自由、智性而新鲜的思想潮流，促进伟大诗人的诞生和文化繁荣时代的到来。文学批评应当公允无私，为诗人的创造性能力提供新思想，营造合适的智力局面和社会氛围。阿诺德的文学批评超越了纯文学批评的范畴，而具有跨学科的文化批评的旨趣；同时，阿诺德的文学批评也超越了狭隘的英国文学批评的局限，而具有比较文学批评的视野，具有深邃的历史眼光和国际意识。

阿诺德关于批评的职责是帮助世人认清"事物本相"的说法早在他的《论荷马史诗的译本》（1860）中就已经论及："许多年以来，法国和德国文学的主要努力，正如整个大陆知识界的一贯努力所做的那样，在于一种批评活动；在各个知识领域，神学哲学历史艺术科学，都致力于如实认清事物之本相（to see the object as in itself it really is）。"④ 在牛津大学演讲《当前文学批评的功能》（1864）中，阿诺德重申了这一观

---

① ［德］阿诺德：《文化与无政府状态》，韩敏中译，生活·读书·新知三联书店2002年版，第196页。
② 同上书，第3页。
③ 同上书，第31页。
④ 参见［德］阿诺德《阿诺德文学评论选集》，殷葆瑹译，人民文学出版社1958年版，第49页。

点，指出，批评的任务是"就知识的所有部门，神学、哲学、历史、艺术、科学，探寻事物本来的真面目"[①]，亦即是要"知道世界上已被知道和想到的最好的东西，然后使这些东西为大家所知道，从而创造出一个纯正和新鲜的思想潮流"[②]。上述批评理念在随后的集大成之作《文化与无政府状态：社会与政治批评》（1869）一书中得到进一步发挥、充实与完善。在《文化与无政府状态》一书中，阿诺德更是反复强调，文学批评不以宗派和党派的利益为转移而进行客观公允的思考，批评的职责是培育智慧和洞察力，旨在帮助世人洞悉"世界上最优秀的思想和言论，就会调动起鲜活的思想之流，来冲击我们坚定而刻板地尊奉的固有观念和习惯"[③]。从而促使英国走出目前的困境，社会得到更加有序、和谐的发展。这样的文学批评不仅是审美的批评，而且也是"文化的批评""社会和政治的批评"。这也是阿诺德《文化与无政府状态》一书副标题所要传达的旨趣：文学批评也是一种具有反思性、批判性的"政治与社会批评"。

在深刻社会转型时期的维多利亚英国，没有法德等国那样的哲学大家来承担社会价值重建的艰巨任务，这个历史重任落到了像阿诺德这样的文学批评家和文化理论家的肩上。阿诺德的批评理念具有强烈的道德动机，在最高层面上甚至要替代宗教。阿诺德在《论诗》（1880）一文中明确提出诗歌将取代宗教，因为诗歌具有美好与光明的属性，能给人们带来心灵抚慰和引导功能。他指出："人们逐渐地会发现我们必须求助于诗来解释生活，安慰我们，支持我们。没有诗，我们的科学就要显得不完备；而今天我们大部分当做宗教或哲学看的东西，也将为诗所代替。"[④] 这里的"诗"，从广义上可推及整个文学和文化。阿诺德秉持一种大文学观念，兼顾诗与泛文学，精通英国文学与西方古典语文学，打通文学与政治、宗教、社会、教育、道德等学科。强调"文化要通过客观的主动的阅读、思考、观察等手段，去了解最优秀的知识"[⑤]。他以"好奇"之心，广泛汲取与传播一切有利于实现人类完美的优秀的知识和思想，以此抵制资本主义外在的机械工业文明。

阿诺德所谓的文化，其核心是古典文化和精英文化。他指出，只有通过阅读古典名著，才能使大多数人得以接触古希腊罗马的优秀思想。"希腊最优秀的艺术和诗歌是诗教合一的，关于美、关于人性全面达到完美的思想，结合宗教的虔敬，成为其充满活力的运作的动因。唯其如此，希腊的优秀诗歌艺术对我们至关重要，能给我们以重大启示（陶案，即给人以美好、光明与人性全面完善的思想启迪）。"[⑥] 除了来自希腊以荷马、索福克斯勒、亚里士多德为代表的伟大传统，还包括近代以来英国弥尔顿、莎

---

① 见伍蠡甫主编《西方文论选》下卷，上海译文出版社1979年版，第77页。
② 同上书，第81页。
③ ［德］阿诺德：《文化与无政府状态》，韩敏中译，生活·读书·新知三联书店2002年版，第208页。
④ ［德］阿诺德：《阿诺德文学评论选集》，殷葆瑹译，人民文学出版社1958年版，第83页。
⑤ ［德］阿诺德：《文化与无政府状态》，韩敏中译，生活·读书·新知三联书店2002年版，第166页。
⑥ 同上书，第17页。

士比亚、华兹华斯等人的文学作品，以及欧洲其他国家诸如但丁、歌德、洪堡特、海涅、圣伯夫与托尔斯泰等人的文化经典。阿诺德以其广博深邃的文学文化意识克服了英国非力士人的狭隘岛国之气。更进一步，阿诺德认为，在追求完美理想方面，文化不仅与宗教有内在一致性，而且比宗教更为优越。"文化在寻求完美的内涵时，要参考人类经验就这个问题所发表的全部见解，不仅倾听宗教的声音，还要听艺术、科学、诗歌、哲学和历史的声音。如此，才能使结论更充实、更明确。宗教说：神的国度就在你们心里；同样，文化认为人的完美是一种内在的状态，是指区别于我们的动物性的、严格意义上的人性得到了发扬光大。"① 并且，文化比宗教更能促进人的完美的思考和情感的天赋秉性和谐有效地发展。文化更能以不带偏见的态度研究人性和人类经验所构成之完美，促进构成人性之完美的能力和价值的和谐发展，而不是某一种能力过度发展而其他能力则停滞不前。在这一点上，文化超越了人们通常所说的宗教。

马修·阿诺德文学批评的理论与实践活动始于任职牛津大学诗学教授期间，在盛期的《文化与无政府状态》一书中得到完备的阐发。1857—1867 年十年间，阿诺德被聘为英国牛津大学的诗歌（诗学）讲座教授。在此期间，他写了不少诗歌评论，做了不少有关文学的讲座，确立了其批评家的地位。在《批评在当今的功用》（1864）这个最著名的讲座中，阿诺德开门见山地提出，文学批评与文学创作一样，具有巨大的力量。作家创作固然需要创造力，批评家同样也离不开创造力。而且，批评的契机应该先于真正创作活动的契机。批评的主要任务在于造成一种便于创造力有所收益地加以利用的学术局面。他将维多利亚时期享有盛名的诗人拜伦、雪莱、华兹华斯、柯勒律治等人与文艺复兴时代的莎士比亚进行对比，与狂飙洪流中的歌德的创作进行对比，与伯利克里时代雅典诗人品达罗斯、索福克勒斯的创作进行对比，逐一评点这些维多利亚诗人的作品的缺陷和不足。在他看来，维多利亚时代就诗歌创作而言，实在是个贫乏的时代。这些维多利亚诗人才华学识兼备，但其诗歌缺乏激情充沛之力，原因就在于此时的英国既没有像我们在伊丽莎白年代所具有的全民族的生活与思想的光辉，也没有像在德意志所发现的那种文化和那种研究与批评的力量。因此，批评乃提供信息、解放思想的创造之前的重要准备阶段。批评家可以见出和引导未来的发展趋势，批评有助于新思想的诞生。批评应保持"超然无执"（disinterested）的独立性："远离实践；断然服从本性的规律，也就是对于所接触的全部事物展开一个精神的自由运用；坚决不让自己去帮助关于思想的任何外在的、政治的、实际的考虑（批评之目的是）。创造出一个纯正和新鲜的思想潮流。"② 随着新思想的触动和增长，文学创作的繁荣时代也随之而来。正如韦勒克所指出的："他（阿诺德）相信自己在为英国文学新的繁荣铺平道路，相信英国所需要的唯独是批评，批判精神，从国外和往昔涌入的新思想。"③

---

① ［德］阿诺德：《文化与无政府状态》，韩敏中译，生活·读书·新知三联书店 2002 年版，第 10 页。
② 见伍蠡甫主编《西方文论选》下卷，上海译文出版社 1979 年版，第 81 页。
③ ［美］雷纳·韦勒克：《近代文学批评史》第四卷，杨自伍译，上海译文出版社 1997 年版，第 190 页。

阿诺德的批评理论并非大而无当的抽象原则，而是提出了切实可行的批评方法。阿诺德认为，文化批评首先是一种阅读，而非干枯的评价。1880年，阿诺德应邀为《英国诗人选集（The English Poets）》作总序，在题为《论诗（The Study of Poetry，又译作〈诗歌研究〉）》的序言中，阿诺德提出："把大诗家的一些诗的字句，牢记在心，并用它们当作试金石应用到别人的诗上，是能够帮助我们发现什么是属于真正优秀一级的，因而对我们是最有好处的诗；其实也实在没有更好的办法了。"① 阿诺德精辟地指出，批评家与其费尽心思抽象地找出构成诗的最高品质的东西，不如求助于具体的例证②。因此，他亲自编辑文学经典，强调对文学经典的细读，以伟大的古典作品作为试金石，以纠正单一的历史评价和个人评价。他精心挑选了莎士比亚、但丁、弥尔顿等人作品的精华诗句，以此作为"试金石"进行诗歌评论。他的这一批评方法对后来的F.R.利维斯产生了深刻的影响。

然而，作为英国维多利亚时期的文化巨擘，阿诺德的批评并非狭隘的语言批评和审美批评，而是广义的文化批评、人生批评。其文学批评与社会、政治、宗教、教育等文化批评之间没有严格的分界线，都是为了实现"文化，人性整体和谐、全面发展的完美"这一目标而做的努力。因为诗与文化都是以追求美好与光明为旨趣。"文化以美好与光明为完美之品格，在这一点上，文化与诗歌气质相同，遵守同一律令。"③ 批评的精神实质是一种对生活的批判精神，一种源于希腊文化的智性精神，即对任何学科都运用智力，提倡超然、客观性、好奇心、灵活性以及温雅。这种批判精神益于自由交流思想的空气。"归根结底，诗是生活的批判；诗人的伟大，在于把观念有力而美丽地应用到生活上，——应用到怎样生活的这样一个问题上。"④ 阿诺德勇敢地把批评触角伸向公共生活中的每一部分，对当时的大众文化如报纸杂志等大众传媒予以关注，批评它们只是一味地迎合大众的普通自我。尽管阿诺德文化批评的态度略显保守，但他对大众文化的批评在客观上开启了主流学术对大众文化的研究空间。正如斯道雷所言："阿诺德最重要的成就在于他开创了一个传统，一种考察大众文化的特殊方式，并在文化的领土上为大众文化找到了一个属于自己的位置。这就是我们所熟知的'文化与文明'传统。"⑤ 阿诺德的文化批评观是对英国维多利亚时代机器文明的反驳，开启了英国现代文化批评学科的先声。

阿诺德的文学批评是对浪漫主义思潮的某种转向，其《文化与无政府状态》一书的问世，表明英国文论已经走出浪漫主义时代而进入文化古典主义时代。阿诺德早在《评〈荷马史诗〉的译本》一文中就提出荷马史诗的英译本原则：为了保存和传达荷马

---

① [德]阿诺德：《阿诺德文学评论选集》，殷葆瑹译，人民文学出版社1958年版，第89页。
② 同上书，第92页。
③ [德]阿诺德：《文化与无政府状态》，韩敏中译，生活·读书·新知三联书店2002年版，第16页。
④ [德]阿诺德：《阿诺德文学评论选集》，殷葆瑹译，人民文学出版社1958年版，第140—141页。
⑤ [英]约翰·斯道雷：《文化理论与大众文化导论》，常江译，北京大学出版社2010年版，第21页。

史诗的总的印象,可依据英语的表达特点做意译。宁可牺牲对原文文字的信实,也不可冒犯直译的危险而产生古怪和不自然的效果。阿诺德指出:"我们要重造的既是荷马的总印象,因而只对荷马文字忠实了而失去荷马总印象,就是对荷马的不忠实。""我这样做的理由,是因为荷马距离我们这些英译读者的时代已经久远了;所以译文必须比荷马原文还要明显清楚;译文对于意思的连接,应比原文还要显豁。"[①] 而且,阿诺德于1857年任职牛津大学诗歌讲座教授所做的第一个演讲《论文学中的现代因素》,首次用英语代替了拉丁语,成为牛津学术史上值得纪念的际会。也标志了历史主义进入了牛津官方的英国文学史,显示其将古典文学大众化与英国文学研究历史化的双重努力。

阿诺德的文化批评理论得益于纽曼神父所发起的牛津运动宗教思潮的滋养。马修·阿诺德在牛津读书时,正赶上一场史称牛津运动的天主教"宗教运动"。尽管阿诺德(及其父亲)不完全赞成这场宗教改革运动,而主张复兴以希腊罗马为代表的古典文化,建立一种新的文化宗教(阿诺德所主张的新信仰之核心不是上帝,而是诗和艺术的"甜美与光明");但阿诺德仍高度激赏牛津运动,认为它代表了人类对于和谐完美理想的不懈追求。它败北于中产阶级的庸俗的新教教义、自由主义和功利主义,却虽败犹荣。在《文化与无政府状态》一书中,阿诺德充满深情地写道:"牛津,从前的那个牛津,犯了很多错误,也为此付出沉重的代价:她失败了,孤立了,与现代世界脱节了。但是在牛津那美丽的地方,在优美温雅之中成长起来的牛津人,并没有放弃一个真谛,那就是认定优美温雅是全面的完美之基本品格。当我坚持这样说的时候,我是完完全全浸淫在牛津的信仰和传统之中了。……我们培育起的感情洪流冲蚀和削弱了对手们已经似已占领的阵地,我们保持着同未来的沟通联系。……牛津运动夭折了,败阵了,四处的海面都漂浮着我们的残骸……"[②] 阿诺德所倡导的文化宗教乃是牛津精神追求美与雅的情感愿望的发扬光大,二者朝着同一目标而努力。阿诺德满怀信心地指出:"我们必须要有广阔的基础,一定要让尽可能多的人拥有美好与光明。我曾一次又一次、坚持不懈地指出,当一个国家出现全民性的生命和思想的闪光时,当整个社会充分浸润在思想之中,感受美的能力,聪明智慧,富有活力——这便是人类最幸运的时刻,是一个民族生命中的标志性时代,是文学艺术繁荣发达、天才的创造力流光溢彩的时代。"[③]

五　简要的结语

阿诺德被誉为英国近代文学批评的奠基人和现代批评理论的先驱者,他所倡导和

[①] 参见[英]阿诺德《阿诺德文学评论选集》,殷葆瓘译,人民文学出版社1958年版,第66、76页。
[②] [英]阿诺德:《文化与无政府状态》,韩敏中译,生活·读书·新知三联书店2002年版,第23、24页。
[③] 同上书,第31页。

推动的"文化与文明"传统堪称早期英国文化研究的滥觞,体现了深刻的文化保守主义特色,其巨大影响不但超越了他自己的国家和时代,而且超越了英语世界。由于他在文学和文化界的重大影响,阿诺德一直是英语文学界持续关注的对象,被英美学界视为一位"永恒的批评家"。英国马克思主义批评家伊格尔顿指出,在马修·阿诺德的时代,传统的、胸怀宽广的文人正在日益被做专门学问的学人和市场导向下的商业写作所替代,而阿诺德代表"维多利亚最后一代文化伟人——既非学人亦非以文谋利者,而是穿越于诗歌、批评、期刊杂志和社会评论,可以说是一种发自公众领域内部的声音。……阿诺德表现出知识分子的两大古典标志,而与学术知识分子形成对照:他拒绝被绑缚在单一的话语领域内,他寻求使思想对整个社会生活产生影响"[1]。显示出非凡的跨学科批评的气度!当代美国著名批评家韦勒克则认为,阿诺德是19世纪下半叶英国最重要的批评家,给我们提供了一份文化辩护书。"他既擅长场文学批评又有诗人兼博英国社会及文明的批评家的声望,所以卓尔不群。当今不论在英国还是在美国——尤其学术界中——人们依然受其影响。阿诺德的影响首先在于他的文化哲学而非他的文学批评,不过,20世纪批评家中的欧文·白璧德、托·斯·艾略特、弗·雷·利维斯、莱昂内尔·特里林在眼界上显然跟他一脉相承。"[2] 诚哉斯言! 例如,美国著名批评家莱昂内尔·特里林(Lionel Trilling)就深受阿诺德的影响,善于把文学与社会、文化及政治问题联系起来加以考察,且特里林的博士论文就是专门研究阿诺德的。特里林曾在该书中如此评价阿诺德:"当我们把阿诺德作为一个批评家来考虑时,无论我们多么经常地注意到他的错误见解,都会不可避免地得出结论,阿诺德是英国文学中最伟大的批评家之一,或不如说,他确实是世界文学中最伟大的批评家之一。"特里林甚至断言道:"对说英语的民族而言,阿诺德就是批评之父。"[3] 此外,从《批评的剖析》一书的绪论《论辩式的前言》中,也见出阿诺德批评理论对加拿大批评家弗莱的文学和文化批评理论的滋养。总之,作为英国人文批评传统的开山鼻祖,阿诺德颇具新古典主义倾向的批评理论,对20世纪英美批评产生了深远的影响。

马修·阿诺德的文学批评在中国也产生广泛影响。中国学人最早接触到阿诺德批评思想的当属辜鸿铭。1867年至1878年辜鸿铭先后留学英法德三国,受过良好的拉丁文希腊文和英国古典文学的训练。在英期间,辜鸿铭曾师承过马修·阿诺德,深受其影响。阿诺德对中国文坛的进一步影响始于20世纪前期。阿诺德的美国传人白璧德为现代中国知识界培养了梅光迪、张歆海、吴宓、汤用彤、林语堂、梁实秋等11位著名学人。借此,阿诺德的文化批评理论在中国得到较为广泛的传播。张歆海还在白璧德

---

[1] [英]阿诺德:《文化与无政府状态》,韩敏中译,生活·读书·新知三联书店2002年版,中译本译者序言,第7页。
[2] [美]雷纳·韦勒克:《近代文学批评史》第四卷,杨自伍译,上海译文出版社1997年版,第181页。
[3] Lionel Trilling, Matthew Arnold (New York and London, Harcourt Brace Jovanovich, 1954), pp. 409, 410.

指导下，以论文《马修·阿诺德之尚古主义》获得哈佛大学比较文学博士学位。学衡派把阿诺德奉为新人文主义的先驱，翻译了阿诺德不少诗歌作品和批评文章，其文化保守主义受到阿诺德文化理论的深刻影响。此外，朱光潜、闻一多、胡先骕、钱钟书等批评家也都翻译过阿诺德的作品。改革开放后，阿诺德著作的译介和研究在中国学界更是日趋升温，其睿智深邃的文化理论继续给当今新的市场经济条件下的中国批评家以新的启迪。

中国环境美学之"天人"交相构成论及其学理依据

李天道　李尔康[①]

（四川师范大学　四川　成都　610068）

摘　要：中国古代环境美学以天人一体、天人合一、阴阳合一、道法自然等为学理依据，在审美诉求方面推崇"人"与"天"，即人与环境的和谐。中国古代环境美学的生存智慧就是如何实现齐万物、一"天人"的问题，即解决"天"与"人"之间，也就是"人"与生存环境、自然环境如何交相构成的问题。

关键词：中国古代环境美学；"天人"交相构成；齐万物

中国古代环境美学总是借助人与生存环境间的审美活动以促使"人"融于天地化育之中，致使人的生存活动诗意化，以浸润心灵，建构圆融与完美的人生。在中国古代环境美学看来，天人原本是一体、合一的。所谓"天"，即"人"之外的自然万物。中国古代环境美学思想认为，"人"本身与"天"是共生一类的，自然万物与"人"一样，是有生命的，与"人"是一类的、相同的、一体的，因而，"人"与自然万物具有同类性、同构性、相依性、相存性和同一性。这种同类同构、并生为一、相依相存性，应该是"人"与万物自然的一种"本性"。据此，中国古代环境美学认为，"人"与自然万物同质同类，是自然万物的一部分。由此出发，就"人"与自然环境的关系而言，不管是"人"的自我意识还是身体，都处于自然环境之中并在其中从事种种活动；"人"与自然环境是相存相依、相亲相和的，"人"不是自然环境的主宰者，不能以"人"为中心；"人"在与自然环境的互动中感知环境、体验环境、建构"人"与自然环境的新的构成态，并形成一个动态的、发展的、流动的连续体。因此，自然环境是一个流动、变易的、复杂的多元混合体，而不是由简单、单纯的原生自然物组成。即如当代美国环境美学家阿诺德·柏林特所指出的，环境自然是"人"与"物"的构成，

[①] 李天道（1951—　），四川彭州市人，博士，四川师范大学教授，博士生导师。李尔康，四川省成都市人，四川师范大学文学院美学硕士研究生。本文系国家社科规划基金项目"中国古代环境美学思想专题研究"（项目编号：13AZD029）的阶段性成果。

是"一系列感官意识的混合",是"由一系列体验构成的体验链"[①],是构成流与体验流。因此,"人"与自然环境之间是互动互助、互亲互近的,是互为中心、互为主体的关系,作为生活在自然环境之中的"人",必然,并且应该对自然环境有所关照,有所作为,而自然环境也必然对此有所感应,有所回馈与回报。换言之,即处于感受的"混合""构成流"与"体验链"中的自然环境,从来就不是一个与人相分离的外在的环绕之物,而是与人一类并生、一体合一、相依相存、浑然整然的生命体。因此,中国古代环境美学总是把处理好"人"与自然环境的关系问题,解决好人的生存环境,优化人的生存环境,把构建熙和融洽、圆润祥和的生存环境作为最高审美之维。在中国古代环境美学看来,重生、乐生、体征生生,解决人与自然环境、社会环境的问题,保持人与自然间的和谐关系,以保障熔铸光明的人生和还原自由任运的生命状态,视宇宙自然环境为可居可游的心灵家园,以圆融无碍之心于"天人"交相构成、人与自然环境和谐相处中体悟天地大化生生之意乃是人生生命活动与审美活动的最高宗旨[②]。

在中国传统环境美学思想中,处处体现着这种"天人"交感构成审美意识。可以说,作为传统环境美学的基本范畴,"阴阳""太极"既是中国传统环境美学思想构建"天"与"人"之间关系的重要基元,又是其核心思想构成,并影响其传统环境美学思想的民族特色与本土特色。"阴阳",即"阴阳"二气的氤氲聚合、上下升降、清浊刚柔、化化不已,被用以说明"天"与"人"之间的相互依存、相互对待、相互感应、相互构成的交相互利、同一共生的存在关系。在中国传统环境美学思想看来,宇宙万物是以"阴阳"之"气"为生命内核,人与自然万物间也由于生命之气的作用而互通共感,并由此而呈现为"太极"场,即一种生态场的建构。正由于此,从"阴阳""太极"等审美范畴与其中所蕴藉的传统环境美学思想入手研究中国环境美学之生命意识与心物感应化生构成审美意识,对准确把握中国环境美学思想的核心内涵有着极为重要的意义。

一

中国环境美学中的"天人"交相构成意识与其"阴阳"二气交感化生论以及生命意识相关。作为中国环境美学的基元与要素,"阴阳",或谓"阴阳"二气,是有关宇宙万物化生化合、聚合生成、交感不息、生生不已的生命动力因子的具象化、物态化表征。在中国环境美学看来,"阴阳"二气间相互依存、交相感应,同时,又相互对立、相反相成。"阴阳"二气氤氲流转则表征着天地间大化运行的殊相万有内核交相对应、交相对待的互动生化特质。所谓"万物负阴而抱阳"。应该说,"阴"与"阳"就是指天地间化生万物的生命元,也即"阴气"和"阳气"。中国环境美学认为,宇宙天地间

---

① [美] 阿诺德·柏林特:《环境美学》,张敏、周雨译,湖南科学技术出版社2006年版,第20页。
② 李天道、李尔康:《中国古代环境美学之学理探源》,《四川省干部函授学院学报》2013年第4期。

是通过"阴阳"二气聚合氤氲、化生化合,从而构成自然万物的。即如《周易·系辞下》所指出的:"天地絪缊,万物化醇;男女构精,万物化生。"对此,孔颖达疏云:"万物感之,变化而精醇也。"[①] 对此,陈康祺在《郎潜纪闻》中解释说:"夫天地氤氲,万物化醇,非地之能自生也;男女媾精,万物化生,非女之能自生也。""天地氤氲,万物化醇"中所谓的"氤氲",即氤氲之气,为宇宙自然生成的原初生命要素。既然"气"为天地宇宙生成的生命要素与生命运动的动力因子,"气"化生万物,所以说,"阴阳"又符指"天地",故《周易·序卦》说:"有天地,然后万物生焉。""天地"来自"阴阳"二气的氤氲化合,也即"乾坤"二卦的变化,"阴阳"二气的生化氤氲生成宇宙世界间万事万物的种种形态。"气"之所以氤氲流转,在于其涵"阴"涵"阳","阴阳"相互作用,促成宇宙自然的运行转动。在中国环境美学思想看来,这种气化流转形态的呈现就是"阴阳"气化生物。这种气化生物的流程也就是《周易》所谓的"天地氤氲,万物化醇"。天地自然、万事万物,包括"人"在内,都是气化氤氲、流转感应所生成的,都经由"阴气"与"阳气"相合,男女媾精而成。生命由"阴阳"之气原始,由此激荡,由此而循环往复,周而复始,生生不息。《周易》明确提出,生命起源于"气"。这个"气"是宇宙天地、自然万物间生命流的动力所在。而所谓"化醇"就是变化而精醇。天地是氤氲之气的交感而生成的。因此,氤氲之气是天地之元,万物皆化源于此。天为阳,地为阴,天地交感,阴阳激荡,则呈现为氤氲之态。之所以说"天地氤氲",旨在突出"氤氲"的构成态势本始于宇宙气化,为"气化"的生动呈现,也是天地宇宙间生命流的生动呈现。《黄帝内经·素问》说:"人以天地之气生,四时之法成。"[②] 又说:"天地合气,命之曰人。"[③] 就是进一步强调"气"是生命的基元,是"人"之根本。《周易》认为宇宙间万事万物都是由"阴阳"二气相互作用而生成的,这就叫"阴阳""气化"。《周易》用一太极高度浓缩了这一"阴阳""气化"的流程,形象生动地表明,宇宙万物间的生命运动都是由"阴阳"二气相互作用而致,"自然之道、人事之理、生命之则,都是阴阳互补互动"[④],所以说,"一阴一阳之谓道"。就是说"阴阳"是万事万物的化生化合之"道"。人是自然天地"生生"化育之物。"生生"乃是"阴阳"二气氤氲转换与构成宇宙间自然万物的韵律性的呈现。"阴阳"二气氤氲聚合,化育、生成万物,创生生命,丰富生命与充实生命,并且使生命共同体趋于"和"的动态的、韵律性的生意流转轨迹。《淮南子·泰族训》说得好:"天地所包,阴阳所呕,雨露所濡,化生万物。"[⑤] 作为生命的存在活力,作为生命共同体之源,自然天地之"气"化生化育着包括"人"在内的万物自然,濡化着其生命节律,张扬着其

---

① 王弼、韩康伯注,孔颖达疏:《周易正义》,上海古籍出版社1990年版,第13、78页。
② 王冰注:《黄帝内经》,辽宁科学技术出版社1997年版,第9、52页。
③ 同上。
④ 刘长明、吴奎彬:《和谐假说》,《山东师范大学学报》2013年第3期。
⑤ 张双棣:《淮南子校释》,北京大学出版社1987年版,第2040、245页。

"生生不已"的生命精神，彰显着生命的魅力。在中国古代环境美学思想中，"阴阳"之"气"总是表征着一种生命精神，而这种生命精神又激活了"天人"之间，即"人"与自然间的生态关系以及生命的互动、转化，从而使"人"走进生态审美的至高境域。

在中国环境美学思想看来，"阴阳"二气的基本特征是互易互化、互依互成、互藏互寓、互根互用的，二气中阴中有阳，阳中有阴。换言之，即"阴阳"二气无论哪一方都蕴藉着另一方的基元，即阴中蕴阳，阳中涵阴，"阴阳"二气互有互惠、互助互存。因此，"阴阳"二气互藏又称"阴阳互寓""阴阳互涵""阴阳互根""阴阳互用"。所谓"阴阳互用"，即生成与促进宇宙间自然万物发展的"阴阳"二气间始终是相互依存和相互为用的。而"阴阳互根"，则是指表面上相互对立的"阴阳"二气其实质乃是相互依存、互为根本的，无论是阴气还是阳气，任一方都必须以相对的一方为存在的基础。"阴阳"二气具有相互滋生、相互促进和相互助长的关系。"阴阳"二气之所以互存互生，是因为"阴阳"二气本身就互根互本，在此基础上，"阴阳"二气始相互依存、相互为用、相交相感、互消互长、相互转化，由此，以生成宇宙间包括"人"在内的万事万物。而"阴阳"二气的氤氲聚合则是宇宙万有流衍化生的活力所在，也正因为此，宇宙间的万事万物才都蕴藉着"阴"与"阳"两种不同的属性，并且"阴阳"两种属性又是相互转化的。也就是说，此事物或现象尽管呈现为"阴"性，但其中却蕴藉有"阳"性成分；彼事物或现象尽管呈现为"阳"性，但其实质上又蕴藉有"阴"性成分。对此《类经·运气类》说得好："天本阳也，然阳中有阴；地本阴也，然阴中有阳。此阴阳互藏之道。""阴"中有"阳"，"阳"中蕴藉"阴"，"阴阳"二气互蕴互藏。这种思想源于古人对自然现象的观察，以及对其中所蕴藉的生命奥妙的领悟。作为生命活力之源，"阴阳"二气本以相互对待而言，如天为阳，地为阴，但天地相互交应，上为阳，下为阴，但上中有下，下中寓上，此即所谓阴中有阳，阳中寓阴。诚如《春秋繁露·阳尊阴卑》所指出的："阴之中亦相为阴，阳之中亦相为阳。诸在上者皆为其下阳，诸在其下者皆为其上阴。"[①] 不仅如此，宇宙万物、自然界的一切都可以分阴分阳，阴中寓阳，阳中藏阴。《周易》将这些表征着生命活力意义的现象用带有哲学意味的八卦卦象符号来表达，则水应坎符，火应离符。坎符属阴，但内寓阳爻；离符属阳，则内含阴爻。这表征着水中有火，火中有水，即阴中有阳，阳中有阴。由此可见，"阴阳"二气的互藏互寓实为古代哲人的一种朴素的生命观与自然观。中国古代哲人认为，"气"乃是自然万物构成的生命本原。"气"分"阴阳"，以生成天地。即所谓"清阳者薄靡而为天，浊阴者凝滞而为地"[②]（《天文训》）。"天"为"阳"，其内蕴藉有"地阴"之气；"地"为"阴"，其内涵容有"天阳"之气。世界万物、天地自然、人类社会、世间一切，都是"阴阳"二气氤氲激荡、相交相感，化生化合、凝聚而成。同时，包括"人"在内的万有自然万物，其所禀受的"阴阳"之气是有差异的，有多有

---

① 董仲舒：《春秋繁露新注》，曾振宇、傅永聚注，商务印书馆2010年版，第231、260页。
② 张双棣：《淮南子校释》，北京大学出版社1987年版，第2040、245页。

少，有清有浊，有刚有柔，阴阳多少的不同，所呈现出来的性质也有差别，表现出不同的状况、色泽、形态、动静等属性。正如《春秋繁露·基义》所指出的："物莫无合，而合各有阴阳。阳兼于阴，阴兼于阳。"①"阴阳"属性对宇宙间万事万物有非常大的作用。一般而言，所谓"阴阳"，不是对等的、绝对的，由此，又有"真阴""真阳"之说，阴中之阳为"真阳"，阳中之阴为"真阴"。由于"阴阳"中的这种属性对自然万物的生长、发展和变化有着极其重要的调控作用，故有人又称"真阳"为"阳根"，称"真阴"为"阴根"，意指阴性事物或现象的发展变化以"真阳"为其根，受"真阳"的调节；阳性事物或现象的发展变化以"真阴"为其根，受"真阴"的控制。"天气"之所以能降，"地气"之所以能升，是因为"天者亲下"，"地者亲上"。也就是说，尽管"天气"居上，但是由于其内蕴藉有"地之阴气"，即"阳"中有"阴"，表征出一种"亲下"的态势，因此，"天气"受所蕴藉的"地之阴气"的作用，下沉于地；"地气"尽管在下，但由于其内蕴藉"天之阳气"，"阴"中有"阳"，表征出一种"亲上"的态势，所以"地气"有上升于天的现象。阴升阳降而致天地"阴阳"二气氤氲交感的内在动力机制在于"阴阳"二气的互藏互寓之道。由于阳中有阴，阴中有阳，因而天之阳气下降，地之阴气上升，天地"阴阳"二气氤氲合和，云施雨作。"阴阳"二气互藏而相交相济，维持着自然万物间生命运动的协调平衡，稳定有序。

二

中国古代环境美学"天人"交相构成论建构在宇宙间万事万物的生成与发展离不开"阴阳"二气自然交感、本然化生的学理依据之上。由此，中国环境美学思想确立了一种极具本土特色的"阴阳"交感构成的自然审美意识。这种自然审美意识既可以生动地表明宇宙间包括人在内的万有生命的生成与构成流程，也可以体现人与自然万物都为气化生成，和天地自然一气相通，人是万物自然的一部分，与自然万物交感相应，自其所自、然其所然，和谐共处的关系。因此，庄子强调指出："通天下一气也。""气"是万物的生命力基元，是自然万物周流运转、交通不息的活力所在。所谓"天地和而万物生，阴阳接而变化起"，"天地感而万物化生"。"天地""阴阳"和其所和、接其所接、交其所交、感其所感，其间的相和相接、相交相感是万物化生的根本活力。这中间所谓的相"和"、相"接"、相"感"等都离不开"阴"与"阳"的聚合氤氲，分"阴"分"阳"、为"阴"为"阳"，是自然万物本身的本质属性，自然万物本身就具有相互作用、相互影响、相互消长、相互转化的生命机制。因此，又可以说天地阴阳之间的相互作用、相互依存乃是万物生成和生生不已的动力。

万物是"气"聚而生，"气"散而亡。宇宙间天地自然包括人类，都由"气"所构

---

① 董仲舒：《春秋繁露新注》，曾振宇、傅永聚注，商务印书馆2010年版，第231、260页。

成。"气"氤氲聚散、化分化合,为生命的动力,是生命活力的源泉,同时,也是个体生命间认同的中介。"气"在"天"与"人"之间激荡氤氲,既是"天人"相通的中介,也是"天人"间相感相应,生生不已,循环往复的活力所在。"阴阳"二气相消相长,以维系生命,激活生命。宇宙间万事万物的感化生成,包括天地、男女、上下、光色等,都以"阴阳"二气这两种天地原初之"气"、原始之活力为自然万物化生化合的基元,因其感化激荡、转化相长而生成。此即葛洪在《抱朴子》中所谓的"人在气中,气在人中,自天地至于万物,无不须气以生者也"。"阴阳"二气是天地万物得以"生"的要素。

正由于此,在中国环境美学思想中,"阴阳"符号又表征为"天人"间的和谐相处。"天"和"人"同类相通,相互感应,"天"为"阳","地"为"阴","天""人"间是相互感应的,"天"是可以与"人"发生交感互应关系的存在;"天"就是"自然"。"天人"交感为一,以回归到天人一体。"人"和"天",即人与自然,就其原初意义看,是相通为一的,这也是自然而然的,因此,所有的"人事"都应当顺乎自然,然其所然,自其所自,以回归原初,促进人与自然间的一体和谐。老子说:"人法地,地法天,天法道,道法自然。"即强调人与自然的一致与相通。《中庸》也说:"诚者天之道也,诚之者,人之道也。"[①]"诚"为"天"的原初本性,"人"只要发扬"诚"的德性,诚其所诚,真实无妄,即可与"天"一致。"天人"原本一体,所以,"人"与"自然"要合一归一,要和平共处,不要讲征服与被征服。天人虽然能够互相感应,但是互不干涉。天人合一注重的是天和人的统一性和整体性,比天人感应的程度更深。

应该说,"天道""地道""人道"相通合一,从思想深度上提升了中国环境美学所谓的"天人"交相构成论。《周易·谦卦·彖辞》云:"天道下济而光明,地道卑而上行。天道亏盈而益谦,地道变盈而流谦,鬼神害盈而福谦,人道恶盈而好谦。"[②] 这里就提出"天道""地道""人道"。"天道"光明普照大地,毫无私欲地滋生、周济万物,"地道"德厚而容纳、长养万物而运行不息。"天道""地道""人道"的运行原则是,"天道"必然要亏损过于盈满,而增益谦虚的;"地道"必然是变动盈满,而流入谦下的;"人道"是厌恶满盈,而爱好谦退的。"天道""地道""人道"相通相合、相交相感、诚心仁厚、相互善待、心地仁爱,品质淳厚,相互以诚相待,以诚相报乃是"道"的核心和本源。"天地人"交感融通就是"人"与"天"合之道、"人"与"事"济之理和达成社会和谐审美域的基础。中国古代环境美学思想的核心就是"天人"感应、相合。这也就是所谓天时、地利、人和。同时,"天道""地道""人道"之间只不过是相对存在,并不是毫不相干、彼此独立的,而是相通相济、相互依存的。同时,三者的关系也不是等距的,"地道"在"天道"与"人道"之间发挥着承上启下的作用,当然,比较而言,"地道"与"天道"间的关系尤为紧密,几乎连为一体,故

---

① 朱熹:《四书章句集注》,中华书局1983年版,第8、18页。
② 王弼、韩康伯注,孔颖达疏:《周易正义》,上海古籍出版社1990年版,第13、78页。

可合称"天地之道"。"天道"与"地道"相通为一,此即所谓"天覆地载"。宋应星在《天工开物》中说得好:"天覆地载,物数号万,而事亦因之,曲成而不遗,岂人力也哉。"宇宙天地容纳万物,由此也衍生出"人事"与"人情"的纷繁复杂。天地万物,包括"人事"与"人情",都遵循与效法着自其所自、然其所然的原则,互相影响派生出世界万相而无所遗缺,这当然是人力所不能比的。"人事"与"人情",即"人力"必须遵循"天道"与"地道",要相互配合,以实现"天人"间的和谐共一。"天人"一体共存的关系是自然而然的,像天覆盖万物,地承受一切一样的自然。比喻范围极广大。"天"融通"地",泽生万物,"天"包孕"地"和万物,"地"和"物"则承载、承受"天道",就是接受上天的赋予,故"地道"与"天道"相通同一。就此意义看,"地道"即"天道",而"天地之道"则可以简称"天道","地道"设若与"天道"剥离,或者说是刻意与"天道"拉开距离,那么"地道"则将不复存在,所以说"天道"破,"地道"即破。正因为"天道"赋予"地道","地道"下启"人道",或者说,"天地之道"共同开启"人道",所以归根结底其实就是"天道",即"天命"。"天道"破则"地道"破,"地道"破则"人道"毁,绝无可能"天道"虽破,"地道"或"人道"却能独存的道理。"天道"是宇宙自然的统领,"地道"是"天道"的承载,"人道"则是"天地之道",即"天道"的体现。"天道"即是"天命""天理","人道"既然禀受"天道","人道"也一样是"天命""天理",所以,"人道""人事"与"人情"也要符合"天理"。这应该就是中国古代环境美学思想的精华所在。

在中国古代环境美学思想看来,宇宙间万事万物都有"天道""地道"和"人道"包含在内,而且这三种东西是共生共存的,特别是"天地",其原初就合为一体,密不可分,天地合德,共同化育宇宙间包括人在内的万事万物。所谓的"天道""人道""地道"的相通相合,即由此所符指的天地万物及人类社会,无非"天文""地理""人事"三者间的关系,对应的即"天道""地势""人伦",天地人和,自然就是应天道顺地势通人伦及其原初"天人一体"之域的浑然天成。天地人和,宇宙自然间万物相生相依、共存共荣。"天地人"三统共生,长养凡物。虽然一切事物都是由元气所产生,由元气所组成,但形体是各不相同的。所以说,夫天、地、人本同一元气,分为三体,各有自始祖。形体有三名,天、地、人。在中国古代环境美学思想看来,构建成"天"的"元气",又称为"太阳";构成"地"的"元气"则称为"太阴";构成"人"的"元气",称为"中和"。名称尽管不同,但都生成于"元气",所以说"天、地、人"是相融相通的。正是由于宇宙间一切事物都是由"元气"生成,并且由"元气"融通,因此,《周易·系辞上》强调指出:"《易》之为书也,广大悉备,有天道焉,有人道焉,有地道焉,兼三材而两之,故六。六者非它也,三材之道也。"这里所提出的"三材",即"天地人"。"天地人"融通化合,即这里所谓的"三材之道"。

三

在中国环境美学思想，"三材之道"又被称为"三极之道"，实际上，就是"天地人"之"道"。所谓"天道"，就字面含义看，即"天"的化生变易规律。宇宙自然、天地万物必有其化生化合的运行规则，或者说是生成与发展的流程，这就是"天道"。中国古代环境美学思想认为，"天道"与"人道"一致，但又需以"天道"为本。"人道"与人世间的"人事"相关，"天道"和"人事"是交感互应、相关相切、相互印证的。"天道"的表征是"天象"，"天象"的不同及其异常，预示着人的善恶与人间祸福。所谓"天道"自然，自其所自，然其所然，不强迫，不强加干预，是其所是，自然而然，是中国古代环境美学思想所主张的一种审美态度，"天道"自然，与"天道"相合为一则是中国古代环境美学思想所推崇的审美活动中需要达成的极高境域。

众所周知，中国文化之所以博大精深，在于其开放性与兼容性特征。其发展过程中总是在保持自身优势的基础上兼容并收，融合与吸收其他优秀文明成果，以增进自身文化的繁荣。其中，农耕文化对中华文化的形成是至关重要的，是中华文化的核心。受此影响，中国人极为崇尚"天道"，敬畏天命，推崇自然，热爱土地。体现在环境美学思想方面，在人与自然之间的关系上，崇尚自然，"畏天知命"，认为"天命之谓性，率性之谓道"。孔子曾经总结自己的一生，说："吾十有五而志于学，三十而立，四十而不惑，五十而知天命，六十而耳顺，七十而从心所欲不逾矩。"[①]（《为政第二》）在孔子看来，"人"应该有"三畏"，即所谓"畏天命，畏大人，畏圣人之言"[②]（《季氏第十六》）。强调对"天命"的崇尚，认为"不知命，无以为君子也"。在孔子看来，整部《周易》所要阐明的道理就是"天命"，所谓"'易'道"，其核心思想即"天人合一"的"天道"观。所以说，"天命"，即"四时行焉，百物生焉"，无论是春夏秋冬"四时"的交替，还是宇宙间自然万物的生生不已，都是"自然而然"的。这"自然而然"的"天命"，应该涉及"天道""地道""人道"与"四时之变"的核心要义，可以说，"天命"自然，生动地表述了宇宙间万事万物，以及人与自然周遍运行的生化态势。这就是"'易'道"的实质。所以朱熹在阐明"天命"时，就认为"天命"是指"天道之流行而赋于物者"[③]。既然"天命"就是指宇宙间万事万物，或者说是"天地人"生化运行的自然规律，那么"知天命"就是对这种"天地人"之间运行的自其所自、是其所是自然规律的解悟。认真说来，体悟"天命"、认知"天命"并非易事，能够体悟，进而了知，当然就是人世间的一件至美至善的作为，为君子之美德了。坚持自身抉择取舍的自由，万事万物莫非心也，与天地自然一心，万理完具；宇宙万物，繁复多样，

[①] 程树德：《论语集释》，中华书局1990年版，第70—76、1156页。
[②] 同上。
[③] 朱熹：《四书章句集注》，中华书局1983年版，第8、18页。

莫非在我,万化我出,宇宙在我。就此意义看,审美活动中,自然任心,随意天然,随处都可以体认天理,无论是自然境界还是生活境界,只要"尽心""任心",则可以达成与宇宙万物生命奥妙的合一,获得生命的体验。天"道"本体,自然流行,天地之理与自然之旨互动融合,本然天然,"道"性自然,无论"天道"还是"人道",其本质属性都是自然而然的,自其所自、然其所然地存在于天地之间,宇宙间的一切万物化生流行都是水到渠成、自然而然的,因此,审美活动中,审美者必须澄心静怀,是其所是,如其所如,以与物同体,与"道"翱翔,"从而引发其生发出渺远无限的联想和情思,进而获得丰富的审美享受"①。出处语默,咸率乎自然,不受变于俗,然后才可以感受到"天命"的自然流行,以及真机活泼的自然生命境界,进而获得天地与我为一的真切领悟,与蕴藉于天地万物中的生命精神自然契合,体悟到天理为我所本有,获得生命感悟。

　　崇尚自然、敬畏"天命",体现为对宇宙间自然万物自其所自、然其所然的自然生化、悠然运行流程的遵循。天地自然间,如昼夜的交替,四季的代换,春播秋藏,日出日落,花开花谢,万物的生长是自然而然的,都呈现为一种是其所是的生成态势。宇宙万物、大千造化,都是其自身化合而成,是表现出一种化其所化、生其所生的自然流转性,因此,在处理人与自然环境的关系时,作为与天地万物一气相通的"人",只有顺应自然,春耕播种;适应自然,不违天时,才能确保自身,所以君子必然要敬畏"天命","乐山乐水",对自然万物充满仁爱之情,仁民爱物,与自然万物和谐相处。

---

① 李天道:《中国传统环境美学"意境"之"意义域"开放性构成及其学理渊源》,《山东师范大学学报》2013年第6期。

电子传媒时代的世界文学

杜明业[①]

(淮北师范大学外国语学院 安徽 淮北 235000)

摘 要:从传播媒介和方式入手,考察了世界文学的生成历史语境,试图对"电子传媒时代的世界文学"这一概念加以界定,并考察当下该概念涉及的民族文学、网络文学、世界文学经典和世界文学史的重构等主要问题。

关键词:电子传媒时代;世界文学;民族文学;文学经典;世界文学史重构

人类社会的文明和传播有着密不可分的关系。传播学研究者依据不同性质的传播媒介,对人类社会文明进行了多种划分。鉴于本文的研究重点,难以一一罗列。其中马歇尔·麦克卢汉的划分得到众多研究者的肯定。麦克卢汉简洁地把人类文明划分为口语传播时代、文字传播时代、印刷传播时代、电子传播时代四个时期[②]。本文借用这一划分方法,结合文学的特点,依据传播方式与载体形式,相应地将作为人类文明重要组成部分的文学的发展历史划分为口头传播时代、文字手抄传播时代、印刷传播时代、电子媒介传播时代(以下简称电子传媒时代)。需要说明的是,这几种文学传播的时代并不是依次替代的过程,而是相互叠加的过程。在进入本文的论题之前,对这一划分有必要给予简单的说明。

文学在最早主要是通过口头传播的,基本文学样式是叙事性强、结构简单的神话传说和史诗。这是文学的口语传播时期。中国唐代以前,无论使用简牍、缣帛,抑或是纸张,文学的传播都以手工抄写方式进行。14 世纪之前,欧洲的书籍以手工传抄在纸草和羊皮纸上。无论是在东方还是西方,这一时期都可以称为文学的"文字手抄传播时期"。人类进入"印刷传播时期"的标志性事件应当始于中国隋唐时期出现的雕版印刷,宋代毕昇发明胶泥活字印刷术。欧洲 14 世纪末已开始使用木版、铜版刻印圣像

[①] 杜明业(1969—),男,安徽萧县人,淮北师范大学外国语学院副教授,文学博士,主要从事英美文学与比较文学研究。本文为 2012 年教育部人文社科规划项目"世界文学重构与中国话语创建"(项目批准号:12YJA751011)的阶段性成果。

[②] 单小曦:《现代传媒语境中的文学存在方式》,中国社会科学出版社 2008 年版,第 101 页。

等。1440年左右,德国人约翰内斯·古腾堡用模型铸制铅合金活字排成版面印刷,并参照酿酒用压榨架结构制成木质印刷架来印刷书页。这种铅字的活字印刷技术很快在欧洲传播开来,从而开启了现代印刷业的先声,推动当时西方文化的进步。正是由于印刷技术的革命,推动了西方文学的发展。长篇小说的兴起就是其中的一例。有研究者指出:"西方现代意义上的文学属于印刷时代,与民主化进程伴随。"[1] 也有学者指出:"西方文明就是印刷机,而文学就是印刷物。"[2]

"电子媒介传播时代"的传播媒介包括19世纪末期到20世纪上半叶产生的电影、广播和电视等,以及20世纪后半期所产生、发展的包括电子计算机、互联网、手机等。电影、广播和电视等对文学的发展产生过一定的影响,诞生过影视文学、广播剧等,但是它们对文学的影响远不及新型的电子媒介对文学的影响之大。尤其是20世纪90年代以来,电子计算机的普遍使用、互联网的诞生、手机的普及,以及包括电子阅读器在内的各种终端阅读设备的广泛投入使用,对文学的创作、传播、阅读和接受方面产生全方位的影响,改变了文学的生存和发展态势。文学的创作呈现出多元性、互动性,文学传播的方式更加多样化、速度更快捷,接受模式发生了根本性的改变,作者和读者的互动性加强。文学文本存在方式多元化,有传统的印刷纸质文学、广播剧、艺术电影、电视文学(包括电视散文、电视诗歌和电视小说等)、网络文学(网络小说、网络散文、网络诗歌等文类形式)和手机文学(包括短信小说等形式)等诸多不同的文学形态。

在当代新型电子媒介时代,比较文学的发展也面临着新的挑战和发展机遇。世界文学呈现出新的特点。本文将围绕这一话题进行思考,重点围绕新型电子媒介时代的民族文学、世界文学视野中的网络文学、世界文学经典的处境和出路、世界文学史的重构问题。

一 电子传媒时代的世界文学几个核心问题

在论及电子传媒时代的世界文学时,几个关键问题不能不涉及。

"世界文学"概念有着独特的生成语境。15世纪末开始的地理大发现促进了世界范围内的贸易往来和文化交流,扩大了人们对"世界"的认识。从经济角度来看,19世纪初期,英法等国的资本主义生产在总体意义上基本确立了资本主义的世界体系,显著的标志是世界性市场的初步形成。欧洲的"世界主义"逐渐趋于成熟,早在歌德提出"世界文学"概念之前,"世界公民""世界贸易""世界经济"这些名词已流行于世。与此同时,人文科学的发展也强化了人们的近代世界意识,加深了人们对人类同

---

[1] 易晓明:《理论注册了文学的死亡——读米勒〈论文学〉》,见米勒著,易晓明编《土著与数码的冲浪者——米勒中国演讲集》,吉林人民出版社2011年版,第232页。
[2] 金惠敏:《媒介的后果——文学终结点上的批判理论》,人民出版社2005年版,第120页。

一性的认识，越来越多的人意识到各民族文学、文化之间交流的必要性。

据考证，歌德首次使用 Weltliteratur（世界文学）这一概念是 1827 年 1 月。据爱克曼辑录的《歌德谈话录》记载，歌德在与秘书爱克曼谈话时说到自己读了中国的小说《好逑传》以后，情不自禁地将中国小说与自己的小说，乃至欧洲大陆的、英国的小说进行比较，认为东西方作品中具有共同性的感受，整个人类是一体的、相通的，因此，他预言"世界文学"的时代快要到来："民族文学在现代算不了很大的一回事，世界文学的时代已快来临了。"① 同一年，歌德还指出，一种世界文学正在形成，所有民族对此都应该表示欢迎，德国人在其中可以而且应该大有作为，并将扮演"美好的角色"。他还在不同场合描绘了心目中的世界文学景象，提出应该从民族与国家的和平共处的角度来看待世界文学。此后，他不断地在呼吁人们不断努力，以促进世界文学的理想共同实现。

自从 1827 年歌德提出"世界文学"的概念以来，后世学者试图从不同角度阐述这一术语的含义。由于阐释繁多，在此难以尽数列出。有研究者认为，世界文学可以指称："1. 人类有史以来所产生的世界各民族文学的总和；2. 世界文学史上出现的那些具有世界意义和不朽价值的伟大作品；3. 根据一定标准选择和收集成的世界各国文学作品集；4. 歌德理想中的世界各民族文学合二为一的一个时代；5. 专指欧洲文学。"②

纵观世界印刷史的发展史，从文学所赖以存在的载体和传播方式来看，上述对"世界文学"的理解和界定主要是依赖于一个潜在的媒介方式，即印刷纸媒。当然也包含一定数量的口头传播时代和文字手抄传播时代的文学作品。但是这两个时代所流传下来的作品总量相比印刷时代的作品总量是较少的。那么在电子传媒时代，世界文学所指称的是什么？我们不妨加以尝试性地概括："电子传媒时代的世界文学"是指世界各民族文学中以网络和新媒体技术为基础而创作的文学作品，以及传统的印刷文学作品。这里，我们强调这一概念的时代语境，强调世界文学构成体系中的民族文学的主体性，也强调文学作品的载体形式。同时，这一概念没有忽略印刷纸媒文学的地位。

按照詹姆逊"永远历史化"③ 的观点，电子传媒时代的世界文学脱离不了它所赖以产生的社会历史语境。首先，经济全球化加快了文学全球化。各国文学、民族文学之间的思想交换比以往任何时候都要深刻、全面。其次，传播技术的进步和传播方式的改变，使得文学作品的传播比以往任何时候都方便快捷，文学借助于现代传播手段受众面更广、流传更快捷，尤其商业出版机构的运作，使得传播时效性更高。再次，从翻译的角度看，翻译速度也加快，甚至出现了译本和原作几乎同步出版的事情。甚至随着普遍语言能力的提高，越来越多的人已经跨越语言的藩篱，直接阅读原语作品。

---

① ［德］爱克曼辑录：《歌德谈话录》，朱光潜译，人民出版社 1982 年版，第 113 页。
② 陈庆祝：《后现代视野中的"世界文学"》，《湘潭大学学报》2007 年第 4 期。
③ ［美］弗雷德里克·詹姆逊：《政治无意识》，王逢振、陈永国译，中国社会科学出版社 1999 年版，第 3 页。

最后，文学的产业化运作、商业化运作愈加明显。不论是文学作品的生产、流通和接受环节，商业的色彩愈加浓厚。① 不过，作为一种艺术形式，"文学全球化"有它自身的特质。在电子传媒时代，对于网络原创文学作品而言，由于它直接面对受众，没有了文学作品在印刷媒介中传播的出版、发行、销售等环节，作品一旦上传至网络上，从理论上说，世界上任何一个角落的读者都进行阅读，文学的"世界性"在增强。

在印刷术出现以前，各民族都有自己的民族文学。随着印刷术不断进步，印刷术对民族文学的发展影响日渐显现。在16世纪之前，西欧各民族的口语已发展为相对成熟的书写文字，并逐渐演进成为现代形式，同时一些中世纪的书写文字已在这一过程中消失。一度成为国际语言的拉丁文也日渐式微，终于成为死的语言。新兴的民族国家大力支持民族语文的统一。与此同时，创作者在寻找最佳形式来表达他们的思想，出版商鼓励创作者用民族语言以扩大读者市场。印刷术使得以民族语言出版书籍越来越容易，各种语文出版物的词汇、语法、结构、拼法和标点日趋统一。小说出版并广泛流传以后，通用语言的地位得到巩固，而这些通用语言又促进各民族文学和文化的发展，最终导致民族意识的建立和民族主义的产生。

在电子传媒时代，学界曾对民族文学的处境和出路表示出一种忧虑。由于世界交往和交流的日益频繁，尤其是互联网技术的出现与迅猛发展极大地加速了这种文学交流的深度与广度。民族文学的差异性和同一性并存，是一种全球化的多元文学呈现。如果说世界文学是由作为其构成主体的各民族文学组成的话，那么民族文学的"世界性"也日益增强。这样就不可避免地出现一个问题，即文学独特的民族性是否会被去除、掩盖或最终消弭？这种独特的民族性能否在世界文学的交流沟通中继续得到保存、彰显并得到尊重？产生这种独特民族文学的土壤和条件一旦因为各民族文学的沟通和交流发生了变化，这种独特的语境也会因之发生变化，这岂不会造成该种民族文学的最终被同化、消亡？民族文学的生态环境问题都是我们要特别予以关注的。这种忧虑并非多余，但也不必过分忧虑。作为精神产品的文学之间的交流与作为物质实体的产品交换不同。物质交换是物质实体的占有权发生了位移。而文学的交流丰富了各自的民族文学，文学内蕴的精神观念、文化意识、价值范式得以互置互换。即不管身处交流过程中还是结果状态中，各民族文学的交换对象在同一时间里都并未遁隐，反之，各当事方都有所获。民族文学的本身语境并没有发生根本性变化，反而会更加丰富、发达。也许这正是"世界文学"的核心命意与诱人魅力所在。

电子传媒时代的文学形式有多种多样，出现了网络文学、影视文学、手机文学等。其中尤其是在汉语语境中，网络文学最引人注目，也是文学成就最大的②。但是，究竟

---

① 杜明业：《"世界文学史新"中的多元文学观与中国话语》，《西安外国语大学学报》2012年第4期。
② 在欧美国家、东亚的日本与韩国，对"网络文学"的理解、界定，以及主要选题和中国大不相同，且这些国家的网络文学均不及中国的网络文学所取得的成就。参见周百义、卢珊珊《中外网络文学出版比较研究》，《湖北第二师范学院学报》2013年第4期。

什么是网络文学？学界曾有过不少的讨论。我们无意于一一罗列。仅选取有代表性的界定加以说明。欧阳友权认为，网络文学有三个层面：其一，广义的网络文学，"指经电子化处理后所有上网的文学作品上传播的文学"；其二，狭义的网络文学，"指发布于互联网上的原创文学，即用电脑创作、在互联网上首发的文学作品"；其三，"真正意义上的网络文学"，即"网络超文本链接和多媒体制作的作品"，因为这类作品具有网络的依赖性、延伸性和网民互动性等特征，一旦离开了网络就不能生存。所以，欧阳友权认为这样的作品与传统印刷文学完全区分开来，最能体现网络文学本性。[①] 目前较为认可的是其中的狭义定义，即"网络文学"是指在互联网上首发的原创的文学作品。它在强调媒介载体的同时，也注重网络文学的原创性和文学属性。

网络文学是否是世界文学的组成部分？这个问题看似简单，实则包含诸多的内容。这取决于"世界文学"的含义所指。前文已经转引了学界对"世界文学"一词的含义概括。不妨分开来说。如果"世界文学"是指"人类有史以来所产生的世界各民族文学的总和"，那么，网络文学当然应该和印刷文学一样归属世界文学。不论网络文学是用何种语言创作的，也不管创作者的国籍归属问题（这里实质上看，作者的归属决定了他的作品归属于那种民族文学），只要是它属于文学作品，则当然是"世界文学"的一个组成部分。如果"世界文学"是指"世界文学史上出现的那些具有世界意义和不朽价值的伟大作品"，那么，网络文学的价值就值得我们去深入研究，网络文学是否会出现"具有世界意义的和不朽价值的伟大作品"，这就是我们下面要关注的话题，也是比较文学界必须面对的议题。如果"世界文学"是指"根据一定标准选择和收集成的世界各国文学作品集"，那么，我们要问，标准是什么？标准由谁来制定？由谁来遴选？网络文学作品是否会入选《诺顿世界文学名著选集》之类的文学作品集。我们下面也会涉及这个问题。至于"世界文学"是指"歌德理想中的世界各民族文学合二为一的一个时代"，我们会问，网络文学会帮助歌德实现他"世界文学"之梦想吗？对于这个问题，恐怕目前难以给出肯定的答复。如果"世界文学"是"专指欧洲文学"，那么就是典型的欧洲中心论的翻版。这显然是不成立的。

二 电子传媒时代的世界文学经典：生存还是毁灭

电子传媒时代的经典问题面临着哈姆雷特式的艰难抉择："生存还是毁灭？"在回答这个问题之前，先来看看对经典的相关阐述以作为铺垫。

何谓经典？经典的含义很丰富。通常认为，经典指具有典范性、权威性的，经久不衰的历世之作。也指经过历史选择出来的最有价值的，最能表现本行业精髓的、最具代表性的、最完美的作品。古今中外，各个知识领域中那些典范性、权威性的著作，

[①] 欧阳友权：《网络文学前沿问题的学术清理》，《湖南师范大学社会科学学报》2005年第3期。

就是经典。尤其是那些重大原创性、奠基性的著作，常被单称为"经"，如老子、论语、圣经、金刚经。有些甚至被称为经中之经，位居群经之首，比如中国的《易经》，佛家的《心经》等，就有此殊荣。"经典"一词在西方最早专指宗教典籍尤其是《圣经》。后来随着社会的发展，经典才逐渐世俗化，用来泛指人类各学科领域的权威著作。

就文学而言，经典是指公认的最重要的文学作品，是提高文学修养的必读之书和必知之书。意大利作家伊塔洛·卡尔维诺在《为什么读经典》的开篇提出了十四个对"经典"的定义，也令人深思①。如中国文学中的《红楼梦》《三国演义》，英国文学中莎士比亚的作品，等等。文学经典具有内涵的深刻性、意蕴的丰厚性、价值的恒久性和经典的历时性等特点。因此，并不是所有的作品都可以被称为经典，经典的数量不多，但具有代表性，能反映整个文学的面貌。文学经典的价值不是由读者的多寡、流行的程度、销售数量以及个人的喜爱决定的，而是由它自身的艺术价值决定的，它是文明社会中人类知识结构、文化知识和道德修养所决定的。有些文学经典，除了少数专业研究的人阅读以外，很少有人去阅读，但是却难以撼动它们的地位。例如《荷马史诗》《神曲》《浮士德》，现在阅读的人并不是很多，即是这种经典之作。

说起电子传媒时代的世界文学经典的生存状态，需要谈及几个问题。

首先，我们必须要考虑的是，在电子传媒时代我们应该具有怎样的文学经典观念？上述的文学经典的观念是建基于口语传播时期、文字手抄时期和印刷传播时期的文学作品上的。不论是《荷马史诗》，还是《吉尔伽美什》，都是属于口语传播时期创作的作品，中国的《诗经》早期也是口耳相传的。这些作品后来经过文字手抄和印刷方式得以固化，才得以代代流传至今，更不用说其他的经典作品了。而目前从文学作品的存在形态来说，主要有印刷的纸质作品，更有大量的电子媒介文本。这些电子文本中相当一部分是将传统的文学作品经过技术处理而以电子文本形式存在，更多的是借助电脑、手机等直接创作在流传的作品。那么，这些原创性的以电子文本呈现的作品会不会成为文学经典？会不会进而成为世界文学经典？在成为文学经典之前或之后是不是必须以印刷文本的形式出现在读者和评论家的面前？在这些文本在消费，或者说被阅读与接受的过程中是否必须借助于电脑、手机或者其他阅读终端（如美国盛行的Kindle阅读器，苹果公司的iPad等）？如果写手（目前许多网络文学的创作者被给予了这一称谓）的作品以印刷形式出现，那么它的属性是否已经改变？这些问题异常复杂。因为它们涉及经典的遴选标准等一系列的问题。尤其是面对网络文学、手机文学等新兴的文学形式，需要时间的历练、读者的选择和批评家的严肃文学批评。

电子传媒时代的印刷文学经典的地位如何？上文曾经说过，随着电子媒介的出

---

① ［意］伊塔洛·卡尔维诺：《为什么读经典》，黄灿然、李桂密译，译林出版社2006年版，第1—10页。

现和汹涌浪潮的冲击,文学被无可奈何地边缘化,文学的辉煌已成为过去,甚至希利斯·米勒宣称,"文学的终结近在咫尺","文学的时代很快就结束"。①传统印刷媒介的文学经典面临更加严重的危机。电子媒介所带来的冲击,读者阅读兴趣的变化、评论家的眼光变迁,文学经典面临着"重构"的严峻挑战。而其中,来自以电子媒介为载体的文学的挑战最大。一个明显现象是印刷媒介文学的数量减少了,实体书店的大量关门倒闭,出版社的转向,读者群转向了以电子媒介为载体的文学,印刷媒介的文学经典面临危机,于是出现了"经典焦虑症""经典后台化""经典危机论"和"经典消亡论",以至于有学者发出"拯救经典"的呼吁②。自20世纪70年代以来文学经典重构问题一直是学界讨论的热点,就是经典危机的回应。然而一个不争的事实是,文学死而不亡,传统的文学经典通过现代技术对其媒介形式的转换,上传至网络,或改编成电影、电视剧,经典"换了件马甲"重新出现,仍然在发挥着经典的作用。

网络原创文学是否会产生经典?我们不妨先看一个调查报告。2010年,盛大文学网《2010年中国网络文学蓝皮书》显示:60.42%的用户认为网络文学的崛起意味着"有更多好小说可以看";75.6%的文学网站用户认为"网络文学会造就罗琳式的伟大作家";而在"您认为网络文学会诞生类似四大名著那样的经典吗"选项中,50.13%的用户认为"会,每个时代都有自己的经典",40.09%的用户表示"说不好,还需要时间来检验",只有10.97%的调查对象认为"不会,网络文学无经典"。③

以目前的阅读语境而言,应该是肯定的,但要看若干年以后。原因很简单,真正的经典需要时间的历练,需要读者的严格选择,需要获得苛刻的评论家的肯定,而诸多网络原创文学由于其速朽性、作品技巧的不圆熟、结构的不严谨、细节的不高明、语言的不华美,换言之,寄身产业化环境的网络文学,因其"文学性"的不足或缺失,短时间内难以长期接受读者和评论家的严格选择,不能够融入主流的文学创作、传播和消费的洪流中。

但是,一个不容小觑的事实是,网络原创文学的创作与传播冲破了传统文学严格的运作机制的藩篱,营造出自由、非功利、众声喧哗的全新的多元文学世界。然而,网络文学在可以预见的时间内难以以经典的身份入选到中、小学,乃至大学的课本中,进行流传和供学生学习。这里涉及更为复杂的问题,将另外论述。至于网络原创文学是否会出现像诺顿、朗曼等世界文学选集中,从而成为"Great Books",进而在世界范围内被阅读、流传久远,至少在目前不会。

电子传媒时代如何重构文学经典?《荷马史诗》被公认为西方文学的滥觞,而荷马也被称为西方文学的鼻祖。古希腊两大著名史诗《伊利亚特》和《奥德赛》自诞生以

---

① J. Hillis Mille, *On Literature*. London & New York: Routledge, 2002, p. 2.
② [法]安托万·孔帕尼翁:《理论的幽灵——文学与常识》,吴泓渺、汪捷宇译,南京大学出版社2011年版,第230页。
③ 罗皓菱:《2010中国网络文学蓝皮书》发布,http://jyouth.ynet.com/article.jsp?oid=64956125。

来，历经时间的历练，至今仍被人阅读着。因为他们的作品具有价值的恒久性。而网络文学的作品由于更新速度的加快，不可能经历长久的时间考验而得以流传，不易进入严肃评论家的视野，这是网络文学的经典化所面临的一个巨大的难题。有些作品，虽然先是以网络为平台问世，然后再转向印刷媒介，销量惊人，但是由于艺术价值问题，很难成为经典。比如，2012年在欧美销量达到6500册的网络小说《五十道灰》因为包含有大量的色情内容，不可能成为文学经典的。这恰恰印证了经典的形成不取决于读者数量的多寡，而是取决于它自身的价值。再比如，作为走产业化之路并以商业利益为追求的手机文学（这种文学又被称为后现代"文学零食"[①]），实际上是技术消费时代的产物，是文学与现代商业的嫁接，它自身具有的机械复制和过于媚俗求利的缺陷，在选材上集中言情、都市、武侠等狭窄的题材，这些很难使之步入经典的殿堂。

三 电子传媒时代的世界文学史重构

在讨论电子媒介时代的世界文学问题时，有一个问题是必须直面回答的，即电子媒介时代出现的海量作家、文本、文学思潮等能否进入世界文学史书写者的视野？

笔者曾对全球化语境下的世界文学史重构进行了探讨，所讨论的世界文学史的建构与重构问题是主要基于印刷媒介时代的文本，而对电子媒介时代的众多作家和文本没有涉及。另外，笔者还指出，在世界文学史的建构过程中，中西方在研究方式上存在着差异。欧美学界主要是通过选编作品集的方式，而中国学界秉承我国"修史"的传统，注重历史的勾勒，以世界文学史的梳理模式[②]。那么，接下来就会有这样两个相关的话题，即欧美学界会不会把目前流行的网络文学等作品纳入"世界文学经典名著集"？我们姑且撇开欧美学界中的欧洲中心论（其实，这种观念正逐渐弱化）不谈，他们是否会将欧美国家的网络文学作品纳入以后的《诺顿世界文学名著选集》或《朗曼世界文学选集》？同样，中国的比较文学研究者是否会在重新建构世界文学史的过程中把电子媒介时代的作家、作品和相关的文学思潮、文学运动写入《世界文学史》？

实际上，以上问题都关涉一个核心问题，即中西方世界文学史建构者的文学史观。换言之，我们应该以什么样的文学史观审视当下电子媒介时代的文学发展状况。

柯林武德指出："文学史是通过文学与社会之间复杂关系的考察来研究文学发展规律，也是一个时代人文精神的流布与发扬的见证，文学史研究是需要摆脱单纯的审美而进入对社会历史变动、政治环境、经济发展以及人文精神演变的综合考察。"[③] 柯林武德的文学史观念是根植于社会的，文学史的研究不可能离开社会的环境，文学本身

---

① 禹建湘：《手机文学：现代技术与文学表意的合谋》，《江海学刊》2011年第4期。
② 杜明业：《"世界文学史新"中的多元文学观与中国话语》，《西安外国语大学学报》2012年第4期。
③ [英] 柯林武德：《历史的观念·译序》，何兆武、张文杰译，商务印书馆1997年版，第9页。

就是社会的特定产物。从马克思主义的观点来看，文学是属于上层建筑的。作家不是生活在真空里，作品也不是作家完完全全的凭空想象出的结果，这些和社会都有着或明或暗的千丝万缕的联系。那么，文学史的书写当然也不可能摆脱社会。那么，对当代电子媒介时代的世界文学史建构也不该忽视当代电子媒介对文学的生产、传播和接受的影响，这是一个立足点。

"世界文学"是一个产生异邦的东西。我国对它的研究始于晚清时期的陈季同、梁启超、王国维等人，后来又有新文化运动时期文学研究会的"世界文学过程"系列丛书以及郑振铎等人的世界文学史研究。此后，诞生了十数部以世界文学作为研究对象的冠名为"世界文学史"的著作。从文学史写作经验看，只有经过了文学批评家所评价过的作家、作品才有可能进入文学史家的视野，其文学价值也只有在批评家的关注下才能逐步得到发掘。而目前以网络文学以及手机文学为主体的电子传媒时代的文学面临的难题颇多。首先是网络文学自身的价值问题。以选题而论，欧美国家以惊悚、悬疑、情色等选题为主，中国以历史架空、都市青春、官场职场、玄幻奇幻、新军事、新武侠等为主要的选题，韩国以青春小说为主，这些思想价值和艺术的价值经不起读者的反复阅读，特别是经不起受过文学史传统影响的评论家和研究者的苛刻批评。其作品难以达到很高的层次，这也不难想象目前国内的"世界文学史"建构中没有当代以网络文学为主体的电子媒介时代的文学。其次，文学史的建构需要作家论、作品论的支撑，而由于电子媒介时代作品价值本身的不高，严肃文学批评的缺失，相关的文学批评理论体系尚在建构中，这样对建构电子媒介时代的文学史成为一个学术难题。如对网络文学，当下的文学史教材中只能是概览性的介绍，对作家作品的介绍也只能是相对粗略的，很难给开设专门章节从更高、更深的层面介绍网络作家。不过，一个值得注意的事件是，"鲁迅文学奖"和"茅盾文学奖"陆续将网络文学纳入参评范围，在 2011 年中国作协组织了网络作家与批评家的"结对交友"活动，广东网络文学院成立，《网络文学批评》杂志创刊[①]。

这些事件都会推动我国网络文学研究的深层次化。文学史的写作是文学作品不断经典化的过程，写作文学史是建构文学经典作品运动轨迹的过程。而对世界文学更是如此，能进入世界文学史家视野的作品可以说都是经历过时间的考验，经过无数读者、评论家的选择，其思想价值、艺术价值极高。而电子传媒时代的印刷媒介出版的作品是如此，通过电子媒介创作、传播和阅读的原创作品也应该是如此。如网络文学、手机文学的背后推手是商业化力量，它不是朝着经典化的方向走，而是沿着大众接受的路向上走。也许，过了若干年以后，当下的网络文学、手机文学等会被写入世界文学史，其作品也许会入选诺顿、朗曼世界文学名著选集之类的。但是，至少在目前不会。

---

① 马季：《繁花似锦　流云无痕——2011 年网络文学综述》，《文艺争鸣》2012 年第 2 期。

结语

"电子媒介时代的世界文学"是一个全新的话题。这个概念本身的提出就是一个新的突破。这是基于当下文学发展的状况和现代科学技术对文学的影响。其中关涉世界文学的新的理解和界定，关涉民族文学的走向等。而电子媒介时代的世界文学经典问题、世界文学史则需要从更高的层面加以认识。本文对"电子媒介时代的世界文学"这一话题进行了思考，但更多的是提出了一系列问题，并没有完全给出回答，旨在引起比较文学研究者的关注与思考。

世界城市？
——北京全球化空间的生产与城市身份建立

郑以然[①]

(首都师范大学文化研究院　北京　100089)

摘　要：全球化与本土化的冲突在今天的北京表现得淋漓尽致。国际资本的大批入驻和后现代的地标建筑为这座城市置换上了一副"世界城市"的新面孔，给北京的城市文化带来了新的审美与文化价值取向。然而这一"世界城市"所展示出一种无国界的现代性。为了保卫北京的独特风格和建立属于北京的身份认同，城市规划者和知识分子以各种方式表达他们的文化诉求，在建筑与文化意义上进行本土化空间实践。

关键词：世界城市；空间；全球化；本土化

"世界城市"一词起源于英国城市地理学家彼得·霍尔（Peter Hall）1966年的著作《世界城市》（*The World Cities*）。他对世界城市的定义是"对全世界或大多数国家发生经济政治文化影响的国际一流大都市"[②]。当时的中国城市尚不具备成为世界城市的条件。1982—1986年，美国学者、城市规划专家约翰·弗莱德曼（John Friedmann）提出并完善了"世界城市假说"（world city hypothesis），他认为全球化过程是通过具体的节点城市融会形成的，同时也重构了这些城市。弗莱德曼列举了一系列区分一个城市是否是世界城市以及确定特定城市在等级链中的位置的标准：1. 一个城市与世界经济的融合形式以及它在新国际劳动地域分工中所担当的职能，将决定该城市的任何结构转型。2. 是全球资本用来组织和协调其生产和市场的基点。3. 其全球控制功能直接反映在其生产和就业结构及活力上。4. 是国际资本会集的主要地点。5. 是大量国内和国际移民的目的地。6. 集中体现空间与阶级的两极分化。7. 其增长所产生的社会成

[①] 郑以然（1978— ），籍贯北京，现任首都师范大学文化研究院讲师。主要学术兴趣为北京都市文化研究，城市空间与族群研究，大众文化与新媒体研究等。本文是首都师范大学文化研究院一般研究项目暨北京市社科基金项目"'北漂'群体影视形象研究"（课题编号：ICS-2014-B-11）的阶段性研究成果。

[②] Peter Geoffrey Hall, *The World Cities*, McGraw-Hill Book Company, 1966. 译文见武廷海、唐燕、张城国《世界城市的规划目标体系与战略路径》，《北京规划建设》2012年第4期。

本可能超越政府财政负担能力。纽约、伦敦和东京由此被认为处于世界城市的顶端。[1]从这些标准看来,今天的中国,已有多个城市可以被称为"世界城市"。1991年,全球化和城市社会学的领军人物、美国女学者萨森(Saskia Sassen)出版了《全球城市》(*Global City*)一书。书中区分了"全球城市"和"世界城市",认为,全球城市主要是跨国公司经济运作的节点,是在当前趋势下形成的;而世界城市是在过去已经取得了国际互动关系的城市。[2] 上述三位学者共同认为,现在各种跨国经济实体正在逐步取代国家作用,国家权力空心化,由世界级城市、国家级城市、区域级城市、地方级城市共同构成的世界城市体系已经成为新的等级体系结构。

1993年10月6日,国务院批复要将北京市建设成为世界第一流水平的历史文化名城和现代化国际城市。2005年国务院通过《北京市城市总体规划(2004—2020年)》将城市发展目标明确为"国家首都、世界城市、文化名城和宜居城市"[3]。自此,"世界城市"被确认为北京的城市定位。在全球资本化以及相生相随的商品化浪潮中,北京生产出了许多全球化的空间,如大批的西式住宅、后现代的无国界的地标性建筑,以及星巴克、麦当劳等消费空间。与此同时,北京的本地文化特殊性受到了前所未有的威胁,城市的独特身份日益模糊。北京,一个独一无二的中国城市,如何不变成一个千城一面的现代摩登都会城市,而丧失了自己的个性文化呢?作为一个"世界城市",如何在"全球性"和"本土性"之间达到一种平衡,建立自己的城市身份呢?

德里克(Arif Dirlik)指出,当讨论"全球性"(global)时,我们不能狭义地在地理的意义上理解这个概念,而应该把这个词看作是一个过程,是"全球化"(globalization)[4]。这是一个动态的过程,已经并且必将影响每一个身处其中的单元——城市。在近半个世纪以来,"全球化"的过程极大地改变了地球上各个地区的面貌。"全球化"这个概念最早出现,是加拿大传播学家马歇尔·麦克卢汉(Marshall Mcluhan)1967年在他的《理解媒介:人的延伸》一书中首次提出的,表明时空凝缩改变了人类关系的结构和范围,导致社会、文化、政治和经济过程在全球范围内运作,结果还降低了其他地理范围(国家、地方)的重要性。麦克卢汉描绘的"地球村"的图景在其后的半个世纪得到了深刻证明。目前学界对于"全球化"较为极端的观点是:在全球化语境下,民族国家在跨国公司面前显得无力,且这一趋势是不可阻止的,并断言"地理终结"已经到来。[5] 当然也有一些人坚信文化的多元性,主张实现"全球在地化",建立既有全球观,又因地制宜的区域文化。

---

[1] John Friedmann, "The World City Hypothesis", *Development and Change*, 1986, Vol. 17, Issue 1, pp. 69—83. 译文见谢守红、宁越敏《世界城市研究综述》,《地理科学进展》2004年9月。

[2] Saskia Sassen, *Global City: New York, London, Tokyo*, Princeton University Press, 2001.

[3] 徐颖:《北京建设世界城市战略定位与发展模式研究》,《城市与区域经济》2011年第3期.

[4] Roxann Prazniak, Arif Dirlik, *Places and Politics in an Age of Globalization*, Oxford: Rowman & Littlefield Publishers, 2001, p. 15.

[5] 汪民安编:《文化研究关键词》,江苏人民出版社2007年版,第173页。

全球化的本质是时间与空间关系的变化。早在麦克卢汉地球村论述出现的100年前，马克思就提到了"用时间消灭空间"。马克思认为资本主义的本性就是消灭空间。"用时间消灭空间，就是说，把商品从一个地方转移到另一个地方所花费的时间缩减到最低限度。资本越发展，从而资本借以流通的市场、构成资本空间流通道路的市场越扩大，资本同时也就越是力求在空间上更加扩大市场，力求用时间去更多的消灭空间。"[1] 马克思描述道："电报已经把整个欧洲变成了一个证券交易所；铁路和轮船已经把交往手段和交换的可能性扩大了一百倍。"[2] 时光飞逝，现代科技的发展使信息交换变得更为方便快捷，飞机可以用半天时间飞到地球另一边，电视和网络让你可以查看一秒钟以前世界任何一个角落发生的事情。我们通过对时间的压缩，消除了空间的界限和距离感。不同地区的多样性文化日渐消失。雷同的现代建筑、现代城市设计、现代都市人群使得纽约、巴黎、东京和北京看上去越来越相似。这种社会现实可以被阐释为"时间战胜空间"（time conquers space）[3]。为此，周锡瑞（Joseph W. Esherick）说："在对城市生活的研究中，现代性与身份认同之间的张力总是被表达为时间与空间之间的冲突。"[4]

全球化导致了世界各地城市中"日常生活的国际化"（the internationalization of daily life）。"一系列与现代生活有关的机构或者实践（从电影到双休日，可口可乐到街灯，报纸到工厂生产）席卷全球。现代性所呈现的这种一致性带来的趋势是：地方性文化的差异性日益消弭。"[5] 从某种程度上说，作为中国与世界沟通的前沿，北京必须被全球化（globalized），不仅是在物理的层面（漂亮的摩天大楼，巨型国际机场，随处可见的英文标志牌），也是在制度层面（与国际接轨的法律条款、贸易协定）。北京所有的经济、政治、文化活动都要遵从一定的国际规则，只有这样，北京才能带领中国走向世界，并保持其国际竞争力。

更关键的是，全球化给中国的城市文化带来了新的审美与文化的价值取向。当全球化成为现代化所不可或缺的组成部分时，中国的都市人群事实上已经沉浸于西方文明的强大影响之下。众声喧哗的大众媒体为我们勾画出了这一新的价值体系和大都会生活方式。电视、电影、网络和广告，不遗余力地精心描绘出美妙的现代城市生活图景，而这一城市图景是高度全球化，去地方化的。大众传媒与网络让世界变得更小，而且为每一个个体触手可及。一个乡村孩子可能很小就能认出北京或者上海的著名景点，一个中国人可以对伦敦或者罗马的一条街道产生亲切感，尽管他们从没有真正去过那里。但是，屏幕与图片上的城市是否是真实的？或者说，它们只是想象的集合？

---

[1] 《马克思恩格斯全集》第46卷下册，人民出版社1980年版，第33页。
[2] 《马克思恩格斯全集》第10卷，人民出版社1980年版，第653页。
[3] Joseph W. Esherick, ed., *Remaking the Chinese City. Modernity and National Identity*, 1900—1950, Honolulu: University of Hawaii Press, 1999, p. 1.
[4] Ibid.
[5] Ibid.

我们是否还生活在特定的城市空间与地区文化中，还是说，我们其实已经迷失在全球化的幻境里？

国家大剧院

鸟巢

北京的全球化空间的生产直接体现在城市中的新兴建筑上，近年来拔地而起的众多地标性建筑，无不表现出一种"无国界的现代性"。北京的"新三大建筑"包括国家大剧院（巨蛋）（Paul Andreu 设计），国家体育馆（鸟巢）（Herzog and de Meuron 设计）和央视新大楼（门）（Rem Koolhass 设计）。新三大建筑的建设可以被视为 Anne‐Marie Broudehoux 所描述的"都市形象工程"①。这些工程的修建，一方面是为了在世界面前展示北京乃至中国的新形象，另一方面也是为了在全球化的市场中提高城市的竞争力。

---

① Broudehoux, Anne‐Marie. *The Making and Selling of Post‐Mao Beijing*, London and New York: Routledge, 2004.

20世纪50年代的"十大建筑"多集中在临近天安门的长安街两侧,"新三大建筑"则位于北京城的不同区域,在不同意义上承担着地标的功能。国家大剧院位于城市的地理中心,也是传统和现代的政治权力中心;央视新主楼位于北京东部,这里是高度现代化,遍布摩天大楼的 CBD 中央商务区,北京的经济中心;国家体育馆建在北京北城,周围是奥运村和奥林匹克公园,是奥运会带动的体育娱乐区,也是北京新中产人群的安居乐业之所。这种复合—中心(multi-center)型的城市规划不同于以往的单中心/中心对称式(single-center/centro-symmetrical)的城市规划传统,反映了现代城市规划的新趋势,也符合成为"世界城市"的需求。

"新三大建筑"不仅是城市地标,由于这座城市是首都,它们也成为国家身份象征的符号。Paul Andreu 的国家大剧院是天安门广场自 1977 年以来所建的最大单体建筑。这一地点本身就已经宣告了它的特殊意义。"门"是中国最大传媒(也是官媒)央视的新址。"鸟巢"是 2008 年奥运会的主场馆,也是中国和北京向世界展示自己的舞台,是国家荣誉的象征。还在它们没有落成之前,这三大建筑就已经广泛出现在了电视纸媒与图册中,用以作为中国和北京的对外宣传符号。

央视大楼

然而"新三大建筑"恰恰也证明了北京已经深刻陷入了全球化的洪流。最明显的一点就是,这三大建筑,都由外国设计师设计。国家大剧院由法国建筑师 Paul Andreu 设计,国家体育馆由瑞士的 Herzog and de Meuron 设计,央视新大楼的建筑师 Rem Koolhass 则来自荷兰。从对设计的国际招标,到建设中的中外团队合作,整个工程可以说就是全球化的产物。

除去设计师的国籍以外,这些设计本身也不是"中国的"。这些后现代的建筑样式与中国的传统建筑式样相去甚远。Paul Andreu 放在天安门的巨蛋即使在西方也被看作是一个巨大的冒险并引起了巨大争议。巨蛋紧邻紫禁城和天安门,后两者可以说是代表着传统、庄严、宏伟的文化符号,然而巨蛋的外形是一座湖上的闪亮蛋壳,那圆润光滑的曲线,抛光的合金与玻璃外壳,与近在咫尺的红墙黄瓦的木质宫殿群显得格格不入,因此一些专家批评它反而凸显了中西文化冲突。2004 年在北京举办了中国首届建筑艺术双年展,里面展出了 Paul Andreu 设计国家大剧院的十几幅草图,但全部局限于对建筑本体的推敲而缺乏这座建筑与周围环境的综合分析。[①] Paul Andreu 以往以设计机场闻名,包括巴黎、迪拜、马尼拉、雅加达等地的机场。这些空港都处于旷野之中,尽可以随意发挥,然而位于北京乃至中国最心脏地带的这个建筑,空港设计手法则遭到了质疑。[②] 从全球范围来看,现代主义建筑席卷全球,摆脱传统样式,强调独特激进,这些建筑可能独立来看每座都是艺术品,但与建设在哪个国家哪个城市关系不大,所以它们一般被称为"无国界建筑"。

这些工程的修建可以在全球化的市场中提高城市的竞争力。在世界范围内,一个引人注目的建筑可以提高整个城市的国际关注度。当中国引入了市场机制并且向世界开放以来,"关键的都市中心如北京成为了全球城市轴心的一员,并要竞争获取海外的投资。北京的转型是这种压力之下的反应,北京要提高自己的声誉,从而在国际市场上推销自己,吸引更多的全球关注和国际资本"[③]。注意力经济(attention economy)的理论认为,在信息极大丰富的当今世界,人的注意本身就应该被看作是稀缺的商品。论其外观,"新三大建筑"先锋的建筑风格毫无疑问抓人眼球。而作为建筑,它们可以得到长时间的持续关注从而吸引消费者和投资者的兴趣。在残酷的全球竞争中,他们是北京的城市名片和活广告。为了融入国际市场,北京需要借其城市建筑树立一个"现代化"的形象,"新三大建筑"就是其突出代表。北京的城市规划者努力在北京树立起辨识度极高的现代建筑,并以此把城市环境"主题化"("theming")[④]。"新三大建筑"所表现出的主题就是现代与开放。作为央视新主楼,一座开放的"门",无疑是对当代中国开放姿态的注解。这座建筑还刚获得了全球最佳高层建筑奖。而巨蛋也被评论者认为是开放的象征。"欧洲建筑师设计的先锋建筑,这是中国财力提高与现代化的标志。"[⑤] 正如张颐武所说,"新三大建筑"的出现是中国现代化进程的里程碑,它们共同打造了首都北京作为"国际化摩登都市"的新形象。

然而,为什么传统中国建筑样式不能扮演"现代性"与"全球化"的角色呢? Joseph W. Esherick 说,在所有的发展中国家(和许多发达国家),现代性与国家身份认

[①] 张在元:《中国城市主义》,中国建筑工业出版社 2010 年版,第 104 页。

[②] 作为回应,法国建筑师保罗·安德鲁说:"现在我遇到了和贝聿铭修建卢浮宫金字塔以后完全一样的质疑。当时的巴黎市民说'那个中国建筑师完全不懂法国文化'。而今天北京市民则说我完全不懂中国文化……我希望最终人们可以喜欢我的设计,就像现在他们对贝聿铭作品的热爱。" Paul Andreu, "The Adventure of the National Grand Theater of China: a Talk in China Foreign Affairs University on Nov 6, 2007". http://world.people.com.cn/GB/57507/6496896.html.

[③] Anne-Marie Broudehoux, *The Making and Selling of Post-Mao Beijing*, London and New York: Routledge, 2004, p. 2.

[④] Peter G Rowe, Seng Kuan. *Architectural Encounter with Essence and Form in Modern China*, Cambridge, Massachusetts, London, England: The MIT Press, 2002, p. 187.

[⑤] Ibid., p. 194.

同之间都存在着错综复杂的辩证关系。① 他从两个方面来看这种关系,一方面,现代性与现代主义密不可分,"民族主义是现代的产物,是政治与经济力量作用的结果,这两种力量让民族国家成为一个社会单元,在其中,人们寻求财富、权力和国际认可"②。另一方面,尤其在亚洲和非洲,"现代性"总是被西方帝国主义权力所定义的。在"寻找身份认同"的过程中存在一种张力,在回头看的同时,出于"对进步的要求"向前看("forward-looking 'demand for progress.'")。③ 因此,这新三大建筑所表现的"现代性",或许并不是"无国界"的。

在全球化近几十年的进程里,无论是作为城市建设者,还是知识分子,都深刻感到了北京城市身份认同的危机。按照 Esherick 的说法,在 20 世纪的都市现代化发展进程中,中国城市的基本也是终极追求即"建立现代化与中国化并存的城市"(construct cities that would be both modern and Chinese)④。为此"城市现代化过程的首要问题之一就是建造和保护某些建筑或者场所,它们可以让某一空间在历史中永恒,可以安抚我们的身份认同"⑤。尽管 Esherick 谈论的是 20 世纪最初 30 年的中国城市,但北京的城市建设者们至今仍然为此努力。为了让中国的首都更"中国",除了保护历史遗迹以外,还修建了一些融合传统样式的现代建筑,历史上出现的几次"大屋顶工程"浪潮就是鲜明例证。

同时,许多中国知识分子意识到北京的本土文化受到一定威胁,于是寻求保卫或者重建北京的身份认同。作为首都,北京的形象和定位在某种程度上等同于中国。这座以紫禁城、天安门为中心的城市不能像上海外滩,尽管是现代的,但不是中国的。如何在国家身份认同和现代化之间找到平衡,是北京一直以来必须面对的问题。在北京新出现的种种全球化空间,也激发了建筑师与知识分子的本土文化自觉,并产生了一些与之对抗的空间实践。"故宫星巴克抗议事件"即为一个典型案例,它呈现了在全球化的侵入下,北京为树立自己的身份而做出的努力,也可以解读为知识分子对抽象的文化空间的再阐释和定义。

自 1980 年以来,国际资本和大连锁企业的涌入改变了北京的都市面貌,也改变了北京的城市文化。当中国第一家麦当劳(也是当时世界上最大的一家)在王府井大街开业后,中国人把它看作是一个异域风情的新地标。以汉堡、薯条、可乐为代表的洋快餐为所有人提供了一个品尝西方文化的机会。以一种负担得起的方式走入中国市民的日常生活。初进中国的麦当劳并没有被看作是一个快餐店,看作是一个吃饱肚子的地方,而是被赋予了"新奇的""洋派的"与"时髦的"等色彩。这一空间,以其背后

---

① Joseph W. Esherick, ed., *Remaking the Chinese City. Modernity and National Identity*, 1900—1950, Honolulu: University of Hawaii Press, 1999, p. 1.
② Ibid.
③ Ibid.
④ Ibid.
⑤ Ibid.

所带有的"美国""西方"的象征意味,使得进入其中的人也具有了"西化""全球化"的体验。那则新婚夫妇选择麦当劳作为婚礼场所的消息,在今天看来虽显可笑,但在当时,却非常容易理解。

今天在北京,已有近三百家麦当劳,此外肯德基、必胜客、赛百味也遍地开花,而数十年之后人们对于洋快餐已经失去了猎奇感,许多本土饭馆里也出售汉堡、薯条,可乐成为最常见的饮料,沃尔玛、宜家成为人们生活习以为常的一部分,美国大片在中国影院同步上映,越来越多的人有机会亲自出国看一看,而外国人在长安街也不会再引起围观。如果说30年前麦当劳这支资本向中国伸出的一只触角还显得与周遭格格不入,那今天,它在这座已经浸淫在全球化文化中的城市里湮没无闻。

在这种情况下,一家星巴克引起了轩然大波。这家星巴克位于紫禁城内,建于2000年,居于九卿朝房的一角。按照时任星巴克CEO Jim Donald的说法,他们受邀于故宫博物院的管理人员在其中开店,而且做了大量的严肃的努力以求与古建的环境相匹配。他说,"(我们公司)完全了解与尊敬紫禁城的历史和文化遗产,我们已经并且会继续对于地方的历史文化和社会习俗给予充分的尊重"[1]。

这座星巴克最终触到了中国知识分子的底线。尽管故宫博物院的调查显示超过50%的参观者支持这家咖啡店的开张[2],一些知识分子却将其视作一个不可接受的文化侵略。在2007年进行的一场社会辩论中,星巴克的抵制者认为故宫里的星巴克表明一个事实,就是消费文化正在腐蚀中国的地方文化。他们慷慨陈述道:"由于故宫是传统中国权力的象征,它也是传统中国文化的符号,是中国向世界的自我展示。然而星巴克事实上是一种外来消费文化,故宫里的星巴克绝不简单是商业行为,它实际宣称了全球消费文化对于传统中国文化空间的占领。"[3] 主流媒体也认为西方流行文化进入作为文化记忆一部分的紫禁城是非常荒谬的,措辞强硬地指出:"美国咖啡店的存在正在啃食中国文化,破坏了故宫的庄严性,践踏了中国文化。"[4] 根据媒体的报道,五十万人在网上签名请愿抗议星巴克,数十家媒体报道了此事。[5] 在民意的强大压力下,2007年,这家星巴克搬出了故宫。在这一事件中,中国的知识分子表现出了强硬的姿态。在他们的阐释中,星巴克被看作是美国或者西方的同义词,而故宫里的星巴克被视为文化入侵的标志。他们对西方文明的抵制姿态,也表明了他们自己的文化立场,与民族意识的觉醒。

---

[1] Jim Donald's Email, Quoted in "Does a Western Coffee Shop Belong in China's Forbidden City?" Beijing Review (Feb 11, 2007). http://www.bjreview.com.cn/forum/txt/2007-02/11/content_55862.htm.

[2] "Starbucks Brews Storm in China's Forbidden City" CNN (December 11, 2000). http://archives.cnn.com/2000/FOOD/news/12/11/china.starbucks.reut/.

[3] Chongqing Wanbao (Jan 18, 2007), http://cul.news.tom.com/2007-01-18/074S/07715758.html.

[4] Ibid.

[5] "Starbucks Faces Eviction from the Forbidden City", http://www.guardian.co.uk/world/2007/jan/18/china.jonathanwatts.

故宫里的星巴克

后海星巴克

与此同时，另一家星巴克显然得到了更多的容忍甚至是支持。这家星巴克位于什刹海公园，在其周边上百家饭馆、酒吧之间，这家星巴克很夺人眼球，它完全采用中国古建风格，红木为墙，雕梁画栋，星巴克以汉字写在匾额上，完美地融入了公园的氛围。就像前面所说，一个"理想的"空间应该既是中国的，又是现代的；既是本土的，又是世界的。这家咖啡店就是一个正面例子。在它广受赞扬之后，北京出现了很多类似的中西结合的建筑案例。

然而我们不得不承认，北京建立城市身份的空间实践困难重重，对于全球化的拒斥充满了不情愿的妥协。今天，北京仍然致力吸引海外资本，许多国际集团也把中国看作最有增长力的市场并在中国持续增加业务。正如德里克所说"全球资本主义时代的独一无二的特征就是全球与地方化的终极统一。对于全球的地方化和对于地方的全球化是这一过程的两面"①。当外国资本进入中国市场已是不可改变的趋势,将其"汉化"恐怕只是对文化冲突暂时性的解决之道。仅仅把咖啡店装潢成雕梁画栋的样子不能改变这样一个事实:咖啡这一舶来品,以及喝咖啡,这一外来的休闲习惯和社会交往方式,已经深入中国人的日常生活之中了。

---

[1] Prazniak, Roxann, Arif Dirlik, *Places and Politics in An Age of Globalization*, Lanham, Md.; Oxford: Rowman & Littlefield Publishers, 2001, p. 26.

城市与自然之歌
——博尔赫斯诗歌中的精神生态思想

常如瑜[①]

(海南大学人文传播学院　海南　海口　570228)

摘　要：作为南美魔幻现实主义文学流派的大师之一，博尔赫斯以其小说和诗歌闻名于世，尤其是在许多诗篇中，他更是将历史、民族、城市、梦、死亡、命运、精神、灵魂以及自然等意象融合在一起，在历史与现实、真实和幻境中，探讨人的精神同整个自然和生态精神之间的关系。动植物的形象也是博尔赫斯诗歌中非常重要的意象，他甚至用动物或植物的名称来命名诗集，博尔赫斯诗歌中的动物和植物形象是人类历史和命运的象征。

关键词：博尔赫斯；城市；精神生态

作为南美魔幻现实主义文学流派的大师之一，豪尔赫·路易斯·博尔赫斯(Jorge Luis Borges)以其小说和诗歌闻名于世，尤其是在许多诗篇中，他更是将历史、民族、城市、梦、死亡、命运、精神、灵魂以及自然等意象融合在一起，在历史与现实、真实和幻境中，探讨人的精神同整个自然和生态精神之间的关系。

在复杂的诗歌意象中，读者既可以看到浪漫主义诗人所倾心的自然之物，包括多种动物、植物以及自然景观在内；还可以看到历史、民族、记忆等现实主义诗人所关注的对象。博尔赫斯用梦、幻觉将这些意象统统编织成一张致密的网，透过缝隙，读者可以窥见南美民族的集体潜意识精神。他的诗就像柔软的海绵，轻轻一挤，意象就会随着诗句汩汩流出。同马尔克斯的大气相比，博尔赫斯则更为精致、细腻，他描绘了南美民族灵魂深处最微妙的精神，并将自然界中的一花一草都融入这温润的细腻之中。

跟魔幻现实主义的众多诗人一样，博尔赫斯深切关注民族的灵魂、民族的历史以及民族的记忆，在《布宜诺斯艾利斯激情》这本诗集中，他就将其对历史与民族精神

[①]　常如瑜(1982—　)，山西太谷人，海南大学人文传播学院副教授，文学博士，主要从事文艺学跨学科研究。

的理解抽象为对一个城市的理解，城市意象变得神秘莫测、复杂难解，纵横的街道、黄昏下的建筑以及城郊的墓地都充满了晦涩的象征意义，然而这些意象却在读者的灵魂深处产生不可名状的感觉。就像荣格所说的，文学作品在我们潜意识深处激起了某种记忆，它激发了我们的灵魂。博尔赫斯的诗歌在我们眼前出现了似曾相识的幻觉，我们仿佛是游荡在布宜诺斯艾利斯街头的失魂落魄的精灵，在博尔赫斯的带领下走向记忆深处。

博尔赫斯所看到的自然景象，就像一面镜子，它映射出人类的灵魂。例如，诗集反复出现的月亮的意象，博尔赫斯将其比作人类的明镜：

> 那金灿的地方实在凄凉
> 高悬夜空的月亮
> 并不是当初亚当见到过的情形
> 人们无数世纪的凝注使它积满了泪水
> 看吧。它就是你的明镜。①

在这首写给儿玉的情诗中，博尔赫斯就将月亮视作能够映射其心灵的镜子，他希望能够借月亮表达内心的情愫。他相信在自然中一定能够找到人类灵魂的影子，人类的精神与宇宙的精神是相通的。

动植物的形象也是博尔赫斯诗歌中非常重要的意象，他甚至用动物或植物的名称来命名一本诗集：《老虎的金黄》《深沉的玫瑰》，这些意象象征了宇宙、精神以及人类的历史，和布莱克的《虎》相仿，博尔赫斯诗歌中的动物和植物形象是人类历史与命运的象征，他在自然意象中提炼出人类的集体潜意识精神。

一

在博尔赫斯的所有诗歌作品中，《布宜诺斯艾利斯激情》的内容和情感都是最为丰富的，正如博尔赫斯自己所说，《布宜诺斯艾利斯激情》包容了我后来所写的一切。②这本诗集就像是从博尔赫斯灵魂最深处流淌出来的一样，诗歌中的意象象征了他潜意识的全部内容。

"黄昏"是《布宜诺斯艾利斯激情》这本诗集中最重要的意象之一，它几乎是诗集当中所有意象的背景，诗人的灵感也是在黄昏中迸发出来的。它象征了隐匿在诗人灵魂深处的潜意识，它的色调是昏暗的，象征了历史与记忆的特质——神秘、厚

---

① [阿根廷]博尔赫斯：《博尔赫斯全集》（诗歌卷下），林之木、王永年译，浙江文艺出版社1999年版，第149页。
② 同上书，第3页。

重。在它的笼罩下，宇宙中的一切都披上了魔幻般的色彩。它正是意识与潜意识的交界处，清醒的白昼即将逝去，人们要迎来漫长、漆黑的夜晚，原始恐惧的记忆再次袭来，此时此刻，诗人却被诗性所包围，在灵魂的感召下体悟到自然的精神和气息。

正如荣格所说，"原始意象或原型是一个不断地在历史进程中重现的形象——无论它是一个妖魔、一个常人或一种过程。每当创造性幻想得到自由表现时，它就会出现"[1]。作为博尔赫斯诗歌中一个反复出现的意象，黄昏就是原始意象的象征，它作为一个过程、一个自然现象昭示人类对自然和宇宙的理解。这个复杂的意象蕴含了深邃而隽永的意义。在黄昏中，自然中的一切都变得模糊不清，然而又不似夜的黑暗，一切都在混沌之中，介于半睡半醒之间，就像梦醒时分，仍旧恍惚记得梦中的情景，它曾经无比真实，然而在醒来的刹那，又全都变得荒诞不经。即使是黄昏中最明亮、最绚烂的晚霞仍旧会给心灵披上恐惧的外衣：

> 即使是无华而又平淡，
> 日落也总是感人的景观；
> 然而，更能让人动情的
> 却是夕阳最终沉没之后
> 那将原野染成锈色的
> 余晖残焰。
> 那光焰浓烈、多变，让我们的心灵震颤，
> 那光焰将黑暗的恐怖
> 洒于整个尘寰，
> 在我们发现它的虚幻的刹那，
> 那光焰却消隐在转瞬之间，
> 就好似当我们意识到自己在做梦的时候，
> 梦境就会消失得无影无踪一般。[2]
>
> ——《晚霞》

晚霞昭示着夜的来临，象征了人类灵魂深处的恐惧。祖先的记忆从集体无意识深处滋生出来，随着绚烂的晚霞蔓延开来，读者仿佛在梦中见到了与祖先相同的景象。在诗作里，读者可以看到荣格心理学思想对博尔赫斯的影响，博尔赫斯似乎相信，在日落的瞬间，自然所创造的幻觉中我们能够看到梦的影子，然而，就在读者即将抓住

---

[1] [瑞士] 荣格：《人、艺术和文学中的精神》，孔长安、丁刚译，华夏出版社1989年版，第80页。
[2] [阿根廷] 博尔赫斯：《博尔赫斯全集》（诗歌卷上），林之木、王永年译，浙江文艺出版社1999年版，第32页。

它的时候，它却消失了，就像意识永远不能够真正看到潜意识那样。读者还瞥见了灵魂的奥秘。在华丽布景的背后，博尔赫斯揭示了人类灵魂深处的恐惧，晚霞就像是潜意识给自己披上的外衣，以隐藏其真正的面貌。诗作给读者的灵魂以冲击，并激发了灵魂深处的记忆，它让读者血脉膨胀，人们仿佛回到了幼年时期，重新体验那惧怕黑夜的孩子般的情绪。博尔赫斯用诗歌来展现自然绚丽美景的背后隐藏着的集体无意识精神，同荣格相比，他用更为形象的方式来描绘人类的集体记忆。

黄昏还增添了城市的神秘气氛，像布宜诺斯艾利斯这样的城市，在它的每一处都弥漫着梦的节奏，就像是从遥远群山中传来的原始部落的鼓声，伴着灵魂的祈祷和图腾架下袅袅的轻烟，巫师喃喃的咒语已经变成城市的靡靡之音，它们却传递着同样的信息。它似乎要世人相信这样的事实——我们现今所看到的黄昏同千万年前祖先所见完全一样，我们所持有的心境同他们的也并无本质区别。晚霞象征了白日最后的激情，它的消失也注定此种激情的完结。我们能够感受到先民的喘息，以及在安然度过一个白昼之后长舒一口气，旋即，他们要为即将来临的黑夜而担忧。这些记忆统统都留在现代人的灵魂当中，当我们在博尔赫斯的带领下，穿过布宜诺斯艾利斯的大街小巷，走过寂静的广场，路过纪念碑，走向城市边缘的墓地，见到广阔田野的时候，这些记忆便纷纷苏醒，只有在这个时候，我们才终于领悟缘何博尔赫斯会发出这样的感叹："布宜诺斯艾利斯的街道/已经融入了我的心底。"①

诗人赐予读者的激情，就像没有尽头的、向四面八方蔓延的街道，还有那绵延的诗行，是灵魂得以成长的乐土。心灵扎根于这些诗行当中，精神由此得到疏解。我们感受了意识之外的广袤世界，却在那一瞬间感到恐怖袭来，仿佛在原始部落所燃起的火光背后，看到了野兽的狰狞面孔。

尤其是夕阳下的墓地，在晚霞的照耀下，它们显得格外绚烂，墓地的庄严、肃杀披上了金光闪闪的外衣，就像将死的国王，两眼却放射出欲望的火焰。一旦夜幕降临，这些美景便瞬间消失，闪亮的墓碑全都换上了阴森恐怖的面容，脱去华丽的外衣，露出森森白骨，冲着空旷的郊区狞笑。这里是远离繁华城市、远离人类文明的地方，这里幽谧而暗淡，充满了魔幻般的诗意。就像远离意识的集体无意识，只在梦魇中闪现斑驳、鬼魅的影子。在这里，能够听到魔鬼的歌声。它们放声歌唱：这里才是人类最终的归宿。就像戏剧最后的乐章，把悲剧气氛推向顶点，把人类的苦难与恐惧全都唱了出来。在这些可憎的石碑面前，人类在有生之年的一切努力都变得枉然，即使用人间最华美的文字写下最壮丽的墓志铭，最终都难以满足人们灵魂深处那无限膨胀的欲望，也都会被风沙所磨灭。只有潜意识还滞留在继而诞生的人类的灵魂当中，并不断浮现于人类未来的梦中，正像《适用于任何人的墓志铭》中所写那样。人类生命最终消遁，并蔓延于大地和自然的气息当中，身体上的每

---

① [阿根廷]博尔赫斯：《博尔赫斯全集》（诗歌卷上），林之木、王永年译，浙江文艺出版社1999年版，第7页。

一个部分都重新归于自然,并参与自然再一次的循环。就像每一株植物、每一只动物那样,用自己的生命承接祖先的记忆,并且将自己的记忆繁衍下去。只有自然明白其中的意义,并能够确保这一切迈向永恒。某一个个体的长生不死,已经被时间断然否定,只有精神侥幸可以存活得很久,即使这精神也并非个人的意志,而是集体无意识的精神。

此时此刻,博尔赫斯突然消失了,就像引领但丁的地狱的使者突然消失那样,读者能够感到恐惧袭来,一时之间竟找不到出路。慌乱之后,读者在诗歌中找到了出路,找到了跳出狭隘自我、步入永恒的方法,把自己的生命重新交还给自然,并可以在别人的生命中看到自己的灵魂,而整个人类则可以在自然界其他生物的生命中看到永生的希望。只有在这个时候,人们才不会害怕听到魔鬼奏响的死亡之歌,历史与记忆、精神与肉体、人类与自然,全都在这梦境里变成一个混沌的整体,而描述这一切的,正是那伟大的诗行。

博尔赫斯的诗行适合于每一个人,每一个死去的灵魂和活着的精神,在黄昏的薄暮里,石碑上的字迹多数模糊不清,只有这些墓志铭般的诗歌却闪闪发光,它们能够照耀漫长的黑夜,给人类的灵魂以安宁。反复诵读那"墓志铭",可以让读者在黄昏中体验到的恐惧有所减轻,人类柔弱的双腿终于能够摆脱战战兢兢的尴尬,迈向永恒的宇宙。

诗歌中精神的伤痛和横流的物欲具有双重含义:一方面是无穷无尽的灾害和终极悲剧——死亡;另一方面则是生存所必需的资源以及秀美景色下的感官愉悦。人的心灵永远无法摆脱这双重意义,它必将伴随人类走向永恒,就像绵延的落日下的薄暮,一遍遍地出现在光明与黑暗交替之时,不厌其烦地将潜意识深处的记忆引诱出来,然后就像魔鬼惩罚灵魂那样,让人们等待着,等待着黑夜降临,等待着生命终结。正如荣格所描绘的那样,这种等待具有无以复加的悲剧性,它象征了永恒的悲剧,而非幸福——只有终极的悲剧,而没有终极的幸福。人们从前所做的一切努力,都化作墓志铭上短小的祭文,"永生"是从人类心灵深处滋生出的欲望,人类却变成了它的奴隶,它无视人们的哀鸣,只在冰冷的墓碑后发出奸邪、刺耳的笑声,就像在荒野里,黑夜深处传来的令人无限恐惧的豺狼的叫声。

二

在失去灵魂的城市中,博尔赫斯却依然执着地找寻灵魂的归宿,他寄希望于这样的地方:

给人以恬适的树荫,
轻摇着小鸟栖息的枝头的徐风,

消散之后融入别的灵魂的灵魂。①

在那里，人类灵魂将得到从未有过的宁静，生存在自然中的人将不会再感到恐惧，人们不会再为死亡而担忧，写满铭文的墓碑也不再冰冷，它们将成为人们重获新生的象征，所有的人都会为能够重新参与到整个自然的循环而感到幸福。这"周而复始"的循环，不再只是毫无意义的西西弗斯式的悲剧，人们相信自然自会有它存在的理由，自然的精神充实而圆满，不再因为人类的存在而有所损益。

这更像是博尔赫斯所编织的梦，在这令人恐惧和不安的黄昏中，他却能够体验到永恒的诗情。他忘掉了祖先关于恐惧的全部记忆，甚至把它们驱逐出潜意识。然后在城市及其边缘的景观中发现了真正的自然精神。他把这一切都归于诗情："星夜的寒光""淙淙的流水""寂静的树林"以及"门廊下蒸腾的湿气"②，它们全都是人类在自然中早已体会到、却被恐惧所压抑的真情实感，正是它们的存在使得少数人能够有勇气在自然中找寻灵魂的真正归宿。

可悲的是，很少有人能够享受这份静谧和安详，人类经历了百万年的时光，终于能够摆脱夜的恐惧，却忘记这恐惧的来源，意识无法理解藏于内心深处的感觉——本能的焦虑和潜意识下的恐惧：这才是人类真正的悲剧。在博尔赫斯的眼中，黄昏下的布宜诺斯艾利斯融入悲情的诗意，这是一种缠绵悱恻的悲情。即使黄昏中某些自然景观可以给人以感官上的愉悦，即使人们在夜幕降临前可以暂时放松自己的神经、让诗情包裹心灵，然而却总有隐隐的担忧，似梦似真，夜下的宁静仿佛总隐藏着说不出的危机。

在夜幕下，诗人所见的一切景致都构筑了这样的意象——人类在恐惧潜意识中战战兢兢地欣赏着自然之美，死亡让一切美好都变成短暂瞬间和永恒悲剧。此刻，当诗人漫步于城市街头，在迷狂中体验自然精神以及集体潜意识中远古的记忆之时，那重复与轮回的宿命又在无形中升腾：

今夜的赌徒们
让古老的把戏重演：
这件事情多少（尽管不多）
勾起了对先辈的思念，
正是他们为这布宜诺斯艾利斯的时代
留下了同样的恶作剧、同样的诗篇。③

---

① ［阿根廷］博尔赫斯：《博尔赫斯全集》（诗歌卷上），林之木、王永年译，浙江文艺出版社1999年版，第10页。
② 同上书，第11页。
③ 同上书，第17页。

在这毫无意义的循环中，悲情全部释放出来，无论是街头用无聊的游戏来消磨时光的赌徒，还是曾为这个城市及其人民的自由浴血奋战过的勇士，都在这黄昏的悲情中黯然失色，最终都被死亡的长夜所席卷。

这便是布宜诺斯艾利斯的全部命运，人的精神全都沉浸在昼夜交替的自然轮回之中，意识强迫心灵把这些遗忘，就像遗忘祖先曾遭受过的痛苦，也不去思考死亡的含义，就只专心享受现世的生的喜悦。人类就像一个屠夫，将自然宰割下来，仅供活着的生灵享用，而那些被宰割的生物却以这样的态度凝视着人类：

> 一颗冷漠的牛头
> 雄踞在门楣之上，
> 以似是而非的偶像威严，
> 俯瞰着
> 杂陈的肉块和大理石的地面。①

那些不幸的动物，成为这座城市的装饰，可悲的是，这装饰并非给城市带来荣耀，相反，它却"带给城市羞辱"，"甚至比妓院更为不堪"。② 在那冷漠的动物的头颅上，刻着死亡和永生的铭文：它象征被人类所征服的自然，却并不能够代表永恒的幸福；它象征人类的力量，却正是对人类心灵中恐惧、偏执与焦虑的羞辱。

在冷漠的目光中，我们看到了自我的灵魂，精神在寻找终极幸福的偏执与潜意识的恐惧中战栗。就像疯狂跳动的心灵，却逃不过脉搏停止的那一刻，我们也会像那牛头一样被悬挂在高高的地方——城市街头冷峻的塑像或是墓碑上镌刻的名字，即使这些，最终也会因风化而消失，无法保存得更久。这真是一种羞辱，对人类文明的羞辱，对人类所创造的一切自认为辉煌成就的蔑视，它只是一种自我安慰下的荒诞。更糟糕的是，我们的祖先早已体会到这些，并把他们的记忆留存在我们的心灵深处，不断复现的意象恰恰引起这记忆的回应，就像条件反射，一旦碰触它们，便会激起一连串的反应，直到让思维变得混乱，让意识模糊，让梦境降临：

> 那将是生命的顽梦
> 面临破灭的时分，
> 那将是上帝
> 可以轻易捣毁其全部创造的时辰！③

---

① ［阿根廷］博尔赫斯：《博尔赫斯全集》（诗歌卷上），林之木、王永年译，浙江文艺出版社1999年版，第26页。
② 同上。
③ 同上书，第34页。

博尔赫斯将这悲剧描绘到了极致，他只在幻觉中给予人们以希望。即使白昼降临，夜幕仍然会在它背后窃笑，等待着再次刺伤人类的灵魂。就像上帝对普罗米修斯的惩罚：刚刚愈合的伤口立刻被再次啄食。人的精神就像这浸泡在黄昏中的城市，无限的思想如同四面延伸的街道，却无法穿透那浓重的夜幕。白昼刚刚给灵魂带来希望，就马上被黄昏和漫漫长夜所代替，循环往复的悲剧从千百万年前就流传下来，并且还要向永恒蔓延。

总之，博尔赫斯笔下的城市是黄昏中的城市、梦境中的城市——向荒野绵延的街道，暗淡的建筑，冰冷的塑像，因恐惧而颤抖的心灵以及不安的灵魂。在它们之外，是最广袤的自然；在它们之内，则是自然的精神。博尔赫斯是用诗歌来探讨人的精神与自然之间的内在关联，并据此来展现人类精神的前路。

生态批评视阈下的女性视角和地域意识
——以李娟的纪实散文为例

王 萌[①]

(山东女子学院 山东 济南 250300)

摘 要：新疆作家李娟追随逐水草而生的哈萨克族牧人，不辞辛苦辗转于春牧场、夏牧场和冬牧场，通过深入了解他们的宗教文化和日常生活，向作为"旁观者"的我们呈现了一个古老民族敬畏自然的生态观及其所遵循的人与自然、人与人之间友好互利的传统生存模式。李娟在融入生态主义女性视角下的真实的生存体验和审美经验的同时，塑造了多个令人印象深刻的哈萨克底层女性形象，还重新建构起某种基于生态审美的想象的地域意识。

关键词：生态批评；女性视角；地域意识；生存体验；审美经验

青年作家李娟的一系列描写新疆自然风光和哈萨克族人游牧生活的纪实散文近年来备受中国文学评论界关注。作为一名随家人由内地迁居新疆的移民，李娟在阿勒泰生活多年，她将自己真实的人生经历写成《九篇雪》《阿勒泰的角落》《我的阿勒泰》《这世间所有的白》和《走夜路请放声歌唱》等散文集。这些散发着时光清香的作品抒发了隐藏在她内心深处对那片荒僻广阔山水的深沉又复杂的情感。她从2007年开始进入扎克拜妈妈家生活，在这儿体验游牧生活的一年里，她积累了大量的写作素材，之后的三年时间，她陆续写下了四十余万字，2012年结集出版了"羊道三部曲"——《春牧场》《前山夏牧场》和《深山夏牧场》。2010年至2011年冬天，她又跟随哈萨克牧民居麻一家踏上了去往阿勒泰南部古尔班通古特沙漠的路途，在那里生活了三个多月，完成了记述这段难忘经历的散文集《冬牧场》。由此，这四本纪实散文集形成一个叙述整体，详细记录了哈萨克族牧民一年的游牧生活。其中散文集"羊道"系列荣获2011年度人民文学奖（"非虚构类"），《冬牧场》一经首发就长期稳居畅销书排行榜，引发了学界和读者对描写少数民族荒野生存的长篇纪实散文作品的强烈兴

---

① 王萌（1982— ），济南人，山东女子学院讲师，文学博士。主要研究方向为文艺理论与文学评论。

趣与广泛讨论。

一 生态叙事中人与自然的关系

"生态批评"（Ecocriticism）这一文学研究的新领域是 1978 年由威廉·鲁克特（William Rueckert）命名的。随着 20 世纪 70 年代以来的欧美"生态批评"的兴盛与发展，从未被分门别类的"生态文学"（Eco-literature）也逐渐被关注生态批评的学者们所界定，他们梳理了自古以来文学和自然环境的联系。美国生态批评家斯科特·斯洛维克（Scott Slovic）认为"生态批评""既指以任何学术路径所进行的对自然写作的研究，也反过来指在任何文学文本中对其生态学含义和人与自然的关系所进行的考察，这些文本甚至可以是（貌似）对非人类的自然界毫无提及的作品"[①]。斯洛维克扩展了生态批评的研究范围，也明确规定了生态批评家的学术职责，他提出，环境主义作家最重要的社会责任是"规劝我们去更热忱、更完满地感知，他们展示了这一感受的过程，使得我们也能更自觉地去执行"[②]。斯洛维克主张，无论是生态作家还是批评家，要尽量避免表达抽象或者形而上的生态意识和概念，而应将感性的生态叙事融入环境文学创作的过程中，因为情节曲折的故事和寓言更容易吸引读者的目光。实际上，他所提倡的是一种从自我人生经验出发，能够促使读者产生更多感官体验和地域意识的，并运用具有描述性的文学语言来准确展现人与自然关系的文学和批评文本。很显然，李娟的散文作品就属于斯洛维克所极力倡导的那类生态文学作品。

首先，李娟的散文里蕴藏着人类敬畏自然的生态观，这是一种代代相传的、未被工业文明所摧毁的生存意识，也是一种崇高的审美意识。在《影响》一文里，她提到牧民们对炉火的崇敬之情，因为"炉中的火是生活中极其重要的物质，应当尊重。而这种淳朴的尊重，也有对自然万物甘心依赖的意味吧"[③]。在《茶的事》里，她详细述说了茶在牧民日常生活和隆重节庆里的重要意义，人们聚集在一起喝着热茶，吃着香喷喷的馕，疲劳困顿顷刻间消失得无影无踪。她通过喝茶这一日常行为表达了自己对自然充满爱意的敬畏之情："它（茶）是丰富的自然气息的总和——经浓缩后的，强烈又沉重的自然气息，极富安全感的气息。……所有这些，和水相遇了，平稳地相遇。含在嘴里，渗进周身脉络骨骼里，不只是充饥，更是在细数爱意一般……"[④] 其实，她敬畏的不仅仅是有助于人类生存及提高生活品质的事物，而是万物生灭之自然规律——生命的绚丽和死亡的静默。她把敬畏之情深藏在"在场"的世俗生活里，某种顺应自然，乃至尊崇自然的思想从事物的纹理脉络里渗透出来。她在《要过不好不坏的生活》里

[①] ［美］斯科特·斯洛维克：《走出去思考》，韦清琦译，北京大学出版社 2010 年版，第 24 页。
[②] 同上书，第 128 页。
[③] 李娟：《羊道·前山夏牧场》，上海文艺出版社 2012 年版，第 64 页。
[④] 同上书，第 69 页。

这样写道:"这荒野里会有什么肮脏之物呢?不过全是泥土罢了,而无论什么都会变成泥土的。……火焰会抚平一切差异。没有火焰的地方,会有更为缓慢、耐心的一种燃烧——那就是生长和死亡的过程。"[1] 充满敬畏之感的"自然全美"的生态观在李娟笔下以许多富有诗意、观照生死的审美意象呈现出来,有理性而现实的功利目的,当然也有感性而超逸的审美态度。她不厌其烦地细数变幻莫测、难以捉摸的自然之美,荒野的每一个黎明、黄昏、夜晚都有不同的景象,这种居游式的、原生态的审美感受展现出自然的神秘与丰富。就像阿多诺认为的那样,欣赏自然美如同欣赏音乐一样,其中所蕴藏的历史与自然的各种因素,像是变化无穷的星河。而自然之美之所以具有无限的生命力,就是因为这种流动的变化,而不是那种稳固不变的关系。[2] 也就是说,自然界生态系统的运行规律是美的具体体现。总之,作为生态链之中一个不可或缺的有机组成部分,人类应该在结合自然科学理论和"万物有灵论"的基础上,对自然产生一种以敬畏之情为核心的审美情感。

其次,远离现代文明社会、面对严酷的生存环境的人类已然成为自然界里孤独的存在者。李娟在《三天的行程》《突然间出现的我》《哈拉苏:离开和到达的路》《宁静悠长的下午时光》《荒野漫步》等文章里如实记录自己对"孤独"的深刻体会。这种深刻而又寂静的孤独感长久以来已经融化在牧民的血液中,尽管如此,她依然乐观地认为,只有人类才是"荒野的主人"。阿尔贝特·史怀泽对人类主体性的评价:"只有一种生命能摆脱黑暗,看到光明。这种生命是最高的生命,人。只有人能认识到敬畏生命,能够认识到休戚与共,能够摆脱其他生物苦陷其中的无知。"[3] 其实,消解人类主体性并不是敬畏自然的必要条件,反而会增加我们正确理解人与自然的关系的困难。李娟不是一个深层生态主义者,尤其是在她亲眼看见哈萨克族牧民们如何运用他们的智慧解决荒野生存的各种难题以后。当然,她在肯定人类的主体性的同时,也主张人类要将自然视为另一个生命主体,尊重并爱护它,抛却纯粹功利的态度欣赏它。由此看来,"孤独的存在者"一方面意味着人在自然界里生存繁衍必须要发挥主观能动性,另一方面则也表明人的生命在神秘的自然面前显得如此渺小、脆弱。这对人类来说无疑是一种警示:认清并接受自己是自然界生态整体的有机组成部分这一亘古不变的事实,在感知自然、欣赏自然的基础上,重建人与自然和谐、亲密的关系。另外,这种每年搬迁数十次、辗转于各大草场之间辛劳困苦的生活方式也加深了她对孤独的理解:孤独是人存在于世的常态,而在荒野里,这种体会则越发清晰、深刻。李娟作为一个既非游客,又非牧人的写作者,她不得不承认,跟常年生活在这里的哈萨克族牧民相比,自己对荒野生活还知之甚少,而且还未能完全适应这种气候恶劣、物质匮乏的生

---

[1] 李娟:《羊道·春牧场》,上海文艺出版社 2012 年版,第 47 页。
[2] [德] Theodor W. Adorno, *Aesthetic Theory*, translated by C. Lenhardt, Routledge & Kegan Paul, 1984, p. 105.
[3] [法] 阿尔贝特·史怀泽:《敬畏生命》,陈泽环译,上海社会科学院出版社 1995 年版,第 20 页。

存环境。她在《相机的事》里这样说："我永远也不曾——并将永远都不会——触及我所亲历的这种生存景观的核心部分。它不仅仅深深埋藏在语言之中，更是埋藏在血肉传承之中，埋藏在一个人整整一生的全部成长细节之中。"① 由此可知，她的"孤独"跟牧人们的"孤独"有所不同，她始终都是一个徘徊在游牧生活边缘的他者，无论是从血缘上，还是从文化上。总之，这种双重孤独感不仅来自人在自然界里的存在方式，更来自精神世界无法沟通的疏离与滞碍。与此同时，整个哈萨克族的游牧生活在现代文明的挤压下，同样也濒临孤绝的边缘，"牧人正在与古老的生产方式逐步告别——这场告别如此漫长"②。

最后，李娟特别关注人们在险恶环境里的友好互利的传统生存模式，她花费大量笔墨描写了哈萨克族人如何与自然友好相处，如何保持与他人的联系与情谊。比如，她在《友邻》中谈到哈萨克族的一个古老风俗——"就是不为取食而猎杀野生动物，人们只食用自己饲养的牲畜以及用自己的牲畜换取的面粉、茶叶、盐和布匹。"③ 哈萨克牧民的环保意识体现在生活琐事之中，他们会充分利用每一种自然资源，用泥土来洗碗和治疗皮肤创伤，反复使用塑料袋，每次搬家临行之前，总是将生活垃圾清理干净。他们对富足而无私的自然赐予的物质财富始终怀着感恩的心情，过着一种克制物欲、返璞归真的生活。另外，李娟还格外注重展示人与人之间的日常交往以及他们各种盛大的节庆活动，读来让人颇感温暖恬静。牧民们会主动送给路过毡房的驼队新鲜的酸奶，以助他们缓解长途跋涉的劳苦和饥渴。每当到一处牧场安营扎寨以后，牧民们会互相拜访，或者邀请邻里到家里做客。李娟在《六月的婚礼》《寂寞舞会》《赛马的事》《茶的事》《最最热闹的地方》等文章里详细记述了哈萨克牧民们各种热闹的聚会场景。一年四季在路上奔波的人们依靠这些暖意盈盈的话语及行动，顽强地抵抗着生存的痛苦与艰辛。于是，在荒野中求生存的人们不仅善于观察自然和他人，更善于处理人与自然以及人与人之间的关系，而这不仅仅是生存所需的基本技能，更是人在自然界里持续发展的基础上所渴望的一种文化认同感。生活习惯、环保意识、民族风俗和宗教信仰完整地被传承下来，形成了人与自然、人与人之间友好互利的生态链。不幸的是，这种原生态生存方式在现代文明社会"科技改造生活"的理念下，却显得有些不合时宜。向往更舒适安稳的生活的年青一代、牧场植被严重退化以及大量土地被开辟为建筑用地等现实状况，都在试图将牧人的传统生活方式驱逐出现代化进程的视野。

二 生态女性主义视角的介入

关于"生态女性主义"这一概念最早是由法国作家弗朗索瓦·德·奥博纳在她的

---

① 李娟：《羊道·深山夏牧场》，上海文艺出版社 2012 年版，第 176 页。
② 同上书，第 178 页。
③ 同上书，第 210 页。

著作《女性主义或者死亡》(*Le Feminisme ou la mort*)(1974)中提出的,从此早已被男性中心主义和人类中心主义思想边缘化的女性/自然演变成为一个象征性共同体,掀起了一场反抗父权意识形态、并试图与男性/文明平等对话的精神革命。作为一位崇尚自然与传统的女作家,李娟以生态女性主义视角来观察描述游牧生活里自然的变幻和少数民族女性的命运。具体来说,她所认同的生态女性主义视角其实是一种以生态整体观为哲学基础,以女性的审美眼光重新审视人与自然的关系,尤其是女性与自然的关系,并且把母性情怀、细微体察和感性书写结合起来进行文学创作的生态审美立场。由此可知,她是一个温和的生态女性主义者,注重彰显女性与自然的亲密关系,期望展现哈萨克男人与女人之间传统而和谐的两性关系,而非西方生态女性主义者所强烈批判的性别歧视和非人类物种歧视等现象。

首先,作为一位女性自然书写者,李娟的灵魂深处饱含着对自然万物源自母性的悲悯情怀。她在《山羊会有的一生》里写了山羊从出生到死亡经历的整个生命过程,对于山羊短暂而卑微的生命,她怀着一种同情且感恩的心情这样写道:"当人们一口一口咀嚼它鲜嫩可口的肉块时,仅仅是把它当成食物在享用——从来不管它的母亲是多么地疼爱它,在母亲眼里,它是这世上的唯一……是啊,我们一定要原谅山羊的固执任性,以及它犯下的种种过错。——因为无论如何,它终将,为我们而死。"[1] 她坚定地认为,自然界里的每一个生命都值得我们尊重和同情,它们用丰腴的生命滋养了我们的身体,同时也安抚了我们的心灵。羊是牧人最亲密的朋友,他们互相依偎,在荒原大地上顽强生存,是彼此生命历程的旅伴。因此,在食用由新鲜羊肉烹制的美味佳肴之前,牧民们也要先集体举行庄严的仪式以感谢这些生灵带给他们的给养与欢悦。李娟含蓄地将她对周围事物的悲悯之情深藏在字里行间,在《涉江》《骆驼的事》和《羊的冬天》等文章里贯彻始终的就是这一温柔仁慈的母性情怀——感恩孕育生命和安排命运的自然。她对整个阿勒泰的爱都深埋在《呼唤》这篇文章里,文中离家多时的游子"我"循着"妈妈"悠长而固执的呼唤声踏上了回家的旅途,千里迢迢、不辞辛劳就是要重新走过曾经流连忘返的森林、湖泊和旷野,而此时的"我"跟自然万物一起回应着她的呼唤。李娟这里所创造的"母亲"意象分明就是掌管自然万物生死荣枯的生态系统。即使"她"是最贫穷、最孤独的"母亲",但当"她""看到我蜷卧在麦田中央"时,"她"依然会"像一个真正的母亲那样亲吻我,抚摸我的头发,哭泣着劝慰我不要哭泣"[2]。在父权社会里,被遗忘的"母亲"对被伤害的"女儿"的怜惜与呵护很显然是一个展现自然与女性之间关系的隐喻。李娟以如此隐晦而固执的姿态,为世代在荒野里过着漂泊动荡生活的哈萨克女性致意,也暗示女性天生具备和后天修炼的生态智慧——善待自然的环保意识,同时也积极向自然寻求帮助与安慰。

其次,她对游牧生活的细微体察也充分展示出女作家特有的敏感与细腻。在《真

---

[1] 李娟:《羊道·深山夏牧场》,上海文艺出版社 2012 年版,第 261—262 页。
[2] 同上书,第 187 页。

正的夏天》里,她细致描写了夏天牧场的雨季景致和人们劳动的场景,她沿着大地的轮廓散步,路途中所遇到的枝繁叶茂的植物、悠闲游荡的牛羊和嬉闹游戏的孩子都让人情不自禁萌生一种岁月静好的幸福感。她把每一个生活细节都揉捏到笔墨里,表现出人在自然环境里如何适应季节变换,如何在生存困境里获得人生乐趣以及如何在细微处发现自然之美。在另一篇文章《冬牧场》里,尽管清苦的生活像是一望无际的灰蒙蒙的荒野,爱美的姑娘依然能用巧思妙手将自己装扮得鲜艳明媚,她们让冬天的荒野变得温暖而绚丽。李娟那颗女性特有的柔软而善感的心在自然景观和人文情怀的触发下,闪耀着灵感之光,即使是粗糙而窘迫的生活在她柔情似水的文字里也闪现出迷人的光泽。这样看来,人与自然和谐相处以及"天人合一"的哲学观体现在日常生活层面上,难道不就是以这种平和乐观的心境面对自然给予人类的爱与苦吗?很显然,李娟从女性的身心与自然所建立的亲密关系的立场出发,以自我和他者(特指新疆阿勒泰山区的哈萨克牧民)的生活经历和审美体验为我们提供了一种"存在于世"的特殊方式。女性/自然与男性/文化在这片生机盎然的土地上已不再是一个二元对立的组合,而是试图打破人为设置的话语障碍,促进女性与男性、自然与文化在生态环境层面的对话和融合。正如美国著名生态批评家帕特里克·D. 墨菲(Patrick D. Murphy)所说的那样:"许多生态女性主义者认为,正如男女之间的差异形成了一种对话的、相互支持的、相互依赖的关系,而非需要辩证解决的矛盾,人与自然的关系从根本上也是一种对话的、互相支持的,而且是良性的、相互依赖的关系。"[①] 因此,我们所信仰的生态整体观与女性视角相融合,抽象的哲学理念和感性的生活细节相契合,使得李娟的富有地域、民族和性别特色的散文写作散发出一种独特魅力。

最后,李娟在展现人与自然的关系的同时,还满怀深情地塑造了很多动人心弦的女性形象。其中,扎克拜妈妈就是一位让人印象深刻的哈萨克族妇女,李娟在"羊道三部曲"里主要记述了她跟随扎克拜妈妈一家从春天到夏天的迁徙生活。这位勤劳、善良、乐观的哈萨克妈妈几乎是个多面手,捻羊毛、熬肥皂、煮美食、扎帐篷、唱歌跳舞……样样精通,她还是一个能给大家带来欢乐的人,生活的苦难并没有让她变得消沉,反而给她注入了坚韧的活力。像扎克拜妈妈那样的传统哈萨克族妇女还有很多,比如居麻家的女主人,她们是家庭的精神支柱,竭尽全力地守护着家庭,为家庭操劳、奉献一生。李娟写出了她们身体的伤痛,也写出了她们内心的坚守。她们俨然成为传统游牧生活乃至整个荒野生态环境的守护者,她们对传统与自然怀着虔敬的热情,从未抱怨过生活给予她们的苦难。而年轻的牧民之女则更向往外面的世界,渴望安稳又有品质的生活,但是她们的想法跟父辈的期望背道而驰。因此,她们内心时常充溢着矛盾与无奈。李娟在《冬牧场》一书里以年轻女子加玛为例,讲述了这个辍学在家的牧羊女心灵深处的渴望与不安:她一边想要冲破生活对她的束缚,一边为自己离开草

---

① [美] 帕特里克·D. 墨菲:《当代美国小说中的自然》,龙迪勇、杨莉译,《鄱阳湖学刊》2012年第3期。

原之后的人生忧心忡忡。离开荒野,离开熟悉的生活和亲人,她们可以拥有更丰富多彩的人生,但却必须舍弃这片孕育着草木生灵和承载着美好回忆的土地,从此完全将自己与传统游牧生活切割开来。由于李娟对传统游牧生活的现状及未来有着清醒的认识:"真的融入进去就会发现这是不公平的,无论外部的要求还是内心的需要,游牧生活终会消失,无论什么样的改变其实都是顺其自然的,然而眼下古老的力量仍是很巨大的。"① 因此,对于传统哈萨克族妇女和年轻女性之间的观念冲突,她毫不避讳,同时又给予足够的尊重和理解,这是从生态女性主义视角加以阐释的与自然和女性平等对话的理性原则,而平等对话必须建立在充分了解女性生存和成长的生态环境的基础上。

三 地域意识在生态书写中的重构

随着当代作家的地域意识日益加强,他们越来越热衷描写自己栖息地的自然环境和文化风俗,他们不仅要有丰富的生态学知识、地方志知识和生活体验,还要由衷地热爱这片天地,并且能以一种平常心对待它的美与丑、好与坏。同样地,李娟的散文创作始终围绕她在新疆阿勒泰地区多年的生活经历而展开,她在《我的阿勒泰》一书的《自序》里说:"我始终没有离开那个家的牵绊,我的文字也始终纠缠在那样的生活之中,怎么写都意犹未尽,欲罢不能。"② 无论身在何处,阿勒泰的青山绿水以及淳朴勤劳的牧民构成了她魂牵梦绕的家园,她对家园的热爱与忠诚流淌在文字之间,这不是普通意义上的地域意识,她描画出一幅基于生态审美的想象的地域景观。这里的"想象"并非是虚假、刻意的创作手段,而是在丰富而真实的生存体验和审美经验的基础上,运用形象思维和文学语言还原一个更加"在场"化、更有人情味的生活环境。这并不妨碍她在接受欧宁的访谈时承认,常年生活在这样偏远僻静之地,也会经历很多愤怒伤心之事,看似美好的田园牧歌式的生活其实并没有想象中精彩。③

首先,地域意识在非虚构类生态文学创作中体现出其重要的审美价值。近年来,非虚构类文学作品之所以受到读者的热烈追捧,主要得益于它所具有的"个人化""真实性"和"在地性"的特征。具体来说,非虚构类文学试图打破富有政治意识形态的历史社会宏大叙事的语言牢笼,从个体生命体验的角度出发,对在真实地理环境中发生的与个人生活密切相关的事件进行叙述、反思和批判。强调地域意识在非虚构类生态文学创作中的生态审美价值,不仅展示出自然如何影响乃至塑造人的生命经验,更引发了我们对整个自然和人文生态系统的观照与思索,同时也恰恰表明了现代人类

---

① 孟静:《李娟:哪有比阿勒泰更远的地方?》,《三联生活周刊》2012年第34期。
② 李娟:《我的阿勒泰》,云南人民出版社2010年版,第1页。
③ 欧宁:《没有最好的地方,也没有最坏的地方》(根据录音整理),《天南》2012年7月31日,http://www.chutzpahmagazine.com.cn/Cn Video Details.aspx? id=258。

"地域意识"日益衰退的事实。劳伦斯·布埃尔（Lawrence Buell）在其著作《环境批评的未来：环境危机和文学想象》里提到，处于不同历史发展阶段的人类社会（human societies）是一个由"地方"（place）和"社会"（society）融合而成的整体。但是随着经济发展而变化的社会历史阶段最终导致这一整体发生分裂。在美国，很多仅以居住为目的而建立的社区一直延伸至曾经荒蛮的腹地，而今生活在那里的人们为努力争取到"民主的社会空间"（democratic social space）而将以房地产为主体的社区改造成宜居的家园（home place）。[①] 也就是说，"地域意识"的重建是在社会历史和审美体验得到社群认同的基础上进行的，其中包含多样化的文化和意识形态因素，体现了处于特定地理空间下的人们对自我和环境的理解与反思。李娟作为一位为体验游牧生活而深入哈萨克族牧民家庭的"异乡人"，她深藏内心的"地域意识"时刻提醒她与真正牧人之间存在的文化差异，但是同时它又促使她以一种客观而冷静的审美态度反思和评价荒野生活体验，并且探索哈萨克族牧人们精神世界的秘密。李娟相信，只有在这片宁静而孤寂的荒野上亲历生活的苦难与欢乐，才能真正地建立起自我与地域的自然和人文生态环境之间的密切关联，也才能拥有一种真实而深刻的地域意识。

其次，人类的生存体验和审美经验对地域意识的建构必然产生深远而持久的影响，这一点李娟在《我的游荡》《我在体验什么》《随处明灭的完美》等多篇文章里都有所体现。当她穿梭在山坳、林间和沼泽地时，记录下阳光、雨露、清潭、绿树以及散落其中的牧民的家，对游牧生活的审美经验也不只是停留在对周围自然环境的观察和描摹，更多的则是将人的日常生活融入自然环境之中，也就是将生存体验与审美经验结合起来。她在《我的游荡》一文中集中描写了自己孤独而又悠闲的心情。作为一个文化他者，她从远距离之外，观望生活在群山之间的牧人们，此刻她心灵深处所萌生的审美经验与以往的生存体验紧密相连，只有当一个人长期参与具有明显地域色彩的生活后才能创造出超越地域环境和世俗生活的精神境界。法国哲学家和诗人巴什拉（Bachelard）认为，人因拥有一个完满的家园而与自然产生亲密联系，这个家虽然脆弱、渺小，但却是我们在广阔天地间的一个安宁的居所，甚至是一种精神慰藉。[②] 可以这样说，地域意识实际上源于人类对家园的认同和热爱，具体来说，它是一种由真实而直观的生存体验与审美经验长期累积而激发的具有生态审美价值的家园意识。反过来，由于浓郁的地域意识始终存在于她的书写过程中，因此，她所记录的生活经历和审美经验都紧紧围绕着新疆阿勒泰地区的风土人情而展开。

最后，李娟的散文写作注重从女性视角来建构地域意识，也就是说，通过女性的审美眼光和人生经验来全面展示她们休养生息的家园乃至整个生活世界，这是一种女

[①] ［美］Lawrence Buell, *The Future of Environmental Criticism: Environmental Crisis and Literary Imagination*, Blackwell, 2005, p. 64.

[②] ［美］Jonathan Bate, *The Song of The Earth*, MA: Harvard UP, 2000, p. 157.

性身份外化于自然环境所形成的突破男性逻各斯中心主义的生命絮语。李娟笔下的哈萨克族底层妇女的生活态度以及对自己命运的思考从根本上说,都是源于深藏于心的地域意识。因此,她们更能体会维持游牧生活的艰难,也更能为了父辈的期盼与嘱托而牺牲自我选择的权利,一旦选择进入随季节变换而辗转于荒野的游牧生活,她们便会坚守最初的承诺,最终塑造出完全与荒野融为一体的"母亲"形象。由于受到理性论者激进女性主义思想的影响,有些西方生态女性主义者认为,传统意义上的"自然"常被喻为"母亲",这是对"她者"这一性别身份的想象与滥用以及对女性意识的压抑,而且这使得女性与具有理性和超然性的男性对立起来。[1] 而在李娟看来,越是特殊的自然环境,女性的自然和社会生态意识就越发强烈,由她们精神世界迸发出的源自母性的悲悯情怀会促使她们成为坚守具有浓郁地域特色的传统生存方式的中坚力量。不可否认,女性与自然异体同构的亲密关系早已成为人类民俗文化的集体无意识,《周礼·天宫冢宰》里记载了古代后宫藏种的民俗现象:"上春,王后帅六宫之人而生穜稑之种而献之于王。"[2] 在古老的母系制社会里,原始先民的自然崇拜与女性崇拜总是结合在一起。而随着父权制社会关系的出现和建立,以及人类对民族文化和地理环境的理性认识日益加深,男女之间由于不平等的权利关系而导致的冲突与矛盾也日渐突出。因此,如何从生态女性视角来重新建构超越二元对立模式的地域意识以调整人与自然、男性与女性长期失衡的关系,的确是一个亟待解决的现实问题。李娟认为,在哈萨克族牧民家庭和社区里,女性和男性作为分工不同的社会角色反而在特殊的地域环境里成为传统文化共同的创造者和传承者,他们之间绝非单纯的对立关系。这种独特而细腻的生态女性视角在构建地域意识时,更侧重于呈现在地的生活细节和人际关系的复杂纹理,而这些都直接关乎人与自然以及人与人之间的情感状况。

四 结语

李娟以她在新疆阿勒泰地区常年生活的人生经历和审美体验,用一种大朴无华却充满真挚情感的文学语言,描述了哈萨克族牧民的游牧生活以及新疆优美壮阔的自然景观。这里的人们在自然界里寻觅宜居之地,感念自然无私给予生命得以存续、发展的物质资源和精神力量,同时也坦然接受由它带来的孤独、苦难和厄运。因此,人与自然的关系在和谐与冲突之间游移,这一点在荒野生存的现实世界里展露无遗。李娟以独特的生态主义女性视角观照这片孕育了哈萨克族游牧生活的大地,将这一逐渐消逝的少数民族传统生产、生活方式全面而细致地记录下来,客观的真实蕴藏着瑰丽的想象,她强调生态保护和环境正义的重要意义,也呼吁人们关注哈萨克底层女性的生

---

[1] [美] Jonathan Bate, *The Song of The Earth*, MA: Harvard UP, 2000, p.35.
[2] (汉) 郑玄注,(唐) 贾公彦疏,彭林整理:《周礼注疏》(上),上海古籍出版社2010年版,第251页。

存状况和精神世界。另外，少数民族和女性恰恰是生态批评理论所研究的焦点问题，他们从被忽视、被遗忘的历史角落渐渐走进理论视野的中心地带。不仅如此，由她亲历荒野的生存体验和审美经验建构起的地域意识，为被工具理性和科技革命驱逐的哈萨克族传统游牧生活寻找到一个将其封存并呈现在后工业社会、远离自然的人们眼前的历史展台。

文学批评研究与作品分析

文学理論研究
作品社

钱钟书文学批评的自主意识和创新精神

何明星[①]

(广东外语外贸大学中国语言文化学院　广东　广州　510420)

摘　要：钱钟书的文学批评话语体现出鲜明的特征，如世界眼光、自主意识、创新精神等。钱钟书在文学批评中有意识地突破理性观念和学科体系观念的封闭和固化，在形式上选择以偶感随笔式的札记为著作方式，在内容上熔各学科于一炉，具有一种鲜明的自主意识。创新精神是钱钟书文学批评话语最突出、最根本的特色，它贯穿于钱钟书所有著述之中，体现为"以白话小说阐释古诗文之语言或做法""打通而拈出新意""发前人之覆""名物词句之考订"四个方面。梳理论述钱钟书文学批评话语的特色，对中国当代文论建设在融会中西、贯通古今方面具有典范意义。

关键词：钱钟书；文论话语；自主意识；创新精神

　　钱钟书是学贯中西的大家，声称一贯感兴趣的是具体的文学鉴赏。他的文学研究不从概念出发做逻辑推理，而是针对具体现象拈出新意，形成了独具个性的文学批评话语，体现出鲜明的特征，如世界眼光、自主意识、创新精神等。梳理论述钱钟书文学批评话语的特色，对中国当代文论建设在融会中西、贯通古今等方面具有典范意义。对钱钟书文学批评话语所具有的世界眼光的特征，笔者已著文予以论述。本文将阐述钱钟书文学批评话语特色的自主意识和创新精神两方面内容，以期对中国当代文论建设有所启示。

一

　　自从"五四"时期引进科学观念，中国包括文学在内的人文学科也循此方向发展

[①] 何明星（1967—　），湖北洪湖人，广东外语外贸大学中国语言文化学院教授，博士。

改变。① 朱光潜说:"中国向来只有诗话而无诗学,刘彦和《文心雕龙》条理虽缜密,所谈的不限于诗。诗话大半是偶感随笔,信手拈来,片言中肯,简练亲切,是其所长;但它的短处是凌乱琐碎,不成系统,有时偏重主观,有时过信传统,缺乏科学的精神和方法。"② "系统""科学"被看成对传统文论实行补偏救弊的良方。就此而言,钱钟书的文学研究显然是逆时代潮流而动,更具传统诗话文论特点的。《谈艺录》《管锥编》就是"偶感随笔",看上去确实凌乱琐碎,不成系统。胡范铸认为"尊重现象、搜罗现象,发现现象,由此而致现象世界的连类、分别、下转而贯通,这是钱钟书学术研究的工作前提,也是其整个学术的、艺术的观察活动与观念体系的方法前提与更本起点"③。但是钱钟书选用这种不成系统的"现象学"方法,并不是贪图"信手拈来"的方便,更不是抱残守缺地"过信传统",而是广采博收、深思熟虑后的自主选择。

在中国学者努力追求建立在理性之上的科学时,西方学者早已认识到科学理性之不足。先是重视感性以补理性之所缺,如现代哲学中的生命哲学、唯意志主义、精神分析学等非理性主义思潮,继之以打破逻各斯中心主义,直接拆除理性主义的藩篱,如解构主义、新历史主义等后现代主义思潮。钱钟书既禀赋超群,通晓多国语言,又异常勤奋,嗜好读书,因而不仅深通中国典籍,而且饱览异域经典。他曾说"西方的大经大典,我算是都读过了",而解构(deconstruct)这个词最早还是钱钟书应人之请翻译的。④ 所以,对于科学理性的弊端,钱钟书应该早就通过西方现代哲学和后现代哲学而有了清醒认识。

然而钱钟书选择偶感随笔式的札记著作方式,不仅是由熟知西方学术史而来的间接认知使然,更是在研究实践中切身体悟的结果。钱钟书说:对名牌文艺理论著作的大量研究并无相应的大量收获,"倒是诗、词、随笔里,小说、戏曲里,乃至谚语和训诂里,往往无意中三言两语,说出了精彩的见解,益人神智;把它们演绎出来,对文艺理论很有贡献。也许有人说,这些鸡零狗碎的东西不成气候,值不得搜采和表彰,充其量是孤立的、自发的偶见,够不上系统的、自觉的理论。不过,正因为零碎琐屑的东西易被忽视和遗忘,就愈需要收拾和爱惜;自发的孤单见解是自觉的周密理论的根苗。再说,我们孜孜阅读的诗话、文论之类,未必都说得上有什么理论系统。更不

---

① 蔡元培为胡适《中国哲学史大纲》作序:"我们要编成系统,古人的著作没有可依傍的,不能不依傍西洋人的哲学史。所以非研究过西洋哲学史的人不能构成适当的形式。"(欧阳哲生编:《胡适文存》6,北京大学出版社1998年版,第182页)陈寅恪审查冯友兰《中国哲学史》,肯定其"取西洋哲学观念,以阐明紫阳之学",但"是否真能'自成系统,有所创获',还要看其'吸收输入外来之学说'与'不忘本民族之地位'的'相反适相成之态度'如何。就此而论,冯著恐怕有偏于今之嫌,与陈寅恪的见解不相凿枘,难逃愈有条理系统,去事实真相愈远之讥。"(桑兵:《陈寅恪与中国近代史研究》,载《中华文史论丛》第62辑,上海古籍出版社2000年版)陈寅恪对这种强古人以就我之现象提出"具有系统与不涉附会"的准则(陈寅恪:《吾国学术之现状与清华之职责》,载陈廷美编《陈寅恪集·金明馆丛稿二编》,生活·读书·新知三联书店2001年版,第361页)。
② 朱光潜:《诗论》,生活·读书·新知三联书店1998年版,"抗战版序",第1页。
③ 胡范铸:《钱钟书学术思想研究》,华东师范大学出版社1993年版,第54页。
④ 李慎之:《千秋万世名 寂寞身后事——送别钱钟书先生》,载沉冰《不一样的记忆:与钱钟书在一起》,当代世界出版社1999年版,第150页。

妨回顾一下思想史罢。许多严密周详的思想和哲学系统经不起时间的推排销蚀，在整体上都垮塌了，但是它们的一些个别见解还为后世所采取而未失去时效。好比庞大的建筑物已遭破坏，住不得人、也唬不得人了，而构成它的一些木石砖瓦仍然不失为可资利用的好材料。往往整个理论系统剩下来的有价值的东西只是一些片段思想。脱离了系统而遗留的片段思想和萌发而未构成系统的片段思想，两者同样是零碎的。眼里只有长篇大论，瞧不起片言只语，甚至陶醉于数量，重视废话一吨，轻视微言一克，那是浅薄庸俗的看法——假使不是懒惰粗浮的借口"，他进一步举例说，作为理论发现，中国古代民间的七字谚语"先学无情再学戏"，不下于狄德罗的著名论文《关于戏剧演员的诡论》。① 这一大段话虽是他读《拉奥孔》时的感想，倒更像是为他独特的研究和著述方式所做的自我剖白。

钱钟书文学话语中的自主意识不仅表现为研究方法和著作形式上选择运用零碎琐屑三言两语的札记，还表现在内容上跨越学科界限、打破既有框架。人们称钱钟书"文化昆仑"，是对他学问之高深的形象比喻，更是对其广博的由衷赞叹。他的《管锥编》《谈艺录》等涉及文、史、哲、政、经、法等人文社会科学乃至心理学、生物学等自然科学，不局限于文学一个学科范围。在钱钟书笔下，历史、哲学、宗教、心理学等与文学似乎总是联系在一起。

钱钟书谈历史时也是在谈文学。如他从"六经皆史"更深入一步，主张"史蕴诗心"："《史通》所谓'晦'，正《文心雕龙·隐秀》篇所谓'隐'，'余味曲包'，'情在词外'；施用不同，波澜莫二。刘氏复终之曰：'夫读古史者，明其章句，皆可咏歌'；则是史是诗，迷离难别。老生常谈曰'六经皆史'，曰'诗史'，盖以诗当史，安知刘氏直视史如诗，求诗于史乎？惜其跬步即止，未能致远入深。刘氏举《左传》宋万力裹革、楚军如挟纩二则，为叙事用晦之例。顾此仅字句含蓄之工，左氏于文学中策勋树义，尚有大于是者，尤足为史有诗心、文心之证。则其记言是矣。"②

钱钟书讨论哲学、宗教等也同时是讨论文学。如他评论《周易》中"象曰：天行健"说："是'象'也者，大似维果（维柯——引者）所谓以想象体示概念。盖与诗歌之托物寓旨，理有相通。……然二者貌同而心异，不可不辨也。……求道之能喻而理之能明，初不拘泥于某象，变其象也可；及道之既喻而理之既明，亦不恋着于象，舍象也可。到岸舍筏、见月忽指、获鱼兔而弃筌蹄，胥得意忘言之谓也。词章之拟象比喻则异乎是。诗也者，有象之言，依象以成言；舍象忘言，是无诗矣，变象易言，是别为一诗甚且非诗矣。"③ 又如："《麒麟客》主人曰：'经六七劫，乃证此身；回视委骸，积如山岳；四大海水，半是吾俗世父母妻子别泣之泪。'按本于释书轮回习语。如《佛说大意经》：……《大般涅槃经》：……《宏明集》：……吾国词章则以此二意道生

---

① 钱钟书：《读〈拉奥孔〉》，载《七缀集》，上海古籍出版社1994年版，第33—35页。
② 钱钟书：《管锥编》，中华书局1986年版，第164页。
③ 同上书，第11—12页。

世辛苦,不计多生宿世。前意如刘驾《出古塞》'坐怨塞上山,低于沙中骨';后意尤多,如古乐府《华山畿》'相送劳劳渚,长江不应满,是侬泪成许';李群玉《感兴》:'天边无书来,相思泪成海';……或变儿女怨戚为风云慷慨,如戴复古《频酌淮河水》:……关汉卿《单刀会》第四折则如《大意经》之不言'泪'而言'血':'这也不是江水,二十年流不尽的英雄血!'"① 跨越界限、打破框架而熔各学科于一炉,也是钱钟书理性自觉选择的结果。他明确提出:"文学之间的比较应在更大的文化背景之下进行,考虑到文学与历史、哲学、心理学、语言学及其他各门学科的联系。"② 他又说:"人文学科的各个对象彼此系连,交互映发,不但跨越国界,衔接时代,而且贯串着不同的学科。由于人类生命和智力的严峻局限,我们为方便起见,只得把研究领域圈得越来越窄,把专门学科分得愈来愈细。此外没有办法,所以,成为某一门学问的专家,虽在主观上是得意的事,而在客观上是不得已的事。"③

二

　　创新是钱钟书文学批评话语最突出、最根本的特色。钱钟书文学批评话语的世界眼光和自主意识等特点中就蕴含着一种创新精神,它体现为对现有观念如文化类型观念、科学理性观念和学科体系观念的批判与突破。这种创新精神贯穿于钱钟书所有著述之中。④ 郑朝宗说《谈艺录》"书中的每一则几乎都可以发展成为一部专著",又有人说,《管锥编》包含多么丰富的思想,有些条目铺展开来,可以写成许多论文。⑤

　　钱钟书创新的方式和途径可以从他自己的一段话中得到说明。他曾在谈到《管锥编》的新意时说:"《编》中如67—9,164—6,211—212,281—282,321,etc,etc,皆以白话小说阐释古诗文之语言或作法。他如阐发古诗文中透露之心理状态(181,270—271),论哲学家文人对语言之不信任(406),登高而悲之浪漫情绪(第三册论宋玉文),词章中写心行之往而返(116),etc,etc,皆打通而拈出新意。至比喻之'柄'与'边',则周先生《诗词例话》中已采取,亦自信发前人之覆者。至于名物词句之考订,皆弟之末节,是非可暂置不论。"⑥ 一般人都拈出其中"打通而拈出新意"一句而多方论说,使之几成陈言俗语。然而从钱钟书上述这段话看,《管锥编》创新的方式或

---

① 钱钟书:《管锥编》,中华书局1986年版,第667—668页。
② 张隆溪:《钱钟书谈比较文学与"文学比较"》,《读书》1981年第10期。
③ 钱钟书:《诗可以怨》,载《七缀集》,上海古籍出版社1994年版,第133页。
④ 参见郑朝宗《研究古代文艺批评方法论上的一种范例——读〈管锥编〉与〈旧文四篇〉》,《文学评论》1980年第6期;郑朝宗《再论文艺批评的一种方法——读〈谈艺录〉(补订本)》,《文学评论》1986年第3期;夏承焘《如何评价〈宋诗选注〉》,《光明日报》1958年8月2日;王水照、内山精也《关于〈宋诗选注〉的对话》,《文史知识》1989年第5期。
⑤ 郑朝宗:《忆钱钟书》,见沉冰主编《不一样的记忆——与钱钟书在一起》,当代世界出版社1999年版,第107页;张隆溪:《自成一家风骨——谈钱钟书著作的特点兼论系统与片段思想的价值》,《读书》1992年第10期。
⑥ 罗厚辑注:《钱钟书书札书钞》,载《钱钟书研究》(第三辑),文化艺术出版社1992年版,第299页。

途径主要体现为四个方面：一是"以白话小说阐释古诗文之语言或作法"；二是"打通而拈出新意"；三是"发前人之覆"；四是"名物词句之考订"。这四种创新途径和方式不只限于《管锥编》，也是钱钟书所有著述的创新方式。

钱钟书自认第四个方面即"名物词句之考订"为末节，"可暂置不论"，实际上，钱钟书对名物词句的考订不是为考订而考订，而是为文学鉴赏服务，同样具有创新之意。如对"契阔"一词的考订，可以准确理解《诗经·击鼓》中"死生契阔，与子成说，执子之手，与子偕老"的意义。①

钱钟书创新方式和途径的第三方面是"发前人之覆"。所谓"发前人之覆"，即见前人之所未见，即创见。这是一种真正意义上的创新。钱钟书提出"比喻之二柄多边"就是属于他自己的创见。《管锥编》中《周易正义》"归妹"一则论"比喻之二柄多边"："同此事物，援为比喻，或以褒，或以贬，或示喜，或示恶，词气迥异；修辞之学，亟宜拈示。"斯多噶派哲人尝曰：'万物各有二柄'（Everything has two handles），人手当择所执。刺取其意，合采慎到、韩非'二柄'之称，聊明吾旨，命之'比喻之两柄'可也。……比喻有两柄而复具多边。盖事物一而已，然非止一性一能，遂不限于一功一效。取譬者用心或别，着眼因殊，指（denotatum）同而旨（significatum）则异；故一事物之象可以孑立应多，守常处变。"②

"发前人之覆"的创见还有文学翻译"化境"论。钱钟书说："文学翻译的最高理想可以说是'化'。把作品从一国文字转变成另一国文字，既不能因语言习惯的差异而露出生硬牵强的痕迹，又能完全保存原作的风味，那就算得入'化境'。17世纪一个英国人赞美这种造诣高的翻译，比为原作的'转世投胎'（the transmigration of souls），躯体换了一个，而精魂依然故我。换句话说，译本对原作应该忠实得以至于读起来不像译本，因为作品在原文里决不会读起来像翻译出的东西。"③ "译事之信，当包达、雅；达正以尽信，而雅非为饰达。依义旨以传，而能如风格以出，斯之谓信。……雅之非润色加藻，识者犹多；信之必得意忘言，则解人难索。译文达而不信者有之矣，未有不达而能信者也。"④ 当代翻译家许景渊对此评论说："钱先生论严复的'信、达、雅'之说时，讲了一句话：'信必得忘言'。这句话古今中外从来没有人讲过。此言既出，翻译理论方面的矛盾全部解决了。……钱先生还有一句话：'本有非失不可者，此本不失便不成翻译。'他的观点很明白：'言'与'意'不能统一，翻译要将意思翻出来，必须摆脱语言文字的束缚。"⑤

---

① 钱钟书：《管锥编》，中华书局1986年版，第80—83页。
② 同上书，第37—41页。其他论及比喻二柄多边之处如，第77、112、246、272、340、367、397、415、442、511、548、924—926、1060、1082、1257、1396页，第五册第70、75、132、153页。
③ 钱钟书：《林纾的翻译》，载《七缀集》，上海古籍出版社1994年版，第79—80页。
④ 钱钟书：《管锥编》，中华书局1986年版，第1101页。
⑤ 沉冰：《琐忆钱钟书先生——许景渊先生访谈录》，载沉冰《不一样的记忆——与钱钟书在一起》，当代世界出版社1999年版，第7页。

因为考订只占《管锥编》《谈艺录》等著作内容中较小部分，而"发前人之覆"的创见也不可能太多，所以钱钟书著作中最常见、内容最多的创新方式是"打通而拈出新意"和"以白话小说阐释古诗文之语言或作法"。对"打通而拈出新意"，学界已有太多论述，除钱钟书自己所列举的"阐发古诗文中透露之心理状态，论哲学家文人对语言之不信任，登高而悲之浪漫情绪，词章中写心行之往而返"外，对钱钟书"拈出新意"的许多内容都已经予以总结梳理，本文上节论"熔不同学科于一炉"时也有所涉及。因而这里仅就"以白话小说阐释古诗文之语言或作法"例而证之。

运用象声词"属采附声"是诗歌创作常用手法，钱钟书认为一般的象物之声很容易，而象物之声同时传物之意则难能见巧，据此，《文心雕龙·物色》所举诗例"'灼灼'状桃花之鲜，'依依'尽杨柳之貌，'杲杲'为日出之容，'瀌瀌'拟雨雪之状，'喈喈'逐黄鸟之声，'嘤嘤'学草虫之韵"中，没有区分作为一象声词的"瀌瀌""喈喈""嘤嘤"等与巧言切状、声意相宜的"灼灼""依依"，将两者"混而同之"，因而是"思之未慎尔"。钱钟书举苏轼《大风留金山两日》中"塔上一铃独自语，明日颠风当断渡"为例，认为它"声意参印，铃不仅作响，抑且能'语'：既异于有声无意，如'卢令令'；亦别于中国人只知其出声，外国人方辨其示意，如'替戾冈'；又非只言意而不传声，如'遥听风铃语，兴亡话六朝'"①。

同样是对象声词，钱钟书在论"苏苏与簌簌"时则不讨论其做法，而是探讨其语义："震，'六三：震苏苏；上六：震索索'；《正义》：'畏惧不安之貌'。按是也。虞翻曰：'死而复生曰苏'，姚配中《周易姚氏学》卷二申其说，不可从。《水浒》第三七回宋江与公人听艄公唱湖州歌'老爷生长在江边'云云，'都苏软了'；第四二回宋江逃入玄女庙，躲进神厨，贯华堂本作'身体把不住簌簌地抖'；《杀狗劝夫》第二折孙虫儿唱：'则被这吸里忽剌的朔风儿，那里好笃簌簌避！''苏'、'簌簌'与'苏苏'、'索索'，皆音之转。今吴语道恐战或寒战，尚曰：'嚇苏哉！'或'瑟瑟抖'。"②

上述两例一者论象声词之做法，一者论象声词"苏苏与簌簌"之义，是"以白话小说阐释古诗文之语言或做法"的典型例证。钱钟书《谈艺录》乃"赏析之作"③，而《管锥编》虽然以生命为主题④，但谈文论艺仍然是其主要内容，《钱钟书论学文选》的六卷中有四卷是关于文学创造、赏析和文论的，因而"阐释古诗文之语言或做法"之类的创新在这两部重要论著中可谓是处皆有，数不胜数。在这之中，最大的创新是关于文学观念的创新。钱钟书秉持一种大文学观念，从具体的诠释和鉴赏活动中获得问题意识，从支离琐屑的思想片段出发，将各门学科对象融会贯通，一体通观；这种通化之学将与文学相关的一切内容贯通融会，形成一个整体，一个以文学为中心的场域，

---

① 钱钟书：《管锥编》，中华书局1986年版，第116—117页。
② 同上书，第31—32页。
③ 钱钟书：《谈艺录》，中华书局1984年版，"序"。
④ 何明星：《〈管锥编〉的生命主题》，《湖北大学学报》2010年第4期。

中国传统"大文学"研究所具有的将文学生命与文化情态沟通起来、分合相参、内外互证的特征,在这里体现得淋漓尽致。①

钱钟书文学批评话语的特色对当前中国文论建设具有很强的典范性。他在文学批评中所体现的世界眼光、自主意识和创新精神等特征使得他的文论话语既融会中外,吸收人类文化和文论的一切优秀遗产,又贯通古今,在对古代传统文化和文论思想的活用中赋予它们以新生命,把对文学的认知建立在对具体文学现象的鉴赏、比较之中,使其文论话语形成了一种大象无形、大音希声、理一分殊的独特品质。朱立元在思考21世纪中国文论向何处去时曾展望说:"立足于我国现当代已形成的文论新传统的基点上,以开放的心胸,一手向国外,一手向古代,努力吸收人类文化和文论的一切优秀成果,进行创造性的融合和发展,逐步建立起多元、丰富的适合于说明中国和世界文学艺术发展新现实的,既具有当代性,又具有中国特色的文艺理论开放体系。"② 钱钟书的文学批评话语无疑是这一理想的最佳现实例证。

---

① 何明星:《钱钟书的"连类"》,《文艺研究》2010年第8期。
② 朱立元:《走自己的路——对于迈向21世纪的中国文论建设问题的思考》,《文学评论》2000年第3期。

袁可嘉的诗论与中国诗潮

廖四平[①] 张 倩

(北京第二外国语学院 北京 100024)

摘 要：袁可嘉的诗论即关于新诗现代化的理论，主要包括诗的本体论、有机综合论、诗的艺术转化论、诗的戏剧化论、戏剧主义论等内容；它虽然主要是在西方诗潮——诗论、诗歌及相关因素——的影响下产生的，但也明显地受到了中国诗潮的影响。

关键词：袁可嘉；诗论；中国诗潮；影响

袁可嘉（1921—2008）从 1946 年冬到 1948 年底，先后在《大公报·星期文艺》《经世日报·文艺周刊》《文学杂志》等刊物上发表了二三十篇诗论；新中国成立后，又在《文学评论》等刊物上发表了一些诗论，虽然其中的《托·史·艾略特——美英帝国主义的御用文阀》《略论英美现代派诗歌》等与之前的相关诗论有不一致之处，如在评价诗歌时往往较多地关注作品的现实意义和价值，对艾略特不再一味地褒扬……但总的来说，两者基本上一致，即都指向新诗现代化，也就是说，袁可嘉的诗论即关于新诗现代化的理论。

何谓"新诗现代化"？所谓"新诗'现代化'并不与新诗'西洋化'同义：新诗一开始就接受西洋诗的影响，使它现代化的要求更与我们研习现代西洋诗及现代西洋文学批评有密切关系，我们却绝无理由把'现代化'与'西洋化'混而为一。从最表面的意义说，'现代化'指时间上的成长，'西洋化'指空间上的变易；新诗之不必或不可能'西洋化'正如这个空间不是也不可能变为那个空间，而新诗之可以或必须现代化正如一件有机生长的事物已接近某一蜕变的自然程序，是向前发展而非连根拔起"[②]；"这种'现代化'的实质，说得简单一点，无非是两条。第一，在思想倾向上，既坚持反映重大社会问题的主张，又保留抒写个人心绪的自由，而且力求个人感受与大众心志相沟通，强调社会性与个人性、反映论与表现论的有机统一；这就使我们与西方现

[①] 廖四平，北京第二外国语学院，教授、博士。
[②] 袁可嘉：《新诗戏剧化》，《论新诗现代化》，生活·读书·新知三联书店 1988 年版，第 21 页。

代派和旧式学院派有区别,与单纯强调社会功能的流派也有区别。第二,在诗艺上,要求发挥形象思维的特点,追求知性和感性的融合,注重象征和联想,让幻想与现实交织渗透,强调继承与创新,民族传统与外来影响的结合,这又与诗艺上墨守成规或机械模仿西方现代派有区别。"[1]

袁可嘉关于新诗现代化的理论主要包括诗的本体论、有机综合论、艺术转化论、戏剧化论[2]、戏剧主义论等内容,它虽然主要是在西方诗潮——诗论、诗歌及相关因素——的影响下产生的,但也明显地受到了中国诗潮的影响。

一 袁可嘉的诗论与中国现代诗潮的影响

袁可嘉"首先关注的不是'文化的引进与模仿',而是如何对当下创作现象的理解和分析,是新的文学的现象激发起了理论家的思考的兴趣和解释的冲动","支撑他探讨'现代'的基础却是中国诗歌自己发生的区别于传统形态的种种现象"[3],也就是说,袁可嘉的诗论虽然也属于中国现代诗潮的范畴,但也受到中国现代其他诗潮的影响。

(一)"新诗现代化"的观念与中国现代诗潮的影响

20世纪"四十年代以来出现了一种'现代化'的新诗"[4],它"代表新的感性的崛起"[5];而这种"感性革命的萌芽"在戴望舒、冯至、卞之琳、艾青等的作品中已经出现过[6],穆旦等则在其诗歌中将之推向了成熟——"穆旦底诗分量沉重,情理交缠而挣扎着想克服对方,意象突出,节奏突兀而多变,不重氛围而求强烈的集中,即是现代化了的诗"[7]。

同时,"新诗现代化"既是新诗和中国现代诗论的核心问题之一,也是20世纪40年代中后期中国诗论界的一个热点问题——朱自清、唐湜等均论及过,如朱自清认为:"我们现在在抗战,同时也在建国;建国的主要目的是现代化……我们需要促进中国现代化的诗。有了歌咏现代化的诗,便表示我们一般生活也在现代化;那么,现代化才是一个谐和,才可加速的进展。另一方面,我们也需要中国诗的现代化,新诗的现代化;这将使新诗更富厚些。"[8] 朱自清以杜运燮的《滇缅公路》一诗作为他阐述"新诗

---

[1] 袁可嘉:《半个世纪的脚印·序》,《半个世纪的脚印》,人民文学出版社1994年版,第2页。
[2] 参见袁可嘉《欧美现代派文学概论》,上海文艺出版社1993年版,第95页;另参见常文昌《中国现代诗歌理论批评史》第十六章,人民文学出版社2004年版。
[3] 李怡:《"新诗现代化"及其中国意义——重温袁可嘉的"新诗现代化"思想》,《文学评论》2011年第5期。
[4] 袁可嘉:《新诗现代化——新传统的寻求》,《论新诗现代化》,生活·读书·新知三联书店1988年版,第3页。
[5] 袁可嘉:《新诗现代化的再分析——技术诸平面的透视》,《论新诗现代化》,生活·读书·新知三联书店1988年版,第10页。
[6] 参见袁可嘉《新诗现代化——新传统的寻求》,《论新诗现代化》,生活·读书·新知三联书店1988年版,第4页。
[7] 袁可嘉:《诗与民主——五论新诗现代化》,《论新诗现代化》,生活·读书·新知三联书店1988年版,第48页。
[8] 朱自清:《诗与建国》,《朱自清全集·第2卷》,江苏教育出版社1996年版,第51页。

'现代化'"理论的依据。唐湜认为：在当时的诗坛上存在着"一个诗的现代化运动"，即穆旦、杜运燮、绿原等参与的诗歌运动——穆旦、杜运燮等为"自觉的现代主义者"，绿原等为"不自觉的现代主义者"[1]。

袁可嘉是朱自清、卞之琳、冯至的学生，与戴望舒、艾青为具有相同或相似的诗歌追求的诗人，与穆旦、杜运燮、唐湜、绿原等为诗友，因而不可避免地受其影响——他曾坦言自己受到过卞之琳、冯至等的影响："1942年是很重要的一年，我的兴趣从浪漫派文学转向了现代派文学……我先后读到卞之琳的《十年诗草》和冯至的《十四行集》，很受震动，惊喜地发现诗是可以有另外不同的写法的。"[2]

由此可见，袁可嘉关于"新诗现代化"的观念及其产生显然受到了新诗"现代化"的实践及理论的影响。

(二) 诗的本体论与中国现代诗潮的影响

"诗的本体论"即关于诗的"本体"的理论，主要论及了诗与非诗、语言、感伤、晦涩等问题，明显地受到了中国现代诗潮的影响：

1. 关于"诗与非诗"

袁可嘉认为："诗歌作为艺术也自有其特定的要求"[3]，"绝对承认诗有各种不同的诗，有其不同的价值与意义，但绝对否认好诗坏诗，是诗非诗的不可分"[4]，即诗应该不含任何"非诗"成分——应该是"纯粹诗歌"，亦即"纯诗"。

在新诗及中国现代诗论发展史上，不少人都论及过"纯诗"或与之相关的问题，如闻一多曾阐述过新诗的音乐美、绘画美、建筑美的问题，并明确地指出："艺术最高的目的，是要达到'纯形'pure form 的境地。"[5] 穆木天提出："我们的要求是'纯粹诗歌'。我们的要求是诗与散文的纯粹分界。我们要求是'诗的世界'。"[6] 王独清认为，"要治中国现在文坛审美薄弱和创作粗糙的毛病"，"有倡 Poesie Pure 的必要"，并认同穆木天的"纯粹诗歌"，称穆木天所主张的"'诗的统一性'和'诗的持续性'"，"只有 Poesie pure 才可以表现充足"[7]。戴望舒认为"自由诗是不乞援于一般意义的音乐的纯诗"，"韵律诗则是一般意义的音乐成分和诗的成分并重的混合体"[8]。朱光潜认为："诗是具有音律的纯文学。"[9] 梁宗岱认为："所谓纯诗，便是摒除一切客观的写景，叙事，说理以至感伤的情调，而纯粹凭借那构成它底形体的元素——音乐和色彩——产生一

---

[1] 唐湜：《诗的新生代》，《新意度集》，生活·读书·新知三联书店1990年版，第21页。
[2] 《袁可嘉自传》，《半个世纪的脚印——袁可嘉诗文选》，第573—574页。
[3] 袁可嘉：《新诗现代化——新传统的寻求》，《论新诗现代化》，生活·读书·新知三联书店1988年版，第5页。
[4] 同上书，第7页。
[5] 闻一多：《戏剧的歧途》，《闻一多全集》第三册，生活·读书·新知三联书店1982年版，第438页。
[6] 穆木天：《谭诗——寄沫若的一封信》，《中国现代诗论·上编》，花城出版社1985年版，第94页。
[7] 王独清：《再谭诗——寄给木天、伯奇》，《中国现代诗论·上编》，花城出版社1985年版，第106—109页。
[8] 戴望舒：《谈林庚的诗见和"四行诗"》，《戴望舒全编》，浙江文艺出版社1989年版，第695页。
[9] 朱光潜：《诗与散文》，《朱光潜全集·3》，安徽教育出版社1987年版，第112页。

种符咒似的暗示力，以唤起我们感官与想象底感应，而超度我们的灵魂到神游物表的光明极乐的境域。像音乐一样，它自己成为一个绝对独立，绝对自由，比现世更纯粹，更不朽的宇宙；它本身的音韵和色彩底密切混合便是它底固有的存在理由。"① 沈从文认为："诗必须是诗，征服读者不在强迫而近于自然皈依。诗可以为'民主'、为'社会主义'或任何高尚人生理想做宣传，但是否一首好诗，还在那个作品本身……"②

袁可嘉与闻一多等"同处"现代诗坛，他关于"诗与非诗"的观点产生于闻一多等人相关观点之后且与之颇为一致，因此，它虽然有其产生的特定"背景"，但也应该是受到了闻一多等人相关观点的影响的。

2. 关于"语言"

袁可嘉认为，诗歌"在艺术媒介的应用上，绝对肯定日常语言，会话节奏的可用性但绝对否定日前流行的庸俗浮浅曲解原意的'散文化'"③，不能"对于民间语言，日常语言，及'散文化'的无选择的、无条件的崇拜"④。

新诗在其发轫期便重视运用日常语言：20世纪三四十年代，时代要求诗歌以明朗的风格反映更广阔的生活、接近更多的读者以更充分有效地发挥其宣传效用，新诗便更重视对日常语言的运用。于是，袁可嘉便认为"绝对肯定日常语言，会话节奏的可用性"。但新诗自发轫期始便一直存在着过分"日常语言"化、"散文化"的倾向，因此，袁可嘉便又明确地表示绝对否定"庸俗浮浅曲解原意的'散文化'"。

3. 关于"感伤"

感伤是诗的一种风格。袁可嘉认为："在目前我们所读到的多数诗作，大致不出二大类型：一类是说明自己强烈的意志或信仰……另一类是表现自己某一种狂热的感情……新诗的毛病表现为平行的二种，说明意志的最后都成为说教的，表现情感的则沦为感伤的。"⑤ 感伤有两种：情绪感伤和政治感伤。情绪感伤是"一种直线倾泻而未能节制内敛的情绪反应"⑥。政治感伤"有意无意地不顾诗中有机特性而仅仅说出了一些观念"⑦。

袁可嘉的这些观点一方面是针对自己"所读到的多数诗作"而提出的，另一方面是受到了一些现代诗人诗学观或创作实践的影响：

20世纪20年代，闻一多、梁实秋等曾批判过新诗中的伪浪漫主义或感伤主义倾

---

① 梁宗岱：《谈诗》，《诗与真·诗与真二集》，外国文学出版社1984年版，第95页。
② 沈从文：《新废邮存底·十七》，《沈从文文集：第12卷》，花城出版社、三联书店香港分店1984年版，第51页。
③ 袁可嘉：《新诗现代化——新传统的寻求》，《论新诗现代化》，生活·读书·新知三联书店1988年版，第6页。
④ 袁可嘉：《对于诗的迷信》，《论新诗现代化》，生活·读书·新知三联书店1988年版，第66页。
⑤ 袁可嘉：《新诗戏剧化》，《论新诗现代化》，生活·读书·新知三联书店1988年版，第23—29页。
⑥ 张松建：《文下之文，书中之书：重识袁可嘉"新诗现代化"论述》，《袁可嘉诗歌创作与诗歌理论研讨会论文集》，首都师范大学中国诗歌研究中心，第148页。
⑦ 袁可嘉：《诗与主题》，《论新诗现代化》，生活·读书·新知三联书店1988年版，第78页。

向；30年代，在诗歌创作中，施蛰存注重运用意象、戴望舒注重运用象征、卞之琳注重诗的非个人化倾向和戏剧化处境的营构……都明显地带有反"情绪感伤"的性质。袁可嘉与闻一多等"步调"一致，且与他们关系较为密切，如与闻一多、卞之琳为师生关系，与戴望舒的诗学观一致，显然，是应该受到了后者的影响的。

4. 关于"晦涩"

晦涩是诗的另一种风格。袁可嘉认为，"晦涩是现代西洋诗核心性质之一"①，现代诗的晦涩源于"现代诗人所处的厄境"或"传统价值的解体"或"现代诗人的一种偏爱：想从奇异的复杂获得奇异的丰富"……它的存在，"一方面有它社会的，时代的意义，一方面也确有特殊的艺术价值"②。

袁可嘉的这些观点与新诗发展历程中的"晦涩"现象及有关诗人、诗论家的观点不无关系——20世纪20年代，穆木天、王独清明确地把"朦胧"作为诗创作的自觉追求，认为"诗是最忌说明，诗人也是最忌求人了解"③，应该表现那种"在人们神经上振动的可见而不可见可感而不可感的旋律的波，浓雾中若听见若听不见的远远的声音，夕暮里若飘动若不动的淡淡光线，若讲出若讲不出的情肠……"的"诗的世界"④，他们所说的"朦胧"实际上是"晦涩"的一种；30年代，诗坛上崛起了一种"主智"的诗，如冯至、卞之琳的诗，这种诗"以智为主脑""追求智慧的凝聚""以不使人动情而使人深思为特点"，因此，"必然是所谓难懂的诗"⑤，难懂亦即晦涩的一种……这些实际上都是袁可嘉关于"晦涩"的观点产生的"背景"。

（三）有机综合论与中国现代诗潮的影响

"有机综合论"即关于新诗要做到"现实、象征、玄学的综合"的理论，它主要在以下几个方面受到了中国现代诗潮的影响：

1. 关于"现实"的观点

袁可嘉认为，"现实表现于对当前世界人生的紧密把握"⑥，"既包括政治和社会生活中的重大题材，也包括生活在具体现实中人们的思想感情的大小波澜"⑦，即既包括"外在的现实"，又包括"内在的现实"⑧。

在现代诗坛上，现实主义诗潮强调对当前世界人生的紧密把握和反映"外在的现实"，浪漫主义和现代主义诗潮强调表现"生活在具体现实中人们的思想感情的大小波

---

① 袁可嘉：《新诗戏剧化》，《论新诗现代化》，生活·读书·新知三联书店1988年版，第22页。
② 参见袁可嘉《诗与晦涩》，《论新诗现代化》，生活·读书·新知三联书店1988年版，第100页。
③ 王独清：《再谭诗——寄给木天、伯奇》，《中国现代诗论·上编》，花城出版社1985年版，第106页。
④ 穆木天：《谭诗——寄沫若的一封信》，《中国现代诗论·上编》，花城出版社1985年版，第98页。
⑤ 金克木（柯可）：《论中国新诗的新途径》，《中国现代诗论·上编》，花城出版社1985年版，第262页。
⑥ 袁可嘉：《新诗现代化——新传统的寻求》，《论新诗现代化》，生活·读书·新知三联书店1988年版，第7页。
⑦ 袁可嘉：《九叶集·序》，辛笛、袁可嘉等：《九叶集》，作家出版社2000年版，第2页。
⑧ 参见袁可嘉《诗与民主——五论新诗现代化》，《论新诗现代化》，生活·读书·新知三联书店1988年版，第44页。

澜"和"内在的现实";袁可嘉为现代诗坛的"个中人",其关于"现实"的观点的产生显然应该与此密切相关。

2. 关于"象征"的观点

袁可嘉认为,"象征表现于暗示含蓄"①,其要点"在通过诗的媒剂的各种弹性(文字的音乐性,意象的扩展性,想象的联想性等)造成一种可望而不可即的不定状态(Indefiniteness),从不定产生饱满,弥漫,无穷与丰富;它从间接的启发着手,终止于诗境的无限伸展"②。

袁可嘉的这些观点与李金发、周作人、闻一多、梁宗岱、穆木天、王独清等的相关观点③颇为一致;同时,也与新诗的直白、浅陋等倾向"针锋相对",显然,它的产生是受到了诗坛的这些"现实存在"的影响的。

3. 关于"玄学"的观点

袁可嘉认为,"玄学则表现于敏感多思、感情、意志的强烈结合及机智的不时流露","玄学、象征及现代诗人""十分厌恶浪漫派意象比喻的空洞含糊"④。

虽然袁可嘉所说"玄学"这一概念与当时的中国诗坛现实无干,但这一概念的具体内涵是直接针对当时的中国诗坛的浮躁之风盛行、情绪感伤和政治感伤泛滥、意象比喻的空洞含糊等"现实"而产生的。

4. 关于"包含的诗"的观点

袁可嘉认为,"诗是许多不同的张力(tensions)在最终消和溶解所得的模式(pattern)"⑤,具有"包含性",新诗现代化就是要使新诗成为一种"包含的诗";"'包含性'是袁可嘉诗论的核心词……在不同场合,'包含性'与'复杂性''辨证性''有机性''戏剧性'这些词汇在意指上可互为界说"⑥。

袁可嘉的这些观点主要是针对中国现代诗坛上"排斥的诗"而提出的。"排斥的诗"主要有两类诗:其一是为具体的(以艺术为政争工具)目的服役的诗歌,如现实主义诗歌中的部分左翼诗歌、抗战诗歌;其二是为虚幻的(如艺术为艺术)目的服役的诗歌,如李金发等的受以法国象征主义为首的欧陆现代主义诗歌及诗学影响的部分诗歌;它们实际上都排斥现实、矛盾和冲突。对此,袁可嘉一方面批判,另一方面则提出了"包含的诗"的观点。

5. 关于"民主的诗"的观点

袁可嘉认为,"民主文化是现代的文化,民主的诗也必须是现代的诗……我们所要

---

① 袁可嘉:《新诗现代化——新传统的寻求》,《论新诗现代化》,生活·读书·新知三联书店1988年版,第7页。
② 袁可嘉:《现代英诗的特质》,《文学杂志》1948年第2卷第12期。
③ 参见廖四平《中国现代诗论十四家》,中国文联出版社2004年版。
④ 袁可嘉:《新诗现代化再分析》,《论新诗现代化》,生活·读书·新知三联书店1988年版,第18页。
⑤ 袁可嘉:《对于诗的迷信》,《论新诗现代化》,生活·读书·新知三联书店1988年版,第66页。
⑥ 臧棣:《40年代中国诗歌批评的一次现代主义总结》,《文艺理论研究》1997年第4期。

达到的最后目标是包括民主政治的现代民主文化，我们所要争取的诗也必然是现代化的民主的诗"[1]。袁可嘉的这些观点实际上是对当时现实问题的回应——在当时，人们常常"将民主只看作是狭隘的一种政治制度，而非全面的一种文化模式或内在的一种意识状态；将诗只看作是推动政治运动的工具而非创造民主文化和认识的有机部分"，"一方面要求政治上的现代化、民主化，一方面在文学上坚持原始化，不民主化"[2]，袁可嘉"关于现代诗歌的'民主'内涵、'人民'价值的论述……直接代表了诗家对中国'现代'问题的关注与回应"[3]。

（四）诗的艺术转化论与中国现代诗潮的影响

"诗的艺术转化论"即关于诗的"生成"的理论，主要论及了政治与诗、现实与诗、经验与诗、最大量意识状态、人本位或生命本位、文学本位或艺术本位、人的文学、人民的文学等问题，明显地受到了中国现代诗潮的影响。

1. 关于"政治与诗""现实与诗"等

袁可嘉认为：现代人生"与现代政治如此变态地密切相关，今日诗作者如果还有摆脱任何政治生活影响的意念，则他不仅自陷于池鱼离水的虚幻祈求，及遭到一旦实现后必随之来的窒息的威胁，且实无异于缩小自己的感性半径，减少生活的意义，降低生命的价值"[4]；但是，文学中的"政治文学"部分"不能代替文学全体"，"即使承认文学是政治斗争的工具，这种工具既隶属艺术的范畴，自必通过艺术才能达到作为工具的目的"，因此，"在不歧视政治的作用下我们必须坚持文学的立场，艺术的立场"[5]，"绝对肯定诗与政治的平行密切联系，但绝对否定二者之间有任何从属关系……绝对肯定诗应包含、应解释、应反映的人生现实性，但同样地绝对肯定诗作为艺术时必须被尊重的诗底实质"[6]。

在 20 世纪 40 年代的中国，民族矛盾、阶级矛盾先后成为社会的主要矛盾，现实生活严峻，逼迫着人们直视；政治则作为一种强势的意识形态，在社会生活中具有笼罩性的影响力；诗人们基于一种社会责任感，或一种更为深沉的民族忧患意识或生存意识，强调要关注现实与政治，如萧望卿的《诗与现实》[7]、魏蝉的《诗与现实——评

---

[1] 袁可嘉：《诗与民主——五论新诗现代化》，《论新诗现代化》，生活·读书·新知三联书店 1988 年版，第 50 页。

[2] 同上书，第 40—43 页。

[3] 李怡：《"新诗现代化"及其中国意义——重温袁可嘉的"新诗现代化"思想》，《文学评论》2011 年第 5 期。

[4] 袁可嘉：《新诗现代化——新传统的寻求》，《论新诗现代化》，生活·读书·新知三联书店 1988 年版，第 4—5 页。

[5] 袁可嘉：《"人的文学"与"人民的文学"》，《论新诗现代化》，生活·读书·新知三联书店 1988 年版，第 118—124 页。

[6] 袁可嘉：《新诗现代化——新传统的寻求》，《论新诗现代化》，生活·读书·新知三联书店 1988 年版，第 4—5 页。

[7] 萧望卿：《诗与现实》，《新生报·语言与文学》1947 年第 13 期。

何其芳的诗集〈预言〉》①、劳辛的《诗的生活与生活的诗》②、闻家驷的《诗与政治》③等文的标题即明示了这一点,方敬则说:"我意识到追求现实的意义,也明白个人的声音不过是全体当中极渺小的一份,而应该与其合致,增强其力量与声响。"④冯至说:"诗是时代的声音,同时也是求生意志的表现;诗人写出他的诗句,不只是证明他没有死,还要表示他要合理地去生活。"⑤陈敬容说:"现代的诗(以及一切艺术作品),首先得要扎根在现实里,但又要不给现实绑住。"⑥在《诗创造》创刊时,臧克家主张"刊物一定要搞现实主义"⑦。有些曾致力于象征主义诗艺的诗人,如穆木天和何其芳转向现实主义,卞之琳写出了《慰劳信集》,戴望舒写出了《我的记忆》和《元旦祝福》等现实性较强的诗作……同时,袁可嘉也"意识到来自中国现代主义诗歌内部的逃避现实的倾向,危害着40年代人们对另一种面貌全新的现代主义的接受和认同,所以他竭力反对以往将'诗监禁在象牙之塔里'……的做法,并力图破除人们已经习惯的那种将现代主义与逃避现实拴在一起的观念"⑧。

由此可见,袁可嘉关于"政治与诗""现实与诗"等的观点显然是受到了当时的政治、现实及诗人们关于政治、现实的观点的影响。

2. 关于"经验与诗"

袁可嘉认为,"诗是经验的传达而非单纯的热情的宣泄"⑨,但"在生活里有生活经验与诗经验"⑩,诗的经验"来自实际生活经验,但并不等于,也并不止于生活经验;二种经验中间必然有一个转化或消化的过程"⑪,新诗"多数失败的原因——不在出发的起点……也不在终点……而在把意志或情感化作诗经验的过程"⑫。

袁可嘉的这些观点明显地受到了中国现代诗潮的影响:

首先,袁可嘉的这些观点是针对新诗的"说教""感伤"等毛病及相关诗学观而提出的——新诗短短一二十年的历史,"无形中却已经有了两个传统:就是说,两个极端。一个尽唱的是'梦呀,玫瑰呀,眼泪呀',一个尽吼的是'愤怒呀,热血呀,光明

---

① 魏蝉:《诗与现实——评何其芳的诗集〈预言〉》,《国民新报·人间世》1947年12月17日。
② 劳辛:《诗的生活与生活的诗》,《益世报·诗与文》1948年第36期。
③ 闻家驷:《诗与政治》,《益世报·诗与文》1948年第38期。
④ 参见方敬《序言》,《声音》(诗集),桂林大地图书公司1943年版。
⑤ 冯至:《从先和现在》,北平《北大半月刊》1948年第4期。
⑥ 默弓(陈敬容):《真诚的声音——略论郑敏、穆旦、杜运燮》,《诗创造》1948年第12期;转引自陈旭光《永远的"哈姆莱特"——类中国现代知识分子的矛盾心态》,《海南师范学院学报》(社会科学版)2003年第2期。
⑦ 林宏、郝天航:《关于星群出版社与〈诗创造〉的始末》,《新文学史料》1991年8月。
⑧ 臧棣:《40年代中国诗歌批评的一次现代主义总结》,《文艺理论研究》1997年第4期。
⑨ 袁可嘉:《诗与民主——五论新诗现代化》,《论新诗现代化》,生活·读书·新知三联书店1988年版,第47页。
⑩ 袁可嘉:《对于诗的迷信》,《论新诗现代化》,生活·读书·新知三联书店1988年版,第67页。
⑪ 袁可嘉:《批评漫步——并论诗与生活》,《论新诗现代化》,生活·读书·新知三联书店1988年版,第160页。
⑫ 袁可嘉:《新诗戏剧化》,《论新诗现代化》,生活·读书·新知三联书店1988年版,第24页。

呀'，结果是前者走出了人生，后者走出了艺术，把它应有的将人生和艺术综合交错起来的神圣任务，反倒搁置一旁"①。一些理论家更是推波助澜，如许洁泯认为："与其读一百首意境朦胧的东西，还不如聆一篇感人肺腑的叫喊。"② 阿垅甚至以《我们今天需要政治内容，不是技巧》为题作文……

其次，20世纪20年代的穆木天、王独清、梁宗岱等的纯诗理论及其实践，30年代的以戴望舒代表的现代派诗论及其实践，40年代的袁可嘉的九叶诗友的诗歌观念和实践，或为其产生的触媒，或为其实证材料，即直接影响了其产生。

最后，受到了其他现代诗人的诗学观的影响，如路易斯认为："在本质上，新诗之新，依然是其情绪的新。它应该是'道前人之所未道，步前人之所未步'的……我们生于现代，我们有所体验，而我们的经验不同于前一二个世纪的，我们的诗，连同我们的文学、艺术、文化一般，自然也有我们这一时代的特色。"③

3. 关于"最大量意识状态"

袁可嘉认为，"新诗现代化的要求完全植根于现代人最大量意识状态的心理认识"④，"能调和最大量，最优秀的冲动的心神状态必是人生最可贵的境界了。这就是他们所谓的'最大量意识状态'"⑤。

在20世纪20年代至30年代的中国现代主义诗歌运动中，不少人认为现代诗与现代人的心理意识密切相关，因此，诗人应着力表现现代人的内心感受，如施蛰存认为"现代的诗"所表达的"是现代人在现代生活中所感受的现代情绪"⑥，苏汶认为"一个人在梦里泄漏自己的潜意识，而在诗作里泄漏隐秘的灵魂"⑦；施蛰存、苏汶等的观点实际上均受到了20世纪二三十年代出现在学界的象征主义、直觉主义、弗洛伊德主义的影响，同时也在当时的诗坛上产生了影响并延续到40年代。

袁可嘉与施蛰存等均"钟情"于"现代派"，其关于"最大量意识状态"的观点与后者的观点颇为一致，显然是应该受到了后者的影响的。

4. 关于"人本位或生命本位""文学本位或艺术本位"及"人的文学""人民的文学"等

20世纪40年代，中国诗坛主要有两种强势的诗学：西化色彩浓重的现代主义诗学

---

① 默弓（陈敬容）：《真诚的声音——略论郑敏、穆旦、杜运燮》，《诗创造》1948年第12期；转引自孙玉石《中国现代主义诗潮史论》，第326页。

② 许洁泯：《勇于面对现实》，《诗创造》第2辑；转引自张岩泉《诗人的聚合与诗坛的分化——40年代与九叶诗派有关的三次论辩述评》，《湖北三峡学院学报》2000年第3期。

③ 路易斯：《新诗之诸问题（中）》，上海《语林》1945年第1卷第2期。

④ 袁可嘉：《新诗现代化再分析》，《论新诗现代化》，生活·读书·新知三联书店1988年版，第10—19页。

⑤ 袁可嘉：《谈戏剧主义——四论新诗现代化》，《论新诗现代化》，生活·读书·新知三联书店1988年版，第32页。

⑥ 施蛰存：《又关于本刊中的诗》，王锺陵：《二十世纪中国文学史文论精华·新诗卷》，河北教育出版社2000年版，第128页。

⑦ 苏汶：《〈望舒草〉序》，《新诗集序跋选》，湖南文艺出版社1986年版，第237页。

和意识形态色彩浓重的现实主义诗学:前者早在 20 世纪 20 年代就出现了——它是在意象主义、表现主义、象征主义、未来主义的多元影响下出现的;到 20 世纪 40 年代,随着九叶诗人群的出现而日炽。后者也早在 20 世纪 20 年代就出现了,如以文学研究会为中心形成的人生派诗论;20 世纪 30 年代有了进一步的发展,如中国诗歌会的诗论;到 20 世纪 40 年代,随着七月诗派的诗歌及诗论的出现而日炽。

对前者,袁可嘉虽然坚定地相信它"要优于现实主义"①,但又"依据中国现代诗人的处境和所面临的问题,对现代主义诗学进行必要的修正",以"建立一种与现实主义诗学体系的对话基础……表明中国现代主义诗学并不排斥现实主义所萦萦系怀的诗歌问题"②——他参照的奥登和艾略特的现代主义诗艺都"浸透有对现实的强烈关注"③,并"剔除了象征主义轻视现实的诗歌因素及其神秘主义色彩"④,认为"在服役于人民的原则下我们必须坚持人的立场、生命的立场;在不歧视政治的作用下必须坚持文学的立场,艺术的立场"。⑤

对后者,袁可嘉一方面认同其"确凿结论",另一方面"以相当篇幅就这些问题重新展开讨论,提供了一种现代主义的理解"⑥,认为"人的文学""坚持人本位或生命本位","坚持文学本位或艺术本位",而"人民的文学"则"坚持人民本位或阶级本位","坚持工具本位或宣传本位(或斗争本位)",一方面,"人的文学"包含"人民的文学";另一方面,"人民的文学"是"人的文学"的一个发展。⑦他的这种"折中调和"是"出自于他对无穷的历史变化和现实的复杂矛盾的一种积极的回应"⑧。

(五)诗的戏剧化论与中国现代诗潮的影响

"诗的戏剧化论"即关于诗创作要借用戏剧创作的方法、诗要吸收戏剧的元素的理论。

袁可嘉认为:"人生经验的本身是戏剧的(即是充满从矛盾求统一的辩证性的),诗动力的想象也有综合矛盾因素的能力,而诗的语言又有象征性、行动性,那么所谓诗岂不是彻头彻尾的戏剧行为吗?……诗所起用的素材是戏剧的,诗的动力是戏剧的,而诗的媒介又如此富有戏剧性,那么诗作形成后的模式岂能不是戏剧的吗?"⑨新诗戏剧化有三个方向:一是里尔克式的,即"努力探索自己的内心,而把思想感觉的波动

---

① 臧棣:《40 年代中国诗歌批评的一次现代主义总结》,《文艺理论研究》1997 年第 4 期。
② 同上。
③ 同上。
④ 同上。
⑤ 袁可嘉:《"人的文学"与"人民的文学"——从分析比较寻修正,求和谐》,《论新诗现代化》,生活·读书·新知三联书店 1988 年版,第 124 页。
⑥ 臧棣:《40 年代中国诗歌批评的一次现代主义总结》,《文艺理论研究》1997 年第 4 期。
⑦ 袁可嘉:《"人的文学"与"人民的文学"》,《论新诗现代化》,生活·读书·新知三联书店 1988 年版,第 112—124 页。
⑧ 张松建:《现代诗的再出发》,北京大学出版社 2009 年版,第 176 页。
⑨ 袁可嘉:《谈戏剧主义——四论新诗现代化》,《论新诗现代化》,生活·读书·新知三联书店 1988 年版,第 34 页。

借对于客观事物的精神的认识而得到表现"。二是奥登式的,即"通过心理的了解把诗作的对象搬上纸面,利用诗人的机智、聪明及运用文字的特殊才能把他们写得栩栩如生"。三是写诗剧,"现代诗的主潮是追求一个现实、象征、玄学的综合传统,而诗剧正配合这个要求"①。

在新诗史上,朱自清、徐志摩、闻一多、卞之琳等曾在其诗歌中运用戏剧性情节、场景、对话等以节制初期新诗散漫无形和过分直接的抒情方式,如在20世纪20年代,朱自清的《小舱中的现代》,徐志摩的《海韵》《先生!先生!》,闻一多的《西岸》《李白之死》等都运用了对话。30年代,卞之琳写抒情诗倾向于"'戏剧性处境',也可以说倾向于小说化,典型化,非个人化,甚至偶尔出现了戏拟(parody)"②,"常通过西方的'戏剧性处境'而作'戏剧性台词'"③。40年代,闻一多主张"在一个小说戏剧的时代,诗得尽量采取小说戏剧的态度,利用小说戏剧的技巧,才能获得广大的读众","要把诗做得不像诗了。也对。说得更确点,不像诗,而像小说戏剧,至少让它多像点小说戏剧,少像点诗。太多'诗'的诗,和所谓'纯诗'者,将来恐怕只能以一种类似解嘲与抱歉的姿态,为极少数人存在着……这是新诗之所为'新'的第一也是最主要的理由"④。新诗也有与戏剧化的三个方向相对应的案例:"里尔克式"的——辛笛的《弦梦》,陈敬容的《力的前奏》,郑敏的《怅怅》《金黄的稻束》,穆旦的《海恋》《诗八首》《退伍》等,"奥登式"的——杜运燮的《一个有名字的兵》《追物价的人》,杭约赫的《严肃的游戏》《最后的演出》,袁可嘉的《上海》《南京》等;"写诗剧"——穆旦的《神魔之争》《森林之魅》等。袁可嘉为诗坛个中人,又与朱自清等有直接或间接的关系,其"诗的戏剧化论"的产生显然受到了新诗"戏剧化"的实践及理论的影响。

不过,在朱自清等那里,"戏剧化"只是作为"理性节制情感"⑤的审美原则下的一种具体的写作技巧,而在袁可嘉那里,"戏剧化"则已上升为一个完整的诗歌创作理念。

(六)戏剧主义论与中国现代诗潮的影响

"戏剧主义论"即关于要采用戏剧主义的观点来评论诗的理论,主要论及了批评及其原则、戏剧主义等问题。

"'戏剧主义'是袁可嘉对于自己批评理论的命名"⑥。在袁可嘉看来,"批评是科学,也是艺术",批评要遵守一些原则,如民主的原则——"允许各个人有表达不同意见而彼此争论、辩驳、解释、说服别人的自由","谈批评必先谈民主,因为在没有民

---

① 袁可嘉:《新诗戏剧化》,《论新诗现代化》,生活·读书·新知三联书店1988年版,第26—28页。
② 卞之琳:《自序》,《雕虫纪历》,人民文学出版社1979年版,第3页。
③ 同上书,第15页。
④ 闻一多:《文学的历史动向》,《闻一多全集》第一册,生活·读书·新知三联书店1982年版,第205页。
⑤ 钱理群、温儒敏、王福辉:《中国现代文学三十年》,北京大学出版社1998年版,第129页。
⑥ 蓝棣之:《九叶派诗歌批评理论探源》,《现代诗歌理论:渊源与走势》,第52页。

主的空间里我们一定也见不到真正的批评；谈民主也必先谈批评，因为不批评的民主一定只是假民主"①；"戏剧主义"的标准"是内在的，而不依赖诗篇以外的任何因素"②，"我们的批评对象是严格意义的诗篇的人格而非作者的人格"③。

袁可嘉的这些观点在很大程度上是针对中国当时诗坛或文坛的批评而提出来的，如强调文学批评应该遵守"民主"的原则，这在很大程度上是针对20世纪40年代后期的文学批评而产生的——在当时，基于阶级斗争的政治批判逐渐压倒了基于文学创作的文学批评，文学批评往往偏离文学本身而将重点放在政治定性上。对此，平津地区的一些恪守文学本位的文人予以了积极的反驳，如冯至强调批评与论战的严格区别——他从德文字源上考察批评（Kritik）和论战（Polemik）的区别，认为前者是客观地判别是非真伪，注重作品的价值估量和优点弱点的分辨，后者往往是对所攻击的对象进行主观的否定和对某一种思想进行单纯的拥护或反对；他们主张在文学批评领域建立一个"民主"的空间，批评那种"有些批评家对与自己脾胃不和的作品，不就文论文来指摘作品缺点，而动辄以富有毒素和反动落伍的罪名来抨击摧残"的"不民主"的批评和只准一种作品存在的"独裁"观念④。袁可嘉属平津地区恪守文学本位的文人之一，与其他文人渊源深广，如与沈从文、朱光潜、杨振声、卞之琳、冯至等均有师生关系，且关系至为密切——朱光潜主编的商务版《文学杂志》和沈从文主编的天津《益世报·文学周刊》都是袁可嘉经常发表诗作和评论文章的地方，因此，他的文学批评的"民主"观实际上也像冯至等一样——一是针对"不民主"的文学批评而产生的，二是受到了冯至等人的影响。

二 袁可嘉的诗论与中国古代诗潮的影响

除西方诗潮和中国现代诗潮外，袁可嘉的诗论也受到了中国古代诗潮的影响——虽然袁可嘉曾坦言自己谈"新诗现代化"的文字里"最显著的漏洞，即是至此为止我还不曾明确地指出现代化与传统的关系"⑤，但是，其诗论的建构终究是在中国古代和现代的背景之下进行的，而现代又只不过是古代的延续，因此，它也不可避免地受到了中国古代诗潮的影响。

---

① 袁可嘉：《批评与民主》，《论新诗现代化》，生活·读书·新知三联书店1988年版，第167页。
② 袁可嘉：《谈戏剧主义——四论新诗现代化》，《论新诗现代化》，生活·读书·新知三联书店1988年版，第35—36页。
③ 袁可嘉：《新诗现代化——新传统的寻求》，《论新诗现代化》，生活·读书·新知三联书店1988年版，第6页。
④ 参见冯至《批评与论战》，《中国作家》1948年第1卷第3期。
⑤ 袁可嘉：《谈戏剧主义——四论新诗现代化》，《论新诗现代化》，生活·读书·新知三联书店1988年版，第30页。

(一) 关于"新诗现代化"的观点

在论及"新诗现代化"时,袁可嘉明确地指出,"现代化"是指"时间上的成长","新诗之可以或必须现代化正如一件有机生长的事物已接近某一蜕变的自然程序,是向前发展而非连根拔起"①,显然,在袁可嘉的心目中,新诗及新诗的现代化均不能离开时间,都是处在诗歌发展的时间链条之中,都不可避免地要受到传统的影响;也就是说,关于"新诗现代化"的观点内蕴着传统的影响。

(二) 关于"现实""政治""政治与诗""现实与诗"的观点

在漫长的封建社会里,修身齐家治国平天下一直从灵魂深处支配着中国人,"古代人生"与"古代政治"一直都"变态地密切相关","现代人生"与"现代政治"的"变态地密切相关"实际上可以看作是这一传统的继承和发展而已。

同时,中国古代诗学主张"诗言志""文以载道""文章合为时而著,歌诗合为事而作",认为诗具有"兴观群怨"的功能,强调文学要反映现实人生,而且,在中国文学史上,纯粹艺术性的文学基本上是不存在的,中国古代诗歌(文学)的一些主要表现手法,如"借景抒情""情景交融"等通常是为反映现实服务的。

因此,袁可嘉关于"现实""政治""政治与诗""现实与诗"的观点②是应该受到了中国世代相沿的政治观、现实观及与之相关的文学观的影响的。

(三) 关于"象征"的观点

"象征"是中国文学中最早被使用的手法之一,如《诗经》中不少诗歌都使用过象征;中国古代诗论所说的《诗经》中的比、兴,不少都可以看作是象征,或者说含有象征的因子;《诗经》及后来的许多诗歌或营构了一些物象,如鸟兽草木,或营构了一些事象,如李白的《行路难》所营构的"行路",这些物象或事象随着时间的推移而被符号化,并被赋予特殊的含义,变成了象征物。同时,中国古代诗歌和诗论都力排浮浅,看重含蓄,强调"立象以尽意",而象征又恰好与这些要求吻合,因此颇受青睐。袁可嘉的《论诗境的扩展与结晶》实际上以中国古代诗歌作为对象论述过象征,由此可见,其关于"象征"的观点③显然受到了中国古代诗歌、诗论的影响。

(四) 关于"诗境"的观点

袁可嘉在论及"诗境的扩展"时明确地指出:"在我国旧诗里这类方法似占有压倒优势,唐诗三百首里很少几篇不使用诗境的扩展的,虽然比起现代诗来,古人在技巧上比较原始,简单很多"④;同时,从袁可嘉的具体论述来看,他所说的"诗境"与中国古代诗歌里的"意境"以及中国古代诗论里的"意境说"有明显的相通之处。显然,

---

① 参见前文的相关内容。
② 同上。
③ 同上。
④ 袁可嘉:《论诗境的扩展与结晶》,《论新诗现代化》,生活·读书·新知三联书店1988年版,第128页。

袁可嘉关于"诗境"的观点受到了后者的影响。

（五）关于"玄学"的观点[1]

"玄学"一词本是中国古代诗学的一个概念——魏晋时期出现了研究和解说《老子》《庄子》和《周易》的"玄学"；袁可嘉所说的"玄学"虽然从内容上来说与中国古代诗学中的"玄学"无干，但袁可嘉在赋予它以新的含义时肯定是已经知道了它在中国古代诗学中特定的含义的，因此，袁可嘉对"玄学"这一词语的使用本身就是受到了中国古代诗学的影响。

（六）诗的戏剧化论

宋代黄庭坚认为，"作诗正如作杂剧，初时布置，临了须打诨，方是出场"[2]，这一观点与袁可嘉的诗的戏剧化论一致，后者虽然未必受到前者的直接影响，但也未必没受到其间接影响。

此外，袁可嘉的诗论援引了不少中国古代诗歌作为例证，如曾援引了《诗经·采薇》、陈子昂的《登幽州台歌》、李白的《静夜思》、李商隐的《夜雨寄北》和《乐游原》、杜牧的《寄扬州韩绰判官》，显然受到了中国古代诗歌的影响。

综上所述，袁可嘉的诗论虽然是袁可嘉本人的创造，但也深受中国诗潮的影响。

---

[1] 参见前文的相关内容。
[2] 吴文治：《宋诗话全编：第1册》，江苏古籍出版社1998年版，第695页。

论文学批评评价功能的价值论意义

张利群[①]

(广西师范大学文学院 广西 桂林 541004)

摘 要：文学批评作为文学评价机制，应该与文学活动及其文学发展紧密相关，成为文学构成的不可分割的组成部分，以其评价机制的内驱力推动文学运行与发展。因此，文学批评的理论基座应是价值论而非仅仅为认识论，应定位于人文科学而非社会科学。文学评价作为批评的主要功能，在价值关系中充分体现批评的能动性与主体性，通过批评评价机制不仅对文学价值生成、建构和构成具有重要价值作用，而且建构起评价标准、原则、规则，体现文学核心价值观及其评价取向与导向。

关键词：文学批评；评价机制；价值论；评价取向；核心价值观

长期以来，将文学作为对社会生活的认识从而确立文学的认识论基座所形成的思维模式和认知惯性也影响到文学批评。将批评视为对文学的认识，企图将文学对社会生活的认识进行还原或溯源的批评惯性更将批评放置在认识论基座上，从而导致批评定位的误区以及文学评价的误区，这不利于文学与批评的发展。申仲英、张建中认为："价值评价所涉及的不是真与假的问题，而是是与非、善与恶的问题。其评价尺度主要由决策主体的需要构成，同时也往往考虑决策主体生活其中的文化社会背景所许可的行为准则。以主体需要为尺度进行评价可得出合意性结论；以社会行为准则为尺度进行评价可得出正当性结论。"[②] 批评作为对文学价值评价的行为和活动方式并非认识论的反映和认识方式，而是对满足主体需要的客体价值进行评价的方式。因此，文学观念的更新和转型，不仅应将文学放置在价值论基座上，而且也应将文学批评放置在价值论的基座上，从价值论角度确立文学批评的评价论性质和特征，才能更有利于文学

[①] 张利群（1952— ），湖北罗田人，文学硕士，广西师范大学文学院教授、博士生导师，研究方向为文艺理论与批评。本文基金来源为 2013 年教育部人文社科项目"文学批评机制研究"，项目批准号 13YJA751063；2013 年度广西哲学社会科学规划研究课题"广西当代文艺理论发展研究"，批准号 13BZW003；2013 年广西"自治区'特聘专家'专项经费资助"项目。

[②] 申仲英、张建中：《论决策中的事实与价值》，王玉樑等主编：《中日价值哲学新论》，陕西人民教育出版社 1994 年版，第 217 页。

批评的发展和文学评价作用的发挥。

一 文学批评理论基座的价值论定位

通常将文学与批评放在一起比较时，人们往往过多地偏向于讨论两者的区别而忽略了彼此的联系。将文学视为直观感性的形象思维活动以及审美感受方式，而将批评视为理性分析的逻辑思维活动以及理论认识方式，从而确定两者的区别和各自活动的不同特征，这固然有一定道理，也是可以理解的；但由此区别文学基座为价值论而批评基座为认识论则有所偏颇和简单化。人们似乎可以接受文学价值论而不能接受批评价值论，从而以价值论与认识论的区别来断定文学与批评的差异性所在，导致批评基座的错位。因此，批评的价值论定位是必要的。

其一，文学批评的人文科学定位。文学活动是包括创作、欣赏和批评在内的完整过程，这无疑就会涉及批评的性质和定位问题。从古今中外的批评实践及其理论研究而言，对批评性质的讨论不外乎是科学性、人文性及其两者统一的三种看法，但关键在于科学性指称的是自然科学、社会科学还是人文科学。黄海澄认为："人的感情活动较之认知活动，无论在哲学中还是心理学中，都是研究得很不够的。人的感情是一个广阔而深邃的领域，这不仅与人们的日常行为关系密切，而且渗透于人们的道德活动、审美活动、艺术创造和欣赏活动之中。"① 因而构成"价值—感情"结构，与"认识—理性"结构有所区别。作为包括创作、欣赏、批评在内的文学活动应认定于"价值—感情"的心理结构和精神活动，因而是人文科学而非社会科学、自然科学研究的对象。如果批评确为科学性与人文性的结合而确立其人文科学的性质和定位的话，那作为人文科学的科学性应该是与自然科学、社会科学的科学性有所区别的。这应该是讨论批评的出发点和逻辑起点，也是将批评置放在价值论基座上的原因和理由。

其二，从文学批评的对象文学性质和定位来考虑，是否能因对象的性质和定位来确定批评的性质和定位呢？这一思维逻辑显然不太严密，也就是说文学性质并不决定批评性质；但并不说明两者之间没有联系，因为确切所指的批评对象，正如俄国形式主义所言，文学研究的对象不是文学而是文学性，那么批评对象并不是文学作品而是文学价值。文学价值并非仅仅存在于作为文学作品的客体身上的固有价值和客观属性，而是主体需要与客体能满足主体需要属性的统一而形成的价值体或关系价值，也就是说文学价值中也包含主体的需要，包括创作主体、欣赏主体、批评主体的需要，是满足主体需要，实现主体目的，表达主体的愿望和评价的含有意向性的价值体，价值是在主客体关系中产生的关系值。因此，就很难断言作为批评对象的文学价值的性质不能影响批评的性质。其实，古今中外的批评实践和理论也早就认识到文学与批评是孪

---

① 黄海澄：《价值、感情与认知》，《中日价值哲学新论》，王玉樑等主编：《中日价值哲学新论》，陕西人民教育出版社1994年版，第333页。

生兄弟,两者共生共荣,都是文学活动轨道上跑的车之两轮、鸟之双翼。甚至批评往往也以文学形式或文学言说方式表达,文学也往往含有评价议论的内容和因素,这就足以可见两者的联系和融合。因而既然将文学置放于价值论基座上,批评作为一种广义的文学活动形式,不仅因对象的价值属性而定位于价值论,而且也因批评自身的文学活动性质而定位于价值论。

其三,从文学批评的功能作用而言,其核心要素及主要功能是评价。古今中外文论对批评功能的认识虽有许多不同的观点,从而也归纳出批评的多种功能和作用。从批评的基本功能看,主要有解读、阐释、评价、建构四种功能。解读侧重于从读者鉴赏及其引导读者鉴赏角度的鉴赏型批评,在现代解读学、现代阅读学以及接受美学、现象学、读者反应理论视野中已大大突破和超越了传统解读学的框架,读者主体性与解读能动性无疑包含有评价要素。"阐释"侧重于文学作品的语义与文义的考据、注解、疏义、辨正的文献研究和文本语言研究,从结构主义到后结构主义,从俄国形式主义到英美新批评的现代阐释学视野和方法其实也早已突破了传统语义阐释的局限,其中包含的评价要素也不言而喻。"建构"更多地从文学意义延伸和扩大、批评主体性和主观能动性发挥以及意义解构、重构、建构的再创造对文学价值进行建构,从而以评价机制为动力推动文学生命的时空拓展。因此,批评功能中的解读、阐释、建构都包含有评价要素,而评价就是对文学价值进行评估、检验、发掘、阐释以及建构的行为和过程。这就说明评价是批评核心的、主要的、起决定性作用的功能,批评的性质应是由涵盖解读、阐释、建构在内的评价所决定,批评乃是评价文学价值的行为和活动方式。批评即评价的判断是顺理成章的,这是批评之为批评的关键所在,也是批评的批评性所在。评价本质上是价值评价,评价是价值论中的核心范畴和基本内容,故而应将批评定位于价值论,应将批评的基座置放在价值论而非认识论上。

其四,从批评的人文活动性质而言,批评具有人类精神活动及其精神创造和评价活动的性质和特征。其实,人类的社会实践活动无论是物质活动还是精神活动,也无论是社会科学活动还是人文科学活动,其活动性质都是具有两重属性,一是人类主体对客体的客观科学认识活动,二是人类主体对客体的主观能动的改造、创造活动,其活动性质、过程和结果也就既有认知特征,也有评价特征,故而人类社会实践活动应建立在实践论、认识论、价值论基座上。当然,三者虽各有区别及其各自研究对象、领域和范围,但也是相互联系、相互作用和相互渗透的。作为人类精神活动及其评价活动的批评而言,因其评价的性质和主要功能决定其价值论的定位。这不仅因为具有人类社会实践活动本质上都是人类本质、本质力是对象化及其自我确证的"对象化"的性质,而且具有对"对象化"和"自我确证"的价值意义进行主体评价,从而再度"对象化"和"自我确证"的性质。尽管批评在评价中免不了也会包含有认识因素,免不了以认识作为评价的前提和条件,但其认识本质上是价值认识而非事实认识或科学认识,同时认识的目的在于评价而不仅在于认识,这就足以说明批评建立在价值论上的合理性了。

确立文学批评的价值论基座、确定文学批评的价值评价性质和定位、确定文学批评的人文科学的科学性与人文性统一的特征后，重点讨论的是文学批评的价值评价功用和意义，这可归纳为评价性及其评价论。

二 价值评价对文学活动构成的评价论意义

价值论中最为核心的范畴以及主要内容是价值与评价。评价作为对价值的评价行为似乎容易得出这样的结论，价值在先，评价在后；价值是客观的，评价是主观的；价值是固定不变的，评价是变化多样的。事实上作为评价对象或客体的价值，虽然具有作为客观存在的价值客体的本质规定性，但价值并不是单方面由存在物的客体属性决定的，而是在主体的需要与客体能满足主体需要属性的统一中客体向主体生成的价值属性及价值规定性，也可谓是主体的合目的性与客体的合规律性统一的结果。因此，价值既联系于主体，又联系于客体；既带有主观性，又带有客观性。从文学价值而言，作为文学价值载体的作品（文本）虽然是客观存在物，具有文学价值的客观规定性，但文学毕竟是作家精神创造的产物，文学价值自然也是作家的创作需要与其创作对象——人类社会生活能满足作家创作需要属性的统一体。可见价值是在主体与客体的关系中生成和建构的，价值其实是关系值、系统值、构成值，是主客体、主客观统一的结果。作为价值构成要素的主体需要，其实也是在主体构成系统中生成的，也就是说，从需要而延伸扩展的欲望、追求、动机、目的、愿望都包含其中，甚至立足需要而又超越需要和提高需要以力求达到更高目标，因而需要中就内含有评价要素。马克思指出："动物只是按照它所属的那个种的尺度和需要来建造，而人却懂得按照任何一个种的尺度来进行生产，并且懂得怎样处处把内在的尺度运用到对象上去；因此，人也按照美的规律来建造。"[①] "但是，最蹩脚的建筑师从一开始就比最灵巧的蜜蜂高明的地方，是他在用蜂蜡建筑蜂房以前，已经在自己的头脑中把它建成了。劳动过程结束时得到的结果，在这个过程开始时就已经在劳动者的表象中存在着，即已经观念地存在着。他不仅使自然物发生形式变化，同时他还在自然物中实现自己的目的，这个目的是他所知道的，是作为规律决定着他的活动的方式和方法的，他必须使他的意志服从这个目的。"[②] 这说明人类社会实践活动是有意识、有目的、自觉的活动，从广义的评价含义看，其实也就是说人类的动机、目的中包含着评价因素。因此，评价作为人的基本能力和行为，不仅表现在对活动结果的评价上，而且也表现在活动前的动机、意图、目的的设置的评价中以及活动过程的评价中。

其一，从文学创作而言，作家的创作需要中无疑也包含着评价的因素，作家对体

[①] 马克思：《1844年经济学哲学手稿》，人民出版社1985年版，第53—54页。
[②] 马克思：《资本论》第1卷，《马克思恩格斯全集》，人民出版社1972年版，第202页。

验生活中体验的生活并非是纯自然化、客观化的与主体无关的生活，而是"对象化"和"自我确证"的生活，其中包含评价因素不言而喻；同时，作为作家体验对象的生活，其实也是在价值关系中构成的生活价值，作家对生活价值的主体评价性也毋庸置疑；况且，作家还得对生活进行选择、加工、改造、创造，这一系列环节和过程中，作家的主体评价性更显而易见。从这一角度而言，作品既是作家创造的产物，也是作家对生活价值评价的产物，在文学作品的价值属性中自然包括作家创造和评价的因素。当然，对于欣赏者和批评者的主体而言，这种作家的价值创造和评价因素就转化为文学价值，成为欣赏、评论的评价对象。这说明，在创作中，作者的价值创造与价值评价是紧密结合、共生互动、难以分割的。价值创造中含有评价因素，评价中也会有价值创造的因素，甚至可说评价本身会有价值，价值本身会有评价。因此，文学价值本身就是一种文学创造和评价统一的价值形式。尽管为了理论分析的方便和逻辑结构的严密，价值与评价的区分是必要的，评价是对的评价，必然会有不同层面的主客体、主客观的关系及其先后序列关联，但在具体的价值实践活动中，则辩证统一、相互运动、循环变化的整体和过程。

其二，从文学欣赏而言，读者在欣赏中将文学作品作为阅读对象，其目的是通过阅读行为与活动满足审美需求，从而使文学价值得以实现。也就是说，文学价值是读者主体审美需要与作品能满足主体需要的审美属性的统一。文学价值在文本中是潜在价值，只有通过读者的阅读活动，满足读者的审美需求才使潜在价值转化为现实价值，或者说才能使文学价值得以实现。读者的审美需要中包括体验、感受、想象、再创造以及评价，只有读者的价值评价功能作用才能使作品的潜在价值得以体现和实现，从而转化为现实价值。因而从这个意义上而言，文学价值是读者与作者共同创造的结果，是读者的审美需要，包括审美评价与作品的能满足需要的潜在价值的统一从而才生成文学价值，在这一实现的文学价值中自然包括审美评价、鉴赏评价的作用和意义。

其三，从文学批评而言，作为批评主体的批评家根据批评需要而对文学作品进行评价，其批评对象与其说是作品，不如说是文学价值，是批评根据需要对文学作品选择的结果，是批评活动中的主客体关系统一的结果，也是批评对文学价值评价的需要与文学作品能满足批评评价需要的价值属性的统一。对于批评而言，应该说文学价值具有双重属性，一重是文学价值，通过批评的评价作用而使文学价值得以实现；另一重是批评的评价价值，通过批评对文学价值的评价实现批评价值。当然，批评价值的最终目的是实现文学价值，或者说批评的作用和意义在于推动和促进文学更好发展，这样就使文学价值与批评价值统一为整体。因此，从表面上看，批评评价是对文学活动的结果——文学作品的评价，具体而言是对文学价值的评价，其目的是更好地实现文学价值的同时实现批评价值；从实质上看，评价要素早已内置于文学活动的全过程及其全部环节，无论在作家对创作对象的创造，还是读者对文学对象的欣赏和再创造中，都已包含有评价要素。因而评价对象不仅包括价值结果，而且也包括价值需要、动机、目的以及价值生产活动与价值实现活动全过程；不仅包括价值客体，而且也包括价值主体及其主客体构成的价值关系。这说明价值体不仅是指价值，而且是由价值构成的主客体关系及其整个价值活动的各要素、各环节所组合的价值系统整体。从这个意义而言，批评的评价不仅是文学价值的评价，而且是价值评价的评价甚至也是价值创造。评价已内置于价值体中，价值也内置于评价中。李青春认为：“评价价值由可能性变为现实性的中间环节，也是价值冲突的根源和表现过程。'只有在评价中，现实才表现为道德的、审美的、功利的等范畴。'文学文本当然不同于一般的现实事物，它是文学家对现实事物进行评价之后的产物，因此对文本的评价是一种'评价的评价'。"[①] 因此，文学价值不仅是价值创造的结果，而且也是价值评价的结果。文学价值是生成和建构的，文学评价无疑就是文学价值生成和建构的机制和动力。

三 文学批评价值论的主体性意义

关于价值论的讨论早在 20 世纪 80 年代就已形成"价值论热"，有关文学价值论的著作和论文也汗牛充栋，至今还持续不断地推出研究新成果。对价值产生于价值关系的认同虽无歧义，但对价值主观性抑或客观性，主要决定于主体还是决定于客体等讨论还存在不少分歧。当然，如果为了折中或辩证主张主客体关系以及主客观关系的统一也未尝不可，但价值论何以在过去的研究中缺失后又何以在今天风行，何以提出从文学认识论向文学价值论的思维观念转型，何以认定文学及其批评的理论基座是价值论而非认识论，或者说并非单一的认识论而是实践论、认识论和价值论三足鼎立，等等。这说明文学价值论兴起有着更深刻的原因，这固然与当时对机械认识论和被动反映论的反驳有关，也与当时盛行的文学主体论有关。故而将文学价值论与文学主体论放在一起讨论是有十分重要的作用的，或许这是文学价值论的意义所在。

李德顺在其《价值论》一书的前言中谈道："立足于主客体关系的实践辩证法，着重从主体的地位和作用方面理解价值的本质和特性，是本书理论观点和思想方法上的一条基本线索。……在价值问题和主体性问题之间有着高度的内在一致性。这种一致性简单说来就是：在理论上，价值问题是主体性问题的一个最典型的形式，而主体性问题则是价值论研究中的一个关键问题。一般来说，如果不从主体性方面入手，如果不以对主体性的深入把握为基础，价值论的研究不可能在现有的水平上取得较大的突破。"[②] 因而，他将其书名确定为《价值论——一种主体性的研究》，旨在建构一种主体性价值论。

考虑到价值论兴起时的主体论及其方法性讨论的背景，将价值论中主体性问题凸显和强化是不难理解的，但更重要的是要有学理上的依据和内在逻辑性的缜密。首先

---

① 李青春：《文学价值论引论》，云南人民出版社 1994 年版，第 91—92 页。
② 李德顺：《价值论》（第 2 版），中国人民大学出版社 2007 年版，第 2 页。

从哲学基础的实践论、认识论、价值论来看,强调主客体、主客观关系及其辩证统一性应是学界的认同所在,强调人类社会活动的实践性、认知性和价值性特征也应是人类的共同价值取向及其共同追求所在;强调实践主体、认识主体、价值主体的能动性、自觉性、有目的性更是人类主体性及类本质、类特征所在。关键在于主客体关系中主体所相对的客体角度和维度有所不同侧重。杨镜江认为:"实践、认识、价值从不同角度反映了主客体之间一个方面的相互关系。实践是人们作为主体进行对客体的改造活动,实践范畴反映了主客体之间改造和被改造的关系。认识是人们作为主体进行的对于客体的反映活动,认识范畴反映了主客体之间反映和被反映的关系。价值是人们作为主体的实践活动和认识活动的基础上实现客体对于主体需要的满足,价值范畴反映的是客体的存在和活动对于主体需要相对满足的关系。"① 在实践论的主客体关系中,作为实践对象的客体是主体改造、创造的对象,人类在改造世界的同时也改造人类自身,其主体与客体在改造、创造中都会有所变化。在认识论的主客体关系中所构成的是主体对客体的认知关系,因而客体具有不依主体的主观意识而转移的客观规定性,从而决定了主体认识必须符合客体的客观性,也决定了认知结果的客观性、科学性、真理性。也就是说,认知关系中的主客体关系,是主体的客观认知与客体的客观规定性统一的关系,两者统一才能达到科学认知及真理追求的目的。在价值论的主客体关系中的价值客体其实质是关系价值,作为客体的价值本身就不是单纯的客体属性,而是主客体统一的价值关系体,因为作为价值主体的评价因素已包含于价值客体中,同时也需要通过价值主体的评价行为和活动,从而使价值得以实现和显现。这充分说明价值关系中的价值客体是具有客体性与主体性统一的特征,价值是主客体关系的产物,是包含有主体需要和价值评价要素的产物;同时也说明价值关系中价值主体的评价既是导致价值显现和实现的决定性因素,又是导致价值创造和增值的决定性力量,而且也是推动价值关系形成的主导性和决定性的动力机制。因此,价值是主体向客体"对象化"和"自我确证"的结果,也是客体向主体生成和建构的结果。这说明价值论对主体性作用的强调是有学理依据和内在逻辑性的。

文学价值论与文学主体论刚好契合。文学价值的生成、创造和实现过程其实就是文学主客体关系的建构过程,也是创作主体、欣赏主体、批评主体的审美需要和价值评价不断介入和渗入文学客体的过程,更是通过文学主体的能动改造和创造不断改变客体形态、状态、势态而趋向主体审美需要的过程,当然也是主体的需要与客体能满足主体需要的属性统一契合的过程。因此,批评主体的评价对象——文学价值,并非是客体单纯的、固有的价值,而是与创作主体、欣赏主体、批评主体的需要和评价共同构成的价值体,文学主体及其主体性已内置于文学价值中,文学价值中已包含价值评价的要素。由此,我们不难理解将文学研究放置在价值论基座上的原因和理由,也

---

① 杨镜江:《哲学价值与经济学的价值》,《中日价值哲学新论》,王玉樑等主编:《中日价值哲学新论》,陕西人民教育出版社1994年版,第148页。

不难理解文学价值论中的主体性的重要地位和作用了。就文学批评而言,以文学价值作为批评关系中的评价对象,其主体性主要表现在三方面。

其一,文学评价的主体性包含创造性。批评对文学创造性价值的评价,揭示出文学主体性创造价值的同时也体现了评价的创造价值。文学作品是作家创造的产物,也是人类精神创造的产物,因而文学带有人类本质、本质力量"对象化"和"自我确证"的性质特征,或者说带有创作主体性的本质特征。批评对文学价值的评价旨在揭示出文学的创造价值,从而也就指向文学主体性创造价值,而文学主体性创造价值正是文学主体性充分发挥的结果,因而也就指向文学主体性价值。因此,批评对文学价值的评价,不仅是对文学创造的结果——文学作品价值的评价,而且是将文学作品价值还原为作家主体精神创造成果的评价,更是将文学创作过程与文学价值的生成过程中的主体创造能力、评价能力和主体性表现程度的评价。创作主体性也不仅是作者的主体性,而且也是作为群类以及由个体、群体所构成的人类主体性,文学主体性是个性与共性、特殊性与普遍性的统一体。因而不仅文学有典型人物、典型环境、典型细节以及典型作品(经典)之典型意义,而且作家以及创作主体性也具有典型意义,其主体性创造价值当然也就具有个性与共性统一的典型价值。更为重要的是,创作主体作为价值主体在价值关系中始终是以需要为基础对价值客体,即创作客体进行评价,从而在评价中才生成价值。因此,创作主体的价值评价其本质是主体性创造行为,文学价值既是价值主体对价值客体创造的结果,又是评价的结果。文学批评的评价也不仅在于揭示出文学价值的主体性创造价值,而且也揭示出主体性评价的创造价值,从而也就显示出批评评价的主体性和创造性意义。

那么作为文学创作客体的对象是否也含有主体性呢?是否为纯客观的存在物呢?创作客体并非认识论意义上的认知关系中的客体,而是价值论意义上的价值关系中的客体,因而客体的存在是一种主体需要和评价的意向性存在,客体是被主体"对象化"的意向性客体。中国古代文论批评早就说明创作是"心物交感"的道理,刘勰提出作家在创作中的"随物宛转""与心徘徊"[①]的物心交感说,其行为主体都是作家,是我"随物"与我"与心",从而在心物关系上体现出创作主体性精神。也就是说,文学客体其实质是"对象化"的价值客体,是主体,创造的客体。王国维认为,"文学中有二原质焉:曰景,曰情"[②],但如果"不知一切景语,皆情语也"[③],那么就无法认清"景语"的内涵与实质,表面上作为客观物存在的"景",实则上是"情之景",是主体情感化、拟人化、意象化的含情之景。这不能不说创作客体是经作者选择、加工、改造及"对象化""移情""拟人化"的结果,客体中包含主体创造和主体性因素,从而也就包含有主体评价的因素,评价也就带有主体性和创造性。因而,批评对文学价值的

---

① 刘勰:《文心雕龙·物色》。
② 王国维:《静庵文集续编·文学小言》。
③ 王国维:《人间词话删稿》。

评价不仅是对文学主体创造和主体性价值的评价，而且也对文学价值关系中主体评价的创造性和主体性的评价，文学主体性创造价值越高，文学主体性评价价值也就越高。批评评价不仅是价值创造的评价，而且是价值评价的评价，因而批评也需要在评价中具有主体性和创造性。

其二，文学评价对主体性的双重肯定。文学批评对文学主体性价值的评价，不仅揭示文学创作主体性价值而且也获评价主体性价值。文学价值既包括主体评价的价值构成因素，又必须通过主体评价才得以实现价值，这说明文学主体性也具有创造与评价双重主体性价值。评价是否能创造价值，苏联美学家列·斯托洛维奇在《审美价值的本质》一书中认为："评价不创造价值，但价值必定要通过评价才能掌握。"[①] 这显然是在价值与评价的关系中，将价值的客观性与评价的主观性关系等同于主客体关系的结果，从而认定评价的作用仅仅在于符合价值，在于主观吻合客观，这似乎是从认识论而不是价值论角度来讨论价值与评价关系了。其实，评价不仅是为了符合价值和实现价值或使价值增值，而且也创造价值。因为在文学主客体所构成的价值关系中，形成文学价值的主体要素必然含有评价的功能，创造与评价统一为整体形成创作合力，从而创造文学价值。

在作家为了创作体验社会生活时，体验对象的生活实质上是社会生活价值，是包含创作主体需要以及满足主体需要的价值和评价因素在内的"生活美"，故而作家体验生活就必然包含有创作主体的评价因素，是其对社会生活价值的评价结果，包括对"生活美"价值的评价。在作家选择、加工、改造创作材料时，无疑也包含创作主体的评价取向因素，也可谓是对通过评价行为而确定具有创作材料价值的选取；在作家构思及其将意象物态化的创作过程中，其主体性及其评价和创造因素更为强化，最终形成包括主体创造和评价因素在内的文学作品，只不过评价因素通过文学创造和表现或隐藏或渗透在形象与情节中，成为文学潜在价值构成内容。但这并不能否定评价在文学创作中的作用，以及评价有助于创造或作为评价机制推动创造从而对文学价值生成的作用。

在读者与作品所构成的阅读关系中，其实质也是一种价值关系，作为价值主体的读者需求与作品能满足读者阅读需求的价值属性统一构成文学价值。读者的阅读不仅是感受和接受，而且也是评价和再创造，这不仅使文学价值通过阅读而成为现实，而且也通过评价既符合价值从而实现价值作用，又进行再创造从而使价值增值及价值意义得以扩大延伸。因此，读者作为阅读主体的价值评价行为，不能不说是对文学价值的实现和创造，从而使文学价值扩大和增值。

在批评家与作品所构成的批评关系中，作品作为价值客体而言其实质是文学价值的载体，即在作家、读者、作品以及社会之间所形成的价值关系中生成文学价值。敏

---

① ［苏］列·斯托洛维奇：《审美价值的本质》，中国社会科学出版社1981年版，第141页。

泽、党圣元认为:"文学批评及其评价的客体对象应该包括文本、作者、读者以及文本的社会效果诸因素。也就是说,我们应该将它们看作是一个相互联系的有机的文学价值运动过程,如此,文学批评方可以充分地发挥其评价功能,实现其评价目的。"[1] 因而批评对象的确定应该在文学活动过程及其诸要素构成的关系中确立。批评主体的价值评价一方面确实是符合价值事实从而实现价值作用与意义;另一方面也努力发掘隐藏在作品中的潜在价值,使其成为现实价值,这也不乏评价的发现性创造意义;再一方面是在作品基础上向上、向外、向前延伸,提供作品本该如此而未能如此、本该具备而尚未具备的新价值,这无疑是对文学价值的延伸扩大以及再创造了。尽管批评评价所提供的文学新价值只是一种取向或意向,但会为作者、读者提供更为有用有益的创作启迪,最终能体现于文学创作和欣赏中,形成新的文学价值。因此,批评主体的评价不仅对文学价值有所创造,而且也形成批评价值,发挥批评推动文学发展和促进文学创作与欣赏水平不断提高的作用,充分表现批评主体性及其评价的主体性对文学的指导和引导作用。由此可见,批评对文学主体性价值的评价,是对创造主体性与评价主体性的双重肯定。

其三,评价主体的主导性对文学价值取向的导向性作用。文学批评的评价主体的主导性地位,不仅决定了批评价值取向的导向性,而且也影响了文学价值取向的导向性。确立价值论中主体性的地位、价值关系中主体的主导性地位、价值评价中主体的创造性作用,其原因和根源是主体有着能将合目的性与合规律性统一、主客体统一、主客观统一的自觉性、能动性和创造性。主体性也集中体现在价值关系中主体的价值取向上。当然,价值论强调主体性并不意味着放弃辩证唯物主义和历史唯物主义的世界观和方法论,否认作为人的存在的价值主体具有客观性,作为社会生活存在的价值客体具有客观性,作为主体构成的价值关系具有客观性,因而价值也具有客观性的一面。但其客观性并非是机械唯物主义或旧唯物主义所强调的唯客观性,而是在主客体关系中所构成的客观性,因而主体地位及主体性问题正是辩证唯物主义和历史唯物主义所强调的基本内容。人作为主体既是客观存在,又是主体性得以确定的一种方式,因主体性而确立主体的客观存在性的同时,也确立主体性能动发挥的必要方式。因此,主体性的能动性、自主性、创造性表现不仅源于主体存在的客观规定性,而且也来自主体意识及其价值观和价值取向。

价值取向是价值论讨论价值主体以及主体性的一个重要内容。"取向"本身就表明了主体的意向和选择,表明了主体的价值需要、立场、观念、态度、原则,也表明主体对客体的作用、意义及价值维度、程度和发展趋向。评价取向与价值取向有所区别,也有所联系。狭义而言的评价取向应包含在价值取向中,因为评价是对价值的评价行为,批评是对作为价值结果的文学的评价,因此,批评价值取向中除价值评价取向外,

---

[1] 敏泽、党圣元:《文学价值论》,社会科学文献出版社1997年版,第358页。

还有价值创造取向、价值作用取向、价值认识取向等。广义而言的评价取向从价值构成关系、价值生成活动过程、主体的评价态度和行为着眼,在评价中表现的广义评价取向其实质也是价值取向。因而评价取向与价值取向有着紧密联系和内在逻辑性。评价取向应建立在价值取向基础上,价值取向也体现于评价取向中。

从文学批评而言,批评的评价取向必须以价值取向为基础,当然也表现为价值取向。评价取向一方面决定于批评主体的价值观以及价值立场、观念、态度和原则;另一方面也决定于文学价值取向和批评价值取向的统一,从而具有评价取向和价值取向的导向性作用,这主要体现在三方面。

首先,评价在批评中的主导性地位对文学价值取向具有导向性作用。价值论中主体的主导性作用是显而易见的,它决定了评价取向,也影响价值取向的确定。因此,批评的评价取向对文学价值取向不仅具有生成、建构与构成作用,而且也具有指导和导向性作用。文学价值是生成、建构与构成的,推动其生成、建构、构成的力量有创作、欣赏和批评,因而文学价值取向中应包含有创作取向、欣赏取向和批评取向,它们都是文学价值取向形成的根据和构成内容。也就是说,文学价值是作者、读者和批评者共同创造的结果,也是在作者创造作品的基础上,由欣赏的接受、批评的评价而生成的结果。但为何认定评价取向在价值取向中的主导性呢?是因为价值关系中主体始终处于主导性地位,评价取向就会含有主导性和导向性作用。同时评价并非仅限于批评行为,而渗透于文学活动的整个过程中,渗透于作者创作与读者欣赏的行为中,不仅表现在创作中的评价取向和欣赏中的评价取向上,而且在于作者创作与读者阅读时都自觉或不自觉地早已预设和内置评价取向,从而在文学理论及其知识结构与知识谱系所构成的文学标准或文学评价标准中进行创作与欣赏;同时也在一定程度上考虑到批评的评价和检验的因素。因此,在文学价值取向中评价取向具有主导性和导向性作用。

其次,批评的主导性评价取向对文学核心价值取向确立具有推动作用。批评对文学价值的评价一方面具有"见仁见智"的特征,这既是因为文学价值具有"诗无达诂"的相对性张力和弹性;又是因为评价主体构成的多元性和主体性发挥程度的差异性所致;另一方面还具有殊途同归的价值认同评价取向。这既是批评所遵循"科学共同体"原则和批评标准的结果,又是因为批评个性与共性统一的结果。因此,在批评的多元价值评价取向中确立主导性取向是十分重要的,确立批评核心价值取向,并在其指导下建立批评标准与批评原则,建立批评主体的价值观以及价值立场、观念和态度,这对于确立批评发展方向和正确公正的评价取向也是十分必要的。因为作为评价对象的文学价值也是具有多元性和多样化的,文学价值有多样性的不同的价值取向和价值维度,批评必须根据评价需要而有所选择和有所侧重。因此,批评的主导性评价取向有必要在多样性的文学价值取向中选择和确定核心价值取向,以期指导和推动文学更好发展,在文学多样化发展潮流中形成主流发展方向和导向。

最后，批评的核心价值取向推动和促进社会核心价值体系构建。毛崇杰认为："文学批评与价值的关系，即以价值理论或价值学层面来看文学批评，有两个视角，一是文学批评自身的价值，也就是从批评主体方面来看其价值；再就是从一般的'价值体系'，也就是把文学批评放在更宏大的精神价值网（主要是真善美）中来看这种关系，当然这两者相互之间是紧密地联系着的。"[1] 文学批评的作用并不限于文学价值的评价，而且也会因文学评价而涉及社会评价要素，诸如历史评价、道德评价、政治评价、文化评价以及社会生活评价等。因此，社会评价会影响到文学评价，文学评价也会影响到社会评价。这显然可从文学受到社会生活影响和文学的社会价值作用中表现出来。因此，批评核心价值体系的构建以及核心评价取向的确立受到社会的影响的同时又反过来影响社会，文学评价的核心价值取向就会影响到社会评价的核心价值取向。由此可见，批评核心价值体系构建不仅推动和促进文学核心价值体系构建，而且推动和促进社会核心价值体系构建，从而充分发挥文学和批评在精神文明建设与和谐社会建设中的积极作用，更好地发挥和实现文学价值和意义。

---

[1] 毛崇杰：《颠覆与重建——后批评中的价值体系》，社会科学文献出版社2002年版，第6页。

文学批评生态的问题及其矫正

龚举善[①]

(中南民族大学文学与新闻传播学院　湖北　武汉　430074)

摘　要：文学批评生态即文学批评的生存状态，主要指涉20世纪90年代以来文学批评的内部机能性失调。就当前文学批评的整体生态而言，视野宏阔、方法多元、媒体便捷是其基本特征，但也存在明显的问题。概言之，突出的问题主要表现在五个方面：思想贫乏，言之无物；自说自话，无的放矢；好人主义，廉价吹捧；山头意识，排斥异己；消费趣味，盲从时尚。鉴于此，有必要切实践行以下矫正思路：一是关注当下，强化批评的现实性；二是面向文本，增进批评的似真性；三是追求深度，恢复批评的功能性；四是回归理性，倡行批评的包容性；五是尊重个体，张扬批评的多样性。只有这样，才能保证批评生态建设的健康与可持续发展。

关键词：文学批评生态；问题；矫正

作为文艺学的基础性分支学科，文学批评在文学创作及其理论建设工程中一直扮演着重要角色。随着知识阶层学科意识的普遍增强，人们对文学批评的要求似乎也越来越高。正是在这种语境中，文学批评的生态问题被提上桌面。

一　文学批评及其生态呈现

从学理意义上讲，文学批评是一种在相应文学理论指导下，依据一定的批评观念和欣赏基础，对以作家作品为中心的各种文学现象进行分析和评价的创造性思维活动。这种基于文学欣赏又超越一般文学欣赏的创造性思维活动具有明显的意识形态性、相对科学性和实践针对性，同时还拥有无可避免的时代性、民族性、阶层性和个体性。作为作家与读者、创作工程与接受行为之间的桥梁和纽带，正常的文学批评承担着推荐文学作品、开启鉴赏路径、引领作家创作、丰赡文学理论的重要使命。

[①] 龚举善（1964—　），男，湖北竹溪人，中南民族大学文学与新闻传播学院教授，文学博士，研究生导师。

尽管人们向来认为文无定法、评无定规，但真正到位的文学批评必须坚持历史观点和美学观点的统一、思想性与艺术性的协同。具体来说，在思想内容层面，文学批评必须关注作品反映生活的真实性、认识社会的深广性、影响人生的导向性；在艺术形式层面，富有责任心的批评者则应审视文本的形象、情感、叙事、语言、结构、修辞等本体要素的创新度和自洽性。

真实性是文学作品的生命之源，也是文学批评的立足之本。即便是虚构性作品，在事项呈现、人物塑造、情感传达方面也应该给读者以真实感。文学作品只有真实地、历史地、具体地反映一定社会历史情境中的生活风貌，本真地、丰富地、贴切地传达相应境遇下人民大众的思想、情感和要求，才能得到包括批评家在内的广大受众的理解、喜爱和接受。刘熙载在《艺概》中总结说，诗可数年不作，不可一作不真。《聊斋志异》《牡丹亭》《西游记》等作品表面看来鬼鬼神神，但"幻中有真""奇出于常"。可见，"真实"既指外在的社会生活，也包括内在的思想感情，后者即所谓主观真实、情感真实或心灵真实。杜甫颠簸一生，晚年境况可谓"亲朋无一字，老病有孤舟"。但责任心和使命感使其"穷年忧黎元，叹息肠内热"，即便"茅屋为秋风所破"，心中想到的仍然是"安得广厦千万间，大庇天下寒士俱欢颜"。"三吏""三别"之类的作品之所以彪炳史册，重要原因在其"诗史"价值。巴尔扎克具有惊人的现实洞察力，生活实况和个人良知逼使他"不得不违反自己的阶级同情和政治偏见"，写出了被恩格斯誉为"现实主义的伟大胜利"的《人间喜剧》。基于此种考虑，写过"航天七部曲"的我国当代报告文学作家李鸣生才如此重视"生活"之于文学的意义："生活本身就是文学，就是作品，它蕴藏着最丰富的故事，最深刻的思想，最生动的语言，最鲜活的细节。深入生活不仅是为创作积累素材，更是作家的一种人生体验，一种精神补钙。文学固然是写人的，写人心的，但人心是肉长的，人是活在现实世界的，因此说到底，文学还是生活的。"[①]

真实性是基础，深广性是关键。所谓深广性，指文学批评认识社会的深刻性和观照生活的广泛性。只有那种既真又广且深的文学批评，才能为普通读者提供有益的启示，才能有效实现文学批评的导向性。恩格斯把伟大的作家称为"人类灵魂的工程师"，其实，优秀的文学批评家也是人类灵魂的工程师。在那些被誉为大师的作家笔下，正确的导向常常自含于作品之中。对于那些较为隐晦的具有多向阐释可能的文本来说，健康而明晰的分析与引导显得尤为重要。

文学批评对于作品形象、情感的把握问题，历来所论甚多，这里不再赘述。作为语言艺术，文学作品的语言及其叙事方略始终是作家们关注的"形式"重心，自然成为文学批评特别是形式主义文学批评的优势兴奋中心。南帆认为："作家是这样一批人：他们潜心于语言的海洋，时刻监测着语言的动向，进而制造出各种语言事变。作

[①] 李鸣生：《生活，是文学生存的厚土》，《文艺报》2011年6月1日。

家往往比常人更为迅速地洞察通行于日常用语之中各种词汇的活力衰退，洞察某些语言正在作为一种无形的束缚框住现实，闷住现实向外蔓延的可能。……于是，他们迫不及待地通过文学提出一套对抗性的文学话语。这是他们重振语言的重要策略。不论这种文学话语高贵典雅还是粗野俚俗，抑或具有巴赫金所赞赏的狂欢式风格，它们都将包含一种超凡脱俗的生气，包含了对于僵硬语言时尚的策反。"① 尽管并非所有的作家都有这种自觉追求，但语言技巧确实是语言艺术的一个核心要素。即使在今天看来，高尔基早年的论述依然让人感到亲切。他说："文学创作的技巧，首先在于研究语言，因为语言是一切著作，特别是文学作品的基本材料。"② 与此相关，文学批评必须正视继而进入作家文本的语言现场，否则便无法领略作品中的峰峦沟汊，也无法在比较中评判作家的优劣高下。

以上所论固然重要，但大抵只是关于文学批评的本原及其自身形象的简要描述。对于当下文学批评生态的检视而言，这种重申更多地具有铺垫和警醒意义。

那么，何谓文学批评生态呢？通俗而直观的解释是，文学批评生态就是文学批评的生存状态。需要补充的是，本文所指文学批评的这种生存状态主要指涉中国大陆当下文学批评的整体格局。既然是文学批评生存状态的整体格局，自然包含了这样几层意思：一是当下文学批评的外部环境；二是当下文学批评与文学思潮、文学创作、文学接受、理论建构间的关系状态；三是文学批评内部的机能性表现。限于篇幅，本文重点讨论当下文学批评内部的机能问题，即狭义的文学批评生态话题。

一般而言，正常状态的文学批评为常态或正态批评，非正常状态的文学批评当然就是变态批评了。就20世纪90年代以来特别是21世纪以来中国大陆文学批评的整体形象而言，视野宏阔、方法多元、媒体便捷是其显著特征。陈晓明曾经把改革开放以来的理论批评作为一个集合体加以判断，认为至少取得了六个层面的实绩：展开多元理论话语的学术视野；融会了西方现代理论批评的主要成果；西方最激进的理论批评在中国有必要回应；女性主义理论和批评形成气势；西方理论与中国当代文学批评有机融合；中国本土理论得到初步酝酿。③ 这种掺入理论因素之后的综合判断，很容易放大此期特别是当下文学批评的优点。从科学生态的角度观察，20世纪90年代以来文学批评的负面现象或不良症状似乎更为引人注目，如概念肿胀、切入随意、边界模糊等，从而导致乱象丛生，文学批评在边缘化时代再度被边缘化。难怪孟繁华在怀念20世纪80年代的文学批评家时说："那时，他们是文化英雄，是社会审美情调的权威阐释者和导引者，他们的话语权力支配甚至决定了社会的审美趣味，人们愿意、也希望他们成为自己的'代言人'，批评家充满了神圣的使命感和庄严感，充满了'光荣与梦想'的情怀。然而，时代风尚的转换，人们不再需要批评家的导引和代言，中心价值的解体

---

① 南帆：《文本生产与意识形态》，暨南大学出版社2002年版，第4页。
② [苏] 高尔基：《论社会主义现实主义》，《论文学》，人民文学出版社1978年版，第321页。
③ 参见陈晓明《开放中的融合：三十年来的中国理论批评》，《文艺研究》2008年第12期。

也使批评家失去了坚定的思想依托,生存处境和精神处境使他们日益自觉地走向边缘。他们不再以历史主体的身份发言,而是无言地认同了现实,更多的人写起了时尚的文体,在悲壮都已成为奢侈的时代,那轻描淡写、无关宏旨的小品和随笔,更像晚明失魂落魄的没落文人们。"①

情形果真如此严重吗?当下文学批评的若干失态症状可以说明一切。

二 文学批评生态的问题

概言之,文学批评生态的突出问题主要表现在以下五个方面:

一是思想贫乏,言之无物。成熟的批评主体不仅是高明的鉴赏者,而且应该是深刻的思想家,其思想境界必须是高尚而非低俗、超拔而非庸常的。人们之所以视优秀的批评家为作家和读者的导师,其理也在于此。批评家不仅要注重自身的思想、道德修养,而且还要在具体的批评实践中融会、传递这种修养,使之感染、启发、教育作家和读者。只有这样,才能够有效切入作品,进而超越作品,引导作家和读者的创作与鉴赏。这就是鲁迅所说的"批评家的职务不但是剪除恶草,还得浇灌佳花"。

令人遗憾的是,步入消费社会以来,相当一部分批评者在环境挤对和利益驱动的双重作用下,不思潜心阅读,而是忙于"赶场子",久而久之,视野萎缩,思维钝化,思想贫乏,所写出来的所谓批评文章自然难免不得要领,隔靴搔痒,言之无物,人云亦云。所以说,"思想的缺失,分析的乏力,概念的罗列,术语的堆砌,对异域文论的生吞活剥,对他人成果不知餍足的引用,种种的谈空说有不着边际,都使得当下的批评文体流于神秘和玄虚。一些无良学人偏爱将此种文体芹献于众,恨不得遍撒四海,邀天下人共享术语大餐"②。

二是自说自话,无的放矢。与思想贫乏密切相关的,就是文学批评的自说自话,无的放矢。因为没能认真读书,没有深入思考,但又要应付"场子",抑或是为了评职称,凑份子,只好写一些缺乏针对性的文字。不独私密化的感想式批评、随笔式批评存在此种弊端,目下某些报刊的专栏式、笔谈式、对话式批评也有自说自话的倾向。这类文字回避现实,绕过文本,闪开紧要话题,做一些无关痛痒、似是而非的漫评。这类"虚假批评",本质上比思想贫乏本身更为有害,既浪费了资源,又败坏了文风,总体上损害了文学批评的生态平衡。

自说自话的文学批评还有一种特异表现——部分知识分子的"独语"现象。这在某些学院派知识分子当中有着更为突出的表现。其实,这类知识分子的大多数应该是有思想境界的,但就其批评效应来看,因暂时的曲高和寡或自视清高而应者寥寥。赵勇曾谈到学院派知识分子的"集体退隐"问题,同样需要具体分析。在他看来,"1989

---

① 孟繁华:《文学批评的流失与存在》,《社会科学战线》1996年第5期。
② 张宗刚:《批评的意义何在——一个人的批评观》,《黄河文学》2007年第12期。

年之后，知识分子也出现了鲁迅当年所描述的'有的高升，有的退隐，有的前进'的景观。在这种景观中，虽然有少数人踽踽独行，并履行着知识分子的使命（如张承志），有的讨论延续了 80 年代的流风遗韵（如人文精神大讨论），但更值得注意的则是两种集体的动向：知识分子的学院化和知识分子的传媒化。前者就像雅各比所描述的那样：'年轻的知识分子再也不像以往的知识分子那样需要一个广大的公众了：他们几乎无一例外都是教授，校园就是他们的家；同事就是他们的听众；专题讨论和专业性期刊就是他们的媒体。不像过去的知识分子面对公众，现在，他们置身于某些学科领域中有很好的理由。' 90 年代的中国学者与雅各比笔下的美国学者极为相似，他们选择退守学院虽是万不得已，但绵延至今却也形成了一种毁誉参半的学院传统。而实际上，知识分子学院化的过程也是知识分子自我去势的过程"[①]。这是另一种"自说自话"，批评主体把更多潜在的对话者留给了自己的心灵或后来者，因而不能完全认定为没有意义。鲁迅当年并非总是应者如云，恰恰相反，他的很多批评不被时人理解，甚至招致忌恨。但文学历史证明，鲁迅以其超拔的思想境界和看似尖刻的批评成为他那个时代的盗火者和燎原人。在谈及自己的杂文体批评时，他坦率地承认："我自己也知道，在中国，我的笔要算较为尖刻的，说话有时也不留情面。但我又知道人们怎样地用了公理正义的美名，正人君子的徽号，温良敦厚的假脸，流言公论的武器，吞吐曲折的文字，行私利己，使无刀无笔的弱者不得喘息。倘使我没有这笔，也就是被欺侮到赴诉无门的一个；我觉悟了，所以要常用，尤其是用于使麒麟皮下露出马脚。"[②] 从这个意义上说，鲁迅当年高度独立的批评还不是我们这里所说的自说自话，其客观上隐含的公共性是不言自明的。

　　三是好人主义，廉价吹捧。关于"好人批评"和"捧杀"的话题，人们已经谈论了很长时间，而且表面上看也已经达成共识。但实际上问题远没有那么简单。受思想境界、圈子心态和利益驱动的综合影响，廉价吹捧的好人主义不仅没有在文坛消失，反而在 21 世纪以来呈愈演愈烈之势。翻开时下的报纸杂志，但凡一个名作家、官员作家、美女作家新作面世，大都召开研讨会、首发式，进而发表一组甚或若干组专题文章。这种邀请式、计划性"命题批评"，与其说批评研讨，毋宁说炒卖推销，其核心目标乃在文字背后的名利收益。在那些常看常旧的评论面孔中，人们虽然知道有的人出于情面不得不说些恭维话，但这些文字一旦进入公共话语场，其对批评生态的非正面影响可能超乎人们的想象。一个直接的显而易见的事实是，这种庸常的好人主义不但带坏了批评风气，而且客观上打击了广大受众的热情和智慧，消解了作家持续创造的动力，并有可能总体上促退一个时代应有的文学水准。有人将这种批评命名为"表扬"批评，认为在表面喧闹繁荣的图景之中充盈着一种虚妄之气，"在虚妄的学术中，为人们所深恶痛绝的是愈演愈

[①] 赵勇：《从知识分子文化到知道分子文化》，《当代文坛》2009 年第 2 期。
[②] 鲁迅：《我还不能"带住"》，《鲁迅杂文全集》，河南人民出版社 1994 年版，第 205 页。

烈的文学批评的表扬化倾向。"① 其实，早在170年前，恩格斯在评价亚历山大·荣克的"德国现代文学讲义"时，就对此种廉价吹捧的表扬稿式的批评提出过尖锐的反批评。恩格斯指出："他谈到'现代'文学，马上就不分青红皂白地大吹大擂阿谀奉承起来。简直是没有一个人没有写过好作品，没有一个人没有杰出的创作，某有一个人没有某种文学成就。这种永无止境的恭维奉承，这种调和主义的妄图，以及扮演文学上的淫媒和掮客的热情，是令人无法容忍的。"② 在文学批评中说点好话，特别是在辩证分析的基础上给予必要而恰当的肯定，不一定非得来个不依不饶的零容忍，但显著背离事实的"友情赞助"和毫无原则的"抬桩"，因其违背批评的根本宗旨，必须予以制止。

四是山头意识，排斥异己。与上述好人主义批评不同的是，出于话语垄断、宗派意识和圈子心态，文学批评界的一些所谓龙头老大不时率领一帮跟班的，借助自己已有的声望或手头掌握的权力和阵地，拉山头，划圈子，抬高自己，粉饰朋友，排斥异己，打击对手。无论明枪还是暗器，目的都在于追求一言堂的"山寨"效果。这样的"抗战"氛围，虽然偶尔也能激起反抗，或一定程度上刺激批评与反批评，但终究不利于文学事业的健康发展。

诚然，改革开放以后，那种视文坛为战场的一枪放倒、一棍子打死的情况已大为好转，但占据山头、排斥异己的现象远未绝迹。美国原《纽约》杂志评论家、《伟大的书》的作者大卫·丹比就批评过这种以事先预设好的理论来代替原著阅读的偏向。在他看来，某些批评不是建立在诚恳的阅读之上，读者与作品之间的诚实关系被充满火药味的言论迷雾所遮蔽，在没有弄清对象到底在说什么之前，作品已经被一种理论而不是一种阅读经历枪毙了。③ 至于利用刊物阵地拉帮结派，差不多已经成为理论批评界的潜规则，并由此衍生出等级森严的贵族习气和文坛霸气。张宗刚以激进方式指出了这一点："90年代以降，一些作为批评主阵地的业内刊物，多为市侩、乡愿者流盘踞把持，或是铁板一块针插不进，或是按篇索价六亲不认，一夫当关，万夫莫开，弥漫着令人掩鼻的江湖气和帮会气；他们把党同伐异说成同仇敌忾，把拉帮结派说成志趣相投，把小圈子叫作同仁，把财迷心窍唤做'与国际接轨'，彰显修辞高手本色。当八面来风变成了帘幕重重，当开放的广场萎缩成独家小院，一些缺乏基本才具的外行，竟也通过特殊渠道混入批评之门，安然讨得一杯羹汤。如此，遂有了指鹿为马、看朱成碧，有了南辕北辙、焚琴煮鹤，评论的生态怎不恶化？"④

五是消费趣味，盲从时尚。毫无疑问，当我们的文化心理还未来得及做好充分准

---

① 张治国：《学术的虚妄：当下文学批评的表扬化倾向》，《贵州社会科学》2006年第1期。
② [德] 恩格斯：《评亚历山大·荣克的"德国现代文学讲义"》，《马克思恩格斯全集》（第1卷），人民出版社1956年版，第523页。
③ 参见佘江涛《捍卫经典 阅读经典》，《博览群书》1998年第8期。
④ 张宗刚：《批评的意义何在——一个人的批评观》，《黄河文学》2007年第12期。

备,消费时代已经悄然而至。经济杠杆的力量如此强大,以至于不管你是否愿意,文学批评也不同程度地被赶进了文化消费的大潮之中。受这种宏观背景的烘托和浸染,一向板起面孔说话的文学批评也不得不放下架子,开始盲目追随甚至自觉制造时尚趣味,在社会和文化的边缘处寻求自己那份日渐萎缩的市场,导致文学批评正常文化身份的异化和丢失。换言之,"当经济生活占据社会中心位置之后,它迅速分散了人们对包括文学批评在内的精神思考的关注,实际的物质利益吸引了人们更多的注意。在这种情况下,文学传媒迅速'大众化''平面化',以期实现对文化市场的占有。许多重要的文学期刊,已取消了文学评论栏目,将更多的篇幅出让给适于市场情调的作品"[①]。与此相应,文学批评也开始变频、换调,批评者已无足够的耐心去阅读作品,短平快式的会议批评、媒体批评、答记者问批评渐渐占据本已可怜的批评市场的既有份额。时间一久,传统的社会批评、审美批评、权威批评退居次位,印象式、新闻性、随想化、娱乐态的平面批评成为时尚。"梨花体""羊羔体"等文坛噱头的制造、传播和热炒,已经证明文学批评品位的下降以及批评生态的失衡和错位。

诸种迹象表明,优化文学批评生态,回归文学批评本位,已经迫在眉睫。

三 文学批评生态的矫正

20世纪90年代以来特别是当下的文学批评之所以发生上述问题,原因当然是多方面的。归纳起来,要因不外乎三种:一是思想贫瘠,缺乏判断力;二是圈子心态,缺乏公信力;三是商业诱惑,缺乏自持力。

鉴于上述偏向,文学批评乃至整个思想文化界有责任认真面对,深刻反省,积极寻求具有针对性的矫治方法,以保证批评生态建设的可持续进行。

一是关注当下,强化批评的现实性。文学批评的主要任务,在于针对各种现在进行时态的文学现象进行有理有据的分析评判,在此前提下可作适度回眸和必要前瞻。做出这样的限定,主要是考虑到科学性、实践性等文学批评的基本学科属性,同时还考虑到文学批评要为文学史和文学理论的建构提供与时俱进的鲜活资源。因此,一切生动有效的文学批评都有责任优先关注当下创作实际,以保障其建构机能的现实活力。这既是中国文学批评形象重建的必由之路,也是当下文学批评亟待改进之处。而要关注当下,就需要及时了解文坛动态,准确评判创作得失,迅速传递批评信息。这又势必借助现代传媒。由此可见,简单地否定现代传媒以及由此而来的传媒批评是不公正的,正如粗暴地拒绝学院派批评一样。

事实上,包括文学批评在内的所有文化信息都需要相应的传媒支持,否则将一无所成。只不过以前主要依据口头传播、纸质传播,现在则主要依托包括广播传播、影

---

① 孟繁华:《文学批评的流失与存在》,《社会科学战线》1996年第5期。

视传播、网络传播在内的电子传播而已。我们不赞成扁平化、庸俗化、炒作化、娱乐化的媒体批评，并不等于排斥现代媒体的承载、传播和反馈功能，更不意味着全盘抹杀优秀媒体批评的时代合法性。说到底，传媒的参与行为是更高层次、更广范围的文艺生态。甚至可以认为，"文学批评走向大众传媒，也就更加接近于大众，媒介的功能使批评的功能得以拓展；走向大众传媒的文学批评，使作品与受众之间建立起良性互动回馈机制，构建起批评的介入平台；走向大众传媒的文学批评，应冲破单纯的学理型、研究型或精英层的束缚，开拓广阔的话语渠道；走向大众传媒的文学批评应具有强烈的精神建构特点，尤其是在媒体批评为市场所左右时，文学批评家从某种意义上讲，则引领着大众审美走向，充当着精神守望者的角色"[①]。不过，我们也注意到，纸质媒体确实具有区别于电子传媒的独特优势。正如波斯特所说，"书面文本促进批判性思考，这是因为人们对其信息的接受并不是在作者劝导性的亲自出场下进行的，因为书页的顺序和文字的线性排列大致对应于因果逻辑，因为书写能够使人对信息的接受不受外界干扰，从而能促进冷静的思考而非冲动的热情，因为书面文字是物质的、稳定的，这就使得信息的重复接受成为可能，因而也就提供了一再反思的机会"[②]。而由现代媒体带动的媒体批评特别是电子媒体批评则多少带有不同程度的"一次性批评"的色彩，因而它必须强化其话语扩张态势，其间也可能夹杂着某些迎合媒体口味的"就范"意味。无论怎样评价，有一点是确定无疑的，这就是"媒体知识分子"（含报纸知识分子、电视知识分子、网络知识分子、微博知识分子）的出现确实改变了文学批评的言说方式和文化生态的整体结构。

二是面向文本，增进批评的似真性。这里所说的文本是指以作家作品为中心的各种文学现象，它们是文学批评的基本对象。针对前述"自说自话，无的放矢"的批评弊端，面向文本要求批评者首先面向作家作品，其次是面向当下的文学创作实际，再次是面向当下创作进行实事求是的言说。让批评贴近当下、贴近文本、贴近真相，使文学批评回到它自身的轨道，这就是人们一贯尊重并努力寻找的文学批评的似真性，亦即最大限度地趋近文学本真的属性。正常状态下，这并不是一个很大的难题。但在目前情况下，文学批评已经在内外、主客等多重因素的综合挤逼下变形、变态、变性，再次重申文学批评的似真性和本源性显然不是多余的事情。

面向文本，增进文学批评的似真性，需要特别强调两点：第一，不断提升批评者的素养；第二，用心谋求批评的针对性。对于前者，深厚的生活积累、超拔的思想境界、丰富的知识储备、精到的艺术修养是成熟批评主体的必备素质。一个高明的批评者不一定是个作家，但一定要成为谙熟文学规律的鉴赏家。其中，相对完备的知识结构、良好的理论根底、开放的思维视野、健康的审美情趣、敏锐的艺术感悟、独特的

[①] 杨琳、李明德：《大众传媒视野下文学批评的跨媒体现象分析》，《西安交通大学学报》（社会科学版）2004年第4期。

[②] ［美］马克·波斯特：《信息方式：后结构主义与社会语境》，范静晔译，商务印书馆2000年版，第115页。

文学发现、准确的价值判断、畅达的文字表述尤为重要。至于针对性，要求批评者走进批评的具体现场，认真阅读原著原作，切实体验批评过程，既不大而无当、漫天议论，也不消解中心、浅尝辄止，当然也不能人为设靶，盲目"射击"。在评析某些具体作家作品时，需作总体观照，切忌抓住一点，不及其余，也不因噎废食，全篇否定。假如必要，力争把握所评作家的全部作品，在比较与参照中确定所评作品在作家作品集合体中的方位、价值与作用。如有可能，还应尽力兼顾作家的创作意图。尤其在评价前代或外国作家作品时，因时代、地域、文化、心理等方面的差异，孤立地对作品作接受美学式的考察难免造成误读。还是鲁迅说得好："我总以为倘要论文，最好是顾及全篇，并且顾及作者的全人，以及他所处的社会状态，这才较为确凿。要不然，是很容易近乎说梦的。"①

三是追求深度，恢复批评的功能性。缺乏应有的思想深度、学术深度和人性深度，这也是当下相当一部分文学批评屡遭诟病的重要原因。批评的深度与其广度、力度密不可分，主要指文学批评文本在针对性、实践性、批判性、审美性、引领性等层面所达到的高度以及各指标间的和谐程度。关于针对性和实践性的问题，前文已经述及，这里简要谈谈批判性、审美性和引领性三大深度指标。"批判"的本义是批阅、判断，即好处说好、坏处说坏、实事求是。经过长时期具体语境的锤炼，现今的所谓"批判"主要是指对错误或反动思想、言行进行批驳。实际上，"批判"一词更多地隐含着反思性判断的意味。鉴于20世纪90年代以来文学批评界流行的好人主义批评以及某些肤浅的平庸批评，人们似乎更愿意听到反思性声音，看到对不良文风、非正面创作以及作家创作中的不足或纰漏进行深刻矫正的批评文章。这种诉求，真实反映了广大读者的愿望，也体现了文学批评应有的精神力量。关于文学批评的审美功能，近年的确在相当程度上被市场化消费趣味稀释了，仿佛成了遥远年代的美丽梦幻。纯粹的政治学批评、社会学批评、历史学批评固然有其缺陷，但过于消遣化、娱乐化、快餐化的批评显然有悖批评伦理。当然，我们追求文学批评的审美深度，主要是希望批评者在文学艺术的轨道上来阐释作家作品，重审美不唯形式，重艺术不唯技巧，在呼求重视对文学现象的审美感悟和艺术发掘的基础上坚守文学和文学批评的精神向度和人性维度。这就关系到文学批评的引领功能了，亦即评判是非、推进创作、启示他者的功能。

从系统论的角度看，批判性、审美性和引领性诸功能往往有机统一于文学批评这种特殊的精神性创造活动之中，而不是彼此隔离、互不相干的。所以说，"文学批评的发展空间有着远比所谓'批判性'更为辽阔的思想空间，我们甚至可以说，文学批评的主要价值还在于不断为我们的艺术想象和审美感受提供具有前瞻性的精神动力。这种前瞻性的思想是通过批评家不断与当代艺术的对话，从中敏锐地感受到，并形诸文字的思想。从文学史的进程来看，历史上那些优秀的批评家，都具有一种超凡的艺术

---

① 鲁迅：《"题未定"草》，《鲁迅全集》（第6卷），人民文学出版社1981年版，第344页。

感受力，这种感受力，直接体现为批评家在对同时代的文学作品和文学现象的敏感，能够不为既定的价值观念所淤，排除陈见，提炼出那些不为时人所看重，或不为时人所注意的新的思想萌芽及审美胚胎。"[①] 因而，对广博而深厚的文学世界的批评，特别是对那些作品中反映出来的对于当前多数人而言还比较陌生的、正在发展的或将要发生的社会事项、表达方式、审美趣味保持不倦的新鲜感和探究欲，这正是文学批评家的事业。正如余秋雨所说，对这个世界，我们知道得还实在太少，无数的未知包围着我们，才使人生保留迸发的乐趣。当哪一天世界上的一切都能明确解释了，这个世界也就变得十分无聊，人生就会成为一种沉闷的重复，批评家也就可能真正丧失其功能。

四是回归理性，倡行批评的包容性。倡行批评的包容性，要求批评主体摒弃山头意识、宗派观念、圈子心态，以友好、友谊的愿望，兼容、包容的姿势，开放、开心的心态展开真实、真诚、生动、活泼的批评，促进文学批评摆脱各种文学之外的羁绊和诱惑，重新回归其本有的理性轨道。从更高的层面看，包容不仅仅是一种心态和姿势，它同时是一种精神境界。一个没有精神高度、缺乏雄阔视野和开放观念、心胸狭隘、唯我独尊的人，是容不得不同批评之声的，对于那些与自己进行反思性对话甚或反对自己观点的人，更是无法容忍。这种人，假如掌管着文学批评的权威话语和核心期刊，后果可能更为严重。因此，从某种意义上讲，文学批评界的自律远比他律重要。

倡行批评的包容性，不等于容忍好人主义批评和棍棒主义批评。我们需要提倡的是正常的对话、健康的批评、友好的争鸣、"吾爱吾师吾更爱真理"式的讨论。毛泽东早在延安文艺座谈会的讲话中阐述文艺批评的标准问题时，明确提出在团结抗日这个大原则下的两个"容许"：一是容许各种各色思想态度的文艺作品存在；二是容许各种各色艺术品的自由竞争。新中国成立后，这种观念发展完善为在"二为"方向规约下贯彻执行"双百"方针，即容许包括文学批评在内的文学艺术事业在坚持为人民服务、为社会主义服务的前提下，自由平等地百花齐放、百家争鸣，容许不同观点、不同形式、不同风格的文学批评的多元并存及其相互之间的真诚对话和友好争鸣。唯其如此，才有望构建和谐的、可持续发展的社会主义文学批评的健康生态。

五是尊重个体，张扬批评的多样性。与文学批评的包容性密切相关的，是充分尊重批评个体，张扬批评的个性多极化和生态多样性。文学批评的魅力不仅源自批评者的生活阅历、思想境界、知识背景、审美趣味诸要素，还直接关系到批评者的个性风采。本质地看，批评主体的个性气质恰恰孕生于上述诸要素中，并最终体现在具体的批评实践和批评文本之中。犹如杨扬所说："对文学批评、文学创作而言，其增长的最常见的方式，是潜在的、沉默的、累积的和个体的，也就是说，是一种带有个性气质的个体思想活动。而那种振臂一呼，应者如云，由几个所谓的思想人物圈定一两个问

[①] 杨扬：《论90年代文学批评》，《南方文坛》2000年第5期。

题，然后大家围绕这一两个问题进行探讨的思想生长方式，大概只有在一个非常特殊的思想年代才存在。"①

这实际上涉及两层要义：一是批评者要正视并尊重作家作品的丰富性；二是批评者自身在批评过程中不要刻意压抑、削平自己的鲜活个性。古人早就注意到这个问题。刘勰在《文心雕龙·知音》中讲得比较透彻："夫篇章杂沓，质文交加，知多偏好，人莫圆该。慷慨者逆声而击节，酝藉者见密而高蹈，浮慧者观绮而跃心，爱奇者闻诡而惊听。会己则嗟讽，异我则沮弃，各执一隅之解，欲拟万端之变。"② 刘勰这里所说绝非前述党同伐异，而是对批评个体与创作主体、文本个性之间积极应答关系的一种描述和首肯。

总之，文学批评的生态异化是文化发展演进过程中的变奏形式，它受到文学和社会多方面的规定。本文主要从自律的角度探讨当下文学批评的若干征候及其矫正策略，目的在于引起人们对这一关乎文学未来的现实问题的足够重视和尽可能全面的认识，以便更主动、更有效地参与到构建文学批评和谐生态的行列中来！

---

① 杨扬：《论 90 年代文学批评》，《南方文坛》2000 年第 5 期。
② 参见范文澜《文心雕龙注》，人民文学出版社 1958 年版，第 715 页。

虚构与非虚构
——当代叙事模式的分野与重建

张延文[①]

(郑州师范学院 河南 郑州 450044)

摘 要：近年来，在叙事文学当中，"非虚构"成为一个热点，而网络文学当中的"虚构"叙事，也在如火如荼地进行当中。文学叙述当中的"虚构"和"非虚构"看起来是叙事方式的差异，却代表着社会文化伦理的差异。必须消除自我禁锢，形成社会伦理和技术理性的协调平衡，让虚构和非虚构在当下性的基础上契合，才能达到有效的叙事。

关键词：虚构；非虚构；叙事方式；叙事伦理；视界融合

近年来，在文学界，"非虚构"非常流行，成为大家津津乐道的话题，特别是以《人民文学》《收获》为代表的大刊，也纷纷加入其中，甚至推波助澜，不免令人浮想联翩。但对于什么是"非虚构"，尚未有明确的定义；而对于所谓的"非虚构文学"，特别是"非虚构小说"，各方面褒贬不一，引起了一定的争议。一种较为普遍的看法，是从20世纪60年代在美国率先兴起的"非虚构小说"创作热潮入手，将其和"新新闻主义"联系起来，得出以下的看法："美国非虚构小说的诞生，是骤变的大众社会政治、社会、科技文化背景使然。它是关于事实本身的小说形式，但它的影响却远远超出于事实本身。它与新新闻主义实属同一文学类型，它们的共同点在质与量方面都绝对地超出了不同点。"[②] 美国"非虚构小说"兴起的20世纪60年代，是一个社会大变革的年代，反主流文化运动和后现代艺术同时兴起，在中国则开始了史无前例的"文化大革命"。但与信息时代的拉开帷幕比较起来，这些都不值一提。而我们的"非虚构"叙事，就发生于正在逐步开启的信息化的语境之中。

2010年，《人民文学》杂志开辟了"非虚构"栏目，设立了"非虚构奖"，并推出

[①] 张延文（1973— ），男，河南方城人，诗人，评论家，文学博士，郑州师范学院中原作家研究中心常务副主任，主要研究诗学、叙事学。

[②] 司建国：《美国非虚构小说简论》，《西北师范大学学报》（社会科学版）1996年第6期。

了"非虚构"写作计划。这仅仅是个开始。"现实比虚构更精彩",仿佛成了作家投身"非虚构"文学大潮的充足理由,也是他们对于现实勇敢介入的实践方式。这股热风愈吹愈烈,大有横扫千军之势。评论家雷达在对2013年度的长篇小说的综述中指出:"除个别作品外,这些作品都表达了进一步'接近现实',对转型时代复杂的现实生活的大胆审美判断,表达出力图对现实发言的强烈愿望,这已成为当下长篇小说的主体格调。"① 短短的三四年内,中国大陆的主流文坛,以纯文学期刊为代表,在选稿的标准上,出现了很大的转变,那些标举"深度写作"的"文艺范"们,开始被各类大小编辑扫地出门,而这类作品恰恰是所谓的"纯文学期刊"曾经力推过的。之前,被文学期刊弃置不用的那些"接近社会""接近现实""不进行价值判断"的带有一定的通俗文学特点的作品逐渐大行其道。主流文学期刊的转向,也令那些正在向着文坛进军的"习作者"们感到莫名困惑,一下子难以适应改变了的文学大气候。作为纯文学期刊的风向标的《人民文学》和《收获》,在鲜明地标榜着"非虚构"的叙事倾向,那么,这到底说明了什么?到底是纯文学期刊向着大众文化靠拢,以努力改善不景气的市场状况,向读者示好呢,还是说作家的想象力不足以与异彩纷呈的现实相媲美,不得已做出的退让?还是其中另有缘由?

  和主流文学的不景气相伴随的,是网络文学的兴旺发达。和主流文坛流行的"非虚构"形成鲜明对比的,是在网络文学叙事当中的虚构之风盛行。这看起来颇有趣味,小说的核心元素是虚构,虚构是文学想象的重要形式。无论如何,"非虚构"毕竟意味着秉持着所谓的纯文学理念的写作者想象力和判断力的贫乏,对于掩盖在时代的面纱之后的事实真相的认知的无能为力,这种摒弃了"深度"追求的尽量不进行价值判断的写作,是作家不作为带来的后果。换句话说,主流期刊的这种"非虚构"的向着读者送秋波的行为,读者未必会买账,甚至会由于丧失了自身优势而导致仅存的纯文学读者的进一步流失。网络小说叙事,以盗墓、灵异、玄幻等各种类型的"虚构",为其带来了巨大的读者群,有时候,你会发现,代表性的网络文学作品一天的点击量,比所谓的严肃作家一辈子的所有作品的阅读量都大得多。面对这种巨大的反差,很多主流作家,也是当前所谓的"作家",并不能够认清形势。网络上的写作者通常被称为网络"写手"。到目前为止,虽然已经有了主流文坛和网络文坛合流的倾向,但仍然有着一种突出的看法在局限着我们的认识,也就是说,网络文学写作缺乏客观的生活经验,属于天马行空的写作,对于现实人生毫无用处。这种观点也成为主流文学的最后一块遮羞布,当主流文坛以"非虚构"为名,打着"反映社会现实"的大旗,对网络文学进行挞伐。那些网络里的大神们,对此根本不屑一顾,他们在虚拟的王国里自成一统,出尽风头。这一切显得天经地义,心安理得,大可井水不犯河水,各行其道。

  其实,大家都明白,事情绝非如此简单明了,个中原委,值得我们去一探究竟。

---

① 雷达:《2013年长篇小说观察:对现实发言的努力及其问题》,《人民日报》2014年1月21日第14版。

无论社会语境如何变迁,如果文学还存在的话,那么,它对于真善美的追求,是不可能改变的。但社会语境,毕竟是改变了,而且,中国正在面临一个前所未有的大变局,即使新时期以来中国已经进行了工业化、城市化、市场化、信息化等各个层面的深入革命,我们仍然无法看清楚未来将要发生些什么。毫无疑问的是,那些尚未到来的变革,将是超乎所有最为大胆狂野的想象的。我们可以看到的,在短期内足以改变我们的生活方式的大事件,比如电动汽车、智能穿戴,以及生物技术的应用等,都和科技密切相关,但对于这之后还会怎么样,天知道吗?天也未必知道!人类的发展,已经超出了人的经验模式所能达到的极限,社会的发展,在技术的引领下,正在处于失控的状态。作为整理人类生存经验的重要形式的叙事,也处于前所未有的困局当中。人文学科的知识分子,如作家、评论家、哲学家、历史学家等,作为传统的知识分子的代表,他们甚至根本不知道自然科学领域在发生着什么,对于将要来临的一切懵懵懂懂,怎么可能担负起认识世界,甚至引领社会发展的重任?

英国物理学家霍金在其近作《大设计》当中指出:"按照传统,这是些哲学要回答的问题,但哲学已死。哲学跟不上科学,特别是物理学现代发展的步伐。在我们探索知识的旅程中,科学家已成为高擎火炬者。本书的目的是给出由最近发现和理论进展所提示的答案。它们把我们引向宇宙以及我们在其中的位置的最新图像,这种图像和传统的,甚至与一二十年前我们画出的图像都大相径庭。"[①] 霍金在书中进行了大胆的设想,认为宇宙和人类是可以从无到有,自己创造自己,也就是说是自在而自足的。这个想法彻底颠覆了传统宗教神学的基础,赋予人类"神"的属性。人类在轴心时代确立的人性观念,即将走到尽头。马克思在《1844年经济学哲学手稿》[②] 当中,从劳动和资本的角度来解析了人的异化问题。换个方式理解,人的异化过程,恰恰是人的主体性确立的过程。马克思提出的,诸如"人是社会关系的总和","美是人的本质力量的对象化"等重要观点,作为"异化"理论的基础,一开始就把人放在了一个宇宙万物统治者的不可侵犯的神圣地位。1964年,美国人麦克卢汉在《理解媒介——论人的延伸》[③] 当中讨论了,在即将来临的信息社会里,人的地位和作用。按照信息的定义,信息是中性的、独立的,既非精神也非物质。信息如果作为人类社会存在的第一要素,那么,人的属性就成为了一种"类人类"的存在,人和周围的世界当中的其他存在一样,没有本质的区别。在信息社会里,人和机器之间,形成了扩大化的交互界面,最终应该会融为一体。那么,人将从他的对立面,回到自己当中,实现自在自足。而这种自在自足的存在,在《圣经》等宗教典籍里,是神的属性。当然,这个过程当中,物也将获得自在自足的和人一致的关系。人类从大自然当中出走,从一个渺小的臣服者,成长为万物之王的征服者;如今,人类正在从自然的对立面,重新回归;这

[①] [英]霍金、蒙洛迪诺:《大设计》,吴忠抄译,湖南科学技术出版社2011年版,第3页。
[②] [德]马克思:《1844年经济学哲学手稿》,刘丕坤译,人民出版社1979年版。
[③] [美]麦克卢汉:《理解媒介——论人的延伸》,何道宽译,商务印书馆2000年版。

个回归的过程,是拓展人的存在方式,从一个物质性的,单一的自我存在,转化为精神和物质共有的交互式的存在。人类社会的远景,在人的工具化的同时,实现工具的人化,工具和人的界面在拓展,最终合二为一。那么,所有的,基于人的主体性的学说,都将逐步失效,以人的主体性为基础的现代社会的理论将失去依据,人类正在进入一个新的"轴心时代"。在两千多年前的"轴心时代","神"被驱逐或者说"神"离弃了人类;今天,人在向"神"的寻觅之中,向"神"回归,实现人性和神性的合一。

文学艺术,作为人类对于现实的可能性的解读,在过去、现在、未来等层面解释和拓展人类的精神性存在。伴随着互联网等通信工具的出现和发展,人的虚拟的身份带来的网络社区生活,和文学艺术的本质是一致的。我们在网络上阅读、购物、恋爱、结婚,虽然仍然要受到来自传统社会的伦理约束,但毕竟发生了变化,这种变化的本质在于,它将从辅助性走向主体性,虚拟的自我,将最终摆脱实体存在而自由自在。在网络上开展的文学传播行为,就其本质来说,是在促进这种虚拟性的发生,和纸媒为主的传播方式,在本质上是有差异的。纸媒的传播,依存的是已经形成了的社会伦理,它的方向是向着过去的;而互联网传播,产生出了新的信息伦理,它的立场是中立的。表面看起来,它处于发生的那一瞬间,事实上,却倾向于未来。以文学期刊和图书为代表的纸质的出版物,所依托的文学伦理仍然是传统的社会伦理,他们所谓的,对于"非虚构"的标举,看起来是立足当下,却是对于伦理价值的坚守。而网络文学,叙事中的"虚构",对于社会文化传统进行了解构和弱化。当前的文学,就是在这种坚守和弱化的双向过程当中进行着磨合。虚构和非虚构,网络文学和主流文学,在当下的这个点上,是有交集的。东方社会当中,对于文学艺术的社会功能的强调,也就是"善"的强调,使得主流文坛在面对快速转化的社会现实时无所适从,彻底的无力感使得所谓的作家们颜面尽失,他们甚至在叙事当中努力维持自己早已体无完肤的尊严。但你很难想象,一个"90后"读者能够真正理解一个"50后"作家的个人经验,而这恰恰是这些人赖以存在的坚定立场。

在网络文学里,有一个有趣的现象,网络作家的年龄普遍偏低,比如现在的网络大神天蚕土豆、我吃西红柿、唐家三少,均为"80后"。那些十年前出现的网络大神,大部分都已淡出网络江湖。一般来说,网络读者在阅读比自己年龄大不了几岁的人的作品。青年代表着社会的未来,网络阅读是青春型的阅读为主的。当然,各种类型的网络读者和网络写作都存在,我们这里只是从代表性的特点来讨论的。网络文学的主体是玄幻、修仙、盗墓、灵异、言情,我们容易忽略隐藏在这些现象背后的问题,忽略这些作品对于未来的社会主体的年轻人的心灵塑造的精神价值:一个阅读着修仙的故事长大的青年人,和阅读《红岩》成长起来的中年人,怎么可能做到互相之间的理解,你很难让他们在一个层面上去思考问题。最为关键的是,人类正在走向的未来,是人类无法理解的,也难以把握的,这种不可知的,由于现代科技快速发展带来的认识上的变化,正在将曾经无法想象的神话变为现实。庄子在《逍遥游》中所描绘的,从深渊里出来的，几千里大的鲲鹏，在我们的先辈看起来，就是志怪的，属于无稽之谈，但从今天的角度来观察，这些都可以在科学上加以理解，也就是说，科技的进步让文学叙述里的幻想变成了想象，终将从想象转化为现实。千里眼，顺风耳，神行太保，早已不值一提。今天的玄幻，也许就是明天的现实。网络文学的这种追求，恰恰体现了文学艺术的本质：追求理想化的生活，达成人类的生命自由。传统文学失去读者的原因，就在于其抱残守缺，并以此为荣。

网络小说的叙事虚构，以早期的《鬼吹灯》《盗墓笔记》为代表，习惯于将中国传统文化里的重要的历史人物、事件，结合当代社会现实，以新的方式进行解读，将子不语的怪力乱神请回来。这种做法，无疑是针对现实的主流社会的伦理价值，进行大胆、肆意的解构。以黑岩网[①]近期上榜的小说为例，理科佛的《苗疆蛊事》系列小说，重新复活了一直在"夜郎自大"的文化寓言里存在着的夜郎古国的历史，阐述南方的巫蛊传统，并将当前发生的重大的社会事件融入其中，比如富士康的连环跳楼、汶川大地震等，这些都被叙述成了修道者之间的战争。而龙飞有妖气的《黄河古事》则对中华民族的母亲河"黄河"进行了新的解读，在他的叙事里，大禹又复活了，黄河是人为造出来的，河底埋藏着巨大的秘密。虽然这种叙事看起来荒诞不经，但并非毫无依据，比如黄河，其实在中华民族的历史上，是为患多于福泽的，我们一贯将其看作"母亲"，却很少想过她到底意味着什么？吴大胆的《异闻录：黄河摆渡者》，以《诗经·玄鸟篇》中的"天命玄鸟，降而生商"作为叙事的依据，让商纣和妲己复活，大禹治水的"息壤"成为有高科技属性的神秘材料，商纣成为英雄，大禹变成了阴谋家，这里重新叙述了中华民族的历史。这些作品的出现所带来的传播效果，是难以想象的，将会颠覆中华民族传统的文化信念。

在一个新旧秩序交替的时代，虚构和非虚构，不仅仅表现为叙事方式上的差异，更多地代表着社会文化伦理方面的分野。今天，所有的文化典籍都在被重读，或者说，都需要被重读；你无法制止这种重读的可能性，也不需要去这么做。与此同时，所有的社会伦理价值，也同样面临着被重新认识和建构的命运。对于叙述者来说，面向未来的窗口被逐一打开，那么，叙事就呈现出了看似无穷无尽的可能性。然而，这也无异于希腊神话里的潘多拉盒子，或者说人类大洪水时期里的洪水，不能任其恣肆泛滥。叙事当中的虚构和非虚构，必须达成一定程度上的巧妙平衡，进行合理化的交互。对于主流作家来说，必须正视在"虚构"的网络叙事的来势迅猛背后隐含着的文化象征，而非一味地对其轻视和鄙夷；需要消除叙事当中这种看不见的界限，或者说打破主流文学当中类似于"子不语"式的伦理禁忌。一个严肃的作家，在其叙事当中，必须能够辨别虚构和非虚构之间的界限到底在哪里，要能够解释为什么简狄吞下的鸟卵生下了商契；在商契的"契"和摩西与上帝之间立下的规约之间，是否存在着某种关联；

[①] 黑岩网：http://www.heiyan.com/。

这种关联能否跨越地域和时间的限制，重返人间，改变我们的生活；要可以说明伏羲女娲为什么长着长长的尾巴，而女娲炼石补天的行为，是不是也证明了她具备"石匠"的身份，从而和西方尊崇的"共济会"这样的"自由石匠组织"发生着关联？无论如何，我们都不能再随意地说，这是封建迷信，这是神话传说，这是怪力乱神。必须对这个民族曾经被反复进行过的精神净化活动里所消失了的历史，进行挖掘和重塑。对于作家来说，他们的使命就是进行有效的叙事：消除自我禁锢，形成社会伦理和技术理性的协调平衡，让虚构和非虚构与当下性的条件相契合。在面对网络文学形成的以民间方式在虚拟世界里形成的小传统时，学界要看到其充满活力的、快速成长的趋势，对其加以关注和研究。科学伦理所造成的非选择性的破坏，和选择性的社会伦理带来的掩耳盗铃与画地为牢式的局限，都存在着致命性的缺陷。在一个政治依然有组织化的大规模存在的社会环境当中，叙事的责任与使命，面临着更为严峻的挑战。但叙事文学的未来，显然不仅仅只是一种平衡术，它将以其自身的原生力量，从时代的迷雾里突围，焕发出醉人心神的勃勃生机。

"看"的"快感":对劳拉·穆尔维"视觉"说的一种解读

王进进[①]

(郑州大学 河南 郑州 450001)

摘 要:在女性主义电影理论中,劳拉·穆尔维的理论创见占有重要一席。她以精神分析理论为基础,探索了叙事电影,尤其是好莱坞电影中"看"的性别分工位置以及文化价值,即"看"作为一种意识形态形构,处于"被塑造"的状态;"看"产生快感并促使观看癖自恋的发生。而自恋的心理基础在于拉康"镜像阶段"理论所阐说的因错误识别而导致的主体想象性呈现。所以,毁灭"电影快感"就意味着反抗与革命。

关键词:快感;看;被看

在20世纪70年代这个被女性主义者描述为女性主义运动的"第二浪潮"时期,女性主义思想与父权文化空前广泛地遭遇。它们除了继续纠结在政治、经济乃至文学等女性主义者所熟悉的领域之外,电影也裹挟在内,并成为这一爆炸性相遇的重镇:她们拍摄标识清晰的女性主义纪录片;创办女性主义电影批评刊物;甚至在纽约和爱丁堡举办了两个妇女电影节。与此电影实践相匹配的是大量批评理论的涌现。其中,劳拉·穆尔维的《视觉快感和叙事性电影》多次入选不同版本的电影理论选集,影响甚众。那么就引发了论者的问题,即劳拉·穆尔维的理论特质是什么,以及它在女性主义电影理论史当中的位置又如何。针对这些问题,本文试图做一阐释。

在劳拉·穆尔维《视觉快感和叙事性电影》发表之前,梅杰里·罗森和莫利·哈斯科尔相继写出了《爆米花维纳斯》与《从敬畏到强奸》。在书中,她们重点探讨了电影中的妇女形象构形。对于罗森而言,"爆米花维纳斯"的命名意义就是,女性在电影中被形塑为爆米花维纳斯,即赏心悦目,却没有实质。从这个论点出发,她开出了好莱坞电影女性的形象列表:20世纪前10年,女性形象外在着装刻板严谨,人性与自由

[①] 王进进(1973—),河南省鲁山县人,供职于郑州大学文学院,副教授,文学博士。

无从谈起。到20世纪20年代,女性形象趋向光鲜,内里却是男性性幻想的对象。30年代,时时处处警惕妇女的社会贡献。而40年代呢?女性牺牲者类型与邪恶女人类型并置。50年代,好莱坞出现了"贤妻良母"和"乳房迷狂"的形象。60年代到70年代,大量影片则把女性之性爱展现为精神变态。无论时代怎么在变化,好莱坞电影女性形象一直摆脱不了"性对象"的命运。究其原因,在于整个社会所受的父权制操控,而好莱坞电影工业则充当着建构女性形象的社会形构手段。

莫利·哈斯科尔的《从敬畏到强奸》沿着罗森的论题——电影形塑妇女形象展开了自己的阐说。她指出,仅把电影看作男性幻想是不符合事实状况的,它还包含着施虐、屈从和解放等不为人知的性幻想,这些都充当着妇女理解自我和解放自我的关键。关于此,体现在她对20世纪三四十年代的"女性电影"的研究中。哈斯科尔把女性人物按照题材进行分类划分,它们是:"牺牲"类型,通常由母亲充当;"受难"类型,如女主人公疾病缠身;"选择"类型,摇摆于追求者之间,两个女人争一个男人等。这些类型范畴的核心就是牺牲,在她看来,这类电影在政治上有一定的保守性,"女性观众被感动;她们的感动不是出于遗憾和畏惧,而是出于自怜和眼泪;她们感动地接受而不是拒绝自己的命运。"[①] 而在传统的电影类别内,如警匪片、西部片、战争片、侦探片、牛仔竞技片、惊险片等,统统是排除女性叙事的。由此可见,女性主义电影一方面展现女人被公开宣称的义务;另一方面内在地表达她们无意识的抵制、压抑和愤怒。这样一来,哈斯科尔的女性主义分析就考量了电影的复杂性,尤其是在认识自我观看反应的复杂性层面。由此可知,罗森和哈斯科尔的研究探讨了电影的女性形象如何在父权制社会的宰制之下,历经时间考验,依然在一条"他者"的道路上滑行。她们生活在男人制定的生活规约之中,若稍微旁逸,就被视为"异类"。稍微不同的是,哈斯科尔看到了女性形象形构之下的"矛盾",为女性找到了抵制的罅隙。作为70年代女性主义电影理论的标杆之作,她们皆为女性主义运动"第二浪潮"做出了杰出的贡献,更为重要的是,开启了这一时代女性主义电影研究的路向,劳拉·穆尔维的"凝视理论",在某种程度上可以视为一种深化与推进。

劳拉·穆尔维在《视觉快感和叙事性电影》的"序言"里就阐明了她自身的理论命题背景,即她是在追溯精神分析的政治化运作中揭开电影的秘密的,"本文旨在用精神分析的方法去发现,电影的魅力是在何处以及如何得力于那早已在个性主体以及塑造它的社会构成之内发生作用的魅力的诸种事先存在的格局"[②]。她就是从电影如何利用社会化的性差异去阐释"那种控制着形象、色情的看(looking)的方式以及奇观(spectacle)"[③] 的奥秘。穆尔维做的就是解构父权制社会的无意识如何构成电影形式

---

① [英] 索海姆:《激情的疏离》,艾晓明等译,广西师范大学出版社2007年版,第43页。
② [英] 劳拉·穆尔维:《视觉快感和叙事性电影》,节选自李恒基、杨远婴编著的《外国电影理论文选》,生活·读书·新知三联书店2006年版,第637页。
③ 同上。

的。她在男性菲勒斯中心主义的矛盾中看到,男性的世界依靠被阉割的女性形象来赋予它以秩序和意义的:女人的缺乏使男根成为一种象征,男根所指称的是女人想把自己的缺乏变成好事的欲望。概括来讲,女人在父权制无意识的形成中作用是双重的,一方面,象征着她缺乏阳物而构成的阉割焦虑;另一方面,她把自己的孩子带进象征仪式之中。这样她的任务就完成了,她个体的意义不进入法律和语言的世界中去,她仅仅是流血创伤的承担者。这样,女人在父权制文化中是作为另一个男性的能指出现的。所以,对电影的研究,女性主义要弄清楚"在男性生殖器中心的秩序下所体验到的挫折。它使我们更接近我们受压迫的根源"[①]。当然,这也面临着巨大的挑战,"怎样和类似通过语言构成的无意识(正是在语言出现的关键时刻形成的),而同时却依然困在父权制语言之中。我们没有办法从这苍天中造出另一系统来,但是我们可以通过对父权制和它所制造的工具的研究来进行突破,在这方面,精神分析不是唯一的,但却是重要的手段"[②]。由此,穆尔维展开对好莱坞20世纪30—50年代的电影的研究,她发现,电影的魔力来自对视觉快感的技术纯熟与令人心满意足的控制;主流电影把色情纳入主导父权秩序的语言之中,神不知鬼不觉地使那些异化的主体找到了满足。所以她去讨论"影片中的色情快感,它的意义,尤其是妇女形象的中心地位的交织"[③]。

"色情快感""妇女形象"成为理解穆尔维电影理论的关键所在。她先去阐述电影提供的快感,首先是观看癖:看本身就是一种快感;被看也是一种快感。电影描述了一个密封的世界,在这个魔术般的世界里,造成观众的隔绝状态;同时也给他们制造了窥淫幻想的场所:一面是黑暗的观众席,一面是光影变换的银幕,这样有助于观众进行单独的窥淫幻觉。电影在满足观看快感的同时,亦发展了观看中自恋的层面。观影过程中,在"看"的好奇心和对类似和识别的入迷缠绕在一起的情景之下,观众聚焦于人脸、人体以及人形及其周遭之间的关系。这时候发生了拉康所说的"误识"的自我现象。他认为,孩子在镜子前认出自己影像的时候是孩子形成自我的关键,这时,他由衷地快乐着,因为他想象自己的镜像要比他所体验到的自己更加完美。于是"误识"发生了:被识别的影像被看作是自身的反映,同时这一优越性的识别把理想性自我投射到自身之外,一个异化的主体。而且也是下一步他人认同的出发点。这些都出现在孩子的语言之前。电影中的表现与此相像,银幕形象引起了电影观众的愉快识别,而且足以造成自我的丧失。尤其在明星制度当中,当明星表现的既是相似又是差异的时候,一方面他们是银幕现场的中心,另一方面又是故事的中心。至此,她得出了传统电影观看中矛盾的两个方面,第一,观看癖通过看使另一个人作为性刺激的对象而获取快感;第二,通过自恋和自我的构成形成对所看影像的认同。前者显示看与被看

[①] [英]劳拉·穆尔维:《视觉快感和叙事性电影》,节选自李恒基、杨远婴编著的《外国电影理论文选》,生活·读书·新知三联书店2006年版,第639页。

[②] 同上。

[③] 同上书,第640页。

的对象是分离的,后者是通过观众误识达到与银幕形象的认同。这看起来有所抵牾,可电影就是发展了这种特殊的幻觉;在现实状况中,银幕的幻想服从创造这一世界的法则,而在欲望的象征式秩序中,性的本能和认同过程具有相辅相成的含义。

  进一步,穆尔维指出,在依照性差异安排的世界中,观看分裂有主动的男性的看和女性的被看。男人把他们的目光投射到依照他们的幻想形塑的女人身体上。之所以她们被看被展示,在于其外貌被塑造为极具视觉冲击力和情欲感染力。而这些就构成色情奇观的主导动机,"从封面女郎到脱衣舞女郎,从齐格非歌舞团女郎到勃斯贝·伯克莱歌舞剧的女郎,她承受视线,她迎合男性的欲望,指称他的欲望。主流电影干净利索地把奇观和叙事结合了起来"①。一般来说,被展示的女人在两个层次发生作用,一是充当银幕故事中的情欲对象;二是成为影院中观众的情欲对象。他们的注视在银幕两侧形成不同的张力,随着银幕故事女郎的表演,慢慢消弭,这既满足了不同的"色情注视",又使得故事叙事顺畅进行,从而完成了整个电影。

  再者,男性与女性、主动与被动的分工在叙事层面的控制力是相异的。在主流意识形态之下,男性不作为看的对象,他作为造成事件的人从而推动故事的发展。他是施动者,控制着电影的幻想,还是叙事的代理人。他是观众观看的承担者,他把看转移到银幕上的女性,当观众与男主人公认同时,他就替代观众的身份,使得主人公控制的叙事作用和情欲的"看"的主动性二者合流,最终达到全部的满足。所以,男性明星就成为观众想象自我的最理想存在,如同于孩子第一次在镜子面前发现"自我"。男性明星在故事中能更好地制造事件和控制事件,当和作为影像的女人相遇的时候,他去左右舞台,制造幻觉。于是看就主宰了电影:观众看为他而展示的女人形体;观众迷恋处于自然空间中类似自己的明星男人以及通过他对故事中女性的驾驭与占有而获得快感。并且,女性缺乏阳具,怀有阉割情结,她就是性的差别,所以对进入父权制抱有热切的意图。这样,女人就作为形象,就是为观看的主动者男性去展示的;为他们的快感而存在的,同时也带给男性以焦虑。男性无意识要躲避这一焦虑,在穆尔维看来有两条道路:其一,返回原始的创伤。影片表现为惩罚有罪的女人等,这样窥淫癖就和施虐狂相连,快感发生于惩罚与使之屈从。其二,用恋物来替代。这是一种观看癖的恋物:直击对象有形的美,把对象本身变为令人满意的某种东西。这样被阉割者就不再具有危险性了,而且用来辅助表达情欲本能,贴切地为故事中心服务。

  就这样,电影编码不仅操控着形象,而且还利用剪辑、叙事操控着时间维度和空间维度,从而制造了一个按照欲望剪裁的对象和世界。而要变革这一结构的措施,即摧毁电影所谓的"快感",就"必须打破这些电影编码及其与造型外部结构的关系,才能对主流电影和它所提供的快感提出挑战"②。

---

  ① [英]劳拉·穆尔维:《视觉快感和叙事性电影》,节选自李恒基、杨远婴编著的《外国电影理论文选》,生活·读书·新知三联书店 2006 年版,第 644 页。
  ② 同上书,第 653 页。

纵观劳拉·穆尔维的理论可知,"快感"是她理论阐说的核心,可恰恰是这一点引起了人们的诘难,即女性观众或女性气质的观众在整个观影过程中处于什么样的位置,抑或她们获取的快感如何解释?再有一点就是,以精神分析乃至拉康的理论作为研究的基础,那么时代因素又居于何种位置呢?对此,20世纪80年代穆尔维也有所反省:由符号学和精神分析理论在当时所带来她的兴奋、新颖压倒了其他的政治关注和承诺;当时的首要任务就是建立精神的政治现实和它在形象与再现之中的表现形式,所以漠视了那些深刻而重要的社会变动,只是在无意识中寻觅。

参考文献:

[法] 西蒙·波伏娃:《第二性》(Ⅰ、Ⅱ),郑克鲁译,上海译文出版社 2011 年版。
[美] 佩吉·麦克拉肯:《女权主义读本》,艾晓明等译,广西师范大学出版社 2007 年版。
[法] 雅克·奥蒙、米歇尔·玛丽:《电影理论与批评辞典》,崔君衍、胡玉龙译,上海人民出版社 2011 年版。
[法] 朱丽娅·克里斯蒂娃:《中国妇女》,赵靓译,同济大学出版社 2010 年版。
[美] 张英进:《华语电影明星》,西飏译,北京大学出版社 2011 年版。
[美] 朱迪斯·巴特勒:《性别麻烦》,宋素凤译,上海三联书店 2009 年版。

从"融合两性"到"其他性别"
——论"双性同体"诗学在伍尔夫女性主义叙事形态中的影响

陈 静[①]

（江西师范大学文学院 江西 南昌 330022）

摘 要：弗吉尼亚·伍尔夫最早在诗学领域将双性同体、两性融合作为女性主义的终极目标，其女性主义叙事形态鲜明地体现了其"双性同体"诗学观影响。"双性同体"是贯穿伍尔夫小说的核心意象，作品中"双性同体"的人物，无论是兼具两性特质，还是双性流动，以及对双性差异进行整合或是"其他性别"，皆在体现其"双性同体"的理想。随着时代的发展，伍尔夫所倡导的"双性同体"愈来愈具有现实的指导意义。

关键词：弗吉尼亚·伍尔夫；双性同体；两性融合；其他性别；灵视

在英国小说从传统走向现代的过程中，弗吉尼亚·伍尔夫（Virginia Woolf, 1882—1941）克服女性身份的局限，以一往无前的勇气，致力于文学探索和实验，为英国小说的发展做出了无与伦比的贡献，是英国小说从传统走向现代的一块界碑。她的主要著作——《达洛卫夫人》《到灯塔去》《海浪》《奥兰多》等，在英国现代派小说中起着核心作用，与康拉德、乔伊斯、劳伦斯等人的小说"属于英国小说艺术史上最具有特色、最富于实验性和创造性的作品，并代表了英国小说艺术的最高成就"[②]。而同上述男性作家不同的是，伍尔夫的小说文本又因其所呈现出的先锋的女性主义叙事形态而在当代受到瞩目。站在张扬女性美学、突出女性意识的女性主义叙事立场，伍尔夫能够摒弃很多男性作家身上体现出的偏颇思想，用她的"双性同体"诗学观来彰显小说创作的现代主义本色。

[①] 陈静（1972— ），女，江西南昌人，江西师范大学文学院副教授，硕士生导师，研究方向：比较文学与世界文学，女性文学。
[②] 李维屏：《英国小说艺术史》，上海外语教育出版社2003年版，第6页。

一 融合两种力量——伍尔夫"双性同体"诗学观的建构

在现当代的文化语境中,"双性同体"(androgyny)这个术语是女性主义诗学频繁使用的重要概念。对此概念,丽萨·塔特尔所著的《女权主义百科全书》这样释义:"常常用来描述女权主义理想的一个词……该词汇由希腊词根(andro)和女(gyn)组合而成,在使用中并不实指身体上的阴阳人,而是意指某种状态,其中'男人即是女人''女人即是男人'的命题相互整合并可以自由表达。"[①] 在女性主义思想家看来,"双性同体"代表着一种女性主义价值观和人格理想。因为在父权文化机制里,女性不可能达到男性同等的地位。女性主义思想家用"双性同体"来体现一种超越性别对立,同时又融合男女两性优秀质素的完美的"人"的理念。伍尔夫最早在诗学领域将双性同体、两性融合作为女性主义的终极目标,伯纳德·布莱克斯曾评价"弗吉尼亚·伍尔夫被称作是一位女权主义者……但确切地说我们不妨称她为一位双性同体作家,因为她无时不注重男女两性的相互合作和完美结合"[②]。由此,她创造性地提出富有辩证精神的"双性同体"诗学观。她在《一间自己的房间》末章表达了这样的思想:"在我们每个人的心灵中,有两种主宰力量,一种是男性因素,另一种是女性因素;……正常而舒适的生存状态,是这两种因素和谐相处,精神融洽。"[③]

伍尔夫认为,男性与女性代表着构成生命形态的不同元素或者两极,其间存在着辩证交融的关系。她一反传统性别定式的局限,将男女双性两种力量融合起来,以反叛姿态大胆提出的"双性同体"诗学智慧,旨在突破两性对立的思想框架,克服菲勒斯中心文化的偏颇,表达其女性主义的精神和立场:双性共存,追求和谐。在其评论性散文中,她从男女平等的思想出发,考察了处在父权制文化中的性别差异以及女性存在的独特性,把"双性同体"作为性别文学与女性社会生存的理想,不仅提出了"男性化的女人",也提出了"女性化的男人","在心灵之中,男女两性因素必须有某种协调配合。然后创作才能完成。男女这两个对立的性别,必须结合成完满无缺的婚姻"[④]。

伍尔夫"双性同体"诗学观认为,看似对立的男性元素和女性元素是同一体的两个方面,只有双性因素的和谐共存才是理想境界。对于创作者来说,只有在作品中同时融合不同的性别元素才能创造出伟大的作品。"只有当两性因素融为一体之时,心灵才会才气横溢,充分发挥其所有功能。……双性的心灵是易于共鸣而有渗透性的;它毫无阻碍地传达情感;它天生有创造力,光彩夺目,浑然一体。"[⑤] 这番描述既指向理

---

① 张雪梅:《伍尔夫女权主义文学理论》,《长沙理工大学学报》(社会科学版)2005年第1期。
② A lison Neilans, "Changes in sex Morality", in *Our Freedom and Its Results*, London: Ray strachey, 1936, p.486.
③ [英]弗吉尼亚·伍尔夫:《论小说与小说家》,瞿世镜译,上海译文出版社2000年版,第156页。
④ 同上书,第162—163页。
⑤ 同上,第156页。

想的文学创作心态,也指向理想的人格模式和男女两性关系的最佳状态。这种两性和谐共存的境界就是伍尔夫女性主义诗学理论的要旨。伍尔夫的"双性同体"并没有像一些激进女性主义者那样走向性别过度阐释的误区,成为"女性至上"的另一种性别主义。她坚信只有超越单向度性别的局限,男女两性走向融合互补、和谐共存才是最好境界。就如她提出"双性同体"观时所描绘的那幅美妙情景一样:一个男人和一个女人走到一起,坐进了一辆汽车。"当我看见这对男女钻进出租车时,我心里确实感觉到,似乎在被分开之后又自然融为一体。最明显的理由就是,两性合作是很自然的事情。人们有一种深刻的、即使是非理性的本能,它倾向于这种理论:男女的结合有助于获得最大的满足和最完美的幸福。"① 在伍尔夫看来,不管男性还是女性,都要追求这样一种超性别的心态和立场,这就是她所追求的"双性同体"。伍尔夫从一男一女对立项开始解构,就是意欲超越这种二元分立而达臻某种"人"的同一与整体,实现男女两性之间的平等交流与和谐统一。带着这种性别超越意识,伍尔夫反对任何的性偏见和性歧视,要求作家既不为男权文化的权威所影响,又不被绝对的女权意识所左右,"任何作者只要考虑到他们自己的性别,就无可救药了。纯粹单性的男人和纯粹单性的女人,是无可救药的"②。从中我们可以看到,伍尔夫是用强烈的超前的女性意识来观照审视男性主流社会里的许多观念,但也不是很张扬女性的身份,而是推想在心理情感上存在着两种因素共存又分庭抗礼,男女两性因素有着协调配合,排斥任何一方都不合理。

伍尔夫的融合男女双性两种力量的"双性同体"诗学观充满了对人类两性和谐共存的美好期盼,在男性中心文化氛围里无疑具有强烈的女性主义意识,为女性主义指明了发展方向。

二 "融合两性"到"其他性别"——伍尔夫叙事形态中的"双性同体"

伍尔夫一贯的风格是在评论性散文讲述理论思想的同时,又以小说创作对其进行实践和阐释。纵观伍尔夫小说创作,我们可以清楚地看到她对"双性同体"诗学在其女性主义叙事形态中的影响,这对我们理解其小说至关重要。"双性同体"在伍尔夫女性主义叙事中若隐若现,或深或浅,构成其小说创作的一条文脉。"双性同体"写作在伍尔夫看来不仅仅是理想,在伟大作家譬如莎士比亚、济慈、斯特恩等人那里已成为现实。她说:"莎士比亚的心灵就是双性类型,是男人女性化的心灵。"③ 她本人更是以小说创作的女性主义叙事形态将自己所提倡的"双性同体"做了艺术性的实现。"双性同体"是贯穿伍尔夫小说的核心意象,这尤其突出体现在小说的人物塑造中。

---

① [英]弗吉尼亚·伍尔夫:《论小说与小说家》,瞿世镜译,上海译文出版社2000年版,第155页。
② 同上书,第162页。
③ 同上书,第156页。

中国学者欧阳洁在《女性与社会权力系统》中提到："'男人味与女人味'的形成，实际上是一个潜移默化的习俗化过程。"[①] 在千百年父权社会性别体系的作用和历史文化的影响下，男女两性形成了截然不同的社会特征：男人强壮、主动、积极、独立、重理性、逻辑；女人柔弱、被动、消极、依赖、重感性、直觉。这种传统的性别定式影响到了社会生活的各个层次，人们习惯地将所有的现象、社会经验和个人行为以男性特征或女性特征加以分类，形成"性别类比的思维模式"[②] 伍尔夫的女性主义叙事形态却大胆突破这种"性别类比的思维模式"的局限，刻画了不少融合两性特征的人物，表达出她对"双性同体"精神境界的向往。

（一）具有两性特质的人物

男性与女性代表着构成生命形态的不同元素或者两极，其间存在辩证交融的关系。伍尔夫认为人的理想状态应该是"一个女人能够像一个男人一样容忍和直言不讳，而一个男人能像一个女人一样奇特、微妙"[③]。于是，伍尔夫有意模糊了男女气质的明确界限，在小说中刻画了一些极具女性特征的男性人物或极具男性特质的女性人物。他们冲破传统性别行为差异的框框，气质上既不是绝对女性化，也不是绝对男性化，而是两者兼备。这代表了未来两性共同追求的和谐统一，是伍尔夫"双性同体"观在人物身上的体现。

西蒙娜·波伏娃在《第二性》中曾就女性必须面对先行存在的社会属性规范的压力作了如此阐述，"没有一种雌性荷尔蒙或女性大脑的先天结构强加给妇人的：她们是由她的处境如模子一般塑造出来"[④]。但是，伍尔夫发挥"双性同体"理念，在小说中，塑造出一些敢于超越这个"模子"的女性形象。在她们的生命构成中，女性气质不仅仅是与温顺、被动等"阴柔"品性相关联，而是发挥出"阳刚"潜能，具有男性气质中常有的力量、自由品性。如伍尔夫在长篇小说《远航》（*The Voyage Out*，1915）、《夜与日》（*Night ane Day*，1919）中塑造的女主人公雷切尔·文雷丝、凯瑟琳·希尔伯里就是这样具有力量、自由品性的女性。林德尔·戈登认为：通过雷切尔，伍尔夫"设法对她20年训练期中浮现出的自我人格进行了总结"。她是一个"心灵异域的探索者……她的生命正在乘船远航和想象中进行着自我塑造"[⑤]。伍尔夫在小说中直接赞美凯瑟琳："为人实在，坦白直率""具有男人气质"[⑥]。雷切尔、凯瑟琳等女性人物超越了父权社会思维给予女性气质的单一规定，追求像男子一样的独立和自由的生活，体现了伍尔夫女性主义思想。这是伍尔夫对女性角色新的探索。

---

① 欧阳洁：《女性与社会权力系统》，辽宁画报出版社2000年版，第157页。
② 莫文斌：《英美派女性主义文学批评论》，《求索》2005年第2期。
③ 吴庆宏：《弗吉尼亚·伍尔夫与女权主义》，中国社会科学出版社2002年版，第155页。
④ [法] 西蒙娜·德·波伏娃：《第二性》，陶铁柱译，中国书籍出版社1998年版，第673页。
⑤ [英] 林德尔·戈登：《弗吉尼亚·伍尔夫—一个作家的生命历程》，伍厚恺译，四川人民出版社2000年版，第153—154页。
⑥ [英] 弗吉尼亚·伍尔夫：《夜与日》，唐伊译，人民文学出版社2003年版，第326页。

不仅如此,伍尔夫对男性角色也有新的思考,在塑造具有男性特质的女性人物的同时也塑造了一些具有女性特质的男性人物。

在父权制社会,男性形象总是与非凡力量紧密相连,其"阴柔"潜质往往被忽略,甚至被嘲笑为"女人气"。可是伍尔夫大胆突破传统思维,否定所谓这种"纯粹自我肯定的大丈夫气概"[①]。《远航》中的特伦斯·黑韦特和《夜与日》中的丹厄姆·拉尔夫就是明显"女性化"的男主人公。他们代表着男性完全可能像女子一样富有同情心和善于理解他人。另外,特伦斯和拉尔夫不仅有对女性的同情、理解,其身上的敏感、细腻、耐心这些"阴柔"特质也为他们增添了独特的人格魅力,故而获得女性的称赞。如玛丽欣赏拉尔夫:"喜欢他不因自己是个女性而对自己的判断放松辩驳,不充分使用他那男性的力量。"[②] 伍尔夫小说中有着许多这样具有女性气质的男子形象,与那些具有男性特质的女性人物一样,他们超越了父权社会思维给予性别气质的单一规定,通过发挥头脑里的"阴柔"潜质,实现了与女性的心灵沟通。

在伍尔夫看来,两性和谐是建立在男女双方相互理解和欣赏的基础之上,这就要求双方都必须兼具另一性别的特征,都拥有"双性同体"的头脑。她反对纯粹的单性。伍尔夫的思想确实前卫,它指向的正是现代心理学理想完美的健康人格:"一个适应能力良好的人民,应该拥有刚柔兼济的双性化人格特征,即男性要具有部分女性人格特质,女性也应具有部分男性人格特征。"[③]

(二)双性流动的奥兰多

在"变性狂想曲"[④]《奥兰多》(Orlando:A Biography,1928)中,伍尔夫虚构了一个传奇的人物——奥兰多,通过展示奥兰多男女两性流动转换、对世界和传统价值重新判断的过程,暗示了两性融合的可能性。小说以这样两种性别在生理上融为一体的幻想,最直接地反映了伍尔夫"双性同体"思想。奥兰多以其超越单一性别的视角来审视自身和世界,探讨两性在私人生活和社会生活中的角色和关系。奥兰多先男后女双性流动的人生经历使她获得了写作的成功,完整的双重人格又促成了她人生价值的实现。从小说中奥兰多的成功,我们看到了伍尔夫所推崇的"双性同体"理论的实现。双性同体的奥兰多,就是伍尔夫本人渴求的生命的存在状态:两性和谐并存平衡掌控,男人与女人不再是对立的二元。在这部小说中,伍尔夫直言不讳地公开讨论她曾用象征隐喻来加以掩饰的"双性同体"问题。"从躯体和精神两方面来说,个人是否他的祖先所遗传的各种成分的混合体?如果这的确是事实,我们可否用一个人物作为实例来加以证明?在那些较敏感的艺术型的人物身上,男性气质不是交织在一起的

---

① [英]弗吉尼亚·伍尔夫:《论小说与小说家》,瞿世镜译,上海译文出版社2000年版,第161页。
② [英]弗吉尼亚·伍尔夫:《夜与日》,唐伊译,人民文学出版社2003年版,第205页。
③ 冷东:《理想完美人格的追求——教育学、心理学中的"双性同体"》,《广州大学学报》(综合版)2001年第6期。
④ 伍厚凯:《弗吉尼亚·伍尔夫:存在的瞬间》,四川人民出版社1999年版,第232页。

吗？如果的确如此，创造出一个既是男性又是女性的两性人物作为书中的主角，岂不更妙？"① 伍尔夫以奥兰多这个双性同体人格的叙事想象，克服了父权中心文化的偏颇，突破了性别对立的传统思维框架，达到了性别超越的新境界。

（三）对双性差异进行整合的人物

伍尔夫的"双性同体"诗学是在承认两性差异的基础上，把两性差异进行完美整合，从而实现一种和谐的人际关系。"走进伍尔夫的'双性同体'就是要理解这种思想不忽视、不排斥、也不抹杀任一性的特色，而力图将两性中各自美好的部分结合起来，创造和谐完满的人类世界与文化"②。以《到灯塔去》（To the Lighthouse，1927）为例。小说通过拉姆齐夫妇身上两种心智结构的差异体现了两性二元等级对立模式：拉姆齐先生代表在物质世界中寻找秩序的男性，拉姆齐夫人则代表在精神世界里追求整体的女性。伍尔夫以夫妇俩之间的巨大差异和强烈对比来象征两性之间的冲突，正如她在《夜与日》中所寓意的，"女性是'夜'，代表着想象、情感和直觉；男性是'日'，代表的是对事实、理性和逻辑的崇尚"③。"夜"与"日"的象征性对立即表现了男性与女性的区别。伍尔夫认为男性理性真理和女性想象真理结合起来才称作现实。④颠覆两性对立的成功解决方案就是：它不再强调男女两性之间的区别差异和等级优势，而是转向男女两性原则的整合——完整的个人应同时具有两性化的特征，即"双性同体"。小说中的两个人物女画家莉丽·布鲁斯克和拉姆齐的小儿子詹姆斯具体体现了这种思想。两人的性格发展体现了对两性性格特征的整合。他们是伍尔夫笔下对双性差异进行整合的代表性人物。

《到灯塔去》中莉丽绘画的完成过程，实际上就是将两性差异进行整合的过程。"这位艺术家本身是拉姆齐先生的内向性格和拉姆齐夫人的活泼生气的继承人，她挑选出这两种气质，在她的生命和她的艺术中以精确的平衡来加以保存。"她"将两种真理均衡地包容在她的作品中"⑤。通过对莉丽这位女画家的塑造，伍尔夫找到一条颠覆两性对立，将两性差异进行整合的"双性同体"的有效途径。除了莉丽外，詹姆斯的性格发展也体现了对两性性格差异加以整合的"双性同体"观。通过完成"到灯塔去"这一旅程，詹姆斯最终将拉姆齐夫人的女性精神光辉和拉姆齐先生的男性力量融合于一身，同父母达到了理解与认同。灯塔伴随着詹姆斯的成长，曾让他迷惑，也使他恐惧，终于在他成人之时，两座灯塔（母亲给他描画的主观真实世界和父亲告诉他的客观真实世界）渐渐合二为一，耸立起来，变成他的生命之塔，这暗示了他对男女两种

---

① 瞿世镜：《意识流小说家伍尔夫》，上海文艺出版社1989年版，第141页。
② 王蓉：《走进伍尔夫的"双性同体"》，《江苏广播电视大学学报》2005年第5期。
③ 伍厚凯：《弗吉尼亚·伍尔夫：存在的瞬间》，四川人民出版社1999年版，第317页。
④ A lison Neilans，"Changes in sex Morality"，in *Our Freedom and Its Results*，London：Ray strachey，1936，p.186.
⑤ ［英］林德尔·戈登：《弗吉尼亚·伍尔夫——一个作家的生命历程》，伍厚凯译，四川人民出版社2000年版，第283页。

不同感知能力的认同。

（四）融合多元差异的"其他性别"

伍尔夫在《一间自己的房间》里提出了"其他性别"（other sexes）概念："如果妇女像男人那样写作，像男人那样生活，或者长得也像男人，那也是令人万分遗憾的，因为两性都不十分完美，考虑到世界的广阔无垠和丰富多彩，如果我们只有一个性别，如何应付得了？……如果一位探险家居然回来告诉我们，还有其他性别的人，从其他树木枝桠之间仰首望见一片其他的天空，那么他对人类的伟大贡献就无与伦比。"① 当代研究者对伍尔夫的"其他性别"这个概念十分感兴趣，认为它突破了性别二元的范畴，是"一种颠覆的势不可当的挑战"②，与性别身份的流动性与不确性理论具有近乎同等的意义。从字面意义来看，"其他性别"显然打破了性别的二元分法，暗示了性别的多样性。伍尔夫的"双性同体"提供了一个非常重要的象征含义，即"在这个世界上，没有任何人的本体是单一的，人的自我是多元的。在一个人的本体之中，蕴含着诸多的自我"③。这也意味着"双性同体"指向了更多的身份可能。由此，笔者推论："其他性别"是对"双性同体"理想的进一步超越，它的范畴与指向更为辽阔，是性别身份的多元呈现。融合多元差异的"其他性别"是对"双性同体"进一步的诠释。

《海浪》（*The Waves*，1931）中的伯纳德就是这样一个融合多元差异的"其他性别"。在小说中，伍尔夫将伯纳德设置为唯一贯穿始终的人物并让他一人总结末章颇有深意。在《海浪》中有六个落墨平均的人物，但伍尔夫对于人物共性的关注超越了对人物个性的考虑，伯纳德在人物性别差异的交锋与磨合中不断发展自己对性别与身份的认识。伯纳德看到生命的意义并不在于仅仅成为社会所认可的男性或女性，而是打破二元身份的对立，形成多元气质的融合。所以他摆脱性别的二元对立，处于一种不确定的却具有意义的状态——一个"没有自我的人"，④ 同时又是有着许多身份的人，成为"其他性别"。对于自己的性别身份，他认识到："我不是一个人，我同时是好几个；我简直不知道我究竟是谁，——是珍妮、苏珊、奈维尔、罗达，还是路易，也不知道怎样把我的生活与他们的生活区别开来。"⑤ "我并不是单纯一个人，而是复杂的好几个人。"⑥

由此，伯纳德感悟道："生命并不是单一的；我甚至并不总是知道自己究竟是男是女……我们全那么奇怪地彼此交融在一起。"⑦ 伯纳德的多元性别身份"解构了两性之

---

① 瞿世镜：《意识流小说家伍尔夫》，上海文艺出版社1989年版，第146页。
② 吕洪灵：《伍尔夫〈海浪〉中的性别与身份解读》，《外国文学研究》2005年第5期。
③ 瞿世镜：《意识流小说家伍尔夫》，上海文艺出版社1989年版，第143页。
④ ［英］弗吉尼亚·伍尔夫：《海浪》，吴均燮译，人民文学出版社2003年版，第222页。
⑤ 同上书，第215页。
⑥ 同上书，第55页。
⑦ 同上书，第219页。

间形而上学的对立,同时消解了建立在两性对立基础上的整个社会意识、思维模式、伦理价值标准,具有颠覆和重建的意义"[1]。伯纳德不断糅合其他性别的特征,在差异的边界里寻求更丰富的意义,从而演绎着自己的角色。在最后阶段,伯纳德超越了他那一代人,完成了对性别身份多元差异的融合,从而"能无限地感受一切,包容一切"[2]。伍尔夫"双性同体"的指向也正在于此,"其他性别"的意义也正在于此。

在伍尔夫笔下,无论是具有两性特质的雷特尔、拉尔夫等人,还是双性流动的奥兰多及对双性差异进行整合的莉丽、詹姆斯、"其他性别"伯纳德……一个个"双性同体"的人物充实丰盈,在真实的生活中寻求着对生命的感悟。米诺——平克尼说过:"双性同体的女作家是一促进的力量,处于这种状态,她们不仅能充分调动性格中两性不同的方方面面,而且有助于利用这些差异揭示它们的多样性。"[3] 伍尔夫通过她笔下的这些人物实现"双性同体"的理想,并通过他们告诉我们:尽管现实生活存在男女二元等级对立,但是完美的生活的逻辑意义序列是消解这种对立,体现对两性特征的尊重。

三 穿越时空的影响——予人灵视的"双性同体"

古希腊有一则与"双性同体"有关的神话,它讲述了泰瑞西斯(Teiresias)经历过从男到女的双性流动,因此对男女经验都有认识。有一次,宙斯和赫拉为男女云雨之际哪方获得乐趣多这一问题争执不下。于是两人找到泰瑞西斯仲裁。泰瑞西斯同意宙斯的看法,认为女性的乐趣高,因此激怒赫拉。赫拉于是把泰瑞西斯变盲。宙斯为了补偿他而给了他预知的能力。这则神话最大的启示就是告诉我们:双性同体能赋予人类特殊的灵视,让人见他人之所未见。

"双性同体"可以给人一种灵视,这也是伍尔夫的见解。在人类几千年来的父权文化机制里,以男权为中心的意识形态和价值评估根深蒂固地沉积于人们(包括女性在内)的头脑之中。在男性中心的语境中,伍尔夫提出具有性别超越意识的"双性同体"观,并在女性主义叙事中进行探索与实践,具有超前意识,给予后人颇多启示。作家李知曾这样评论伍尔夫,"犹如一块投入深潭的巨石,历史水面再不平静,过去、现在乃至将来都将不平静"[4]。

人类总在追求性别意识的真理性。通过文学艺术领域里对"双性同体"的探索,伍尔夫实际在寻觅一种男女两性和谐、共处性别超越的理想境界,在追求文学与社会生活的自由、和谐、完美的境界。虽然在当时的社会历史条件下,伍尔夫的"双性同

---

[1] 吕洪灵:《伍尔夫〈海浪〉中的性别与身份解读》,《外国文学研究》2005 年第 5 期。
[2] [英]弗吉尼亚·伍尔夫:《海浪》,吴均燮译,人民文学出版社 2003 年版,第 227 页。
[3] John Mepham, *Criticism in Focus: Virginia Woolf*, New York: St. Martin's Press Inc., 1992, p. 70.
[4] 李知:《从〈遗物〉回头再看弗吉尼亚·伍尔夫》,《小说评论》1994 年第 4 期。

体"的追求不可避免带有女性乌托邦的色彩。但随着时代的发展,伍尔夫所倡导的"双性同体"愈来愈具有现实的指导意义。"今天,生产力的发展已给男女两性提供了大致相当的经济地位,加上共同的自然界所构成的大体近似的心理和外部环境,必然使男女两性在精神上和品质上日益接近。当今的世界已是男女两性互相沟通、对话的时代了。"[1]

学者冷东曾这样总结"双性同体"的研究意义,"'双性同体'作为一种体验方式,作为一种生存状态,作为一种理想的期待,其意义和价值是值得研究和体验的"[2]。"双性同体"作为伍尔夫女性主义思想的精髓、女性主义叙事的核心意象,其意义和影响亦有着极大的研究和探讨价值。根据伍尔夫小说《奥兰多》拍成的同名电影的片尾歌这样唱道:"我来了,我来了。我熬过来了,穿越时空走向你。在这融为一体的时候,我在这里,既非男人,也非女人,我们二而一,紧密不分离。有着身为人的面目,我身在尘土,我身在苍穹,我正值新生,也正在凋零。"这歌词表达了一种自在欢喜、自足自立的精神境界,是影片赋予奥兰多寻找同伴的一生的一个终结——一种"双性同体"的理想境界。伍尔夫女性主义叙事形态亦体现了作家沉浸在这种"双性同体"境界之中的欢喜自足。

---

[1] 孙绍先:《女性主义文学》,辽宁大学出版社1987年版,第138页。
[2] 冷东:《"双性同体"在文学中的应用综述》,《广州大学学报》(社会科学版)2002年第1期。

何以致敬？
——《1Q84》与《1984》内在关联性分析

毕素珍[①]

（中华女子学院外语系　北京　100101；中国社会科学院马克思主义学院　北京　102488）

摘　要：日本作家村上春树的小说《1Q84》是对英国作家乔治·奥威尔的作品《1984》的"致敬式"创作。本文通过对小说《1Q84》与《1984》相通之处进行分析，从两部小说标题中 Q 与 9 的关系、作品中最大隐喻"老大哥"与"小小人"的含义、故事中对历史遭受篡改与改变的质疑、作者揭露的极权与邪教的本质、作品表现的对人类社会前景的担忧与警告几个方面探究两部作品的内在关联性，解读所谓"致敬"的深层内涵。

关键词：1Q84；1984；关联

一　Q与9

乔治·奥威尔于 1948 年开始创作《1984》，在为作品命名之时，他巧妙地把所处年份的最后两个阿拉伯数字调换了位置，小说之名由此产生。作为一部具有强烈预言性质的反乌托邦小说，《1984》主要讲述了处于极权统治下的"大洋国"如何通过各种手段压制人们的思想、情感、行为，从而使人们忘记家庭，忘记过去，忘记爱。在这里，人性遭到扼杀，思想受到钳制，生活极度贫乏。对于这种统治，主人公温斯顿从持续抗拒到最终屈服，终究没能逃脱重陷魔爪的命运。

村上春树《1Q84》的创作正是源于奥威尔的这部重要作品，讲的是美女杀手青豆和年轻作家天吾相互寻觅对方的故事，他们 10 岁时相遇，之后便各奔东西，再无交集，却在 30 岁时因一个名为"先驱"的邪教组织而意外关联。邪教教主由于受到来自"小小人"神秘力量的控制，奸淫了包括其亲生女儿在内的多名未成年少女而被青豆锁

---

① 毕素珍（1979—　），河北沧州人，中华女子学院外语系教师，中国社会科学院在读博士，主要研究方向为英美文学。

定为刺杀对象,青豆因此踏入1Q84;天吾则因帮助深绘里改写的小说透露了"小小人"的秘密,也被卷入1Q84的诡异时空。村上春树曾明确表示,自己的小说《1Q84》是对奥威尔《1984》的"致敬式"创作,他说,"很早以前就想以乔治·奥威尔的'未来小说'为基础将不久的过去写成小说"[①]。小说《1Q84》的背景就是1984年的日本,在日语中,"Q"与"9"同音,同时"Q"也可解读为"question mark"的"Q",它代表一种疑问的态度,用以区分这一陌生的世界与原本熟悉的现实世界:"不管喜欢还是不喜欢,目前我已经置身于这'1Q84年'。我熟悉的那个1984年已经无影无踪,今年是1Q84年。空气变了,风景变了。我必须尽快适应这个带着问号的世界。"[②] 谈及创作构想时,村上表示要将当今时代的世态立体地写出,在时代的空气中嵌入人类的生命,于是他将一个简单的故事演绎成了复杂的长篇。《1Q84》对《1984》的致敬,不仅仅表现在形式上,更体现在内容和意蕴上。

二 "老大哥"与"小小人"

在《1984》中,最大的隐喻就是"老大哥"。作为"大洋国"统治阶级"内党"的领袖,"老大哥"从不露面,却又无处不在。户内户外到处张贴着他的大幅照片,无论走到哪里,他炯炯有神的目光始终紧盯着你。他是一种极端的存在,个体的行为、内心深处的任何思想和隐私均无藏身之处。正由于"老大哥"的秘密监视无时不在,无孔不入,导致人们个性压抑,人性扭曲。小说中的"老大哥"是权力的象征,他把人规训成可以任意控制驱使并且自觉维护其统治的工具。

奥威尔《1984》中的当权者叫作"老大哥";而在《1Q84》中已不存在一个拥有强大权力的独裁者,相反,却对照性地出现了一帮"小小人"。"小小人"通过编织空气蛹制造一些少女的子体,并借由这些子体所形成的通道任意出入不同的空间,监控和操纵人们的思想与行为,改变和控制着这个世界。这个由"小小人"控制的世界不同于原来的世界,其力量异常强大,不容违抗:深绘里在试图逃脱时,"小小人"害死了她的同学;阿翼在庇护所消失之前,可能看到牧羊犬的爆炸之死,这正是"小小人"的警告;亚由美之死,"小小人"也难脱干系……"老大哥"与"小小人",一个巨显,一个隐晦,却同样不择手段达到监控和操纵人们思想与行为的目的。

至于何为"小小人",村上并未做出具体解释,但在接受访谈时,他说"小小人性质的东西""是眼睛看不见的,意图不明的,生长在我们脚下的黑暗中的东西。我们无法除掉他,必须和它共存(因为它恐怕是存在于我们自身内部的某种东西)"[③]。小说还

[①] [日]村上春树、尾崎真理子:「「1Q84」への30年—村上春树氏インタビュー(上)」,『読売新聞』,2009年6月16日。
[②] [日]村上春树:《1Q84(BOOK1 4月—6月)》,施小炜译,南海出版公司2010年版,第138页。
[③] 林秋雯:《〈一九八四〉与〈1Q84〉的文学手法分析》,《广东外语外贸大学学报》2013年第6期。

引用了卡尔·荣格的"阴影说":"阴影是邪恶的存在,与我们人类是积极的存在相仿。我们愈是努力成为善良、优秀而完美的人,阴影就愈加明显地表现出阴暗、邪恶、破坏力十足的意志。"① 由此可以想象,"小小人"类似于原始意象中的原型表露,是一种"阴影"般的存在,它处于人格的最内层,是一种动物性的种族遗传,包括一切激情和不道德的欲望及行为,接近于弗洛伊德所称的本我(Id)。村上在此提醒我们要警惕内心存在的"小小人",它是拥有某种强大力量的意志,不同于"老大哥"极权统治的显性存在,它是存在于我们内心的阴影,是心底的"恶",我们要避免为它所控制。"老大哥"与"小小人",二者一正一反,一显一隐,表面上看来是相对的,然而其实质内核却是一致的:通过监控和操纵人们的思想与行动,意图改变和控制这个世界。

三 篡改与改变

在《1984》中,过去并不客观存在,它可以被随意篡改。在"大洋国",有专门的机构和人员负责这项日常性工作。倘若党做出的某个预测或"老大哥"曾经说过的某句话与后来的事实有不符之处,那么负责机构便会悄然收回并销毁相关报纸,再重新翻印经过修改的内容,仿佛事实原本如此。报纸的日期没变,改变的是内容和观点。篡改历史势必造成无据可查,因而要证明"老大哥"和党曾经犯过错误是绝不可能的。例如正当人们对于敌人欧亚国的愤怒达到无以复加的程度之时,极其突然的,敌人变成了东亚国,而欧亚国竟成了盟友。然而,你在任何地方也找不到这种变化的证据,"仇恨继续进行,一如既往,只是换了对象"②。在"大洋国",真假可以变换,记忆可以剥夺,历史可以篡改,甚至人性也可以按照统治者的需求相应改变,完全没有真实的历史和确定的事实可言。"在极权统治下,可怕的不仅在于侵犯人的尊严,而且还在于这样的恐惧:可能再也不会有人真实地见证过去。……极权统治剥夺臣民的记忆之日,便是他们受精神奴役之始。"③ 小说许多看似夸张的情节,却是现实的再现。

相对于奥威尔小说的政治性讽刺,村上较为强烈地显现了包孕式小说或魔幻现实主义的世界观。天吾是通过改写故事而改变现实,青豆则被拖入了历史已被改写的现在。在《1Q84》中,身处1984年的青豆发现自己与一些历史细节擦肩交错:她不记得警察何时换了警服;她对本栖湖枪战事件和NHK收款员案件毫无印象;深田教主被杀以后,她在次日的报纸或报道中并未看到相关记录……在历史遭到改变的1Q84年,青豆发觉周围的世界已然接受了某种变更,天吾则从所要修改的小说里接触到变形的历史——乌托邦公社转变成了邪教组织。

《1984》与《1Q84》在不同时代不约而同向现实提出了同样的问题:过去与现在既

---

① [日]村上春树:《1Q84(BOOK2 7月—9月)》,施小炜译,南海出版公司2010年版,第193页。
② [英]乔治·奥威尔:《一九八四》,董乐山译,上海译文出版社2011年版,第211页。
③ [美]保罗·康纳顿:《社会如何记忆》,纳日碧力戈译,上海人民出版社2000年版,第11页。

然都只存在于人的记忆与文字之中,究竟有几分真与假?人们出于特定目的或本能而对历史进行选择性的接受记录、虚饰篡改,那么,人们经历着的,和经历过的,是否只是虚无?那些被篡改与剥夺的记忆,侵犯了人的几多尊严,又奴役人的多少精神?已有过的人生与历史,是否真如记忆那般存在过,谁又可以确定?历史到底遭到了多少践踏、亵渎与颠覆,谁又能够言明?到底什么才是历史应有的形态?

四 极权与邪教

在《1984》所描述的社会里,从对个人隐私的监视,到对集体情绪的控制,乃至对自由思想的扼杀,极权对人的控制可谓达到极致。人们的每一个动作、每一丝表情、每一句言语,甚至每一声叹气,无时无刻不处在电幕的严密监控之下;统治者不仅要控制现在,还要控制过去与未来;整个社会的根本信念是:"老大哥"全能,党一贯正确,他们具有绝对的权威。"老大哥"那无所不在的眼睛,限制思想的"新话",以及为极权统治所控制的大众传媒等诉诸身体和心灵的权力技术和规训方式,使得大洋国最终成为一个监狱岛国和思想囚笼,一个戕害人性梦魇般的极权社会。《1Q84》中的"先驱公社"原本是一个开放性团体,从事农业生产,承认私有财产,同外界保持正常联系,也并无思想控制和洗脑活动。然而,自从教主女儿深绘里领来了"小小人",情况便发生了改变,开始实行彻头彻尾的"秘密主义",沦为只有入口没有出口的封闭性体制。他们修筑围墙,中断同外界的所有来往,成员不得离开,教主以赋予幼女"灵性觉醒"为由,强暴教团内所有不到10岁的幼女,幼女的父母对此深信不疑,兴冲冲地将自己的女儿献上。小说中,无论是被动卷入的青豆和天吾,还是身处"先驱"的深田父女,抑或遭到教主奸淫的幼女,甚至是身处周边的老夫人、小松等人,无论其所处的立场与所持的态度有何异同,均不可避免地承受了这一邪教的伤害。

林少华认为,"邪教是《1Q84》这部长篇小说的主轴和关键词"[①],小说中"先驱公社"的原型是奥姆真理教,这一邪教曾经制造了东京地铁沙林毒气事件等恐怖活动。《1Q84》出版不久,村上在接受《读卖新闻》采访时谈到了创作的两个起因:乔治·奥威尔的《1984》与沙林毒气事件。通过案件开庭审理期间的旁听,他发觉那些案犯也是邪教的受害者,因而使他真正感到怒不可遏的,较之个人,更是体制。村上认为,当今最可怕的是类似"精神牢笼"的东西,一旦进去,就难以迈出。案件主犯林泰男加入奥姆真理教后接受"洗脑"进而犯罪,在法院听得他被判处死刑时,村上心情极其沉重:"我设身处地地想象这种仿佛一个人留在月球表面的恐怖,几年来持续思考这一状态的含义。这是这个故事的出发点。"[②] 在小说里,村上通过描写邪教扭曲的理想

---

① 林少华:《之于村上春树的物语:从〈地下世界〉到〈1Q84〉》,《外国文学》2010年第4期。
② [日]村上春树、尾崎真理子:『「1Q84」への30年—村上春树氏インタビュー(上)』,『読売新聞』,2009年6月16日。

主义与自成一体的逻辑,意在引发人们思考教团成员何以被思想控制到如此善恶不分的程度,以致失去自己的判断,达到所谓的"绝对皈依"。正如小说中戎野老师所言,邪教拆除人们大脑中思考的电路,制造什么都不思考的机器人,来自上方的压制彻底粉碎了人们希望自己动脑思考的自然欲望。这与奥威尔在小说里描绘的世界一模一样。在"大洋国"这个极权主义国家,人们永远处于思想警察的监视之下。主人公温斯顿因怀有自由观念反抗"老大哥"而被捕,经过严刑拷打和形而上学的再教育,最终出于自愿完全服从了这个国家,"他战胜了自己,他热爱老大哥"[1]。

宗教是博大精深的文化,是人类的"另一种呼吸"。在人类成长史上,宗教始终与人们的精神生活紧密相连,是教人向善的一种心灵寄托。而邪教绝不同于宗教,它意图控制人的思想、行为、精神、情绪、信息,以强硬的规条让人信赖和服从,从这个意义上说,邪教就是另一种极权。奥威尔反对专制极权,村上春树反对邪教控制,村上春树《1Q84》描述的邪教组织所制造的精神牢笼与奥威尔《1984》预言的极权统治的荒唐恐怖,呈现出相通相似的呼应。

五 担忧与警告

在《1984》的世界里,独裁统治恐怖荒唐而又无孔不入。在那里,战争即和平,自由即奴役,无知即力量,人们的自由被剥夺,思想被控制,以致人性泯灭,六亲不认,自觉接受所谓思想改造,沦为没有思想和灵魂的行尸走肉。同样,《1Q84》中邪教"先驱"的情形有过之而无不及。人们把灵魂交给体制,盲目服从邪教教旨及其原则,放弃以自身力量感受和思考的努力,甚至在异端邪说的蛊惑之下,丧失了灵魂柔软的部分,不顾亲情,无视伦理,自愿把亲生幼女奉给教主奸淫,对自己的骨肉没有丝毫怜爱。《1Q84》的时代是一个冷战即将结束的年代,一个看似极为民主、物质极为丰富的时代,一个与奥威尔设定的"1984"的贫穷奴役、战乱极权截然相反的时代,是高度资本主义的高度消费的时代,然而,村上却从中嗅出了类似奥威尔《1984》的危险性。

显然,两位作家并未局限于当下世界,而是着眼更为广阔的人类社会与前景,对此深表忧虑并敲响警钟。谈到《1984》,乔治·奥威尔说,"我之所以写作,是因为那些我想要揭穿的谎言,我想要提请大家注意的事实,我原初的考量是想要让大家听到我说的话"[2]。从这个意义上说,《1984》不仅是一部"反乌托邦"小说或政治预言小说,它更是人类反抗强权、追求自由的一面旗帜。而村上创作《1Q84》这部小说的目的之一,便是提醒人们保持清醒的头脑,警惕内心的愚暗和软弱,避免被邪恶蛊惑,

---

[1] [英]乔治·奥威尔:《一九八四》,董乐山译,上海译文出版社 2011 年版,第 271 页。
[2] George Orwell, "Why I Write", *The Collected Essays, Journalism and Letters of George Orwell*, ed. Sonia Orwell and Ian Angus, Penguin Books, 1984, p. 25.

悲剧重演。他说："我写小说的理由，归根结底只有一个，那就是为了让个人灵魂的尊严浮现出来，将光线投在上面。经常投以光线，敲响警钟，以免我们的灵魂被体制纠缠和贬损。"[①] 可以说，《1Q84》是村上通过邪教等现象对日本当今社会问题的认识和总结，或者说是在世界语境下对人类现状以致未来的担忧和思考。

《1984》的写作背景为西班牙内战、"二战"的浩劫及战后的废墟，是乔治·奥威尔站在1948年的时间点上对1984年的预言；《1Q84》的创作现实则是"9·11"后混沌复杂的多元世界，是村上春树立足2009年的时间点上对1984年的回顾。奥威尔竭力批判的是极权主义的恐怖与荒唐，村上春树努力质疑的是对精神牢笼和邪恶力量的盲从；《1984》旨在揭示专制统治与人性之间的冲突，警示人们提防极权主义带来更深层次的奴役，《1Q84》意欲探讨体制与个体之间的关系，提醒人们不要让灵魂为体制所困。村上春树的温和清奇与奥威尔的劲健冷峻使得两部风格迥异的作品各具魅力。抗衡极权、体制、精神牢笼或自身内心的黑暗面，始终保持对自由与真理的追求，这或许就是《1984》与《1Q84》内在关联的核心所在。

---

① ［日］村上春树：「僕はなぜイスラエルに行ったか」,「文芸春秋」, 2009年4月。

政治视域下的文学诉求及其反思
——《讲话》与周立波的文学创作

杨向荣　张　磊[①]

（湘潭大学艺术学院　湖南　湘潭　411105）

摘　要：周立波的文学创作历来颇受争议，笔者以为，要深入分析周立波的文学创作及其意义，必须结合当时的文艺环境，而毛泽东1942年《在延安文艺座谈会上的讲话》（以下简称《讲话》）应当说对周立波的文学创作产生了极大的影响，笔者以为，剖析《讲话》对周立波文学创作的影响，可以为我们审视周立波创作中政治视域与文学视域的双重悖论性视域提供一个极富意义的反思视角。

关键词：《讲话》；毛泽东；周立波

在中国现代文学史上，周立波的文学创作历来颇受争议，一方面，周立波在文学创作的民间性以及对乡村文学的题材开拓方面有着不可忽视的贡献；而另一方面，在革命的年代中，周立波的创作无疑带有很深厚的意识形态与政治倾向，也正是这种革命情结与政治倾向的过于极端化，导致周立波的创作受到了不少学者的非议。笔者以为，要深入分析周立波的文学创作及其意义，必须结合当时的文艺环境，而毛泽东1942年《在延安文艺座谈会上的讲话》（以下简称《讲话》）应当说对周立波的文学创作产生了极大的影响，笔者以为，剖析《讲话》对周立波文学创作的影响，可以为我们审视周立波创作中政治视域与文学视域的双重悖论性视域提供一个极富意义的反思视角。

一

在中国现代文学史上，《讲话》的发表是一个非常重要的事件。而对周立波的文学

[①]　杨向荣（1978— ），男，汉族，湘潭大学艺术学院教授，博士生导师，主要从事文艺理论与文学思潮研究。张磊（1990— ），汉，男，湘潭大学文学与新闻学院研究生，主要从事文艺美学研究。此文系国家社会科学基金重大项目"20世纪中国美学史"（12&2D111）阶段性成果。

创作实践来说，《讲话》更是一个不可忽略的文本。要梳理《讲话》对周立波文学创作的影响，我们首先有必要对毛泽东《讲话》中的文艺思想做一个简单梳理。

毛泽东文学批评的指导原则是"为人民"，"为人民服务"是文艺批评的主要任务。"人民"这个概念历来有不同的解释，然而，"毛泽东根据中国封建社会的特点，特别是近代以来阶级矛盾和民族矛盾交错的实际情况，用'人民'这一概念代表中国社会带有革命性的、以政治利益为基础的阶级集合"[①]。在《在延安文艺座谈会上的讲话》中，毛泽东明确规定，"最广大的人民，占全人口百分之九十以上的人民，是工人、农民、兵士和城市小资产阶级"[②]。在毛泽东看来，我们的文艺，应该为着上面说的四种人。我们要为这四种人服务，而这四类人，也就是毛泽东眼中"人民"内涵的命意所指。而且，在《讲话》中，毛泽东明确表示："我们是以占全人口百分之九十以上的最广大群众的目前利益和将来利益的统一为出发点的……任何一种东西，必须能使人民群众得到真实的利益，才是好的东西。"这一论断表明，文艺作品价值的有无与高低，都必须以是否能使人民群众得到真实的利益为评判标准。在这个意义上，文艺批评并非纯粹的统治阶级的政治意识形态，而是群众利益的体现。可见，毛泽东同志所说的文艺批评的方向，其核心内容是一个对待人民的态度问题。这和他在《讲话》开头就论述的文艺要为工农兵、城市小资产阶级劳动群众和知识分子服务这一根本方向是一致的。所以，文艺批评的方向主要是看作品究竟为谁服务，究竟对谁有利。如果作家站在无产阶级和劳动人民的立场，正确反映了人民群众的斗争和生活，客观上对人民有利，对革命有利，这样的作品就是好的。

批评标准是文艺批评的核心，对文艺作品进行评价首先要有一定的批评标准作为依据。在毛泽东的文艺思想中，他十分重视批评标准，他的文艺批评的重点也主要是集中在对文艺批评标准问题的探讨上。毛泽东反对将文艺与政治分裂开来。在《讲话》中，他说："在现在世界上，一切文化或文学艺术都是属于一定的阶级，属于一定的政治路线的。为艺术的艺术，超阶级的艺术，和政治并行或相互独立的艺术，实际上是不存在的。"[③]

文艺不可能超脱于政治的范围之外，虽然文艺与政治同属于上层建筑，但是政治作为经济的集中体现，在所有上层建筑中总是居于主导地位，而文艺等其他部分则是处于次要地位，政治难免干预影响文艺的发展。当然，文艺的意识形态性质也决定了政治对文艺的影响以及文艺对政治的反作用。毛泽东认为："一定的文化（当作观念形态的文化）是一定社会的政治和经济的反映，又给予伟大影响和作用于一定社会的政治和经济。"[④] 以意识形态的分析为依据，毛泽东确立了文艺要为政治服务

[①] 胡亚敏：《论毛泽东的文学批评》，《华中师范大学学报》2002年第3期。
[②] 毛泽东：《在延安文艺座谈会上的讲话》，见《毛泽东文艺论集》，中央文献出版社2002年版，第58页。
[③] 同上书，第69页。
[④] 谭好哲：《文艺与意识形态》，山东大学出版社2000年版，第477页。

的思想，在《讲话》中，他说："文艺是从属于政治的，但又反过来给予伟大的影响于政治。"①"文艺服从于政治，今天中国政治的第一个根本问题是抗日。"② 由此不难理解，毛泽东为何要提出以有利于团结抗日为评判准绳的文艺批评的政治标准了。

毛泽东认为政治对其他意识形态起着重大的甚至决定性的作用。从整个社会来说，政治是经济的集中表现；而就各个阶级而言，政治与阶级和阶级斗争密切相关。只有通过政治，阶级和群众的需要才能集中地表现出来。而一定阶级和群众的经济利益也要靠一定的政治才能得到应有的保证。由此，毛泽东对文艺和政治的关系作了明确规定："在现在世界上，一切文化或文学艺术都是属于一定的阶级，属于一定的政治路线的。为艺术的艺术，超阶级的艺术，和政治并行或互相独立的艺术，实际上是不存在的。"③"你是资产阶级文艺家，你就不歌颂无产阶级而歌颂资产阶级；你是无产阶级文艺家，你就不歌颂资产阶级而歌颂无产阶级和劳动人民；二者必居其一。"④

应当说，毛泽东的文艺思想与其身份定位是不可分离的。对毛泽东身份的定位，首先是一个政治家，其次才是一个文艺理论家。在具体的批评实践中，毛泽东的文艺批评思想往往立足于政治的视域，在这种视域中，文艺工作是革命事业的一部分，是实现革命理想的"文武结合"的斗争方法之一。可以说，毛泽东的文艺思想有其文学性内涵，而更重要的是，这种文学性又是为一定的革命性服务的，应当说，这种文学的革命性倾向对周立波的影响是非常大的，甚至在某种意义上，周立波的文学创作就是毛泽东文艺思想的现实实践。根据史料记载，在延安文艺座谈会上，周立波被邀参加了座谈会。毛泽东从当时的革命语境出发，阐述了自己的文武"两支军队"的观点。在毛泽东看来，文艺军队要融入革命的伟大事业中，要激发文人自身的政治认同和革命认同感，使他们承担建构现代民族国家的任务。正是如此，毛泽东才提出文艺为什么人服务的问题。当然，毛泽东并非只是简单地强调文艺的政治目的，而是强调应当通过一种什么的方式来实现这一目的，对此，毛泽东认为，要实现这一目的，就必须打破文人内心灵魂深处所存在的"小资产阶级知识分子的王国"，彻底改造自身的"小资产阶级知识分子"意识，并转移到"工农兵"意识来。毛泽东认为，通过思想层面的改造和转移，知识分子走一条与工农兵相结合的道路，才能最终实现文艺的政治目的。

也正是这种身份的双重定位，对当时的文人艺术家影响是相当大的。如政治第一、艺术第二的文艺批评标准，对周立波的影响就相当大，这正如周立波夫人林蓝说："周立波首先是一名革命战士，然后才是一位文艺家。"⑤ 周扬也在一篇文章中说"立波首先是一个忠烈的革命战士，然后才是一个作家，立波从来没把这个位置颠倒过"⑥。而

---

① 毛泽东：《在延安文艺座谈会上的讲话》，见《毛泽东文艺论集》，中央文献出版社2002年版，第70页。
② 同上书，第71页。
③ 同上书，第69页。
④ 同上书，第77页。
⑤ 林蓝：《战士与作家》，《人民文学》1981年第11期。
⑥ 周扬：《怀念周立波》，见《周扬新时期文稿》，山西人民出版社2004年版，第812页。

事实上，周立波也正是以一个革命者和文艺家的双重身份参加了延安文艺座谈会和整风运动，并且以自己的亲身行为和文学创作对《讲话》精神给予了呼应。

在《讲话》之后不久，也就是在1942年6月和1943年4月，周立波先后发表《思想、生活和形式》和《后悔与前瞻》，在这两篇文章中，周立波按照《讲话》的要求，对自己的思想展开了深刻的自我批评。在《后悔与前瞻》中，周立波以自我批判和自我反思的话语，剖析了自己的思想根源上的落后性，并声明要与过去进行彻底的告别，"为了彻底地改造自己，为了写出真正地为工农兵服务的好文章"，同时也为了在创作中真正达到《讲话》的精神高度，周立波强烈要求"住到群众中间去，脱胎换骨"①。而在《谈思想感情的变化》一文中，周立波又对自己在《讲话》之前的思想倾向进行了清算式的自我批判。"在整风以前，延安的一些学校机关的政治学习是采取教条主义的方法，有着严重的脱离实际、脱离群众的倾向。而为了教学，我又阅读了许多西洋古典的作品，不知不觉之间对这些东西有些迷惑。""在鲁艺教课期间，我也曾经到过延安的乡下，但没有和农民打成一片，对农民的语言、生活和劳动，不懂和不熟，像客人似的呆了五十天，就匆匆地回到小资产阶级知识分子的圈子里。"②

仔细分析周立波的自我反思，笔者以为，这正是对毛泽东《讲话》中以知识分子进行思想改造的最佳注脚。而周立波作为这一批被改造的知识分子，其后来创作的革命转向也就不难理解了。陈涌在研究中曾经写道："决定立波同志以后整个发展道路的，显然是毛泽东同志召开的延安文艺座谈会，显然是毛泽东文艺思想。毛泽东文艺思想使立波同志本来的革命本能，本来的单纯、真挚的性格提到一个新的高度，使他的可贵的品质有了明确的发展方向，成为一种自觉的认识和力量。"③ 在陈涌看来，经过延安整风和延安文艺座谈会，周立波从理性上认识了自己脱离群众、脱离实际的严重倾向。也正是如此，周立波才要求到王震所率领的南下部队，去经历第一线革命生活的生死考验。这也正如周立波自己所言："在这种紧张的生死斗争里，我对于战斗员和指挥员们，都感到特别的亲近、挚爱和钦佩。我们的命运连在一起了，心也连在一起了。"④ 周立波相信，自己只有认真贯彻毛泽东所指示的新的文艺运动的方针，真正融入工农兵大众中去，才能彻底改造自己，才能真正解决自己文学创作中"为人民服务"的最终目的。而周立波后来到东北参加土地改革，其实也是他受《讲话》影响后的革命创作情结的反映。

---

① 周立波：《后悔与前瞻》，《解放日报》1943年4月3日。
② 周立波：见《周立波选集》(6)，湖南人民出版社1984年版，第379页。
③ 陈涌：《我的悼念》，见《周立波研究资料》，湖南人民出版社1983年版，第155页。
④ 周立波：《周立波选集》(6)，湖南人民出版社1984年版，第380页。

二

作为延安文艺座谈会的亲历者，周立波遵照《讲话》的精神，在自己的文学创作中自觉地融入了革命情绪，并有意识地用一种政治的视域来解释生活矛盾，用一种革命理念来经营文学的内在意识，从而凸显文学创作的政治效果和教育功能。而《暴风骤雨》就是受《讲话》精神影响而产生的革命叙事话语。

自1942年《在延安文艺座谈会上的讲话》发表以来，对革命和政治的阐述成为革命文学的主要姿态，而周立波以革命者的身份积极响应，用他自己的话来说，"《讲话》里说：人民生活中本来存在着文学艺术原始的矿藏，是一切文学艺术的取之不尽、用之不竭的唯一源泉。从生活体验里，也从创作实践里，我领会到，这是一句放之四海而皆准的金石名言"①。也正因如此，周立波主动到农村去，并且亲身参与了土改运动和农村合作化运动。虽然前者属于新民主主义革命，后者属于社会主义革命，是两次不同性质的革命，但作为革命知识分子的周立波却始终以高昂的革命热情和革命姿态，响应时代的号召，并发出了时代的主流声音。

在周立波创作《暴风骤雨》前夕，党中央曾发布了一个关于土改的文件《五四指示》，以此来指导东北农村的土改工作。当时周立波被派到东北农村担任黑龙江省珠河县元宝区区委会委员（后任区委副书记、书记）。可以说，周立波并不是以一个文学创作者的身份深入农村的，而是以一个革命者的身份进入的。这种政治化的革命身份立场，也就决定了周立波的文学创作不可能实现乡村话语的民间化表达。而且，周立波当时到东北的主要任务并不是民间调研或乡村文学写作，而是宣传和落实党的政策。而这种任务也直接决定了周立波的文学创作并不能完全立足于纯文学立场，当时，他走在革命队伍中，感受着革命的要求与时代的气息，而事实上，革命的立场也就决定周立波是自觉以一个革命者的姿态来进行创作的。而《暴风骤雨》，在某种意义上，也是一种革命话语的宣传，是周立波自觉于革命文学与政治话语的一种努力。

在《暴风骤雨》中，周立波的革命姿态体现得相当明显。在文本中，作者的革命立场是"土改"运动，这是以革命运动为前提和出发点的。土改运动是一场激烈、尖锐的阶级斗争，关系着千百万农民的翻身解放和中国革命是否可以取得成功的全国性的群众运动。在《暴风骤雨》中，周立波显然是立足于《讲话》的立场，即要求文学艺术服务于人民，强调文艺的政治标准高于文艺的思想标准。因此，在作品中，周立波突出了运动中党的作用，努力彰显作品的政治题旨，强调文学创作的实际组织作用，以饱满的热情歌颂土改，他尤其重视注意用党的精神去提高农民的思想觉悟和培养农

---

① 周立波：《周立波选集》(6)，湖南人民出版社1984年版，第386页。

村的革命知识分子，并且认为革命的最终胜利也有待于革命话语在农村的扩展与宣传。

可见，周立波的《暴风骤雨》是以一个革命干部的身份所创作的一个政治文本，是周立波以革命精神紧跟时代政治，主动响应《讲话》精神，自愿到农村进行思想改造而形成了一个文本。《暴风骤雨》就是延安文艺整风运动的产物，它凸显土改工作队如何组织群众到农村对地主阶级进行革命的运动。也正是如此，在《暴风骤雨》中，周立波采用政治化的叙述方式，宣传和论证了土改运动的政治合理性和阶级正义性，农村中错综复杂的阶级关系和阶级斗争矛盾被简化为敌与友的阶级关系。这是《讲话》所强调的文艺与政治关系的反映，也是革命话语逻辑表达的必然。基于此，可以认为，《暴风骤雨》是周立波立足于《讲话》精神，根据《讲话》所倡导的文艺"为人民"方向和"工农兵"方向的一次成功的演练和实践，是力图通过文学反映现实斗争，并力图通过文艺来服务于政治。

这种自觉的革命立场即便是到了新中国成立后也仍然保留于周立波身上，甚至成为了周立波在创作中的一种自觉的革命话语叙述模式。只不过，由于革命背景的变化，新中国成立前的新民主主义革命转变成了新中国成立后的社会主义革命。由于革命性质的变化，周立波创作中的革命姿态也进行了相当调整，新中国成立后所创作的《山乡巨变》，其中的革命姿态就变得相当温和，完全不同于早期创作《暴风骤雨》时的激进。即便如此，周立波的创作仍然是立足于《讲话》的精神和影响，将文艺视为阐释革命话语的空间和方式，并且仍然坚守着革命的叙述立场。如《山乡巨变》虽然创作背景是社会主义革命时期的合作化运动，但在这部小说中，革命仍然是为一定的政治服务的，小说仍然是以革命话语来响应主流政治话语。基于此，笔者以为，不论是早期的《暴风骤雨》，还是新中国成立后的《山乡巨变》，周立波的创作姿态始终是革命姿态，叙述话语也始终是革命话语，而这种革命姿态和话语，在某种意义上与毛泽东在《讲话》中所强调的对待政治与文艺的思想观念是一脉相承的。

在"文艺从属于政治，并为政治服务"的历史背景下，周立波的文学创作无疑带有强烈的政治功利性与主流意识形态性，而这也成为周立波的文学创作后来受到不少学者非议的一个最主要原因。但如果我们深入思考的话，我们发现，周立波文学创作观念的转变，一方面表征了当时延安文人在《讲话》革命情绪的引导下所普遍出现的思想认同现象；另一方面也表征了主流意识形态对文学创作和文艺家队伍的规训。从建党之初的马克思主义文艺理论翻译到后来的左翼作家和艺术家群的形成以及"革命文学论"的提出与实践，无不体现出意识形态对文艺话语的渗透和控制。而到了20世纪40年代，鲁艺文学阵营的成立使得延安文人知识分子队伍的不断发展和壮大，而《讲话》的发表更是在思想和精神层面上为这个群体的创作奠定了基调。可以说，从延安文学到解放区文学再到新时期文学，中国的文艺方针政策基本上是对《在延安文艺座谈会上的讲话》的内容的运用、引申与发挥。而事实上，在这些文艺方针政策的影响下，文学一步一步地沦为国家意识形态的传声筒，肩负着阐释和宣传国家主流意识形态的任务。由于在特定时期对毛泽东文艺批评思想的误读，因而在一定程度上导致了文艺批评界不少争论和悲剧的发生。而这，正是我们在探讨《讲话》与周立波文学创作的关系时不得不思考与反思的一个问题。

从诗化的小说到诗化的哲学
——论路也新近的创作

王洪岳[①]

(浙江师范大学人文学院　浙江金华　321004)

摘　要：路也作为诗人，其小说自然打上了诗化的色彩，她2012年出版的长篇小说《下午五点钟》就带有明显的诗化特征。此后她宣布全然回归诗创作而不再兼涉小说。但小说创作的艺术经验无形中已经渗透进其最近发表的多首长诗中，其长诗在一定程度上运用了小说的笔法，比如叙述性、对话性等。路也的小说特别是她的长诗呈现了其超越性的思考，达到了诗性和哲思的融合，当属近年当代文坛不可多得的精品。

关键词：路也；诗化小说；长诗；诗化的哲学

一

山东女诗人路也从事文学创作已经有二十余年。路也早期的诗主要写她热爱的家乡（据路也说，由于出身、家教和个人经历，她没有传统意义上的"故乡"概念），另外还有大量写江南及海外游历的诗作，有关于各地的风物、人情、自然和爱情的诗作。近年来，路也由早期较多地写人生感悟、描摹自然之美、打量揣摩汉语文字之美的短诗，逐渐转变为直面社会和人生悖论、表达诗人内在精神和灵魂震颤的长诗。其间，她还兼涉小说（包括短中长篇）和散文、批评及文论研究等多个领域，而且都有不小的建树。尤其是其小说创作为她的长诗写作带来了一定的叙述性特征。其中的数篇长诗留下了几年前她父亲突然离世又经过几年的沉淀而写成的长篇小说《下午五点钟》的印迹，以及由这小说的哀痛之情渐渐演变而来的一种"内在的哲学"况味。

2012年路也出版了长篇小说《下午五点钟》。作为一部中国存在主义"死亡之书"，

[①] 王洪岳（1963—　），山东济阳人，文学博士，浙江省江南文化研究中心研究员，浙江师范大学人文学院教授。

它以小说的形式表达了带有诗人气息的哲学思想。这还是一部福克纳《我弥留之际》式的多声部心灵交响曲，既有唯美主义的激情诗意与形式感，又有现代主义的反讽悖谬与黑色幽默风。在父亲突遭车祸的弥留之际及离世之后，作为诗人的小说家路也体验了人世间可能遇到的种种遭际及情感，包括震惊、错愕、麻木、悲痛、怀念，随后是对死亡、生存、时间、信仰、真理等的思考，又经过了几年反思，诗人小说家路也才开始以小说的形式来多维、立体地呈现上述主题，所动用的叙述资源包括了写实纪事、浪漫畅想、黑色幽默、戏拟反讽乃至灵魂回忆。小说由7+1+1的叙述者（叙述视角）连缀起整个叙事框架，即由七个亲友（学生）、死者路若华的魂灵，以及超乎其上的全知叙述所构成。在书的封底有一段简短的文字："事故现场，病房，葬礼，坟墓，陌生的乡村故土，死亡像是一列'归途列车'，停靠在一个个车站，卸下人心的纷繁情绪，自责、悔恨、无奈、怨恨、爱恋。"灵魂辩证式的叙述与论辩色彩，是这部小说的一个内在特征。异卵双胞胎的大女儿迪安与父辈及整个社会激烈对抗而实则又不乏亲情之爱，小女儿迪曼温婉善良、虔诚信佛，儿子迪飞叛逆率性、自由潇洒但往往遇事畏葸不前，妻子张碧萝与丈夫在吵架争论中度过大半生，而这是另一种爱之深恨之切的人生况味。整个文本充满着一种"诗与思"交织的黑色幽默般的语言张力。全书46节，每一节都从某个小说人物出发，从人性的博弈切入推进故事。整体观之，这是一部关于虚伪、贪婪、无耻、丑陋、怪诞与真诚、高贵、爱情、尊严、自由相交织的复杂人性的写照。撞死父亲路若华的肇事车主和司机表征了人类中的败类和无赖地痞样，各级公职人员的官僚主义和人性之冷漠、邪恶，故乡六老爷爷偷占迪安老家物品的猥琐与不安；死者路若华那种儒道互补的处世态度、科学家般的求实精神，迪安对真理（真实、真相）的执着探究，对六老爷爷的宽恕，迪曼的虔诚和善良，迪飞对自由的追求，以及何书塘（路若华教授的学生、他弥留之际真诚的守护者）的道义承担、智慧和热情等，构成了一道道现世画面和人性投射。这可谓路也的一部诗化小说或小说哲学。

但毕竟诗才是诗人路也魂牵梦绕的领地。21世纪以来，路也多次到北京、美国、冰岛、中国台湾等地，或做驻会诗人、访问诗人，或参加诗歌节，视野日益开阔，而且通过潜心研读康德的著作和《圣经》而提升了自己对艺术、诗学的认知。

2012年年底出版的《地球的芳心》是近年来路也包括其长诗在内的一部新诗集。其长诗还包括在《读诗》发表的《木渎镇》和《兰花草——谒胡适墓》。

从诗（短诗）到小说、散文再到诗（长诗），路也的创作走过了一个"之"字形的道路。纵观她到目前为止的整个创作，她一直是以一个诗人的特立独行的姿态立于世的，其小说和散文作品也充溢着诗化的色彩。仅从路也小说来看，与其说她重视小说及其人物、情节、故事、环境等这些传统叙述要素，毋宁说她是借助于小说来表达自己的诗学甚或哲学思想。如果意识到小说由于讲故事（叙事）的桎梏而妨碍了她去表达自己的诗学和哲学，那么，她宁愿重新选择诗。在写完了这个称得上是她最后的

（长篇）小说《下午五点钟》之后，路也心无旁骛地声称要"回到"诗。

上述长诗较为充分地体现了路也这种强烈的转型心态。这些长诗不但标志着诗人路也开始走出不无狭窄的一己之哀怨的情思和有些单薄的调侃反讽的表达手段，而且带有了从小说写作中汲取的有益的艺术经验和叙述的干练技巧。《地球的芳心》中的短诗，似乎是在为后面的十三首长诗的蓄势待发而做准备。这部诗集分为三辑"短书""元辅音"和长诗"个人纪元"，但第二辑里的《内布拉斯加城》无论在篇幅、容量和气度上都可以归到长诗行列。这样，路也新近发表长诗共有十五首。

这些长诗，大致可分为四类。其一为写自己居住或游访过的地方，如《在黄河边》《在泰山下》《哈尔滨》《在白洋淀》及《内布拉斯加城》；其二为写那些给诗人留下深刻烙印的建筑物及其所负载的文化记忆，如《灰楼纪事》《欧式火车站》《文学院》；其三为诗人对此在——时间之维的情思，如《谁在撬动地轴》《一九八七》《心脏内科》；其四，也是诗人近年创作最重要的收获，如可称为路也长诗三部曲的《辛亥百年，致鲁迅》《兰花草——谒胡适墓》和《木渎镇》。

二

《在黄河边》写出了家乡、大地的生命和温度。作为无韵诗，该诗一如英国诗人弥尔顿的那些不讲究韵脚的诗作，节制而又洒脱，通过对某些风物和景致的抒写，实际上抵达了诗与此在的深层关系，并且直追自由的本质。诗作运用了各种手法，比如拟人、隐喻及叙述，传达了诗人对家乡的挚爱，哪怕它有些土气、显得陈旧落伍，但它苍老的历史积淀成了丰厚与经典。与之构成姊妹篇的是《在泰山下》，在诗里天然与人文构成了另一种人文地理学。诗人的诗情借着自然来表达，自然风物又化为诗行。带有阳刚或崇高感的比喻让人过目不忘——"它是雄性的，有巨大的睾丸"。在路也的诗里，总是有着一个抒情主体存在。物象—心象—意象（形象）陈然有序，而且和前一首类似，以重释或解说语言文字的方式，让所吟咏的事物径直进入诗境。另外，还化用了杜甫《望岳》诗句，把自己嵌进诗的氛围中："让肉体青未了，让精神凌绝顶。"

《在白洋淀》以亲身的抵达姿态，写了诗人的精神故地——白洋淀及"白洋淀诗群"。诗人在山东大学的硕士论文便是以白洋淀诗群的人文地理学为题的，所以，这个"文革"知青诗人群落生活过的这块湿地就成为路也精神探寻路上一个显赫的所在。《在白洋淀》同样突出了诗人之"在"。原本遥远或无关的地方，因为诗人的探访和体验而具有了不同凡响的价值。这是一首关于寻找与祭奠、印证与抚摸的深情恋歌，全诗散发着大地、湖水、青草和芦苇的气息，诗人的视听嗅味触诸感觉弥散漫溢于全诗。这首诗很容易让人想起诗人写江南的《浙江地理》等组诗来，但在诗艺创造方面又远远超乎其上。在那个严酷贫乏的时代，信靠着对生命和未来的追求和坚守，知青诗人们赋予了这片水地以盎然的诗情画意。虽然路也探访时此地已经被金钱拜物教所渗透，但是她不忍心把这里写得混乱、铜臭和野蛮，而是用最美好的词语把自己对"白洋淀"及其所应该蕴含的盎然诗意尽情地抒发出来。她写当年在异常艰苦环境中执着于诗的人们，是透过大跨度的时间、想象、拟像等修辞手段，而穿越苦难，因之那些偷偷摸摸的"串联"也变得"美丽"。如果仅仅止于苦难化为美丽，那就陷入了某些肤浅之辈想当然地认为的那样：经历苦难是应该的，甚至是必需的，不是有一大批知青作家感恩甚至怀恋那个荒唐而充满苦难的时代吗？这样的"苦难美学"既荒唐又做作。不同的是，诗人路也透过那熏黑鼻孔的"煤油灯"，而"发现"了"期待和绝望曾怎样在辗转着互相寻找"，"发现"了那些青春少年们是如何以诗来克服绝望而重燃希望，重树理想，这才是对"白洋淀"及"白洋淀诗群"的最好纪念。路也把存在的时间与当年此地知青诗人们曾经的时间，以及与作为诗人当下的时间（体验）等几种时间融到一起，是这首诗写作上的一个显著特点。因此，这是一首称得上带有现象学意味的诗作，它打通了物一我（你一我）的界限，弥合了主一客分裂的状况。如此，白洋淀就不再是纯然的客体，诗人也便不再是一个匆匆的过客。时间的樊篱于是被穿越了，"回到那时"的白洋淀而且与彼时的知青诗人们精神交融。

《在白洋淀》又是一首关于诗人游历之诗。一次次游历便是诗人创作的一个个契机。在《地球的芳心》自序中，路也把36岁后的自我描绘为一个除了阅读与写作者，再就是远行的游历者。《哈尔滨》采用一种叙述兼畅想的方式，把亚热带与处于寒温带的北国城市联络起来，也把诗人自己和这个东北名城联系起来。此城丰富多元的历史、宗教、建筑文化等，通过诗人的感受而化为别有洞天的诗意所在。诗人写这里有着地理上的寒冷与东正教文明的融合，诗的核心依然是诗人及其体验。但百密一疏，诗人似乎没有注意到，"沿一条大江顺流而下，就能抵达普希金的祖国"，这一句却有点突兀，而且缺乏历史的眼光。因为这条大江（黑龙江）的流域本来是我们民族的版图，是沙俄凶恶地侵占了。所以，那里本不是普希金的祖国故土，而是我们民族永远的痛地。诗人在对俄罗斯文化的热爱与向往中似乎缺少了对它的警惕与审视。

路也对文学地理学或物象予以了特别的关注。长诗《欧式火车站》写的是自少年时代便留下深刻印象的有着百年历史的济南火车站。诗中有惊人的细节描述，同叙述性文笔结合，让读者有一种时间隧道回返的异样之感。诗人异常清晰的视觉与听觉，把少年时代关乎美的记忆缓缓地调动、活跃起来。德国殖民者设计建造的这座哥特式建筑物，于1992年7月1日8点05分永远地倒下了。虽然这是殖民地的遗存，但它作为文物或文化记忆的载体，甚至是一种美的艺术，是应该加以保护的文物。然而遗憾的是，它被炸毁了，随之而炸掉的还有一个城市和民族的历史记忆和艺术本身。如今，毁灭了的美唯留在诗人的流连缅怀与低吟浅唱之中。诗人对这建筑艺术满怀深情地悲悼，让我们进一步接近和理解了什么才是真正的诗人之心。"在当年欧式火车站位置，站立起'火柴盒'平板楼。"平庸而贪婪之辈只能造成了平庸而恶俗的东西。《欧式火车站》可谓李清照那金刚怒目式的豪放之作。这首《欧式火车站》带有路也自身精神世界急遽变化的印记。作为女诗人体现出了阳刚乃至崇高，这是对戕害文明做派的泣血悲鸣与抗议。或许，路也从来就不是婉约诗人，她的忧郁和怀疑无不书写着她的痛彻的绝望与希冀，无不叙写着这个时代的令人震颤的真实内核。在诗中，时而愤懑盖过了伤感，时而对美的伤逝压过了痛苦的回忆。或许，唯有"像《马太福音》"曾经神性地给这座齐鲁文化的核心城市注入灵魂那样，才能抵抗住邪恶的横行和不断的堕落。

《心脏内科》是诗人的母亲住院疗病所带来的亲身体验的诗艺结晶。对生命的核心——心脏以及治疗心脏病的医院心脏内科的描写，和写父亲之死的长篇小说《下午五点钟》有异曲同工之妙。诗作将科学、医学、技术手段与狂想、叙述、反讽等创作手法趣味化地结合，宛如一首杂糅多声部的交响曲。心脏是"一个介于肉体和灵魂之间的器官"，心脏内科则往往以"小时、分和秒充满暴力，踩着尖刀在走"，诗人忘不了其身份或职责是发掘存在及其奇异性。所以才有了以下的诗句："这个器官位于胸部上方，偏左/就像世上的革命大都稍稍有那么一点儿/偏左/就像热烈、诗意、先锋和人文大都集中在/左岸/这个器官在身体的位置/还有点儿类似于/以色列/在世界版图的位置。"以色列主要由犹太人组成，而犹太人是世界的思想家辈出的民族。诗人以此做比喻，造语奇崛，显示出举重若轻，化百炼钢为绕指柔的艺术功力。恣意汪洋般的想象力、匪夷所思的联想力，还有细腻思辨的知解力，敏锐而尖厉！这是一种超越死亡威胁的观照，它没有了悲悲切切、凄凄惨惨戚戚，唯留对这个世界和人生的大爱。路也正是这样来理解和解构死亡和疾病的。"至于'爱'的繁体写成：愛/用笔划的披纷枝叶，将一颗心层层包裹团团保卫/安放于最中间/用覆了茅草的秃宝盖为一颗心遮风挡雨/安放于屋顶下面/古往今来，多少人怀揣一颗心如同怀揣一枚手榴弹/为这个字铤而走险。"说文解字式又分析美学般地对生命和存在的探察已经到了很深的境地，我们还能要求诗人什么呢？

《一九八七》站在二十年后回望1987年，把时间倒推和"还原"，由肉身承载的灵魂，打捞着过往的记忆和青涩的岁月。该诗运用了诗人对汉文字所表征的文化的沉醉与反思，是一首关于时间的诗学。《灰楼纪事》则以空间诗学来构筑诗人的体验王国。诗中的记忆是诗性与数字化相互冲撞的结果，是那个构成了诗人生存空间之一的灰楼（文学院）的灰暗记忆，充满了悖论与反讽。在这座建筑物里，在"我"的课堂上，讲的多为（不幸的）诗人及其作品，真可谓"近代好诗人多为同性恋，而哲学家则为单身汉"。一个在诗国里遨游且深知诗界如险境的诗人的感悟体验油然而起："几乎所有诗人都下场悲惨。"只有诗人才能真切洞悉诗人的生存真相，因为他们与真理为伍，而生活却远离了真理，因此其遭际往往是悲惨的。在诗人看来，在扼杀年轻人的才华、创造性和青春方面，当今中国大学的汉语言文学教育简直可以和法西斯有得一比。那徒有其名而实无本真的所谓大学在干着一系列与大学精神背道而驰的勾当，仅仅"为迎评估，假的必须比真的还要真"，就可窥一斑而知豹。但在结尾处，诗尚留有温存与希望，"一场千载难逢的大雪里，或许还包裹着一个春天？"《文学院》可谓《灰楼纪事》的姊妹篇。这首诗带有反讽和戏仿的色彩，体现出一种对这个所谓最有文化实则扼杀年轻人思维和创造性的衙门式、作坊式实用主义产物的不屑与蔑视，还带有一点自嘲。诗人以切身的存在主义视角，以多愁善感的忧思，以另类和异端的姿态，构筑了这首与此前她的《文史楼》相媲美的诗篇。从而这三首诗《文史楼》《文学院》和《灰楼纪事》构成了诗人以互文形式写成的"学院三部曲"。《文学院》继续着前两首诗作对当今横行霸道的GDP主义和工程师思维主导下的大学人文教育所进行的不留情面的嘲讽、揭露与批判。诗人反其道而行之，原先以为异化便是人的物化、攀附化、奴化，藤蔓这种意象在中国诗语中正是如此，但现在诗人眼中，"顺着文史楼前"攀爬的"藤蔓孤独、懒散、温存，在这里/惟有它尚有神性"，也才更具生命力和人性。或许喜爱盎然绿意喜爱由这藤蔓遮蔽的绿房子的路也，也别出心裁地赋予这种本来属于攀附性植物以新的象征寓意。这是一首出神入化的路也式的互文诗，这种互文来自她对"汉语言""文化"或"文学"本身之美的惦念和钩沉，因而这种互文就成为多重的互文，且看："副教授和教授，听上去则有些衰老/似乎跟高血压冠心病有关/在蹀过上万步之后，讲台便成为帝国/从丝绸之路的月亮讲到安达露西亚的橄榄树林/讲完杜甫的胡子，再讲 T.S. 艾略特上衣口袋里的手帕/而在最奴性的试卷范本上，也应体现文学染色体中/那叛逆的基因/关于海子自杀的毕业论文源源不断/似乎暗示我：作为诗人，至今苟活、硬活、好死不如赖活/是件不光彩的事情。"这里有鲁迅作品的影子，有李亚伟诗作《中文系》的格调，有西班牙诗人洛尔迦的诗意，有杜甫，艾略特，有海子……在文化和文学的马赛克上，在对当代大学文教现状的刻写中，总还有一个性格鲜明的诗人个体形象存在着，这是路也此类诗作所体现出来的同时又属于人类的希望所在。

三

路也近年来的诗作发生了重大转折，哲学意味和宗教意识浓厚了，诗句更加凝练了；其诗学认识也不断深化。这一切，都源自于诗人内心世界的重大转变。她曾在获得"新世纪十佳青年诗人"奖并代表获奖者在颁奖会上发表讲话认为，"真正的现代，也绝不是屈从于谎言的空中楼阁，也不是杂耍一般的雕虫小技，先锋的勃勃生机只能是从巨大的文化母体上——这个文化母体包括东方的也包括西方的——自然而然地萌生出来和延伸过来……如此，唯有如此，才能真正到达诗歌写作的自由国度，诗歌的现代化才会永无止境"。而且她意识到，"写诗只不过是众多探讨真理的方式中的一种。一个诗人，无论写的是日常的世俗生活，隐秘的私人情感，个人的苦衷和幽思，还是充满现实意义的社会场景，无论探讨的是生存之思，生与死的终极问题，还是人与大自然的关系，都应该在忠实于个人经验的基础之上，冲决孤独的牢笼，尽力写出当今人类的普遍处境和共同命运，以真诚和理智给苦闷心灵带去力所能及的声援与安慰"①。她关注本来属于思想史家的领地,诗人路也按捺不住自己澎湃而丰富的心,她的诗人之心引领她一再地在这些现当代思想史不可或缺的节点流连徘徊,而终至将压抑不住的诗情和哲思引爆开来。我这里指的是路也新近写作的三首长诗。对话体、审美距离感和智性化是这几首长诗的共同特点,而具体到诗作又各不相同。

《辛亥百年,致鲁迅》与《欧式火车站》《文学院》,以及诗人以前的诗作《文史楼》等一脉相承,属于那种"金刚怒目式",它依然以互文手法成篇,嘲讽他人、嘲讽异在又自嘲,传达出一种时常袭来的悲凉和伤逝之感。文本、历史、人物、场景和当下的生存现实的互文,再加上强烈的反讽,往往成为路也处理这类诗的题材的方式。在诗中,互文为外在的形式,反讽为内在的意蕴,两者相辅相成,形成了该诗的张力美学。鲁迅作品中的形象、背景、情节、故事……戏拟而沉痛,被蒙太奇般地嫁接在一起,构成一幅幅众声喧哗的剪影。但其重心在鲁迅曾经的启蒙理想仍然被由昏睡以至假寐装睡的国人弃若敝屣,悲乎哀哉!启蒙早已变质为"蒙启",鲁迅曾有名为《聪明人和傻子和奴才》的散文诗,在近一个世纪前便超前地点出了这个民族的软肋和小聪明,实则所谓"聪明人"和奴才是一丘之貉,是鲁迅所揭示和批判的国民劣根性的两面;而唯有鲁迅笔下的疯子(狂人)和傻子才是中国社会变革和人心改造所真正需要的力量,但在"聪明"的人看来,这不是疯子便是傻子。现在,诗人仍然痛感这种悖反的存在仍然没有丝毫改善的迹象,因此"如此苦闷,将与何人说?"悲哀以至悲凉!这才是辛亥百年后鲁迅的继承者们所面临的板结化的困境吧。

在面对现实黑暗的时候,我们都曾经是鲁迅的追随者,但在面对未来时会更喜欢胡适。鲁迅往往给后来者以冷峻和悲观,而胡适则常常给后来者以信心和乐观。《兰花草——谒胡适墓》②是一首关于胡适,关于爱和美的长诗。爱是对古文字、正体字等符号所代表的文化文明古国之爱,对胡适所体现的现代人的理性、尊严、宽容、自由主义的爱,对他倡导自由中国、言论自由之爱,对人权和博爱之爱,对他的宽容、中西合璧所散发出来的美之爱。爱和宽容是路也阐发的胡适思想的要旨所在。

该诗以诗人对胡适的认知及探访胡适墓为契机,把胡适的人与文、人格与文格、人品与文品做了新的观照。胡适之于诗人路也,是独特的、建设性的精神正能量,她怀着虔诚之心,"如今携带着整整一个大陆的悲怆和向往",特意独自地、默默地祭拜胡适。在诗中,诗人设想胡适为一个对话者,她亲近地称为"你",这里的"适之路",也"像你的签名,'之'字的一捺,是流线型的温润的悠长","中研院对面,一片山坡起伏和缓/满山植被都是你的灵魂"。胡适及其书籍、思想、灵魂恰恰可以作为这样一个慈祥而睿智的对话者,这就构成了"我""你"对话的结构。

在这首诗里,路也还极力拓展诗艺表达的方式。如第 10 节,她抄写了胡适的墓志铭,这段铭文是白话散文式的。在一种带陌生化的插入中,诗人饶有兴味地把胡适在

---

① 路也:《最美丽的颁奖台——在"新世纪十佳青年诗人"颁奖会上的讲话》,《诗刊》2010年第2期。
② 潘洗尘、宋琳、莫非、树才主编:《读诗 纠结的逻辑》第三卷,长江文艺出版社2013年版。

新文化运动中的耀眼一幕巧妙地加以呈现。在诗人的抄录中还平添了一种和已经作古的胡适"相见恨晚"的感觉。正是胡适那种"容忍大于自由"的理念，与诗人近年来诗风的潜变极为相近甚或契合，所以这诗所表达出来的不再那么峻急、燥切，而是一种正在形成的温婉与壮美情怀。在台湾孤寂的南港，先生静静地安息在一片林地里，坟墓朝着西北方向——那是大陆的方向、故乡的方向。胡适作为思想家在中国大陆遭受长时间的批判继而是有意无意的冷落，但他以曾经辉煌的人生和富有建设性的超前思想仍然在深刻影响着海峡两岸的民众。诗人通过叙述来跳跃式地回望胡适精彩而流离的一生。叙述被路也用在了长诗的写作上，但这种叙述并非小说那种起承转合、腾挪移换，而是智性、诗性、灵性出神入化地贯通起诗人与所写主人公等多个维度的物、事、情、思、悟……如果说鲁迅是希图以"呐喊"式的启蒙来唤醒沉睡中的国民，那么胡适"你用民主和科学两种西药/来治疗一个民族的晕厥"。而在没有了鲁迅和胡适的国度，"上半身和下半身都不够健康的人，进驻大学/蛤蟆单凭有着一副仕途面相，就硬当上主流/寄居蟹偏说来自民间，寒号鸟不服气，就表演苦难/优伶们如鬼魅穿梭客串，为活人招魂/而颜回和子路在歧路彷徨/卖油翁和秦罗敷，不知归属/还有人把白昼独坐成黑夜，泪眼模糊"。魑魅魍魉们横行霸道、极尽表演之能事；弱智者愚弄知识精英；普通的个体依然彷徨而无地可容。路也用诗的利剑穿透了时间和历史的"结痂"，从胡适那里看到了什么是中国现代真正知识者的尊严和骨子里的骄傲："脸上始终挂着你那样的微笑，独立秋风/宁鸣而死，不默而生/连做梦都不会梦见龙，那暴君的尊容。"这首诗的正标题是《兰花草》，"兰花草"——自由的象征？诗人朦胧地写道，她没有采到这般清新脱俗的花儿。自由、美丽而温馨的兰花现在还只能在飘摇的孤岛一角悄然、孱弱、艰难地开放着。

这首诗在大与小、高与矮、精神与物质等多重物象或意象的比对中，把诗人的自我意识与所咏写的人物、景致、历史、文本……融合在了一起，读者简直不能分得清哪是诗人的情思哪是所歌咏的对象。在丰满的意象和景象中，诗人还是要呈现或裸露出真相。这是不是路也的诗歌现象学的呈现呢？

这种潜对话和叙述体式，运用于《木渎镇》[①]中则更加显著和自如。"木渎镇"，一个含蓄美丽又很让人期待的名字，抒写的是诗人专程到苏州附近木渎镇祭拜北大才女、出生于江南的林昭的墓地，及其旅程中的感怀与畅想。这是目前路也最长的诗篇，全诗有20节，376行（按照路也的说法，诗的空行也潜在地作为诗行而存在，那么该诗至少应为466行），4000余字。它的诞生体现了诗人深邃的艺术境界，可以说这是路也诗歌的最高成就。在某种意义上，这也是中国当代诗不可多得的力作和近乎不可企及的高峰。

《木渎镇》伊始，就采用了诗人与林昭的灵魂对话方式展开，既然是对话，就有类

[①] 潘洗尘、宋琳、莫非、树才主编：《读诗　话语斜坡》第四卷，长江文艺出版社2012年版。

似于叙述或戏剧的因素注入诗中。"在我来到这世上之前,你已经离去了/我到来之时,这世上已经没有了你/隔着时空的堤岸/我将如何遇见你。"其实,这里是一种潜对话,是诗人路也在当下(2012年春)与已"离去了"四十四年的林昭的灵魂的潜对话。路也用这种潜对话方式,如同《辛亥百年,致鲁迅》《兰花草——谒胡适墓》中诗人与鲁迅、与胡适的灵魂对话那般。如此,既能拉近诗人与林昭的精神距离,又能让读者跟诗人一起接近在天国里的林昭。林昭所具有的多层次的独特之美,连同"以血写的诗篇/献给这个苦难的国度"。拜祭死去的亲人般的林昭,要有某种虔诚和庄严的心(仪式)。林昭是一个信神的人,而诗中的祭拜者诗人路也同样是一个追求信仰的人,她的行李箱里就有一本《圣经》,诗人渴望以《马太福音》的某个句子当作暗号和林昭接头。在此,双重的时间与空间的距离被穿越了,北方与南方、来世与今生的空间不再存在,因为冥冥之中有上帝。但曾经温婉的江南现今却在现代化中演变成扼杀自由的种种物事,因为"谎言"横飞,"GDP汹涌澎湃,将全民灵魂兑换完毕"。如今的江南无论都市还是小镇乡村,那种婉约古雅、清水泠泠的美远遁了,一切都虚假浮躁且污秽不堪,从自然到心理都被污染。一路上只因有了林昭所喜欢的野菊的引领,诗人才感到些许的美与诗意。"最终抵达了你的门前——/一小截悲愤的哭墙/天路历程原本就这样崎岖/真理总在远离庙堂的荒山野坡,光芒万丈。"真理的捍卫者在过去了近半个世纪后依然凄苦孤独,在这清野寂寥的地方;虽然如此,但又终究会以"哭墙"般的姿态,迎来"光芒万丈"的光明与自由,唤起万众真正觉醒的时刻。

就在这种"你—我"和"我—你"的对话结构中,诗人缓慢、虔诚的步伐随着叙述的推进而越发坚定。现实的物象往往勾起诗人信徒般的想象,进而构筑起与信仰融为一体的诗的意象。简单甚至粗陋的墓碑上刻写有林昭的诗句"自由无价,生命有涯,宁为玉碎,以殉中华",在诗人看来亦可换成"草必枯干,花必凋残,惟有上帝的话必永远立定"。林昭的无畏和坚守到底来自何方?路也试图索解和探寻走过了许多年,最终发现圣经(基督教上帝信仰)才是答案。因此,《木渎镇》将宗教的信仰和诗意的想象相融合,且将林昭的思想与诗人自己的体悟相结合,从而试图通达她们都苦苦探索和追求的价值——自由。然而自由的代价竟是牺牲和毁灭,甚至连父母的性命也搭上。沉重的悖论又一次陡然显现,诗人又一次以叙述的方式延伸着充满张力的诗之结构,构筑了一座恢宏的哥特式建筑般的诗之殿堂。按照路也的理解,林昭成为自由主义坚定的信徒,其来有自。她的父亲写过《爱尔兰自由宪章述评》,母亲是"有着东南之美的新女性","也许还要附加,你年少时上过的教会学堂/最终使你明白过来,这颗星球/必须以自由为动力/才得以转动"。这一认知不说是石破天惊,至少也是振聋发聩。"教会学堂"所赋予她的学子们的不仅仅是某些知识和技能,还有神圣的信仰、希望和博爱的胸怀。

路也的诗大部分应归入现代主义。现代主义文学之所以在当代大行其道,原因是多方面的,现代世界许多悖论现象是其中最重要的。诗人、作家不能跟在现实生活背后亦步亦趋，否则，不但不能揭示生活的真谛或真相，而是可能恰恰相反。在一座不知名的小山寂寞而卧的林昭墓，却被现实中的一根电线牵引着很容易被人找到，"你的墓旁，高耸着一个/金属杆的监控摄像头/把电线从山脚下拖拽出足足两公里，成了向导和指引箭头/它全副武装，神经兮兮/原本想冒充成山坡上的一棵香樟吧/……/为什么你死去四十多年了，连你的骨灰/也还令有的人如此害怕/你的骨灰里有叛逆的种子吗，会发芽吗/你的一缕头发和一条纱巾，会掀起风暴来吗/哦，我轻轻地、轻轻地笑了"。这个高耸着的"金属柱杆的监控摄像头"曾经在2008年短暂地被关闭。而今它又毫无顾忌地发挥它的功能。悖论显豁地呈现，令人无法回避无法绕开。路也作为诗人的坚贞和渴望自由的内心世界，足以让她获得和所对话的林昭一样的那种超越弱小肉体的强大力量。这就是诗人通过这首诗给予读者的宝贵启示。原本林昭可以做一个普通的家庭主妇，拥有像她墓地附近的那些能够合葬的夫妻墓碑所标示的那些庸常的、生儿育女的、长寿的女性的那般，然而林昭竟然以一个弱女子的羸弱之躯担起了一个时代和一个民族的重压——"可是，1957，把你的生命分成了两半/从此你成为一个年代的人质/时间之书一页页翻过，书脊布满苔痕/你本人至今还在劫持之中。"这一切荒诞吗？现实的逻辑已经不能说明林昭的遭际与坚守，必得从信仰之维才能理解她及其时代。路也总是善于通过语言文字的罅隙或张力而发现诗意之美。她解析林昭的名字，她用情感的逻辑来思辨，用信仰的逻辑来超越——"双木三十六之林、刀在口上之日的昭/这红楼里的林姑娘，在善本书库里静读/眼眸闪亮，蝴蝶结在茂密发辫上盛开/连你的肺病都是多情的/你是怎样从未名湖/一直走到提篮桥去的呢？//他们说你疯了，是的，'疯子'是上好的标签/是难以松懈的自相矛盾之扣、悖论之网/可是，一大群疯子、上亿疯子、举国的疯子/如何来鉴定某个女子/是否已疯//某西方辩论会之反方曰：/'谁是裁判？上帝/谁是敌人？敌人根本不存在。'/我坚信，只存在真理与谬误，只存在宽容与暴力/只有爱与不爱。"从未名湖到提篮桥，是从生到死的距离，也是从有限生命到生命永恒的距离，林昭以遭受磨难的肉身予以了丈量。苦难深重的国人，如何穿透历史的雾霾与心瘴？未想到的是两位女性——长诗所描写的主角和诗作者，她们的认知竟是如此接近，这就是基督教思想里面的"我没有敌人"?！在上述诗句中，诗人采取了两个视角，即第三人称的全知叙述和第二人称限知叙述。"这红楼里的林姑娘，在善本书库里静读/眼眸闪亮，蝴蝶结在茂密发辫上盛开"，这是第三人称全知叙述；而"连你的肺病都是多情的/你是怎样从未名湖/一直走到提篮桥去的呢？"则又回到了第二人称限知叙述。这样，第三人称的客观描述与带有情感色彩的第二人称对话体相结合，带来别有洞天的多重艺术境界。

  路也以诗的形式揭示了康德的"二律背反"理论。这种二律背反式思维还不能被这个民族真正理解。作为受难者的林昭之所以在比中世纪还残酷且无耻的监狱中，经受"施虐者的专业，奴役者的敬业，屠夫的事业心"的考验，悖论充斥着林昭生息的每一天每一刻甚至每一秒，"铁窗的方格压迫着天空"，禁锢与自由，无时无刻不如影随形地伴着林昭。林昭的内心里却燃起爱的火焰,"你对那些向你疯狂施暴肆意行虐的人/报以恒久忍耐与恩慈"。在最黑暗的核心,有最光明的祈望;在最困厄的境地,有最大的信、望、爱,"以理性和仁爱"让无理性的暴虐自惭形秽。在最丧失自己的暗无天日的监狱里,林昭却获得了前所未有的真正的自由。此时的林昭让人想起耶稣基督。正如歌德在《浮士德》里所讲,勇敢追求创造的人近乎神——歌德称为"小神"。林昭简直就是近似于神的存在。

从古轩亭口到龙华机场,1968年4月29日下午3时半,林昭走完了近代中国女性自秋瑾开始的自由信仰者异常崎岖和磨难之路,她被枪杀于上海龙华飞机场第三跑道。写到此时诗人路也惊人地冷静,但她的冷静是强烈情感的自我抑制:"未涉及飞机,却是整个民族的空难/一具温柔而坚定的肉体坠毁之时/一个灵魂却起飞了/在福音的庇护下/自由万岁,上帝与我们同在。"造语奇崛,似洪钟大吕之声,足以震撼华夏的天空。两个同属射手座的女子,相隔了半个世纪,但在精神的领地里,她们两个心灵相通。有一位批评家认为,知性、理性、感性、诗性、血性等"五性"乃是批评的灵魂①,这种看法很精彩。但是我认为这"五性"还缺少了最为重要的神性。中国百年现代诗不缺乏上述"五性",但缺乏超越性的神性,因为它总是拘泥于现实的、实用的泥淖不能自拔。路也新近长诗正是意识到了这种根本性的缺憾而做出的艰难尝试。路也不是仅仅为了尝试而写作,而是她的灵魂需要这种写作,她写作是为了表达她的灵魂和信靠神性上帝的祈求。

对林昭及其死的重新探察和反思是路也作为其精神遗产继承者的使命或宿命般的抗争;是诗人按捺不住压抑已久又经过滤和积蓄起来的诗情的顿然勃发,既冷静又温热,不但对林昭这个美丽的先知,而且对这个路也置身其中尚没有完全丧失信心的民族而言,这是属于路也的"知行合一",绝非仅仅是诗艺本身或信仰之维,而是两者密不可分的必然结果,可谓瓜熟蒂落的艺术收获。大学生右派林昭之死是中国当代仅存不多的良知的毁灭事件。林昭是五十六万右派分子中几乎仅有的一个誓死不屈者,她的形象映衬出了绝大多数芸芸众生的卑微与可怜,而后者却是这个民族精神的现实生态。由此而让后人重新审视林昭之死,那么这个事件导致的荒诞感与恶心感便油然而生。"让亲人替自己向官方/被迫购买一颗子弹/瞄准心脏,利用反作用力和惯性之原理/从风中穿过,精确地射进自己的胸膛!/你让自己的血汩汩流向体外/是为这个民族从此非暴力不流血/你哭泣,泪水注入这民族内心,让麻木的大坝决堤/你太爱这片土地和这些人们/于是选择了去死/白云悠悠四十四载,无法将汝变为前朝旧事/那些血是警句,那些泪会一语成谶。"林昭的父母被迫花五分钱购买枪毙其女儿的子弹!这是何等的荒谬绝伦!悖论至此达到了巅峰(癫疯?)!这真是聪明绝顶的极致性创造!诗人真正理解了林昭,她"是为这个民族从此非暴力不流血"的崇高理想

---

① 赵月斌:《重寻批评的灵魂》,《百家评论》2013年第1期。

而甘愿牺牲自己的肉身。这是温柔的意境，是甘地般的献身牺牲，是以死——施暴者带来的最极端后果——来昭示以非暴力对付暴力的坚定信念。

林昭作为民族和时代真正的英雄诞生了。但诗人路也显然不愿意人们仰视地塑造的这个"圣女"形象。诗人担心人们忽略林昭这个普通女子的血肉之躯所惨遭的折磨、屈辱和她对邪恶的平均承受力。生长于齐鲁的路也有着对伪善政教伦理近乎天然的警惕性，她用了五个隐喻对准这种政教伦理的靶心，以剑一般的犀利语句刺穿了它的虚伪。为了摆脱这几乎与生俱来的悖谬，路也调动了一系列能给她以力量和信念的人物及思想，如甘地、圣经、上帝、康德、克尔凯郭尔……这些人或思想都与林昭联系起来。诗不仅仅是抒情，也不是徐迟曾主张的放逐抒情，而是穆旦曾主张的"第三种抒情"——一种冷峻与透彻的智性化抒情。在智性化的抒情中，悖论和反讽成为冲淡硬化的象征或思想结痂的先决条件。"你是一位/比我早出生许多年/年龄却永远比我小的/姐姐。"这是一个悖论的时间观。

"IQ值足够高的人民/大脑左半球忙于生计和繁衍，右半球正公共遗忘/永恒的太平盛世永远的转型期/皇家的大好河山只有一种节令/连天气也会接到圣旨/风戴上帽子，雨注射过疫苗/汉语因上进心大于才华而变成口号，几近昏厥。"这又是一系列悖论与反讽。每个句子都仿若悖论的两极，反讽的极致，而诗人要表达的是极度的蔑视。诗人把当代的各种丑行包括所谓知识分子的丑行不露声色地顺带揭出，揭出了近半个世纪近乎板结化的现实，"你可知道，而今依然，空气安装着铁栅/那么多人长袖善舞，只是为了做范本之中的奴仆"。这时候往往是活着的诗人与死去的诗人的潜对话。

在诗的结尾即第20节，诗人喷发的诗情依旧，而且与整个诗体保持一致。"为了用一个人的孤僻打败一个朝代的狂妄/让越狱的心望得见地平线，望得见光年之外的星辰/为了不让过去变得陈旧/祈愿你的带血的名字绽放成两朵花，成为祝福/为了让自己相信：上帝爱我们，即使在世界末日之后/人类文明亦可从伊甸园再次肇始：新的一轮//极目我的家国千里万里，淘淘孟夏兮草木莽莽/所到之处都是我的籍贯，春兰兮秋菊，长无绝兮终古。"长短句、骚体句等斑斓起伏的诗句体现了诗人与诗人相通的内心，对上帝之爱的虔诚，当为最根本的信靠之光。这充满了诚挚的深情和敬意的诗句，创造的是一个属于信仰者的精神天国。虽时时遭遇失望乃至绝望，但对自由的彻骨而决绝的追求与渴望，却是那么鲜亮！诗的结尾处大气磅礴的诗句，充分表达了诗人和诗人的遭遇、碰撞而掷地有声，浩浩荡荡，不可阻挡！

林昭及"拒绝遗忘"的路也们的探索与反思具有重要的诗学和思想史价值。这是一种崭新而富有冲撞力的诗学与哲学，是一种真正的诗化哲学。二十余年路也一路走来，从诗到小说、散文再到诗，一个螺旋式的上升态势，一个诗人兼思想家的形象，她由小说创作的高处急流勇退，带着她诗化的思维和理性的穿透力返回诗国，其结晶便是这些长诗，作为当代中国诗的重大收获，必将进一步引起新诗和新文学研究者的注目。

当代文学批评困境举隅
——以《柳如是别传》为例

冯 尚[①]

（汕头大学文学院 广东 汕头 515063）

摘 要：《柳如是别传》向以史学著作得到解读，而陈寅恪的本意当还有与此可以并行的解读方式，即传记小说的解释维度。本文尝试结合"别传"创作时的相关文件、作家个性、文体风貌诸方面的记载，指出陈氏晚年这部巨著内部存在史学与文学品质兼具的诸多要素，其内部潜藏着文学叙事和诗情日渐加强的机理，以致文本最终呈现出"忽庄忽谐、亦文亦史"的杂体风格。一定意义上，这部作品是对唐代文学那种"文备众体"的元白体式的强烈返照。然而，由于这场极具个人风格的文学书写，其生成过程日渐增加的游戏试验，尤其是缀饰其间的渊雅古诗和兴之所至的戏笔谑语，适逢文教内部相关学科壁垒森严的加剧以及诸文体自身的单一化趋势，在审美接受上造成一不样后果，这就是《柳如是别传》自一问世即成古典，以致今日仍然为当代文学读者及当代文学史家所峻拒。

关键词：诗史；传记小说；游戏试验；文备众体

陈寅恪，作为史学大家，以其非常专门的学术论作影响学界，而《柳如是别传》，作为这位史家晚年沥血的封笔之作，读者、学者虽然对其书名的领会稍显犹豫，是传记小说，还是史家绝唱？不过还是很快做出决断，恰如该书的题材和所揭明的问题所示，该是史学的又一著作。更有史家余英时把此书断为义宁之学三变的压轴，坚持"最近由于新材料的出现，我们仍有必要专从史学观念上略论其晚年著作的含义"[②]。此外，当人们熟稔陈氏对佛学及其在华土影响的深湛研究，又会增加几分坚信《柳如是别传》是非史学专业著作莫属：自东晋法显撰述《历游天竺记传》之后，佛教历史上的"别传"之作余波荡漾，并且不时会有大家的名作出世，其中甚至有记述唐三藏法师、慧能大师的专著。而宋代昙照所撰的《智者大师别传注》，以其考证详尽，并存诸

[①] 冯尚（1962— ），汕头大学文学院教授，复旦大学文艺学博士。
[②] 余英时：《陈寅恪晚年诗文释证》，东大图书股份有限公司1998年版，第351页。

说的非凡体例,在洋洋大观的传记著述中,出类拔萃,以致人们不得不相信,《柳如是别传》不是空谷足音,而是其来有自。也就是说,昙照之作,就是陈氏著作的先声。

不过,看似《柳如是别传》恰是史家陈寅恪考证笺释能事的极致营造,并非是佛教别传文体源远流长的当下果实,因为传主非关教门内典的关节教理。虽然在有关柳如是的历史记述中存在传主晚年的信佛细节,但非关佛学教理之短长的证实。相反,陈寅恪笔下的传主只是另一个"一代红妆照汗青"的常人故事。正是因为柳氏是一女子,所以在其丈夫影响消遁之后,也就是在一代文伯,而又势牵官府的钱谦益死后,很快被辱被逼自杀身死。何以晚明清初的女子,而非教门的高僧大德者,竟然使一代史学大家耗时十载,在腓足目盲的晚年,用钱柳二人因缘的诗篇,释证演绎出洋洋八十余万字的鸿篇巨制?依照历史学者的指引,陈氏这部著作高列为史学四方法的"写史学","尝试以叙事写史为手段,穿插考据,但无疑灌注了史家个人的价值关怀"①。这一耗尽著者晚岁全副心力的伟构,远不是著者所自嘲的"著书唯剩颂红妆"的戏语,大致说来恰如吴宓所记,"寅恪之研究'红妆'之身世与著作,盖藉此以察出当时政治(夷夏)、道德(气节)之真实情况,盖有深素存焉,绝非清闲、风流之行事……"② 如果这些记载是朋友间的交流,看似还是泛泛而谈的话,彼此已经心领神会,不用格外庄重,而其中的"深素",在书面表达中得到了明确而有力的定义,"披寻钱柳之篇什于残缺毁禁之余,往往窥见其孤怀遗恨,有可以令人感泣不能自已者焉。夫三户亡秦之志,九章哀郢之辞,即发自当日之士大夫,犹应珍惜引申,以表彰我民族独立之精神,自由之思想。何况出于婉娈倚门之少女,绸缪鼓瑟之少妇,而又为当时迂腐者所深诋,后世轻薄者所厚诬之人哉!"③ 陈氏在撰述过程中反复修订、完善的这章"缘起",再显明不过地昭示了著者的拳拳之心,其实它也是激励晚年陈氏艰难前行的、毕生所践行的精神的独立和思想的自由,重心不在笼统的精神和思想,而在陈氏对王静安所下的十字真言中的这两个限制语"独立""意志"两词,而这两个修饰语也就牢牢地把问题笼罩在个体的自由意志之下,陈氏要讲的是柳氏一己的意志自由的人生故事。这一点也就决定了伴随书写人物故事的展开和深入,书写方式不可避免地要溢出史学的制限,而加入文学诗情和想象的成分日渐增强。

表彰人物之历史地位、赞誉个人之独特魅力,传统史学家惯用事实考订、文献选取之后,再行重述,这一路径既是陈氏所熟识的,也是最可能的选项,另外就是文学的叙事方式,这个是史学家很难完全避开的诱惑,《史记》的文学魅力毋庸赘言,就是上古之文,史书肇端的《左传》已然成为史家所称的"一部长于修辞的文学作品",文学方面具有"高度造诣"④。只是近代以降,随史学的考证化、科学化的决定性影响,

---

① 陈怀宇:《在西方发现陈寅恪》,北京师范大学出版社 2013 年版,第 95 页。
② 吴学昭:《吴宓与陈寅恪》,清华大学出版社 1992 年版,第 95 页。
③ 陈寅恪:《柳如是别传》,生活・读书・新知三联书店 2001 年版,第 4 页。
④ 徐中舒:《左传选・后序》,中华书局 1963 年版,第 371 页。

史家们在自己的著述里只能小心翼翼地,甚至是迫不得已地部分选用,以免引起虚构故事的联想与质疑,如是将会根本动摇读者对著述真实性和客观性的信心。这更是特别受到现代史学训练和塑造的陈寅恪所格外留心之处,就如诸多史学家所严格遵循历史的知识学理那样。只是陈寅恪的个性和生存环境的浩劫巨变、《柳如是别传》传主及其时代环境的惊心动魄,逐渐使这个以历史学的面貌和形制构建的学术著作,翩然变成了"非旧非新,童牛角马"[1]的混合形式的杂体,或者说传主柳如是这个人物的面貌与性格,在获得个性彰显的过程中,陈氏所坚持恪守的史家的条分缕析、井然有序的材料组接故技,日益显得力不从心,直至这样的叙事方式数度濒于危机,著者失去了向以为傲的对材料取舍的明断,对还原现场的娴熟功夫似乎也连连措手不及。这样的作文著述的尴尬局面,造成了陈氏史学著作一直存在的立场明确、观点凌厉、结构紧凑的风格呈现出令人难堪的犹疑流连、举步维艰的颓势,"在《柳如是别传》这部长达几十万字的专著中,随着笔墨的展开,书中论述的方向感与行文逻辑,渐渐出现犹疑与不清晰。相反,在一些局部上又用力过度,反复流连",以致造成了论者对著者能力信心的动摇,指为著者的目盲,"无情地阻碍了这部已具非凡品格的著作有可能达到它原就有深厚积累支撑它能达到的历史高度"[2]。

匪夷所思的是,正式出版的著作中,著者竟然大量保存了"对谈"或者"口述"时的即景即情的语气词,这在史学著作的接受方面,为阅读者带来很大的困扰,更有甚者,有时干脆就给读者造成了不良的阅读效果:著者不乏莽撞地跳到笔下人物面前指手画脚的印象。如是者再三再四,著者对叙事进程的造次,逐渐使一部拼接材料的历史逻辑之网大有分崩离析之虞,以致日益趋近于为笔下人物性格所左右的文学叙事,也许无意之间造就了别样意义上的诗篇。"文章我自甘沦落,不觅封侯但觅诗"[3],陈氏的抱负不只是浩茫心事的随意吟咏,而是历经文史体式置辩的艰辛,终于一任人物性格的逻辑,衍生出诗情洋溢兼具叙事诡谲的文学弘制。只是这样的断语还需要一个释证,也就是,《柳如是别传》还需要得到文学之理的青睐,经此才能得以断之为陈氏意义上的文学书写[4],不只是史学界言之凿凿的史学之书。还可以多少消弭一种猜疑"似曾有异于今本《柳如是别传》的原始稿本存在,则此即陈诗'孙盛阳秋存异本'的真正所指?"[5]

如果说自《元白诗笺证稿》到《论再生缘》已经明显呈现了陈寅恪史学的探究日益呈现出诗学的因素,或者是史—诗之学陡转为诗—诗学的话,那么学人所乐意闻见的《论再生缘》与《柳如是别传》综为一类的看法,似乎理所必至了,"就旨趣与体裁

---

[1] 陈寅恪:《诗集》,生活·读书·新知三联书店2001年版,第154页。
[2] 陆键东:《陈寅恪的最后20年》,生活·读书·新知三联书店2013年版,第501页。
[3] 陈寅恪:《寒柳堂集》,生活·读书·新知三联书店2001年版,第86页。
[4] 王钟翰:《柳如时与钱谦益降清问题》,《纪念陈寅恪先生诞辰百年学术论文集》,北京大学出版社1989年版,第337页。李劼:《悲悼陈寅恪及"柳如是别传"》,《读书》1993年第4期。
[5] 胡文辉:《陈寅恪诗笺释》(增订本),广东人民出版社2013年版,第988页。

而言,《柳如是别传》自与《论再生缘》较为近似。因寅恪晚年病目体衰,感伤身世,于著述之际,不仅有所寄托,且时加主观的评论"。不过,人们一旦注意两书的不小差异,已经远非陈寅恪"一己之感情……更为强烈"而已①,学者们急于把陈氏晚年这两部书综为一列的看法,可能也是义宁之学的论者们一厢情愿的美意,因为《论再生缘》已然是史学著作写作的极致,依照学术评价,《柳如是别传》至多列为《论再生缘》同类,非如此无法归其所属文体之类。还有一个非常有力的旁证就是,在时间上《柳如是别传》紧随前著之后,甚至人们更愿意假定,并且相信,后著是前著的方法上的扩展版,如果不是升级版的话。这个在最近研究的成果里依然得到强有力的回响,也许为了问题讨论的方便,王振邦干脆指为两部书是"假设"与"辩证"的实践,"陈寅恪晚年转入'颂红妆'的阶段,先有《论再生缘》,再写《柳如是别传》。这一前一后两部都是以女性为主要角色的论述"②。其实,史学撰述的极致在《论再生缘》中已是绝响。因为在这部著作里,陈寅恪少年所耽溺、所追逐的宏大、杂体、混成的鸿篇巨制之癖未能得到满足③,相反却是为人物生平考据问题受限连累,饱受左支右绌之苦,而诗情文事稍得倾情挥洒一番的机会和余裕。遑论此著还险些酿成了一场学术事件,南陈北郭的华山论剑,或者是哗然开场,或者是不了了之,因为当时的观众不同,陈氏著作的读者主要是在海外,而郭氏的读者主要在大陆;另外,陈氏研究正沉浸于紧锣密鼓的《钱柳因缘诗释证稿》④。

此题此义所造成的深远影响,陈寅恪与郭沫若的分别,其实已经不是两位人物在方法上实践的完备与否、资料获取的易难之差,实在暗藏两人各自更深的怀抱在——郭沫若的工作请允许另文讨论。这里单就陈氏来说,已经指望循《论再生缘》之路,而远驾之上去迎接诗意缤纷的新体验,新游戏——至于以后所可能造就新文体的结局未遑预料——来达成一己的满足,陈氏1957年致朋友的信函里写道,"近来仍从事著述,然已捐弃故技,用新方法,新材料,为一游戏实验(明清间诗词,及方志笔记等)"⑤。而郭氏参与的《论再生缘》这个意外的插曲,客观上格外加强了陈寅恪早在四年前已经窃窃自喜这项深具艺术创造的憧憬,又深望再也不要出现类似华山论剑这样的无聊插曲,"论再生缘一文乃颓龄戏笔,疏误可笑。然传播中外,议论纷纭。因而发现新材料,有为前所未知者,自应补正。兹辑为一编,附载简末,亦可别行。至于原文,悉仍其旧,不复改易,盖以存著作之初旨也。噫!所南心史,固非吴井之藏。孙盛阳秋,同

---

① 汪荣祖:《陈寅恪评传》,百花洲文艺出版社2010年版,第161页。
② 王振邦:《独立与自由——陈寅恪论学》,上海人民出版社2011年版,第97页。
③ 卞僧慧:《陈寅恪先生年谱长编》,中华书局2010年版,第47页。陈寅恪少年时代的爱好,书中引述陈氏自己的话说,"一日寅恪偶在外家检读藏书,获睹钱遵王曾所注《牧斋诗集》,大好之,遂匆匆读诵一过,然实未能详绎也。""寅恪少喜读小说,虽至鄙陋者亦取寓目。独弹词七字唱之体略知其内容大意后,辄弃去不复观览,盖厌恶其繁复冗长也。"
④ 陆键东:《陈寅恪的最后20年》,生活·读书·新知三联书店2013年版,第86—89页。
⑤ 陈寅恪:《书信集》,生活·读书·新知三联书店2001年版,第279页。

是辽东之本。点佛弟之额头,久已先干。裹王娘之脚条,长则更臭。知我罪我,请俟来世"①。虽然这段标题为"论再生缘校补记后序",写成于1964年,其心情应该说是对刚刚过去一年多的报章上喧哗一时的《再生缘》事件的某种不太愉快的追忆。对陈寅恪来说,这实际上意味着,正在进行的释证功课,也就是《钱柳因缘诗释证稿》的写作,已经不只是发现新材料、新文献的学术研究,而更要营造空灵艺境的独步一世。

洋洋八十余万字的《柳如是别传》,是一场旷日持久的创作,并不是20世纪正统意义上的文学创造,而是兼具历史真实与文学想象,并且强烈烙印着一位诗人所经历的惊涛骇浪的诗性创造,在某种意义上说,不应该是当代的人们能够完成的。因为随着现代社会的到来,知识体系的日益学科化和逻辑化,历史与文学的疆界已经是楚河汉界般地壁垒森严,不可能存在二者再可握手言欢的机会,继而修成超迈文史疆界的史诗或者诗史那样浑然一体的文本,恰如荷马笔下的《伊利亚特》和《奥德修记》,或者如天竺史诗《摩诃波罗多》那样。至于成就杜甫的诗史,或者钱谦益《投笔集》那样的诗史也几乎是爱文者的痴人说梦的幻影。至此,我们不妨说,陈寅恪与其说在颠覆当下的历史著作的范式,不如说他是在与自己历经四十多个春秋所累积的坚固的知识系统的搏斗,以致在《钱柳因缘诗释证稿》主要内容完成之后所补加的"缘起"章里,出现这样的说法"斯乃效再生缘之例"②,以写史而起,竟然以成文下场,所以等到著作完成之日,陈寅恪的全副心力消耗殆尽。"陈寅恪曾感伤地说,'现在我也有玄奘翻译大宝积经时之感,觉得精疲力竭,精力已尽了'。"③ 这里所记述的陈氏的无限苍凉感慨的含蕴,似有未尽之意,也许陆氏所引的广东省档案馆藏这份《陈寅恪材料》(未刊档案)本身,只是在意证实陈氏就《柳如是别传》完成所付出的巨大辛劳这桩实事,未能领会陈氏意在玄奘所透支的生命,是在四年间夜以继日地翻译佛学卷帙最为浩繁、最为艰深的《大般若经》所造成的无法复原的身心伤毁,此时此刻,陈氏自己这样与玄奘的比拟,既是身体状况的相似,更有他们所做艰难事业的相近,他们各自晚岁所成就的事业在各自的人生中,均占有举足轻重的地位。如果说玄奘聊可自慰的是这桩几乎是以命相抵的功课,成就的是东土佛学历史上的一大创举,"这部经(大般若经),应该说是由玄奘编纂的,它全体有十六会,从在他前后的有关翻译来看,印度都没有这样的结构"④。那么陈氏自慰的是以惊天动地的垂死之躯,谱写出历史云烟所掩抑的自由者的悲怆之歌,以及与此同等重要的是《柳如是别传》结构文体的世所仅见。

也许,人们很快指出,在写作有关钱柳的文字之前,陈寅恪即有对写作的"戏"说的偏爱,而到了撰写《柳如是别传》时,对"戏"的兴趣盎然更是有过之而无不及,甚至极为自信这样的"戏"情,最显而易见的文字就出自陈氏自己,1957年,在致友

---

① 陈寅恪:《寒柳堂集》,生活·读书·新知三联书店2001年版,第106—107页。
② 陈寅恪:《柳如是别传》,生活·读书·新知三联书店2001年版,第4页。
③ 陆键东:《陈寅恪的最后20年》,生活·读书·新知三联书店2013年版,第380页。
④ 吕澂:《吕澂佛学论著选集》,齐鲁书社1991年版,第2719页。

人刘铭恕的私人信函里,有这样的推心之论:"近来仍从事著述,然已捐弃故技,用新方法,新材料,为一游戏实验(明清间诗词,及方志笔记等)。固不同于乾嘉考据之旧规,亦更非太史公冲虚真人之新说。"①恰如陆键东所言,求新求变,"是理解《柳如是别传》的重要钥匙"②。至此,我们大致可以说,求新求变是这位巨人之所以是巨人的个性所在,因为求新求变,核心所在,还不止于变传统、变规范,要义是陈氏的自变。显然,写作期间似乎是戏言的"游戏实验"云云,结果显示出这部巨制的根本面貌,已经不是传统的史学范式所能统摄;相反,陈氏是在日益有意识地疏离史学的森严殿堂而寻求自己的心灵呈现之路,哪怕被世人指为游戏无妄之作也在所不辞,不幸的是,陈氏的戏语,未能被作戏言接受,倒是戏语成为谶语,而陈氏身后就其写作的争论还真的集中在这部著作那里,不只是集中在论题本身,写作文体就让人莫衷一是。另外,陈氏晚年自己的言说与其实际态度也呈现出矛盾态度:既然是游戏实验之作,当更多汇聚了著者一己的兴之所至罢了,但陈氏又念念不忘,甚至为此把自己视为极为重要的、简直就是生命本身的论文著作的编辑出版都暂列其后,而沉浸于《钱柳因缘诗释证稿》的构思、写作。如是,这部作品自身,显然有极为重要的关乎天意、他人又难得窥其一斑的深邃隐匿其间。

换个角度看,陈寅恪在撰写《柳如是别传》的十年间,是在两线作战,既有自己志业所在的历史学,也有自己天性所系的文学。如果说对历史学的挑战,已经历经《元白诗笺证稿》《论再生缘》而达致完成,那么对文学的实验而突围时代的文学观念和文学实践,陈氏诗作就是佐证,而叙事方面沉思在《论再生缘》里已经徘徊良久,"再生缘一书,在弹词体中,所以独胜者,实由于端生之自由活泼思想,能运用其对偶韵律之词语,有以致之也。故无自由之思想,则无优美之文学,举此一例,可概其余。此易见之真理,世人竟不知之,可谓愚不可及矣"③。最后这三句话里,所谓的"世人",既可解为泛指古今中外一切人,更可训为"时人、当代",如是,在自己的研究中,陈氏流露出对50年代初期的万人一腔的故事很不耐烦的情绪。陈氏自由文学思想的实践在《柳如是别传》得到具体而微的贯彻。就20世纪五六十年代的现实来说,这是一项艰难的事业,与其说他要区别于20世纪以降波涛汹涌的文学启蒙的主流,不如说是在现代意义上从事一项私人的文学创作;与其说回应着他的同侪们诸如吴宓的文学之业,不如说规摹陈端生、曹雪芹、汤显祖甚至大仲马们的技艺而别出心裁。《柳如是别传》的书写照顾到文学自身的秘密,在王国维的学无古今中外之论得到鼓励④,挣脱中外古今的羁绊后,逆转"五四"以降根绝传统的狂热,在与最为自由文学源头⑤的

---

① 陈寅恪:《书信集》,生活·读书·新知三联书店 2001 年版,第 279 页。
② 陆键东:《陈寅恪的最后 20 年》,生活·读书·新知三联书店 2013 年版,第 203 页。
③ 陈寅恪:《寒柳堂集》,生活·读书·新知三联书店 2001 年版,第 73 页。
④ 袁英光、刘寅生:《王国维年谱长编》,天津人民出版社 1996 年版,第 72 页。
⑤ 陈寅恪:《寒柳堂集》,生活·读书·新知三联书店 2001 年版,第 72 页。

回应中，书写生命的苦恼、无助、困顿甚至毁灭，以及深埋生命流程其间的超越犬儒的决绝之力。20世纪的文学主流是对传统文化，尤其是传统文学的古典部分进行清算中起锚扬帆的，也是在这样的狂欢里，从思想启蒙的先觉者的荣耀中凯旋归来。显然，陈氏一己的文学书写迥异时流。

具体来说，陈氏天性在于执着个性的完成，当然这种个性不是止于少年的使性任气，而是基于尺幅极大的知识和动荡时代经验所作出的反思。在观察、游学西方世界的时候，青年时期的陈氏直接切入对荷马史诗等希腊古学和文学的研读，不仅如此，甚至连天竺的《摩诃波罗多》也细加阅读[①]。陈氏不仅喜欢恢宏的史诗文体，对多姿多彩变幻无穷的故事之海、知识之洋自少年时就不知疲倦地沉溺其间。这样的性格和求知取向，显然已经不是在20世纪大学里面学科分类的壁垒森严所可限量的。如果说，《论再生缘》只是对叙事文学本质的一次学术之旅、一次文学存在的沉思和表达的话，那么，《柳如是别传》已然是一次文学创造的实验。这场实验的规模和深度，甚至连它的文体，都是在满怀史诗的梦想中奋力前行的，一定意义上，就是心摹《再生缘》的规模而又发掘钱柳诸人身上所具有的自由精神。也许是个巧合，即使在文字数量竟然达至八十多万以上，《柳如是别传》与弹词《再生缘》也差可相伴。

陈寅恪自幼喜欢繁复和规模宏大的叙事，这个在他谈及少年时自己对钱谦益《有学集》及其钱曾注的初识上已见端倪，对民间文学类似评弹《再生缘》等的耽读，直至在西方留学直接阅读希腊文的荷马史诗、梵文的《摩诃波罗多》已经表露无遗。也许在他无意之间流露的对钱牧斋《投笔集》的偏爱也见一斑，其实，《投笔集》未必这么要紧，尤其在诗学造诣上大可争论，但是，陈氏把这部作品指为"乃三百年来绝大著作"，不为他因，只是在于"明清之诗史，较杜陵尤胜一筹"。"诗史"为陈氏衡文评艺的最高标准[②]。诗而兼史，这本身就决定了规模形制的宏大所在的关键地位。诸如此类的例子，只是表明陈寅恪对史的非常理解，以致即使当下这个世界上还没有他所直观的诗史—史诗，他也要创造一部出来。

陈氏在写作《柳如是别传》时的抱负满含矛盾，其中最为明显的矛盾就是，所有现在读者都会强烈感到的历史学与文学的矛盾，这个矛盾深刻地困扰着我们，但是对著者陈寅恪也许存在，也许并不存在，也许在"游戏实验"一句里把历史学的高严、文学的经典都打发掉了，以此而使著者自己心安理得来进行这场前无古人的文学实验。按照陈氏撰述《柳如是别传》初衷，似乎循《元白诗笺证稿》之例，而拟为《钱柳因缘诗释证稿》，其中最大区分在于"笺""释"之别。当然，这不是标题的一字之差，更重要的还在于其中的方法和原则的不同，只是陈氏已经在自觉地运用解释学的精义，"寅恪先生重视钱柳一段戏语，甚见诠释学以语言为要义的精神"[③]，解释学的要素加强

---

① 陈怀宇：《在西方发现陈寅恪》，北京师范大学出版社2013年版，第130页。
② 陈寅恪：《柳如是别传》，生活·读书·新知三联书店2001年版，第1193页。
③ 李玉梅：《〈柳如是别传〉与诠释学》，《〈柳如是别传〉与国学研究》，浙江人民出版社1995年版，第164页。

了，知识学内部的紧张缓和了。即使这样著者意犹未尽，也许最后时刻毅然决定以更近文学之体来确定这部作品，这是一种犹豫再三之后的决断，差胜"释证"的文体定名。至此，我们稍微可以为陈氏分忧，建议他也许更好的办法是二名并列，不过这就要担挑衅历史学之罪，而背负欺师灭祖的谥名；也为文学所不齿，要被指为业余写手。也许，在陈氏的某个时间里为此大伤脑筋，在他的脑海里出现了几个拟议的书名，而要勉强切合眼前这部书稿，不过没有一个令人满意的。无奈之下，最终做出了一种差强人意的妥协选项，姑且名之为"别传"，时至今日，人们存疑的是，陈氏这部手稿的最终名字分明可辨的依然是《钱柳因缘诗释证稿》。人们不禁要问，陈寅恪是在何种情形下决定最终使用《柳如是别传》这个书名的？

"释证稿"还是"别传"，何先何后？这样的文/史、诗/史之知识学上的纠结，并不会因为著者对某个名字的选定而涣然冰释，其实际的接受效果也真的并没有依照陈氏自己的规划进行。相反，历史学著作的解读取向自始至终获得支持，并不断得到加强，以致这部著作在完成半个世纪[①]，出版 35 年之后，依然滞留在史学家手里，而罕有得到文学读者的自由阅读，甚至坊间几部颇为流行的当代文学史都不大提及。《柳如是别传》这样的接受历史，不是学者的问题，也不是读者的问题，而是整个学科的日益固化和隔膜所造成的必然结果。问题倒是，我们如何尽快从历史学家的解释中，另行接通文学阅读的路径，促使这部历史名著再可获得足够的文学解释的空间，以还这部巨制自身所具的文学面貌及其艺术机理。

[①] 蒋天枢：《陈寅恪先生编年事辑》（增订本），上海古籍出版社 1997 年版，第 175 页。

文学与当代艺术研究

艺术中的文字与图像

[美] 柯蒂斯·卡特 著 刘 卓 译

一 文字与图像：东方与西方

  几个世纪以来，文字与图像之间关系的问题一直都是美学的关注点。在中国，文字与图像之间的关系看起来不像西方那样疏离，中国的书法和绘画处于同一个艺术的领域里。对于汉字的书写、书法和绘画之间的关系，高建平曾在他的书中做出很有洞见性的分析："我们可以说中国画，主要是受到了书法的影响，而不是写作，但我们同时必须牢记，这两者之间并无实质的差别"①，在很大程度上，书法和绘画都依赖于创新和表达，这与象征性符号不同，象征符号的主要目的在于图示化以实用。书法和绘画也同样离不开社会环境，比如说中国画匠的作品与来自更高社会地位的文人画家的作品有着不同的功能②。据此而言，在书法与绘画的语境中所呈现的文字与图像的关系，要比西方语境中的文字与图像关系更近。这是中国历史上文化中绘画和书法的密切关系的一个结果。

  当然，许多西方的学者/艺术家也一直对将文字与图像关联起来有浓厚兴趣。他们的作品或是受到中世纪和文艺复兴时期的手稿所启发，或者装饰有一些小型艺术复制品指示了西方艺术的未来发展③。威廉·布莱克（1757—1827）在他的绘画和诗歌中兼用文字和图像，使作品更具复杂性，比如他的《天真与经验之歌》④。凡高（1853—1890）宣称，"没有一位作家比狄更斯更像一位画家和黑白分明的艺术家"。有报道说

---

① Gao Jianping, *The Expressive Act in Chinese Art: From Calligraphy to Painting* (Uppsala: Acta Universitatis Upsalaiensis, Aesthetica Upsaliensia 7), 184.
② Ibid., p. 47.
③ Mark Bills, Ed, *Dickens and the Artists* (New Haven and London: Yale University press, 2013). Review: "Dickens's Instinct for Art," *The Art Newsletter*, February 2013.
④ Ruth Li, "Revelatory Words and Images: William Blake and the Artist's Book," Wellesley College Honors Thesis Collection, 8. See also, Kay Parkhurse Easson, "Blake and the Art of the Book," in *Blake and the Art of His Time* (Bloomington: Indiana University Press, 1978), 35.

狄更斯的"艺术直觉"影响了同时代的很多知名艺术家。

尽管有这样的例外,西方关于文字与图像的讨论,更主要的是基于语言和绘画的差异之上的分化。语言由口语和书面语构成,各自根据一定的形式规则和非正式实践而形成。因此,语言(逐渐)成为一个特定的符号形式。它不同于艺术,艺术中直觉和想象是象征的主要来源。西方绘画中,语言与绘画的关系主要发生在艺术史家的画论中。语言是被使用来描述、组织经验,用概念,而较少形式策略,以传达经验的多种层面。字、逻辑组合关系,配合上一些非正式的表达方式,这是语言的基本单位,而后生命的诸多层面,无论是普通经验和科学描述,才能够被纳入表达之中。

二 作为艺术符号的诗歌和绘画

作为艺术表现形式的诗歌与绘画,不同于来源于日常语言和科学语言的符号系统。它们来源于直觉和想象。然而,正如卡西尔(Ernest Cassirer)所提醒我们的:语言、艺术、神话和科学并不是互相排斥,而孤立地在单一艺术门类(faculty)发展。这里暗含这样一层意思,思想和想象,感受和思考,共同存在于人的本性之中[①]。因此,我们可以预期文字和图像之间的关系会随着时代,随着它们的实用性和审美性目的变化而改变。

西方文化中关于文字和图像关系的讨论常围绕着争论绘画和诗歌哪个更具重要性。莱辛的《拉奥孔》探讨了诗歌和绘画的相对优点,充分地显示了它们各自对于认知理解的贡献。莱辛意在突出诗歌的优越性,能够比绘画达致更广泛的境地。绘画受限于视线,需要将焦点固定在某一特定的时刻,所得为视线所过滤。即便被理解的物体已经发生变化,从焦点出发也还保持不变[②]。莱辛认为诗歌能够运用所有语言能动用的更大范围的资源,同时也包括直觉和想象,能够提供一个关于对象的更为整体的观念。

随着当代诗歌理论和包括绘画在内的视觉艺术发展,关于文字和图像关系的论点持续地发生转变。比如,20世纪40年代格林伯格(Greenberg)的写作是在寻求一种纯粹的、互不混杂的艺术介质,强调每门艺术的相对彼此的独立性。也因此他攻击文人化的绘画,辨析诗歌在视觉艺术上的局限,以及叙事与绘画的不同。他想维护的是绘画的纯粹性,反对诗歌(文学)对于绘画的入侵。强调绘画的艺术介质的纯粹性意味着将它从与诗歌和叙事的联系中摆脱出来,同时也从模仿,以及对于绘画深度的幻

---

① Ernest Cassirer, "Language and Art II," in Donald Verene, Editor, *Symbol*, *Myth*, *and Culture* (New Haven and London: Yale University Press, 1979), 187.

② Gotthold Ephraim E. Lessing, *Laocoon* translated by Robert Phillmore (London: Routledge and New York Dutton Macmillan, 1874), 70, 71.

觉中摆脱出来。因而,他认为帆布平面,以及绘画内含的抽象性,是使得绘画能够真正自我实现的必经之途①。

很显然,格林伯格20世纪末期的创作是要努力将这一实践正当化,然而将艺术介质纯粹化的努力都是遭遇失败,无论在东方还是西方。浏览一下20世纪晚期到21世纪至今的那些视觉艺术家的实践,将会发现艺术家都在加紧努力寻找合适的词汇来补充到视觉形象之中,这表明无论是在中国还是西方,将文字融入视觉形象之中是一个大的趋势。

三 文字与图像:20世纪及其他

20世纪下半叶至21世纪,文字与图像之间的关系已经历了很多变化。科茨(Liz Kotz)在 Words to Look At 一书中梳理了当代西方艺术中的文字与图像的变动关系,有越来越多的例子表明在西方的绘画和其他形象艺术中,文字与图像实际上已经以多重方式融会到一处。当然,这些发展继承了20世纪初毕加索、布拉克(Braque),以及达达主义者等的实验。有意味的是,不仅在诗人学习视觉艺术的实践,将图像融入文字,而视觉艺术家也大量在他们的影像作品中引入文字。其中值得注意的有,艺术家/音乐家约翰·凯奇(Jonh Cage),诗人约翰·阿什贝利(John Ashbery),诗人/艺术家卡尔·安德烈(Carl Andre),以及视觉艺术家安迪·沃霍尔(Andy Warhol),还有维多·艾肯西(Vito Acconci),约瑟夫·科苏斯(Joseph Kosuth)和劳伦斯·韦尔(Lawrence Weiner)。艺术家芭芭拉·克鲁格(Barbara Kruger)和珍妮·郝特(Jenny Halter)则是用文字来创造装置艺术。

1952年,前卫艺术家约翰·凯奇是美国激浪派(Fluxus)艺术运动的一员,创作了一部作品名为《4′33″》。这份乐谱,包含有文字,指示演奏者在括号所指示的时间里保持沉默。演奏这部作品用钢琴或者其他乐器都可以,只要保持一个前提,即在给定的时间内沉默即可。至少在原则上,一个坐在帆布前作画的画家,遵照他的指令进行的音乐演出,达到的是同样的效果②。实际上,凯奇创造了实验性质的视觉艺术作品和音乐作品,他的实验影响了一大批艺术家开始探索在视觉艺术中使用文字。

安迪·沃霍尔1968年的波普艺术小说是以两个视觉符号"a,A"作为书名,这是20世纪中叶以来关于文字/图像的实验的另外一个重要的例子。沃霍尔这部作品近似于一段录下来的对话,逐字记录其内容,对话是在安迪·沃霍尔和演员罗伯特·奥立沃(Robert Olivo)之间展开。后者是当时Factory(注:安迪·沃霍尔位于纽约市的工作室)中的一个超级巨星。这部作品代表了沃霍尔将视觉波普艺术扩展到基于文字的小

---

① Clement Greenberg, "Toward a Newer Laocoon", *Partisan Review*, *July August*, 1940.
② Liz Kotz, *Words to Be Looked* At (Cambridge, Massachusetts and London: M. I. T. Pre.

说写作中的努力。封面上的题目很有波普视觉艺术的特点。这是波普艺术中的视觉和语言元素相互融合的产物。而那个著名的汤罐绘画代表了视觉艺术中使用文字的另一种用途。

文字与图像之间的界限在当代诗歌写作中同样受到了挑战。诗人约翰·阿什贝利在他 1962 年的诗歌《欧洲》中，以电影蒙太奇及画家的一些做法来结构全诗。《欧洲》连同其他几首发表的、而后收入《网球场誓词》集中的几首诗，都采用了非传统的诗歌形式，给读者的阅读带来挑战。哈罗德·布鲁姆称《欧洲》为一种精心计算过的非连续性。另外一位文学评论家，作为回应这样评论《欧洲》，"诗歌也可以像图片……但如果他们是绘画……他们就不是诗歌了"。阿什贝利的这首诗或许是被库宁或者克莱恩（Kline），或者凯奇改动过，但是他并没有转向到诗歌写作[1]。另一位作家评论，"阿什贝利能够像库宁在绘画中所作的那样，以同样的方式来处理语言"[2]。在 1983 年的一篇访谈中说，阿什贝利曾承认他的野心是成为一个画家。在他的艺术评论和实验诗歌中，阿什贝利也试图将文字和图像的元素融会在一处。所有这些对阿什贝利的评论都指向同一个事实，艺术中文字和图像关系之间的界限变得越来越难于划定。[3]

对于在书画同源的传统中成长起来的中国艺术家来说，西方现当代艺术中将文字融入图像，或者与之相反，将图像融入文字的实践，并不是一个特别大的变动。我们发现中国当代艺术中水墨画复兴，并在前卫艺术扮演了主导角色。中国当代艺术也在继续探索文字与图像之间的互动[4]。中国一流的艺术家，如徐冰、谷文达、张洹，对他们来说文字一直是艺术创作中的核心要素。徐冰创作于 20 世纪 80 年代的作品《天书》是其中之一，这部作品由一些生造的汉字构成，它的含义是反思语言对于形成和解释文化中国的意义。谷文达对于文字与图像关系的实验代表作是《阴园》《阳园》（1984—1985）。在同一时期，他试图挑战，并且重新调整中国传统绘画和书法的方向。张洹的作品在文字与图像的探索上又推进了一步，在《家谱》他将中国汉字放到人物的脸上，以期在文化传统和个人身份之间构成联系[5]。

2006 年，伦敦大英博物馆有一场题为"艺术中的字：现代中东艺术家"的展览，

---

[1] David L. Sweet, "Plastic Language: John Ashbery's 'Europe'," *Word and Image: A Journal of Verbal/Visual Enquiry* Volume 18, Issue 3, 2002: 153—161.

[2] Douglas Piccinnini, "Ashbery in Paris: Out of School," *Jacket Magazine*, 2009. Http://Jacket Magazine.com/37/.

[3] Peter A. Stitt, "John Ashbery, the Art of Poetry," *Paris Revue*, winter 1983, No. 90. See also Liz Kotz, *Words to Be Looked At* (Cambridge, Massachusetts and London: M. I. T. Press), 103—118.

[4] Maxwell K. Hearn, *Ink Art: Past and Present in contemporary Chinese Art* (The Metropolitan Museum of Art, New York, distributed by New Haven and London: Yale University Press, 2013).

[5] Maxwell K. Hearn, "Past as Present," in Maxwell K. Hearn, *Ink Art: Past and Present in contemporary Chinese Art* (The Metropolitan Museum of Art, New York, distributed by New Haven and London: Yale University Press, 2013) 35—71. See also Wu Hung, *Contemporary Chinese Artists* (Hong Kong, China: Timezone 8, 2009), 29—38, 173—180.

集中展现了非西方世界的艺术家对于文字/图像这一问题的兴趣。这次展览打开了一个窗口,比如一个当代中东艺术家受到波斯诗歌和古兰经[①]所启发使用阿拉伯书写体铅字,而他们的作品中使用单一字母、词,以及征引阿拉伯文化的元素。

四 托尔金作品中的文字与图像:作为构造世界的方式

上面简单勾勒了不同文化中的文字和图像的演变,这表明这一问题在多种文化语境中,在过去和现在都被关注。上面所呈现的是文字和图像如何在语言艺术和视觉艺术中、在东西方文化中的不同方式,这一节我将讨论它们如何在一位特殊的作家/艺术家的作品中被安放。这位作家/艺术家通常并不在上面章节所提到的发展脉络中被提及。本节旨在考察《霍比特人》和《指环王》的作者托尔金的作品中文字和图像的角色。西方英美文学中,这些作品是以它们的神话元素,以及精微的文学和图像而出名。正如布莱克和那些同样将文字应用于图像的创作者一样,托尔金在他的艺术中同时使用了文字和图像。在一定意义上而言,这些图像是文学作品的一部分。在这个例子中,图像并不是简单的插图。相反,文字和图像共同起作用,并且互相启发和加强。托尔金作品中的文字和图像也是关于文字和图像之间的对话的不可分割的一部分。

自 1937 年为艾伦·乌温出版社首次出版,接下来霍顿出版社 1938 年出版,托尔金的《霍比特人》收获了数以百万计的文学读者的喜爱,同时被无数的评论家、学者和爱好者所持续讨论。由克里斯托夫·托尔金所编辑的《霍比特人》《指环王》(1954、1955)、《精灵宝钻》(1977),以及其他作品牢牢地确立了他在世界奇幻文学作品中的地位。随着电影《霍比特人》(1977)和《指环王》(2001—2003)的上映,托尔金的作品越来越受到关注。这些成就仅仅确认了他在 20 世纪神话文学创作巨匠中的位置。《霍比特人》和《指环王》中的人物开始成为迪士尼卡通人物的挑战者,据说托尔金由衷地厌恶这些卡通人物[②]。作者本人已经成为 20 世纪作家中最受爱戴的人物之一,也许是一个不情愿的狂热崇拜对象。

很少有人注意到托尔金是一个有才华的视觉艺术家,也没有机会观赏他的原创性绘画作品和水彩画。牛津大学博德利安图书馆现存有托尔金 30 多幅作品,创作于 1930—1937 年,因为它们与《霍比特人》相关而为人所知。《霍比特人》中其他的一些初步的素描是马凯特大学所存托尔金手稿收藏的一部分,还有至少一幅在私人手中(当然,还有未被公开记录的一些收藏者,比如一幅幽暗密林的绘图据说是给了

[①] Venetia Porter and Isbelle Caussé, *Word Into Art: Artists From the Modern Middle East*, (London: British Museum, 2006).

[②] Humphrey Carpenter, Editor with the Assistance of Christopher Tolkien, *The Letters of Jr. R. Tolkien* (London: Allen & Unwin, 1981).

一名中国学生)。除了这两个机构所举办的一些展览外,托尔金的作品很少为公众所接触到[1]。

托尔金的绘画是与他的史诗作品《精灵宝钻》,或者其他的比如《霍比特人》《指环王》中的中土神话故事相关。这些绘画作品是他生活的一部分,但是这一事实还尚未被充分认知。实际上,它们的重要性经常被低估,特别是在与他的书联系起来的时候被低估[2]。他最小的儿子,也是他的文学的继承人克里斯托夫·托尔金认为,任何没有充分考虑托尔金的绘画艺术的研究都是不充分的。克里斯托夫并不是一个专业的艺术家,但是他热爱绘画,他在他的绘画和写作中找到了一个表达自己思想的出口,找到了另一种表达方式,另一种语言[3]。

虽然托尔金作为一个艺术家有着高超的才华,他似乎很少关注自己作为一个视觉的、图像创作艺术家的才能。如托尔金的传记作者、托尔金书信的编撰者汉弗莱·卡朋特所指出的,如果有必要,托尔金会尝试用创作很多幅素描,以期捕捉到他的内心所见。在他81岁的时候,他创作了很多绘画和素描,其中有的是从生活、自然中来,但是更多地出自他的想象。卡朋特对于理解托尔金的视觉艺术的幅度和严肃性有很多洞见,他提醒我们注意托尔金从幼年时开始都在进行艺术实践。根据卡朋特的研究,托尔金在大学时期为他自己创作诗歌画插图,自1925年开始便有规律地练习素描。随后他为《圣诞老人的信件》《布利斯先生》《霍比特人》《指环王》《精灵宝钻》绘制插图。卡朋特引用了创作于1932—1937年的大量插图,实际上,《布利斯先生》是以这些图片为中心而创作完成的,这可作为"托尔金如何重视素描和绘画工作的一个指示"。"他现在是一个非常有才华的艺术家",卡朋特写道,"虽然他描绘人物的本领比不上他描绘风景"[4]。然而,在第13—15号及第27号信中,他在1937年写给艾伦和乌温的信中,表明托尔金对于自己在为《霍比特人》所画的图像是否合适有保留意见,特别是其中关于人物的部分[5]。

尽管托尔金作为一个视觉艺术家成就不俗,但是正如巴里·托尔金和其他研究者所注意到的,没有证据表明托尔金有意创作出专门为展览而用的艺术作品,他的作品并不与他的文学创作分离。因而,必须强调指出,这个创作过程对于托尔金而言是一

---

[1] A selection of the *Hobbit* drawings was shown in 1977 at the Ashmoleian Museum at Oxford and at the National Book League in London. Two exhibitions of Tolkien's images were held at the Haggerty Museum of Art, Marquette University. The first, held in 1987, included drawings and watercolors for *The Hobbit* housed in the Bodleian Library of Oxford University. The second Haggerty Museum exhibition in 2004 featured drawings of – The Lord of the Rings with selections from The Hobbit and Mr. Bliss all from Marquette University's Raynor Library Special Collections and Archives. Also in 2004, the Bodleian Library presented the exhibition, *J. R. R. Tolkien: The Lord of the Rings*.

[2] Humphrey Carpenter, Tolkien: *A Biography* (Houghton Mifflin, 1977), 162—164.

[3] Wayne G. Hammond and Christina Scull, *J. R. R. Tolkien: Artist and Illustrator* (London: Harper Collins and Boston: Houghton Mifflin, 1995, Paperback edition 2009), 9.

[4] Humphrey Carpenter, *Tolkien: A Biography* (Boston: Houghton Mifflin, 1977), 162—164.

[5] Humphrey Carpenter, *The Letters of J. R. R. Tolkien* (Boston, Houghton Mifflin, 1981), 17—20, 35.

个私人事业，目的只在自娱，为个人的语言和审美品位及其变化赋予表达①。水彩和素描代表了他的文学作品的有机组成部分。在这个方面，他与那些将文字应用于创作的视觉艺术家不同。对托尔金来说，图像是他的基于文字的文学创作的一部分。它们在私人活动领域的缘起，并不排除这些图像的审美价值在更大的公共领域获得关注和评价。

就风格而言，《霍比特人》中的绘图很难被归类为任何一个流派和风格。在某些例子中，托尔金主要依赖他的个人经验。比如说，他的山路，描绘了从瑞文戴尔到雾山的另一端的路程（原文为斜体），是受到了托尔金19岁时在瑞士山中探险经历的启发。在给他的儿子米歇尔的一封信中（第306号信件，在卡朋特），详细地描绘了这次远足中的突发事件，在那里他从被融雪所牵动的巨石峰顶中惊险地逃脱②。有关东方的感性的记忆则出现在他其他的作品中，比如从鹰巢城到哥布林大门的、朝向西方的雾山（原文斜体 the Misty Mountain looking West From the Eyrie towards Goblin Gat）（博德利安图书馆，托尔金绘画，14）。此外，其他作品分别暗示了不同的艺术影响来源：比如，新艺术运动（Art Nouvea,"比尔博来到了撑筏精灵的小屋"）博德利安图书馆，托尔金绘画，29；表现主义（"山路"）博德利安图书馆，托尔金绘画，13；以及中世纪（"山：霍比特人穿过河流"）博德利安图书馆，托尔金绘画，7。托尔金在运用各种风格的技巧时，托尔金任自己的原创性创作冲力获得自由，并且由它们自己的目的所主导。

无论托尔金的图像来源于哪儿，这些图像本身已经展露了一种新颖的个性，这一个性在作家的全部作品中都打下了印记。每一个图像，无论只是速写，还是完成品，都兼具结构和细节上的丰富性，这使得可以继续探索图像和周围的文学文本之间的微妙的关联。这些形式和幻想所具有的特殊的质素，每一个稍具知识的观看者都可以获得，并能以此机会探究托尔金的绘画、水彩、以及它们与文本的关系。他的视觉图像上的多元风格，与他在文学文本上的多样性是平行对照的。托尔金对于各种北方神话、传说多有涉猎，这些都被编织进他自己的原创性神话作品中。

*

《霍比特人》和《指环王》的世界代表了一种符号的建筑，以它自己的名字描绘，仅仅与托尔金所发明的第二位的世界中所存在的人物和地名有关。在他自己想象出来的风景中，托尔金提供了关于霍比特人的定义，作为"一个想象的人群中的一个，[在托尔金的神话中]，'霍比特人'因此是指一小部分、多样的、类人的人物，他们给自己取名字，意思是'洞穴中的人'"。霍比特人被其他人称为"半成年人"，因为他们只

---

① Humphrey Carpenter, *The Letters of J. R. R. Tolkien*, No. 306 (Boston, Houghton Mifflin, 1981), 280.
② Humphrey Carpenter, *The Letters of J. R. R. Tolkien*, No. 297 (Boston, Houghton Mifflin, 1981), 391—303. See also a pencil drawing, "To The Wilds," showing a rugged mountain landscape with a signpost in the foreground. The image is located in the Wade Collection at Wheaton College.

有正常人身高的一半。同样地,"比尔博"和"甘达夫"这些名字是指托尔金所创造的虚拟世界中的人物。

托尔金的风景画勾勒了"从内室,到山脉",并且提供了"一种很私密的概观,内部的风景,或者全景式的远景,以及戏剧性的途径",用以帮助读者进入他的文字幻想世界[①]。比如,牛津大学博德利安的 The Hill: Hobbiton across the Water 这本书包括建筑、桥梁、车道、用地高程、等高线,帮助托尔金的阅读者能够理解在这个世界里,霍比特人的居民如何创造另外一个戏剧性的世界,奇观式的太阳洒在整条山脉上,这光芒唤醒了主人公比尔博(Bilbo),小说中也写道,"比尔博醒来时,发现早晨的太阳在他的眼睛里",这个画面会为好奇的读者带来更多的想象力。

托尔金的视觉形象是如何与他的语言文本联系起来的?在艺术家已开始构思和创作这个文本时,这个关系就已经出现。从《霍比特人》《指环王》的原稿中,我们能看到绘图和文字文本中并排,或者像绘画或者素描那样独立。图像并不必然能够揭示神话所讲述复杂的动作或者伦理。但是视觉形象使得叙事更为丰富,提供了基础背景,包括地点、时间、天空、道路、溪流、山脉和洞穴。它们为幻想的园地提供了实体的建筑,这对于神话的感觉和意义都是至关重要的。《霍比特人》中的视觉形象扩大了托尔金的人物的描述词汇,使得读者能够因此更易找到进入《霍比特人》《指环王》的魔幻世界的入口。缺少这些形象,就不可能去想象那些高度、角度、山脉的深度等特定的细微差别,以及山的圆度,或者去理解土地的广阔,以及想象中的森林的神秘属性。

五 作为世界构成(world making)方式的文字和图像

将这篇文章中的三部分合在一处,我想将这里所呈现的关于文字—图像的多种讨论连接起来作为世界构成的方式。文字和图像在它们各自的形式之中都提供了一些象征符号,这些符号对于传达认知或是表述情感是必要的,这也是人类的理解力的重要部分。他们都作为建构个人和文化的身份的方式在起作用。

正如哲学家卡西尔在《象征符号形式哲学》和古德曼在《世界构成的方式和语言艺术》中辩论的,语言(文字)与艺术(形象)在构建象征符号上有重要的作用,对人类生活的发展十分必要。艺术及其多重媒介,与科学、神话、技术一样,也是一个主要的符号系统和象征形式。

在托尔金的作品中,图像是在基于语言的文字之外的、被发明出来的语言。在

[①] Richard Schindler, "The Expectant Landscape: J. R. R. Tolkien's Illustrations for the Hobbit," in Curtis L. Carter, *J. R. R. Tolkien: The Hobbit: Drawings, Watercolors, and Manuscripts*, Exhibition Catalogue, Haggerty Museum of Art, Marquette University, June 11 – September 30, 1987, 17–19.

他的例子上，这些图像被创造出来以将他的文学文本形式扩大为一系列连贯的视觉形象，以更接近视觉语言。在托尔金的创作中，他的神话般的文字为图像所改变，图像也存在于他的文学创造之中。虽然《霍比特人》和《指环王》以插画而著名，托尔金的作品中的形象要远多于插画。他为观者提供了视觉符号，对于理解托尔金以书写/书面形式为基础所建构的世界的意义有着重要的作用[1]。事实上，正如其中的一些图像所表明的，即便不是全部也是经常为配合语言文本一同被创造出来的[2]。

托尔金童年时代所迷恋的发明语言，最终使得他研究语言成为他的终生兴趣。作为牛津大学的古文献和语言教授，托尔金或许也考虑了类似的问题，即古德曼等哲学家所思考的，从符号哲学的角度来理解世界构成。对托尔金来说，语言完全是一个由头脑所发明的建构，只是发明建构，而不是自然的存在。它或是被个人的头脑所使用，或是被一个共同体所使用。在他所创造的世界的核心是基于一个假设，即"语言通过描述创造一个现实"[3]。就此而言，托尔金与古德曼持有相同的观点，他们都将语言视作一个构建的象征系统。他们认为艺术中所创造的符号代表了一种世界构成的重要方式。离开关于文字与图像的符号所构建世界的这一哲学问题，托尔金的文学文本和形象是不能被充分理解的。

托尔金的细致的文学与视觉建构，触及世界构成问题的一个核心之处，并给讨论这一问题一个具体的讨论语境。正如同人类的头脑可以构建科学和日常使用世界，同样的头脑也可以为想象力所驱动，并且构建一个幻想，或者在现有的逻辑和另外的结构之外构建第二世界。这正是神话创作的本质。《霍比特人》和《指环王》是这类想象性的世界构造中的模范标本。他们并不是逐字逐句地描绘，在想象的另外世界中他们是以比喻符号的方式起作用。这个比喻的世界也因此变成了世界构成结构的一部分，他们是多重声音的一部分，和对于重构和概括人类理解的主要部分。

六 结论

从中国古代的书法到当代的视觉和文学的实验艺术，东西方文化中文字与图像的关系展现了各种不同的形式。这些作品形式要比初看起来更为复杂。我们这里所讨论的文字与图像的关系主要的是与绘画和文学艺术，在一个更为宽泛的发展、创新过程

---

[1] Tolkien created the illustrations for *The Hobbit*, *The Lord of the Rights*, *The Silmarillion*, *The Lord of the Rings*, *Farmer Giles of Ham*, *The Father Christmas Letters*, *Mr. Bliss*, and other texts.

[2] See for example. *Thor's Map* and *Doors of Durn Special* Collections, Marquette University Raynor Memorial Library.

[3] Verlyn Flierger, Splintered Light: Logos and Language in Tolkien's World (Kent and London: Kent State University Press, 2002), xxi.

中，这些形式包括东方文化中的绘画，到泥金装饰的手抄本，一直到20世纪前卫艺术家的实验。也可以从其他文化发展中来考察文字与图像的关系，比如在现当代媒体艺术中，包括漫画、影视艺术、数字艺术、现代广告等。虽然这些领域也与文字与图像相关，但是还是有不同，只能再等机会讨论。

(译者单位　中国社会科学院文学研究所)

从文学、文学理论到视觉文化、当代艺术及美学

[斯洛文尼亚] 阿列西·艾尔雅维奇 著　李小贝 译

一

以当代全球视角来看，从 19 世纪下半叶开始，尤其是到了 20 世纪上半叶（至少是在欧洲），文学的重要性显著提升，在此期间，小说这种体裁最为盛行。20 世纪 80 年代，这种潮流因"视觉转向"和同一时期在艺术、文学、理论领域兴起的、被频繁的审美化、商业化，并且去总体化的（detotalizing）后现代主义而突然改变。后现代主义横空出世并取代了现代主义，20 年后，后现代流派发生转型并被阿瑟·丹托、汉斯·贝尔廷、泰瑞·史密斯一并人等改称为"当代艺术"。文学在后现代主义时期依然繁荣发展，但大不如前，尽管在此期间不乏佳作，如安伯托·艾柯的《玫瑰之名》（1980）、托马斯·品钦的《万有引力之虹》（1973）、萨尔曼·拉什迪的《撒旦的诗篇》（1988）及塞尔维亚小说家米洛拉德·帕维奇的《哈扎尔辞典》（1988）。除此之外，还有许多小说，都是后现代主义文学的上乘之作。但是，后者不再在文化中居于独特位置，而且看起来它们在"当代性"中占有独特位置，当代的艺术几乎全部是视觉艺术。文学及其形式，不再能够提供关于世界的远景，但是图像也不能够。

文学的形式多种多样，但显而易见的是，自近代以来，小说便在国家文化历史和所谓的"文明"中扮演着重要的角色。塞缪尔·理查森的《帕梅拉》（1740）也许是首开先河的第一本英语小说，稍后不久有丹尼尔·笛福和亨利·菲尔丁的创作。又或许，首部小说是塞万提斯的《堂·吉诃德》（于 1605 年和 1615 年分两部分出版），或是《源氏物语》（1010），或是世界上浩如烟海的小说中的某一本。但我所关注的并不是小说的历史起源，而是意在表明，小说在两个或三个世纪之前的欧洲，是一种特殊的文学体裁且具有了自己的特点。

诗歌和戏剧（更不用说史诗）仍然重要——让我现在调到离我们较近的历史——但在"二战"后的文化中，它们开始代表的是禁不起推敲的、诗歌般的、基于存在主

义的作品，这些作品很少是处在一个能够完成小说所应承担的任务的位置上。小说创造并表达了"世界的视界"，这一概念由法国社会学家吕西安·戈德曼引入，类似于卢卡奇的"阶级意识"理论或是杰姆逊的"认知图绘"理论。

我们所说的文学的另一个组成部分是关于文学的理论性和评论性的叙事，即理论。在此我要提及格奥尔格·卢卡奇的《小说理论》（1914—1915年撰写，1920年出版）和他的一些作品，其中谈及巴尔扎克、福楼拜、陀思妥耶夫斯基和托尔斯泰；也可想想阿多诺在他众多作品中对先锋派文学的讨论，他们的代表人物有普鲁斯特、贝克特和卡夫卡；或是参考埃里希·奥尔巴赫1946年所著的《摹仿论》以及他对西欧文学作品中对于现实的再现（the representation of reality）的研究，从荷马的《奥德赛》到弗吉尼亚·伍尔芙的作品；又或是想想前文提到的吕西安·戈德曼和他在1964年完成的论文《论小说中的社会学》，在文章中他分析了阿兰·罗伯—格里耶、马尔罗、欧仁·苏的作品。

此外，不得不提的是另一位作家，他的兴致和才能已然超越了语言和图像的界限，他的著作代表着篇章向图片过渡的历史转折点——他就是罗兰·巴特。在从现象学、阐释学、心理分析学和解构主义角度研究文学且有所建树的作家中，更为耳熟能详的是保罗·德曼，也许还有弗雷德里克·杰姆逊（这尤其是在他1981年所完成的《政治无意识》一书中有所体现）。

二

也许20世纪80年代之前文学的风靡以及小说和元叙事理论的盛行现象有些以偏概全，纵览历史也显得有些多变无常，而且现在看起来并不像当时对哲学家和理论家来说那么有力。也许图像（例如绘画）或者音乐，像上文提及的叙事一样，是同等重要的文化产品。马丁·杰伊在《低垂的眼睛：20世纪法国思想中对视觉的诋毁》（1993）一文中说道："在新科技的辅助下，视觉成为了现代社会最主要的感官。"[①] 难道事实不是如此吗？杰伊还指出，视觉不仅仅是当之无愧的最主要的感官，同时也是"反视觉中心主义"的受害者，此主义是20世纪反对图像主导文化的产物，其特点在现代主义中尤为突出，例如试想一下抽象，或利奥塔的对于崇高的辩护。此外，文学的中心地位的消失也标志着宏大叙事和着眼未来的政治方案的衰落。换句话说，后现代主义以及其发展所带来的变化不仅只对文学和艺术有影响，也是对现代性的重新评估。从那时起，现代主义便被悖论式的化约为各种平行的话语的会聚，它们全都声称对于真实的现代主义的回答就是宣称在数量和意义上的无限性。简言之，唯一的现代主义不复存在，取而代之的是多种多样的现代主义。

---

① Martin Jay, *Downcast Eyes. The Denigration of Vision in Twentieth-Century French Thought*, Berkeley: University of California Press, 1993, p. 45.

弗雷德里克·杰姆逊在给利奥塔的《后现代状况》一书的前言中提到："叙事在某种程度上像目的论一样。目前伟大的正统叙事，都是那种暗示超越资本主义是可能的，或者某些根本上不同的东西是可能的；他们也将那些好战的政治家寻求将根本上不同的未来社会秩序变成现实的实践'合法化'。"① 因此，20世纪早期文学叙事的主要类别在广义上来讲是先锋派艺术，理论叙事的核心范畴是未来视野——即使后者被定位为一个过程，这个过程通过对于多重层次的历史展开而被揭示，——或者引用朗西埃的用词，"感性的再分配"，——只在第二层次才具有意义，例如，在这个层次里的叙述是以单一话语实体的方式存在，它既包括了作为他们的思考的文学，还包括在理论层次的综合的、再次反思，作为元叙事。如此一来，我们会认为文学叙事与理论叙事相互影响，从而形成了关系紧密的一个整体。

然而，并不是每个人都赞同文化及其元语言正在衰落这一观点。近期出版的《为什么会有文学研究？一门学科存在的理由》（2011）一书的编者认为，这本书"不是一系列危机之后的产物"，而更应该被认为是出于对"文学研究的乐观主义"的感觉。编者还提到："文学作品在当今受到更好的解读和赏析，这是文学史上任何时期都无法比拟的。""出色的文学知识的大量积累"得益于"多年来精确的文本研究，批判性和阐述性的假设以及信息丰富的语境"②。不幸的是，这样的言论只是加强了反对者的立场。

三

艺术和文学在近代历史中的重要功能是他们参与塑造民族文化。因此，毛泽东在1959年指出："有些东西，不需要什么民族风格，如火车、飞机、大炮，政治和艺术可以有民族风格。"③

托马斯·达考斯塔·考夫曼在《走向艺术地理学》（2004）一书中区分了中心、省市和边缘地区的差别。他认为，"省级区域坐落在中心的周边并且完全受到中心的影响"。相反，"边缘地区"是指那些"离权力中心较远的区域，且被多个地区和中心影响，而非一个。因此，边缘地区允许多种影响的融合，这使得艺术家们能够自主选择创作元素并创作出自发的、原创性的艺术"④。

---

① Fredric Jameson, "Foreword," in Jean-François Lyotard, *The Postmodern Condition: A Report on Knowledge*, Minneapolis: University of Minnesota, 1984, p. xix.

② Stein Haugom Olsen and Anders Pettersson (eds.), *Why Literary Studies? Raisons D'être of a Discipline*, Oslo: Novus Press, 2011. Robert Chodat, book review, *The Journal of Aesthetics and Art Criticism*, Vol. 71, No. 2 (Spring 2013), pp. 221—222.

③ Mao Zedong, quoted in Stuart Schram, "Mao Tse-Tung's Thought from 1949—1976," in Merle Goldman and Leo Ou-Fan Lee (eds.), *An Intellectual History of Modern China*, Cambridge: Cambridge University Press, 2002, p. 437.

④ Thomas DaCosta Kaufmann, *Toward a Geography of Art*, Chicago: Chicago University Press, 2004, p. 233.

在过去的两个世纪中，文学、视觉艺术以及其他艺术在边缘地区中有着至关重要的作用。这不仅在文学是如此，对文学理论也是如此。下面我们来看一个斯洛文尼亚的例子。

杜尚·皮尔耶维克（1921—1977）是一名研究比较文学的教授，20 世纪六七十年代在卢布尔雅那教书。在"二战"期间，他是铁托党军队的一名游击队战士。他也参加了反间谍活动，这使得战友们提起他都有恐惧感。战争结束时，他继续完成了学业并且成为了卢布尔雅那大学一名专攻比较文学的教授。在这之前，他出过一桩丑闻，并因此被送进监狱。他做的是在 1948 年他和一个朋友给斯洛文尼亚的政治领导人打电话，十分严肃地通知他们苏联将要攻打南斯拉夫。听到这个"情报"，政治家们的反应是即刻登机，飞离祖国。但当知道这一切都是个骗局的时候，他们真是很难做到一笑了之。

与考夫曼提出的边缘理论契合的是，皮尔耶维克将多种多样的，几乎互相矛盾的影响聚合在一起，例如海德格尔和卢卡奇。在 20 世纪 70 年代早期，他是在卢布尔雅那讲授米歇尔·福柯的理论的第一人。他最崇拜的哲学家仍然是海德格尔。皮尔耶维克的课程很快便让他成为了卢布尔雅那大学最受欢迎的教授，并且在学生中拥有了很多政治的、哲学的、意识形态方向的追随者。一些传统的斯洛文尼亚知识分子指责他向学生灌输虚无主义思想，据称还导致了一些学生的自杀。由此还改编上演了戏剧，而戏剧主角是一位邪恶的教授，诱导劝说学生结束他们毫无意义的生命。

皮尔耶维克在 1965 年至 1966 年的课程重点关注的是古代小说和卢卡奇的小说理论。1971 年至 1972 年，他的课程名称为"斯洛文尼亚小说和欧洲"，1975 年至 1976 年的课程则侧重"小说理论"。从 1964 年到 1976 年，他完成了一系列冗长的学术研究，与《百部小说》（*A Hundred Novels*）书系相配合。他写了 12 篇学术报告，由此他发展了自己关于欧洲小说的研究和阐释。他将小说阐释为最为重要的艺术和文学体裁，并将欧洲小说的历史与国家和欧洲大陆的历史联系起来，同时也与欧洲大陆的衰落联系起来。他的方法是内在批评，同时也将欧洲小说发展的不同历史时期串联在一起。对他来说，塞万提斯是小说史上的第一人，萨特、果戈理、司汤达、巴尔扎克、卡夫卡、拉克洛、马尔罗、陀思妥耶夫斯基等作家紧随其后，最终完结于罗伯-格里耶时代。他对小说《卡拉马佐夫兄弟》的解读以如下段落做结，既有一些卢卡奇早年《小说理论》的影响，同时也展现了海德格尔的影响："这已然不再是一部小说，但它确实又是一部小说。小说的瓦解（destruction）在书中展现。但这需要以正确的方式被理解，此处的瓦解并不是指清除或自我清除。瓦解是指：拆解一栋房子，让其地基自己呈现出来。在这个瓦解与自我瓦解的过程中，小说呈现了它的根基。这个根基是诗，它不是模仿，它指的不是任何非本质的存在，但存在于诗歌作品的自我定位中，这使它在自身的隐秘的光芒中闪亮，并被命名为创造者（god）。"[1]

---

[1] Dušan Pirjevec, "Bratje Karamazovi in vprašanje o bogu" (1976), in Dušan Pirjevec, *Evropski roman*, Ljubljana: Cankarjeva založba, 1979, p. 702.

皮尔耶维克从比较文学的视角来分析欧洲小说，这在南部欧洲是非常特殊的，并在小说及其历史发展的辅助下，构成了对现代西方史的原创性阐释。这并不意味着绘画、雕塑或是音乐不重要，皮尔耶维克只是认为小说的叙事是时代中主导的艺术形式。或者，用已被引用的卢卡奇在《小说理论》中的话来说："小说是这样一个时代的史诗，在这个时代里，生活的外延总体性不再直接地既存，生活的内在性已经变成了一个问题，但这个时代依旧拥有总体性信念。"[1]

与民族文化、民族语言和他们的艺术形式的重要性相关联，文学在19世纪已经称霸新兴文化的领域。然而，这股潮流的发展受到了它的对立面的补充，即"19世纪末20世纪初大众文化的兴起，[它]看起来像是民族文化市场的发展"[2]。这个观察也许可以解释西奥多·阿多诺在《再论文化工业》(1973)中提出的"文化工业"这一概念的根源，文化工业的产品也许在现今会被认为是娱乐业的无害产品："口袋小说，流行电影，家庭电视连续剧掀起热潮，当然还有给失恋的人们的恋爱建议和星座专栏。"[3]

四

在对过去几个世纪文学和小说地位的概述中我也曾提到美术和视觉艺术。我也曾指出，文学作为一种艺术形式需要元叙事，元叙事也是一种文学。20世纪80年代最明显的变化就是各种形式的文学的衰落和视觉文化的兴起，以及不久后包含有现代和后现代艺术的当代艺术的兴盛。我希望对视觉艺术和文化的理论反思主要是对其美学的反思。面对这样一个陈述，我能拿出什么观点，难道美学不是一个涉及感觉、美丽、艺术和诸如从艺术到文学等距离的事物哲学学科吗？——这是肯定的，但这与以下事实并不冲突，即美学在近几十年来称霸的那个称为"艺术"的领域，在美国和欧洲自20世纪60年代以来已经迅速变为视觉艺术。因此，我的论文意在说明，在视觉艺术成为主导的情况下，美学重新定位自己，以关注宽泛的、充满活力的，几乎是无法穷尽的当代艺术领域，取代了抽象学术的理论。正如1988年诺丁汉世界美学大会[4]我的论文中所指出的那样，美学在20世纪80年代才开始探索后现代主义，这主要是因为在那时其更注重分析美学和现象学美学，从而忽视了艺术在近期的发展和其他哲学传统。美学在80年代末期才开始关注当前的艺术，而不久之后，当前的艺术便被称为当代艺术。

如此一来，即使美学在传统意义上还包括其他领域，其与艺术已被绑定在一起。当谈及艺术时，它聚焦在视觉艺术。这一点在边缘文化中司空见惯，但在中心文化中

---

[1] Georg Lukács, *The Theory of the Novel*, Cambridge, Mass.: MIT Press, 1971, p. 56.
[2] Michael Denning, *Culture in the Age of Three Worlds*. London: Verso, 2004, pp. 29—30.
[3] Theodor W. Adorno, "Culture Industry Reconsidered," in Brian O'Connor (ed.), *The Adorno Reader*, London: Blackwell, 2000, p. 235.
[4] Aleš Erjavec, *Proceedings of the 1988 International Congress of Aesthetics*.

并不如此明显。

如果说到 80 年代时哲学美学已经跟不上时代的步伐，视觉艺术可绝不是这样。阿瑟·C. 丹托在 1986 年回忆说，自 1964 年之后，哲学书籍中的"严谨和技术秩序开始被艺术世界取代，仿佛艺术意识的深刻转型已然发生。现在看来，哲学与艺术间已经出现完全不同的联系，仿佛哲学现在已经变成艺术世界的一部分，而在 1964 年，哲学还站在这个世界之外，远距离地阐释它"[①]。

因此我认为，后现代主义的出现不仅仅只是改变了文学和小说在文化中扮演的角色和位置，同时也改变了艺术和视觉艺术的角色和位置。随着后现代主义的出现，美学发现了当代艺术。

那么这种新形势是如何影响当今文化景观的？在欧洲，视觉文化（作为流行文化的组成部分）早已完全融入社会。文化和艺术还是属于民族的，但远不及几百年之前那样。如今不同的是，在民族文化的世界愿景中，小说和文学一起失去了民族的中心地位。

五

自 2000 年起，我几乎每年都有幸能来中国访问。数次的中国之行（尤其是当我能够逐渐从更深层的角度来洞察中国文化和美学时）给我留下的最为深刻的印象便是文学在中国的地位。并不是说文学在欧洲或是斯洛文尼亚等国家不重要，只是文学的地位很快衰落并在很大程度上被视觉文化取代，尤其自 20 世纪 80 年代中期之后。

至少在我的国家，这个从文学文化到视觉文化的过程，发生在 20 世纪 80 年代，它非常明显，不亚于同一时期欧洲所发生的重要政治变局，例如柏林墙的坍塌或是某些欧洲前社会主义国家的独立。为了及时记录这个历史和文化舞台上所发生的双重的、互相关联的历史发展，我和我的助理完成了一本名为《卢布尔雅那，卢布尔雅那》的书，其副标题为"80 年代的斯洛文尼亚文化"。这本书是在 1991 年斯洛文尼亚宣布独立后不久出版的，在书中我们强调了快速发展的历史进程的特点，在此进程中，文化和政治事件相互融合进而形成了自己的历史进程。另一个与其平行的进程便是由文学文化到视觉文化的转变。因此，每当这些变化减缓时——用 W. J. T. 米歇尔的话来说，南斯拉夫不再是以前那个崇尚"阅读文化"的国家，而是崇尚"观看文化"的国家。[②]

在其他国家，或早或晚我们都看到了相似的进程正在发生，如当文学理论正在被视觉理论所取代时，从文学到视觉文化的过程，是由美学或与之相关的东西组成的环节。我并不是说这是一个消极的进程，只是此进程几乎是不可逆的。

---

① Arthur C. Danto (1986,) *The Philosophical Disenfranchisement of Art*, New York: Columbia University Press, 1986, p. x.

② W. J. T. Mitchell, *Picture Theory*, Chicago: University of Chicago Press, 1994, p. 3.

我想在未来，全世界的人们一定会比今天更依赖图像和视觉来表达、传达和建立主体间性和他们的共存，而非依赖于文学和小说。实际上，这早已成为了事实。艺术不会消失，我们也需要文字（即使不是小说）来写出像这样的话"我从不阅读，我只是看图片"。但哪些文字是我们需要的呢？是英文、中文还是其他文字？我们终有一天会看到、读到，如果我们有幸活得足够久。

（译者单位　北京联合大学师范学院语言文化系）

本雅明：经验、文学和现代性

[美] 蒂鲁斯·米勒 著　庄　新 译

在对美学现代性的考虑中，与其他的研究对象一样，本雅明首要关心的不是作品的"形式"或者作品的"内容"，而是它所捕捉、组织和使之变得集体分享的［用本雅明早期概念中的一个关键词来说，也就是"可传递性"（communicable）］[①] 经验（experience）。无论他是在评论一本书、一部电影、一场戏剧表演，还是一个建筑作品，本雅明都试图去理解，艺术工艺品是如何暗示和实现了一种遭遇和活动的空间，同时既是精神的也是物质的，其中某种经验可能成为持久的痕迹。本雅明所理解的社会充满了各类物体（object），一方面，经验能够被产生并对物体产生影响；另一方面，物体在其独有的客观状态（objecthood）中，紧张地保有着多种可能性，经验由此产生。正是由于他们特意的设计，现代主义的艺术作品强调了这种后来的形塑和生成的功能，它还引起了"学习过程"，这也正是后来法兰克福学派思想家们如尤尔根·哈贝马斯和亚历山大·克鲁格所说明的。这种作品充当了经验的预期试验场，而社会整体尚未完全准备好去认识这些经验；进而，这些经验借助作品的具体性和冲动，推动了初起的革新力量在更广泛的社会领域可被感知。

在一些他所广为人知的随笔中，包括关于卡夫卡、普鲁斯特、列斯科夫和波德莱尔的文章，以及他有关技术和美学的开创性论文《机械复制时代的艺术作品》中，本雅明追溯了作为传统传递的集体经验的现代瓦解，以及集体经验被一种典型的当代个体内在的、心理的经历所替代的现象。在本雅明看来，他在随笔中所关注的这些作家的成就在于，他们对这种巨大的转变进行了文学性的记录。他们以不屈不挠的坦率记录下这种经验变化中的种种暗示，也在他们充满细节的叙述中、在无意识或者似是而非的方式中，保留了一度濒临遗忘边缘的集体经验的宝贵痕迹。他们所创作的故事、小说、寓言和诗歌等所具有的现代性特征提供了一种祛魅的批评视角，这些视角在传

---

① Key works of criticism that illuminate different facets of Benjamin's concept of experience include: Howard Caygill, *Walter Benjamin: The Colour of Experience* (London: Routledge, 1998); Esther Leslie, *Walter Benjamin: Overpowering Conformism* (London: Pluto Press, 2000); and Miriam Bratu Hansen, *Cinema and Experience: Siegfried Kracauer, Walter Benjamin, and Theodor W. Adorno* (Berkeley and Los Angeles: University of California Press, 2012).

统形式中是被抑制的和陈旧的；但恰恰是在这种祛魅的传统中，他们救赎了一种珍贵的、乌托邦式的真理内容的碎片，这些碎片正处于被同一个现代性所扫除的危险之中。

在给肖勒姆的一封信中，本雅明发表了对卡夫卡的判断，在这方面这是很典型的。他写道，"卡夫卡的作品代表着传统的衰退"①，在这个传统中，产生了一种了解和传递谚语式的智慧的能力。但是如同卡夫卡毫不妥协地承认了这个传统的衰退，本雅明也对它做出了不同寻常的、有创造力的、文学式的回应：

> 这种真理的一致性已经遗失。卡夫卡决不是第一个面对这种领悟的人。已有很多人用他们自己的方式以应对——执着于真理，或者执着于他们所相信的真理，不管是否悲哀，他们都否认了真理的可传递性。卡夫卡的天才之处在于这样的事实，他尝试了一些完全新鲜的东西：他放弃了真理，因而能够坚守住真理的可传递性，他的作品本质上是寓言。它们的贫乏和美好正在于它们需要成为比寓言更多的东西。②

在这里，本雅明看到卡夫卡疯狂地追求着纯粹的可传递性（比如在卡夫卡小说中的互相连接的走廊、房门等神秘离奇的、无意义的建筑物，还有他对电话一类的联成网络的设备的着迷）。出现在卡夫卡书中的那些会说话的动物，疯子，傻瓜的典型"主角"形象，在本雅明看来代表了富于精神分析的想象力的卡夫卡的观念的反面，这些形象被无法传递的内在偏执和焦虑所困扰。当然，它们代表着在所有隐藏着的内在内容的缺乏中的纯粹的可传递性，而这是已经消失了的：

> 这正是为什么，在卡夫卡的作品中不再有任何智慧的交谈。只有它分解腐烂的产物留了下来……首先是关于真相的谣言（比如刊登不体面的、废弃的信息的神学小报）。这一因素的另一个产物是讽刺剧，虽然它彻底浪费了内容中的智慧，但它保持了平静的彬彬有礼，而这正是这些谣言所完全缺乏的……卡夫卡对此很确定：首先，为了能帮忙，一个人必须是一个傻瓜；并且，第二，只有一个傻瓜的帮助才是真正的帮助。③

本雅明认为，如果说卡夫卡是一位在作品中反复考虑着这种经验的现代贫乏的现象的主要文学人物，那么对他来说，另外的最为重要的可选择对象便是作为诗人

---

① Walter Benjamin, "*Letter to Gershom Scholem on Franz Kafka*," trans. Edmund Jephcott, in *Selected Writings*, Volume 3: 1935—1938, eds. Howard Eiland and Michael W. Jennings (Cambridge, Massachusetts: The Belknap Press of Harvard University Press, 2002) 326.
② 《选集》第三卷，第 326 页。
③ 同上书，第 326—327 页。

和批评家的波德莱尔,他一般被视为欧洲现代派文学的第一个主要人物。与本雅明关于波德莱尔的写作有关,这些写作是从本雅明关于 19 世纪巴黎的研究中延伸出来,在其中本雅明给出了关于经验的新的心理构造和它在文学上表达的暗示的最具理论性的表述。

虽然在本雅明有关波德莱尔的写作中,这是一个多种多样的主题,它跨越了许多年的时间,涵盖了数百页的书稿,但总体的框架相对一致。本雅明在概念上和历史上详细阐述了一种语言上的区别,这种区别是他从德语中获得的,而不是从英语和法语中得到的:Erfahrung[①] 和 Erlebnis[②] 之间的区别,它们通常被译为"经验、经历、体验"。动词 erfahren[③] 和名词 Erlebnis 指随着时间的推移,通过重复性的动作,携带了一种知识的内涵(比如,成为一个"有经验的"游泳者或者"工作经验");它同样用在涉及通过口头语篇和叙述进行学习的句子中,就像这样的句子,"你从哪里听说的?"和"我从比尔那里听说的"。对本雅明来说,这个经验的概念是与传统相关联的,它通过每日的练习和面对面的讲话、讲故事,把技术传递下来。它是一种"经验"模式,不是主观或者心理层面上的,而是一种主体间性的,它嵌入在局部的上下文之中,并且通过讲述和具体化的活动被再生产出来。与此相对,动词 erleben[④] 和名词 Erlebnis 是指一种更接近现代的、主观的和心理学概念的经验,比如,"那次柏林之行是我一生中最为精彩的经历(experience)",或者"我刚刚在公交上遭遇了可怕的经历",或者"如果你想有真正的经历,那就去看那部新电影吧"。它暗示着一个独特的、非常强烈的个人体验,并且它的内在于个体或者精神的定位意味着将其本质传递给任何其他人都成了一个难题。实际上,现代主义艺术家所反思的,包括个体感受的内在内容的交流的困难,以及有关一切可公开使用的交流方式的异化、对内在丰富性的不真实的扭曲等,在本雅明看来,都来源现代社会中,Erfahrung 的日渐消失和 Erlebnis 在主观方面逐渐占据优势的现象。它还导致了越来越多的人通过调查、测试、广告、产品设计和销售等方式,开始关注发现或者甚至生产特定的(内在的)经验。如果像一些商业理论家曾假定的那样,当代经济已经越来越多地成为"经验的经济",那么这个被讨论的经验,便是一种被设计、资本化和被贩卖的"经验"。[⑤]

正如本雅明所强调的,波德莱尔的诗歌关注大都市的空间、物体和社会人物,在这其中,经验的转变和传统的消解是最为明显的。汹涌流动的人群、夜晚荒凉的、空

---

① 德语,名词,意为"经验、阅历、体会",更强调心理体会和经验,经历的事情是伴随着时间的、持续性的、可重复的。——译者注
② 德语,名词,意为"经历、阅历,事件、冒险事件、惊险活动、奇遇,[转]恋爱事件",强调经历的偶然性。——译者注
③ 德语,动词,意为"获悉、听到,遭受到、经历到、体验到,受到、得到";形容词,"有经验的"。——译者注
④ 德语,动词,意为"遇到、遭到,经历到、见过"。——译者注
⑤ B. Joseph Pine II and James H. Gilmore, *The Experience Economy: Work is Theater and Every Business a Stage* (Cambridge, Massachusetts: Harvard Business School Press, 1999).

荡荡的街道、妓女和花花公子的一瞥,奇怪荒僻的工作室公寓、拾垃圾人的叫唤和步履蹒跚的醉汉,这些在波德莱尔的诗文中被塑造成一种新式经验的标志性形象。本雅明认为那些构成了波德莱尔诗歌的主题意象的典型都市经验,作为一种暴力的感觉来源,被每个个体所经历。它们被体验为一种"震惊",它使内在的自我必须试图缓和或者回避这种冲击。波德莱尔从一种由内升起的自我意识的反压力中体会到,那种外在强烈刺激的洪流,以及诗歌通过对混乱的都市感觉和它冷漠的讽刺语调的形塑中表达出一种增强的智性。从这种增强的意识状态中,他发展了寓言的现代形式,类似于巴洛克时期的寓言,但是又适应了新的都市内容,它将城市中活生生的形象转化成神秘的标记、废墟和石头纪念碑——由此得以以一种永恒姿态或者表情,捕获那些在街头呈现的转瞬即逝的遭遇。通过这样做,本雅明提出,波德莱尔提供了一个关于19世纪中期的大都市经验的场景,这些对于之后的历史学家而言具有无与伦比的价值,这些历史学家不得不像在巴洛克会徽的书中对着象形文字和谜语而苦苦思索的阐释者那样,去解读波德莱尔的诗歌。在这里,并非将道德或者哲学意义加密,寓言让我们进入资本主义社会的秘密之中,而这一社会将要达到其历史发展的另一个决定性时刻。

在他有关现代社会中文学形象的随笔中,本雅明在这种经验的结构中读出了变化的目录,他也试图在他的随笔《机械复制时代的艺术品》中解释这些变化的因果关系。这篇随笔的关注动力源于当时的一种艺术——或者说是准艺术的图像和产品——的倾向(在20世纪30年代),这种倾向愈来愈与集体性有关,不论是在法西斯主义与共产主义这样的有组织性的大众政治运动中,还是在那些占据了旅游区、大众休闲场所、商场和街头的更具流动性和没有组织形态的人群中。对于本雅明来说,这是一个具有极大政治危险性的时刻,反动势力已经看到,这种集体性图像可以作为一种有效的力量被用于集中和鼓动大众。然而,这也正是在集体和艺术之间确立一种新型关系的机会,它也可能具有解放的可能性。在以反动的奇观和大众媒体操控的方式使政治审美化的选择,和有意识地将艺术用作集体解放的工具的选择之间,本雅明的文章把握住了这个决定的时刻。

本雅明所唤起的决定的时刻是一种历史进程的结果,在这种进程中,艺术对象和与之相关的经验已经被新技术的引进以激进地改变,这些使得视觉和听觉的图像大量繁殖的新技术,包括雕刻技术和石印技术,紧随其后的是摄影和电影。本雅明认为,那些被保存在19世纪现代资本主义完全显露之前的时代中的艺术的古代形式,是基于图像和遗迹的宗教崇拜活动。一个非常独特的、珍贵和稀有的物体被保存在一种特殊的地方,并且它是偶尔在一些仪式活动中才能被看到,比如圣女玛丽的形象就是在宗教行列中被揭开和传递的,并且伴随着礼拜仪式上对文本的朗诵。这些形象并不仅仅是简单的圣女的"图像",它们显示了她在特定接受条件下所具有的神圣性存在。本雅明将这种依附于仪式上的图像的神圣性称作"灵晕":它是一种围绕着作品的光环,它让作品可以营造出一种不同于作品本身和日常生活的精神性氛围。在巴洛克时期的宫廷艺术作品中,以及在18世纪所出现的学院和沙龙中,这种神圣性已经被世俗化了:不再是在严格的宗教意义上的宗教崇拜意味,他们的"光晕"是那些特殊性的一种弱化的光彩,特殊性来自那些作品被放置在像是画廊和沙龙一类的环境中展出。参观博物馆或者艺术展览,或者凝视那些悬挂在一个舒适的私人起居室的墙壁上的作品,是与那些可用冥想、祈祷的小教堂的减少联系在一起的。那些使得艺术作品得以便宜、便利地被再生产和分配的技术手段——比如照片、海报、明信片、说明书、杂志和报纸等——它们彻底地将艺术图像从教堂一类的空间中撤了下来,并且把它们引入一个广阔的新环境中:街道、公共交通系统、电影院、工作场所、咖啡馆等。经由新的社交媒介,这些图像和它们所承载的内容对我们而言成为可以免费使用的,尤其对那些工人阶级群体和女性群体来说是这样,他们以前完全不能接触到单个的艺术作品,或者他们只能在很少的被限定的场合才能见到它们。这种能够占有和使用影像的可能性将他们带入一个史无前例的与日常生活的亲密接触中,他们被整合进了我们所阅读的报纸、所消费的袋装产品的设计、说服我们去购买它们的广告和我们消费的环境的装饰之中。正是这种接近影像的环境,本雅明称为"灵晕的消逝":影像周围的神圣光晕渐渐消散,并且将图像理解为现代生活的一项日常工具。

本雅明看到了这种基本变化的一系列影响。我在这里只提及其中的两个,它们与上面提到的现代社会的经验问题密切相关。第一个是影像功能的变化,它从作为一种独特的精神现象("灵晕")的主要物质载体更多地变成了信息和意识形态的交际工具。在那些重复性的、仪式性的环境中出现的传统的艺术,也使影像成为维持传统思考和感受方式的重要工具;与此相反,现代影像更强调了新奇性——新鲜、刺激和令人惊奇的内容和感觉。因此,按照我们早先有关"Erfahrung/Erlebnis"之间区别的讨论,我们可以这样说,那种传统的、带有"灵晕"的艺术是与一种具有"Erfahrung"特性的经验所关联在一起的,与重复的传统行为和讲话的经验结合在一起;与此相反的技术性的、可再生的、无"灵晕"的图像是由"Erlebnis"所主导的体验的一个必要部分。第二个特征是紧接着第一个而来的。正如波德莱尔的诗歌,把震惊经验转变成寓言诗歌的标记,快照、新闻图片的形象、新闻短片、蒙太奇照片和其他现代新的图像形式也是如此,它们代表了那种正面地挪用震惊经验,并经由所产生的社会寓言塑造集体意识的新的形式。尽管,正如前面提出的,这种可能性可被反动势力和解放力量同样利用,本雅明相信这些现代主义工具的自觉的、前进性的发展,在未来的历史性危机中将会是关键性的。

本雅明同样追溯了在城市的震惊体验与先锋文学、先锋艺术实践之间的一种更加直接的联系。他表示,随着印刷技术的蓬勃发展,一种新的由表意字构成的斑点水印式的语言形式成为可能,它在技术性的媒介和城市的居住空间中,既存在于书中又超出了书本的界限。这是一种他能够在早期苏维埃共和国的节日装饰和海报中发现的,或者在其他方式中,在融合了文本、电影院和城市的作品中找到例证,就像斯洛·莫霍里·纳吉的未拍成的电影剧本"大都市的活力",它最早在匈牙利于1924年发行的先锋派杂志 MA(今天)上发表。① 本雅明相信,打字机或许使精确的文学创作成为了机器工艺而不是一种手工艺(虽然目前的原始技术还必须进一步细化才能实现这种现实)。在他的书《单向街》中,他写道:"只有当排字形式的精度直接进入到了他的书的概念中时,打字机将使文人的手与笔相疏离。有人可能会认为新系统将会需要更为多样性的字体。它们将会替代由神经所指挥的柔软手指。"② 在这种打字机的机械化应用的视野中,本雅明解释了视觉布局,在现代派诗人比如纪尧姆·阿波利奈尔、维森特·维多夫罗、拉约什·卡斯柯、雅罗斯拉夫·塞弗特、以斯拉·庞德、威廉姆·卡洛斯·威廉姆斯,和查尔斯·奥尔森,还有图像派诗人尤金·贡林格、马克斯·本斯、弗里德里希·阿赫莱特纳、奥古斯托·阿洛多·德·坎波斯,和拉恩·汉密尔顿·芬利的创作中将要承担的任务。

本雅明认为,法国象征主义诗人马拉美和后来的达达主义作家和艺术家,他们最先将新技术的激进含义引进到诗歌创作中,将诗歌语言带进一个与广告、大众媒介的空间化语言的模仿的关系中。他认为:马拉美"最开始将广告图像的张力包含进印刷的纸张是碰运气。后来由达达主义者开始进行的印刷上的试验,并不是起源于从建设性的原理,而是来自于这些文人的神经质的反应。所以远不如马拉美的持久,马拉美的试验是从他的风格的内在本质中生发出来的。但正是由于这一原因,他们展现了马拉美在他的孤立的空间、单方面所发现的东西与当下的关联性,这种关联性存在于我们这个时代在经济、科技和公共生活方面的决定事件中的预先存在的和谐性"③。

跟随马拉美的创新,以及技术媒介发展所带来的提速,本雅明表示,字母迅速从它在印刷上所占据的水平面上升为在墙壁、报摊和投射屏幕上的垂直面上的展览:"如果几个世纪之前它就开始逐渐躺下,由垂直的刻印转变成在最终印制成书前是静止在倾斜桌面上的手写体,最后被印刷书籍带到床上,它现在又正开始逐渐从地面上升起来。报纸更多是从垂直面而不是从水平面上阅读,而此时电影和广告则强制印刷文字彻底转变到专制的垂直位置。"④

在他那个最为显著的,有关语言融入都市空间的物质肌理的图像中,本雅明为广告的光辉欢呼,认为它带着热情重新装饰了都市生活中的物体,正如他所争论的,那种光芒从它们那里衰退:"究竟是什么让广告高于批评?并不是那些移动着的红色霓虹灯所说的,而是那炽烈的水塘在沥青中反映出它。"⑤ 对于现代主义作家来说,具有挑

---

① László Moholy‑Nagy, "Filmváz: A Nagyváros dinamikája" [Film Scenario: Dynamic of the Metropolis], *MA*, Music and Theater Special Number (15 September 1924): no pagination.
② 《选集》第一卷,第457页。
③ 同上书,第456页。
④ 同上。
⑤ 《选集》第一卷,第476页。

战性的是面对广告本身的力量,要立刻如实地记录下当代都市的现实,并且使之成为一种在商业和行政之外,以全新的、前所未有的形式再造经验的力量:

"但毋庸置疑的是,写作的发展将不会不确定地受到混乱的学术和商业广告活动力量的要求的束缚;而是……随着更加深入地在这个具有古怪的具象性的图像领域推进,写作将会突然占据适合的物质内容。在这个图像—写作中,这种象形文字,诗人将像在早先时期一样第一个成为这方面的专家,能够只有掌握了统计学和科技图表(相当不显眼的)才能参与到这个由其所构造的领域中。随着这个国际运动脚本的确定,关于修辞学革新的呼吁将会显示诗人自身就是过时的白日梦,与之相比,诗人更会选择更新自己在民众生活中的权威地位,并且找到他们被期待的角色。"[1]

(译者单位 北京语言大学人文学院)

---

[1] 《选集》第一卷,第 456—457 页。

中国中外文艺理论学会第十一届年会综述

王银辉

(河南大学 文艺学研究中心 河南 开封 475001)

为了更好地推动与发展中国文学理论,加强文学理论领域的国际对话与合作,保证文学切实为社会主义服务,为人民服务。2014年8月15—19日,由中国中外文艺理论学会、中国社会科学院文学研究所、国际美学协会和河南大学文学院联合举办的中国中外文艺理论学会第十一届年会暨"面向时代的文学理论与批评"国际学术研讨会在河南开封举行。本次会议还是中外社科人文学术交流高端会议平台中国社会科学院"中国社会科学论坛 2014·文学"的年度会议,来自国内外众多知名高校、研究机构、学术期刊和出版社近 500 名专家学者与会。全体与会学者围绕"面向时代的文学理论与批评"这一主题,围绕"文学理论的源泉与品性""文学批评的现状、方法与价值""外国文论的引入与学术影响""古代文论的当代价值与意义""现代文论发展与文学理论的当代挑战""(西方)马克思主义文论与当代文化批评""生态批评与文化关怀"等分议题,展开了广泛深入的讨论。

中国中外文艺理论学会名誉会长钱中文先生专程发来贺词,对本届年会的召开表示祝贺,肯定此次会议总议题与分议题的现实意义,盛赞近年来老中青学者在文学理论研究领域中已取得的可喜成绩。在贺词中,钱先生谈到了今天在文艺理论研究中遇到的几个问题。第一,现代性与后现代的问题。后现代性代替现代性是十分困难的,现代性作为一种现代文化精神,是个绵长的发展过程,自身是一个矛盾体,具有反思自己、自我批判的功能,是既讲究传统继承,又超越传统、创造新文化传统的现代性,是一种被赋予具体的历史指向性的现代性,具有独立自主精神与进取精神的现代性,因此,现代性是个未竟的事业。后现代主义思潮这种泛文化批评思潮在中国的传播,活跃了文化思想,扩大了学术的视野与领域,促进了理论与现实的接近,但这股文化思潮亦引起了学界思想的混乱,如把关于文学本质的探讨与本质主义相捆绑。第二,建构与解构的相互关系问题。解构主义声言他们的解构主义也有建构,但却是缺乏理论主旨追求、少有理论的自身发现、理论深度与理论价值判断的建构,是一种失去了问题追问的建构,是平面化、碎片化、拼贴化的理论叙事的建构,是各种知识会集、堆积的建构，这样的后现代主义式的理论建构，贬低了文学理论的品格。最后，钱先生强调了真诚对于文论研究工作者的重要性，唯有真诚才能产生理论的诚信。

一 文学理论的源泉与品性

就文学理论的学科定位和话语体系的建构问题，一些学者提出自己的见解。张江（中国社会科学院）提出了"强制阐释"及"本体阐释"的基本思路和框架，认为"强制阐释"是当代西方文论的基本特征和重大缺陷之一，提出"本体阐释"的三重建构思路，即核心阐释（"本体阐释"的第一层次）、本缘阐释（"本体阐释"的第二层次）以及效应阐释（"本体阐释"的第三层次），让理论皈依实践，希望能够超越"强制阐释"的局限，勾画一个重新建构当代文论的有效途径，最终形成本民族的优秀的独特理论。面对文学理论的历史问题，高建平（中国社会科学院）认为文学理论依附于文学史存在的同时，有着自身独立的历史，这种历史虽然混杂且有着大量的交叉现象，但仍是成立的，有着其发展轨迹，有着自身形成、发展、成熟、衰亡的历史，就像物种一样，生物学比喻对这种历史的探讨，具有重要的启示作用，黑格尔的艺术、宗教、哲学三步发展，就体现出一种超越具体学科的进化观。只有意识到文学理论的历史这个问题，我们才能时时反省学科本身，而不是处在空洞盲目的乐观状态之中。陆建德（中国社会科学院）提出任何理论研究都要有具体的内容作为支撑，要同中国文学研究、外国文学研究各个学科结合起来，任何优秀的理论著作都不是单纯在谈理论，是在具体的历史研究之中体现出来，同具体的历史事件相结合，拨开迷雾，强调关注表明事情的真实，这也是文学批评理论应该做的事。耿占春（河南大学）认为文论所要做的，不是在没有描述能力或失去撰述能力的地方"建立"一种原则，在没有艺术感知没有思想风格的地方提出一种类似于理论的概念、口号，应该努力的方向正好相反：在缺乏法则的时刻恢复一种描述能力。围绕文学理论与批评的尴尬处境问题，方维规（北京师范大学）指出文学的整个社会价值和地位在衰落，越来越多的人对文学不感兴趣，这一趋势似乎还将延续很长时间，文学还在继续丧失其重要性，原因何在？不是文学生活机制或者文学的表现手法阻碍了批评家的精到评论，而是公共领域显然对文学理论与批评不感兴趣，鉴于此，联系实际、结合时代的跨学科的理论研究，或许将是文学理论与批评摆脱目前尴尬处境的一个场域。

就文学理论中国话语的建构问题，不少学者争相发言。姚文放（扬州大学）指出中国文学理论一直致力建构自己的话语系统，在20世纪文学理论经历两次转向的过程中，无论是时代变迁、体制更替还是社会思潮的激荡，其中种种权力关系的博弈都在中国文学理论话语的嬗变中及时得到回应。丁国旗（中国社会科学院）认为新时期以来我国文艺界对西方文论的接受存在非常严重的倒错现象，主要表现在时间上的倒错和理论上的倒错两个方面，对于中国的文艺实践而言，西方文论是另一套话语体系。

虽然以引入西方文论的方式,我国文学理论实现了它的现代转换,但这种转换是以丧失我国原有文艺理论资源为前提的,不仅中国古代文论资源没有很好地得以发展,而且具有中国特色的马克思主义文艺理论也越来越陷入尴尬的境地,而造成这一现象的原因是多方面的。季水河(湘潭大学)认为当今中国文学理论研究发生了审美转向:在文学批评中,实现了美学标准与历史标准的回归,并在中国现当代文学研究与批评中得到了广泛运用;在对文学与生活关系的认识上,实现了从哲学反映论向审美反映论的过渡,突出了文学的审美本性和情感特点;在文学本质的界定中,实现了从社会意识形态论向审美意识形态论的转型。邵志华(辽宁大学)认为受西方后现代主义文化思潮的冲击,20世纪80年代中后期以来的中国当代文学批评,在价值取向和思维向度上,呈现了不同以往的后现代景观,对西方后现代主义话语的标举和倡扬,为久经"失语"尴尬的中国当代文学批评觅得了一种崭新的理论话语,然而,对西方后现代话语形式的直接挪移,反过来又进一步加剧了中国当代文学批评所面临的"文化失语"困境,基于中国当下的文化语境,批判地消化和吸收西方后现代主义,完备具有本土特征的理论形态,才是中国当代文学批评应有的学术自觉。江腊生(九江学院)认为当下文学批评的话语问题,本质是中国文学主体确立的关键,价值观的混乱、历史感的缺乏以及道德性批判是当下文学批评的主要问题,要建构文学批评的中国话语,关键在于契合中国文化经验和审美需要,需要研究者深邃的民族文化体验和人类意义的美学尺度,以此来构建一个中国文学批评的价值平台。

二　文学批评的现状、方法与价值

文学批评的现状是当代文艺理论研究无法回避的一个根本问题。当前学界,时常可听到文学批评濒临死亡的说法,或者文学批评乃至整个文学不断被边缘化的声音,文学批评遭遇冷眼,文学批评之惨淡境遇,文论危机亦是不可否认的事实。许明(上海社会科学院)指出当代文学理论建设的现状是混沌的,理论是多元的,选择是复杂的。另外,文学批评界内部的形势亦不太乐观,李新亮(河北民族师范学院)认为中国当下文学批评呈现出学院批评、作家批评与媒体批评互相攻伐的混乱局面。

针对文学批评的方法与价值问题,与会学者多角度、多方位地表达了各自的观点。胡亚敏(华中师范大学)明确提出"问题域"应成为当下文学批评的一个基本原则和方法,阿尔都塞确立的"问题域"三原则——整体性原则、现实性原则以及历史与个人的关系原则,对马克思主义文学批评中国形态研究有诸多启示,尤其有助于思考和探索马克思主义文学批评中国形态的特质。傅修延(江西社会科学院)提出外貌描写的叙事语义问题,认为外貌描写理论上应当"神""形"兼备,实际上却是"形"淡而"神"浓;外貌描写多以譬喻为修辞手段,动物之名因初民的灵魂转移信仰而被赋予形容词的修饰功能,这一转义从文学角度说具有重大意义;观相理论与文学传统的互渗互动，形成了影响外貌描写的一系列规约，这些规约又与特定的文化有密切关系；异相的构成规律可归纳为"增减""改变"和"混淆"三大类，重视这些内容，有利于读懂文学作品。赵毅衡（四川大学）提出意义的重要性问题，认为从符号学与现象学的角度上看，人追求意义是人类生命最根本的需要，人存在本身就是一个追求意义的过程，人若不追求意义就意味着生命意识的终结，因此，意义是人的生命存在于世最重要的一个征象。李建中（武汉大学）认为进入 21 世纪的第二个十年，作为文学批评重要内容的"关键词"研究已陷入困境，如何走出困境？就入思路径而言，其理有三：突破"分科治学"模式，实现对关键词的整体观照和系统阐释；突破"辞典释义"模式，开启关键词阐释的生命历程法；发掘"元典关键词"之文化宝库，为中华文化的现代传承与创新提供文化资源。就研究方法而论，其道有三：以"资格审查法"遴选关键词，以"形分神合法"类分关键词，以"生命历程法"阐释关键词。赵文（陕西师范大学）认为近代以来西方文学批评的发展过程是用人道主义、科学主义、历史主义的"话语平台"取代古典理性主义"话语平台"的过程，在文学批评的当代发展中，文学批评的任务不可避免地聚焦于从人文科学的各理论分支的角度对作品进行多维视域的观照，聚焦于在感性与理性、体验与认知、理解与阐释、审美体验与科学判断之间进行沟通、桥接和综合。邵滢（赣南师范学院）指出 20 世纪以来多元批评形态的交替变更推动着中国现代文学批评呈螺旋式发展：从文学外部切入的视角、关注文学社会、文化等外在价值，到对从文学自身出发，关注文学本体性因素（审美属性的、语言形式分析的），再到扩展文学的边界，重新运用社会学、文化学等的文化研究，其中既有社会的外在推动力，更受制于文学和文学批评自身发展的内在逻辑。

此外，文学批评的标准、批评意识以及当代语境、新世纪文学批评学研究的史学成就、教材建设和理论设想等内容也成为学者共同的理论话题。

三 外国文论的引入与学术影响

外国文论的引入与学术影响是与会学者关注的一个重点。一些学者站在中西方文论的交流对话中保持本土化的价值立场，对西方文论资源在中国的流变作历时与共时的考察和总结，对中国文论的发展具有启迪价值和现实意义。朱立元（复旦大学）在首先回顾、考察西方后现代主义文论思潮从 20 世纪 80 年代起至今逐步进入中国的影响与接受历程之后，提出了西方后现代主义文论在中国发生越来越大影响的五个阶段，认为这种影响是在文艺理论界借鉴、吸收和拒绝、批判的矛盾中发生发展的，而不是单向地盲目接受和生搬硬套，同时，以本质主义思维方式的讨论为例，概括了后现代主义文论在中国同时产生的积极与消极影响错综复杂、交织互动的特点。古风（扬州大学）认为从五四新文学运动至今，中国对于外国文论话语的引进经历了三个高潮期：第一个高潮期的主流话语本质是探求文学"本体"，将"杂文学"引向"纯文学"；第二个高潮期的主流话语本质是探求文学的"社会性",将文学看作是一种社会意识形态;第三个高潮期主流话语本质是探求文学的"活动",将文学看作是"审美意识形态",这些外来文论话语既是新文学思想的载体,也是建构我国现代文论体系的基石,同时还蕴含着现代文学知识的基本要素。徐行言(西南交通大学)通过对中国传统文论表现论范畴的梳理和表现主义理论在中国传播历程的回顾,探讨中国接受西方表现主义诗学的背景与渊源,进而探究中国古典诗学中的表现理论与现代西方表现主义诗学的同质与异趣,以求从中感悟中西艺术在处理创作主体与对象世界关系上的共同关注及其不同的表现形态。

部分学者深掘西方的文化资源,希冀为建设有中国特色的当代文艺理论形态提供新的借鉴。王宁(清华大学)提出了比较诗学与世界诗学的构想,认为在这一研究方面,孟而康做出的开创性贡献是不可忽视的,孟而康对跨文化的比较诗学的全面探讨却超越了在他以前的艾金博勒、佛克马和刘若愚,进入了总体文学(论)研究的境地,为比较诗学与世界诗学的建构做出了开创性的贡献。吴晓都(中国社会科学院)认为作为西方文化重要资源的俄罗斯文论今天仍然发挥着重要作用,它不仅有陌生化理论,也有熟悉化理论,要全面理解俄罗斯文艺理论;动态地理解俄罗斯的文艺学,它是一个非常变化的理论构成,是一个历史的过程;在苏俄文论中,文学理论的创新同文学史描述方法的创新是密切结合的,它具有历史主义的传统、历史的原则与方法,因此,仍然发挥着重要作用的苏俄文论对我们的文艺学建构有着深刻影响,对它的深度认识不应停止。竺洪波(华东师范大学)指出当今学界,借用西方文论的原理、术语和方法,考察分析中国小说经典已成常态。肖伟胜(西南大学)指出"文化转向"思潮是20世纪60年代"语言学转向"的直接效应和典型表征,以索绪尔、雅各布森等为代表的结构语言学是"语言学转向"的直接源头,二战后结构主义与"语言学转向"思潮的碰撞衍生出法国(后)结构主义大潮,这股基于语言学模型的文化思潮带来人文社会科学领域"文化主义"范式的整体转型。项晓敏(杭州师范大学)认为西方现代主义是单维度的对传统文学的反叛,使得现代主义文学整体上呈现出对传统文学从内容到形式的否定多,有效的艺术建树少,对社会文化及其社会心态的影响大,文学成就小,因此,在文学发展的进程中,有必要从新的时代视野,重新审视和评价20世纪西方现代主义文学。

四 古代文论的当代价值与意义

如何在古代文论的发掘中为当今文化发展寻找新的养料,完善我们的思维方式,是与会专家探讨的又一重要课题。

曹顺庆(四川大学)提出中国古代文论的现代转化问题是一个误导当代文学理论的口号,古代文论的现代转化实际上暗含了对古代文论的一个否定性前提,为什么古代文论要转化呢？是因为它不符合现代，古代文论是一堆我们研究的材料，是博物馆中的秦砖汉瓦，所以我们要把它救活，要予以重建，这就是前提的错误，因为它暗含着古代文论在当代是没用的，是死的东西，而事实则并非如此，古代文论在当代仍是活着的，仍然是有用的。史忠义（中国社会科学院）赞同陈中梅提出的秘索思和逻各斯是西方文化的基质，认为仅这一组文化基质是还不够的，不能准确把握西方历史上的文化现象，提出了六组文化基质并对它们进行了论证，由此，主张多元地表述中国的文化基质，并提出了中国文化的五组基质：易、阴阳、道、仁、中庸。彭亚非（中国社会科学院）提出中国传统文学中的内视审美追求问题，认为文学仰赖于人的内视能力，内视本来就是人类的生存技艺、生存体验、生存渴望、生存想象、生存追求与追问、生存的内化与超越，内视性的生存使人类的现实生存进入时间、进入本质并获得美感和意义，而内视审美共享与诗性情意共享则使人类本质通过对象化充分得到确证，使个体与类本质通融与同化的心理需求得到满足，文学所具有的内视审美创造了一个幻想世界，这是一个永远不可能为感官所感知的精神性存在。马大康（温州大学）认为中国古代文论强调文学欣赏的直接性、感悟性以及身体感受恰恰与文学话语行为特点相适应，它充分体现了文学欣赏的丰富内涵，运用言语行为理论揭示文学话语运行的内在机制，以此为基础，就有可能找到中西文论互释互证、实现文论现代化的有效途径。李健（深圳大学）提出中国古代感物美学是中国古代贡献给世界文艺学、美学的丰厚遗产，作为文学艺术审美创造和审美体验发生的理论，其理论内涵非常丰富，有一些鲜活的东西，能够成为我们构建现代文艺学、美学的重要元素。郭世轩（阜阳师范学院）认为中国古代文论在当代复杂多变、莫衷一是的语境之下仍然是不可替代的，既具有文化价值、文学价值和精神价值，又具有理论意义、审美意义、现实意义与创作意义，可为当代文论提供不可多得的文化资源和智慧启迪。

中国古代文论在当代发展所遇到的机遇和挑战，亦是与会学者关注的一个焦点。杜卫（杭州师范大学）主张中国学者应立足于自己本民族的实际，将中国古代文论研究同当今时代、世界文化问题相结合，深入挖掘。张克锋（集美大学）认为当代文艺学要走向繁荣，必须在一定程度上回归诗书画打通的传统，尽最大可能去打破专业的壁垒，避免专业划分过细带来的诸多弊端。

五 现代文论发展与文学理论的当代挑战

会议上，许多学者提出了现代文论发展与文学理论的当代挑战问题。随着西方文论的引入和当今文学中新问题的不断出现，中国文学理论的发展正处于瓶颈期，遇到了一些艰难与挑战。金惠敏（中国社会科学院）提出"全球对话主义"的主张，认为"全球对话主义"不是一般的巴赫金的对话主义，也非要取消特殊性，而是要在特殊性与普遍性之间构建一种对话关系，中国文化应在全球化这一普遍性之下讲究特色，形成中国文化特色与世界文化之间互动性的共建,从而将我们中国的文化带入世界,是"带入",而非"转换"。赖大仁(江西师范大学)认为当今被认为已处于"后理论"时代,这个时代的各种文学和文化理论,都面临着不同程度的质疑与挑战,乃至引起激烈争论,在当今"后理论"时代的历史舞台上,文学理论的现代性与后现代性交锋是一个序幕,论争之后将归于相对平静,对论争的有关问题加以反思,并对文学本质论的基本理论问题再做探讨,将有助于当代文论建设的深化与推进。李世涛(中国艺术研究院)认为现代性存在着个人主义的泛滥、工具理性的霸权、自由的丧失等隐患,需要我们高度警惕,为了克服现代性的隐患,首先应该辩证地看待现代性的得失,然后发挥道德理想的作用、加强对公民身份的认同、反对反对社会分裂,进而发挥现代性的作用、克服其弊端。张云鹏(河南大学)在全球化浪潮下,文艺理论研究必须立足于本土,将本民族文化作为研究者的基础,只有如此,才能在现代性和后现代性的思潮下,去建构具有本土特色的文艺理论。

媒体时代对于文学创作与文学批评的影响及媒介时代文学理论的出路与构建等问题,也是学者们关心的一个话题。李凤亮(深圳大学)提出了"新创意时代"呼唤文论研究与批评的四种转型:从理论研究向现实研究转型;从单一的文学研究向文化创意研究转型;从面向传统的静态研究向面向未来的动态研究转型;从注重文本分析的"形式文化学"方法向注重数据挖掘的"技术文化学"方法转型。单小曦(杭州师范大学)认为中国当代文论建构主要是在现代性和后现代性两大文化逻辑框架下进行的,自20世纪90年代以来,一种"数字现代主义"在东西方社会普遍蔓延开来,它既兼容覆盖了现代性、后现代性文化,又体现出了数字化生存时代的新特征,数字现代主义为中国文论建设提供了新的文化逻辑和文艺现实。曹卫东(北京师范大学)谈及了开放社会及其数据敌人问题,当今数字化的开放社会为文艺理论发展提供的机遇与挑战。张跣(中国青年政治学院)认为在文化和科技融合过程中,文化绝不是被动地、机械地、简单地受制于科技,文化发展提出了科技创新需求,科技创新为文化发展提供技术支撑,文化与科技深度融合相互促进,共同形成一个社会的生产力、创新力、竞争力和凝聚力,这才是这个时代应有的文化自觉。张清民(河南大学)认为在全球信息化的时代,仅仅靠组织与行政力量推行和维系主流意识形态已经远远不够,意识形态必须由传统的"管理"走向现代的"治理"。

此外,学者们还围绕"跨媒介文学概念及其意义""少数民族网络文学的发展及其意义""网络文学文本"以及"新媒介时代个体生命道德"等问题,展开了热烈的讨论。

六 (西方)马克思主义文论与当代文化批评

如何深入推动马克思主义文论的中国化进程,是与会专家讨论的一大焦点。徐放鸣（江苏师范大学）提出马克思主义文论实践应将文学的使命同中国梦相衔接，认为在新的语境下文学的使命至少可以从三方面认识：一是塑造面向世界的崭新中国形象；二是弘扬具有时代特点的人文精神；三是在文化大发展大繁荣中发挥中坚作用，从而推进马克思主义文论中国化的进程。刘方喜（中国社会科学院）主张以"意识形态阶层"论彰显马克思文艺历史唯物主义被传统研究所忽视的一面，在基础理论上对其作更全面的重构，激活其对于认识和解释中国及世界当代社会文化现实依然具有的强大思想活力，将有助于立足于中国当下现实，推进中国马克思主义文化战略学研究。傅其林（四川大学）认为要实现中国马克思主义文论的全球化和本土化问题，主要涉及三个核心层面：中国马克思主义文论关于人的全面发展的问题、全球对话问题以及中国马克思主义文论的建设性和批判性双重品格的问题。柴焰（中国海洋大学）认为中国马克思主义文论研究应以问题为导向，大胆吸收中国传统文论精粹和哲学智慧，借鉴和汲取西方文论的理论资源，实现综合创建；掌握话语权，创新中国马克思主义文论的话语体系；增强中国马克思主义文论的对外传播力，纠偏西方对中国的"误解""误读"，沿着这三条路径打造出具有中国特色、中国风格、中国气派的理论形态。此外，与会学者还就"中国马克思主义文论研究的历史、现状与未来""中国马克思主义文论发展的机遇与挑战""马克思主义与当代文化研究"以及"加强高校马克思主义文艺理论教育"等内容，进行了广泛交流。

许多学者在会议上强调深化西方马克思主义文论研究。马驰（上海社会科学院）主张中国当代文化批评与西方马克思主义文论与美学的发展密切相关，研究者在深入探讨西方马克思主义文论的同时，既要熟知又要与其保持一定的距离，力图从他者的话语中发掘出适合自己本土的理论话语，以新的学术视野开启西方马克思主义文论与美学研究的新阶段。王杰（上海交通大学）以特里·伊格尔顿为例，简要介绍英国马克思主义文论与当代批评的任务，从而提出中国当代理论家和批评家的任务——帮助人民大众实现文化解放，要实现这一任务，需要有公共话题和公共平台，要有批判性的见解而且是独立性的，还要有指向文化解放的目标，为中国研究者提供了另一理论视野。孙盛涛（青岛大学）认为西方马克思主义作为复杂综合的理论思潮，存在着各有依托的理论派别，有人道主义的马克思主义、存在主义的马克思主义、后现代思潮中的新马克思主义等，均需深入、细致地加以研究。

与会学者对西方马克思主义文论中的一些重要思想、人物展开了热烈讨论。汪正龙（南京大学）认为研究西方马克思主义文论中的一些具有影响且有争议的人物，应对其作一个思想史的考察，应在其特定的历史、政治和知识语境中加以考察，辩证地理解他们的理论思想。其中，卢卡奇这位20世纪最负盛名且具影响力的西方马克思主义理论家在会上引起了激烈讨论。张开焱（湖北师范学院）认为卢卡奇的《叙述与描写》，关于叙事形式政治性的论析显示过人洞见，但也有明显问题。王天保（郑州大学）指出卢卡奇的人物形象理论与中国的典型理论有明显的差异。王银辉（河南大学）

认为人民性理论是卢卡奇人学思想的一方"重镇",但他将人民性理论中性化、工具化,遮蔽了其理论自身的阶级性。此外,雷蒙德·威廉斯的文化唯物主义理论、詹姆逊的后现代主义文化批评理论以及英国马克思主义工人阶级文化理论等均引起了与会者的广泛兴趣。

七 生态批评与文化关怀

生态批评与文化关怀是当今学界的一个热门话题。金元浦(中国人民大学)提出全球本土化、本土全球化和文化间性问题,认为中国等发展中国家应在全球化中承担自己的责任、确立自己的位置,途径有四:通过现代多媒体手段向世界传递自己本民族文化,参加全球化传播,并同世界各种文化平等交流;积极参加世界文化创新;借助全球化的传播凸显自身特异的地方文化、民族文化,发展旅游文化、创意产业和文化产业,将有利于发展中国家保护本土文化,保护其独特的非物质文化遗产,从而保护世界文化的多样性;移居西方的发展中国家国民可以参加世界文化建设,通过对话、交流、沟通的平台,从而形成一种新的文化间性。程相占(山东大学)提出中国生态美学未来发展策略与方向的三个方面:第一,更充分借鉴并吸收西方环境美学的理论成果;第二,更自觉地以生态文明理念为指导;第三,更理性地实现中国传统思想资源的生态转化。李天道(四川师范大学)认为中国古代环境美学的生存智慧就是如何实现齐万物、一"天人"的问题,即解决"天"与"人"之间,也就是"人"与生存环境、自然环境的如何交相构成的问题。赵奎英(山东师范大学)指出在后现代语境中兴起的生态文学、文化研究的困境之一,是没有找到一种合适的语言理论作为语言哲学基础,而生态语言学可以为人们更好地理解文学、文化研究中的文本与世界、自然与文化、自然生态与社会生态和精神生态之间的关系问题提供更为科学的依据,对当今的生态文学、文化研究的语言学基础建构具有重要意义。史修永(中国矿业大学)认为中国当代煤矿小说将土地、自然生态和精神生态等问题放在煤矿空间场域中展现出来,它蕴含的生态审美观念和特质为工业化社会抹上了一道文学亮色,为中国当代文学的不断发展注入了强大的活力。季中扬(南京农业大学)提出了生态批评的审美维度即休闲美学。刘蓓(山东师范大学)介绍了英美生态批评的科技关注。不少学者将生态批评与当今媒介文化相结合,拓宽了会议研讨的广度和深度。王文平(长江师范学院)认为电影传媒具有自己特有的美学特征:无私奉献的人格特质,勇于承担、善良宽容的精神生态,美好和谐、安宁稳定的伦理生态,规则有序、健康发展的自然生态,是温情灿灿的人类理想生态构建,体现出浓郁的文化关怀,是人类文化的精神财富。刘文良(湖南工业大学)认为生态微电影的发展,一方面要适应微电影的制作和传播规律,另一方面要适应生态主题的表达。此外,会议研讨了一些以往涉足不多的话题,如马克思主义文论与生态批评对话的可能性、生态批评与文化关怀对新世纪文艺理论发展的影响、消费社会中的身体美学以及女性解放理论与生态批评的关系等。

除以上议题外，本届年会设立"视觉文化与文学理论"专题研讨，围绕文学理论该如何应对视觉文化这一难题，大会特邀三位国外知名专家——美国学者 Curtis L. Carter（Marquette University）和 Tyrus Miller（University of California at Santa Cruz）、斯洛文尼亚学者 Aleš Erjavec（Slovenia Academy of Sciences and Art）展开专题研讨。L. Carter 以"托尔金作品与艺术中的文字和图像"为题，首先区分东西方世界在文字和图像方面存在的差异，认为中国的书法与绘画很大程度取决于对符号的创新与表现而非符号自身，亦依赖于其周围的社会风气，认为西方关于文字和图像的讨论，则主要基于语言和绘画的差异进行了大致假定性的区分，在此基础上考察文字和图像在著名文学家托尔金重要文学作品《霍比特人》与《指环王》中的作用，指出这些西方英美文学作品因他们的神话传说、文图冲击力而闻名，由此论证了作为世界构成方式的文字和图像，以各种形式提供了必要的阐明认知和情感表达的符号，成为建立独立的文化身份的主要手段。Tyrus Miller 以"本雅明的经验、文学和现代性"为题，认为本雅明在对审美现代主义的思考中，首要关注的既不是作品的"形式"，也不是"内容"，而是它所捕捉、组织以及共同呈现的"体验"，无论写一本书，一部电影，一部表演戏剧，或是一个建筑方面的作品，本雅明试图了解艺术手工艺品如何隐含，以及通常如何实现一种既冲突但又具有能动性的空间，同时既是精神的又是物质的，一种某类经验可能会成为不朽痕迹的空间，围绕这些方面对"本雅明的经验、文学和现代性"问题进行探讨。Aleš Erjavec 以"从文学和文学理论到视觉文化、当代艺术与美学"为主题，阐述了 20 世纪 80 年代以来的视觉转向以及同时期常被审美化、商业化及去总体化的艺术的、文学的、理论性的后现代主义的崛起，在后现代主义异军突起及其取代现代主义的 20 年中，后现代主义文化的变迁历程，探讨了文学与文学理论向视觉文化转变这一当代艺术与美学问题。这些文艺理论专业领域的前沿知识，为国内学者进一步研究拓宽了思路，开阔了视野。

本届会议较为全面深入地讨论了文艺理论的历史、现状和发展等内容，为强化文艺理论的学理性与知识建构，促进当代文化建设，推进中国马克思主义文艺实践做出了开拓性工作。

附录一　中国中外文艺理论学会历届会议

时间	会议主题	主办单位	地点
1994 年 6 月	钱中文宣读民政部批准文件,宣布中国中外文艺理论学会正式成立	文学研究所和外国文学研究所联合开会	中国社会科学院文学所
1995 年 8 月	"走向 21 世纪:中外文化与中外文论国际学术研讨会暨中国中外文艺理论学会成立大会",第一届年会	学会和山东师范大学联合主办	山东济南
1996 年 10 月	"中国古代文论的现代转换"学术研讨会	学会与陕西师范大学中文系联合举办	陕西西安
1998 年 5 月	"巴赫金学术思想国际学术研讨会"	学会与北京外语学院俄语系(现北京外国语大学)、河北教育出版社联合举办	北京
1998 年 10 月	"西方文论与中国文论建设"全国学术研讨会	学会联合四川大学中文系举办	四川成都
1999 年 5 月	"1999 年世纪之交:文论、文化与社会暨中国中外文艺理论学会第二届年会"	学会联合南京师范大学中文系举办	江苏南京
1999 年 10 月	"新中国文学理论 50 年"学术研讨会	学会与安徽大学中文系联合举办	安徽合肥
2000 年 8 月	与法国、英国、德国、澳大利亚等多国学者合作,成立"国际文学理论学会",并召开"21 世纪中国文论建设国际学术讨论会"	学会与清华大学、北师大等联合举办	北京
2001 年 4 月	"全球化语境中的文学理论研究与教学研讨会"	学会与扬州大学文学院联合举办	江苏扬州
2001 年 7 月	"创造的多样性:21 世纪中国文论建设国际学术讨论会"	学会与辽宁大学文学院联合召开	辽宁沈阳
2001 年 10 月	"新理性精神与文学研究方法论研讨会"	学会与厦门大学文学院联合举办	福建厦门
2002 年 5 月	"文艺学与文化研究"学术研讨会	学会与云南大学文学院联合举办	云南昆明
2003 年 12 月	"全国美学、文学理论前沿问题学术研讨会"	学会、中华美学学会与台州学院联合举办	浙江台州
2004 年 5 月	"中国文学理论的边界"研讨会	学会与北师大文艺学研究中心联合举办	北京
2004 年 6 月	全国第二次巴赫金国际学术研讨会	学会与湘潭大学文学院联合召开	湖南湘潭

续表

时间	会议主题	主办单位	地点
2004年6月	"多元对话语境中的文学理论建构国际研讨会暨中国中外文艺理论学会第3届年会"	学会与人民大学、北京师范大学文学院等联合举办	北京
2005年10月	"2005：新时期文学理论的回顾与展望全国学术研讨会"	学会与湖南师范大学文学院、北师大文艺学研究中心联合召开	湖南长沙
2006年9月	"当前文艺学热点与教育改革"学术研讨会	学会与北师大全国文艺学研究中心联合召开	河北北戴河
2007年6月	"文学理论30年——从新时期到新世纪国际学术研讨会暨中国中外文艺理论学会第4届年会"	学会与北师大、华中师范大学文学院联合召开	湖北武昌
2007年10月	"跨文化视界中的巴赫金"国际学术研讨会	学会与北师大外语学院联合召开	北京
2008年4月	"中国现代美学、文论与梁启超全国学术研讨会"	学会与中华美学学会、杭州师范大学中文系联合召开	浙江杭州
从2008年开始，学会每年主办的学术会议称为"年会"，并定期出版学会"年刊"			
2008年7月	"理论创新时代：中国当代文论改革与审美文化转型研讨会暨中国中外文艺理论学会第5届年会"	学会与北师大、陕西师大、兰州大学、西北大学、青海民族学院中文系联合召开	青海西宁
2009年7月	"新中国文论60年国际学术研讨会暨中国中外文艺理论学会第6届年会"（换届）在贵阳召开	学会与贵州大学、贵州师范大学、贵州民族学院联合召开	贵州贵阳
2010年4月	"文学理论前沿问题研究学术研讨会暨中国中外文艺理论学会第7届年会"	学会与扬州大学文学院联合召开	江苏扬州
2011年6月	"国外马克思主义文论与中国当代文论建构国际会议暨中国中外文艺理论学会第8届年会"	学会与四川大学文学院联合主办	四川成都
2012年8月	"21世纪的文艺理论：国际视域与中国问题"国际学术研讨会暨中国中外文艺理论学会第九届年会	学会与山东师范大学联合举办	山东济南
2013年8月	中国中外文艺理论学会第十年会暨"文学理论研究与中国文化发展"学术研讨会	学会与湖南师范大学联合主办	湖南长沙
2014年8月	中国中外文艺理论学会第十一届年会暨"面向时代的文学理论与批评"国际学术研讨会	学会与河南大学联合主办	河南开封
2015年10月	中国中外文艺理论学会第十二届年会暨"当代中国文论的话语体系建构"学术研讨会	学会与湖北大学联合主办	湖北武汉

附录二 《中国中外文艺理论研究》来稿须知及稿件体例

一 来稿须知

1. 《中国中外文艺理论研究》主要收录学会年会参会学者所提交的会议交流论文，也接受会员及从事文艺理论研究的国内外学者的平时投稿，学术论文、译文、评述、书评及有价值的研究资料等均可。

2. 本刊已被《中国学术期刊网络出版总库》及 CNKI 系列数据库收录。与会学者或会员投稿必须是首发论文；论文要求完整，不能是提要、提纲。

3. 来稿字数最长一般不要超过 1 万字，特殊稿件可略长一些，但最好控制在 1.5 万字以内。凡不同意编辑修改稿件者，请在来稿中注明。

4. 由于编校人员有限，所提交论文务请符合年刊稿件体例格式。稿件请在文末注明作者详细联系地址、电话号码、电子邮箱等，以便联系。

5. 《中国中外文艺理论研究》年度收稿截止时间一般为 10 月 31 日，来稿请发至本刊专用邮箱：zgwenyililun@126.com，我们将在收稿后三个月，确定最后入选论文，并以邮件方式通知作者。

6. 本刊出版后，我们将免费为作者提供样书一本；凡按时交纳学会会费的学会会员，可在学会年会召开期间免费领取样书一本。

7. 《中国中外文艺理论研究》期待专家学者惠赐稿件，也欢迎对本刊工作提出宝贵意见。

二 稿件体例

1. 论文请用 A4 纸版式，文章标题为三号黑体，二级标题为小四号宋体加粗，正文一律用五号宋体，正文中以段落形式出现的引文内容为五号字仿宋体，并整体内缩 2 字符。注释一律采用自动脚注形式，每页重新编号。

2. 论文请以标题名、作者名（标题下空一行，多位作者请用空格隔开）、作者单位（包括单位名称、所在省市名、邮政编码，各项内容用空格隔开，内容置于圆括号内，位于作者名下一行）、摘要内容（约 200 字，位置在作者单位下空一行）、关键词、正文（关键词下空两行）、参考文献（正文下空一行）顺序编排。

3. 文章请附作者简介与课题项目（若为课题项目成果），作者简介一般应包括姓名（含出生年份，出生年份请置于小括号内，后用连接号并后空一格，如：1970—　）、籍贯、工作单位、职称、学位等内容；课题项目请标明项目名称与编号。作者简介与课题项目两项内容，请以自动脚注形式，脚注序号位于作者名右上角。

4. 标题文字应简明扼要，文中二级标题序号一般用"一、二、三……"形式标出，文中出现数字顺序符号，要以"一""（一）""1.""（1）"级别顺序排列。阿拉伯数字表示序号时，数字后使用下圆点。

5. 数字用法请严格执行《出版物上数字用法的规定》这一国家标准。数字作为名词、形容词或成语的组成部分时，一律用汉字，不用阿拉伯数字。整数一至十，如果不是出现在具体统计意义的一组数字中，可以用汉字，但要照顾到上下文，以保持局部体例上的一致。

6. 标点符号一律按国家公布的《标点符号使用方法》的规定准确地使用，外文字母符号应采用国际通用标准，必须用印刷体，分清正斜体、大小写和上下角码。连接线一般使用"—"字线，占一个汉字的位置。

7. 稿件所引资料、数据应准确、权威，应以原始文献和第一手资料为原则。凡引用他人观点、数据、资料、数据等，无论是否发表，无论纸质、电子版、网络资源或转引文献，均应详细注释。对已有学术成果的介绍、评论、引用，应力求客观、公允、准确。

8. 注释格式要求。

（1）所有经典著作引文必须使用最新版本。一般中文著作的标识次序是：著者姓名（多名著者间用顿号隔开，编者姓名应附"编"字）、篇名、出版物名、卷册序号（放入圆括号内）、出版单位、出版年、页码，顺序标出。

例如：孙中山：《三民主义》，《孙中山选集》（下卷），人民出版社 1956 年版，第 597、599 页。

（2）古籍的标识方式：可以先出书名、卷次，后出篇名；常用古籍可不注编撰者和版本，其他应标明编撰者和版本；卷次和页码应使用阿拉伯数字。

例如：《史记》卷 25《李斯列传》。

《后汉书·董仲舒传》。

《温国文正司马公集》卷 32，四部丛刊本。

（3）期刊报纸的标识方式如下：

例如：朱光潜：《研究美学史的观点和方法》，《文学评论》1978 年第 4 期。

周扬：《三次伟大的思想解放运动》，《人民日报》1979年5月7日。

（4）译著的标识方式：应在著者前用方括弧标明原著者国别，在著者后标明译者姓名。

例如：［匈］卢卡奇：《历史与阶级意识》，杜章智、任立、燕宏远译，商务印书馆1992年版，第100—102页。

（5）外文书刊的标识方式，请遵循国际通行标注格式。

编辑部地址：北京市建国门内大街5号　中国社会科学院文学所理论室
邮政编码：100732
电话：010-85195459
E-mail：zgwenyililun@126.com

本刊声明

为适应我国信息化建设，扩大本刊及作者知识信息交流渠道，本刊已被《中国学术期刊网络出版总库》及CNKI系列数据库收录，如作者不同意文章被收录，请在来稿时向本刊声明，本刊将做适当处理。